渡边淳一
作品

化妆
化粧

（上册）

程长泉 译

青岛出版社
QINGDAO PUBLISHING HOUSE

图书在版编目（CIP）数据

化妆 /（日）渡边淳一著；程长泉译 . — 青岛：
青岛出版社 , 2017.4
　　ISBN 978-7-5552-4196-6

　　Ⅰ . ①化… Ⅱ . ①渡… ②程… Ⅲ . ①长篇小说—日
本—现代 Ⅳ . ① I313.45

中国版本图书馆 CIP 数据核字（2017）第 062354 号

山东省版权局著作权合同登记号 图字：15-2015-49 号

书　　　名　化妆
著　　　者　（日）渡边淳一
译　　　者　程长泉
出版发行　青岛出版社
社　　　址　青岛市海尔路 182 号（266061）
本社网址　http://www.qdpub.com
邮购电话　13335059110　0532-68068026
策划编辑　杨成舜
责任编辑　刘　迅　E-mail：siberia99@163.com（日本方向选题投稿信箱）
封面设计　乔　峰
封面插图　裴梓彤
照　　　排　青岛双星华信印刷有限公司
印　　　刷　青岛双星华信印刷有限公司
出版日期　2017 年 5 月第 1 版　2017 年 5 月第 1 次印刷
开　　　本　大 32 开（890mm×1240mm）
印　　　张　27
字　　　数　700 千
印　　　数　1-10000
书　　　号　ISBN 978-7-5552-4196-6
定　　　价　69.00 元

编校印装质量、盗版监督服务电话　4006532017　0532-68068638
本书建议陈列类别：日本　当代　畅销　小说

目录

樱花篇

"樱树开花为什么这么拼命呢？"

槙子双手按着红毛毡垫子说道，声音里有一种发自内心的惊讶。里子刚端起酒杯，听槙子如此大发感慨，放下酒杯问道：

"拼命？什么意思？"

"难道不是吗？樱花树根本用不着这么竭尽全力吧！整棵树就像着火了似的。"

"说什么傻话！樱花根本不是想拼命绽放才那么卖力的，到了四月就开花是樱花树的宿命。真是可怜的宿命！"

"可怜？"

"难道不可怜吗？竟然把自己这么美好的东西暴露给那些素不相识的人。被赞美也只是四五天的时间，过后就无人理睬了。我可不想成为那样的人！"

"你和樱花根本不一样！"

"我很明白。不过我不喜欢过于拼命的樱花。赖子姐姐，你是怎么想的？"

槙子问跪坐在右边的赖子，赖子微笑着回答道：

"开花倒是没关系，但是那么拼命绽放的只有花啊！"

"只有花不可以吗？"

"和叶子比起来，花还是太多了，没有一些叶子陪伴的话，还是会累的。"

"还是赖子姐姐和我的感觉一样！樱花不好的地方就是只顾着拼命开花太累了。"

"把姐妹们领到这么累的地方真是罪过啊！给姐妹们添麻烦了！"

里子一本正经地低头向姐妹们道歉。

"姐姐！我说的不是那个意思！只是这里的樱花太美了，我忽然想贬损一下这些樱花。"

母亲阿常和里子的丈夫菊雄在旁边苦笑着听三姐妹这些无趣的交谈。

今天是长女铃子的七周年忌辰，仪式结束之后，全家五个人在"松山阁"吃了午饭，然后到原谷赏花来了。

最初提议来原谷苑赏花的就是里子。

刚做完法事就去赏花，听起来或许有点儿太不严肃了，可是日头还很高，姐妹三人也很久没聚在一起了。里子另外还有一个想法，做完法事大家心情都很郁闷，去赏赏花换换心情也不错。

大家对里子的提议都异口同声地表示赞成，可现在都四月二十日了，京都城里的樱花几乎都开完了。

要说还剩下一些樱花没开的就只有御室那个地方了，可是那个地方太有名了，这会儿去那里观赏迟开的樱花的游人一定是摩肩接踵。

在这一点上，原谷就没有那么有名，而且不太远，沿着金阁寺后面的近道开车从松山阁到原谷也就五六分钟的样子。

一年前，里子很偶然地被丈夫菊雄领着去了一次原谷，当时被那里的樱花之美深深地震撼了，记得自己对那里的樱花之美惊叹不已。

那片六千坪的台地稍微有几分倾斜，山樱、垂枝樱、牡丹樱漫山遍野，感觉整座山都是樱花。

这座山属于私人所有，主人出于爱好种下了各种樱花树，好像从十几年前开始对公众开放。

只有白天可以上山赏花，虽然进山要收费，但正因为有这些门票收入，樱花树和周围的环境才得以保护得很好。

原谷正如其名，因为坐落在鹰之峰脚下的山谷中，气温要比市区低两三度，所以樱花也开得比较晚。

"京都还有那样的地方吗？"

里子提议来原谷的时候，就连在京都生活了六十年的母亲阿常都不知道有这么个地方。

"那个地方简直太美了！"

最后，由菊雄开车，一家五口直接来到了原谷。

赖子和槙子两人嘴里说什么樱花开得太拼命了，樱花太累了，也可以说两人对过于美丽的樱花心生嫉妒。

"咱们该回去了吧！"

过了二十几分钟，赖子看了看手表。

"都两点了，这会儿去坐新干线，到东京就晚上七点多了！"

"姐姐还是要回去吗？好不容易回来一次，再多待一天好好放松一下不好吗？"

"那可不成！不管怎么说我属于新生势力，和你们这样的老字号没法比啊！"

"姐姐怎么能这么说呢？我们也很不容易啊！"

里子看了一眼坐在边上只顾喝汽水的菊雄，菊雄好像没听见的样子，什么也不说。

"你身边不是还有菊雄和母亲吗？光凭这点你就可以放心无忧了。"

"那可不是！我很辛苦的！"

里子三年前刚接手了母亲在高台寺附近经营的料亭（日式高级饭庄）"茑乃家"。茑乃家是从明治末期祖母那一代传下来的，在京都也属于一流的老字号。

菊雄是大阪料亭"清村"的二公子，以前来茑乃家学习的时候被阿常一眼相中了，三年前和里子结婚，入赘做了茑乃家的上门女婿。

菊雄举止稳重，很像个料亭的公子哥。在旁人眼里，里子看上去夫妻和睦很幸福。

但里子自有里子的难言之隐。母亲表面上已经退居二线了，可依旧对店里的各种事情指手画脚，一边是事事过问的母亲和身为上门女婿的丈夫，一边是在茑乃家做事多年的女服务员们，里子夹在她们中间，费心劳神，很是辛苦。

"我的酒吧哪怕只休息一天，客人们就说三道四地发牢骚，实在是不容易啊！"

听赖子那么说，里子也是一副不肯服输的样子。

"姐姐那边和我们一样啊！"

姐姐要想继承家业的话早就接手家里的料亭了，可她不是一意孤行，很任性地离开这个家了吗？里子很想那么说，可要说到那个份儿上就太露骨了。

"赖子姐姐出门到店里去的时候嘴里总说'要上战场了'。"

在东京上大学的槙子在一边插嘴，她很了解赖子姐姐的生活。

"我不知道店里的生意有多忙，就像上战场似的？就像樱花一样，姐姐是不是有点儿太要强太拼命了？"

里子的口气显然带着几分嘲讽，可赖子很直率地点了点头。

"我或许就是棵樱花树，花瓣转眼间就落了，最后变成一棵全是毛毛虫的枯树。"

"别说那么丧气的话！"

"好了！走吧！"

"就因为姐姐一个人，这也太匆忙了吧？"

在赖子的催促下，里子拍了拍和服的前襟，无可奈何地站了起来。

虽说原谷这个地方不是那么有名，但或许是听说了这里是观赏迟开樱花的绝佳去处吧，今天来原谷赏花的游客很多，租来的赏花用的毛毡坐垫上几乎都坐满了人。

三姐妹跟在菊雄和母亲身后从坐在地上赏花的人们中间穿了过去。

母亲阿常身穿灰绿色的和服，手里拿着一件黑色的和服外褂，大女儿赖子穿着紫藤色的和服，二女儿里子穿着浅绿色的和服，三女儿槙子则穿着一件胭脂色的和服，后面还有用银丝绣的家徽。

因为是做完法事回家，三姊妹都穿着素色的和服，腰间束着黑色的和服带子。但三人并肩而行，看上去确实很引人注目。

赖子身材纤细苗条，一张俏脸小巧而精致。她今年二十八岁，为了与和服相配，她把秀发高高束了起来，如果穿西装再把秀发放下来，看上去只有二十四五岁。

里子比姐姐小两岁，今年二十六岁，身材丰满却小巧玲珑，不愧是京都女子，肤色白皙，樱桃小口稍稍有点儿地包天，煞是可爱。

姊妹三人中年龄最小的是槙子，肤色很白，说起来和里子比较相像。她今年二十一岁，正在大学里读大三。

赖子还在京都的时候，茑乃家的三姐妹美貌出众，被誉为三朵

5

金花，在高台寺一带和料亭圈里可谓无人不晓。

但是，铃子还活着的时候，四姐妹打扮得花枝招展走在大街上的时候，那景象只能用壮观来形容。

四姐妹在附近的男人们中间也备受夸赞，都说看四姐妹远比赏花更赏心悦目。

尤其是铃子和赖子，因为两姐妹是双胞胎，长相、身材就不用说了，就连举手投足都非常相似。每逢新年和祇园祭，四姐妹一起出门走在大街上的时候，总有男人慢腾腾地跟在身后。

但是，四姐妹一起上街也就屈指可数的那么几次。

铃子和赖子从十六岁开始学艺做舞伎，到了二十岁的时候，姐妹俩先后成了艺伎。两人从小时候起就学习京舞和清元，在母亲的劝说下，毫无抵触地做了舞伎，可做了舞伎才发现，舞伎几乎没有可以自由支配的时间，一天的大半时间都忙于学艺和宴席陪侍。

里子和槙子看到了两个姐姐的辛苦，从一开始就没有做舞伎的想法。

不过，因为里子将来要继承茑乃家的料亭生意，只有她一个人去做了两年的舞伎，而且也只是为了去学习一些礼仪规矩。

说起槙子，压根就没有在花街上从业的想法，而且母亲阿常也从未强迫她去做舞伎。

铃子去世的那年才刚刚二十二岁，槙子那年才十五岁，再怎么漂亮，毕竟还都是孩子。

正因如此，当年被称为四朵金花的时候年龄尚小，而现在三姐妹并肩走的时候，自然有一种成熟之美。

"天啊！美女！"

醉醺醺的赏花客看到三姐妹袅袅婷婷地走过来，就高高地把手举了起来，周围的男人们也都目瞪口呆地看傻了。

沐浴着男人们那热辣辣的眼光，赖子昂首挺胸直视前方往前走，正因为她五官精致，所以给人的印象有几分冷艳。里子或许是出于职业的习惯吧，稍微弯着腰，有时候脸上甚至会露出几分讨好的笑。即使来到这样的地方，说不定也会遇上老主顾，平日里养成的那种时时关照客人的习惯这会儿显露了出来。

三人中最为紧张的是年龄最小的槙子，即使有人跟她打招呼她也目不斜视。那种生硬古板的表情反而让她显得愈发清纯和天真烂漫。

母亲阿常虽然已经年届六十，但因为她表演京舞多年，腰肢挺拔，虽说年老但绝未色衰，当年被称为东山一带首屈一指的美人，现如今美貌依旧。

也有赏花客窃窃私语，或许有人认出了莴乃家的三姐妹。

母亲和姊妹三人穿过樱花隧道，走到了原谷苑的出口。菊雄把停在对面停车场里的车开了过来，四个人坐进车里，不约而同地叹了口气。

"天啊！真把我累坏了！"

"直接回家是吗？"

菊雄问了一句，握住了方向盘。里子坐在副驾驶座上，阿常、赖子和槙子三人并肩坐在后排座位上。

"妈妈累了吗？"

"确实有点儿累了，可是看到了那么漂亮的樱花，今天真是养眼了！"

阿常被女儿们围着，脸上露出了微笑。

"姐姐下次什么时候来？"

"是啊！什么时候来呢？"

"黄金周休息，想来的话就能来吧？"

"话是那么说，可是酒吧有可能要装修，吧台有些不方便，地毯也脏兮兮的。"

"搬进现在的店里有几年了？"

"差不多有三年了吧！"

"日子过得真快啊！"

六年前，赖子把户籍从祇园迁到了东京的新桥。在新桥做了三年酒宴陪侍之后，在银座的并木通开了自己的酒吧。

酒吧面积只有十五坪左右，在银座的酒吧中属于小的，但这种小型酒吧经营起来反倒容易一些。

"姐姐真了不起！"

"哪有什么了不起！到了走投无路的地步谁都能做！"

"话是那么说，可我绝对做不来！"里子心悦诚服地说道。

母亲阿常只是面无表情地目视前方，也不知道她是不是在听。

车子好像已经穿过莲花谷到了金阁寺的旁边，从那里穿过马场町就上了西大路。槙子或许是累了吧，把额头抵在车窗上睡着了。午饭时虽然喝得不多，也可能是这会儿酒劲儿上来了。

不多会儿，车子就上了西大路，里子好像忽然想起来似的说道：

"对了姐姐！半个月以前，熊仓到店里来了。"

赖子瞬间皱起了俏眉。

"和谁一起？"

"两个人一起来的，另一个好像是他的客户，他还和以前一样大声喧哗，派头十足。"

"你又让他进店了？"

"是啊！他出手很大方，说起来，他也是客人，我总不能把人撵回去吧？"

"他可是铃子的……"

"那个我知道。可是那都是过去的事情了，再者说，和料亭也没什么关系啊！"

接下来，赖子和里子沉默无语，只听到汽车发动机那单调的声音。里子好像难以忍受这种沉闷，过了一会儿，打破沉默说道：

"可是，他一定为铃子的事情感到后悔吧！"

"不管他怎么后悔，还是不能原谅他。世上的事情，有的可以原谅，有的不能原谅。"

"你说得也对。"

"我绝不原谅他！"

赖子不屑地说着，用力把手指插进和服带子里，好像要把这种不快的心情塞进去。

高台寺在东山脚下，有一条坡道通往高台寺，走到坡道中间往右转，就看到一道石头墙，沿着石头墙下面的路往里走一百米左右就是茑乃家了。

入口是一道草屋顶的山门，从山门到本馆是一条长满青苔的石板路，左右两侧的树丛里安放着一盏盏方形纸罩座灯，看上去就像路标一样。

这会儿天还没有黑，看见总管站在门前上下车的门廊里，正拿着胶皮管往地上洒水。

车子慢慢地停在了门廊的尽头，车轮碾过路面上的沙子发出了沙沙的声音。

"天啊！这么早就回来啦？"

见总管跑了过来，阿常第一个把头从车窗里探出来。

"我们不在家的时候，没有什么情况吧？"

"没有什么情况！女服务员们什么都没说。"

阿常点点头，姊妹几个从车上下来，轻轻地伸了个懒腰。

"天啊！真把我累坏了！"

"说什么呀？车子在路上跑的时候，你一直在磕头打盹儿！"

"就是啊！中午喝酒酒劲儿上来得太快了！"

女人们叽叽喳喳地说着，从门廊尽头的木头后门走了进去。茑乃家是一座古旧的木制二层楼，房间大大小小有十六间，其中视野最佳的是西侧的"夕阳间"。从这个房间的窗户望出去，目光越过建在山麓斜面上的庭院，可以看见远处的八坂塔。每到傍晚时分，沐浴在夕阳里的那座五重塔金光灿灿，所以祖上把这个房间命名为"夕阳间"。

曾有一位著名的画家把这个房间画进了画中，画面是一个舞伎正手扶栏杆，从这个房间远眺八坂塔，身后是一条华丽无比的垂带。

傍晚时分的景色自不必说，夕阳落山之后的夜景也美不胜收。透过松树和楠木的枝丫，可以看到京都城区的万家灯火。

据说，这个庭院是先先代的时候建成的，面积有五千坪。春天有杜鹃花报春，秋天有红叶添彩，现在正是白玉兰晶莹洁白的季节。来到这个院子里的人，可能被鲜花吸引而忘记欣赏其他的点缀，这座庭院里的石头可都是特地从鞍马、贵船和那智等地方订购的，通往后院茶室的路边上有一个洗手钵，洗手钵旁边配着一块三张草席大小的大黑石。

从庭院到房屋，处处透出老餐馆独有的那种古朴沉着的雅趣。

但是一家人住的房子却是钢筋混凝土的西式房屋，和表面的古朴典雅风格不相符。不过，家人居住的西式房屋建在本馆后面的树林里，地势比本馆低，所以不会被客人们看到。

那些饭馆和料亭的经营者，或许是因为平时都在古色古香的木制房子里工作的缘故吧，他们的住宅却多是时髦的西式建筑，茑乃家自然也不例外。

这座西式房屋是十年前里子她们的父亲还在世的时候建起来的。建筑面积有二十坪左右，虽不是很大，但毕竟有三层楼、八个房间。一楼是茶室、阿常的起居室和佛堂，二楼供里子她们居住，三楼供客人和女服务员们居住。

虽说是座西式建筑，但阿常是个在沙发上也要盘腿坐的人，所以一楼都是榻榻米房间，三楼也有一个日式房间。赖子在那里换好衣服之后，来到二楼里子房间的门口。

"里子！我这就回去了！"

"哎呀姐姐！这就要走了吗？"

"是啊！即便是现在走，也只能勉强赶上四点半的新干线。"

"那顶帽子很不错啊！"

赖子穿了一件藏青色的乔其纱夹克，头上戴着一顶同样颜色的宽檐儿帽，手里提着一只同样颜色的旅行箱。

"我也想戴顶帽子，可是我好像不太适合戴帽子啊！"

"没有的事！里子的话，那种鸭舌帽可能更相配！"

"可是，戴帽子的人必须像姐姐那样身材苗条才好看啊！我这阵子或许有点儿中年发福了。"

"说什么呀！妹妹比我还年轻！"

"虽说如此，可操持料亭这种生意，感觉身心都越发老气横秋。"

出于生意的需要，里子几乎每天都穿和服，她很羡慕能把时髦华丽的洋装穿得如此得体的赖子。

"好了，我得走了。菊雄呢？"

"他去本馆那边了，不用跟他打招呼了。你还是去给母亲打个招呼吧！我觉得母亲还想让姐姐多待些日子。"

"没有的事！母亲刚才还说我最好早点儿回去呢！"

"那一定是违心的话！明明想让你多待些日子，嘴上却不肯说软话，母亲就是那么个脾气嘛！姐姐不在家的时候，母亲总是为你担心，经常说，不知道赖子现在怎么样了。"

"可是，我是自作主张离开这个家的啊！"

"正因为那样母亲才更喜欢你，不是吗？"

"不是的，母亲最疼爱的是继承了家业的里子妹妹！算了吧！那些事情其实都无所谓！里子妹妹多保重。"

"姐姐也要多保重！对了！车子是怎么安排的？"

"我把这事儿给忘了！妹妹能给我叫辆出租车吗？"

赖子见里子点头，提着旅行箱下到了一楼。赖子走进茶室，发现母亲阿常把佛堂都打开了，正背对着她从衣橱里往外拿和服。赖子对着母亲稍微有些发福的后背说道：

"妈妈！我要回去了！"

听到身后赖子的声音，阿常慢慢地转过身来，或许是因为绿叶的反光透过窗玻璃照进来的缘故吧，母亲的脸看上去有些苍白。

"你要坐几点的火车？"

"还没决定好！这会儿去火车站，准备来哪趟就坐哪趟。"

听赖子这么说，阿常点点头，接着把衣柜前面的纸包推到赖子面前。

"你要不要把这件和服拿去？"

"啊？您说是要送给我吗？"

赖子忽然两眼放光，放下行李箱，急忙把捆着纸袋子的绳子解开了。

"哇！好漂亮！"

那是一件适合外出时穿的和服，上面是樱花和远山的图案。

"我真的可以拿走吗？"

"对你来说可能有点儿太素气了。"

赖子马上走到镜子前面，双手拿着和服在胸前比量。

"好东西就是不一样啊！"

"那条带子你要是喜欢的话可以拿走！"

"什么？这个也给我吗？"

赖子把放在衣柜前面的白底盐濑带子也展开来看。

"我可以穿着这件和服去参加宴会！下周正好有个朋友要举办大楼的开业典礼。"

赖子又把带子在腰上比量了一下。

"太好了！看样子我还是该回来看看啊！"

"你不快点儿的话就赶不上火车了！"

"妈妈！这些我就不客气拿走了！"

赖子再次向母亲表示感谢，一边把和服用纸包起来一边说道：

"也请母亲到东京来！"

"那么乱哄哄的地方，我可受不了！"

"怎么那么说呢？来玩儿个四五天还是可以的吧？东京也有安静的好地方。"

"人一上了年纪就懒得动弹了！"

"五月份在歌舞伎座有名角的演出，那时候妈妈来东京吧！偶尔让里子夫妻俩在家里享受一下二人世界也不错嘛！"

"我根本没有妨碍他们夫妻俩啊！"

"您说的也是，不过偶尔出去散散心不也挺好的吗？"

"到时候有心情了就去。"

"我随时恭候母亲大驾光临！到时候给我打电话！"

赖子双手再次把包着和服的纸包举起来说道：

"真是太谢谢妈妈了！我都拿走了！"

阿常看着赖子把和服放进行李箱里，好像忽然想起来什么似的。

"熊仓的事情，干脆忘了吧！"

赖子吃惊地看着母亲，阿常茫然地看着夕阳映照下的纸拉门，幽幽地说道：

"都是陈年旧事了，一直憎恨别人也不好啊！"

"就连母亲都那么说吗？那铃子姐姐算怎么回事？"

"铃子的事情，大家不是都正正规规地凭吊过了吗？"

"那是两码事！不管怎么凭吊，铃子姐姐也回不来了！"

"可是，即使你憎恨熊仓不也还是一样吗？"

"妈妈那么说是出于真心吗？"

"什么真心假心的！早就是过去的事情了。"

"我不愿意！我绝对不会忘记的！"

赖子说完，抓过旅行箱腾地站了起来，阿常看着她，轻轻地叹了一口气。

"你这孩子真够倔强的！"

"我是妈妈的孩子……"

赖子话音未落，里面忽然传来了里子的声音：

"赖子姐姐！我叫的出租车来了！"

"好了，我走了！"

"注意身体！"

"妈妈也多保重！"

看样子，阿常好像还想说些什么，赖子顾不了那么多，关上拉门走了出去。

出租车到了新干线京都站的时候已经四点二十分了。等了十分钟左右，赖子坐上了四点二十九分发车的新干线。

因为假日结束了，普通车厢都很拥挤，但一等车厢很空。火车正点发车，准点到达东京应该是七点二十分。

新干线轻微震动了一下离开了站台。一出京都站很快就看到了京都电视塔，左边能看到从比叡山到东山的山峦起伏。

太阳已经偏西了，但离傍晚还有一段时间。这种天气或许应该叫花阴（樱花盛开季节淡云蔽空的和煦天气）吧！天空被薄云笼罩着，东山一带看上去云雾朦胧的。

赖子每次离开京都的时候心情都很复杂，一方面觉得终于可以离开这座古老且有太多痛苦回忆的城市了，另一方面又深切地感受到一种离开故乡的孤独和寂寞。既有一种解放感，又有一种难以言喻的不安，怅然若失，好像失去了什么宝贵的东西。

自从六年前不顾母亲和妹妹们的反对离开家之后，赖子每次离开京都都要体味这种安堵和不安交织的心情。

那个时候，自己下定决心再也不回故乡了，当时觉得看比叡山和东山都是最后一眼了。

和那时候相比，赖子现在的心情要轻松多了。想回来随时可以回来，回东京也没有去陌生地方的不安。岂止如此，赖子现如今觉得比起自己出生的故乡，还是住在东京更舒心。

这六年里，自己和周围的环境都改变了不少，老朋友若是看到现在的自己，说不定会认为是另外一个人。

不过，这六年里只有一个信念没有丝毫改变。

"找熊仓报仇……"

六年前，也是这么一个微阴的天气里，赖子望着京都的街道，在心里立下了这样的誓言。那时候赖子刚刚二十二岁，从舞伎成为艺伎也才刚刚过了两年，可那种报仇的信念不但没有减弱分毫，反而越来越强烈。

"明明是这样，可母亲她……"

东山的山峦马上从视野中消失了，列车进入了山科隧道。

赖子感觉在骤然暗下来的车窗里看到了铃子苍白的遗容，她轻轻地呼唤了一声："铃子！"

铃子死去的时候也是春天。因为在那前一天她和铃子被贵船的料亭邀请去赏樱花，所以赖子记得很清楚。

记得那时候樱花也是拼命绽放，鲜花满枝。铃子那天虽然说话很少，但丝毫没有要死的迹象。和平时一样跳舞斟酒，过了十一点，两人一起回到了房间，解开发髻，洗了澡，然后休息了。

因为赖子和铃子是双胞胎，所以两人住在小方屋（艺伎的住宿处）的同一个房间里，总是在同样的时间以同样的装束睡觉。

第二天，按说两人十点应该去学"三弦曲"。铃子说头痛没有去，所以赖子只好一个人去了。

赖子出门的时候，铃子在被窝里小声说："赖子，真是谢谢你了！"

"什么呀？别说那种话！好像明天就要死了似的！"

赖子根本没放在心上，可没想到一天后却一语成谶。

那天下午，铃子装作要去医院出了小方屋，然后径直去了和歌山的白滨。姊妹俩应客人召唤曾经去过那个地方。在那个叫"白波庄"的酒店的一个能看海的房间里，铃子喝药自杀了。

"好想看看大海啊！"

因为铃子平时总把这句话挂在嘴边上，当她下定了自杀的决心之后，或许很自然地走向了大海。

就像明白自己的想法一样，赖子很明白铃子的那种心情。

不仅如此，当听到铃子自杀的消息时，赖子马上就凭直觉感到铃子自杀的原因在熊仓身上。

铃子自杀前在房间里留下了一封写给母亲的遗书，遗书里面虽然没有熊仓这两个字，但凭"这么脏的身子，实在没有心思活下去了"这一句话，赖子就什么都明白了。

在自杀前的一年，铃子被熊仓强暴了。半年后，赖子又被他糟蹋了。

听说熊仓在东京和大阪一带做贸易，而且生意范围很广，那时候他也就四十五六岁，说起来正是如狼似虎的盛年。

作为茶屋"玉也"的上宾，熊仓每次来京都，姊妹俩都会被叫去陪侍。熊仓温文尔雅，戴着一副金丝眼镜，小曲儿唱得也不错，看上去为人处世很精明很圆滑。

姐妹俩对他既无好感也无恶感，只是把他当作一个格外关照姐妹俩的客人，内心感到几分亲切。给他跳舞，为他斟酒，听他讲他经常去的东南亚的风土人情和各种趣闻。

那时候他好像就是个玩儿弄女性的高手，只是赖子和铃子年龄尚小，阅世不深，没有能力看穿他。

即便如此，当铃子被他奸污了时候，赖子马上就察觉到了，当赖子被他玷污了的时候，铃子也很快就察觉到了。

两人都是被召唤去很远的地方陪侍酒宴的时候，在僻静的房间里，和被强奸一样被夺去了贞操。

因为两人是双胞胎，互相之间即使一句话都不说，也能立即察觉到对方身心的变化。

赖子每想到熊仓就恶心想吐，有一种强烈的不洁感，感觉全身都被·双粗糙的手摸遍了。

那时候真是太粗心大意了！要是现在的话，那么卑劣的手段自己绝不会上套。

但是，现在重新想一想，那时候之所以跟着熊仓去，还真不能说是自己格外不小心。身处那种状况，换作别的舞伎，或许也会跟着去的。

熊仓每次来茶屋都会把姊妹俩叫去，还经常带姐妹俩去吃饭喝酒。如果去国外，每次回来都会给两人买手提包和香水，有时候还给姐俩零花钱。

还有，熊仓经常给姐俩放假让两人去逛街。

给艺伎放假是花街独有的说法，意思是花钱把舞伎或艺伎包一整天，让她们自由活动，想干啥就干啥。

因为她们每天都盘着舞伎的发髻，腰里系着垂带，像赶场子一样到酒宴上去陪侍，所以有时候就很想和普通的女孩子一样穿着便装去玩儿一天。这对一般人来说是再正常不过的事情，可艺伎们会觉得很稀罕很新鲜。

对女人无所求，只是让她们自由地玩耍，那是真正喜好风雅的客人乐此不疲的事情。

越是那些受欢迎的舞伎和艺伎，放假玩耍的次数越多，那也是姑娘们的一种骄傲和自豪。

让客人花钱包下自己一整天的时候，一般都是从傍晚开始和客人一起吃饭，然后让客人领着去转一两家俱乐部或酒吧。客人忙的时候，就一个人看看电影，逛逛百货商店，或者走进时髦的商店去看看。

因为平日里总是穿和服、打扮得花枝招展地被别人盯着看，穿着便装逛大街会让舞伎们有一种回归本来的自己的轻松，还有一种欺骗别人眼睛的快感。

那时候的熊仓，即使只有两人一起吃饭或喝酒，也从来没有过可疑的举动。

讲到他因工作关系常去的外国和最近看过的电影时，他有时候也会顺带着讲些黄色笑话，但对于从未接触过男人的赖子来说，男女之事甚是玄虚而荒诞无稽，她听来没有任何实感。

只有一次，赖子要从舞伎升为艺伎的时候，小方屋的房东问赖子，说熊仓想包养她，不知赖子意下如何。

过去，舞伎成为艺伎的时候，很多人会让一个合适的男人包养，但现在完全没有这等事情了。即便成为艺伎可以独立门户了，没有主人的艺伎大有人在，恋爱也是自由的。

"不好意思！我根本没有那种想法，请您替我拒绝他吧！"赖子很诚实地回答说。

通过茶屋听到了赖子的回复的熊仓后来来到茶屋，带着几分自嘲的口吻说道：

"我被赖子姑娘很干脆地甩了！确实，像我这种大腹便便的大叔，被甩也没什么奇怪的。"可作为四十五六岁的男人，他的身材胖瘦适中，五官长相也不错，他这种自我贬低的说法也反衬了他的极度自信。

"赖子姑娘是不是有心上人了？"

"哪有什么心上人啊！我才二十岁，只是想一个人待着而已。"

"富家的女孩子真不好摆弄啊！"

确实，像赖子这种家境殷实的舞伎，即便从舞伎变成了艺伎，也毫无理由非要依赖男人不可。出来做舞伎，与其说是为了找个好丈夫，莫如说是为了学艺和学习一些礼仪。

"我的恋情也就此结束了！"

熊仓说得很夸张，还装出一副失魂落魄的样子，可没多久他又提出想包养铃子。

因为姊妹俩是双胞胎，长得像，所以喜欢，要是这么说的话还讲得过去，可他向姊妹俩提出包养的请求实在是太厚颜无耻了。

两人都拒绝了还算好，如果两人都接受了，他打算怎么办呢？

"真是个古怪的人，简直不可理喻嘛！"

他这种做法简直是无视每个人独立的人格，姊妹俩都被熊仓的做法惊呆了。

　　但是，熊仓被拒绝之后仍然毫不在乎地来茶屋喝酒寻欢。

　　不过，自从成为艺伎之后，两个人一起被叫来陪侍的情况很少，一般是一次来一个人。

　　"真是女大十八变，近来赖子姑娘是越来越水灵、越来越俊俏了，现在正是好吃的时候吧？"

　　熊仓色迷迷地看着赖子，他在别的地方对铃子好像也说过同样的话。

　　"同时欺骗两个人，你这样的人怎么能信得过？"

　　赖子冷冷地拒绝他。

　　"追求双胞胎太难了！不管我说什么，两人之间总会通气的。"

　　熊仓在那里长吁短叹，实际上他根本满不在乎。

　　赖子被熊仓邀请去神户是成为艺伎一年半之后的一个星期六的下午。

　　"那些小碟小碗、装模作样的怀石料理也吃够了，偶尔换换口味，去尝尝神户牛肉吧！"

　　听熊仓提出这个邀请的时候，赖子马上用警惕的眼神看着他。

　　"我没法相信熊仓先生啊！"

　　"不是那个意思！我邀请你绝非别有用心，只是为了散散心想去吃神户牛肉而已。"

　　熊仓虽然矢口否认自己别有用心，但赖子知道，就在半年前，熊仓把铃子约到嵯峨大山深处的一家料亭里，夺去了她的贞操。从那以后，铃子经常神情恍惚地陷入沉思。

　　"去吧！我在这里求你了！"

　　熊仓双手按在榻榻米上向赖子低头行礼。对方如此恳求，赖子觉得也没法驳他的面子。她觉得，熊仓已经夺去了姐姐铃子的贞操，这次不至于再对妹妹下手吧！还有，好长时间没看见大海了，去看看海也不错。

"穿便装也可以吗？"

"当然可以！没关系！"

到了约好的那天，赖子去了约好碰头的京都酒店，见熊谷开着一辆白色的双门奔驰来了，他说是从朋友那里借来的。

"什么呀！只有我们两个人开车去吗？我心里发慌啊！"

"你还在怀疑我吗？"

"那倒不是！"

赖子极力抹去了心中的不安，可她的担忧还是变成了现实。

在海边上的一家专做神户牛肉的饭馆里吃完饭之后，熊仓提议去六甲山脚下的一家饭馆。

"我已经吃饱了，再也吃不下了！"

"不是去吃饭，我们可以小饮一杯，欣赏一下夜景！"

从事贸易工作的熊仓好像对神户这个地方也很熟悉。

"那里的老板娘是个大美人，曾经在宝冢歌剧团待过，是个很好的女人，也给你介绍介绍！"

听熊仓说要把自己介绍给老板娘，赖子多少解除了几分警戒心。

正如熊仓说的那样，从六甲公路往里走五六百米有一块高地，那家饭馆就在那块高地上。

说是二楼景色比较好，左边是六甲山的山麓，右边可以俯瞰须磨的夜景。

赖子点了度数不高的酒，熊仓点了白兰地，不加冰就喝了。

"我喝的这种酒不是度数很高吗？"

"没有的事儿！这是深受女性欢迎的鸡尾酒。"

只因为听说度数不高，连酒的名字都没问就喝了，只喝了两杯，赖子就觉得脸上发烧，浑身发热。

"我得凉快一下！"

赖子刚想站起来就觉得脚下不稳，勉勉强强直起上半身走到窗边的时候，忽然被熊仓从后面紧紧地抱住了。

"你要干什么……"

赖子刚转过头来，熊仓的脸就凑了过来。

"你不要这样！"

赖子惊慌失措地摇头拒绝，可还没等她说话，整张脸就被熊仓拥进了怀里。

熊仓虽然个子不太高，可双臂很有劲儿。他强行把赖子抱起来，拉开了隔壁房间的纸拉门。

回头想一想，熊仓邀请赖子去神户，显然从一开始就打算夺去赖子的贞操。

那家饭馆还兼营旅馆，隔壁的房间里早就铺好了印着红花的被子，枕头边上还放着方形纸罩座灯和水瓶。表面上说是适合女性的低度饮料，喝起来比较甜，可实际上里面掺进了酒精，赖子在房间里大喊大叫也没人跑过来看看，看来这一切都是早就安排好了的。

赖子又哭又喊，可周围静悄悄的，没有一个人跑过来帮她。在挣扎的过程中上衣的前胸扯破了，裙子上的带扣掉下来了，拉链也断了。

赖子被粗暴地扒光了衣服，那副模样很是凄惨，她在筋疲力尽的时候被熊谷强暴了。

一切都结束了，赖子一声不吭地把脸埋进床单里，熊谷干咳了一声说道：

"你原来还真是处女啊！"

好像被他这句话触动了伤心处，赖子抽抽搭搭地哭了起来。

"姐姐！原谅我吧……"

听赖子在黑暗中喃喃自语，熊仓恬不知耻地说道：

"没想到你这么容易就上套了！"

熊仓的口气有几分调侃的味道。

"你光生气也没用！只要你跟着我，我一定会对你好的！"

熊谷还想把赖子揽到怀里，赖子拨拉开他的手，把散落在地板上的衣服拢在一起，走到房间角落里把衣服穿上了。用一只手合上被扯破的上衣前胸，用另一只手按住裙子。

"你这个姑娘可真够倔的！好了，我送你回去吧！"

熊仓叹了一口气，小声嘀咕道。

"虽然是双胞胎，还是有点儿不一样啊！"

那天晚上，赖子很晚才回到房间，一言不发地躺下了，可铃子好像已经察觉到了一切。被熊仓强暴了的事情从那以后成了两人之间心照不宣的事情。

"铃子姐姐！我特别讨厌那个人，以后不管他说什么，我绝对不会到酒宴上去陪他了！"

"我也是一样！我再也不想看见他了！"

说起熊仓，尽管姐妹俩都是一样的看法，可实际上不是那样的，每次被熊仓召唤去陪侍，铃子还是不情愿地去了。

"姐姐为什么还去陪他？他不是把我俩都糟蹋了吗？没有必要到宴席上去陪那个畜生一样的男人吧！"

艺伎也有权利根据自己的好恶选择客人，赖子一直认为铃子姐姐是个没有骨气、性格懦弱的人，或许铃子还有其他的难言之隐。

尸检的结果表明，铃子自杀的时候已经怀孕了。虽然铃子在遗书里对自己怀孕的事情只字未提，但她自杀的时候已经怀孕四个月了。从铃子的日常生活来看，肚子里怀的无疑是熊仓的孩子。

两个人从做舞伎的时候就无话不谈，不管是高兴的事情，还是伤心的事情，姊妹俩都是毫不隐瞒地直言相告。两人被熊仓强暴的事情，作为两人之间的秘密，连母亲都没有告诉。

　　但唯有怀孕这件事，铃子一直到最后也没能告诉妹妹赖子。

　　"姐姐怀的是熊仓的孩子！"

　　赖子那么说，可母亲头摇得像拨浪鼓似的，死活不肯相信。

　　"妈妈！我也被他强暴了。说起姐姐，甚至还怀上了他的孩子，心里很痛苦，夜里也睡不着觉，最后瘦成这个样子……"

　　和圆鼓鼓的肚子相比，铃子的脸颊瘦得很厉害。

　　"是熊仓杀死了姐姐！要是母亲不让我俩去做舞伎，绝对不会遭遇这样的事情。我不能再在这个地方待下去了，我要从这里逃出去，找熊仓报仇！"

　　听着赖子在那里哭诉，阿常只是垂着眼眉一言不发。

　　"我俩不是双胞胎吗？姐姐的仇人就是我的仇人！"

　　好像从回忆中醒过来一样，赖子抬眼看了看窗户，又低头看了看手表，已经五点十分了。火车过了米原，好像很快就要进入浓尾平原了。逼近左右两侧的山肌渐渐远去，前方渐渐开阔起来。虽然离插秧的季节还早，但看得见各处的稻田已经把土翻起来了，前方的好几排塑料大棚在斜阳里闪着红光。

　　看着渐渐没入暮色的田野，赖子忽然感到了一阵轻微的腹痛。

　　右下腹感到火辣辣的痉挛，与其说是疼痛，其实更接近一种被勒紧的感觉。例假半月前已经结束了。

　　又是那种疼痛啊……

　　赖子把手轻轻地按在了小肚子上。

　　每月到了例假和例假中间的时候，小肚子都会针扎似的火辣辣地痛，有时候还能看到轻微的出血。虽然不是那么痛苦，但心里很不安，她以为是盲肠炎，还去过一次医院。

但是，医生只听了听赖子的自诉，就断定那是排卵期的疼痛。

"卵子从卵巢里出来，说起来就像火山爆发一样。有人感到疼痛，也有人感觉不到疼痛。根本用不着担心，不用管它，过个一两天就好了。说起来这种症状多见于神经质的人。"

医生如是说。

自己是不是神经质且不管它，每次疼痛来临的时候，她总是感到几分心烦意乱。虽然不像来例假的时候那么严重，但情绪波动是确凿无疑的。

赖子还是放心不下，问过好几个人，但几乎没有人说感到疼痛，好像大部分人都没有感觉。

里子和槙子好像都感觉不到疼痛。

唯有铃子和赖子一样，两人来例假和排卵时感到的疼痛是一样的，而且例假和排卵期的疼痛几乎在相同的时期出现，疼痛的程度也一样，有时候两个人吃了止痛药，一起躺在床上休息。

如果铃子姐姐还活着的话，这会儿或许也和自己一样，脸色苍白地按着小肚子吧……

一想到这世上还有一个人和自己容貌相同，甚至连性格和来例假都一模一样，赖子就感到很不安。不管去什么地方都被和对方比较，可一旦分开又惦记不已。两人合在一起才是一个人，自己一个人的时候，赖子甚至觉得周围的人都总是把她当成一个呆子。

她甚至想过，如果没有对方，自己该是多么心情爽快啊！

但是，真的一人独处的时候，她又觉得是那么无依无靠，真的就像一个呆子一样，什么都做不了。没有了那面映照自己的镜子，自己也觉得委顿消沉，有段时间甚至连宴会都不想去了。

"毕竟是双胞胎啊！赖子姑娘一定有一种特别的悲伤吧！"

周围的人都唏嘘不已，很是同情赖子。确实，赖子的悲伤和里子、槙子的悲伤格外不同。

　　四姐妹是同一个母亲却非同一个父亲。

　　铃子和赖子的父亲叫高井，是京都大学的一个助教，而里子和槙子的父亲是室町的一家叫能村的绸缎庄的公子。这两位父亲现在都已不在世了，赖子两岁的时候失去了亲生父亲，现在只能靠家里留下的两张照片追忆父亲的音容笑貌。

　　从这一点上来说，里子和槙子的父亲似乎离自己近得多，但面对面说话的机会很少，每到新年和祇园祭的时候，他顶多就是问一句"还好吗"，然后给她一点儿压岁钱或零花钱。

　　毕竟不是自己的亲生父亲，铃子和赖子不能像里子和槙子那样和父亲紧密无间，只是远远地看着而已。

　　铃子和赖子这对双胞胎给自己画了一个圈，可以说那种顾虑使得两个人更亲密，但两人谁也不肯说破这一点。当被问到为何两人如此亲密的时候，她们只是打马虎眼说："我俩是双胞胎啊……"

　　但是，知道内情的人都明白这句话里面的意思，两人除了容貌相似意气相投之外，更是真正的亲骨肉。

　　因为赖子和里子、槙子她们不是一个父亲，所以血缘关系比较远。

　　除了赖子和铃子是双胞胎之外，还有一层比较远的血缘关系，对于铃子的死，姊妹四人的感受是不一样的，但那也是没办法的事情。

　　火车准时到达了名古屋车站，停靠了两分钟之后又开车了。从名古屋站上来了五六个乘客，好像彼此都不认识，都远远地坐在了不同的座位上。

　　火车出了站台，赖子低头看了看手表，看着表针走过了五点半，慢慢地从座位上站了起来。

赖子从十一号车厢向有电话的七号车厢走去。

村冈告诉过赖子，公司的会议五点多就结束了，说他在专务办公室等着，希望赖子给他打个电话。

赖子去了电话室，投进了一枚一百日元的硬币接通了话务员，一边看着记事本，一边把东京的村冈办公室的直通电话告诉了话务员。

一会儿电话就接通了。

"喂喂！"

话筒里忽然传来了男人的声音，赖子一下子就听出来那是村冈的声音。

"我是赖子！"

因为是从新干线车厢里打出去的，稍微有点儿杂音，但赖子不觉得怎么妨事。

"这么晚给您回电话真是太不好意思了！我这会儿刚过了新干线的名古屋站，到东京估计得七点半了……"

赖子倒也不是不会讲东京话，可村冈和其他的那些东京的客人都喜欢听京都方言，所以她只能迎合客人的喜好。

"那么说，是不是不能一起吃饭？"

"我也觉得好不容易能和您一起吃个饭，一直很期待。我也是时隔好久才回了一趟老家，杂七杂八的事情很多，就这样我还是拒绝家人的挽留才急着赶回来的。"

"那么你几点到店里？"

"当然是越早越好了，可我回家之后得换衣服啊！"

就算七点半到了八重洲的出站口，马上打车回青山的公寓，着急忙慌地换上和服，赶到店里也得九点了。

"我满以为今晚能和你在一起，特意把今晚空出来了。"

"真抱歉！请您原谅！早点儿说就好了，可我听您说开会要开到五点多。"

"我去接你，你在几号车厢？"

"怎么敢劳驾专务来接我！太委屈您了，我怎么担待得起啊！"

"你不会是和哪个好男人在一起吧？"

"您别开玩笑了！哪有您说的那种好男人啊？"

"那样的话，我到站台去接你，送你回公寓吧！我们可以一起去你店里。"

"要是让别人看见怎么办啊？我倒是无所谓，专务可是有名望的人啊！您不用去站台接我，您就在车里等着吧！一出站我就跑过去找您。"

"你真的会来是吗？"

"我不会撒谎的！"

"那么我在八重洲口的国际酒店前面等你吧！"

村冈的心情好像一下子好了起来，把他的车牌号告诉了赖子。

"知道啦！估计得七点半多一点儿，您可一定要等我啊！"

赖子对着电话那端看不见的人低头行了一个礼，挂断电话之后，又往里面投了一枚百元硬币，让话务员接通了自己银座店里的电话。

接电话的是那个叫庄司的酒吧领班。

赖子说了声晚上好，接着问领班店里有没有什么事儿。

领班告诉赖子好几件事：一个是消防厅来电话要求酒吧安装火灾报警器，估计要花费十五万日元。另一个是两个月前来酒吧上班的那个叫真弓的女孩子说想辞职，还有就是从别家店里跳槽过来的那个叫梨花的女孩子想从店里预借一百万日元。领班说话很有男人风范，简单几句话就把事情说完了。

"你说的那个火灾报警器，不是由大楼的房东负责安装吗？"

"不是的，不管哪里的酒吧都是自己安装。"

"天啊！真不是个小事儿啊！"

赖子小声嘀咕了一句。

"其他的事情等我到店里再商量吧！我估计到店里得晚上九点了。"

赖子说完放下了电话。

两个小时之后，赖子到了东京站，她从八重洲站口到了国际酒店前面一看，村冈专务果然很守约，正坐在一辆黑色轿车里等着她。

"真是太抱歉了！您已经等了很久了吗？"

"没有，我是按照火车到达的时间来的，也就十分钟吧！"

村冈往里坐了坐，赖子坐在了他身旁。

"去青山是吗？"

"到了一丁目的双子楼拐角请往左拐！"

车子开动了，赖子从行李箱里拿出一个纸包放在了村冈的膝盖上。

"这是青花鱼寿司，也不知道您喜不喜欢。说是京都的特产，都是些很平常的东西。"

"谢谢你！这可是我最喜欢吃的东西！"

村冈恭恭敬敬地收下礼物，转过身子对赖子说。

"可是这么看来，你和平时穿和服的样子又不一样，你穿便装也很漂亮啊！"

"谢谢！您这么说我太高兴了！"

村冈第一次到赖子的酒吧"雅洁尔"是一年前的事情了。

赖子在新桥做艺伎的时候，村冈是被客人领到店里去的，听说他在一家叫作太平洋化工的大型化工公司里担任专务。村冈今年五十五岁了，虽然身材微胖，其貌不扬，却是赖子在银座的酒吧的常客。

开始的时候，赖子觉得这个人寡言少语难以接近，可熟悉了之后，才发现并非如此。村冈很爱说笑话，言谈也颇有些内容。

现在他已经成了赖子的一个熟客，赖子可以很轻松地请他来酒吧照顾生意，经常给他打电话说："到我店里来吧！"

照他这个年龄来说，他算不上玩儿得很过火的人，却也不是特别难伺候。说起来属于那种很容易打发的客人，身边只要有美女围着就心满意足了。但赖子发现，他现在开始有点儿和以前不一样了。

他喝醉的时候就会毫不客气地大声对赖子说："老板娘到我这里来！"他请吃饭，如果拒绝的话，他就会很不高兴。

看样子他是想从一个普通的客人变成一个和老板娘有深交的客人，但对赖子来说，这却是一件很伤脑筋的事情。

上次他喝醉了，握着赖子的手说：

"下一次想和你去京都看看！可是老板娘在京都有太多认识的人，感觉有些不妥啊！"

"就是啊！京都那么个小地方，闷得让人受不了啊！"

"要不咱俩去奈良或神户吧！"

"可以啊！"

赖子对他嫣然一笑，可她根本不想去。

村冈虽是个好客人，但也并非是那种格外出众的客人。

从京都祇园到东京新桥，因为赖子常去宴会陪侍的缘故，所以她在银座的酒吧也有很多上等的客人。从大银行、大商社、大钢铁公司的董事到叱咤政坛的政治家，时常有身份显赫的客人出入赖子的酒吧。

和这些客人相比，村冈的身份好像要低一级，但从别的意义上来说，赖子觉得他是个可以利用的客人。

现在可能还不到时候，赖子觉得早晚有一天，自己会对他以身相许，但最好是在最有效的时候把身子给他。

从离开京都发誓要找熊仓报仇的时候起，赖子已经彻底变成了一个患得患失善于算计的女人。什么爱情，什么诚意，赖子一直努力去忘掉这些烦琐的事情。

"就是那座白楼的前面！"

车子在乃木公园前向右一拐停下了。

"我上去换衣服，您怎么办？"

村冈用热辣辣的眼神看着赖子。

"也就二十来分钟，要不您在前面的咖啡馆等我吧！"

"还是先下车吧！"

村冈可能是顾忌前面有司机吧，他让赖子先下车，随后自己也下来了，抬头看着前面的公寓说道：

"可以让我到你家里去等吗？"

"家里可是乱糟糟的！"

"那有什么关系！"

村冈让司机原地等着，自己先大步流星地往前走了。

公寓正门是遥控门，只有有钥匙的人才进得去。进了正门就是宽敞的大厅，四周是光可鉴人的大理石墙面，大厅右侧是一排电梯。

"我还没让哪个男人进过家呢！"

"是吗……"

"您认为我是撒谎吗？"

在熟悉的客人们之间好像有个传闻，说三京银行的副总裁是赖子的赞助人，但不知道村冈是否听到过这个传闻。

出了电梯向左走，转过走廊拐角，前面的七二二号就是赖子的房间了。进门就是一个小小的脱鞋的地方，前面是一个二十张榻榻米大小的客厅。客厅中央的茶几和酒柜都是清一色古典风格的意大利家具，和宽敞阳台上的皱边窗帘很相配。

村冈也不在沙发上坐下，只是站在房间中央四下里看。

"您想喝点儿什么？啤酒还是咖啡？"

"不用了，我看看就行了！"

能悄悄进入从未让男人进来过的女人的城堡，村冈一副心满意足的样子。

"我把啤酒和杯子放在这里，请您随便喝！"

赖子说完就径直走进了卧室，把门锁上，把衣服脱了。

坐了三个小时的火车，身上有点儿汗津津的。赖子真想泡进浴缸里，好好放松一下，可是没有时间啊！

赖子脱下内衣，正准备用干毛巾擦擦身子，忽然感到右下腹一阵疼痛。

赖子坐在床边上，用手按住了下腹。

虽然不是那么强烈，但下腹在微微地颤抖痉挛。或许这会儿卵子正在向子宫冲去吧！医生说那是卵巢在喷发，赖子忽然觉得自己变成了滑腻腻的动物，情不自禁地闭上了眼睛。

就那样弯腰坐着，没过一分钟疼痛就消失了。赖子再次把手放在小肚子上，确认皮肤没有异常之后，走进了和卧室连着的浴室。在浴室里冲了个澡，洗完身子之后穿上了浴衣。

卧室的左侧有个衣帽间，是搬进这个房子的时候特意做了一面墙隔出来的。赖子在梳妆台前面坐下来，从化妆盒里拿出了一把黄杨梳子。

这把梳子是成为舞伎的时候和铃子一起从母亲那里得到的，天长日久梳子开始有了光泽，现在已经变成了黄褐色。赖子边梳头边把秀发梳成了高高的发髻。

赖子的头上有一小块儿光秃的地方，形状就像一个边长五厘米的三角形。那是因为从做舞伎的时候开始总是梳桃割发髻或阿福发髻，发根往上拽得太厉害了。

铃子头上光秃的地方也和赖子几乎同样大小，去学艺快要迟到的时候，铃子总是左手拿着练功袋，右手按着阿福发髻一路小跑着去上课。

头上有块儿秃顶对于舞伎出身的女孩子来说是很正常的事情，而且那也是在花街里学过艺的证据，但这种常识在银座却行不通。记得在东京第一次去美容院的时候，美容师满脸惊讶地问这是怎么回事。现在那家美容院的美容师们都明白是怎么回事了，但若去别的美容院估计还会被问起，所以赖子除了那家熟悉的美容院之外哪里都不去。

像今天这样没有时间去美容院的时候，她只好自己把头发梳上去勉强把秃顶的地方盖住。

赖子梳好头发看了看表，已经是八点二十了。也不知道村冈在干什么，客厅里一点儿动静都没有。

赖子有点儿放心不下，把门开了一条缝往客厅里瞅了瞅，发现他正面向阳台在沙发上坐着，只看见他的粗粗的脖子和肩膀从沙发背上露出来。

"不好意思村冈先生！我一会儿就好了，请您稍等一下！"

赖子从门缝里对村冈说。

"没关系！你慢慢来！"

客厅里传来了村冈那浑厚的声音。

赖子再次把门关好锁上，穿上衬裙和贴身衬衣，然后穿上了短布袜。

赖子的短布袜只有跳舞用的六枚别扣的短布袜，水洗之后有些缩水，紧巴巴的没有一点儿富余，套到脚上的时候脚尖都被勒得生疼。穿上这双袜子，赖子感到一种就要上战场的紧张感从脚下传遍全身。以前去宴会陪侍的时候也是如此。

穿上短布袜和长衬衣，腰间系上了窄腰带。和服是白底素花的绫子和服，肩部和膝头绣着几朵小菊花，腰间的宽腰带则是西阵的仿织锦带了。把窄腰带宽腰带一条条地系在身上的时候，赖子的表情慢慢地变成了在大庭广众之间抛头露面的银座酒吧老板娘的表情。

赖子把扁平的钱包和名片夹塞进带子里，重新照了一下镜子，然后打开了门。

"真不好意思，让您久等了！"

赖子向村冈表示歉意，但村冈只是呆呆地看。

"您怎么了？"

"天啊！太漂亮了！"

"您不用奉承我了！啤酒还喝吗？"

赖子很麻利地把村冈喝剩的啤酒和杯子拿到了厨房里，村冈依然痴痴地看着赖子。

"您先请！"

听赖子那么说，村冈终于穿上鞋到了走廊里。赖子在他身后穿上草屐锁上了门。

电梯里只有两个人的时候，村冈满脸严肃地问赖子：

"在客厅里等你的时候，你知道我在想什么吗？"

"天啊！男人的内心世界我是一点儿也不知道啊！"

"我那时在想，要是在你家里对你霸王硬上弓会怎么样。"

"您倒是真能想些稀奇古怪的事情！"

"就在隔壁房间里有个美女在换衣服，我那么想也是情理之中的事情！"

"首先是房间的门上了锁，再者我不相信村冈先生是那样的人！"

"可我也是个男人啊！你那么相信我让我怎么办啊！"

"天啊！太可怕了！可是，和我这样的女人做爱又有什么好的？"

"话可不能那么说！宁在花下死，做鬼也风流！像老板娘这样的美人，要是能一亲芳泽，就是死了也心甘情愿啊！很多男人就是抱着这种想法到你的酒吧来的！"

"承蒙大家错爱，我可是性冷淡，就是上了床也只会让大家失望。"

"你可真会说！你这是在找借口逃避吧？"

村冈刚用胳膊肘轻轻捣了一下赖子的胳膊，电梯就到了一楼。两人穿过大厅到了外面，发现车子调了一个头已经在公寓前面等着了。

"去银座！"

村冈对司机说道，低头看了看手表。

"啊！已经八点四十了！这么晚我会被客人训斥的！"

"我这个同伴也会遭人嫉恨吧！"

"就是啊！村冈先生能不能替我向客人们解释解释？"

"那倒是没问题！只是我一个人到你酒吧里独占一个包厢合适吗？"

"您是客人，用不着顾虑那么多！"

村冈点了点头，他第一次陪着老板娘回店里，而且是一个人进酒吧，看样子他很有些不安。

　　赖子的酒吧在并木通七条的一座外墙镶着瓷砖的大楼的四楼上。酒吧有个很洋气的名字叫"雅洁尔"，意思是蓝色。为了和酒吧的名字相称，从地毯到包厢全是统一的蓝色。不过墙壁是乳白色的，整体给人一种很明亮的印象。

　　在辞去艺伎之前，赖子去了一趟欧洲，游览了法国南部的尼斯蔚蓝海岸，她把那时候的印象带进了酒吧的整体色调里。

　　墙上挂的两幅画也是那时候买的，是一个叫巴拉迪的法国画家的作品。两幅画虽然都是裸体女性，但都是线描没有色彩。因为模特身材苗条，身体曲线如少女一般生硬，所以这两幅画没有所谓的裸体画所散发出来的那种丰满和淫荡。画中的女子是女性，但还未完全成为一个女人。那种玻璃般的透明感很符合蓝色酒吧的氛围。

　　到酒吧来的客人看到这两幅画都一定会问："这个女的是处女吗？"

　　"天啊！这谁知道啊！"

　　"如果经历过男人，腰不会这么细的！那种怯生生的表情，和看到男人就想逃的表情一模一样。"

　　认为画中女人是处女的客人如是说。而认为画中女人不是处女的客人则反驳说：

　　"那种可怜兮兮的表情不是说明了一切吗？虽然被男人睡过，但可能还不懂其中的妙趣吧？"

　　其中也有客人说："这幅画的模特不是老板娘吗？那长相与其说是法国人，其实更像日本人啊！"

　　还有客人说："这柔细的肩膀和腰部的曲线和老板娘一模一样啊！"听那口气好像他真看见过似的。

"我买这两幅画只是因为我喜欢身体曲线优美的女孩子，没有别的意思。"

听赖子如此解释，客人们又开始起哄：

"妈妈桑是女同性恋吧？"

也因为赖子过去做艺伎的时候常去宴会陪侍客人的缘故，来酒吧的客人里面有很多年龄比较大的人，平均起来可能五十岁多一点儿。这些客人大多喜欢身材苗条且尚有几分少女青涩的女性。赖子也考虑到了客人的这种喜好，酒吧里招了很多身材苗条小巧玲珑的女孩子。

那天赖子到店里的时候，酒吧里已经来了四组客人了。

酒吧有十五坪左右，近乎一个正方形。进门右侧是一个小小的吧台，里面有钢琴。其他三面墙被卡座包围，椅子都是相对摆放的，来二十个客人就坐满了。

村冈看了看拥挤的包厢，好像有点儿打怵。

领班听他说吧台就行，马上把小茶几挪开，给他准备好了座位。

赖子走进右边的衣帽间，从手提包里拿出带镜子的小粉盒对着镜子看了看。

可能梳发髻的时候太匆忙了，右边的头发稍微有点儿蓬乱。她重新整理了一下发髻，拿出口红补妆的时候，领班进来了。

"东京兴业的黑川先生和新川产业的上村先生来了，几分钟之前刚走了。"

"是吗？现在五号座上的客人是谁？"

"好像是村田先生的熟人，刚来一会儿。女孩子面试的事情等下班之后再说吗？"

"是的，还有火灾报警器的事情也等下班之后再商量吧！"

赖子对领班说完，把带镜小粉盒塞进和服带子里，匆忙摆出一张和悦的笑脸，袅袅婷婷地向一号桌走去。

"欢迎光临！"

客人是一家大型钢铁公司的部长，今晚好像是接受承包商的招待。看样子已经喝了不少，兴致很高。

"老板娘怎么姗姗来迟啊？"

"不好意思！我这也是刚从京都回来。从车站回了一趟家，这还是跑着来的呢！"

"你不是和那个男的一起来的吗？"

部长远远地看着刚刚坐下的村冈问道。赖子循着他的视线看了一眼村冈。

"哪有的事儿！我忙成这样，哪有工夫陪别人？刚才在电梯里碰上了而已。"

"下次我也想和老板娘一起吃个饭啊！"

"您那么说我太高兴了！部长真的会请我吃饭吗？"

"那么，下周的星期天怎么样？"

赖子见部长忙着往外掏记事本，轻轻点头表示感谢。

"星期天我有点事儿，请您原谅！"

"那么，下周一怎么样？"

"下周一有朋友大楼的开业典礼。"

"什么呀，这根本没有有空的时候啊！"

"没有的事！您回头给我电话好吗？"

"真的可以给你打电话吗？"

"那有什么关系！我过会儿再过来，不好意思了。"

赖子留下一个笑脸，马上向另一桌走去。这桌上坐的是在赤坂开医院的中田医生，今晚是和朋友一起来的。

"这位是川边，我大学时代的同届同学，现在在神田开医院。

这位女士是这里的老板娘，以前在京都做过舞伎。"

那个叫川边的朋友放下手中的烟，眼睛一眨不眨地看着赖子。

"怎么样？漂亮吧？"

"什么漂亮漂亮的！哪有逼着别人说漂亮的？"

赖子用粉拳轻轻捶了一下中田的膝盖，中田抿嘴一笑说道：

"漂亮是真漂亮，美中不足的就是有点水性杨花啊！"

"什么？您怎么突然这么说啊？我做了什么出格的事了吗？"

"那谁知道啊！长得这么漂亮，不水性杨花才怪呢！"

"我说医生，您可不能胡乱诊断啊！给人看病的时候要认真点儿才行啊！"

"那么今晚我好好给你看看，不要钱！"

"有句话叫作没有比免费的东西再贵的了！所谓吃人嘴软，拿人手短。"

赖子一边和中田打情骂俏一边用锐利的眼神环视着店里。是不是有别的客人感到无聊，十几个陪酒的女孩子分配得是否合适，赖子必须时时看着。

"麻里小姐，你能不能去五号桌？"

趁着中田抽烟的间隙，赖子小声对右边的女孩子说。

最右边的五号桌有三位客人，听说是光物产的村田介绍来的，这会儿只有一个女孩子在那里陪着。既然是村田介绍来的客人那就一定错不了，这样的客人一定要好好抓住。

和五号桌的客人相比，旁边六号桌的客人就差多了，这段时间结账很差，赖子看过账簿，竟然还有半年前的账没有结。

六号桌的客人在浅草做布料批发生意，近来好像生意很不景气。明明不能马上付钱却毫不在乎地想来就来，这个事情必须多加小心。赖子心想，最好明天就让男服务员要账去。

39

所以，这段时间即使他们来酒吧，她也不怎么给他们安排陪酒的女孩子，赖子觉得最好对他们冷淡一点。他们如果为此发火不来了反而更好。

男服务生给赖子拿来一杯白兰地，她只喝了一口就放下了杯子，站起身来向付款不好的邻桌客人走去。

"欢迎光临！每次承蒙您格外关照，非常感谢！"

赖子只是分外客气地打了个招呼，实际上很冷淡，接着就去了另一桌。

"天啊！你总算来了啊！"

这桌客人是三京银行的副总裁伊关和客户公司的几个人，都是赖子很熟悉的面孔。

"回趟京都怎么样？"

赖子回京都之前伊关就来过酒吧，所以只有他知道赖子回了一趟京都。

"樱花应该全开了吧？"

"是的！去了一个叫原谷的地方，那里的樱花简直太漂亮了！伊关先生去过那个地方吗？"

"没听说过啊！"

伊关虽然在三京银行的大阪分行工作过，或许那时候原谷还没有对公众开放。

"虽说是迟开的樱花，可漫山遍野都是樱花！"

"现在这个时节，顺着保津川漂流而下也别有一番情趣啊！两岸樱花落英缤纷如同飞雪，坐在游船上喝着美酒顺河而下。"

"真好！我做舞伎的时候也坐过一次。"

"那都是十年前的事情了吧？那时候要是认识你就好了。"

赖子轻轻点点头，这时候领班走了过来，告诉赖子："熊仓先生来电话了！"

赖子一下子摆好了姿势似的两眼看着前方。

"不好意思！请您稍等一下！"

赖子给副总裁说了一声，站起身来向放着电话的吧台走去。

赖子嘱咐过领班和服务生，有客人打电话到店里来的时候，一定要问清楚客人的名字。因为客人不同，接电话的心理准备也不一样。

赖子站在柜台一端的电话前面，深吸一口气之后拿起了话筒。

"您好！让您久等了！"

"老板娘吗？是我啊！"

也不知道是为什么，多数来电话的男人都不马上说自己的名字。不是说"是我啊……"就是说"你认为我是谁"，让她去猜他们的名字。

他们这么做或许是想试探一下赖子对他们的关心程度，但赖子这边早就让领班或服务生问清楚对方的名字了，怎么会不知道对方是谁呢？即便如此，赖子也要装作很困惑的样子问：

"您是哪位来着……"

小声嘀咕一句之后，装作恍然大悟的样子。

"莫非是熊仓先生？"

"什么'莫非是'啊！就是我啊！你猜猜我现在在哪里？"

"天啊！在哪里呢？在公司吗？"

"我怎么会工作到这个时候？实话告诉你，我在京都，这会儿到茑乃家来了。我说让里子来陪我喝酒，结果她跑了！"

熊仓好像有点儿喝醉了。或许也有女孩子陪他喝酒，话筒里传来了笑语喧哗。

"听说你在京都待到今天中午？"

"是的，刚回来没多会儿。"

"真是太遗憾了！我昨天晚上来就好了，那样的话我俩久别重逢，可以在京都约会了。"

"您去京都是出差吗？"

"是的，但也不全是。今天不是铃子姑娘的忌日吗？我想去给她扫扫墓。"

迄今为止，他没去给铃子扫过一次墓，到了这会儿说得再好听也没人相信他。今天是铃子的忌辰估计也是去了茑乃家才听说的吧！赖子强压着满腹的怒气说道：

"那真是太谢谢您了，铃子泉卜有知也一定很高兴！"

"你那么说我都不好意思了！"

估计熊仓也是心中有愧吧！听声音就知道他很挂不住。

"不过话又说回来，你也真够过分的！听说你对里子说不让我进茑乃家？"

"谁说那话了？"

"里子不让我告诉你来茑乃家的事，我就好奇问了问，难道不是那么回事吗？要是银座的你的酒吧也就罢了，连茑乃家都不让我来到底是为什么？你是不是想说茑乃家格调高我配不上？"

"我怎么会说那种话呢？不过我想，茑乃家有太多关于铃子的回忆，熊仓先生去了也会感到不安。再者说了，京都的话另外不是还有很多好玩儿的地方吗？"

"你这番解释我是似懂非懂啊！算了吧不说了，回东京以后到你店里去。"

"多谢！恭候您的光临！"

"好了，电话费太贵了，我要挂了。"

熊仓最后又补充了一句：

"你可不要和别的男人胡搞啊！别忘了还有我。"

熊仓说完就先挂断了电话。

"天啊！烦死了！"

赖子为了消除心中的不快，走进了更衣室。

熊仓第一次出现在赖子在银座的酒吧里是两年前的事情了。

自从铃子自杀以后，熊仓好长时间没有在祇园町露面。花街是个小世界，熊仓自然听说了铃子怀上了他的孩子的事情，好像他也不好意思出入茶屋了。

即便如此，自从赖子搬到新桥以后，他也不知道听谁说的，经常打电话过来，有时候还叫赖子去陪酒，赖子当然都拒绝了。

他不光眼睁睁看着铃子姐姐自杀了，还强暴了自己，就那样还厚颜无耻地想来见面。如此恬不知耻，赖子气得直发晕。

但是，自从赖子决定在银座开酒吧之后，她的想法有点儿改变了。

熊仓自称是贸易商，可实际上是他亲自跑到东南亚一带采购，把紫檀和藤制品进口到日本销售。在曼谷和香港一带好像特别有路子，只要挣钱，从贵金属、服装面料到玻璃制品，什么生意都做。

正因如此，虽然有些神秘兮兮的，可现在很有钱这一点是确凿无疑的。

赖子的酒吧开业半年之后，赖子忽然想给熊仓发个请柬，当然不是只图他的钱。

赖子心想，现在正是诱惑熊仓、寻机报仇的好机会。

迄今为止，她只是憎恨和躲避，三年过去了，赖子终于能够用冷静的目光审视对方，内心终于有了一份从容，可以找他报仇了。

"天啊！赖子竟然成了银座酒吧的老板娘！我真是太吃惊了！"

熊仓看到请柬跑到酒吧来的时候兴高采烈地欢呼，好像把过去的事情全忘记了。他环视了一下酒吧问道：

"今后再也不回京都了吗？"

"我已经把京都抛弃了！"

赖子是京都一流料亭的千金，甚至从舞伎升到了艺伎。虽说是东京的银座，但在酒吧工作就像是一种逃离。不管外界怎么看，京都的花街自有一种靠才艺生活的自豪，而东京的俱乐部和酒吧只是热闹而已，世人依旧有一种观念，认为酒吧这种地方比花街低一个档次。

"不过，能开这么大的酒吧，身后一定有一个身价不菲的出资人吧？"

熊仓用探寻的目光看着赖子，赖子微笑着说：

"要真是那样就好了！从墙壁到地毯全是借钱买的。"

"不会吧？你身后毕竟有茑乃家这棵大树，关键时候去银行借钱，多少钱银行都会借给你的吧？"

"要真是那样的话，我也用不着把铃子姐姐的仇敌请来吧？"

熊仓听这话吃了一惊，连忙把视线转向了别处，但马上就找回了那种与生俱来的豪爽劲儿。

"真是家不错的酒吧，以后我会常来的！"

"太好了！那就多多拜托您了！"

从那以后，熊仓每个月都会来两三次。一般都是和客户一起来，有时候也会领着貌似很有钱的小地方的客人来。

熊仓每次都会向这些客人介绍赖子，说赖子是京都老字号料亭的千金，以前做过舞伎。

看样子他是想向客人炫耀自己和这里的老板娘是老相识，说不定还会炫耀他夺去赖子处女之身的事情。

赖子一想到他对客人说那个事情就坐立不安，可忧心忡忡又有什么用？

还是思考复仇的办法更快乐。

"你做舞伎的时候也漂亮，可现在还有一种女子处在最美年华的那种美。"

熊仓说着奉承话，又开始恬不知耻地邀请赖子去吃饭或去兜风，赖子总是赔着笑脸拒绝他。

"我也不像以前那样有精气神了，说去吃饭就真的只是吃饭，你陪我一次又有什么关系嘛！"

从那时起已经过去六年了，熊仓应该也年过五十了。曾经风流倜傥的美男子现在脸上的皱纹也多了，喉结那个地方还出现了雀斑。不管怎么装，年龄这个东西是掩盖不住的。

但是赖子对此没有一丝同情。

装出一副对他有意的样子引诱他，在他离自己最近的时候给他致命的一击。

赖子现在正以近乎狩猎者的冷静等待熊仓这只焦躁不安的野兽进入合适的射程。

酒吧刚开门的时候，多是社长和董事这些比较年长的客人；从十点左右开始就变成了部长级的；临近十二点快要关门的时候，来的都是些四十来岁和三十来岁的课长和自由职业者。

时间越晚，来的客人的年龄越年轻，同时客人的身份地位也越低。

要说哪种客人比较好，其实是各有长短。社长级别的客人举止稳重温文尔雅，喝的也多是白兰地这种高档酒，但量不太多。还有，这些客人都上年纪了，也有些不好伺候。

那些能喝的部长级的客人看到社长来了都敬而远之，对酒吧来说，也是个很伤脑筋的事情。

和这些年长的客人相比，年轻人虽然闹腾，但性情爽朗，喝酒也爽快，说话也有意思。

酒吧里陪酒的女孩子都愿去陪那些年轻客人，那些不好伺候的社长和董事们自然只能由赖子去陪了。其实赖子也想在年轻人的桌上喘口气，但那些从她做舞伎时就延续下来的老客人没有自己陪着就不乐意。还有一些客人更精于算计，到酒吧门口探进头来问老板娘在不在，如果听说不在扭头就走。

晚上十点前后是最忙的时候，这个时间段社长级的年长客人和比较年轻的客人都赶到了一块儿。

刚才又来了两伙客人，一伙是三个人，另一伙是两个人，酒吧一下子就坐满了。

"老板娘……"

赖子听到客人召唤，向三号桌走去，村冈看到又有客人来了，可能有些顾虑，正要站起身来。

"您再待一会儿也没关系的……"

"我不想耽误你做生意，不管怎么说，今天很高兴！"

只因为进了赖子的公寓，村冈好像已经很满足了。他神秘兮兮地笑着，把脸凑到赖子的耳边说道：

"今晚能和你见面吗？"

"刚才失陪了，我倒是很想和您见面，可不知道几点才能下班啊！"

"几点都没关系……"

"真是不好意思！我今天也是刚回来不是？我彻底累坏了，不知道下班之后还能不能撑得住。"

"那就下次吧！"

村冈很干脆地放弃了。

"今天真是太谢谢您了！"

赖子把村冈送到电梯口之后回到了三号桌，她刚坐下，刚进来的广告公司的营业部长就急不可耐地发起牢骚来。

"什么呀！我听说你两次答应和小岛约会，两次都放了他的鸽子！"

"啊？我绝不会做那种事的！"

"小岛说你明明说好要来却没有来，他大发雷霆，说京都女人心肠不好！"

"我说部长啊！根本不是那么回事儿！小岛先生说今晚见面吧！我只给他说了句'多谢'！"

"那不等于说可以吗？所以他才一直等着。"

"没有的事！我说'多谢'只是对他的邀请表示感谢而已，我可没说去啊！"

"那么答应去的时候你会怎么说呢？"

"那可能因人而异吧！我会说'太高兴了，那么几点？'之类的话。"

"那么，即使你满面笑容地说'多谢'也不一定来，是吗？"

"那还用说！我可一点儿也不会撒谎！"

"部长，那是京都方言和东京方言的区别！"

坐在旁边的年轻男子插嘴道。他说，老家虽然是松山，但因为是京都大学毕业的，所以京都的事情稍微知道一些。

"京都方言虽然听起来很柔和，但京都方言里没有否定词。去银行申请贷款的时候，如果银行里的人说，'那好啊！请让我们考虑考虑'，该怎么办呢？如果是东京人，过了一星期之后还会腆着脸到银行里去问贷款的事情怎么样了。但京都方言里的'让我们考虑考虑'实际上就是不行的意思。京都方言历经几千年的时光变得越来越雅致，表达方式也变得柔和委婉。"

"你那意思是说我是不解京都方言的东夷了？"

"不是那个意思！我只是想，小岛先生说'京都女人心肠坏'，或许是出于语言理解上的偏差。"

"你小子怎么老是护着老板娘啊？"

"可是，部长先生，真的就是那么回事啊！"

"关东男子担心被京都方言欺骗了，可还是忍不住接近京都女人，最后还是被耍了。"

"部长先生，要是小岛先生真的那么想的话，请您务必代我向他道歉！"

赖子正说着，又有客人进店了。

新来的客人是"政界社"的黑柳社长，赖子马上给领班庄司使了个眼色。

黑柳以前是个经济评论家，几年前创办了一份叫作《政界》的月刊，他是那家杂志社的社长。

杂志创刊初期好像日子很难过，但近来扩展了业务范围，开始出版纪实小说和评论集，好像资金周转很不错。

但是，也许是这类杂志的通病，总是喜欢追踪政界人士的品行。《政界》这本杂志倒不是特别偏颇，但文章的内容总是很暴露。主办这种杂志的人物一到店里来，那些政界和财界的客人都会觉得局促不安。

因为黑柳出手很大方，对酒吧来说是个很不错的客人。但是因为他来了就把别的上宾都赶走了，所以酒吧没法欢迎他。他来的结果就是酒吧受损失。

看到赖子给他使眼色，领班在酒吧门口拦住了黑柳这帮客人。

说句实话，按照酒吧现在的情况，让其他客人稍微挤一挤也并非不能让他们进来。但最保险的办法就是以满员为由拒绝他们进店。

倒也不是对客人挑挑拣拣，但在某种程度上对来客挑挑拣拣也是银座一流酒吧老板娘的独有见地。

也不知道领班是怎么和他们交涉的，只见领班站在那里苦笑，黑柳转过他的圆脸往这边瞥了一眼。

但是，赖子装作没看见，继续和客人们说话。客人反而疑惑地小声问赖子：

"老板娘，那些客人不是想进来吗？"

"没事的！您不用顾忌那么多！"

赖子认为，酒吧虽是接待客人的行业，可酒吧也有拒绝客人的权利。讨厌的客人就拒绝他进店，不喜欢的客人就让他回去。如果某种程度上没有自己的主张，这种接待客人的行业就会变得很随便而且无休无止。

拒绝客人，酒吧若是因为这个缘故就倒了的话，倒了就是了，没有必要低头去请不喜欢的客人来。这一点既是赖子的刚强也是在老字号料亭长大的姑娘的一种自尊。

酒吧之所以能按照自己的行事风格走到今天，或许是因为赖子的那种和外表的温柔不相似的京都女人的刚强得到了客人们的赞赏。

黑柳好像终于死心了。见领班向他鞠躬行礼，把他送到了门外。

"我也喝一杯行吗？"

赖子舒了一口气，点了一杯啤酒加番茄汁。赖子原本喜欢喝不加冰的白兰地，但喝到下班的话就喝醉了，所以她近来一般都是把啤酒和番茄汁掺在一起喝。

调酒师山崎无意间调了一杯啤酒加番茄汁，发现特别好喝。赖子喝了一次之后就上瘾了，觉得口感很清爽，而且喝不醉。

赖子正喝着啤酒加番茄汁，身旁的边见部长捧起赖子空着的那只手说道：

"好漂亮的手啊！在加茂川洗过的手就是不一样啊！小手这么白，老板娘的这个地方一定白得耀眼吧？"边见指着他自己的胸部说道。

赖子笑着回答：

"很耀眼！就怕亮瞎了您的眼睛！"

"怎么样？下班一起去吃个饭吧！"

"谢谢您的盛情！我今天刚从京都回来，只回家换了换衣服……"

"你这么说的话，即使我这个关东男人也明白你是在拒绝。"

"我不是拒绝您！我只是说今晚碰巧是这么个情况。"

"这到底是什么意思？你小子给我翻译翻译！"

听部长这么说，那个京都大学毕业的年轻部下很认真地说：

"老板娘的意思是说，很想去，但今晚刚回来……"

"那样的话就陪我转一家吧！喝完马上放你回家！"

边见部长是酒吧的常客，再者说，以前也邀请过自己好几次了。今晚还和部下在一起，拒绝他的话会让他很没面子。

"怎么样？行不行？"

边见部长又一次提出了邀请，赖子下定了决心：

"酒吧下班后我还得收拾一下，请您先行一步！"

"那么我们就去赤坂的樱花亭吧！就在帝国饭店前面大楼的三楼上。"

"要是那个地方的话，我知道。"

"你真来是吗？我可不想像小岛那样被放了鸽子！有这么多证

人在这里，你要是撒谎后果很严重噢！"

部长说完，伸出小指和赖子拉钩。

"雅洁尔"酒吧对外的关门时间是晚上十一点四十五分。但实际上常常超过十二点，如果是第二天休息的星期五，有时候会到半夜一点。

陪酒的女孩子们从十一点半开始陆续回家，过了关门时间就只剩下几个上晚班的女孩子了，即使那样，如果客人还在的话，也不能撵客人走。

那天客人很多，但客人回去得比较早，过了十二点十分，店里一个客人也没有了。

"辛苦了！"

赖子给正在收拾的服务生们打了个招呼，看了看记账单，然后和领班庄司一起去了隔壁大楼里的咖啡馆，一个要来酒吧上班的女孩子正在那里等着。

赖子边走边和庄司商量他在电话里说到的安装火灾报警器的事情。

"那个玩意儿，不装不行吗？"

"不管不问的话就算是违反消防法了。"

"那就没办法了！已经确定了费用是十五万吗？"

"按照我们酒吧的规模，那已经是最便宜的了。"

赖子考虑了一下这笔钱怎么筹措，然后把话题转到了那个想辞职的女孩子身上。

"真弓姑娘是不是被别家店挖走了？"

"她说是母亲病了要回九州，您也知道，那个姑娘花钱大手大脚的……"

半个月前，她来找赖子，要求把日工资提高两千日元，赖子拒绝了她。她或许为此感到很不满，但考虑到要和其他女孩子保持平衡，还真不能给她提高那么多。

"她既然提出来要辞职，就让她走好了！"

那是个很精明的女孩子，走的时候很可能顺便挖走几个酒吧的客人，但那点儿损失算不上什么，自己再努力些就是了。一旦决定下的事情，赖子从来不会耿耿于怀。实际上，即使你忧心忡忡也没什么用。

进了咖啡馆，发现那个想来酒吧的女孩子正坐在靠近门口的座位上等着。领班见过她一次，所以认识她。

"我叫梨花。"

女孩子留着长长的披肩发，上身是粉红色的衬衫，裤子是喇叭裤。她说在别家店里干过一年，今年二十五岁了，但看上去有二十七八了。赖子觉得她不是那种很机灵的姑娘，但端庄的长相在上年纪的客人里面或许会很受欢迎。

赖子问了问她的出生地和现在的住址，还有过去的工作经历，然后站起身来。

"好了！我还有点事，具体的事情你问领班吧！"

赖子径直走向收银台，对跟过来的领班说这个姑娘要了，然后递给领班一张一万日元的票子。

"让那个姑娘拿这些钱去吃点东西，工资按照新人的标准给，剩下的事情就拜托你了！"

赖子走到外面，正好有一辆出租车开了过来，赖子向出租车招了招手。银座的出租车晚上十一点以后不打表，赖子和司机讲好到赤坂两千日元，然后上了车。

十分钟左右就到了约好的那家店，边见早就在那里等着了，可是没看见那几个年轻的公司职员。

"另外那几位呢？"

"因为明天一早要上班，都回家了！"

说是和别人一起，可去了一看就一个人，这种事情经常有，所以赖子并没有怎么惊慌失措。

"那您可是够寂寞的！"

"这里也有厨师，你要不要吃点什么？"

店里确实摆着威士忌的瓶子，但这家店是日式餐馆的风格，柜台是本色原木的。赖子点了芦笋和自己常喝的啤酒加番茄汁。

边见部长好像常来这家店。他一边喝着加水威士忌一边向老板娘介绍赖子。

"这个姑娘以前做过舞伎，三年前在银座开了自己的酒吧。"

"果然是个美人，现在当然也很漂亮，当年做舞伎的时候一定非常美吧？"

老板娘好像也来了兴致，在旁边坐下来加入了聊天。在那里待了将近一个小时，边见总算站了起来。

"陪我再去一家怎么样？附近有家氛围很不错的店。"

"谢谢您的盛情！我也是今天刚回来，太累了，您下次再约我吧！"

"好吧！我送你回家吧！"

赖子觉得盛情难却，和边见一起坐上了出租车。

出租车到了山王下，从赤坂见附的交叉口向四谷方向驶去。

"嗯？这是要去哪里呀？"

出租车现在去的方向，既不是青山，也不是边见的家所在的柿木坂。

"有一家很安静的铺着榻榻米的日式酒吧，就在这附近，陪我一会儿没关系吧？"

"不好意思！今天实在不行，请您原谅！"

"我没有那个意思。"

"我知道，可天都这么晚了。"

两人说话间，出租车从弁庆桥旁向纪尾町驶去。

"您让我回家吧！"

"没关系的！就一会儿！"

"边见先生，我求您了……"

赖子刚低下头求他，边见把左手搭在她的肩膀上，一下子把赖子揽进了怀里。

"你要干什么！"

赖子使劲儿斜着身子大声喊叫，边见把散发着酒气的嘴巴凑到赖子耳边说道：

"又不是小孩子，玩玩儿不好吗？"

"我不愿意！"

赖子再次使劲儿摇了摇头，可边见的胳膊更加用力。

"你可以陪别的男人，难道我就不行吗？"

"司机！请您把车停下！"

边见瞬间把手松开了，赖子趁着那个间隙一下子坐直了身子。

"前面停下就行！"

出租车司机好像有些不知所措，踩了两三次刹车终于把车停下了。

这里好像是从赤坂到麴町的大路的中途，边见好像感觉很羞耻，满脸不悦地一言不发。

"请打开车门！"

司机按照赖子的要求打开了车门。赖子一言不发地下了车，拦住了一辆从反方向过来的出租车。

"去青山……"

总算一个人了，赖子终于调匀了呼吸。

赖子虽然有过一闪念担心会发生什么事情，但真没想到会成了这个样子。她过去一向认为边见是个颇识事体很绅士的人。

但见他早早地把部下们打发回去了，或许他今天从一开始就打算把赖子约到旅馆里去。赖子很生气，也不知边见把自己看成什么人了，要是一直被他如此轻看就太闹心了。还有，他说了句"你可以陪别的男人"，不知那句话到底什么意思、

他原来把自己看成了那种轻浮的女人！

赖子觉得自己的身体一下子被他嘴里吐出来的热气弄得滑腻腻、脏兮兮的。

赖子心烦意乱，很想快点儿回家洗个澡。

出租车到了公寓楼下，赖子下了车，一路小跑穿过门口大厅，乘电梯上了七楼，拿出钥匙打开了房间的门。

客厅里的灯还亮着，和她出门时一样，家里静悄悄的。

赖子脱下草屐直接走到了镜子前面。她的脸有些苍白，右边的鬓发稍微有点儿蓬乱。

赖子整理了一下头发，深吸一口气，然后走进了里面的和式房间，拿起太鼓跪坐在房间的正中央。

这个和式房间的面积有六张榻榻米大小，东北角上有一张可移动的台子，台子上面有一个小花瓶，里面插着一枝麻叶绣线菊，太鼓平时就放在花瓶的旁边，上面盖着紫色的小方绸巾。

这个房间平时很少用，也就是妹妹槙子来的时候偶尔在这里住一住。赖子很喜欢这个房间，在西式公寓里面，唯有这个房间铺着榻榻米，没有任何多余的家具。那种带有几分冷淡的静谧总能让人心情平静。

赖子也没开灯，跪坐在和式房间的正中央，拿起了太鼓。

因为这段时间空气干燥，赖子一直让牛皮保持绷紧的状态，她重新系了一下绳子，确认了一下牛皮绷紧的程度。

赖子初次学习太鼓是在她七岁的时候。那时候她还是小学生，勉勉强强能把太鼓扛在肩上。因为母亲经常敲太鼓，赖子耳濡目染，自然而然地也熟悉了太鼓。

但是，一开始的时候，因为赖子的手太小，敲不出响亮的音色，练习很辛苦。那时候，她和一起学太鼓的铃子总是考虑怎么才能偷懒。那时候或许是因为持鼓的方法不对，放鼓的右肩上出现了红红的印子，每次穿泳装，她和铃子两人都觉得羞于见人。

但从十四五岁开始有了强烈的学习欲望，到了成为艺伎的时候，师傅已经允许她们用白色和紫色的调音绳了。

从那以后，她一直把太鼓放在身边，即使来到东京以后也经常敲鼓。特别是心烦意乱焦躁不安的时候，畅快淋漓地一口气敲上一通太鼓，心中的杂念消失，心情也就平静了下来了。

现在也到了那种时候，赖子感觉自己被边见调戏，整个身子都被玷污了。她很想尽早把这种不快的心情驱走。现在这个样子，心神不定，根本没法安安静静地上床休息。

劳累了一整天，回到家很想马上把和服带子解下来，可现在解下来的话就不能敲鼓了。

虽然也有人穿着浴衣或便装敲鼓，但敲鼓的时候必须一丝不苟，即便是练习也不能那么随随便便。和太鼓面面相对的时候，必须穿上和服系上带子端正姿势。那是赖子长年在花街学到的规矩和教养，更何况赖子本人的清高也不允许自己那么做。

赖子按照敲鼓的礼仪做法跪坐在榻榻米上，左手持鼓，先放在膝盖上，然后放在右肩上。

刚才回到家的时候好像天上的云彩散开了。从正面窗户泄进来的月光把赖子跪坐的地方照得亮晃晃的，如同暗转的舞台浮现在聚光灯里。

赖子紧了紧调音绳，先轻轻地敲了一下。

或许是干燥的天气持续了一些日子的缘故，太鼓发出的声音很高。赖子在鼓的背面贴了一张调音纸，用无名指沾了沾唾沫，往上面吹了一口气。

在深夜的公寓大楼里，太鼓的声音听起来很响亮。幸好赖子的房间在走廊的拐角上，房子的隔音效果也不错。尽管如此，赖子还是有些放心不下，为了求得谅解还曾经找过隔壁和楼上的住户。隔壁是个事务所，夜里没有人，楼上的人说上夜班回来得很晚没关系。

现在是半夜两点多了，也不知道楼上的人回来了还是没回来，反正一点儿动静都没有。

把鼓音调好之后，赖子重新端正姿势坐好，双目凝视着月光照射的一点，然后深吸一口气，把放在膝盖上的右手向着太鼓高高举了起来。

"咚——"

仿佛女人惊叫的清澈而深沉的鼓声打破了深夜的寂静。只有月光照耀的房间刹那间变成了沐浴着炫目灯光的华丽舞台。

"哈！""哈！""呀！"

发自鼓底的高亢鼓声里交织着赖子为自己鼓劲儿的呐喊声。

赖子演奏的这首鼓曲叫《连狮子》。在激烈的伴奏声里，母狮子和小狮子从两条花道走出来，在舞台中央跳舞。母狮子一身雪白，小狮子则一身朱红。两只狮子跳累了，躺在那里睡觉。这时候有蝴蝶翩翩飞来，绕着狮子飞来飞去嬉戏。被扰了清梦的狮子再次爬起来，试图把蝴蝶赶走。狮子最后狂怒不已，全身抖动，狮毛都纠缠在了一起。

小时候，赖子和铃子在舞台上扮演过这两只蝴蝶。两人都穿着印着鲜艳的凤蝶图案的演出服装，长长的秀发垂到腰间，头上戴着金光闪闪的王冠一样的装饰。

两只蝴蝶在睡着了的狮子的鼻尖上嬉戏，狮子不胜其烦，不停地翕动鼻尖，然后摇头，睁开眼睛醒了过来。两只蝴蝶连忙飞走，瞅准时机再次飞过来戏弄狮子。

看着两只可爱的蝴蝶和狂躁不已的狮子，台下的观众拼命鼓掌，欢欣鼓舞。一方面也是因为两人是双胞胎吧？还有观众说，从来没见过如此配合默契、如此令人怜爱的蝴蝶。

赖子心中也有那番回忆，更忘不了一只狮子狂怒时激烈的伴奏。

三弦琴响起，鼓、太鼓和大鼓鼓声阵阵，其间有笛声如同狂风呼啸般吹过。所有的声音都撕心裂肺，所有的声音都如泣如诉。

此刻，赖子的脑海中只有两只狂怒的狮子和激烈的伴奏声。

"哈！""哈！""呀！"

赖子低沉的吼声和高亢的鼓声交织在一起。

曾有好几个人说赖子打鼓的姿态很妩媚妖艳。细细的腰身包裹在绣着家徽的黑色的和服里，上半身纹丝不动地跪坐在那里。那种一丝不动的姿态怎么会妩媚妖艳呢？赖子觉得很不可思议，但男人们的看法好像不一样。

"那种气定神闲的神情很美！整整齐齐地穿着纯黑色的和服，专心致志地在那里敲鼓。这样一个女人和男人在床上颠鸾倒凤的时候会是一种什么表情和姿态呢？那种激发男人的淫猥的想象的神情和姿态是最好的。"

"要是那样的话，也不仅仅是我啊！"

"当然，敲鼓的女人都是那样，但像你那样五官标致、表情冷艳的女人更是与众不同，别有一番风情。"

自己毫无察觉，男人们却有那种念想，这个事情确实和赖子毫无关系。

赖子敲鼓只是因为迷恋鼓，除此之外没有其他任何情由。

赖子敲完《连狮子》的开头和最后的场面，把鼓放了下来，这时候，她感到了一种轻微的疲劳。

虽说坐在那里只挥动胳膊喊号子，但以跪坐的姿势激烈地舞动手臂，还要从腹部的深处发出喊声来，所以会感到格外地疲劳。

按时间算的话，虽然不过五六分钟，但那种疲劳又不同于工作时的疲劳和待人接物时的疲劳。赖子在这种慵懒的疲惫感中感到了一种陶醉，仿佛彷徨于另一个世界而最后走了出来。

赖子轻轻舒了一口气，再次把鼓放在了左侧。

刚开始敲鼓的时候，月亮是在窗户的正面，这一会儿，月亮的一部分被云彩遮住了，月亮周围看上去就像深海里一块块黑色的岩石。

赖子的身上这会儿汗津津的，刚才那种被玷污了的感觉也减轻了许多。

鼓敲得不如意想放弃的时候，赖子记得母亲对她说过一句话："学敲鼓并非只为了敲得好，那是作为女人的一种心灵的修养。"

赖子记得那时候只是点了点头，其实并不怎么明白母亲这句话的意思，现在终于明白那句话的真意了。

确实，不管是痛苦的时候还是哀伤的时候，痛快淋漓地敲上一通鼓，心里的那种芥蒂郁结就都消失得无影无踪了。不管是孤单寂寞的时候还是兴高采烈的时候，敲上一通鼓就能找回一颗平常心。

或许母亲就是靠着敲鼓和弹三弦琴才疗愈了失去丈夫的悲伤和随之而来的孤独。还有那些花街上的女人们，或许也是靠着埋头学艺才消解了等候心仪的男人时的悲伤和苦恋无果的痛苦。

若是没有学习过敲鼓的话，自己会变成什么样了呢？赖子想到这个事情的时候，经常有一种后怕的感觉。尤其这几年自己一个人待在东京，有过太多的事情让自己感到不安和痛苦。

或许是因为还年轻的缘故吧，赖子有时觉得自己快崩溃了。这种情况作为女人或许多多少少都会有，但赖子觉得自己的这种感觉特别强烈。自己好恶太分明，遇上不喜欢的人，有时候一句话也不说，还有时候对着店里的女服务员乱发脾气。

赖子这样一个人之所以能走到今天，或许正是因为有了敲鼓这个可以排解心中烦恼的办法。

赖子反复做了好几次深呼吸，好像在确认自己的心情已经恢复了平静。她把鼓放回台子上，拉上窗帘，走进了客厅。

客厅还是匆忙出门时的样子，烟灰缸里有三个烟头儿，一定是村冈等她的时候抽的。

赖子给摆在窗台上的凤梨和蓝花蕉浇了点水，拿起这几天不在家时攒下的报纸走进了卧室，解下了和服带子。

或许是因为刚才敲鼓的缘故，内衣都被汗水浸湿了。赖子脱下内衣，把和服和汗衫放到衣架上，然后走进了浴室。

往浴缸里放满洗澡水，把整个身子浸在热水里，伸展四肢，一个人自言自语地说道："这一天总算结束了……"

想想今天真够匆忙的。早晨在京都的家里早早起来，和家人一起去给铃子做了法事，吃了午饭又一起去赏花。从原谷回到家里，给母亲和妹妹们道别，然后坐新干线回到了东京。然后和岗村见面，回到公寓换了衣服，匆匆忙忙去了店里。

店里的客人一拨接一拨，简直连喘口气的机会都没有。下班之后去给想来酒吧的女孩子面试，接着马不停蹄去了赤坂的那家饭馆，边见正在那里等自己。后来和边见差点儿出事，幸好平安无事地回来了。

今天这一天，高兴的事情、悲伤的事情和郁闷的事情都混在了一起。今天最高兴的事情就是从母亲那里得到了一套和服。今晚酒吧客人多生意好，原谷的樱花很鲜艳，这两件事情也很难忘。另外，和边见一起来的那个年轻人，虽然寡言少语有些拘谨，可自己对他很有好感。

郁闷的事情数起来就太多了，其中最让赖子感到心情沉重的还是边见的强行求欢。另外，还有熊仓打来的电话，把黑柳撺回去那个事情也让赖子感到心里难受。真弓被其他酒吧挖了墙角这个事情也让赖子耿耿于怀。

但通过刚才畅快淋漓的一通敲鼓，所有的这些烦心事都烟消云散了，赖子这会儿感到心情很舒畅。事情都过去了，耿耿于怀、忧心忡忡也没什么用。只要活在这世上，就难免会发生一些令人心情郁闷的事情。

赖子慢慢地伸展四肢，让整个身体适应水温，浴缸里泛起了泡沫。

赖子的皮肤与其说是白，莫如说是苍白，在荧光灯下显得更加苍白了。赖子心想，那也许是因为自己瘦的缘故，实际上她并不怎么瘦。身上肉倒是不少，只是因为骨头细，所以看上去显得很瘦。

但客人里面也有人用露骨的眼神看着赖子说："这么杨柳细腰的，能生孩子吗？"

"我只要想生孩子，什么时候都可以生。"

赖子虽在口头上反驳，但她的臀部如同少女一样却是不争的事实。

赖子这会儿正在洗淋浴，水龙头前面的镜子正照着她的臀部的一部分。

洗完头发，再次泡进浴缸里，赖子感到了一种开放感，全身闭塞的毛孔好像全都张开了。赖子沉浸在那种安逸里，过了一会儿忽然想起了边见的事情。

"不欢而散之后，他是不是直接回家了呢……"

在那种惬意的倦怠中，赖子回想起刚才在车里发生的事情。

他为什么会突然那么强烈地向自己求欢呢？因为他平时是个开朗直爽的人，所以赖子从未对他有什么警惕心，但今天晚上确实很奇怪。

但是，不管怎么说，那时候他真心实意地向自己求欢这一点是确实无疑的。是不是自己的错觉暂且不说，他最后的那句话或许是兴奋过度才脱口而出的。像边见这种有社会地位且深谋远虑的大人却像少年一样激情求欢，这种事情真是少见。

单从这个意义上讲，边见或许是个很纯粹的人。

说不定今晚的事情最受伤的是边见本人。一个大老爷们夜半三更向女人求欢却遭到了拒绝，眼睁睁地看着那个女人叫停出租车然后逃走了，边见一定觉得自己丢尽了面子。或许他今后不会再到酒吧来了。

边见这个人从根上讲并不是那种恶人，赖子甚至觉得好像是自己做了什么坏事。

虽说用不着想太多，赖子心想，拒绝他的时候是不是可以稍微温柔一点儿？不伤害男人的体面，巧妙地引导局面才是女人的本事。

敲了鼓，泡了澡，或许是因为心情平静下来的缘故吧，赖子觉得自己这会儿好像能够更温柔地为对方着想。

嫩叶篇

"莺乃家"的一天，是从早晨六点阿常醒来的那一刻开始的。

阿常今年六十岁了，除了眼睛要依靠那副老花镜之外，其他地方什么毛病都没有。耳朵比年轻人还好使，腰板腿脚都很硬朗。弹三弦琴、敲鼓、跳舞，因为从年轻时起就通过学艺锻炼了身体，苗条的身材依然挺拔，从后面看去宛如一只仙鹤独立。

尽管如此，每天早晨一到六点就醒来，或许还是上了年纪的表现，但阿常本人绝不认输，说那是她从年轻时候就养成的习惯。

听说阿常的母亲阿房好像是个比阿常还要倔强的女人，每天早晨一到六点就把孩子们叫起来，让她们打扫完卫生之后去学艺，或许这话并没有夸张的成分。

"这年头再说那么严厉的话，就是亲闺女也会离家出走的！"

从这一点上看，阿常好像已经觉得很客气很克制了。即便是早早起来了，她也只是把自己房间和厨房的防雨窗打开，然后到后院从水泵里提水，在佛龛和神龛前供上"初水"。这是阿常每天早晨必做的事情，不管是下雨还是下雪，从未中断过一天。然后就是打扫房间，等阿常到院子里来的时候，女服务员的领班阿元就起来了，接着里子也起来了。

"妈妈，您可真够早的啊！"

出于母女之间的随意，里子的话里带着几分冷嘲热讽。

"我只是想起才起来的，你再回去睡一会儿吧！"

母亲嘴里说得挺温柔，可里子若说"那我再回去睡一会儿"并且真的回屋睡回笼觉的话，母亲一定会很不高兴，那都是明摆着的事。

阿常在一楼，里子夫妻在二楼，虽然睡觉的楼层不一样，但会从楼下传来开防雨窗的声音和对着神龛击掌合十的声音，让人根本没法睡个安稳觉。

虽说阿常已经退居二线了，但那只是表面上的，实际上仍旧是阿常在掌管茑乃家，就连一些小事她都要插嘴。

七八点钟的时候，去锦市场采购的厨师就回来了，开始制定菜单。那些卖菜的和卖花的也常到厨房门口来，阿常总是一棵棵一枝枝仔细挑拣之后才买。

十点的时候，园艺师就来了。快到中午的时候，那些从家里来上班的女服务员就到齐了。上等服务员负责打扫茑乃家的宴会厅和走廊，下等服务员则负责打扫厨房、堆房和院子。

也有人对阿常说过，不应该用"上等服务员""下等服务员"这种带有歧视性的语言，但阿常却不肯改正，说："我从过去到现在一直就是这个风格，好像也没有其他说法啊！要是不愿意的话辞职就是了。"

阿常这么说，谁也无话可说了。阿常这个人好像很落伍，但那些服务员们并不像周围的人想象的那样把这件事放在心上。也有不少人这么想：完成规定的工作，拿到应得的工资就足够了。

曾有一段时间，茑乃家白天也接待客人，但是现在不接待了。从十二点到两点这段时间是最空闲的。在这段时间里，厨师和领班们或者喝茶或者外出，而阿常则回到自己的房间睡午觉，每天睡两小时，午睡的时间几乎是一定的。

阿常两点以后起来，先在房间里泡个澡，然后整理好头发，穿上和服。按说到了这把年纪不用每天到宴会上去陪侍了，但那些老客人总会问："老板娘在干什么？"即使无人问起，到熟悉的客人那里露个面，客人还是很高兴的。

从年轻和美貌上来讲，当然还是小老板娘里子更胜一筹，但若讲和客人之间的关系和感情，还是阿常要深得多。

到了下午四点的时候，将门廊到甬道洒上水，在门前铺上红毛毡地毯，迎接客人的准备工作就算完成了。

来得早的客人从五点左右就开始到了，到了六点前后的时候，黑色的轿车开始一辆接一辆地停在门廊里。

白昼比较短的冬季从五点开始，白天比较长的初夏从六点半左右开始，甬道两侧的灯笼和院子茶室里的灯光开始亮起来，夜晚的料亭愈发有一种别样的风情。

每天到了这个时候，阿常和里子都要穿着和服到客人的宴席上去打招呼。倒也不是有什么具体的分工，但阿常一般是到年长客人的宴席上去打招呼，而里子则到年轻客人的宴席上去打招呼。

菊雄则坐在厨房前面的账房里，账房周围是用纸拉门隔起来的。他穿着蓝底白条纹的和服，脚上穿着白布袜子，坐在那里检查服务员们从客人那里拿来的点菜单，然后把菜单传给厨房。

菊雄原本是大阪料亭里的公子，虽说很习惯这种生意，但和女人们比起来，几乎没有在人前抛头露面的机会，所以缺少生气和光彩。

虽说菊雄也有厨师证，但他毕竟是个公子哥，并没有接受过多么严格的培训，他之所以能够做了莴乃家的上门女婿，不过是因为阿常看中了他的温和的性情和敦厚的人品。自从负责账房以后，他就没怎么拿过菜刀，在厨房里坐镇指挥的实际上是一个叫村木的工作年头最长的老厨师。

但是，阿常会对每一道菜发表意见，品尝之后说"可以了"，才能端到客人桌上。

阿常不让里子品尝菜肴，她的说辞是"女人的味觉靠不住"，而关于她自己也是个女人这一点她又有另一番歪理，说"年轻的时候因为每月来月经，女人的身体一直在变化。女人的心情味觉也随之而变化，所以女人的味觉不定，不能够品评菜肴。"

按她这种说法，是不是阿常已经绝经了，舌头的感觉再也不会变化了呢？反正不管怎么说，即便是厨师长，只要阿常不点头，一道菜也不能端到客人桌上去。

或许会有人觉得，有这么一个事必躬亲的老板娘，厨师们不好做，一定做不长，但实际上还真不是那样。即使那些一开始很反感的人，最后也对阿常那可靠的味觉心悦诚服。厨师长村木来茑乃家已经三十年了，另外还有两个在茑乃家做了十年以上的厨师。

阿常还有一句经常挂在嘴边的口头禅："那些处事圆滑、在挣钱方面很精明的厨师，先不说他作为一个老板怎么样，反正作为厨师绝对是二流。"

那些花钱不会大手大脚的人，那些不会嗜赌如命、吊儿郎当的人才能成为真正的厨师。倒也不是专门选了那么一帮人，茑乃家聚齐了这种一门心思做菜的厨师，这也是阿常颇为自豪的一件事。

宴席一般从六点开始持续到九点多，如果开始得比较晚，也有超过十点的时候。

茑乃家有一间带舞台的大厅，艺伎和舞伎们也经常出入。她们到了以后会先到账房斜对面的休息室休息一会儿，所以一定会和菊雄碰面。

"大哥晚上好！每次多谢您关照！"

姑娘们称菊雄为大哥，从账房前面过去的时候，一个个地向菊雄打招呼。

作为大料亭的老板，菊雄不但年轻，而且心地很善良，所以颇受姑娘们喜欢。另外，菊雄还在学小曲和三弦琴，有时候会在练习场碰上她们，所以对于姑娘们来说，菊雄好像很容易亲近。

菊雄有时候会瞅准账房里比较空闲的时候，到姑娘们的休息室里去看看。那些姑娘就会向他撒娇，说："大哥！给我们买六花街的票吧！"菊雄则凭着公子哥常有的那种大方劲儿轻易地点头答应，对姑娘们说："下次在宴席上告诉你们，可一定要来噢！"

"不行！不行！大哥身后跟着小老板娘，被她瞪一眼可就坏了！"

正当姑娘们半开玩笑地浑身哆嗦、众人哄堂大笑的时候，阿常走进来对姑娘们说："姑娘们辛苦了，很快就要开始了，请大家再稍等一会儿！"菊雄听阿常那么说，灰溜溜地匆忙跑回账房里去。

菊雄虽说是茑乃家的主人，在阿常面前就不用说了，就是在里子面前也抬不起头来，这一点姑娘们都心知肚明。

那天晚上大型宴会很多，最后那场宴会结束的时候都已经十点半了。宴会结束后服务员们手脚麻利地收拾餐具、餐桌和坐垫。打扫卫生等明天早晨再说，大体收拾得差不多的时候关上防雨窗，然后把灯关掉。

就在刚才还能听到三弦琴的声音，能看到姑娘们跳舞，能听到客人们的笑语喧哗，可每次宴会厅里的灯一关，筵席结束曲终人散的孤寂就默默潜来，整座料亭忽然变成了空荡荡的鬼屋。

距最后一拨客人回去过了将近一小时的时候，只有厨房的一角还亮着灯，能听到人们说话的声音。不多会儿，那里的水也关了，灯也关了，料亭显得愈发寂静了。

从那以后还亮着灯的只有账房旁边的一个休息室，值班的总管和第二天上早班的厨师住在那里。占地三百坪的茑乃家完全被吸进了东山的夜色里面。

阿常即使到宴席上去作陪，一般到了十点的时候就退出来了，先到账房和厨房吩咐好第二天的事情，然后回到另一栋楼里自己的房间。但里子就不敢如此轻松了。把最后的客人送走之后，还要去每个房间检查一下收拾的情况和关门关窗的情况，还要犒劳一下厨师和服务员们，听值班总管报告没有异常情况之后，这一天的工作才算结束。

回到自己房间早的话是十一点，晚的话是十二点，也有快到半夜一点的时候。

里子经常被客人邀请去喝酒，可这么晚的话根本没有时间，即便有时间也懒得去了。再怎么年轻，穿着和服从下午四点一直忙活到晚上十一点多，也是够累人的。

不过，若是拜托给母亲的话，也不是不能早点儿出来。但里子觉得，既然自己继承了茑乃家的料亭生意，就不想被阿常在背后指指点点说闲话，虽然阿常是自己的母亲。既然母亲老当益壮，自己也不想输给母亲。那股不肯服输的劲头或许是出自茑乃家的血脉。

那天晚上，里子检查完毕回到房间的时候已经是十一点了。她脱下和服泡了澡，换上浴衣回到客厅的时候，菊雄正坐在客厅的正中央唱小曲。

　　空空的躯壳，
　　蛇蜕美如幻，
　　蝉蜕在枝间。

银蛇蜕皮去幽会，

金蝉脱壳去寻欢。

囊中羞涩难度日，

钱包也是空躯壳。

失魂落魄人，

行尸走肉也。

苟延残喘在人世，

死后葬在乱坟岗。

菊雄身材瘦削，还有些柳肩。他那瘦削的身体裹在竖条纹的和服里，又细又长的脖子一个劲儿地颤抖。

"里子啊！能不能用三弦琴给我合一合？"

菊雄在那里恳求，里子却不搭理他，刚洗完澡的她这会儿正坐在梳妆台前面忙着往脸上抹紧肤水。

"好不好里子？求求你了！"

"你好烦人！"

听里子忽然发出了尖利的声音，菊雄连忙把拧着的脖子缩了回来。

"怎么了？你怎么一下子发起火来了？"

"没怎么！你让我安静一会儿好吗？"

今天从下午五点到晚上十一点一直在宴会上陪侍，还有很多客人需要格外小心伺候。宴会总算结束了，可没想到因为领班的失误，安排车时出了差错，结果被客人一顿数落。还有，服务员之间好像发生了争执，忽然有两个人提出要辞职。

母亲阿常使唤人的时候颐指气使，可真遇到麻烦事儿的时候却都推给里子。这种事情找菊雄商量也没用，他是个没有主意的人，一点儿也指望不上。

　　菊雄一般都是快到中午的时候才爬起来，首先要做的事情就是温习三弦琴和小曲。即使到了傍晚时分，开始来客人的时候，他还在那里唱。即使坐在账房里，他的工作也只是把宴会厅客人的点菜单报给厨房而已，稍稍一闲下来，马上就回自己房间。

　　即使去了厨房，菊雄也不会干点儿什么，可话说回来，他又不能到宴席上去陪侍客人。菊雄毕竟是料亭的主人，根本不用事必躬亲，一个掌柜的到处走来走去也不成体统，可现在这个样子的话他也太没有责任感了，简直就是个甩手掌柜。

　　今天晚上好像还是平时那个样子，十点的时候回到房间稍事休息，然后开始练习他的小曲。

　　"不用那么生气嘛！你用三弦琴给我伴奏一下吧！"

　　"不好意思，我今天太累了。"

　　"是吗？那是我不好了！"

　　也不知菊雄心里在想什么，只见他忽然柔声细气地走过来，站在里子身后。

　　"我给你泡杯茶吧！要不给你揉揉肩？"

　　里子摇摇头，忽然觉得菊雄那么可怜，那么没出息。

　　虽然自己的老婆说累了，可你想让她弹三弦琴的话，直接命令她弹就是了。老婆若说不愿意，动手打她就是了。作为一个丈夫，这点儿自信和权威还是应该有的吧？

　　但是，菊雄这个人实在是太懦弱了。不管是在工作上还是家庭里，没有一点泰山崩于前而色不变的大丈夫气概。怎么说也是个纨绔子弟公子哥，总该有点儿男子汉的气魄吧？就这个样子的话，别人说他是个女人手下的窝囊废，他也无话可说。

　　实际上，厨师们和服务员们表面上都挺给菊雄面子，可在背地里根本就瞧不起他。岂止如此，近来就连那些来陪侍客人的女孩子们都在背地里说："茑乃家的那个大哥真不中用！"

但菊雄好像很不在乎，那态度好像是说，不管别人说什么，自己能唱喜欢的小曲就行了。确实，对于菊雄来说，或许能唱个小曲就心满意足了，可里子却没法安之若素。因为自己的丈夫被别人看不起，那些不好听的话都冲着里子来了，说里子太刚强、太任性了等等。甚至还有人说菊雄是个上门女婿，小声小气恭恭谨谨，好可怜。

当初刚提起这门亲事的时候，里子也觉得菊雄有点窝囊靠不住，但她想得很简单，认为只要对方心地善良、性情温和就行了。母亲说了，即使多多少少有点不满意，结了婚自然而然地就能迁就对方了。里子当初听信了母亲的话，现在想来，那种想法还是太简单、太乐观了。

"那么，你早点休息吧！"

菊雄好像根本不理解里子的心情，他柔声细气地对里子说了一声，接着又回到客厅中央唱了起来。

"空空的躯壳……"

看着喉咙震颤唱小曲的丈夫，里子觉得在这里的只是一个没有灵魂的男人的躯壳。

菊雄对此一无所知，只是抽动着喉咙在那里引吭高歌。里子看了一眼自己的丈夫，无奈地叹了一口气。

要是有个孩子的话或许还能排遣一下郁闷的心情，可只有夫妻两人的话，就只能你看我我看你大眼瞪小眼了。走得越近，对方的缺点就越显眼。虽然自己也觉得那样不好，可还是会不知不觉间变得言语粗鲁。

"那我先去睡了！"

听里子气鼓鼓地那样说，菊雄慌忙停下不唱了。

"这就要去睡了吗？"

"今晚客人太多，我真是累坏了！"

"那你先去睡吧！我也一会儿就去睡。"

里子不说话，默默走进了隔壁房间。

卧室是一个八张榻榻米大小的西式房间，中间放着一张双人床。

因为是在日本风格的房子里长大的，所以里子从小就对西式房间有一种格外的憧憬。刚结婚的时候就决定好了，夫妻俩要住西式房间，在床上睡觉。

但是，里子现在很后悔当初的决定。说实话，睡双人床的话，即使心里不情愿，也得和丈夫肌肤相亲。

一开始的时候，并没有多少厌恶感。

新婚之夜，被丈夫搂抱求欢的时候，里子也是任凭丈夫摆布，心想也就是这么回事儿。

但是，一旦心里对丈夫产生了厌恶，就很难顺从地接受丈夫的要求。虽然觉得对不住丈夫，可里子的身子总是燃烧不起来。不过，如果里子说不愿意，菊雄从来不会强行求欢。

"今天累了，请你原谅！"

里子背过身子去，菊雄只说一句"是吗"，老实睡觉没有二话。

菊雄原本就不是那种性欲很强烈的人。或许也是因为身体瘦削的缘故，房事之类的好像有也行没有也行。

没有任何迹象表明菊雄因为妻子拒绝做爱而在外面拈花惹草。虽然他偶尔去茶屋或酒吧玩儿，但他去什么地方都很清楚，而且十二点之前一定会回家。虽然也有时候被一帮艺伎和舞伎热热闹闹地送回来，但那种热闹只能说明什么事儿都没有。

说句实话，如果菊雄在外面拈花惹草的话，里子反而会觉得丈夫值得信赖。那样的话，两口子可以开诚布公地争执，还可以热热闹闹地吵上一架。

但是，现在的菊雄可真不是那样，即使自己这边先发难，他也只是说"是吗"，很轻松地就退缩了。既然是个男人，里子希望菊雄更强悍、更威风凛凛。

在里子小时候的记忆里，她所知道的父亲是一个严厉且有孤独感的人。父亲高兴的时候，虽然会主动跟自己打招呼，但平时是一个不怒自威、很难靠近的人。那种男人作为丈夫不知是否理想，但对女人来说，却是深不可测，他身上包含着很多神秘而不为人知的地方。

和那种男人比起来，菊雄就显得太温和、太不沉稳了。

见到客人的时候，他总是一味地点头哈腰地赔笑，说起话来也尽是些近期看过的戏曲和从陪酒的女孩子那里听来的一些风言风语和小道消息。

里子对菊雄感到不满是从婚后两年开始的。有一次宴会结束回到家里，发现有些柳肩的菊雄穿着演员才穿的那种竖条纹的和服，伸着脖子在那里唱小曲。里子看到这个情景的那一瞬间，忽然感到很厌恶，一想到被这样一个男人睡了两年，里子禁不住浑身发抖。

女人实在是不可思议，一旦讨厌男人的某一点，结果就会厌恶那个人的一切。

苗条的身材，能扮演旦角的精致五官，还有端咖啡杯时翘起的兰花指，里子觉得菊雄的每个动作都是那么令人厌恶。在别人眼里很出众的地方，在里子眼里却变成了缺点。

菊雄总喊自己"阿里"，不管什么事都连连点头，这段时间里子就连他的柔声细语都觉得厌烦。

里子认为，既然是个男人，菊雄就应该有模有样一点儿，不管什么事情都能像主人一样，带着权威去面对。可是菊雄真的依靠不上，关于服务员吵架和人工费暴涨这些事情，即使找他商量，他也总是那番陈词滥调，只会说"我也不太清楚，听天由命，能怎么样就怎么样吧！"每次听到他这番没志气的说辞，里子愈发觉得气不打一处来。

去年年底的一天，里子犹豫了半天，终于对母亲发了一通牢骚。

"菊雄这个人，像个女人似的，天天弹琴唱曲儿，真是靠不住啊！"

阿常瞪了里子一眼。

"这种话你可不能对外人说啊！"

"这种话我怎么能对外人说得出口？"

"数落起男人来的话就没完没了了，他有什么不足的地方，你好好干就是了！"

"可我毕竟是个女人，他是个男人啊！真希望他堂堂正正地能有个男人样！"

"你可不能有太多的要求，到哪里去找这么老实、这么善良的人？他又不到外面拈花惹草，你说这话可要遭报应的！"

确实，对于阿常来说，菊雄或许是个令她满意的女婿。她这个丈母娘即使大事小事都插嘴。菊雄总是维护岳母的面子，从采购到菜肴全都交给了阿常。不仅如此，到了休息的日子，菊雄还会很亲热地说："妈妈，我给您揉揉肩吧！"说完就给阿常按摩肩膀。

其实，菊雄就算唱唱小曲，在账房里偷偷懒，那对茑乃家来说也不算什么。阿常认为，菊雄唱小曲的这种爱好应该鼓励，总比他到外面花天酒地拈花惹草强。

"如果菊雄抛头露面，把料亭搅和乱了，反倒不好了。我们家这种料亭必须要女人抛头露面，所以女人一定要好好做！"

确实，茑乃家是一个母系家族，世世代代都是由女人操持打理的。

阿常和两个男人生了四个闺女，但没有和其中任何一个男人正式结婚。当然，里子和槙子还有上面的姐姐赖子，都只是被父亲承认而已，也就是所谓的私生女。但姐妹几个谁也没把这件事情放在心上。与其说是不放在心上，莫如说是因为在不在乎身份的环境里长大的，这种说法或许更为准确。

阿常的母亲阿房一辈子没有结婚，阿房的上一代在户籍上好像也是单身。

茑乃家至今还有这种想法，与其让一个不着调的男子继承家业，不如让精明能干的女儿继承家业，然后招个上门女婿，这个办法一定错不了。

"别去指望菊雄，自己好好做！"

阿常这样鼓励里子，但年轻的里子还是希望被可信赖的丈夫抱在怀里，事事都由丈夫引导。

到了傍晚六点的时候，凉风里传来了高台寺的钟声。八坂神社和东大路那一带车水马龙，钟声没入了市井的喧嚣听不清楚，但在稍微靠里的这一带却听得很清楚。

在嫩叶的芬芳里，茑乃家甬道两侧的灯笼亮了起来，从这时候开始，客人的轿车开始陆陆续续到达。

里子今天穿了一件茄紫色的和服，腰间系了一条白底的盐濑带子，上面画着淡墨色的紫阳花，发髻上插了一枝翡翠簪子。

遇到喜欢的客人时让簪子的花饰朝上，遇到不喜欢的客人时就让簪子的花饰朝下。那样一来，讨厌的客人一定会早早回去。花街从过去就有那种护身符吗？里子还记得赖子和铃子两人有一回曾为让簪子花饰朝上还是朝下争吵不休。

那种护身咒符真的管用吗？但是还很小的里子根本就不相信。

但现在每次插上簪子的时候都会想起那时候的事情。心里嘀咕着可能不会有什么用，可看到客人的那一刻还是不由地改变花饰的朝向。

今天，里子发髻上的簪子，花饰清清楚楚地指向上方。

六点钟要来的客人里面有国际电业的椎名专务。好像因为工作方面的事情要和五个客人一起来，早在一周之前就预定好了。

里子只到椎名的宴会上陪过五六次。他第一次来是半年前，是被公司的客户领来的。从那以后，椎名每次到关西来都会来茑乃家。

椎名的公司总部在东京，公司主要经营电脑和相关零配件。在大阪有分公司，椎名好像经常到关西来。因为公司和美国的大型厂家有技术合作关系，好像他也经常去外国。

据同来的客人讲，椎名原本是东京大学工学部毕业的工程师，十几年前进了现在的公司，进公司之后迅速崭露头角，两年前才四十二岁的时候就成了公司的专务。

但从表面上看，椎名并不是那种精明干练的人。个子很高，身体很结实，但沉默寡言不爱说话，别人说话的时候，一般就是个听众。看上去虽然像个木讷的理工科毕业的人，但他很能注意一些细节。

像茑乃家这样的大料亭，客人临走的时候都会留下小费。一般都是用纸包起来交给领班或最频繁出入宴会厅的女服务员。

过去没有客人不留小费，但现在好像不是那样了。尤其是因公招待客人的时候，很多客人临走时都不留小费。即使有干事在场，他们可能也想不起来，即便想起来了，也不愿付小费这种不出现在收据上的钱。

"这些客人真没意思！"

阿常笑话那样的客人，但时代变了，也是不争的事实。干脆不收小费这种繁琐的钱，就像酒店一样，作为服务费明明白白地向客人收取或许才是现代的做法。

但是，那些老客人临走时还是会留下小费。当然，那不是店家要求的，也不会因此在服务上有什么分别。但在莺乃家这样的老字号料亭，走时留下小费算得上是一个规矩。倒不是因为留下小费会怎么样，说起来那是客人对厨师等工作人员的一份心意。

椎名第一次来的时候因为是被招待的客人，所以吃完饭就那么走了。第二次来的时候就不是那样了，他亲自把小费递给了女领班。而且是在宴会中途装作去厕所到了走廊里，悄悄把小费给了领班。后来才听说，他还给了负责给客人看鞋的人小费。

"看样子就知道是个落落大方的客人，心可真够细的！"

听女领班那么感慨，里子心里也很敬佩他。

虽说身为专务，可小费之类的应该是他自掏腰包吧？给服务员五千日元，给领班三千日元，这点儿小费对他来说可能算不上什么大钱，但他为了不让别人看见，把可给可不给的小费用纸包起来，悄悄交给领班，这可不是任谁都能做到的。

仅凭给不给小费来评价一个人，可能有点儿过了，但里子在椎名貌似不拘小节的外表下，看到了男人的一种大气。虽然外表上一点也没表现出来，可他在心里却惦记着最下面的人。

不但里子那么想，就连领班阿元都对椎名抱有好感。

"明明能讲一口流利的英语，却从不显山露水。"

听阿元那么说，里子也频频点头。

从那以后，椎名每次来，里子都会到宴席上去打招呼。

不过，作为老板娘不能总在一个宴会厅里陪着，不管是喜欢的客人还是不喜欢的客人，应该到所有的宴席上去露个面打个招呼。

但是，如果是椎名来了，里子总是不由地想多待一会儿。

话虽如此，但里子并不坐在椎名的身旁。一般来说，既然是老板娘，就应该坐在主客的身旁为客人斟酒。但不知为什么，里子唯独不肯坐在椎名的身旁，她总是故意躲得远远的，只是从远处默默地看着。

椎名在宴席上几乎不谈论工作的事情。他的话题很多，比如最近报纸上的新闻、朋友的消息、到外地旅游或去国外时的印象、还有电影戏剧什么的。

在东京，他好像也经常去新桥和银座，听他讲这些的时候，里子莫名地会感到一丝嫉妒。

但是，椎名好像丝毫没有察觉里子的心情，酒过三巡就开始讲笑话，迎合众人频频点头，看样子喝得很高兴。但他从不对里子说"到我身边来"或"给我倒酒"。

平时，他不是主客也是近乎主客，所以对老板娘提要求也不是不可以，但他什么都不说。

既然对方不想有所表示，自己也绝对不会主动靠近！里子好像赌气似的在那里坚持。

不过，上次宴会的时候，椎名若无其事地说了一句："老板娘今天的和服非常合体啊！"

要是平时的话，里子会说"多谢夸奖！"或"真的吗？"之类的客套话轻描淡写地搪塞过去，但不知为何，那时候里子只觉得脸上发烫一句话也没说出来。

"老板娘，要不要给专务倒酒？"

听旁边的客人那么说，里子对那个客人表示感谢，第一次给椎名倒酒，她的手微微颤抖了一下。

男人们好像没有察觉里子的慌乱，但旁边的艺伎们或许察觉到了。

明明自己是老板娘却那般慌乱，里子很为自己感到羞臊，但让她感到高兴的是，椎名谈笑风生之间还很认真地注意到了自己的和服。

那时候，里子穿了一件明亮的蓝底的和服，腰间系了一条朱红色的带子。

感觉椎名好像没有察觉，可他确确实实地注意到了自己的和服。里子还记得当时自己暗自欢喜的心情，她今天又选择了一件和上次一样的蓝底和服。

椎名到茑乃家是晚上六点多一点。里子听领班阿元说了，但没有马上到椎名的宴席上去。

里子去了一趟二楼，挨个房间转了一圈，然后去了账房旁边的休息室，在那里照了照镜子。

里子整理了一下茄紫色的和服领子，检查了一下腰间的和服带子。傍晚刚去了一趟美容院，发髻丝毫不乱。里子虽然平时不化浓妆，但她还是觉得鼻子那个地方有点儿斑驳，用油纸按了按，用粉扑儿稍微扑了点儿粉。

隔壁账房里，菊雄正坐在那里看传票。

在宴席中间抽空照照镜子明明是很正常的事情，可里子莫名地有一种错觉，觉得自己好像在做什么亏心事。

里子走出休息室，刚举步要去椎名所在的"枫树间"，忽然又改变了主意，走进了"枫树间"前面的"银杏间"。银杏间里的宴会是由西阵织批发行的老板做东，在座的都是老面孔，所以里子感到很放松。里子在那里和客人们刚说了一小会儿话，一个服务员进来把里子叫了出去。

"什么事？"

"椎名先生让我把这个交给大老板娘和小老板娘。"

服务员手里拿着一个白色的纸包。

"什么？椎名先生……"

里子颇感疑惑地伸手接过了纸包。

"谢谢你！过会儿我去打招呼！"

见服务员走开了，里子拿着纸包回到了自己的房间。关上门，等呼吸平静之后慢慢地解开纸包，两条"道明"的细绦带从里面露了出来。

一条是土黄色的，一条是朱红色的。

说起"道明"，那可是在上野专门经营细绦带的老字号专卖店，里子也有好几条这家店的细绦带。每一条都是精心编织的，好用就不用说了，束腰的时候从来不会松。

椎名的意思好像是土黄色的给阿常，朱红色的给里子，两条细绦带的颜色都很高雅。

到客人的宴会厅里去，收到客人送的礼物是常有的事。有胸针和耳环，也有手袋和珠宝，客人送的礼物可谓五花八门。

但是，因为母亲管束得紧，里子从来不接受昂贵的礼物。倒也不是怀疑对方，只是没有理由收下别人那么昂贵的东西。

但是，价格适中的东西还是会毫不客气地收下的，当然，收下别人的礼物还是很高兴的。

莫非他知道我对他有好感才特意带礼物来的……

但是，里子没有向任何人说起过自己的心情，而且在言谈举止上也从未表现出来过。就算阿元那么敏感的人，估计也没有丝毫察觉。

椎名或许是出于一种感谢给买了这个礼物，正因如此才带来了两条细绦带，一条给母亲，一条给自己。

但是，仔细看看就会发现，朱红色的细绦带颜色艳丽很适合白色的和服带子。倒也不是自恋，里子看着这条朱红色的细绦带好像听到有人在喃喃细语："这条朱红色的就是专门为你买的！"

莫非他只是为了把这条朱红色的细绦带送给我而把土黄色的也一起买了？只把一条细绦带送给我一个人的话就太扎眼了，为了掩人耳目也给母亲买了一条？

里子的心里瞬间有这么一闪念，紧接着慌忙摇头否定那个念头。

不会有那种事情的！他要是喜欢我的话，按说应该再对我说点儿什么才对。每次到他的宴席上去，他总是和在座的其他女性说话，并没有单独跟里子搭话。他说话永远是一种淡淡的口气。

但是，上一次他有意无意地夸奖她的这件和服很合体。听了他的夸奖，她心里是那么高兴，所以今天也特地穿了一件蓝色的和服。这条朱红色的细绦带和今天的白色盐濑带子很相配。或许他想到了这么多才为自己买来了这条朱红细绦带。

平时的话，若是来自并不感兴趣的客人的礼物，里子绝不会胡思乱想这么多。那种时候，她只是看看里面的东西，心想原来是这么个礼物啊，然后就放在房间里不管了。

但今天的情形格外不同。根据送自己礼物的客人的心情，自己去宴席上陪侍的心理准备也不一样。

里子到了"枫树间"的时候，艺伎们已经在宴会厅里各自散开给客人斟酒了。

客人共有六位。椎名坐在壁龛对面的中间的座位上，而背对壁龛的上座上坐着一位六十来岁绅士派头的客人。

房间有三十张榻榻米大小，套廊前面有个桧木做的戏剧舞台。里子在门口说了声"晚上好！欢迎光临"，然后向酒桌走去。

"老板娘，我们可是久候多时了！"

首先向里子打招呼的是坐在椎名旁边的一个叫大野的部长。他和椎名一起已经来过好几次了。

"这位是这里的老板娘！这位是东京大学的平井教授！"

大野从上座的客人开始介绍。背对壁龛坐着的好像都是被招待的客人，不是大学教授就是研究所的所长。

"我是茑乃家的女掌柜，非常感谢您的光临！今后还请您多关照！"

里子逐个向客人寒暄致谢之后，先给上座的平井教授斟了一杯酒。教授接过酒杯说道：

"呦！果然漂亮！"

说完稍稍仰起头看着里子。

"即便是京都的料亭，这么漂亮的老板娘也没几个！"

听大野越说越来劲儿，平井不住地点头称是。

"看见老板娘才感觉这是到了京都了！以前也来过几次京都，但这么气派的料亭还是第一次来！"

平井不愧是个学者，为人很直率。

"请您慢用！"

里子给平井低头行礼，然后给旁边戴眼镜的客人斟酒。这位是大阪一所大学的教授，好像经常来京都。

"竹村先生来过你店里吗？他是我的老师。我听老师说起过你。"

"真的吗？我听说他好像身体不太好……"

"是的，肝脏有点儿问题，不过已经出院了，看样子一时半会儿不能出来喝酒了。"

"是吗？我还一直想着去探望一下呢！"

里子从进入宴会厅的那一刻就看见了椎名，但从那以后一直没有往那边看一眼，她担心和椎名四目相对会让自己很狼狈，但一直用眼角的余光观察着椎名的一举一动。

这会儿椎名正端着酒杯让一个叫富久鹤的舞伎斟酒，不住地点

82

头表示感谢。听不清楚他们在说什么，好像舞伎在问他清酒可不可以。

给被招待的客人都斟过酒之后，里子环视了一眼客人的座位。

从顺序来讲，按照规矩接下来应该到坐在招待方上座上的椎名那里去。正好这会儿舞伎们都站起来去准备舞蹈了，椎名身边一个人也没有。

要是平时的话很自然地就走过去了，可不知为什么，里子觉得今晚有点抬不动腿。里子为了稳定心神，把手轻轻放在和服带子上，慢慢地走到椎名旁边。

"晚上好！非常感谢您的光临！"

为了不看对方的脸，里子迅速地低下头拿起了酒壶。

"辛苦你了！"

椎名用平时那种静静的语气说着，伸出了酒杯。

本应该这时候表达对对方送自己细绦带的感谢，可是舞伎们不在场，座位很安静，里子总觉得说不出口。

送礼物的客人也是各种各样。有人当着众人的面把礼物拿出来，不羞不臊地说："这是给你买的！"也有人在回去的时候悄悄地把礼物给自己。

虽然只是行事风格不同没有恶意，但什么事情都说得那么明白就不怎么受欢迎了。若想不伤害周围的人，让本人也容易接受，最好的办法就是暗地里把礼物给别人。在这一点上和西方的做法大不相同，好像和关东地区也稍有不同，京都自有京都的规矩。

椎名通过服务员转交礼物的办法实在是巧妙。那样的话既不会被其他舞伎知道，也不会被同桌的其他客人知道。给负责宴席的服务员一点儿小费的话，谁也不会有怨气。

椎名为什么连那种办法都知道？这种事情他知道得太多虽然让

里子有些不安，但她还是很高兴。

不管怎么说，既然他悄悄地把礼物给了自己，里子觉得最好还是不要在众人面前表示感谢。

里子往椎名的酒杯里倒酒，觉着自己的膝盖触到了椎名的膝盖，忽然有些不安起来。虽然只是两人的膝盖的一点透过和服轻轻触碰在一起，但里子觉得膝盖接触的那个地方就像放上了一块烙铁似的热辣辣的。

"今天看样子很忙啊！"

椎名把杯中酒一饮而尽，问道。

"托您的福！"

和心里想的完全相反，里子很冷淡地点点头，眼睛看着旁边的大野。

"今天还是这么漂亮！专务以前说过，小老板娘还是穿蓝色的和服更好看。"

里子感觉自己今天选择蓝色和服的心思被看穿了，连忙转移话题。

"今天全是了不起的大人物啊！有什么活动是吗？"

"就是研讨会！"

"研讨会是什么意思？"

里子觉得面对大野的时候就不紧张了，似乎和对方的交谈也容易了。

"就是把采用电脑的公司里的管理人员召集在一起，给他们讲授电脑的使用方法。说起来就算是电脑培训班吧！对面的先生们就是培训班的老师。"

里子根本不知道电脑是个什么东西，她唯一能想象到的就是，电脑是一种很复杂的机器，能够迅速处理复杂的数字。摆弄电脑的椎名竟然给自己买了道明的细绦带，里子觉得这个事情很奇妙、很不可思议。

"请安静！现在开始演出！"

坐在舞台红毛毡上的舞伎大声说完这句话，众人都不再说话，一齐把目光转向舞台那边。

舞台是一个正方形的铺木板的房间，也可以在上面演出传统能乐。舞台正面的两端放着烛台，烛台上点着蜡烛。怀抱三弦琴和手持笛子负责伴奏的两个乐师坐在右端的红毛毡垫子上，左端则摆着幔帐。

最早出场的是富久鹤和豆加两个舞伎。舞伎在舞台上站立的位置是有规矩的，面对舞台，右侧是大姐舞伎，左侧是小妹舞伎。

"夏日夜晚看流萤！"

怀抱三弦琴的伴奏乐师低声念诵，两个舞伎行了一礼站起身来。

舞台上演出的是一幅轻罗小扇扑流萤的情景。傍晚时分，坐在折凳上乘凉的时候，有萤火虫翩翩飞来，姑娘追过去想用团扇按住萤火虫。舞伎挥舞团扇追逐忽左忽右上下翻飞的萤火虫的姿态煞是可爱，那赏心悦目的舞蹈能让人感到夏日黄昏的一丝清凉。

客人们都把椅子调过来朝向舞台，一个个看得如痴如醉。

一个曲目表演完了，舞伎站在舞台上向客人行礼，客人们则报以热烈的掌声。

"欣赏着这么好看的舞蹈，心里涌上一种实感，深切地感到这是真的到了京都了。"

"我看着这么美的舞蹈，我忽然觉得摆弄电脑真的好傻好无聊。"

"好像不能把这个舞蹈编进电脑程序里去啊！"

客人们兴致勃勃地谈笑风生。

不一会儿，一个名叫千代菊的襟替（刚从舞伎变成艺伎的舞女）

从舞台的一端走了出来。襟替虽然已经从舞伎变成了一个独立的艺伎，但跳舞的舞蹈演员必须是刚刚学完舞伎的人，所以把跳舞的艺伎特别称为襟替。

艺伎果然不同于舞伎，身材苗条，体态风流，宛如风摆杨柳，那种妖艳和舞伎的天真烂漫自是不同。她现在跳的这个舞叫《黑发》。

> 黑发三千丈，
> 相思似个长。
> 孤枕堆秀发，
> 独寝到天亮。

孤枕难眠的女人把对男人的思恋寄托在黑发里翩翩起舞。

舞蹈结束的那一瞬间，人群里响起了比刚才还要热烈的掌声。

"天啊！还是日本的传统艺术好啊！"

"相比之下，我们的工作真是索然无味啊！"

客人们各自谈论着，把椅子的方向调了回来。

那个时候，椎名站了起来。好像是去厕所吧，见他朝着出口走去。里子瞬间犹豫了一下子，紧接着悄悄跟了过去。

里子从后面看着椎名那宽宽的后背穿过了宴会厅，从休息室前面向走廊走去。里子从后面把他叫住。

"椎名先生！"

见椎名站住转过头来，里子慌忙低头行礼。

"刚才收到了您那么好的礼物，真的是太谢谢您了！"

"本打算把那条朱红色的送给你，也不知道是否适合你。"

"颜色真是太美了！我马上就用。"

"能让你喜欢就太好了！"

椎名点点头正要走开。

"还有……"

"什么事？"

被椎名那么一问，里子却发现自己没什么话要说。她只是想两个人多聊一会儿而已。

"没什么事儿，您请吧！"

里子摇摇头，一下子把身体转了过来。

里子想再次回到椎名的酒桌上去，可老板娘总在同一个宴席上待着也不是那么回事儿。还有，坐在椎名身旁的时候精神紧张，反而很累。

里子稍微考虑了一会儿，向二楼的"柊树间"走去。

"柊树间"今晚的客人是京都老字号点心铺"梅善堂"的掌柜和他的三个朋友。看样子已经喝了不少了，从圆圆的脸到光秃秃的头都又红又亮。

"欢迎光临！非常感谢！"

里子笑意盈盈地向客人打招呼，梅善堂的老板马上把酒杯伸了过来。

"得让里子姑娘给我倒杯酒啊！"

梅善堂的掌柜名叫仓本井左卫门，这个名字听起来古色古香的，可他本人才刚刚五十岁。在仓本家，一到成人世世代代都要承袭井左卫门这个名字，亲朋好友们都叫他"井左卫门先生"。

"今天好像很忙啊！是不是从东京来了很多阔人啊？"

井左卫门是个土生土长的老京都人，东京的客人鱼贯而入涌进莺乃家这样的有渊源有来历的料亭里来，这样的事情总是让他感到不快。他所说的"阔人"其实是一种带有讽刺意味的称谓，意思是说那些人都是东京的暴发户。

"那些人称为社用族，都是借公事的名义挥霍公款的人，全是不花自己钱的人吧？"

"也不都是那样……"

里子含糊其辞地回答，井左卫门很夸张地皱着眉头说道：

"刚才好像听到笛子的声音了，那应该是《黑发》吧？东京的客人即使看了也不懂什么意思啊！"

因为他说的是椎名那个宴会厅的事情，所以里子默不作声。井左卫门把杯子递给里子说道：

"里子姑娘可不能迷上东京的男人呦！我们刚才还在谈论川新家的闺女和一个从东京来的男人私奔的事情呢！"

"天哪！您说友子姑娘她……"

"川新"也是木屋町的一家老字号料亭，友子是料亭掌柜的独生女。论年龄，友子比里子小两岁，因为小时候一起学艺，所以里子和她很熟。

"女大十八变，越变越好看，这阵子那姑娘一下子变成了个大美人。父母好不容易给他物色了个好男人，正打算让她结婚呢！"

"您说的是真的吗？"

"所谓金玉其外败絮其中，东京的男人都是些绣花枕头，最后一定会被骗的。"

见井左卫门和他的三个朋友都在那里频频点头，里子忽然有点儿生气了。

"可是，那一定是友子喜欢上那个男人了！若能够和喜欢的人在一起，我觉得那挺好的！"

"不会是里子姑娘也喜欢上东京的男人了吧？"

"没有，我怎么会？"

"说的也是！里子姑娘有个好丈夫啊！"

听对方提起菊雄，里子连忙转变了话题。

"请问伸代女士近来可好吗？"

"对了对了，正想说她呢！"

伸代是富永町一家小酒馆的老板娘，井左卫门最近迷上了她。井左卫门听里子提起伸代，马上笑逐颜开，摸了一把光秃秃的头顶说道：

"她说下次两人去约会。"

"那真是恭喜了！"

"恭喜"这个词好像是过去在皇宫里使用的词语，因为梅善堂从很早就是"宫内厅的用品承办商"，负责向宫里进贡京都点心，半开玩笑地用"恭喜"这个词，他听了很受用。

"可是，这个事情要保密呦！"

"末将明白！"里子点头说道。

其他的客人都哄堂大笑起来。

和梅善堂掌柜打过招呼之后，里子又转了两个宴会厅，边和客人应酬说话边想着椎名的事情。

里子很想早点儿回到"枫树间"，可担心回去太早被别人看穿了自己的心思。明明很想去，却不得不更加克制自己。犹疑不决之间时间就到了八点，里子走进休息室照了照镜子。

里子从休息室出来径直去了"枫树间"，一进门就听到了姑娘们那夸张的娇滴滴的燕语莺声和客人们的开怀大笑。

"真的那么喜欢？"

"真的很喜欢！"

"当演员真好啊！我要是能当演员就好了！"

"不好意思，喜剧的话大野先生没问题，歌舞伎恐怕就不行了吧？"

说到这里又是一阵欢快的笑声。

看样子他们在谈论自己喜欢的歌舞伎演员，在艺伎里面千代菊属于那种爱开玩笑的人，她说对方若是她喜欢的玉三郎，即使被他奸污了也心甘情愿。听了她这话，全桌的人都沸腾起来了。

"下个月歌舞伎座上演《源氏店》不是吗？我要去看！"

"专程跑到东京去看戏吗？"

"我和姐妹们送了他一幅蜡染的门帘，不去不行啊！"

"什么门帘？"

听大野问，千代菊很自豪地挺起胸脯说道：

"后台门口不是经常挂着吗？蓝底带点儿粉色的绉纱门帘，上面用通红的字印着'送给玉三郎'，旁边还写着我的名字，不过字很小。"

"你们送那种东西啊？"

"那可是演员人气高的标志啊！以前还送过毛巾和被子呢！"

对歌舞伎好像一点儿也不感兴趣的大野在那里一个劲儿地点头。

"你说的那个门帘能值多少钱？"

"也就五六万日元吧！"

"自己送的却不知道价钱？一定是让男人给你买的吧？"

"坏了！说漏嘴了，这可怎么办啊？"

在座的人见千代菊满脸通红，又是一阵哄堂大笑。只有大野一个人在那里歪着脖子百思不得其解。

"那种娘们似的男人到底好在什么地方呢？"

"在源氏店那出戏里，刚洗完澡的他如同贵妃出浴一般，湿淋淋的头发上插着一把黄杨梳子，身穿条纹图案的和服，领子是黑缎子的，左手拿着洗脸盆，嘴里衔着米糠包的红丝线，脚上穿着咯吱咯吱有声音的利休屐……"

千代菊在那里连说带比划，客人们都听得入迷了。

"看见他的舞台形象，即使女人也会激动不已。"

"大家都是玉三郎的粉丝吗？"

听上座的平井教授那么问，旁边的一个叫贞江的大姐级舞伎回答说：

"好像他的粉丝很多，不过我以前是染五郎的粉丝……"

"是不是用心不专变成玉三郎的粉丝了？"

"那倒不是！他经常上电视演话剧，感觉他好像变成另一个人了。"

"大家都想把偶像当成自家的东西啊！"

"也不是那样。"

"比如说，在先斗町很有人气的演员，到了祇园町就会受冷遇，有没有那种情况？"

教授的这个问题有点儿刁难人的意思，艺伎们面面相觑，然后笑了起来。大野好像忽然想起来似的问道：

"千代菊姑娘，你什么时候来东京？"

"因为是每个月初的第一个星期天，应该是下月的一号吧！我可能和稻菊姐姐一起去。"

"资助人是谁？"

"哪有什么资助人啊？要是有就好了。"

"那么在东京一起吃饭吧！"

"啊？您真会带我们去吃饭吗？"

见千代菊那么激动，大野反倒有些不好意思了。

"可是，一对一有点不好吧！怎么样？专务？偶尔在东京请她们吃个饭怎么样？"

"天啊！要是专务也一起的话就太好了！"

千代菊拍着巴掌，高兴得像个孩子似的。

"贞江姐姐和豆加姐姐也一起去吧！"

"好啊！我也想去！"

见姑娘们向椎名撒娇，里子的心情渐渐郁闷起来。

虽说自己是老板娘，可只要在料亭里就属于招待客人的人，椎名他们就不用说了，姑娘们的面子也得照顾，还要时时注意酒壶是不是空了，客人是不是该吃饭了等等。客人和艺伎们谈笑风生的时候，里子总是客客气气地退后一步少说话。

正因如此，见艺伎们和客人如此亲密里子有时候会觉得不安，尤其像今晚一样，看见艺伎们向自己喜欢的人撒娇，里子就觉得自己越来越焦躁。

里子把空了的酒壶拢在一起正要端回厨房里去，千代菊大声对她说。

"对了！老板娘也跟我们一起去东京吧！"

里子听到有人喊她，刚站起来又坐了回去。

"偶尔也出去散散心吧！"

千代菊和里子是小学同学，说起话来比较随意，不用顾忌彼此的身份。

"我倒是想去，可是这么忙……"

"你要那么说，什么时候也出不了京都！下定决心出去一趟怎么样？"

"这个嘛……"

里子正在犹豫不决的时候，一直沉默不语的椎名看着里子这边说道：

"从来不去东京吗?"

"偶尔去,一年也就一次吧!"

里子回答,她想起来,上次去东京还是三年前她和菊雄刚结婚不久的事情。

"虽然你很忙,希望你能来东京!"

"专务都那么说了,一起去吧!"

"谢谢您……"

里子模棱两可地回答,心里想象着在东京和椎名见面的情景。

要是能两个人一起在东京的大街上散步该有多好啊!在京都的话,不管到哪里去都得注意别人的眼神,在东京就自由了。即便是料亭的老板娘,也可以上身穿夹克下身穿紧身的西裤在大街上昂首阔步。

"好不好?那天又是个星期天,去吧!"

"好吧,让我想想。"

里子点点头,端起放着空酒壶的托盘站了起来。

里子端着托盘刚出了房间,忽听背后有人喊:"老板娘!"

她回头一看,原来是大野站在那里。

"我们这就该结束了,麻烦你给叫四辆出租车吧!还有,明天中午有空吗?"

"您有什么事吗?"

"是这么回事儿。美国有一家经营相同品牌电脑的公司,那家公司的副社长夫妇明天要来京都。我们打算在清水的坂本饭庄请他们吃午饭,能不能请你来作陪?"

里子本打算明天白天更换一下各个房间的挂轴,除此之外还真没什么事。不过,说是没事,在店里待着的话就会有很多事,接电话、应酬客人、准备宴席等等,还是相当忙的。

里子经常被各种各样的客人邀请去吃午饭，但她很少去。如果出去吃午饭的话，十点左右就得去美容院，下午回来之后就得去宴席上陪客人，中间几乎没有休息的时间。从中午之前到晚上十一点多一直穿着和服的话，再怎么年轻也会累的。

"除了副社长夫妻俩，那家公司宣传科的科长也来了。我认为既然对方有副社长夫人来，我们这边最好也有个女士陪着。"

"可是，我一句英语也不会说……"

"那个你不用担心，有专务跟着呢！"

"啊？椎名先生也一起吗？"

"当然了！是专务让我问你的！"

里子按捺住内心的喜悦说道：

"若是我也可以的话……"

"当然可以！那太好了！"

大野的脸上露出了和蔼可亲的笑容，往上提了提快滑下来的腰带。

"给你提个要求，到时候能不能请你穿着和服来？"

"当然，我正打算穿着和服去呢！"

"那就好！那位美国夫人说想和穿和服的日本女士交朋友。"

"我觉得穿和服比穿便装轻松多了！"

"那样的话专务也会很高兴！那么说好了，明天中午十二点，我们来这里接你！"

"这么近，不用麻烦来接我了。我先去饭庄等着吧！"

"可是，那样的话……"

"我的事情您不用那么费心！"

不知道大野是否知道里子忽然心情大好的原因，只见他把腰带又往上提了提。

"刚才千代菊姑娘也说了，请您务必到东京来！我想专务也会很高兴的。你没有什么来东京办的事情吗？"

"那天正好有个老客户的千金的婚礼。"

"那你正好借口参加婚礼来东京！"

"可能的话我就那么办！"

在里子的眼里，大野这会儿好像成了她的救世主。

第二天上午九点半的时候，里子去了美容院。那是里子常去的一家美容院，是一个很熟悉的美容师给她做的头发，但还是花了将近一个小时。里子十点半回到家，换上了和服。

外国客人说想见见穿和服的女性，可穿什么样的和服去才好呢？一般来说外国人比较喜欢鲜艳的颜色，但总不至于大白天就穿那么花哨的和服吧？想来想去，里子最后选择了一件结城产的淡茶色的茧绸条纹和服，外面系了一条深蓝色的带子，系上了那条道明的细绦带。

说来说去，最后还是为了用上昨天椎名送给自己的那条细绦带才选择了现在身上的这件和服和带子。

穿好和服，里子对着穿衣镜照全身的时候，阿常走了进来。

"你今天要到哪里去？"

"母亲可真健忘！我不是跟您说了吗？这回是椎名先生邀请我，先去坂本饭庄，然后去保津川漂流。"

昨天晚上接到大野的邀请后，里子马上告诉了母亲。倒也不是没有阿常的许可不能外出，但里子觉得最好还是先让母亲知道是怎么回事。应客人的邀请外出，在某种程度上也是老板娘的工作，阿常并没有怎么表示反对。

"那条细绦带很相配啊！"

"您那么说我太高兴了！母亲也试试椎名先生送的那条细绦带吧！"

"有那么多条呢！可不能狗窝里存不住窝窝头，人家刚送给你你就嘚嘚瑟瑟地赶紧扎上！"

近来这段时间，里子从阿常的态度里读到的有时候不是一位母亲而是一个女人。比方说在宴席上母女赶巧凑在一块儿的时候，如果客人的注意力都集中在里子身上，阿常马上就会变得格外饶舌，吵吵嚷嚷非得弄出点动静才行。虽说是母女，但有时候也会有一种竞争对手的感觉。刚才阿常的那句冷嘲热讽就近似那种感觉。

"可不能回来太晚！"

阿常只叮嘱了一句就从房间里出去了。里子在穿衣镜前再次照着看了看带子的情形，然后让阿元拿来了三块塑料布。

在保津川漂流的时候，飞溅的水花有时会弄湿衣服。椎名和那几个外国客人或许都是第一次，估计他们都没有做什么准备，里子曾经在保津川上玩儿过一次漂流，所以知道大体是个什么情况。

"谢谢！"

里子从阿元手里接过塑料布塞进手提包里，听见阿元叹息着说。

"老板娘今天又非常漂亮啊！一定是去见喜欢的人吧？"

"啊？你怎么那么说？我……"

里子吃惊地抬起头来看着阿元，阿元挤眉弄眼地对里子一笑。

"不用担心！我谁都不会告诉的！"

阿元从里子上小学的时候起就在茑乃家做事了，家里的什么事情她都知道。阿常忙得不可开交的时候，阿元还代替阿常照看孩子，所以里子那种喜不自胜的神情她一眼就看出来了。

"落到阿元手里我可完了！"

阿元出了房间顺着走廊走远了，里子对着她的背影小声嘀咕，刚才阿元夸自己漂亮，里子掩饰不住满脸的喜悦。

里子到了坂本饭庄，先进休息室等着，过了不到五分钟，椎名他们就到了。客人是副社长夫妇和宣传科长，还有椎名和大野，加上里子一共六个人。

今天担任干事的大野首先把里子介绍给美国客人。

"This is Madame Satoko."

大野的英语虽然说得不怎么样，但他没有一点儿难为情的样子。外国客人非常友好地笑着跟里子握手。

副社长名叫威廉姆斯，看样子有五十四五岁了。个子很高，看样子得有一米八左右。满头白发，笑起来表情格外地和蔼可亲。夫人虽然五官精致，但和其他老年女性一样，脸上的雀斑很显眼。另一位宣传科长叫约翰逊，比副社长小十岁左右，身材修长，戴着眼镜。

这三个美国客人看到里子都连声赞叹"very beautiful！""wonderful！"

因为莺乃家也常来外国客人，这种程度的英语里子也能听得懂，但是稍微再难一点的话就跟不上了。即便如此，这几个美国客人还是一边看着日语会话书一边连说带比划，非常热情地跟里子说话。

今天的这三位外国人也会说一两句日语，比如说"你好！""见到你很高兴"之类的。

"非常 thank you！"

里子出于平时的习惯，"非常"这个词还是脱口而出了。

六个人说说笑笑进了宴会厅。威廉姆斯副社长夫妇和宣传科长坐在背对壁龛的上座上，椎名、大野和里子三人面对上座一字排开坐下。

这间宴会厅有二十张榻榻米大小，有阵阵微风从敞开的走廊里吹进来。充分利用了东北向倾斜的庭院稍微有点儿坡度，庭院中央有个池塘，池塘左肩位置有一条落差一米左右的瀑布。瀑布前方安放着石刻灯笼和黑色的巨岩，整座庭院颇具风格。

威廉姆斯坐在那里看着石刻灯笼跟椎名说话，椎名则一边点头一边给里子翻译。

"副社长说他家的院子里也有一个石刻灯笼，只是比这个小。他可是个大大的亲日派啊！"

"美国也有卖石刻灯笼的吗？"

听里子这么问，椎名转过脸去用英语问威廉姆斯。

"他说，美国现在是日本热，虽然也有制作石灯笼的地方，但他家的石灯笼是直接从日本运过去的。"

里子过去从未听椎名讲过英语，今天第一次听，确实讲得很棒。

威廉姆斯继续说，周围的人忽然大笑起来，也不知道什么事情那么好笑，里子正在大惑不解的时候，椎名马上给她解释。

"他很想要一个和日本的灯笼一样古老的长满青苔的石刻灯笼，可是新买的灯笼一时半会儿长不出青苔，他说光买些青苔回去粘上怎么样。"

在场的只有里子一个人不懂英语好像有点儿无聊，美国客人也察觉了这一点，马上把话题转到了里子身上穿的和服上面。

"真的好美好漂亮！"

威廉姆斯夫人特意坐在里子身旁，用手摸摸和服，还问领子和带子的叫法。

"带子！"

听里子那么说，她也模仿着说"带子"。

"细绦带……"

刚说出口里子忽然压低了声音。在场的人只有椎名知道这条细绦带是他昨天晚上送给里子的。

"太美了！我也想穿！"

"今晚您若是有空的话我给您穿！"

里子嘴里答应着，心想夫人如此人高马大恐怕袖子和腰身都不合适。

关于和服的话题大家谈兴很浓，谈论得也很热烈，过了一会儿，香鱼被端上来了。

中午虽说是怀石料理，可从晚上来看还是太简单，量也太少了。

先是简单的小菜，接着是酱烤串豆腐和烤鳗鱼。这些东西外国客人用筷子还能勉强吃到嘴里，香鱼刺太多，吃起来就太难了。

"我替您把鱼刺剔除掉吧！"

里子接过碟子，去掉鱼尾巴，用叠起来的白纸按住鱼头，把鱼刺一下子从腮里拽了出来。用这个办法，只把鱼刺拔出来，鱼身几乎不会散。

"您请慢用！"

里子把碟子递回去，威廉姆斯自己也试了试，但是根本不行。里子又替约翰逊把鱼刺拔干净了，众人鼓掌，夸赞这是日本魔术。

里子很快乐。一方面是因为这些美国客人给人的感觉很好，更多的是因为有椎名在身边，里子觉得，只要有椎名在身旁，她就有一种安心感。虽然不只是他们两人交谈，只要和椎名在一起，里子就觉得内心很充实。

过了一会儿又上来一道酒蒸蛤，美国客人希望的就是这种纯粹的日本料理，只见他们都充满好奇地拿起了筷子。

"客人好不容易来了京都，昨天晚上陪着他们就好了！"

里子对椎名发了句牢骚。

"昨天晚上是另一家公司招待的，好像是在酒店吃的。"

"很想让客人多看看京都的好地方，真遗憾！"

不管是谁，如果没让他看到京都真正美好的地方，里子都会感到伤心。

从京都到保津川漂流的出发点龟冈，开车需要大约一个小时。因为是六个人，所以分乘两辆车，前面那辆车坐的是威廉姆斯夫妇和大野，后面这辆车坐的是椎名、里子和约翰逊。

椎名想坐在副驾驶座上，可里子坚决要求坐在前面。

车子开动了，椎名一边把沿途的风景介绍给美国客人，一边找机会跟里子说话。

"这是去丹后的路吧！"

"是的，过去这一带有一片片的竹海。"

里子这样回答，椎名则把里子的话用英语告诉约翰逊。

遇到堵车的时候，坐在前面车里的威廉姆斯夫妇会回过头来招手，里子见状也向他们挥手。这对美国夫妻到哪里都是那么活泼开朗。

虽然没有和椎名并肩坐在一起，但里子觉得只要能和他坐一辆车就很高兴了。虽然车里还有约翰逊，但他不懂日语，所以两人可以单独交谈。

"您送我的那条细绦带，因为颜色实在太美了，所以我今天迫不及待地就系上了。"

"刚才我就看到了，真的很相配！"

"是专务先生自己选的吗？"

"是的，前些日子去了一趟上野那边。"

因为约翰逊中间插话，两个人的交谈就中断了。过了一会儿，椎名好像忽然想起来似的问道：

"今天一定很忙吧？"

"没有，听说是和专务在一起，我是一路跑来的。"

里子很诚实地回答。

车子到达龟冈的时候还不到三点钟。好像大野已经提前预订好了，六个人租了一条船。

"坐在前面讲解听得清楚，更有意思！"

按照艄公的建议，威廉姆斯和约翰逊坐在前排的左右两边，中间夹着威廉姆斯夫人。椎名、里子和大野则并肩坐在后排。因为船很大，稍微挤一挤的话坐二十个人也很轻松，现在只坐了六个人，真的是绰绰有余。

里子刚坐下就把带来的塑料布盖在了前排美国客人的膝盖上。

"因为中途会有水花溅上来，小心不要弄湿了衣服！"

美国客人对里子的细致周到感动不已。

艄公一共有三个，船头两个，船尾一个。三人都摇橹，不用马达，解说不用麦克，一切天然而有风情。

刚出发的时候，河面宽阔，水流平缓，只有艄公吱吱呀呀的摇橹声回响在初夏的河面上，左右两边的河岸上有人垂钓，也有人在河边的草丛里睡午觉。

这种顺流而下的漂流船以前是用来运柴火和木材的，好像到了明治时代以后一般人也可以乘坐了。不过，那时候要想把顺流而下的船只再弄回来，只能靠纤夫逆着河流往回拉，但现在是用卡车把船拉回来。

河流一开始看似水流平缓，过了十分钟左右，两侧的山峦逼过来，河面变得越来越窄了。水流变得湍急起来，艄公不是在摇橹，而是用尽全力去掌舵。

不多会儿，船就到了第一个落差一米的浅滩，船一下子掉进浅滩的同时，激起的水花落到船上。

"噢！"

外国客人夸张地发出惊叫，左躲右闪想躲开水花，但实际上他们很享受小船的摇摆和喷溅的水花。

"那块岩石叫蛙岩，是不是形状很像一只青蛙？"艄公一边摇橹一边用下巴指着远处的一块岩石说道。

顺着他示意的方向看过去，那块岩石的模样很像一只大青蛙蹲在那里。

水流时而湍急时而平缓，接着又变成了急流。水流和岩石都富于变化，迫近两侧的绿色的山峦里，还有映山红和紫藤花点缀其间。偶有火车从山脚的高处通过，看得见火车里的乘客向他们挥着手一闪而过。

"接下来是落差两米的最湍急的一段河流！"

听艄公那么说，刚把塑料布挡在胸前，激起的水花就劈头盖脸地向外国客人脸上扑去。

"哇！"

坐在前排的约翰逊的眼镜马上就被打湿了，镜片上全是水滴，西装革履的威廉姆斯的肩膀也被溅起的水花湿透了。里子马上从包里拿出手帕给他们擦拭。

"谢谢！谢谢！"

客人们满脸是水，连连向里子表示感谢。

船越过各种各样的奇石怪岩，冲过一段又一段湍急的河流，四点半的时候到了岚山。平时的话要花两个小时，因为保津川今年水量格外丰富，好像一个半小时就到了。

六个人摇摇晃晃下了船，进了河边上的一家咖啡馆，喝了一些冷饮，然后又热烈地谈论了一会儿刚才惊险刺激的漂流。

按照计划，客人们接下来应该坐五点半的新干线回东京。

"今天真是太谢谢你了！多亏你来了，我们很高兴，客人们也很高兴！"

　　叫的出租车到了的时候，椎名对里子说道。

　　"我们这会儿要去车站，还是先把你送回家吧！"

　　"不用了！还是我送你们到车站吧！"

　　"可是，从上午就拉着你跑来跑去，应该到了晚上宴会的时间了吧？"

　　"我来时跟母亲说了，一点事儿也没有！"

　　因为里子执意要送大家去车站，所以出租车径直向京都火车站驶去。

　　"千代菊小姐说下个月初要来东京，到时你也一起来吧！"

　　快到车站的时候，椎名从后座上小声对里子说道。

　　"可是，我去了的话真的不会打扰您吗？"

　　"怎么会？你要真的能来的话，我要不要先定好一家酒店？"

　　"可不敢那么劳烦您！能和您小坐片刻，一起喝会儿茶就行了！"

　　"你不用那么客气！不管怎么说你可一定要来！"

　　五点十分，出租车到了京都车站，离开车还有将近二十分钟的时间，椎名说要在火车站大楼买点东西，让里子先回家。里子按说可以待到发车，但她不愿看到椎名离开的背影，所以还是决定回家了。

　　"多保重！祝您一路顺风！"

　　"真是给您添麻烦了！"

　　"谢谢！谢谢！"

　　众人纷纷过来和里子握手，表达谢意。

　　"那么，我在东京等着你！"

　　最后，椎名使劲握了握里子的手。

"我一定会去的！"

里子看着椎名的脸，很坚决地点了点头。

茑乃家有很多来自东京的客人，也有客人是原来的老客人，后来搬到东京去的。

按照老规矩，每到逢年过节的时候，店家就会给这些客人寄去贺年卡和暑期问候卡，对于那些格外关照茑乃家的客人，有时候还会寄去年终赠礼和中元节礼品。每逢客人的六十大寿或儿女的婚礼，店里会送上贺礼，有时候阿常会亲自出马去参加寿宴或婚礼。

作为去东京的理由，里子想到的是大荣商事岩佐社长的千金的结婚典礼。

岩佐社长从他还是大阪分社长的时候就格外关照茑乃家，是十几年的老主顾了。社长千金的婚礼定于七月一日星期天在东京的大仓饭店举行，茑乃家已经接到了请柬。

虽说是星期天去星期一回来，只在东京住一晚上，但如果说只是为了到歌舞伎町去看戏的话，这句话里子确实很难说出口，岩佐社长千金的婚礼无疑是里子去东京最好的借口。

"妈妈，我去参加岩佐社长千金的婚礼吧！"

椎名回去三天以后，里子下定了决心对母亲说出了自己的想法。

"你要去吗？"

阿常闻言脸上露出了惊讶的表情，其实那一点儿也不奇怪。到东京去拜访客人迄今为止几乎都是阿常自己去。里子只去过一次，还是很不情愿地去的，那时候是因为阿常腰部神经痛不能动弹。

"我一直在想，就为这事特意去趟东京也挺辛苦的，干脆把贺礼寄过去算了。"

"可是，给岩佐社长添了那么多麻烦，从我小时候起就那么疼爱我！"

"你说的也是，可是……"

阿常稍微想了一下。

"你和菊雄一块儿去吗？"

"不是的，我一个人去。"

阿常一向直觉很灵敏，她用探寻的眼神看着里子问道：

"是不是另外还有什么情由？"

"天哪！我就实话实说吧！那天千代菊要去歌舞伎座看戏，我好久没去东京了，也很想去看看戏，还想去看看赖子姐姐。"

"说来说去，你去东京不只是为了参加客人千金的婚礼啊！"

阿常觉得自己猜对了，颇为得意地点了点头。

"现在正在上演什么？"

"是玉三郎的《源氏店》！"

"玉三郎还是那么红啊！可是，去看戏是不是就不能去参加婚礼了？"

"没有的事儿！婚礼是下午，我晚上去看戏就是了！下周一的下午两点之前我就回来了。"

"这个事儿你给菊雄说了吗？"

"还没说，他星期天不是有小曲的温习会嘛！他不会有意见的！"

"你可别那么说！你也给菊雄好好说清楚，得让他答应你才行啊！"

虽然阿常那么说，但菊雄是不会喜欢东京那种喧闹的地方的，再者说了，他尤其不喜欢出席婚宴这样的事情。比起出远门参加什么婚礼，远不如和艺伎们一起唱唱小曲什么的自在。

"好了吧！我去可以吗？"

"去倒是没问题，不过你可是代表茑乃家去的，必须小心行事，注意言谈举止，不能给茑乃家丢人！"

"没问题！这事儿就交给我了！"

按照里子现在的心情，只要能去东京，些许繁文缛节什么的都能忍。

"也跟菊雄好好说说！"

"知道了！"

那天晚上，里子给菊雄讲了要去东京的事情。

"大热的天，居然要去东京参加什么婚礼，真是受不了！"

明明是要去东京看歌舞伎，还要去见椎名，但里子只字不提这些事情，还装出一副不胜其烦的样子，好说话的菊雄还就相信了。

"那真是辛苦你了！能不能拜托别人去？"

"给人家添了那么多麻烦，而且还是客人的独生女的婚礼，我不去怎么能行啊？"

"可是，那可够辛苦的！"

"只住一晚上，第二天马上就回来了。"

"我是没关系，反正是晃来晃去的无所事事。只是东京那个地方车多人多乱哄哄的，你可要多加小心！"

听菊雄这么一番温柔言辞，里子反而觉得心里难受。可反过来她也觉得这么容易被骗的丈夫有点儿傻又有点儿可怜。

国际电业的大野给里子来电话是一周以后的六月末的事情了。大野首先对上次里子陪客人漂流的事情表示感谢，然后就问起了上次说好的去东京的事情。

"这个星期天真的能来是吗？"

"我是那么打算的，是不是您那边又有什么情况了？"

"没有，我们当然一直是按照约定在等里子姑娘的到来，不知姑娘几点到我们这里？"

"那天下午要去一个地方，我打算坐上午九点左右的新干线去，今天就和千代菊见面，到时我们商量一下。"

"那么我明天再给你电话吧！知道到达时间的话，我们会开车到车站去接你。"

"不用那么兴师动众的！我在酒店等着，您到酒店来接我就行了！"

"不介意的话，酒店还是我来给你订吧！两个房间，你和千代菊姑娘一人一个房间可以吗？"

"不好意思，那就麻烦您了！"

"那么明天我打电话把订房的结果告诉你！"

接着大野还说"椎名专务也衷心盼望你来"，说完就挂断了电话。

里子放下话筒，跪坐在大衣柜前面，打开了抽屉。

去东京的时候应该穿什么去好呢？这一个星期她一直在考虑这件事情。

从出门应该轻装简行这个角度来说，当然是穿便装最好了。尤其是考虑到七月初的酷热，穿和服实在是太麻烦了。

但是，一方面也是因为穿不习惯，里子对便装没有多少信心，再说她也没有几件便装。如果能像赖子姐姐那样，不管是连衣裙还是西装裤都能穿出品位来的话，自己穿便装也没问题，但是，自己漫不经心地穿着便装去了，万一别人觉得自己穿便装不如穿和服好看，那就太痛苦了。

正因为要去见自己喜欢的人，所以不想让他失望。

思来想去，里子觉得还是和服最保险。如果是和服的话，不管穿什么都不会弄砸了，自己某种程度上也有自信。

总算这样下定了决心，可到底该穿什么去还是让里子烦恼不已。

里子心想，出席婚礼的时候穿点缀着扇面图案的罗留袖（只有在下摆有花纹的已婚妇女穿的普通袖口的和服，如婚礼时新郎新娘的母亲所穿的和服）系织锦带可能比较合适。这样的话，既不太花哨也不太素气。作为京都一流料亭的小老板娘，穿这件和服既艳丽华美又富有品味。

但问题是见椎名的时候应该穿什么和服。平时因为总到宴席上去陪客人，里子一般穿那种比较艳丽的色调明亮的和服，但这次是星期天晚上的私下相会，素气点儿的和服或许更合适。但是，既然是去东京，就一定要系上椎名送给自己的那条细绦带。

里子犹豫了好一阵子之后终于决定穿上白色的夏大岛系上嫩草色的和服带子，束上椎名送给自己的那条细绦带。把白色的夏大岛搭在肩上站在穿衣镜前面，里子觉得心里飘飘然起来了。

"这样可以吗？"

里子对着镜子问道，好像在小声问椎名一样。

那天，千代菊来到茑乃家是下午五点多的时候。宴会六点才开始，大家正寻思她今天怎么来这么早，千代菊马上解释说她找里子姑娘有事。里子穿好去宴席上陪客人的和服，刚到休息室一看，就见千代菊忽然匍匐于地双手按着榻榻米低头给自己行礼。

"里子姑娘！请你原谅！"

"你这是怎么了？怎么那么夸张？"

"我忽然去不成东京了！"

"到底是怎么回事儿？"

"我跟你说啊！那个人忽然说要来京都！"

光听她这一句话里子就知道她说的是那个一直关照她的那个男

人了。

"他原本说下月初来不了，我正打算去东京呢！今天下午他来电话说忽然有事要来京都。"

听说千代菊的主人是个在福冈经营大医院的院长，但里子还没见过这个人。

"真不好意思！本来是我约你去东京的。可是，我是真想去啊！就因为要去东京，我把星期天的宴会陪侍和星期一早晨的学艺班都辞了。"

"东京的大野先生今天来电话，说是连酒店都给你订好了。"

"真是抱歉！可唯有这事儿我是一点儿办法也没有啊！"

确实，里子也不是不理解千代菊说的话。

一般来说，襟替之后成为艺伎的姑娘都有一个关照自己的主人。不过，主人并非一直待在艺伎身边，有的是一星期来一次，有的是一个月露一次面。正因如此，主人来的时候如果艺伎不在的话，就太说不过去了。

按照规矩，主人召唤自己照顾的艺伎的时候一般都是通过茶屋传话的。茶屋把主人的要求告诉小方屋（艺伎的宿舍），小方屋再通知艺伎。主人来了艺伎却不在的话，不但会得罪平日里关照自己生意的料亭，在茶屋和小方屋那边也抬不起头来。

特别是像这次一样，人家大老远特意从九州赶来了，自己却到东京去看戏去了，别人说你太任性你也无话可说。舞伎襟替成为艺伎的时候，不但让主人破费了几百万，每月还从主人那里得到几十万的零花钱。身为艺伎不应该做那种忘恩负义不近情理的事情。古老的花街历经风雨，这个规矩是人人遵守的。

"专挑不合适的时候来，真是太遗憾了！"

千代菊叹息着说，可看她那表情她并不怎么感到遗憾。

过去什么样不知道，现在绝对没有把不喜欢的男人认作主人的艺伎。被财大气粗的男人强行包养的悲剧都是过去的故事了。现在情况大不相同了，说起来近乎自由恋爱，艺伎们有好几个候补的主人，她们只选择自己喜欢的人。

当然千代菊也是这样，主人一定是她某种程度上喜欢的男人，偶尔来找她相会料定也不是她讨厌的事情。岂止如此，对于艺伎来说，被久别的男人搂抱着行鱼水之欢也是让她们心跳不已很期待的事情。

现在的千代菊即使没有那么望穿秋水，但她不想甩开主人跑到东京去也是事实。

"椎名先生那边我替你去道歉，我不会告诉他你的主人来了，我会说忽然有宴会脱不开身，你可要跟我统一口径啊！"

"那倒是没问题，可是……"

"说真的，这份人情我哪天会还上的！"

"可是，这下子我只能一个人去东京了！"

"我说这话里子姑娘或许会不高兴，我觉得椎名先生更喜欢你一个人去！"

"为什么？"

"我到椎名先生的宴席上去陪过三次酒，我觉得椎名先生好像很喜欢里子姑娘……"

"净瞎说！你别开玩笑了！"

"不是，这可不是开玩笑！这是真的，是我看到并感觉到的。"

里子不说话，眼睛看着别处，千代菊继续穷追不舍。

"里子是不是也喜欢椎名先生？"

"我为什么会……"

"我只是忽然那么想，错了的话请你原谅！"

千代菊嘴上道歉，看样子她蛮有信心。

"我也不是找别扭，上次我说想去东京的时候，椎名先生好像一点儿也不感兴趣，但大野先生说让你也去的时候，椎名先生忽然兴趣大发，听大野那么说，他在一旁频频点头。因为是我先提出来的去东京，这么说有点儿不合适，我从一开始就是个多余的……"

"你说什么呀……"

"天啊！不好意思，越说越来劲儿，我可能胡说八道了！"

千代菊忽然表情严肃起来，再次向里子低头行礼。

"不管怎么说，这回就是这么个情况，这次的事情请你原谅！"

对方既然把话说到这份儿上，里子也没法再责备她了。

"大野先生那边还是你跟他说吧！"

"好的，我明天就给他打电话！"

"老板娘晚上好！"

千代菊正说着的时候，又有几个艺伎进休息室来了，大家都给里子打招呼。

初虹篇

星期天早晨，里子坐九点的新干线从京都出发了。就像她早就决定好的那样，淡粉色的和服配了一条绫罗带子，右手提着一个装和服的行李箱，里面装着参加婚礼时要穿的留袖。

上次独自出行还是三年前的事情，那时候里子是去东京赖子姐姐那里。出门之前里子还感到了几分轻微的紧张，可火车刚穿过京都的街道，里子就觉得一下子放松下来了。

现在自己不是莴乃家的老板娘，只是一个旅行者。

虽说是星期天，可新干线的一等车厢很空。里子刚看了一会儿窗外的景色，车厢里的售货员就推着小车走过来了，里子买了盒饭和茶水。

今天早上七点就起来了，打点好出门的行装之后去了美容院，回来后给母亲和菊雄打了个招呼，把自己不在家时的杂七杂八的事情托付给阿元，然后就从家里出来了。女人一旦清晨早出门就会手忙脚乱。因为那时候什么都没吃，里子觉得现在有点儿饿了。

肚子饿了自然是原因之一，其实还有另外一个原因，里子很喜欢在火车上买盒饭。

在家里的时候，每天晚上接触的都是豪华的怀石料理，而盒饭却让里子有一种按捺不住的兴奋，心想饭盒里面会有什么呢？里子打开饭盒，里面是三文鱼、炸虾、竹笋，炖海带和红白相间的鱼糕，五颜六色的东西在里面摆放得甚是赏心悦目。虽然不是茑乃家做的那种高档便当，但性价比很高，做得很精致。

里子盯着饭盒出神地看了一会儿，然后把手帕铺在膝盖上，拿起了筷子。

里子一边欣赏窗外明亮的景色一边吃盒饭，就像出门远足的小学生似的欢欣鼓舞，胸口怦怦直跳，同时也有一种很快就要见到喜欢的人的喜悦。

但是，随着火车过了名古屋离东京越来越近，里子的那种飘飘然的心情逐渐被一种不安取代了。

一会儿到了东京，顺利地从车站去了酒店，然后还要换衣服，到底能不能赶上婚宴呢？去了婚礼现场，身为茑乃家的小老板娘，能不能大大方方地给岩佐社长他们问候致意呢？能不能举止得体不丢人呢？里子不了解东京，所以心里很是不安。

里子心想，早知这样的话还不如不接下这桩事情，但一想到能见到椎名，里子的心情又兴奋起来了。

但是，那种心情和单纯的欣喜还是稍有不同。欣喜的背后还有一种令人心痛的窒息的感觉。

千代菊去不成了，自己已经把这个事情告诉大野了，但椎名会怎么想呢？这一点很让里子放心不下。

虽然大野在电话里说"你一个人来也等"，可实际上是不是因为千代菊不去了他很失望呢？一个人去是不是有点儿脸皮太厚了？

正在里子左思右想的时候，火车过了横滨进入了东京都内。每次看到鳞次栉比的高楼和车水马龙的大路，里子都会有一种被压倒的感觉。里子心里忽然笼罩上了一种不安，感觉自己一下子变成了乡下人。

新干线正点到达了东京站。里子提着行李箱刚下火车，站在站台上，就看见一个穿着白衬衫、打着领带的四十来岁的男子从右边走了过来。

"请问您是京都茑乃家的吗？"

"正是！"

"您一路辛苦了！椎名先生吩咐我来接您！"

这个男子好像是司机。他给里子鞠了一躬，伸过手来想替里子提行李。

"麻烦您特意前来真是不好意思！行礼很轻，我自己提着就行了。"

"不客气！还是我给您拿行李吧！这边请！"

司机不由分说提起行李，向着台阶那边大步流星地走去。

里子在电话里已经谢绝让他们派车了，看样子他们还是派车来了。虽说坐出租车也能去酒店，可一想到他们为自己想得这么周到，里子心里还是很高兴。

司机好像已经被告知要去的地方了，他确认了一下酒店的名字，马上开车向日比谷方向驶去。

因为是星期天，丸之内的商务中心大街很冷清，唯有今天大街看上去有些百无聊赖。

"您是从京都来的吗？"

司机跟里子搭话。

"不管什么时候去，还是京都好啊！"

"东京也很好啊！有这么多气派的高楼大厦，什么时候都可以去看戏……"

"戏剧什么的，在京都不是也能看吗？"

"不是的，在京都看不到。"

里子并不觉得东京这样喧闹的大城市有什么好，但在东京的话，不管是戏剧还是音乐会和职业棒球赛，只要是赛季什么时候都能看，里子觉得在这一点上东京很棒。在京都虽然也不是看不到，但机会很少。能在喜欢的时候去看自己喜欢的东西和迎合对方的时间去看，两者之间是天壤之别。不管是不是真的去看，想看就能看这一点，是生活在东京的人们的一种财富。

"去年春天去了夏威夷和京都，还在南禅寺附近吃了豆腐宴呢！"

里子礼貌地点点头，可她这会儿满脑子全是椎名的事情。

因为是星期天路上很空，车子没用二十分钟就到了酒店。

"真是太谢谢您了！"

里子边下车边想把纸包的礼物送给司机，可司机摆摆手拒绝了。

"我在下面的停车场等您，您要出门的时候让门童叫我一声就行了。"

"不用了，到这里就行了！"

"那可不成！专务吩咐我今天要一直陪着您！"

"是吗？那就太感谢了！"

里子把礼物硬塞给司机，告诉他等一个小时左右，然后就走进了酒店。

按说房间应该是大野预定的，但是一间双人房。一个人睡一张双人床感觉有点儿怪怪的，或许大野觉得大床能好好休息吧！说实话，现在酒店的单人间太小了，连换衣服都不方便。

里子在房间里安顿好，马上给赖子打了一个电话。

"姐姐好！"

因为里子没有说自己的名字，赖子稍微停顿了一下才说话。

"是里子吗？你现在在哪儿？"

"在新大谷，现在刚到！"

里子三天前告诉赖子要去东京，但没告诉她具体的时间。这次来东京只住一晚上，安排那么紧张，一是不知道有没有时间见面，再者也不愿打搅赖子姐姐的生活。还有，这次是来见自己喜欢的人的，里子对此心里有些愧疚。

"现在要去干什么？"

"两点的时候去参加客人千金的婚礼，然后和东京的客人去吃饭。"

"结束之后到姐姐家里来吗？"

"我倒是很想去，可是不知道我这边几点才能结束……"

"到家里来住就是了，为什么还要住酒店呢？"

"也没有什么特别的理由，星期天厚着脸皮到姐姐家里去，我怕打扰姐姐。"

"我不知道是怎么回事，你想多了吧？"

说实话，里子对赖子的私人生活一无所知。从在京都的时候开始，里子就知道姐姐是那种规规矩矩、绝不肯随随便便的人，所以她不认为赖子会因为一个人在东京就生活糜烂。但是，里子听说过关于熊仓的事情，现在赖子是银座酒吧的妈妈桑，毕竟是个单身女人，或许她身边会有一个合适的男人。

里子并非对这些事情不感兴趣，只是未曾亲口问过姐姐。和姐姐虽然只差两岁，但里子觉得姐姐经历过很多人生大事，同时也觉得姐姐不易接近。

"和客人吃完饭以后给我打电话吧！反正我一直在家里待着。"

"真的合适吗？"

"那还用问！今天不是星期天吗？"

里子以为正因为是星期天姐姐才可能和男人约会，可看样子并不是自己猜想的那样。

"稍晚点也没关系吗？"

"几点都行！"

放下电话，里子呆呆地坐在那里百思不得其解。自己这个有夫之妇特意从京都跑到东京来见一个喜欢的男人，而孤身一人的姐姐却悄无声息地在屋里憋着。如果姐姐知道自己来见椎名，她会说些什么呢？里子忽然觉得只有自己一个人在做一件很任性的事情，她默默地抬起头，看了看窗外。

在午后明亮的阳光里，高楼大厦鳞次栉比，能看到远处的高速公路。每次看到高速公路，里子都有一种真正来到了东京的实感。

"不行！得快点儿！"

里子自言自语地给自己鼓鼓劲儿打打气，然后开始穿和服。

穿好和服，站在镜子前面正照着看的时候，椎名来电话了。

"欢迎你来东京！"

或许是因为都在东京的缘故吧，椎名的声音听起来很近。

"您连车都给我安排好了，真是非常感谢！"

"今天晚上七点过去接你，可以吗？"

"好的，我在这里等着。可是，椎名先生真的方便吗？"

"当然了！那么七点见！"

电话就那么挂断了，里子对着镜子里的自己微微一笑。

"来东京真是太好了！"

婚宴是从下午两点开始在酒店最大的"平安间"举行的。不愧是大商社社长的千金和一流电器制造商创始人的公子的婚礼，场面极尽豪华。主桌上坐着的是里子只在照片上见过的政治家和财界人士，还能看到有名艺人的面孔。

岩佐社长看见里子稍显吃惊地哦了一声，嘴里说着"欢迎你来"，走过来握住了里子的手。社长夫人也喜不自胜，连连感谢里子不顾路途遥远来参加婚礼。

里子在休息室和会场里遇见了好几个熟识的人。他们都是茑乃家的客人，看见里子过来说话，脸上满是怀念的表情。里子觉得不虚此行，这次东京来得很有价值。

"你母亲还好吗？"

大家都一定会先问问母亲的情况，然后夸里子变漂亮了。其中也有马大哈的人，竟然漫不经心地问里子是否还是单身。

即使在绅士淑女里面，里子的美貌也很出众。

一切按照计划进行，婚宴从两点开始，大约两个小时就结束了。里子临走时再次给岩佐社长打了招呼。刚走出会场，一个食品厂家的专务就过来问里子"要不要出去喝点"，里子礼貌地谢绝，进了衣帽间，在那里又被建筑公司的社长邀请去喝酒。刚才这些人都是茑乃家的客人，里子都认识。

里子谢绝了所有的邀请，坐上一直在那里等着的包租车，回到了酒店。

稍微休息了之后洗了淋浴，穿上了白色的夏大岛和服。正在系带子的时候，大野打电话来了。

"我和专务现在在一楼的大堂！"

"不好意思！我马上下去，请稍等一会儿！"

里子慌忙系上带子，用细绦带束紧。打扮停当之后又照了照镜子，然后提着一个纸袋子走出了房间，那个纸袋子里面装着她买来做礼物的领带。

下了电梯走到正面的大堂，发现椎名和大野两人正在前台的左边站着。

"不好意思！让您久等了！"

里子鞠躬致歉，椎名笑着点了点头。

"事情都办完了？"

"是的，这下子我解放了！"

椎名穿了一身麻质夏装，系着一条茶色的领带。大野则穿着藏蓝色的西装。

"这样看来又漂亮了几分，大家都在看，还以为是哪里的美女呢！"

或许是里子一身和服格外引人注目吧？确实有四五个人正看着这边。

"一直不敢相信里子姑娘真的能来，直到亲眼看见你！"

"千代菊姑娘来不了了，她让我务必代她问候两位！"

"虽然有点儿遗憾，但主角来了一切都好！"

"您可真会说话！"

里子娇嗔地轻轻瞪了椎名一眼。

"因为今天是星期天，那些比较别致的店都休息了。所以我们商量好在酒店里吃饭，不知里子姑娘意下如何？"

"好的，在哪里吃我都无所谓。"

"有日餐、西餐和中餐，也不知道到底吃什么好。平时总是吃日餐，估计早就厌烦了，所以我们决定吃西餐，大仓酒店上面有个叫新纪元的西餐厅，已经订好了。"

下午的婚宴上也有西餐，但和椎名一起的话，吃什么都行。

"那么咱们这就去吧！"

在大野的催促下，里子夹在两个男人中间向酒店出口走去。

因为是周末的晚上，酒店大堂里都是一家一家的。里子瞬间想起了菊雄，为了马上驱走这个念头，她对椎名说道：

"一来到东京，总觉得一下子解放了似的！"

"你也最好彻底放松一回！"

椎名他们坐着来的那辆车正在酒店门前等着。大野坐在前面的副驾驶座上，里子和椎名挨着坐在后排座上。

"那么说，千代菊姑娘这下子也见不到她昼思夜想的玉三郎了！"

"就是！她一直很想来，一个劲儿地说这次太遗憾了。"

"里子姑娘要去看戏吗？"

"我倒不怎么想看戏！"

里子很想说我是为了见你才来的，但她抑制住那种心情，双眼看着霓虹闪烁的前方。

"新纪元"特意为他们安排了一张靠窗的桌子，很是安静。里子坐在桌子的一边，椎名和大野并肩坐在对面的一边。

"请问三位吃什么？"

三人刚坐下，服务员就走过来把菜单递了过来，但是里子没有什么食欲。一个原因可能是因为下午的婚宴几乎全是西餐，还有一个更重要的原因或许是因为里子见到椎名很紧张。

冷盘点了勃艮第香草汁焗蜗牛，酒类点了葡萄酒之后，椎名点了一道汤和诺曼底小牛肉，里子也跟着点了同样的东西。

"那么，里子姑娘一路辛苦了！"

在椎名的提议下，三人轻轻碰了碰杯。

"从京都来到东京，乱哄哄的很烦吧？"

"没有的事儿！今天很安静。"

"那是因为今天是周末的缘故，平时可不是这个样子！"

"可是，东京这么大，真是挺好的！"

"是吗？我们觉得东京太大正是问题所在！"

"您说的有道理，东京这么大谁也碰不上！"

听里子这么说，椎名和大野一起大笑起来。

若是在京都，像现在这样三个人一起吃饭的话，第二天就传遍街头巷尾，妇孺皆知了。在京都，热闹场所和像样的餐馆就那么有数的几家，去吃饭的话一定会遇上某个熟人。

"确实，在这一点上东京或许真的不错。"

"对了，这个东西，也不知道您喜欢不喜欢。"

里子把放在旁边的装着领带的小盒子拿出来递了过去。

"我觉得这个给椎名先生，这个给大野先生比较合适。"

两个人向里子表示感谢，把礼物接了过来。

"可以打开吗？"

"当然可以！您如果不喜欢的话还可以去换。"

礼物是三天前在京都的百货商店买的，选来选去花了半天时间。两条领带都是西阵织，送给大野的那条很快就决定了，是一条带小碎花图案的领带。唯有给椎名的那条，里子想来想去总是拿不定主意，最后决定买那条蓝底带白色松叶图案的领带。

"这个太好了！"

大野迫不及待地打开了盒子，把领带拿出来在胸前比量。

"大野先生总是系那种素气的领带，我觉得偶尔系一条颜色亮丽的领带也不错。"

"我早就想要这么一条，太好了！"

大野欢欣鼓舞的样子，好像很满意这条领带，说实话，大野那边喜不喜欢都无所谓，关键是椎名这边。

"您中意这条领带吗？"

"颜色很素净，图案很美！你看怎么样？"

椎名也把领带挂在胸前比量了一下。

"下次去京都的时候我就系这条领带！"

里子只想送领带给椎名，大野不过是个多余的陪衬。大野也不知道明白还是不明白，兴高采烈地对里子说：

"好久没有女士送我领带了！"

"怎么会呢？大野先生那么帅！"

"还是里子姑娘看男人有眼光！"

"我这还算有看男人的眼光吗？"

也不知为什么，里子在大野面前可以轻松自如地谈笑风生调侃戏谑，而在椎名面前别说妙语连珠了，连话都说不流利。

服务生倒上葡萄酒，把汤端来了。里子回想着以前学过的西餐礼仪，喝汤不能出声，用汤匙从后往前舀起，喝得小心翼翼。

因为里子就是经营料亭生意的，若是日本料理的话她很懂餐桌礼仪，但说起法国料理她就没什么自信了。特别是和自己喜欢的人相对而坐的时候就更紧张了。

正在喝汤的时候，椎名好像忽然想起来似的说道：

"上次来日本的威廉姆斯副社长来信了！"

"您说的是我陪着漂流保津川的那位先生吗？"

"是的！他在信中说，那次漂流非常愉快，尤其是那位穿和服的女士娴雅美丽，让我务必向你问好。他还说，你若有机会去美国，请你一定到他家里去。你去过美国吗？"

"只去过欧洲，美国还一次没有……"

"那么下次专务去美国的时候，你可以跟着一起去啊！"

听大野突然那么说，里子很惊讶，大野却一脸认真地说：

"你要是穿着和服去，美国人会像蚂蚁一样排成一大串跟在你身后！"

"那也太丢人了！"

"不管怎么说美国还是很有意思的！欧洲是一位安睡的老人，

而美国则生机勃勃，充满了动感和活力。"

"那不就像东京和京都嘛！"

"可以说比较近似吧！说这话可能对不住京都人。"

"那有什么对不住京都人的？您说的一点儿不错！"

"不过，在东京这种乱哄哄的地方待久了，就会想念安闲的京都。"

"同样的道理，在京都这种闲适的地方待久了，就会羡慕东京这种热闹的地方。"

"那么咱俩换换吧！"

看到三人开怀大笑，服务生走过来给每个人的杯子里倒上了葡萄酒。也不知道是什么牌子的葡萄酒，里子其实并不怎么喜欢喝葡萄酒，可今天的葡萄酒喝得特别舒服爽快。

可是，里子的菜只吃了一半。

"是不是不太喜欢？"

"不是的！下午刚吃过，肚子满满的吃不下去，不好意思！"

服务生撤下盘子，把甜品端了上来。刚吃完甜瓜，大野就站了起来。

"见一面不容易，可是我有点事儿，先告辞了！"

"啊？您这是怎么了？"

"有份报告明天之前必须交上去……"

"真的吗？"

里子看看椎名，椎名也点点头。

"按计划他要在明天的部长会议上发表。"

"每月的第一个星期一是例会，要是别的日子，我陪你到几点都没问题！"

"是吗？您这么忙还劳烦您出来陪我，真是不好意思了！"

"不客气，今天真的很愉快！那么，这个礼物我就收下了！"

"多谢您！下次一定到京都来！"

"月底可能会去，到时候一定去叨扰！"

大野说完，给椎名鞠了一躬，说了声"我先走了"，转身就走开了。

只剩下两个人了，里子忽然变得不安起来。

刚开始在酒店大堂见面的时候，觉得大野就像个灯泡碍手碍脚的，可实际上亏了大野在场才能聊得那么开心。如果只有自己和椎名两个人的话，也没有什么话可说，说不定刚才一直在低着头。

"大野先生真的没事儿吗？"

"他今天一开始就说要早点回去。"

"大野先生那么忙，真对不住他！"

"这点儿事你不用放在心上。"

这种情况，往往是其中一人很知趣地先离开，里子觉得现在的情形好像也是那个样子，但并不觉得椎名和大野两人事先约好了在那里演双簧。

"换个地方去喝点儿怎么样？"

"专务没问题吗？"

"我是没问题！"

喝完最后一杯咖啡，椎名告诉服务生要走，然后站了起来。

里子跟在椎名身后走，她这会儿才发觉自己对椎名的私生活还一无所知。这个人到底住在什么样的房子里，和什么样的家人一起生活呢？星期天他一般都干什么呢？现在想想，自己确实什么都不知道。

"再去酒店的酒吧可以吗？"

"我去哪里都……"

"这里也有酒吧，但是关门太早了，我们去新大谷吧！"

椎名说完，向在酒店正面等客的出租车招了招手。

两个小时前，三个人就是沿着这条路来的，这会儿是两个人顺着来路往回走。里子察觉两人现在要去喝酒的地方正是自己住的那家酒店，心里感到一丝紧张，她默默地看着灯光交织的前方。

不多会儿，一座白楼在夜空下浮现出来，出租车到了酒店新馆的入口。从那里坐电梯上到六楼，穿过两排时装店夹着的通道就进了酒吧。

酒吧虽然很小，但红色的地毯配上灰色的墙壁，聚光灯似的灯光营造出一种沉静的氛围。两人在头上的包厢里坐了下来。

"你想喝什么？"

"椎名先生想喝什么？"

"我喝白兰地！"

"天啊！那么我也喝白兰地！"

里子点好酒去了洗手间看了看自己的脸，或许是因为刚才喝了葡萄酒的缘故，眼圈儿和脸颊稍微有点儿泛红。

"我现在这么做真的好吗……"

里子对着映在明亮的镜子上的自己的脸问道。

"不过是两个人在一起愉快地喝点儿酒而已。"

里子在那里自问自答。

"真的只是如此而已吗？"

她又重新问自己。

"当然只是如此而已了！"

里子自己回答自己的问题。

"偶尔有那么一个晚上伸展一下翅膀放纵一下不也很好吗？"

里子小声自言自语。

洗手间的门开了，一个妇人走了进来，里子用唇笔稍稍抹了一下口红，走出了洗手间。

回到座位上，里子发现台子上摆着两杯白兰地。

"那么我们干杯！"

两个人再次举起酒杯轻轻一碰。客人们都在静静地交谈，只有右侧钢琴的声音在酒吧里缓缓地流淌。

"你一定很累了吧？"

"不累……"

里子摇了摇头，可想想这一天确实挺累的，早上八点从家里出来，一直穿着和服紧张了一整天。

"给家里打电话了吗？"

"为什么要给家里打电话？"

里子忽然觉得自己被当成了一个小孩子，气鼓鼓地喝了一口白兰地。

"根本没那个必要！"

椎名点了点头。

"京都你们家的店今天休息是吧？我经常想，休息的时候那个大宴会厅会是个什么样子呢？"

"也没什么特殊的样子，空荡荡地像个鬼屋。"

"可是，你们能住在那样的地方真让人羡慕啊！"

"不管是那个房子还是京都我都待够了。"

"能住在那么气派的房子里不是一件很奢侈的事情吗？"

听椎名的口气有点儿责备自己的意思，里子更想反驳了。

"我觉得能像姐姐那样，把料亭和家里的事情都忘了，自由自在一身轻松该有多好啊！"

"那么说你姐姐在东京是吧？"

"她在银座开酒吧。"

"因为以前听人说起过，所以就问你母亲那个酒吧叫什么名字，结果你母亲说那么个小酒吧不去也罢。"

"母亲其实心里很惦记姐姐，只是嘴上逞强罢了。"

"那是你母亲在说逞强的话吗？"

"像母亲那种老派的人，还是摆脱不了那些老观念，认为在银座开酒吧这种事情是那些女招待干的，是很丢人的事情。"

"女招待这种叫法可是够过时的了！"

"母亲就是现在去了酒吧，仍然把酒吧女郎称为女招待。"

椎名苦笑着喝了一口白兰地。那是一种安静的柔和的笑容。

"椎名先生，您想到姐姐的酒吧去看看吗？"

"如果你给我带路的话，我倒是很想去看看……"

"就在银座的并木通大街上，酒吧的名字叫雅居尔。我也只去过一次，今天好像是休息。"

"在东京，到了星期天那些像模像样的店都休息，你要是平常的日子来的话，我可以领你去更让你满意的地方。"

"真的吗……"

见椎名在淡淡的灯光里点头，里子觉得越来越懒得回京都了。

"我也想一直在东京待下去！"

"那明天再住一晚上吧！"

"那样的话，椎名先生能给我带路吗？"

"当然了！"

"那样的话，我也可以领您去我姐姐的酒吧！"

里子此话刚一出口就改变了主意。

"可是，我不能带你到姐姐的酒吧里去！"

"为什么？"

"椎名先生要是喜欢上我姐姐就坏了！"

里子说完，连忙用手捂住了嘴。这句话虽然是无意间说出来的，可那显然是自己对椎名的一种心情告白。

里子正在惊慌失措后悔自己说过头了，椎名却在那里微笑，好像根本没把里子的这句话放在心上。里子的胆子稍微大了一点儿。

"比起我这种胖墩墩的丑女人，椎名先生一定更喜欢那种身材苗条的人吧？"

"你要是丑女人的话，别人会是什么呢？你不觉得这样说有点儿奢侈吗？"

"姐姐虽是自己人，可她和我不一样，气质雍容华贵，身材好得让人嫉妒。"

"若是你的姐姐的话，一定很漂亮！"

"椎名先生能向我保证，真的不会喜欢上姐姐吗？"

也不知为什么，里子总觉得椎名身上有一种大度和气量，自己情不自禁地想向他撒娇，觉得不管自己提什么要求他都会答应。因为对方是自己喜欢的人当然会紧张，可里子还是禁不住什么都想说。

"姐姐来了东京，我却不能离开京都。"

"但正因为那样，你才继承了茑乃家那么气派的料亭啊！"

"我不是想继承家业才继承的，因为姐姐走了，我只是没办法才继承了家业，我也有各种难言之隐、各种不容易啊！"

"你说的我明白。手下有那么多人，客人也是各种各样。"

"料亭就是这种生意，那也是没办法的事……"

比起这些，其实还有更让里子头痛的事情。母亲随着年龄越来越大，人也变得越来越任性，另外还有一个什么事情都不能依靠的丈夫。里子夹在他们中间，心神得不到片刻休息。里子很想让椎名听听她诉诉苦，可话说到那个份儿上，有点儿太明显太露骨了。

"如此辛辛苦苦忙忙碌碌，到底是为了什么？真是越想越不明白。"

里子的脑海里忽然闪过一个念头，要是能把一切都忘掉，和椎名一起去一个陌生的地方，该有多好啊！在一个静静的无人来打搅的湖边或海边的酒店里，能和椎名两人共度一段时光该有多么美妙啊！只要能和椎名在一起，哪怕不说一句话只是看看夜里的大海也好！

"怎么了？忽然变得这么乖巧不说话？"

"没什么！"

里子从幻想中醒过来，抬头看了看酒吧的深处。只看见弹钢琴的女孩子的半边脸苍白地浮现在淡淡的灯光里。

"椎名先生会跳舞吗？"

"虽然跳得不好，稍微会一点儿。"

"那好啊！下次带我去跳舞好吗？"

"我的舞技实在谈不上带谁去跳舞，在赤坂有一家氛围不错的夜总会，不过那地方星期天也休息。"

"明天能带我去吗？"

"只要你没问题！"

椎名那么说，让里子心里很难受。如果是因为椎名那边的情况不能见面也就罢了，若是因为自己这边的情况不能见面的话，只能有一天空闲时间的自己就太可怜了。

"您跟什么人学过跳舞吗？"

"没有，我自成一派，瞎跳而已。"

"您虽然那么说，一定是让一个很漂亮的人教过您跳舞！"

"你怎么会那么想？"

"有个事情我一直想问您！您买了道明的细绦带，请问您是怎么知道那家店的？"

"说起道明，那可是鼎鼎大名的老字号啊！"

"不管多么有名，男士也没几个知道的啊！您竟然连店铺都知道，一定是和一个漂亮的人一起去的吧？"

里子尽管心里明白自己有点儿醉了，可她还是想和椎名纠缠一会儿。

"过去我曾在那附近住过，大学刚毕业的时候。"

"那个时候一定受很多女孩子喜欢吧！"

"要真是那样就好了！"

椎名很不好意思地笑了笑，白色的鬓发在灯光里一闪，眼角堆起了细细的皱纹。眼角的皱纹好像是叫鱼尾纹吧！里子看着他眼角的皱纹，感到了一种经历了岁月沧桑的男人的深邃和温情，心里忽然涌上一种莫名的安堵感。

菊雄的那张呆板而毫无特色的脸当然不会有那种皱纹。菊雄没有鱼尾纹是因为他还年轻，里子尽管心里明白，可她还是情不自禁地想拿菊雄和椎名来比较。

"椎名先生的夫人是个什么样的人呢？"

"是个极其普通的女人。"

看着椎名面无表情地回答，里子虽然还想继续往下问，但她感到有点儿害怕，所以就沉默了。

"我好像有点儿醉了。"

"给你要杯冰水吧！"

"不用了……"

里子沉浸在一种惬意的微醺里轻轻地摇了摇头，椎名问道：

"咱们该走了吧？"

里子一激灵，抬起脸来问道：

"现在几点了？"

"十一点了。"

"您是不是该回去了？"

"我倒是无所谓，你一定累了吧？"

里子的心里忽然溢满了莫名的悲哀。确实累了，但可能的话还想就这样一直待下去。里子不想失去现在这片刻的宝贵时光，难道他不明白自己的这份心思吗？

"那么咱们走吧！"

椎名拿起账单站了起来，向收银台走去。看他走路很稳当，那步伐没有丝毫醉态。难道这个人总是这样冷静、这样稳如泰山吗？

出了酒吧右边就是衣帽间，再往前走就是电梯间了。

"我送你回房间吧！"

椎名边走边说，里子沉默不语。

如果说"不用了"，他可能就这样回去了。在这个人的温情里面，好像总有清醒的一点。里子对他这种清醒很生气，但她出于一种好奇心，越来越被他的那种冷静所吸引。

电梯来了，两人默默地走了进去。里子的房间在十五楼，电梯到了十楼的时候有客人出了电梯，电梯里就剩下他们两个人了。里子紧张得身体都僵硬了，椎名却什么都没说。在十五楼下了电梯，出了电梯间往右走二十米左右就是里子的房间了。

把房间钥匙插进去，把门稍稍往里推开一点，里子回过头米。

"今天承蒙您款待，真是太感谢了！"

"我说过好几遍了，因为是星期天，也不能领你去个像模像样的地方……"

"没有的事！我真的很高兴！"

"那就好！"

如此近距离面面相对，里子发现椎名身材原来这么高大，自己只能到他的肩膀。就这样四目相对，椎名说道：

"那么……"

"晚安！"

里子鞠躬行了一个礼，慌忙把椎名叫住了。

"我说……明天再住一晚上可以吗？"

"能行吗？"

"嗯……"

见里子慢慢地点点头，椎名的脸上露出了笑容。

"我今天晚上跟母亲说。"

"那我明天带你去更好的地方！"

"真的吗？不会跟您添麻烦吗？"

"没事儿！那么明天是你打电话到公司，还是我给你打电话？"

"不碍事的话，还是我打给您吧！"

"好的，明天见！"

见椎名伸出手来，里子也不由自主地把手伸了过去。椎名用力握住了她的小手。

"晚安……"

里子话音未落就跑进了房间，她不愿看到椎名离去的背影。

这下子成了一个人了，里子这会儿才真的感到了疲劳。

从早上八点到晚上十一点多，一直穿着和服确实很辛苦。里子解下带子，脱掉和服只剩下里面的长衬衣，坐在椅子上长舒一口气，但她的心情仍然兴奋不已。

里子一直有些担心和椎名的两人之夜，没想到过得如此轻松愉快。并且还把明天的事情约好了，这让里子的心情有了一种张力。

刚才分手的时候，若是因为自己瞬间的踌躇而没有说再住一晚上的话，两个人或许就那样分别了。夸张点说，那或许就是命运的分界点。

但是，唯有一点遗憾的就是，提出来再住一晚的是自己而不是椎名。那种情况下，提出邀请的当然应该是男人。男人同意了还算好，如果男人拒绝了，让女人情何以堪？这种话竟然要让女人说出来，这样的人是不是有点儿太怯懦了？

但是，椎名或许认为提出那种邀请有点儿不合适。之所以这么说，当里子提出再住一晚上的时候，椎名高兴地点头就是证据，他还问里子真的可以吗。

那表情绝非勉强表示同意。他虽然也希望自己多住一晚上，但是没能说出口。因为女人替他说出来了，他才长舒一口气。

实际上，当里子在酒吧里小声嘀咕说"想在东京一直待下去"的时候，是椎名提出的邀请让她明天晚上再住一晚上。不管是吃饭的时候还是在酒吧里的时候，这句话他说了好几次："若不是星期天的话，本可以带你去更像模像样的地方。"今天是星期天好像让他相当遗憾。

不管怎么说，明天还能再见面。

想到这里，里子的心情自然而然地欢快起来。如果现在穿着荷叶裙，里子很想轻轻抓着裙摆在地上转圈儿。

只可惜现在没有穿裙子，里子把叠好的带子缠在腰间转了几圈儿。

里子这会儿欢欣鼓舞地在房间里转圈儿，这件事情不管是椎名还是母亲阿常都不知道，当然菊雄也不知道。里子有一个谁也不知道的只属于自己的秘密，想到这里，里子忽然觉得自己好像飞进了一个崭新的世界，她甚至感到了几分自豪。

但是，只穿着长衬衣再次坐到椅子上的时候，里子忽然为明天的事情担心起来。

"竟然给椎名做出了那样的约定，怎么给母亲说才好呢？"

从家里出来的时候，跟母亲说的是只在东京住一晚上，星期一的傍晚之前一定回去。社长千金的婚礼不可能延期，又不能说为了见椎名再多住一晚上。

"怎么办？"

里子对着镜子问，可是镜子里的那张脸什么都不回答。

"这可愁死我了……"

里子又站起来，在房间里转圈儿。走到门口，又去瞅瞅浴室，然后走到窗边拨开窗帘看看外面。

视线越过酒店院子里的黑魆魆的树丛，可以看到大楼静静地伫立在夜色里，远处的高速公路就像一条光带伸向远方。看着灯火辉煌的夜景，里子忽然想起了赖子姐姐。

今天刚到东京的时候，告诉姐姐回酒店就给她打电话，自己彻底把这件事情忘了。不，与其说是忘了，莫如说自己的脑子被别的心思塞满了更合适。

里子从包里拿出记事本，找到电话号码，拨通了赖子公寓的电话。

短促的呼叫音之后，赖子马上接起了电话。

"姐姐！不好意思！没想到和客人吃饭吃到这么晚……"

"我估计就是那么回事儿！你能马上过来是吗？"

"可是，我把和服带子都解下来了。"

"什么呀！你不是说要来吗？我一直没睡觉等着你呢！"

"太抱歉了！真是对不住姐姐了！可是我真累坏了！"

"明天几点回去？"

"本打算坐明天中午的新干线回去，可是……"

里子稍微停顿了一下，鼓足勇气对赖子说道：

"姐姐你听我说啊！可能的话，我想再住一晚上……"

"是不是有什么事情？"

"没有什么事情，我只是忽然不愿回京都了。"

"遇到什么事情了吗？"

"什么事情都没遇到，好久没来东京了，到了这里心情很放松，我想要是能再待两三天就好了。"

突然听里子说不想回去，赖子可能很吃惊，一时间沉默不语。

"我再住一晚上好吗？"

"你跟菊雄和母亲说了吗？"

"还没说……"

赖子又沉默了一会儿，然后忽然用探听的口气问道：

"里子，你和菊雄之间是不是有什么事情？"

"没，没有什么……"

"那为什么忽然这么说呢？"

"我只是想稍微放松一下而已嘛！"

"那么，你跟菊雄和母亲说一声不就是了嘛！"

"你说的也是，可是母亲会说什么呢？"

里子沉默，电话那头的赖子好像在考虑什么，也不说话。里子没办法，只好先开口了。

"姐姐给我想个好借口！"

"明天店里不忙吗？"

"虽然有几桌宴席，但是缺我一个人也没什么关系，我只多待一天就行了！"

里子听见姐姐在那头一声轻轻地叹息。

"真的没有其他理由了吗？"

里子握着话筒默默地摇了摇头，赖子是个直觉很灵敏的人，莫非被她察觉到了什么？里子凝神屏息大气都不敢出。

"说忽然病了怎么样？说感冒了的话不能马上好，就说胃痉挛或拉肚子怎么样？"

"说拉肚子太恶心了！"

"那就说胃痉挛怎么样？"

"好啊！那样的话谁也看不破！还是姐姐聪明！"

"这种小聪明被你夸奖算什么呀！"

"那么，姐姐明天能替我给家里打个电话吗？"

"让我打吗？"

"求求姐姐了！"

里子把话筒贴在耳朵上给赖子鞠躬。

"你和菊雄之间不会真有什么事吧？"

"什么事都没有！今天这么晚了我这就睡觉了，明天中午去姐姐那里！"

"看你兴致好高啊！"

听赖子在电话里苦笑，里子也不管那么多。

"好了吧姐姐！真的非常感谢！别忘了明天给家里打电话！"

里子对赖子说了声晚安，把电话放下了。

第二天早晨，里子醒来看了看床头柜上的座钟，时间刚刚过了八点。

在京都从未睡到过这么晚。今天之所以有点睡过头了，一是因为昨天晚上太累了，另一个原因是早上没有听到母亲阿常起床的声音和走街串巷卖东西的声音。

即使如此，里子还是出于平时养成的习惯，开始考虑今天一天的日程安排。等发现自己这是在东京的酒店的一个房间里，里子才舒了一口气。

虽然已经是早上八点了，但因为被厚厚的窗帘挡着，所以房间仍然像夜里一样寂静。里子躺在宽大的双人床上，尽情地舒展了一下四肢，情不自禁地小声自言自语。

"真好啊……"

一个人待在酒店里，里子切切实实地感到自己这是离开京都了。忘掉丈夫，忘掉母亲，忘掉茑乃家这个老字号，忘掉一切，在这里舒舒服服优哉游哉地生活下去，该是一件多么美妙的事情啊！但实际上说不定是另一个样子，在这里过了没几天就开始寂寞，想马上回到京都。

为了多享受一会儿无拘无束一个人的自由，里子在床上又躺了一会儿，可她的脑子自然而然地被椎名的事情占满了。

昨天晚上只剩下两个人的时候，里子还感到了某种不安，看样子那是自己杞人忧天了。虽然椎名最后把自己送回了房间，可只是握握手就那样回去了。里子的右手上这会儿还残留着和椎名握手时的感触，椎名往回走的时候干脆而爽快，很像他本人的风格。

从那以后，他是不是就直接回家休息了呢？他的生活虽然无从得知，这会儿都八点了，是不是已经起来吃饭了？那么一个热心工作的人，也可能已经到公司去了。

想到这里，里子忽然觉得好像有什么事情在催着自己，她再也躺不住了，从床上爬起来，洗了个淋浴。然后穿上和服，拉开窗帘，给地下的美容室打了个预约电话，说好九点半去做美容。

昨天晚上虽然对椎名说要再住一晚上，可说实话，里子现在还在犹豫不决。

能不能骗过母亲和丈夫呢？里子感觉没有信心。还有一个更大的担心，椎名那么忙，再住一晚上会不会给他添麻烦呢？既然是按照住一晚上的计划来东京的，或许应该按照计划回去。

正在里子犹豫不决的时候，九点多一点儿椎名来电话了。

"已经起来了吗？"

虽然昨天只在一起待了一晚上，椎名的声音听起来比往常亲切多了。

"昨天晚上真是多谢您了！"

"今晚还能再住一晚上是吗？"

"椎名先生，您那么忙，真的不打搅吗？"

"没关系的！今天本来就是那么打算的。不过，白天稍微有点事儿，我估计晚上六点左右才能去酒店接你。"

"我几点钟都无所谓，您千万不要勉强！"

"今天晚上带你去个稍微像样点儿的地方，白天你就好好休息休息吧！"

"可是，真的没关系吗？"

"酒店那边我已经说好了再续一天，那么回头见！"

"那就谢谢您了！我在这里等着！"

里子放下电话，刚才脑子里的那种犹豫此刻无影无踪了，她已经彻底想好了，再住一晚上。

九点半的时候，里子在门把手上挂上了"请打扫房间"的牌子，然后去了美容室。

因为是第一次去，里子还担心能不能把头发做好，结果美容室几乎是完全按照她的希望给她做好了头发。出了美容室，里子上一楼的咖啡厅喝了杯咖啡，然后打出租车去了赖子的公寓。

赖子的房间依旧窗明几净，每个角落都打扫得很彻底，可谓一尘不染。在京都的时候，赖子就是个喜欢打扫卫生的狂魔，那种洁癖到了东京也丝毫没有改变。

"姐姐！你家收拾得可真干净！"

里子在感叹的同时还有一个多余的担心，姐姐这么爱干净，即使有了男朋友也没法放松，更别说生孩子了。

"里子喝咖啡吗？"

"刚才在酒店喝过了，给我来杯果汁吧！"

赖子上身是橘黄色的衬衫，下面穿了一条白色的牛仔裤，她这会儿正站在洗碗池边上往玻璃杯里倒果汁。她这身打扮好像很随意，其实透着一种潇洒和俏皮。

"从后面看也很漂亮啊！"

"你又在那里说什么呀！你不要说我，里子妹妹现在真是变漂亮了！是不是有了喜欢的人？"

"要真有那么一个喜欢的人就好了！"

里子口气很冷淡，可她的脸却一下子红了。幸亏赖子站在水池那边背对自己，所以没有察觉。

"我问你，今晚真要再住一晚上吗？"

"不好意思，求姐姐给母亲打个电话吧！"

"不是先给母亲打，难道不是应该先给菊雄打吗？"

赖子把自己的咖啡和里子的果汁放在茶几上，抬头看着里子说道。

"既然要打电话还是早点打比较好！要不还按咱们昨晚商量好的，就说你胃痉挛？"

"好像那个借口不错！那就麻烦姐姐了！"

里子双手合十，赖子轻轻地瞪了她一眼说道：

"我替你打这个电话，话费可是贵噢！"

"下次姐姐让我干什么我就干什么！"

赖子把电话拉到跟前，仰起头稍微考虑了一下，然后下定了决心似的拨通了家里的电话。

呼叫音响了几声之后，好像是哪个服务员接的电话，赖子报上自己的名字，让对方去喊菊雄来接电话。

里子大气不敢喘，心想比起母亲来，菊雄比较容易糊弄，结果还真是菊雄本人接的电话。前些日子回京都给铃子过七周年忌的时候给菊雄添了不少麻烦，赖子首先对上次的事情表示感谢，然后忽然压低声音说道：

"我有个事情要告诉你，里子从今天早晨起忽然肚子疼，让医生出诊来给她看了看，医生说是胃痉挛，最后打了点滴。"

赖子撒谎一点不结巴，里子听得目瞪口呆。

"倒也没吃什么坏了的东西，也不发烧，我想可能是因为天这么热，一大早就从京都出来，又是参加婚礼什么的，太紧张了……什么？你不用来！"

菊雄在电话里好像说要来东京，里子惊慌失措地站了起来。

"休息一天就好了，里子说明天早上就回去……是的！不用担心！等情况稳定了里子会给你打电话的。就这么个情况，里子要晚一天回去……不，不是那个意思！"

见赖子摇摇头，接着又点点头。

"是的！不用担心！记得向母亲问好！那么你也保重，再见！"

听赖子打完电话，里子一屁股坐到了椅子上。赖子长长地舒了一口气说道：

"电话打完了，菊雄说知道了，一切拜托！"

"姐姐真是太好了！小妹感激不尽！我记着姐姐的大恩大德！"

里子再次给赖子低头行礼。

"可是我心里挺愧疚的，菊雄那个人，我说啥他就信啥！"

"那又怎么样？我也想偶尔放松一下嘛！"

"你说的我明白！今晚怎么办？吃饭的话，我可以陪着你！"

"姐姐不用操那么多心！我和客人在一起。"

"我怎么觉得有点儿奇怪啊！里子，你不会是喜欢上那个人了吧？"

"没有的事！你要是怀疑我的话，今天晚上，我可以带那个客人到姐姐的酒吧里去！"

"那倒是用不着！不过，你可不能慢待了菊雄啊！"

"我知道！"

里子一边点头一边在心里嘀咕，赖子姐姐说话怎么和母亲一个腔调呢？她稍稍有些失望。

到了约好的六点钟，椎名到酒店来接里子。还以为他是一个人呢，原来大野也一起来了。知道了是三个人一起出去玩儿，里子虽然觉得椎名有点儿可恨，但说不定这正是椎名耿直古板的地方。

"昨天晚上真是不好意思了！多亏里子姑娘再住一晚上，这下子我又能去喝酒了。"

大野那么忙还如此欢迎自己，里子很感谢他的这份热情。

椎名一边向车子那边走一边说道：

"京都的宴会估计你已经不新鲜了，偶尔也去体验一下东京的宴会如何？在新桥那边有一家我比较常去的店。"

确实，里子对东京的花街一无所知，一直很想去看看。还有，她也想知道椎名平时在什么样的地方玩乐。

"大野先生，今天早晨的报告怎么样啊？"

"总算应付过去了，看样子临时抱佛脚还是不行啊！被专务一通训斥。"

"没有的事！你的报告相当精彩嘛！"

从两个人的谈话可以听出来，椎名也参加了今天早晨的部长会议，还听了大野的报告。

里子在美容室里舒舒服服地做美容的时候，男人们都在工作。

车子在新桥演武场前面的小巷往右一转，在一家叫"清川"的料亭前面停了下来。这一带好像是高级料亭一条街的样子，停着好几辆黑色轿车。

里子刚从车上下来，拉着艺伎的黄包车就从她身边跑了过去。她正好奇地看着远去的黄包车，就听料亭的总管高声喊："里面请！"

包间是里面的一个房间，有八张榻榻米大小。里子被劝着坐上座，里子诚惶诚恐一番推脱，总算让椎名坐到了上座上。

上茶以后，五十来岁的老板娘马上过来打招呼，紧接着来了两位艺伎，一个叫喜和子，另一个叫安代。过了一会儿开始上菜的时候，又来了一个叫富久的女士。

她们好像和椎名、大野两人都很熟。

"晚上好！椎名先生，好久不见！"

她给椎名打过招呼之后转脸看着里子，脸上露出了惊讶的表情。

"这位是京都茑乃家的小老板娘！"

听大野如此介绍，几个姑娘都再次向里子寒暄致意，不住地小声嘀咕说："真漂亮！"

因为以前赖子姐姐曾用千福的名字在新桥做艺伎，里子本以为说出姐姐的名字她们可能会知道，没想到倒是艺伎们先明白了。

"要说是茑乃家的小老板娘，莫非是千福姑娘的妹妹？"

到了这个地步也没法隐瞒了，里子只好点点头。

"真是春兰秋菊，虽然姐姐也漂亮，可妹妹自有另一种美啊！"

被女人们目不转睛地盯着看，里子实在没法安心吃饭，大野还装作什么都知道似的在那里喋喋不休。

"这个小老板娘下面还有一个漂亮妹妹，人称三朵金花！"

"那么说，大野先生喜欢姐妹三人里的老几呢？"

"要是她们能接受我，老几都行！"

"那可够呛！顶多也就是老五吧！"

安代那么说，众人大笑。大野这个人，即使在这种场合好像也是个活宝的角色。

"千福姑娘很是文静持重，现在在银座开酒吧，好像事业很成功啊！"

听三位艺伎中最年轻的富久如此说，里子只是很冷淡地点点头。表面上都夸奖赖子长得漂亮事业成功什么的，可既然都是女人，话里面或许还隐藏着嫉妒和羡慕。

椎名不愧是个心思细密的人，或许他察觉到了女人们之间的这种微妙，马上改变了话题。

到椎名的宴会上去，里子发现她最佩服椎名的就是他能够照顾全场，经常改变话题，调节气氛，时刻注意让在场的所有人都高兴，还能不露声色若无其事。比方说，谈起年轻人的话题，那些年长的艺伎没有说话的机会，只好干坐在那里默不作声。这时候椎名一定会和这个年长的艺伎搭话，问她"阿姐怎么想"。艺伎跳舞助兴的时候，一定会给伴奏的乐师们送上掌声，说："各位辛苦了！非常棒！"

因为椎名是客人，里子认为他根本用不着那么费心思照顾别人，或许他是天性如此，忍不住要为别人着想吧！在这一点上，他和一喝醉就脱轨的大野稍有不同。

现在也是这样，椎名在给众人讲自己是如何的五音不全。他说在上小学的时候，每到音乐课，他只要被老师叫起来，就会惹得全班同学哄堂大笑。虽说是小时候的事情，可毕竟是很丢人的事情，他把过去的事情讲出来让众人发笑。

里子听他讲这些事情，发现祇园和新桥有很多不同点。在京都的祇园町，如果是前辈艺伎，别人会称其为什么"阿姐桑"，比如"千代菊阿姐桑"，而在东京则只称其为"千代菊阿姐"。

还有，在祇园町，不管是舞伎还是艺伎，如果应召到宴席上来陪侍，首先要给料亭的老板娘和前辈艺伎寒暄行礼，然后才给客人鞠躬说"欢迎光临"，而在东京这里，却先要给客人寒暄行礼。

或许在东京这边，前辈和后辈之间的身份差别没有祇园町那么严格和分明吧？里子发现，即使那些前辈的艺伎在那里默不作声，年轻的艺伎们照样没事儿似的笑语喧哗，吵吵闹闹。

还有和服也不同，在京都艺伎们穿一种叫"肩无地"的和服，肩部有图案的和服是绝对不穿的，而东京的艺伎们却穿得很花哨。

其中最大的不同之处就是，在京都有舞伎，在东京却没有与之相当的雏伎或斟酒女。在东京或许没有几个从小就热衷学艺的女孩子吧？宴会因此有些冷清也是不能否定的事实。

料亭也是如此，京都的料亭是名副其实的料亭，主要是吃饭的地方，召来艺伎喝花酒寻欢作乐的地方是茶屋，茶屋会从专送外卖的地方叫点儿简单的饭菜或者给客人提供一点儿冷碟或简单的酒肴，而在新桥这样的地方，料亭好像逐渐两者兼具，既是料亭又是茶屋。

并不是说哪个好哪个不好，或许过去就有点儿不一样，每个地方也有每个地方的情况。

但是，里子还是觉得京都的花街更有风情。虽说有很多繁琐又烦人的规矩，上下关系也很严格而分明，但是，情趣这种东西难道不正是从各种严格的界限中催生出来的吗？

直到不久之前，里子还对京都的那种死板感到厌烦，可这会儿，她却想举起手中的旗子，判定食古不化的京都为胜方。

大家谈兴颇浓谈笑风生，三人从清川出来的时候已经快九点了。

"到你姐姐店里去看看吧！"

三人坐进车里向银座方向驶去，椎名提议道。

"别处应该有可以歇口气的地方吧？"

"好不容易来了，去看看吧！"

说句实话，里子并不想把椎名领到姐姐的酒吧里去。机会难得，虽然也想把椎名介绍给姐姐，可里子觉得如果让两人见面，椎名的心思会跑到姐姐身上去。虽然昨天晚上叮嘱过椎名即使见到姐姐也不要喜欢上她，可两人毕竟都住在东京，里子还是放心不下。

还有，赖子不太欢迎来自京都的客人，即使偶尔回京都老家也从未提起过让家里人给她介绍客人。既然她已经舍弃了京都，不愿麻烦老家里的人自不必说了，就连和茑乃家有关系的人，她都不太想见。

"不过姐姐的酒吧真的很小，没关系吗？"

明明是昨天晚上自己提出要领椎名去姐姐的酒吧，到了这会儿又改变主意说不愿去，就太说不过去了，所以里子决定带椎名去姐姐的酒吧。

在并木通七丁目的街角下了车，往右走五十米就看见一座楼，姐姐的酒吧"雅居尔"就在那座楼的四楼上。

现在刚过九点，或许是酒吧最拥挤的时间，酒吧里已经满员了，幸好有一组客人正起身要走。服务生连忙收拾好刚刚空出来的台子，三人刚坐下，出去送客人的赖子就回来了。

"晚上好！欢迎光临！"

见赖子给大家寒暄行礼，里子站起身来说道：

"这是我姐姐，这两位是国际电业的椎名专务和大野部长！"

"我妹妹没少给两位添麻烦，真是非常感谢！请问各位想喝点儿什么？"

听赖子征求大家的意见，大野使劲儿点点头，由衷地赞叹道：

"天啊！真漂亮！比我听说的还漂亮！真不愧是里子姑娘的姐姐，果然美貌，我太震惊了！"

"那么我就来白兰地吧！"

见椎名点了白兰地，大野和里子也都要了白兰地，赖子把客人的要求告诉了服务生。

"我先失陪一会儿！"

赖子跟三人说了一声就离开了。

六张台子都坐满了客人，酒吧里洋溢着欢声笑语。没有几个年轻人，看样子五十来岁的客人居多，其中还有满头白发七十来岁的客人。正面的右端有一个大花瓶，里面插满了百合花和玫瑰花，估计一个人都抱不过来。花瓶旁边有个姑娘在弹钢琴。

酒吧里虽然人声鼎沸很热闹，氛围却很沉静。

"真是个漂亮的人啊！"

看着在吧台前面和刚进来的客人应酬的赖子，大野又在那里小声感叹。

"和里子姑娘站在一起，真是绝代双娇啊！"

"我和姐姐根本没法比！"

"没有的事儿！你们俩春兰秋菊，各有各的美！"

椎名不偏不倚夸奖两姊妹，可他说的是真心话吗？里子心里有几分不安。

"打搅了！"

赖子刚离开，两个陪酒女郎走过来坐下了。她俩也很漂亮，可和赖子相比还是逊色几分。

"这位姑娘是不是和谁长得比较像？"

听大野这么说，两个女招待看着里子沉思。

"像不像这里的妈妈桑？"

"是不是老板娘的妹妹？"

两个姑娘再次抬头看了看里子，小声嘀咕说："真漂亮啊！"

"好了吧！咱不说这些了！"

说实话，里子并不怎么喜欢别人拿自己和赖子比较。

或许是察觉了里子的心情吧，椎名借机改变了话题，劝两个陪酒女郎喝酒。

除了钢琴，好像还有麦克，一个四十五六岁的男人站在钢琴旁边唱了一首歌，接下来上去唱歌的人好像有点儿醉了，不光歌词含混不清，唱得也很烂。

"唱得真难听！这里毕竟是个很有档次的酒吧，最好不要让那种五音不全的人上去唱歌！"

邻桌的客人毫不掩饰地对过来换烟灰缸的服务生提意见。确实，作为酒吧来说，并不欢迎这样的客人在人前献丑，可客人想唱歌，酒吧总不能拒绝吧？服务生苦笑着连连点头。

那个人不一会儿就唱完了，只有椎名鼓了鼓掌。

椎名的那种善良让里子感到莫名喜欢。确实，刚才的那个人唱歌很烂，听起来很刺耳，可他毕竟在认真地唱。有感于那份认真执着而对一个素不相识的人鼓掌，里子觉得自己绝对做不到，但看着椎名如此善良、善解人意，里子心里感到一种莫名的温暖和慰藉。

"您平时都是在哪里喝酒？"

赖子又回来了，向椎名问道。

"你问我在哪里喝酒，其实也没有固定的地方。我还真不知道银座还有这么好的酒吧！"

"平时还能更安静些，今天有点嘈杂，真的很抱歉！"

"那有什么关系！我下次还会来的。"

两个男士貌似都很快乐，看着眉飞色舞的椎名，里子心里又不安起来，拼命把话题往自己这边拉。

"这个月岚山的鱼鹰捕鱼就要开始了，您要不要去看？"

"我还没见过鱼鹰捕鱼呢！很想去看看！"

"那您可一定要来啊！"

里子觉得还是把椎名请到京都去比较放心。

在雅居尔待了将近一个小时，从酒吧出来，大野提议再去一家，里子和椎名当然也不愿分手告别。

"有没有可以跳舞的地方啊？"

里子刚才就想找个地方发散一下心中的郁结。

大野和椎名商量了一下，三人上了正面的大街。

"就在附近，咱们走着去吧！"

这次去的那家店面朝大街，名字叫"拉莫尔"。虽然也是夜总会，但比雅居尔大多了，也有钢琴，关键是钢琴前面的场地很宽敞，四五对儿男女跳舞绝对没问题。

这个地方两人好像经常来，只见老板娘马上过来打招呼，紧接着三个女招待围着三人坐了下来。

里子在这里也是效仿男人点了白兰地，喝了几杯忽然醉意上来了。里子借酒壮胆，鼓起勇气对椎名说道：

"陪我跳舞好吗？"

椎名很不好意思地挠了挠头，问里子"跳得不好可以吗"，然后慢吞吞地站了起来。

这支曲子叫《我只看见你》，可以跳慢舞。

椎名倒也不是跳得有多好，但他舞步很扎实，可以带着里子跳。

面对他宽大厚实的胸脯，里子自然而然地想把脸埋进他怀里。

"累了吧？"

椎名边跳边用低沉的声音在里子耳边低语。

"不累！椎名先生呢？"

"我也不怎么……"

"明天一早又有工作是吗？"

"我已经习惯早起了！"

椎名或许是个从不叫苦的男人吧。他和里子年龄差了将近二十岁，可陪着自己跳舞丝毫不见疲态。面对这样一个男人，里子不由地想起了儿时记忆中的父亲。过去的男人或许都像椎名这样内心强大、心胸宽广吧？

"近期您不去外国吗？"

"八月中旬要去欧洲。"

"您可真够忙的！"

关于椎名的工作和生活，里子还想知道得更多。比如说，早上几点起床，在公司里做什么工作，见什么样的人等等，但说句实话，即使问了也没什么用，电脑之类的里子根本不懂。

里子这次见到椎名有一件事情想求他，昨天晚上就想说但没能说出口，这一会儿，趁着自己醉醺醺的好像能说出口来。

第一支曲子结束了，两个人跳第二支曲子的时候，里子鼓足勇气说道：

"椎名先生，能不能送我一张照片？"

"照片……可这段时间根本没有拍照片啊……"

"一张总该有吧？"

"没有一张像样的，很多都是和别人一起照的。"

"您年轻时的照片我也想要，别人的部分我可以剪掉！"

椎名笑了，可里子不管那些。

"明天能给我吗？回家之前我可以到您公司去拿，您放在酒店前台也可以！"

"能不能找到我都不知道啊！"

"那么说您是要寄给我喽？"

椎名就那样一句话都没说。或许是他对里子突然提出的要求感到困惑，也或许是他对里子这个强人所难的要求感到惊讶。确实，对舞伴说想要对方的照片，被对方认为这是爱情的表白也是没办法的事情。

里子忽然感到很羞臊，这或许不是普通客人和年轻女性之间该说的事情。

"没有的话就算了！"

"我找找看！"

"真的吗？"

"即使照得可笑也请你不要见笑噢！"

"怎么会呢？我会好好珍藏的！"

里子忘记了刚才的矜持的心情，这会儿马上又欣喜若狂了。

就那样喝酒跳舞，等醒过神儿来才发现已经是晚上十一点半多了。银座的夜总会这个时间一般都要下班了。

"我们再去赤坂那边找一家吧！"

大野提议，但里子谢绝了。

再喝就真要醉了，再者说，他们两人明天还都有工作。就为了自己一个人，连续两个晚上拽着他们玩儿到这么晚，里子觉得很过意不去。说实话，被椎名拥在怀里跳舞，还让他答应了送自己照片，里子觉得这已经足够了。光这些，里子就觉得这趟东京来得很值。

"明天早上要早起吗？"

"我准备坐上午的新干线回去。"

京都的家在里子的脑海里瞬间一闪，但她只觉得那是一个遥远的另一个世界。

回到酒店，里子马上解下带子，洗了一个淋浴。或许是因为今天傍晚才出的门，她并不觉得怎么累，只是觉得浑身发烫。其中一个原因或许是因为喝了白兰地，还有一个原因就是，和椎名共舞时的心跳和悸动这会儿还在她的身体里盘桓不去。

里子洗完淋浴，在床上躺了一会儿，然后拿起了电话。

因为在东京多玩儿了一天，明天一早必须坐九点左右的新干线回去，现在得打电话告诉家里，里子忽然觉得心情沉重起来。

这会儿即使打了电话，明天一早回去的话还是一码事，想到这里，里子又把电话放下了。但她又忽然想起了赖子的事情，于是就拨通了赖子公寓的电话。

现在才刚刚一点，说不定赖子还没有回去，没想到赖子马上接起了电话。

"姐姐已经回家了吗？"

"是啊！今天晚上谢谢你了！"

赖子好像在感谢里子把椎名他们领到她的酒吧里去。

"是我该谢谢姐姐，给你添了那么多麻烦！我明天一大早就回去了！"

"一路平安！"

"多谢姐姐！昨晚生病的事情你可要替我保密噢！"

"我知道！"

赖子慢悠悠地说道。

"里子，你是不是喜欢那个叫椎名的人啊？"

"不是的！没有的事儿！"

"你不用遮遮掩掩的，我一眼就能看出来！"

赖子虽然没有陪他们坐，可关键的事情好像还是被她看穿了。

"喜欢上别人是你的自由不错，可要有分寸，你就到此为止吧！那样的人不行的！"

"为什么？他是个很好的人，工作也很有能力……"

"我知道！正因为知道我才说不行的！"

里子沉默不语，赖子轻轻叹了一口气说道：

"女人一旦喜欢上一个男人就完了！就像陷入深深的泥潭。还有，对方有妻子是吧？喜欢上有妇之夫，最后受损失的只有女人！"

"你说的好奇怪！我怎么会受损失呢？我又没喜欢上他！"

里子说完，慌忙捂住了自己的嘴，这样说好像是自己不打自招。

"里子，你可是已经结了婚的人啊！你可要好好想清楚了！"

确实，自己已经结婚了，是个有夫之妇，喜欢上一个人，痛苦最多的或许还是女人。

但是，就因为是已婚，就要求一个人从一开始就放弃，是不是有点儿太过分了？那样就等于说，结了婚就永远不能喜欢任何人。赖子如此贬低爱上别人这个事情，那或许是年轻时受过伤害的赖子的偏见。

"姐姐，我并不是喜欢那个人，只是对他有好感而已。"

"那样就好！你就到此为止吧！"

里子默默地点点头，眼睛发潮，眼泪不自觉地溢出了眼眶。

在东京的第三天早晨，里子八点钟醒来，像平时一样洗了淋浴，然后给京都的家里打了电话。

一开始接电话的好像是家里的女佣，紧接着菊雄接过了电话。

"不好意思！这么晚才回去，请原谅！"

"那有什么关系！肚子疼怎么样了？"

"昨晚打了一针，然后就睡了，根本就不敢动。幸好今天没事儿了。我现在还在酒店里，马上就往回走了！"

在打电话之前一直忐忑不安，可没想到对方一接电话，自己撒起谎来竟然一点儿都没结巴，里子自己都有点吃惊。

"真是辛苦你了！幸好没什么大事！"

"店里没什么事儿吧？"

"倒也没什么事儿，不过你不在的时候还是很冷清啊！"

"好了！我会尽量早回去的，请你告诉母亲！"

里子担心母亲接电话又会问这问那，说完就挂断了电话。

可是，菊雄这个人到底老实到什么程度啊？和他在电话里说着话，里子觉得自己变成了一个十恶不赦的恶女人，心情愈发沉闷起来。

他要是再坏那么一点点的话也好啊！那样的话，夫妻之间还有点张力……

里子知道自己的这种想法太任性，可丈夫的过分善良还是让她气鼓鼓的。

里子为了驱散这种郁闷的心情，穿上和服，开始收拾回去的行李。她把留袖叠好刚放进行李箱里，电话响了。

里子接起电话，原来是椎名打来的。

"昨晚你说的照片的事情，我找到了几张。"

虽然是在电话里，可从声音里就能听出来他很不好意思。

"太好了！我现在去拿吧！您已经去公司了吗？"

"没有，这会儿正要出门呢！因为正好顺路，我顺道去酒店也可以！"

"您到酒店来吗？"

"估计要到九点半左右，你在房间里吗？"

"好的，我在房间里等您！"

里子刚才还觉得自己是个恶女，此刻已经全忘了，她对着话筒露出了灿烂的笑容。

二十分钟后，里子收拾好了回家的行李。

虽然只在这个房间里住了两天，可里子觉得对这个房间依依不舍，房间明明空荡荡的，可里子觉得房间在挽留她，她好像听到房间在问她："这就要回去了吗？"

"我还会再来的！"

一个人自言自语地说着正要出门，这时候电话又响了。这次是一个很年轻的女性的声音。

"姐姐，原来你在房间啊！真是太好了！"

电话里传来了槙子的声音，可能是用公用电话打的吧，气喘吁吁的声音里还夹杂着汽车的噪音。

"姐姐来东京，打电话告诉我就是了！你可真够见外的！"

"可是，槙子不是去伊豆那边了吗？"

"去是去了，可是前天就回来了！今天早上给赖子姐姐打电话，她说你来东京了，我挺吃惊的，所以就给你打电话。"

"真是辛苦你了！现在还是暑假吧？你可够早的！"

"姐姐现在能见面吗？"

"见面倒是可以，不过九点半的时候有人要来。"

"是姐姐喜欢的那个人吧？我听赖子姐姐说了。她还说我和你都够愁人的，不过赖子姐姐的话你不用放在心上！"

赖子嘴可真够快的！这么早就把昨天晚上的事情跟槙子说了，里子心里很吃惊，但在电话里强装镇静。

"我现在在川崎，一个小时左右就能到酒店！"

槙子都说到这个份儿上了，不见也不好，里子和槙子约好十点在酒店大堂里见面，说完就挂断了电话。

　　里子想先把房费结了去了前台，但前台的工作人员坚决不收她的钱，说椎名先生已经嘱咐过了房费由他来结。

　　"那可不行！房钱我自己付！"

　　里子说了好几遍，可前台工作人员只是反复说："我们是那样被吩咐的！"

　　里子心想，让人家领着自己去了好几家店，不光吃了喝了人家的，最后连房费都让别人付，这也太过意不去了。但是前台的工作人员如此坚持的话她也没什么办法。里子不再坚持，回到了房间。

　　回到房间，里子又整理了一下头发，正对着镜子看自己的背影的时候，椎名来电话说已经到了酒店大堂。里子拿起行李和房间钥匙，再次确认了一下有没有忘东西，然后走出了房间。

　　到了大堂，里子看到椎名正站在柱子前面等着自己。

　　椎名今天穿了一套浅灰色的西装，还系着里子送给他的那条领带。里子先对昨晚的事情表示感谢，然后看着前台那边说道：

　　"我刚才去了前台，连房费都让您来付怎么能行呢！"

　　"没什么，那点儿小事儿就不啰唆了吧！"

　　"可是，我真的没打算让您给我付房费啊！"

　　"不说什么房费了，你先看看照片吧！要不咱去喝杯咖啡？"

　　椎名说完就快步向大堂右边的咖啡厅走去，里子边在后面追着说："还是我自己来付吧！"椎名装作没听见，一屁股坐在了靠近咖啡厅入口的座位上。

　　"这样的照片，连我自己都觉得好笑，心想那时候怎么拍出这样的照片来？"

　　椎名递过来两张照片，一张是年轻时候照的，好像是去海边玩儿，照片上的他穿着衬衫和凉鞋，正满脸笑容地坐在一块岩石上。另一张好像是最近照的，手里提着旅行箱，正站在大厦的门口。

"真可爱！这是什么时候照的？"

"大学毕业的第二年，和同事们去房总的鸭川时照的，那时候才二十五岁。"

照片有些泛黄了，好像在诉说流逝的岁月。照片上的椎名很瘦削，从他现在精壮的身体真的很难想象出来。阳光下那张灿烂的笑脸里能看到和现在一样的善良与温厚。

"这张是在外国照的吗？"

"去年去洛杉矶的时候，对方分公司的人给我照的！"

背景办公大楼的入口处全是英文标识。

"这个我可以拿走吗？"

"拿走倒是可以，不过……"

"我会好好珍藏的，绝不会给您添麻烦！"

椎名或许担心照片被里子的丈夫看到，但里子有信心把照片藏好。

"真是太高兴了！"

里子又看了一遍照片，仔细地放进了行李箱里。

"月底您一定来京都是吗？"

"按计划这个月底要去大津的工厂，我想到时候能顺道去京都。"

"到时候如果您有时间，我想领您去看鱼鹰捕鱼表演，在岚山渡月桥前面摇出好几条屋顶型画舫来，在船头点起篝火观赏鱼鹰夜间捕鱼。"

"听上去很有意思啊！"

"那么，我要不要先把游船预定好？"

"到了下周就知道具体的日子了，到时候我再和你联系吧！"

椎名说着，瞥了一眼手表，他这会儿要去公司，可能是没时间了吧！

"那么我就告辞了，方便的话可以把你送到东京站。"

"不用了，我过会儿还要和妹妹见一面才回去，我们就此别过吧！真是给您添麻烦了，非常感谢！"

里子给椎名鞠躬行礼，椎名也低头还礼。里子本打算就在这里分手，可看着椎名往外走，自己也不由自主地跟在他后面走到了酒店门口。

"那么您多保重！"

"你也保重！"

椎名从车里再次向里子点头，两个人四目相对的那一瞬间，车子徐徐开动了。里子站在那里向着车子挥手，等汽车下了酒店前面的斜坡的时候，忽然有人从后面轻轻拍她的肩膀。

里子吃惊地回头一看，原来是槙子笑嘻嘻地站在那里。

"姐姐！我可看见了哦！"

"什么呀！你怎么这么一身稀奇古怪的打扮？"

槙子上面是 T 恤，下面是慢跑长裤，手里提着一个竹篮子，那样子好像刚洗完海水浴回来。

"是个很优雅的男人啊！你俩好般配！"

"就你狗拿耗子多管闲事！"

里子再次从旋转门回到酒店大堂，槙子和她肩并肩边走边说：

"姐姐，你就在前面请我吃点儿东西吧！昨天晚上去听沙滩男孩演唱会，现在刚回来。"

"什么呀！什么沙滩男孩？"

"姐姐不知道吗？你可真够落伍的！那是美国的乐队，现在来日本了，昨天晚上在江之岛开了演唱会！"

沙滩男孩是个什么样的乐队？演唱会为什么会在江之岛举行？演唱会结束为什么都是第二天早晨了？里子对这些事情一无所知。

两人回到里子刚才和椎名见面的咖啡厅，槙子点了汤、俱乐部三明治和咖啡，然后指着坐在斜后方的一个男孩对里子说道：

"姐姐，能不能也请他吃一份？"

"没关系的！"

"那就多谢姐姐了！"

槙子马上让女服务员给身后的那个男孩送去同样的汤和三明治。里子惊讶地转过头去一看，那个男孩上身穿着印着英文的 T 恤衫，下面穿着一条皱皱巴巴的牛仔裤，乱蓬蓬的头发都打卷儿了，还戴着一顶毛线帽子。

"是个学生？"

"和我一起从江之岛回来的！"

"真是江山易改本性难移，槙子还是老样子啊！"

三姐妹中间，只有槙子什么本事都没学就直接进了东京的大学，所以她的性情最为奔放不羁，每次回京都是奇装异服，惹得邻居们议论纷纷。

即便那样，她回京都的时候好像还是有几分收敛，不敢太花里胡哨，在东京的话，她就可以无拘无束地尽情发挥个性了。

"他不过就是个男朋友，要不要给姐姐介绍一下？"

"不用，还是免了吧！"

那个男孩儿或许是槙子的朋友，但不知道是学生还是嬉皮士，那样的男孩其实不介绍也罢。

"放暑假了你也不回家，你在干什么？"

"就这样我还忙得不得了呢！"

槙子说完，忽然毕恭毕敬地双手合十对里子说道：

"有点事儿想求姐姐，能不能借我点儿钱？"

"我估计就是那么回事儿！"

"这段时间手头有点儿紧，找赖子姐姐去借钱，看她那个不情愿的样子！那个人是不是有点儿怪？"

"你在说什么呀！"

"难道不是吗？每次去都发现她在打扫卫生，我不管是喝咖啡还是吃甜瓜，她总是提醒我不要弄脏了，不要弄得到处都是，喋喋不休烦死人了！长得那么漂亮却连一个男朋友都没有！"

"不会吧……"

"真的！我和她一起住了半年，我是再清楚不过了。赖子姐姐厌恶男人！"

要那么说的话，昨天晚上因为椎名的事情，赖子莫名其妙地口气那么严厉，或许和她讨厌男人不无关系。

"赖子姐姐做艺伎的时候被一个不喜欢的人夺去了身子，而且还被辜负了，她是不是因为那件事情变得不再相信男人了？"

"那件事情你可不能说啊！"

"可是，她真的好奇怪！我只是和男朋友打个电话她就朝我发火，那么讨厌男人，她就不寂寞吗？"

所谓话粗理不粗，槙子说话有点儿粗鲁，可她说的有一定的道理。像赖子那样怀疑男人的话，这个世界就太空虚、太乏味了。

"所以说呢，里子姐姐不管有了多么喜欢的人，我也觉得很正常。有喜欢的人总比没有的好！爱一个人不用顾虑那么多！"

"槙子可真好啊！"

槙子喝着汤，狼吞虎咽地吃着三明治，里子觉得很羡慕她。也不知道她去了海边几次，晒得黝黑黝黑的，和男朋友去听演唱会，听得如痴如醉，第二天早晨才回来。她的言行举止虽然有年轻人独有的放纵和任性，但她能毫不在乎地做到，或许那才是青春的精彩之处。

"我和姐姐是一边儿的！"

里子虽然觉得槙子有点儿巧舌如簧，可被她那么一说，心里还是涌出了勇气，觉得自己胆大气粗起来。

"槙子需要多少？"

"多少都看姐姐的意思了！"

"你可真会说……"

里子从包里拿出一张一万日元的钞票放在了桌子上。

"你就用这些钱把刚才的饭钱也结了吧！我这会儿还得去东京站坐新干线！"

"好的姐姐，我记着姐姐的恩情！今天的事情咱俩可得互相保密噢！"

"我又没做什么亏心事！你也不要玩儿过火了！"

"姐姐不用担心！就这样我脑子还是满清醒的！告诉母亲下周我回去！"

"知道了！好了，再见！"

里子站起身来，回头看了看身后的座位，那个正在狼吞虎咽三明治的男孩给她深深地鞠了一躬，脸上露出了亲切的笑容。

夏草篇

　　每年到了七月末，银座就会变得有几分冷清起来。

　　每到傍晚时分，酒吧一条街就会热闹起来，街上全是下了班去喝一杯的人和脚步匆匆赶往酒吧的陪酒女郎。可是到了七月末，街上的行人就少了些，经常停在旧电通大街上的黑色轿车也比平时少了。

　　很多大公司从八月初到八月中旬开始轮流休假，那些常来银座的客人也都去了轻井泽或箱根的别墅区。

　　今年盂兰盆节假期为十四号、十五号和十六号，恰好是周二、周三和周四，如果这三天放假的话，一周只剩下周一和周五。赖子心想，那样的话，还不如干脆放一个星期的假，但是酒吧里的陪酒女郎们都表示反对。

　　"就算能休息一星期，我们也没地方去啊！反正那些想休假的人自会休假的，酒吧还是照常吧。"

　　自从每周休息两天的制度普及以后，银座的大部分酒吧都是周六和周日休息。结果每月女招待上班的时间只有二十天左右。对于日结工资的她们来说，休息的日子多好像很令人高兴，可实际上她们的收入要减少很多。

　　还有，虽说盂兰盆节放假，可并不是所有的人都回老家。在银座工作的女性里面有不少是和老家的父母吵架之后出来的。即便没有那么严重，和家人、亲戚相处不好的人也有很多。

虽说是盂兰盆节，她们这些人既不能回家也不想回家。结果就是，酒吧放假了，她们要么结伴出去旅游，要么无所事事地在东京待着。

赖子似乎察觉了姑娘们的孤独，其实这何尝不是她自己的情况？

赖子的户籍确实在京都老家，可现实是，她已经舍弃老家出来了，所以老家并不是她特别想回去的地方。即使里子和母亲对自己很热情，但说到底，那是别人的家，她觉得还是待在东京自己的家里最踏实、最安心。

赖子接受了姑娘们的要求，决定八月份酒吧继续照常营业。起初还觉得客人少还要付那么多工资有点太傻了，可实际上，还是有四五个人休假，差不多还能保持收支平衡。

"八月份除了周六和周日，其余时间照常营业，希望各位继续关照本酒吧，期待您的惠顾！"

赖子让人把写着这句话的海报贴在了吧台旁边的墙上和洗手间的墙上。

"这家酒吧真能干！"

听到有些客人冷嘲热讽，赖子会笑着解释说：

"如果不拼命干还上贷款，我这个酒吧就得债台高筑关门大吉。"

即使赖子如此问他们解释，可客人们都认为赖子身后一定有个身家不菲的金主，再说娘家也家境殷实，她的生活一定很优裕。

但是，赖子身后并没有什么在经济上慷慨解囊资助她的金主。在银座开这间酒吧，三千万是从银行借的，剩下的就是七百万左右的银行存款，不够的部分让家里给出的。

确实，给赖子融资的是三京银行，出于赖子认识副总裁的关系，贷款办得很顺利，到了关键时刻还可以让家里给出钱。和普通人开酒吧相比，她可能算是比较轻松的，但有一点谁都一样，借来的钱迟早是要还的。

但是，那些事情赖子不想一一向客人们解释。实际上即使解释了他们也不相信，解释了银行贷款也不会减少一分。

"怎么也得让我们挣点儿钱吃口饭吧！"

对客人的冷嘲热讽，赖子总是笑着这样回答。

熊仓来到"雅居尔"是八月初一个稍微空闲的周五晚上。他平时总是和客户一起来，可那天很稀奇，他是和一个女人结伴来的。

赖子第一眼看到那个女人就觉得好像在哪里见过她，她很快就认出了那个女的是女演员秋草真由美。

"就算是雅居尔，到了八月份也是客人稀少啊！不过呢，若非这种时候，我这样的男人也不受女人欢迎啊！"

明明领着女人来，熊仓却如此阴阳怪气，他把秋草真由美介绍给赖子。

"欢迎光临！我一眼就认出来了，真是位美人啊！"

赖子打招呼，熊仓好像很满意地点点头。

"现在她在有乐剧场舞台上演戏，老板娘也去捧个场赏个光吧！合适的话，我可以送戏票给你。"

熊仓说着，从口袋里掏出来十几张票。

秋草真由美按说应该已经年过四十了。因为在历史剧中扮演公主的角色也曾红极一时，现在即使在电视剧里也属于配角，再也没有当年的人气了。她现在上台演戏，估计也是考虑到了年龄的因素。

"这位老板娘以前在京都做过舞伎。那时候比现在稍微胖乎一点儿，很可爱！"

熊仓还是和以前一样，得意洋洋地向秋草真由美介绍赖子，而秋草真由美只是礼节性地点点头。看样子两人好像不是什么特别亲密的关系。熊仓或许是通过某个人的介绍认识了真由美，在真由美的要求下还买了戏票，所以才让真由美陪他一晚上作为报答。

熊仓原本就喜欢大场面、喜欢摆谱，他还经常领着演员和相扑大力士去祗园请客。领着演员或相扑运动员在大街上招摇过市的多是些有钱无名的暴发户，熊仓领着秋草真由美来酒吧，或许是想夸耀一下自己很有女人缘。

熊仓讲了一通在茶屋寻欢作乐的事情以后，忽然说了一句让赖子很生气的话。

"这位老板娘是双胞胎，她的姐姐也是个非常俊俏的美人！"

赖子听到这句话马上就起身离开了熊仓的台子。

炫耀自己寻欢作乐的事情没关系，他怎么还厚颜无耻地把死去的铃子都给捎带上了？赖子觉得熊仓这个人简直没心没肺，不可理喻！

"妈妈桑！妈妈桑！"

熊仓高声喊她，赖子装作没听见，在别的客人的包厢里坐了下来。

"什么呀！不是在嫉妒吧？"

熊仓还在那里高声喊叫，当然赖子对他领女人来这个事情很坦然很不在乎，他自己带女人来反而更省事更轻松。

自己连女演员都领来了，赖子的态度却这般冷淡，熊仓或许对此会有些不满，但赖子并不想因为对方是演员就特别对待。

银座的酒吧经常有艺人出入，也有的酒吧因此出名了，向客人收取高额的费用，但赖子并不怎么欢迎艺人。当然，若是举止稳重的演员艺人的话另当别论，但一般来说，那些被称为明星的人往往自信过度，在酒吧里好像只有他自己是客人。有的人看上去喝酒很爽快气派，其实付账拖拖拉拉，也有人拖欠。比起那样的客人，那些正规公司里的有相当身份的人，不管是作为人还是作为客人都更值得信赖。更别说那些一夜成名的年轻艺人了，他们来了也只会破坏酒吧的气氛，反而是个麻烦。

因为赖子离开了熊仓那张台子，或许是觉得败兴吧，过了才十分钟的样子，秋草真由美就站了起来。

"因为老板娘不过来，她说要回去！"

"真不好意思！请您再待一会儿吧！"

赖子在那里劝说，可因为秋草真由美都已经站起来了，熊仓只好不情愿地跟在后面。

出了酒吧的熊仓打电话来是一个小时之后的事情。已经过了十一点，弹钢琴的姑娘在弹最后的乐章了。

"今晚能见面吗？"

赖子刚接起电话，就听熊仓突然这么说。

"秋草女士怎么了？"

"我刚把她送回家，这会儿我在一家叫西斯科的酒吧里。"

"您只是把她送回家了吗？"

"我从开始就对她没意思，我们只是一般的朋友，你应该一眼就看出来了吧？我真正喜欢的是你！"

他说话还是那般厚颜无耻，说不定是勾引秋草失败了，没办法才给自己打电话。

"还是你漂亮！即使和秋草相比也毫不逊色！不，你比她漂亮多了！"

"你不用那么勉强自己口是心非！"

"我说的不是假话！这些都是真的！我这会儿想见你，你是不是可以原谅我，就咱们俩单独见面呢？"

"不存在什么原谅不原谅！我只是太忙了，没法去见您。"

"求你想想办法！你知道我现在是什么样子吗？"

"我哪知道啊！电话里什么都看不见！"

"我正拿着电话跪在地上，店里的人都在笑话我！求你了，快点儿来吧！"

熊仓这个人绝对脸皮厚，听说他在京都为了说服喜欢的女人竟然在大街上下跪。只要他想要，什么耻辱啊什么世间的名声啊他都不在乎，厚颜无耻想做就做。但是，他的这一套似乎能激起女性的自尊心，好像经常得逞。

但是，赖子对他这套绝对不会上当的。不管他说什么，一颗心一旦冷却了就再也回不来了。

"就陪我去一家总可以吧！就为了和你见面，我才把她早早打发回家的！"

要是想早早地把她打发回家，根本用不着把她送回家吧？睁着眼说瞎话却能面不改色心不跳，反过来说，那或许是熊仓的一种才能。

"行吧？赖子！"

听他忽然这么亲热地称呼自己，赖子瞬间浑身哆嗦了一下。七年前，那张酒气熏人的嘴凑近自己的耳边说的也是这句话。

"偶尔见个面，你也听我给你讲讲生意的事情！"

"……"

"真的求求你了！"

赖子那清醒的大脑里瞬间闪过了一个见他一面的念头。

自从铃子死了以后，赖子对熊仓的感觉只有憎恨。从他开始光顾银座的这间酒吧时起，她表面上把他当成一个客人对待，可在心里想的只有复仇的事情。

但是，说起具体的复仇办法，赖子一直是一筹莫展，不知道怎么办才好。当然也有点儿办法，比如说，把他叫到酒吧里来，结账的时候多收他的钱，或者对他冷若冰霜什么的。当然自己不会因为这么点儿事就原谅他。赖子想给他致命的一击，让他永远不能东山再起，可是怎么做才能达到那个目的呢？赖子一点儿主意也没有。

"我俩就和好吧！要不我现在就去接你吧！我一辈子就求你这一次了！"

听着熊仓那夸张的台词，赖子心想趁此机会搞清楚他做什么生意也不错。

"好吧！酒吧下班后我就去打搅！"

因为赖子这么简单地就答应了，看样子熊仓反而很吃惊。他停顿了一会儿说道：

"你真的能来是吗？"

"这会儿还有客人，估计要过了十二点才能去！"

"你在乃木坂下车后往山王下方向走，过了第二个信号灯往左拐……"

熊仓告诉赖子那家酒吧在哪里，赤坂那一带赖子大体都知道。

熊仓又说了一遍酒吧的名字和电话号码。

"不管到几点，我都在这里等着！你可一定要来啊！"

"嗯，我会去的！"

赖子说完就放下了电话。

接受邀请去见熊仓，这是时隔多少年两人再次单独见面呢？

六年前，铃子自杀之后，有一次被熊仓叫去陪他喝酒，那时候两人单独见过一面，但那次赖子一看见熊仓的脸就跑了回来。即便他是客人，和这样的男人仅仅待在一起，赖子就觉得浑身的皮肤都被他弄脏了。从那以后，熊仓的所有宴会陪侍赖子都拒绝了。

后来来了新桥，虽然又被邀请过一次，但知道了对方是熊仓，赖子根本就没去。

从那以后过了三年，在银座的酒吧里见过一面，但那一次周围还有其他客人和陪酒女郎，所以算不上是两人单独见面。从那以后，熊仓好几次很亲热地打招呼，但赖子每次都借故走开不理他。他提出一起吃饭或约会也都被拒绝了。

近来还以为熊仓已经死心了，没想到今天又是这般死缠硬磨。

他是想出刚才被女演员甩了的那口气呢，还是单纯因为心血来潮呢？

不管他是什么动机，赖子都没怎么放在心上。今晚出去和他见面，不是因为喜欢他，只是为了探听一下他的近况。

过了十一点，又来了两组客人，但过了十一点半的时候就都起身走了。赖子确认了一下账单，然后和领班商量了一点事情，等她出酒吧的时候已经是十二点多了。

赖子走到街上叫了一辆出租车。

"去赤坂！"

赖子告诉司机目的地，坐直了身子，拽了拽领子。

这会儿要去见熊仓，一想到这里，赖子就不由地紧张起来。

他会说些什么？又会对自己做些什么呢？赖子根本想象不出。但是，现在他做什么她都不会感到吃惊，她能够冷静地观察，也能够斩钉截铁地拒绝。虽说是深夜去见一个男人，但绝不是去约会。

"我这是去给铃子报仇！"

看着前方交错的灯光，赖子坐在车里自言自语。

赖子刚走进赤坂的那家酒吧，熊仓就连忙站起来向她招手。

"在这边！我一直等着你呢！"

戴着金丝眼镜的那张细长的脸上堆满了笑容。

酒吧的一侧是吧台，对面一侧是包厢。除了调酒师以外还有三个陪酒的姑娘，三个人都已经各自坐台了。在赤坂和六本木，这种既不是俱乐部又不是酒吧的店很多，这家店好像也是其中之一。

熊仓身边刚才也有个陪酒的，看到赖子进来，一个老板娘模样的人马上走了过来。

"说实话，我没想到你能来！"

"我不是说了要来的吗？"

"说是说了，可是你一直那么讨厌我！不管怎么说，来了就太好了！"

熊仓说完，忽然伸出手来想握住赖子的手，赖子连忙把手缩了回来，熊仓脸上没有丝毫害臊的样子。

"好吧！让我们跟女王陛下干杯吧！给我开香槟！"

或许他早就打算好了，赖子来了就干杯，服务生马上端来了玻璃杯和冰好的香槟酒，随着砰的一声脆响，香槟酒的塞子被打开了，老板娘和旁边的姑娘们也都举起了杯子。

"那么……"

熊仓好像在思考什么似的稍微停顿了一下。

"庆祝我俩和好如初，干杯！"

旁边的女人们也都随声附和，一齐举起了杯子。

"怎么样？是个美女吧！"

"和秋草真由美相比，还是这位姑娘漂亮！"

"太美了！"

"京都的姑娘就是不一样啊！"

女人们都纷纷点头称是。

看样子熊仓在赖子到达之前，已经向众人宣传过她了。

称赞她漂亮、热情欢迎她，确实令她很高兴，可是说什么"庆祝我俩和好如初"就太不地道了。被众人误解两人之间好像有什么事儿似的就不好了，可是她刚来，也不好意思说什么。

"喂！给客人把菜单拿过来！你们这些人，看什么都看傻了？"

熊仓颐指气使地催促姑娘们。

"肚子一定饿了吧？别看这家店小，可有几样菜做得非常棒！鱼子酱或烤牛肉怎么样？"

熊仓自作主张点了这些东西，又问赖了喝完香槟之后喝什么。

"我要果汁！"

"别说那些！来杯清爽的威士忌酸酒怎么样？行不行？就来那个吧！空调是不是开得太凉了？喂！把这里给擦擦！"

熊仓眼睛很尖，他一眼就看见赖子面前的台子被冰水杯子弄湿了一点儿，立马把调酒师喊了过来。心思细腻做事利索，女人们或许被熊仓的这一点迷住了。

"赖子，我好想见你！七年的愿望今天终于实现了！"

张口赖子闭口赖子，叫得好随意。赖子心里很别扭，可熊仓好像对此浑然不觉。他坐直身子，把一只手绕到赖子身后，端起新上来的威士忌酸酒和赖子碰杯。

"今天是个高兴的日子！我们就尽情喝吧！对了，我要先给赖子老板娘献上一首歌！"

熊仓说完，就站在了钢琴前面。

"我把《勿忘我》这首歌献给赖子老板娘！"

熊仓很夸张地给赖子送上一个秋波，然后唱了起来。

熊仓过去在宴会上也经常唱歌，他那清亮的歌喉一如从前。

"这束勿忘我，献给你、献给你……"

唱到最后，他对着赖子展开双臂，给赖子送上一个飞吻。

按说，熊仓都五十过半的人了，可还是那样装腔作势令人作呕。这种人不知道应该叫厚颜无耻还是厚脸皮，反正在旁边看着的人都为他感到害臊，可熊仓从未有过害臊的样子。就看你怎么想了，这种事情竟然也能堂而皇之地做出来，而且面不改色心不跳，说不定也是一种才能。

"这位老板娘当年在祇园是最当红的舞伎，现在在银座这个地方，到哪里都找不到这么漂亮的人！"

熊仓唱完以后又开始向别人介绍他是如何和赖子相识的。

熊仓厚着脸皮把赖子夸得天花乱坠，就连赖子本人都不好意思听下去了，可他却是一副很认真的样子。他靠着这一套，说不定已经把好几个女人勾到手了，赖子被他在众人面前这般冠冕堂皇地夸奖，心里倒也很受用。

"咱们言归正传，我有件事儿特别想求赖子姑娘帮忙！"

熊仓的口气忽然变得一本正经起来。

"或许求你也没用，但这是我赌上了身家性命的一桩大生意！务必请赖子姑娘帮帮我！"

"什么事？"

"说实话，这个月的七号，我要和大协百货的秋山常务见面，你认识他吧？"

"秋山先生？"

赖子不记得见过这个人。

"他是大协百货秋山嘉六社长的公子，虽然现在还不是社长，但下任社长定下就是他了。我想和大协百货谈一桩大生意，和秋山一聊，他好像认识赖子姑娘！"

"我不认识这位秋山先生……"

"好像很久以前他去过祇园，他说那时候见过一位很像赖子姑娘的舞伎！他好像还去过两次莺乃家呢！"

到宴席上去陪侍的时候会见到各种各样的客人，不可能每个客人都记得住，特别是做舞伎的时候。如果是那种只陪过一次的客人，不见面的话，根本想不起是谁。

"下次我要好好招待一下那位常务，赖子姑娘能不能挤出点时间来？"

"你要我做什么？"

"只是想请你到宴会上陪他吃个饭，说好是下个周二的晚上。实际上，我刚才就想跟你说这个事儿，只是一直没有机会说。秋山先生好像经常去新桥那边，我打算下次请他去新桥那边。我告诉他，赖子姑娘以前也在新桥待过，他听了很吃惊，说务必要见你一面。"

"可是，仅仅是见个面的话，你把他领到我的酒吧里去不就行了吗？"

"话是那么说，可还是赖子到宴会上来更有面子，他也一定会高兴的！"

原来他是另有图谋啊！赖子忽然觉得有几分扫兴。不过，看到熊仓满脸认真，也真是够稀罕的。

"新桥那边是你以前做过舞伎的地方，务必请你抽出一晚上的时间来！当然，这是把生意繁忙的老板娘硬拉出来，我一定备厚礼相谢！"

"那种事情我怎么……"

"反正就是宴会，即使再晚，到九点也结束了。饭后如果秋山先生方便的话，我们再到你的酒吧去也行！"

"可是，我也去的话是不是反而妨碍你们谈生意？"

"不是那样！你去的话可帮了我大忙了！怎么样？求求你了！"

熊仓像求神拜佛一样双手合十。

"因为你是赖子姑娘，我就实话实说吧！我从很久以前就经营紫檀产品，本打算从东南亚一带大量采购紫檀制品，然后在国内销售。可是，原定买我的货的客户倒闭了，所有的计划都泡汤了。那些紫檀制品，不管是衣柜还是茶几，毕竟都是高档豪华的东西，我进货的时候再怎么便宜也是一笔大款项，于是，我就想找一家能把我手头的货全部买下来的客户，结果终于天从人愿，靠秋山先生的面子，大协百货答应把货全部买下来。所以，对现在的我来说，秋山先生是最为重要的客人！这是我一辈子的请求，你就答应我吧！"

这样的话，秋山以前不知说过多少次了，这次他用更可怜的口气说道：

"好不好？我求你了，我这样求你了！"

说完，秋山忽然两手按着桌子，深深地低头给赖子行礼，额头都快碰到桌子上了。

看着他又来这套夸张的表演，赖子心里有几分憎恶，可看着他头发稀疏的头顶，忽然生出几分同情，觉得帮帮他也未尝不可。

当然不是原谅他以前做的那些事情，可是看着一个大男人如此卑躬屈膝地求人，说不定他真碰上了什么难事。实际上，赖子从未见过熊仓像今天这样这么认真的表情。即使是被他利用了也没什么，就权当帮了来酒吧的客人的一个忙吧。

"熊仓先生你不要这样！"

还守着这么多女孩子，赖子心里有点不落忍，扭脸看着别处。熊仓慢慢地抬起头来。

"你答应了是吗？"

"真的只是到宴会上陪客人吃个饭就行了吗？"

"谢谢你！"

熊仓忽然用两手握住赖子的小手说道：

"我铭记你的大恩大德，谢谢！谢谢！"

熊仓握着赖子的手使劲儿摇了摇，对着吧台里面的老板娘高声喊道：

"老板娘！再来一瓶香槟！还有，大家想吃什么就点什么！"

姑娘们一阵欢呼，另一瓶香槟又打开了。等大家纷纷举起杯了轻轻碰了一下之后熊仓说道：

"还是赖子姑娘心肠好啊！京都女人果然有情！"

"天啊！我们也有情啊！"

老板娘轻轻瞪了他一眼，熊仓摇摇头说道：

"不是的，还是关东男子京都女人啊！"

"没有的事儿！东京的女人和京都的女人都一样，关键是看男方怎么样！"

听赖子那么说，熊仓不等别人插嘴马上附和道：

"赖子姑娘说得对！正因为是我，赖子姑娘才答应帮忙不是吗？还是赖子一直想着我啊！"

"根本不是那样！"

赖子忙不迭地否定，熊仓却充耳不闻自顾往下说：

"虽然表面上很冷淡，可在心里面并不怎么恨我。女人都是那样吧？"

"我不知道！"

"表情不要那么吓人！我们还像以前一样好好相处吧！"

说着又把手伸了过来，赖子甩开他的手，瞪着他说道：

"我并不是出于那种想法才答应你的！我只认为这是我酒吧的客人的要求才答应的，你可不要自作多情搞错了！"

赖子的口气很严厉，熊仓的脸上瞬间露出了很尴尬的表情，可他马上满脸媚笑地说道：

"行了吧！那有什么关系呢？我们好不容易见一面，还是高高兴兴地喝酒吧！"

熊仓说完，又走到了钢琴前面。

赖子从赤坂的酒吧出来的时候已经是晚上一点多了。赤坂这一带还正是夜生活最热闹的时候，熊仓邀请她再去一家店喝酒，赖子拒绝了。他又说要开车送赖子回家，赖子也谢绝了，一个人回到了家里。

熊仓就是那么个人，只有两个人在车上的话，真不知道他能做出什么荒唐事来。赖子除了有这方面的担心，其实还有一件事情更让她感到不快，自己答应给他帮忙，他却误以为自己对他多少还有点好感。

男人的自恋情结为什么那么强烈呢？或许只有熊仓是个例外。可是，即便如此，他那样低三下四地求我，我一旦答应了他，他竟然认为那是因为我对他还有留恋！真是服了这种男人！当时若不是还有别的女人在场，说不定我立马就走人了。

"他还是那么自以为是……"

他表面上斯文善良，可厚脸皮一点儿也没变。赖子为了拭去被熊仓触到了身体的那种感触，冲了淋浴，洗了头发。

从浴室里出来穿上浴衣，赖子感觉心情总算安定了几分。她坐在沙发上，看了看晚报，喝了一杯淡咖啡。

真不应该去见那样的男人！受不了他那可怜兮兮快要哭出来的声音，满不在乎地去了是自己最大的失误。恨他就恨他，永远恨下去就是了。

但是，话虽那么说，可人这种东西是不可能永远恨下去的。虽然赖子自己也认为是个性情刚烈的人，但她有时候也会忘却对熊仓的憎恨。虽然心里想着哪天要找他报仇，可总是不自觉地把他当成一个普通的客人去对待。

今天晚上，在出了酒吧前往那家约好的酒吧的路上，赖子还一直考虑找熊仓报仇的事情，可是见了面，热热闹闹地喝酒，她一时间就把报仇的事情忘了。若不是熊仓中间说出那么无耻的话来，说不定自己会把过去的事情完全忘掉，痛痛快快地和他喝一晚上。

"这可不行！铃子！请你原谅！"

赖子喃喃自语，可能是换气扇吹过来的风吧？窗帘的中央部分在轻轻摇晃。

仔细想想，根本没有必要勉强自己去他说的什么重要宴会，自己没有义务去帮他。

那个时候自己为什么会答应他呢？看他那么真诚地恳求自己，看他低下头发稀疏的头、低三下四地求自己，莫非瞬间感到了他的苍老，感怀岁月无情而答应了他？

但是，想想铃子的痛苦和自己受过的屈辱，即便他是客人，也不应该答应他，应该义正词严堂堂正正地拒绝他。

"对了！我还是拒绝他吧……"

想到这里，赖子的脑海里又闪过另一个念头。

如果见到熊仓所说的那个重要的客人，把熊仓的生意搅黄了又会怎么样呢……

赖子好像被自己的这个想法吓了一跳，情不自禁地环视了一下四周。

第二个星期的星期二，赖子按照约定，和熊仓一起去了新桥的那家叫"露木"的料亭。

赖子当年做艺伎的时候，来过这个地方好多次，所以她是轻车熟路。

虽然今天是作为客人来的，可赖子还是先去账房跟老板娘打了个招呼，然后去了宴会厅。赖子坐在那里喝茶，过了十分钟的光景，大协百货的秋山常务和采购部长木川走了进来。

熊仓让两人坐在背对壁龛的上座上，给两位客人鞠躬致意，然后向客人介绍赖子。秋山好像知道赖子和他一起吃饭，马上点头说道：

"你做舞伎的时候，我应该是见过你一次。好像是在一家叫泷村的茶屋，记得我是和丸友的森井先生一起去的！"

如果说是丸友百货森井社长的宴会，赖子确实被叫去过好多次，说不定还真见过秋山。实际上，听秋山那么一说，赖子也确实觉得他眼熟。

"见到尊颜我也想起来了！我是赖子，请您多关照！"

见赖子再次寒暄致意，秋山感慨万端地说道：

"那时候你还是个小姑娘，现在竟然变得如此妩媚，真是女大十八变，越变越好看啊！"

赖子听说秋山才三十八岁，看上去比实际年龄要年轻三四岁。身材倒不是很高大，但头发很长，自来卷似的大波浪，给人的感觉就是一个风流倜傥爱时髦的富家公子。

"茑乃家我也去过两三次！在一个能看到八坂塔的房间里用过餐，那个房间简直太好了！"

夸奖自己的老家，其实也和赖子没什么关系，但这样的闲谈有时候能把话题打开。

"那么说，茑乃家的老板娘应该就是令堂了！她老人家身体可好？"

"托您的福！家母一天从早忙到晚，身体硬朗精气神好得很！"

"记得令堂是个很精神很风趣的老人家！"

秋山说完，忽然抬头看着熊仓问道：

"请问你和这位老板娘是什么关系？"

突然被秋山这么一问，熊仓好像有点惊慌失措。

"就是说嘛，就像上次我给您讲过的那样，我也是在这位姑娘做舞伎的时候见过面……"

"那么说，我俩是在同一个时候，分别在不同的茶屋见过这位老板娘了！你不会是这位老板娘的金主吧？"

"您那是什么话！这位老板娘的娘家可是家境殷实的大户人家，人家是自己出钱学艺成了舞伎，哪是我这种人能呼来唤去的？"

看这两个人的言谈态度，熊仓显然是低姿态。要是平常的话，他会很亲热地称呼自己赖子，那气势好像自己就是他的女人，但今天他丝毫没有那样的做派。赖子也因此感到心情轻松。看得出熊仓是多么看重这次的生意，看样子真是赌上了身家性命。

"没想到今天邂逅美人，能一睹芳容真是太好了！来，让我给你倒酒吧！"

"不，还是让我给您倒酒吧！"

"姑娘不要客气！现在新桥也时兴女士优先！"

对方使劲儿劝，赖子盛情难却，让秋山给自己倒了一杯酒，然后端起酒壶，一边给秋山斟酒一边想，能不能把这个人吸引到自己身边来呢？

多年在宴会上或酒吧里和男人接触，对方是不是对自己有好感，赖子马上就能感觉出来。如果有好感的话，她会加倍诱惑他，如果对方对她没什么兴趣，她就会悄悄地动心思，让对方把注意力转向自己。

总而言之，根据赖子到目前为止的经验，对那些上年纪的男性，装成自控一些、保守一些、淑女一点儿比较有效果。那样做虽然不显山不露水，可那些老男人一定会边和别的女人说话，边往这边看，然后一定会跟自己搭讪。

相反，如果是对那些比较年轻的男人，阳光一些、开朗一些，有时候做一些调皮的小动作会更容易吸引他们。

从年龄上来讲，秋山或许快进入上年纪的男人的队伍了，但考虑到他是个公子哥，或许后者更为合适有效。不过，一开始就表现得很亲密也不好。必须根据对方的情况和场所来决定采用什么样的言谈举止。

迄今为止，赖子要是看上什么人，好像还未失过手。说百发百中或许有点儿夸张，但也差不了多少。

不过，并不是说赖子盯上了谁，就会和那个人特别亲密或有什么特别深的关系。她只是想让他们作为客人来自己的酒吧，这一点反而挺难的。

"赖子姑娘喝酒很厉害吗？"

"要是被劝着喝的话，可以一直喝下去，但请您不要劝我喝酒！"

赖子故意用了一个很随便的说法，果不出所料，秋山的表情一下子柔和起来。

"那么苗条的身子，酒会装到哪里去呢？"

"你说得真对！我也好奇，酒会跑到哪里去呢？"

"不会就那样出去了吧？"

"天啊！不是那么好出去吧！"

正在两人说笑的时候，有艺伎进来了。一个叫喜和子，一个叫克久，她俩赖子都认识，都是赖子的大姐级别的老前辈。

"大姐！真是久违了！"

赖子跟她们打招呼，两人吃了一惊。

"什么？原来今天你们在一起啊！赖子姑娘真是越来越漂亮了！银座的酒吧依旧生意兴隆吧？"

"托您的福还凑合吧！大姐哪天也来一次吧！"

"我俩过不多久就被炒了，到时候你可要雇我们去啊！"

"要是雇了克久大姐到我店里来，客人们都会自己跑来！"

因为彼此知根知底很熟悉，所以尽可畅所欲言，宴会的气氛顿时热烈起来。

秋山好像很少到料亭这种地方来，但他貌似学过一点小曲。大家嚷嚷着让秋山给大伙儿唱一曲，克久大姐马上怀抱三弦琴摆好了姿势。

"那么我就给大家来一首《洒水》吧！"

秋山说完挺起了脊背，那是相当有模有样。

洒水庭院中，

青草挂雨露。

虫儿丛中鸣，

似诉相思苦。

闻声心自哀，

草露入怀来。

和外表不相符，秋山的嗓音媚声媚气的。

"唱得好！"

"太美了！"

女人们纷纷鼓掌，熊仓也随声附和。

"常务！再来一曲！都说小曲成双，再来一曲！"

秋山听他这么一说，心情大好，又唱了一首《川风》。

"天啊！我太震惊了！真不知道常务唱得这么好！您是在哪里学的？"

熊仓不失时机地阿谀奉承。

"下次您去参加纳凉大会的时候，一定要告诉我们，我们会倾巢而出去听！"

熊仓这个人，什么肉麻的话都能说得面不改色心不跳，可赖子还是第一次看到他如此谄媚奉承。今天的客人可能是相当重要吧？赖子忽然觉得熊仓有些可怜。

酒过两巡，喜和子忽然想起来似的说道：

"对了！前两天，千福的妹妹到料亭里来了！"

千福是赖子在新桥做艺伎时的名字，这些前辈大姐改不掉老习惯，还是习惯这样称呼她。

"和谁一起？"

听赖子这样问，喜和子好像有点儿惊慌失措。

"啊？你原来还不知道啊！她说自己是茑乃家的小掌柜，所以我就知道她是谁了。你妹妹比你稍胖一点儿，我记得她是和国际电业的专务一起来的。"

里子妹妹也真是的！她要是去了新桥就说去了就是了，她之所以没说，可能是不想让别人知道她和那个叫椎名的男人关系亲密吧？

若想人不知，除非己莫为。这种事情即使去掩盖，最后还是会露馅的。里子可真够傻的！赖子觉得有点儿可笑。

"露木"的宴会结束的时候，刚过了九点。

被夸小曲唱得好，身边美女团团围坐，秋山常务心情欢畅。

"我陪您去哪里？"

熊仓察言观色征求秋山的意见，秋山却看了一眼赖子说道：

"老板娘的酒吧不去不好吧？"

"常务要去我的店里吗？"

"如果不去的话，就得在这里和你分手了不是？"

"怎么会呢？只要常务先生一声令下，不论是哪里我都陪着您！"

"就算是假话，你那么说我也很高兴！"

常务高高兴兴地上了车，两位艺伎也跟着坐了进去。

到了雅居尔一看，幸好里面的五号桌空着。

秋山好像喝白酒也挺厉害，刚才在料亭里喝了啤酒和日本酒，这会儿点了白兰地，不加冰就喝了起来。

"老板娘既然也能喝，必须和我喝一样的！"

可能是熟悉了的缘故吧？他的口气变成了命令的口气。

"好的！我就听从常务的吩咐！不过您也要答应我一个要求！"

"什么要求？"

"您还会到我店里来吗？"

"当然，下次我一个人来！"

"天啊！那太好了！"

秋山和艺伎们好像都醉得不轻了。熊仓也跟着起哄，可实际上他好像没怎么醉。

就这样过了三十分钟左右，等赖子送走别的客人回来的时候，熊仓站起来对她耳语说：

"多亏你来，常务心情很不错！他说还要再去一家，你能陪我们吗？"

"去哪里？"

"好像是离这里二三百米的一家叫帕太拉的俱乐部！"

"我知道那里，现在马上就去吗？"

"可是，酒吧不下班，你也走不开啊！不行的话，等你酒吧下班之后再去也可以！他好像很喜欢你，那个常务是个公子哥儿，反正什么也不知道！"

"不知道什么？"

"当然是我俩之间的事情了！"

见熊仓嬉皮笑脸地这么说，赖子回答说：

"我和常务一起去！"

"你那么留恋我吗？"

简直是岂有此理！他怎么会如此自恋啊！赖子忍住不让自己笑出来，把领班叫了过来，告诉他自己先走一步。

帕太拉虽是银座常见的俱乐部，但场地很宽敞，还可以跳舞。秋山对赖子上班时间出来表示感谢，一到店里就提出让赖子陪他跳舞。

两个人刚站起来，熊仓就在那里鼓掌，说："早就等两位一展舞姿了！"

熊仓还是对常务阿谀奉承，但他这会儿或许沉浸在一种优越感里，心想那个女人和我睡过。但是他想得也太简单了，他或许不知道，轻看女人一定会倒大霉的！赖子在心里嘀咕着，酥胸往前一挺，轻轻顶在了秋山身上。

两人就那样跳着贴面舞，秋山贴在赖子耳边小声说道：

"我就喜欢像你这样骨感苗条的女人！"

"我是不是有点儿太瘦了？"

"没有的事儿！虽然苗条，可该长肉的地方还是有肉，难道不是吗？"

"常务知道人家喜欢你什么地方吗？"

"什么地方呢……"

"常务前面也不错，后面也很性感！"

"后面？"

"常务的头发有点自来卷，后面的头发都贴在领边上了，从后面看上去有说不出的性感！"

或许从来没有人这么说过吧！秋山用左手摸着后面的头发，满脸不好意思。或许他不会感到不快吧？对方竟然观察自己那么细致，说不定他更会被吸引。

"今天能见到你真是太好了！"

秋山说着，搂着赖子肩膀的手更加用力，稍微一弯腰把嘴唇贴近赖子的耳朵。

赖子只觉得男人呼出来的热气直往耳朵上扑，感觉有点儿痒痒的。赖子忍着那种痒痒默不作声，秋山的嘴唇轻轻地贴到了赖子的耳朵上。

听说他是个公子哥儿，在女性方面或许是个花花公子。赖子的身体稍微一激灵发硬，秋山再次在赖子耳边耳语。

"咱俩就这样出去吧！"

"那可不行！"

秋山为了让自己镇定一下，稍微隔了一会儿说道：

"这个星期六能见面吗？"

"明天您打电话到我店里好吗？"

"打电话可以是吗？"

赖子点头的时候舞曲结束了，她刚离开秋山的胳膊，就看见熊仓从包厢里站起来，对着这边一个劲儿地鼓掌。

星期六的傍晚，赖子正在做出门的准备，房间的对讲机忽然响了。

赖子公寓大楼的入口是遥控式的，来访者对着对讲门说明来意，屋里的人只需一按键，入口的门就开了。这种遥控门不但可以使那些没事的人进不来，还可以把那些上门推销的人挡在外面。

对讲机的声音是秋山常务的。

比约定的六点早了十分钟。

"不好意思，我马上下去！请您在门口大厅等我一会儿！"

公寓的门口大厅很宽敞，在观叶植物的影子里，摆放着五组桌椅。前台那边还有管理员，说是公寓，其实风格很像酒店。

赖子觉得让初次来的客人在大厅里等很不好，但提前来的是对方。还有，忽然把一位男性客人让进家里也不合适。

赖子本想在酒店的大堂里和秋山见面，但秋山死活不听，说："我到你的公寓区去接你！"

男人都想到女人房间里来。这个秋山是那样，那个看上去老实巴交的村冈也是那副德行。他们的企图或许就是尽量靠近女人，试图打探一下对方的生活。

赖子不会把自己的住址告诉一个只见过一面的客人，但秋山是个例外。

只因为对方把住址告诉了自己，男人好像有一种受到了特别对待的感觉。还有，对方是秋山的话，赖子知道他的底细，即使他强行闯进来也没什么好担心的。

赖子正了正领子，对着镜子又照了一次。

赖子今天穿了一件带花边的白色连衣裙，领子上别了一条用蝉翼纱做的深棕色的飘带，戴着一顶同色的头巾式女帽。

这身打扮整体上给人一种很优雅的感觉，穿着晚上去吃饭也没关系。

赖子正了正帽子，把白色的绗缝女包挂在肩上，坐电梯下到了一楼，发现秋山正站在大厅的一头等着自己。

"真不好意思！让您久等了！"

赖子跑过去，秋山却一言不发呆呆地看着她。

"您怎么了？"

"因为上次你穿的是和服……"

"我这身打扮很奇怪吗？"

"没有的事！非常合适！就因为太美了我才大吃一惊！"

赖子不喜欢花哨的衣服，她喜欢穿那种简约中透出几分女性优雅的衣服，今天这身打扮应该也不错，赖子颇有几分自信。

不过，借里子的话说："像赖子姐姐这种长相身材都好的人，穿什么都好看是理所当然的。"赖子双腿修长，翘臀小巧，穿喇叭裤也很合适。

但是，秋山也是个相当时髦的人。他一只手拿着一件浅驼色的夹克，穿着一件驼色的衬衫，衬衫的领子到胸部绣着胭脂色的镶边，下身是一条茶色的西裤，穿着一双同色的网眼皮鞋。

赖子不太喜欢这种太中规中矩太俗套的时髦，男人应该更粗野狂放一点，那种随意的感觉更令人有好感。

但是，不能因为太俗套就说它不好。不管怎么说，现在不是因为自己的好恶和秋山见面。

出了公寓，发现前面停着一辆白色的奔驰跑车。秋山打开副驾驶一侧的车门让赖子坐进去，然后打开相反一侧的车门坐到了驾驶座上。

"我们先去吃饭吧！哪里比较好？"

"哪里都行……"

"那么就由我来定吧！"

秋山把车发动起来，握住了方向盘。

"您不是很忙吗？"

赖子觉得百货商店周末会比较忙，但像秋山这样的身份，或许可以随意安排时间。

"今天的事情我一点儿也没告诉熊仓君，没事儿吧？"

"那有什么关系！他只是我的一个客人，除此之外什么关系都没有。"

"要是那样就好！"

"熊仓先生说什么了吗？"

"不，没有……"

秋山言辞闪烁了一下，接着又说：

"不过，即使他说不行，我也会和你见面的！"

虽然是个公子哥儿，可秋山这个人也不是一盏省油的灯。但是，这一点对现在的赖子来说，倒是个好事情。

秋山领赖子去的是位于王子酒店附近的一家法国餐厅。餐厅并不很大，只有二十几张桌子，但氛围很优雅，入口前面的角落里有位姑娘正侧着弹竖琴。

"以前来过这里吗？"

"很久以前来过一次。"

"你应该去过很多地方吧？"

"去再好的地方，总是和客人在一起的话，也只是心累。不过，和秋山先生在一起，就很放松。我心里这么想，所以，您一约我，我就厚着脸皮来了。"

"说实话，我真没想到，你会那么简单地答应。"

"要是秋山先生的话，三言两语稍微一劝，不管什么样的女人都会跟着走吧！"

"我哪有那本事啊！"

秋山苦笑着否认，但看样子也并非没有自信。

操纵这种类型的男人有点儿难。对那种其貌不扬的男人，你只要说外表不重要，他很容易就以心相许。如果是那种历尽千辛万苦终于成功的男人，你只要处处示弱，做出很依靠他的样子，他自会像亲人一样照顾你。若是那种纨绔子弟公子哥儿，其实也有一套相应的对付的办法。但是，唯独秋山是个例外。他不但家境好有教养，工作方面也很有能力。他和那种纯粹的公子哥儿不一样。

但也不是说无缝可钻、无机可乘。这种人看上去很冷静，家境好、有教养，人自然也善良。还有，秋山好像是个不折不扣的男女平等主义者，有些地方很像个爱撒娇的孩子。对这样的男人，在不伤害他自尊心的前提下，说话严厉一些，反而能让他放松警惕以心相许。

赖子一边品尝法国菜一边想心事，秋山打破沉闷问道：

"你为什么从京都来到东京？"

"我一直憧憬东京这个地方！"

"可是，好不容易成为艺伎，娘家也家大业大……"

这个人会不会知道自己和熊仓的事情呢？赖子瞬间有些不安，但她端着酒杯认真听讲的表情绝非是在演戏。

"那么，我就实话告诉秋山先生您一个人吧！您可不要告诉任何人！"

和男人这样讲话，对方会越发放松警惕以心相许。秋山此刻也两眼放光。

"你讲的事情，我怎么会告诉别人呢？我可是个守信的人！"

"实际上我和母亲吵架了。不过，具体为何吵架请您不要问了！"

"原来如此！"

秋山点点头，用同情的眼神看着赖子问道：

"于是令妹继承了家业是吗？"

"我从开始就没有继承家业的资格。"

"怎么会有那种事呢？你若继承了茑乃家的生意，一定是个了不起的老板娘！现在银座的酒吧不就经营得很好吗？"

"那是因为在银座我才做得到！"

"那是你的谦虚之辞吧？不管是谁做，自己从小生活的地方，自己熟悉情况的地方，才是最容易做的。如果是你继承了茑乃家的家业，现在一定已经成功了！"

秋山或许是觉得离开家没能继承家业的赖子有些可怜吧。他一个劲儿地替赖子说话。赖子觉得这点很令她感激，但是对方言辞太亲密，也让她感到心情沉重。

赖子默默地看了一会儿映在玻璃窗上的夜晚的庭院，忽然想起来什么似的问道：

"您和熊仓先生是老相识吗？"

"半年前我第一次见他，那时候他拿着中京物产营业部长的介绍信来找我。第一次见面，我觉得他是个喜欢装腔作势的怪人，可交往了一段时间才发现，他人很聪明，也很有眼力见儿。"

"这次是和您谈什么生意吗？"

"我家的百货商店准备买下他从东南亚进口的紫檀家具。他在曼谷和马尼拉好像人脉很广，他邀请我下次跟他一起去，可是我这么忙……"

看样子熊仓上次说的没错。从上次在新桥的料亭见到他们的时候，就觉得两个人的关系并不怎么亲密，八面玲珑、善于见风使舵的熊仓不失时机地阿谀逢迎，或许是想把这桩生意谈拢。赖子继续装作什么都不知道，若无其事地探听情况。

"紫檀这东西很贵吧！"

"因为要精雕细刻，很费人工，在日本加工的话就太难了，所以放在东南亚那些人工费便宜的地方加工制作。"

"天啊！那么说是一桩大生意了？"

"大约两亿左右吧！"

秋山说得风轻云淡。

"因为金额太大了，公司里也有人反对。"

"竟然也有人和常务唱反调吗？"

"与其说是反对，不如说持慎重意见更合适一些。因为每件家具都价格不菲，即使买下来也很难卖出去，那样的话，商品积压的时间就长了，所以有人建议部分买进。"

"部分买进是什么意思？"

"进的货我们只买下其中的十分之七或十分之八，剩下的十分之二或十分之三，如果卖不出去的话再退回去。这样的话风险比较低，也比较安全，但是，买下十分之七的话，利润只有百分之十五，而全部买下的话，利润是百分之四十五，全部买下的利润是部分买进的三倍。"

"账是那么算，但也有可能卖不出去啊！"

"那种可能性也有。不过，那么说的话，生意就没法做了！想挣钱只能冒风险，和别人做一样的事情，根本挣不到钱！"

"上次去参加宴会的部长也有同样的想法吗？"

"不是，正因为他属于慎重派，我才这么头痛。一般来说，采购部长或负责外销的那些人，什么事情都小心谨慎，按照他们说的去做的话，能挣钱的生意也挣不了钱。"

确实，当时同席的部长好像有点儿融不进宴会的氛围。原因原来是在这里啊！可是，或许是因为秋山是个公子哥儿的缘故吧，做起事来好像有些莽撞不计后果。

"那么，这次的生意真的没问题吗？"

"不用担心！现在人们都开始讲究奢侈，家具也只有那些高档家具能卖得出去。奥尼克斯的餐桌和茶几就卖得很好嘛！"

"奥尼克斯是什么东西？"

"就是条纹玛瑙，是一种很像大理石的石头，台灯、壁炉台等好多东西都是用这种条纹玛瑙做的，在年轻人中间绝对受欢迎！"

赖子喜欢简约清爽的家具摆设，对花里胡哨的装饰毫无兴趣，秋山讲的这些她还是第一次听说。

"下次送你一件紫檀制品做礼物吧！"

"那么贵的东西，还是免了吧！"

"我们要买下很多来卖，也不差那一件两件的！"

秋山开始表现出公子哥儿的那种任性。赖子再次表示拒绝，双眼盯着窗户不说话。秋山好像有些惶恐不安。

"讲了那么多无聊的事情，你一定觉得很没意思吧？"

"没有，我觉得学到了很多东西！"

"那么下次你到我们店里来看看吧！你到我们店里来过吗？"

"嗯，去过好多次……"

"下次再去的话，一定跟我打个招呼！我就在总店八楼的营业统辖本部。你有时在我们店里买东西吗？"

"经常在你们店里买！"

"那么我尽快让他们送你一张顾客卡，有了那张卡可以打九折，还不用付现金。有什么想买的东西，你就直接告诉我好了，我会让他们尽量给你打折的。"

"刚才您说的紫檀的事情，已经签合同了吗？"

"还没有正式签合同，不过大体已经定下来了。你是担心熊仓先生吗？"

"不是的……"

赖子拼命摇头。

"我觉得，那桩生意您还是放弃的好！"

秋山的脸上瞬间露出了诧异的表情，他看着赖子说道：

"如果我现在退出来，熊仓先生可就为难了！两亿日元的东西，再去找买家很困难！"

"听起来那么麻烦！反正我是不懂。不过，我不愿看到秋山先生受损失。"

"没问题的！你放心好了。不过，你真的那么为我担心吗？"

"我看常务先生像个顽皮任性的主儿，所以忍不住就……"

"我母亲也那么说。不过我绝不会失败的！到目前为止都成功了。咱们还是走吧！"

秋山说完拿起夹克站了起来。

赖子默默地跟在他身后边走边想，要让这个男人言听计从地按照自己的意愿做事，好像不是那么难。

从餐厅出来，秋山领着赖子顺着赤坂的乃木坂走下去，走进了坡下不远处的一栋公寓。

秋山刚才说有一家与众不同的会员制酒吧，进来一看，果然与众不同。这是一间由普通的公寓房间改造而成的酒吧，入口处有一个简单的服务台，里面是一个二十张榻榻米大小的房间，房间里摆着沙发和台子。

窗户上挂着颜色很深的条纹图案的窗帘，地板上铺着深蓝色的地毯。聚光灯式的照明灯光很暗，即使对面坐着也看不清对方的脸。

舒缓慵懒的音乐从房间的一角流淌出来，好像有四五组客人，大都是两个人，说话的声音几乎听不到。

"请问两位喝点儿什么？"

一个女子过来问酒水，不是刚才在服务台遇到的那个女子，也是一身黑色的长裙，五官精致，令人惊艳。

"白兰地不加冰！"

秋山说完，问赖子都点一样的可不可以。

"如果可以的话，还有别的空房间。"

"不用了！这里就行！"

秋山苦笑着回答，那个女子点点头走开了。

"另外还有房间吗？"

"要去看看吗？"

这家俱乐部虽说是会员制，但和普通的俱乐部有些不同，总让人感觉有些神神秘秘的。估计都是些极其隐秘的内部会员吧！秋山竟然还知道这样的地方，看来真不能小看他。

"您经常来这里吗？"

"不是的，我很少来。你满意这个地方吗？"

秋山这么问，赖子却不知道该怎么回答。这家俱乐部确实很安静，也不会被别人看到，或许很适合两个人来，但氛围有点奇怪。

"有个事情不太好讲，这里偶尔会有电影或表演。"

"什么样的？"

"当然就是男人和女人的……"

"秋山先生平时来这里就是为了看那些东西吗？"

"不是的，我不太喜欢那类东西。开始的时候还觉得挺有意思，也看得心旌摇荡血脉偾张，但是看多了就腻了。"

"您来了多少次都能看腻了？"

"那些东西说到底都是一样的！可以的话，下次一起来看吧！"

"那些东西，我就算了吧！"

赖子有一次被叫到宴会上去陪酒，在那家酒店的一个房间里看到过他们放那种电影。

记得一部是黑白的，另一部是彩色的。开始看的时候很惊奇，可从中间开始就变成了男男女女动物交配式的交媾场面，当时她感到很厌恶。

男人们为什么喜欢看那些东西呢？赖子觉得不可思议。电影里的那些女性竟然那么愉快地表演那么淫荡的事情，赖子对此也感到不可理解。

按照赖子过去的实感，她只觉得性交是被男人强加于身的粗暴的单方面的行为。乐此不疲的男人，为此追逐男人的女人，都让赖子感到不可理解。

还有，电影里的那些女性乳房都很大很丰满，记得自己当时被女人们的丰乳肥臀彻底压倒了，最后只留下了一种整体上不干净的感觉。

"不过，这个地方安安静静的很不错吧？"

"确实不错，就是太暗了！"

"正因为暗才好嘛！我们坐到下面吧！"

赖子仔细一看才发现，地毯上面铺着垫子代替坐垫，坐在上面可以伸开腿放松。台子好像也是配合那个高度摆放的。

直接坐在地板上，让人有一种忽然变亲热了的感觉，赖子稍微往后退了一点，挺直了身子。

"你现在有喜欢的人吗？"

看样子要进入正题了，秋山开始用言语试探。

"要是有就好了！"

"像你这么漂亮的人不会没有吧？"

"还是因为我没有魅力吧！"赖子半开玩笑地说道。

秋山却满脸认真。

"作为一个从事服务行业的人，你洁身自爱、为人矜持，确实令人难以接近，但男人们都想让那种冷静清醒的女性燃烧起来！"

"天啊！秋山先生要让我燃烧起来吗？"

"如果你不嫌弃的话，我当然恭敬不如……我可以不称你为老板娘而叫你赖子吗？"

"当然，那样我也轻松！"

"今后也请你和我一直交往下去！"

秋山的上半身挨了过来，赖子巧妙地一躲，连忙打岔说道：

"我们出去换个地方吧！"

"这就要走？不是刚来吗？"

"可是，这个地方这么暗，太憋闷了！"

"是吗？我觉得这样才有气氛！"

"我知道这附近有家不错的酒吧，我们去那里吧！"

赖子表面上装作镇静自若，但男人一靠近，她就觉得胸闷，有点儿喘不上气来。在一起说说话吃个饭倒没什么关系，但话题一旦涉及男女之事，她就想逃离。

"隔壁有个非常别致的房间！"

按照秋山的计划，先在这里喝酒，等情绪上来了，再到隔壁的单间里去接个吻什么的，他好像是那么打算的。

"好了吧！别说那些任性的话了，快跟我走吧！"

"好不容易来了……"

秋山依旧恋恋不舍地看了看周围，总算死了心，站了起来。

两人去的第二家是一座大楼的地下室，在赤坂 TBS 电视台前面往左一转，有一条小巷，那座大楼就在小巷的拐角上。

那家酒吧的妈妈桑以前用小太郎的艺名在新桥做艺伎，即使现在如果有相熟的客人召唤，她还会到宴会上陪侍。

或许也因为这里的妈妈桑过去做过艺伎，这家酒吧也是上年纪的客人比较多。

两个人进去，刚好有一组客人回去了，酒吧里只剩下了一组客人。即便是赤坂，星期六的晚上也很冷清。

赖子把秋山介绍给老板娘，结果两个人都觉得以前见过面。聊着聊着才发现，两个人曾在一个宴会上见过面，还有共同认识的朋友，于是两人聊得越来越起劲儿。

从刚才的俱乐部出来的时候，满秋山脸不悦，或许是因为把车停在了停车场的缘故吧，还是继续喝白兰地。

"那么，今天您二位在一块儿是怎么回事？"

老板娘重新看了一眼秋山和赖子两人问道。

"有件事想请妈妈桑一定要帮忙！我对赖子老板娘是一见钟情啊！今天总算把她约出来了，可是她防守太严了，很难得手啊！"

"那还用你说啊！赖子姑娘可不是那么轻松就能拿下的！当年酒宴陪侍的时候就把成群结队跟在后面的男人都甩了，你得加大投资才行啊！"

"要是投资能俘获芳心，投多少都没问题！"

"金钱和感情必须全部投进去！"

"你们说什么呀！我可什么都……"

赖子在那里否认。

"就是你那个什么都不要最难办！"

"常务这下子可是迷上了一个很难对付的女人啊！"

老板娘长吁短叹，或许她的表情太逼真了，三人哄笑起来，三只酒杯里又倒上了白兰地。

赖子每次端起杯子只是稍微舔一下，可这么长时间一直在喝，她觉得醉意上来了。

赖子看了看手表，已经十一点了。

"我们该走了吧！"

这次是秋山为赖子着想先提出来要走的，老板娘把两人送出了酒吧。到了外面一看，天上的乌云很厚，感觉是要下雨了。

"再去喝一杯怎么样？"

"去哪里？"

"随便找个地方吧！"

秋山做出一副不知所措的表情。男人做出那种表情，一般是他想把女人约到酒店或两人能独处的地方。这一点，赖子凭着多年的直觉，心里很明白。

"还是回去吧！"

秋山不知是因为性格懦弱抑或是囿于常务的身份，没有强劝，仍旧不知所措地茫然四顾。

说实在的，赖子心里也有个想法，如果秋山非要求欢的话，把身子给他也无所谓。她根本就没觉得自己的身子有多宝贵或多有魅力。

但是，现在就给他的话就太草率太简单了。那样的话，自己和银座的那些试图用自己的身子留住男人的女人就没什么区别了。

自己投怀送抱，即使一时讨得了男人的欢心也不会长久。实际上，也并非不这样，酒吧的生意就做不下去。

还有，赖子并非想让秋山作为一个客人到酒吧来，当然他能来的话自然是再好不过了，不过，赖子只是觉得在找熊仓报仇这件事情上，他能助自己一臂之力。

因为目的尚未达到。若达到目的需要自己献身的话，其实把身体给他也无妨。

反正自己的身子已经被熊仓糟蹋过了。赖子不觉得那样的身体还有多大价值。即便如此，尽管不知道自己的过去，但仍有众多的男人围拢在自己身边，赖子不明白这些男人是怎么想的。

男人们都说赖子"厌恶男人"或"头脑清醒"，其实赖子既不是厌恶男人也不是特别清醒。她自己觉得言行举止都很普通很正常，或许在别人眼里看起来是那样。因为赖子对男女之事或性的话题从未表示过什么兴趣，所以才会被周围的人这么看。

确实，赖子对男女之事不太感兴趣。常听人说，世上有女人沉溺于男人，酒吧里的女孩子里面也有特别喜欢男人的，明言为了自己喜欢的男人什么都可以做。也有女孩子为男人奉献了一切被男人背叛了，却仍旧离不开男人，在男人身后穷追不舍。还有女孩子毫不顾忌地在人前大谈特谈男男女女床笫之欢，说什么性的快乐让女人飘飘欲仙。

但是，赖子却不能理解那种感受。男人难道就那么好？性这东西难道拥有超越毒品的强大魅力？世上难道还有比性更不干净、更野蛮、更可憎的东西吗？

尽管赖子外表很温柔，可周围的人还是认为她冰冷、厌恶男人，那或许是因为她内心深处埋藏着这种对男人的厌恶感吧！沉溺于男人、沉溺于性是无聊至极的事情，或许她的这种观念自然而然地表现了出来。

赖子现在不想把身子给秋山，与其说是因为她讨厌秋山，莫如说是因为她讨厌性交更为恰当。

明明不喜欢却勉强自己接纳男人，赖子不想那样做让男人失望。但她对自己的越来越清醒感到害怕。到目前为止，赖子被各种各样的男人纠缠或勾引，唯有最后的一道防线没让男人突破，可以说根本的原因就在于她对性的憎恶和自信的缺乏。

在这个意义上说，赖子或许不是厌恶男人，而是一个从子宫深处就冰冷的女人。

"我们回去吧！"

赖子催促还在那里手足无措的秋山，看见一辆出租车开了过来，举手拦住了出租车。

"你能送我回家吗？"

秋山点点头，刚坐进车里就用手捂住了赖子放在膝盖上的小手。

要是普通客人的话，赖子就把手抽回来了，但她没有说话。

要找熊仓报仇，这个人是最重要的一个杀手锏，这个想法像一个绳套紧紧捆住了赖子，让她一动不能动。

"今天很高兴！还会再见面吗？"

看样子秋山终于死心了。

"当然，乐意奉陪！"

"我每天都想见你！"

秋山好像确确实实地成了赖子的掌中之物。下一步就是怎样把自己的希望一步一步说出来了。

"我给你家里打电话可以是吗？"

青山离赤坂很近。出租车爬上了乃木坂，驶向青山大路，在一丁目的十字路口的前面往左一转就停下了。

"好了，今天非常……"

赖子正想表达感谢，秋山也跟着从出租车上下来了。

"我送你到房间吧！"

赖子一言不发地打开了公寓楼正面的大门，走进了大厅。已经快到十二点了，门卫室的窗户拉着窗帘，大厅里一个人影也没有。

两部电梯都在一楼停着，电梯门都开着。

"那……"

赖子刚要开口说再见，秋山也跟着进了电梯。

"七楼是吧？"

秋山自己按了楼层，转过身来突然把赖子搂到怀里。

赖子慌忙抽身，没想到秋山收势不住，上半身往前压了过来。

"只让我吻一下！就亲一下！"

"请您不要这样！"

赖子用严厉的口气训斥他，接着把上半身收了回来。秋山有些不好意思，低眉垂眼地恳求道：

"光接吻就行，求求你了！"

"那好！我也有个请求，你能答应吗？"

"只要是我能做到的，什么都答应！"

"和熊仓先生谈的那桩生意，请你放弃！"

"和熊仓之间的生意？"

"你说还没有正式签合同！"

"那倒是，不过那种事情和你有什么关系？"

"不管怎么说，你最好放弃！这是我的直觉！"

"可是……"

"请你一定要放弃！可以是吗？"

"是的……"

"你可要说话算话！"

秋山点点头，又缠着赖子和他接吻。

在明亮的电梯里接受着对方的亲吻，赖子总觉得忐忑不安，心里很慌乱。

虽说已是深夜了，但谁知道什么人在什么时候从哪个楼层钻进电梯里来。要是被别人看到自己半夜三更在电梯里和男人接吻，那可是太丢人了！

赖子虽然是开酒吧的，可是家里很少有男人出入，公寓的管理员很是佩服她的洁身自爱，赖子不想辜负管理员对她的信赖。

不管怎么说，在这么亮晃晃的地方根本没法平心静气慢慢地接吻。

赖子用嘴唇轻轻触了一下对方的嘴唇，马上就想把嘴唇闪开，可是秋山不管不顾地把嘴巴凑了过来。赖子想后退躲开，但后背碰上了电梯的墙壁无处可逃。

没有办法，赖子任由对方亲吻，悄悄地睁开了眼睛。

眼前是秋山泰山压顶般压过来的一张脸，再前面是显示楼层的电梯升降指示器。红色的箭头呼呼往上走，电梯正从三楼升往四楼。

赖子忽然陷入了一种错觉，她觉得自己把嘴唇借给了秋山。

对方可能因为接吻而兴奋不已，但赖子却很清醒。当然也没感到任何快感。岂止是没有快感，她只觉得闭着眼睛拼命搂抱自己的男人是那么不可思议。

赖子瞬间觉得以前也有过类似的感觉。

赖子记得，那次是被熊仓强暴的时候。

那个时候，只有对方欲火焚身，赖子却是从里到外都是冰冷的。不，冷下来是很长时间之后的事情，拼命挣扎反抗之后是无奈地放弃，然后就越来越清醒了。

现在的情形和那时候完全不一样。面对纠缠索吻的秋山，赖子并没有怎么反抗，也没怎么躲闪。虽然是她觉得给他也可以才允许对方亲吻自己的，但结果好像是一样的。

对方吻得越是热烈，赖子感觉自己的身体越是发凉，就像一阵阵凉风从自己身体里吹过。

电梯从四楼快到五楼的时候，赖子终于摆脱了秋山的嘴唇。

但是，秋山还是闭着眼恋恋不舍地求吻。

"马上就到了！"

听到赖子的这个声音，秋山好像放弃了。

他睁开眼，忽然很害臊地把脸扭了过去，然后小声说道：

"谢谢你！"

就因为这点事儿表示感谢？男人这东西真是好单纯好幼稚！仅仅是触到了嘴唇而已，难道就那么重要吗？赖子觉得很不可思议，可这种话又不能说出来。

"我喜欢！"

秋山刚把手搭到赖子的肩膀上的时候，电梯停在了七楼，电梯门慢慢地开了。

"那么再见！"

"请把房间告诉我！"

秋山又出了电梯跟在后面，赖子一言不发地走在前面。

想来的话就来吧！即使被秋山知道了房间也无所谓。

出了电梯往左走，过了拐角第三个门就是赖子的房间。门口挂着名牌，上面写着赖子的姓"莺野"。

秋山看到名牌点点头，这回是他自己说："再见！"

男人这东西只要让他吻一次好像就放心了，会忽然变得绅士起来。这会儿的秋山好像也是那样。他表情爽快地说道：

"还会和我再见面吧！下次我们去稍远点儿的地方吧！"

站在走廊里说话好像能被旁边的人家听到，赖子担心不已，可秋山根本不在乎。

"下次请我到屋里去吧！今晚的事情我永远忘不了！"

"还有，我拜托你的事情也……"

"你说的是和熊仓的事情吧！下星期一上班就和他解除合约！"

赖子一边想象着熊仓的表情一边说道：

"好了，祝你晚安！"

"晚安！"

秋山很干脆地点点头，快步向走廊尽头走去。

进了房间锁上门，赖子马上去了卫生间，漱了口，刷了牙。

赖子并非特别喜欢或讨厌秋山，今天的情况是自己觉得可以给他才给他的，但是，被男人的嘴唇触到的地方必须擦拭得干干净净才行。

但是，并非因为刷了牙漱了口接吻的感触就能消失，接吻和四肢接触不一样。

但是，说实话，赖子今天的接吻里面既没有爱情也没有憎恨。仅仅是为了满足对方一个愿望而权宜地给予对方一个吻。要说是机械性的，确实也是机械性的，所以赖子觉得，洗干净了那种触觉也就消失了。

刷完牙之后，像平时一样洗了淋浴，然后坐在沙发里，点上了一支进口烟。

吸了一口烟，赖子一边用眼睛追着缭绕的烟圈，一边回想临别时秋山说的话。

"下星期一上班就跟他解约！"

听到那句话的一瞬间，赖子忽然感到了一种沮丧和一种四肢无力的感觉。

就凭这点儿事能向熊仓报仇吗？

多年来一直惦记着找熊仓报仇，一想到报仇的愿望就要实现了，赖子却觉得这也太简单太不过瘾了。本以为要下大决心才能实现的报仇的愿望，不久就要达成了。

"这也太奇怪了吧……"

赖子用指头夹着烟，忽然想笑出来。

这样不是太简单了吗？简单过头。熊仓能被这点儿事打垮而一蹶不振吗？

但是，对于熊仓来说，这次的合约是赌上了身家性命的一桩非常重要的生意。这一点从熊仓恳求自己的态度里能看出来，从秋山的话里也能听出来。这次的合约如果取消了，对于熊仓这个事业家来说，无疑是个致命的打击。

　　"那样就挺好！"

　　赖子自言自语，但心里总觉得不踏实。她觉得自己是个十足的恶女人，自己的做法太恶毒太残酷了。

　　不过，事到如今她却因此心生胆怯实在是没有道理的。既然已经发誓要报仇，让对方损失身家性命是理所当然的。本来就是为了让他倒霉才这么做的。

　　想想他对铃子和自己做的那些无耻行径，这种程度的报复是理所当然的。就因为他的恶行，两个女人的命运被彻底改变了，其中一个还自杀了。他只是没有直接动手而已，其实和杀人无异。

　　赖子一个劲儿地罗列熊仓做的那些坏事，她想通过回忆过去的那些事情使自己的行为正当化，减轻几分罪恶感。

　　但是，即便复仇是情理之中的报复，赖子的内心还是有几分纠结。

　　她自己也没有"干得漂亮！"的充实感。

　　仔细想想，这种感觉或许来自自己无力回天的无力感。事到如今，即使找熊仓报了仇，死去的铃子也不会回来了。通过陷害熊仓，虽然能够暂时消除心头之恨，但现实中自己什么也没得到。不仅是没有得到什么，或许只能剩下让对方痛苦之后的负疚感。

　　不管怎么说，赖子的心情很郁闷。

　　这种时候敲敲鼓或许不错！

　　赖子把烟掐灭站起身来，向里面的和式房间走去。

　　今天晚上没有月亮，在淡淡的黑暗中，整个房间寂静无声。

赖子开了灯，轻轻抚摸了一下放在格式橱架上的鼓，然后站在了衣橱前面。橱门上贴着两张照片，是铃子自杀的两年前两个人一起照的。

其中一张两个人并肩站着照的，姊妹俩都是一身舞伎打扮，脸上挂着微笑。

赖子对着那张照片说道：

"铃子，你的仇或许能报了！"

赖子对着照片里的铃子轻轻地诉说，站在左前方的铃子好像对她轻轻地点了点头。

"那个时候我俩好快乐！"

那时候，姊妹俩都临近襟替要成为艺伎了，发髻梳成了先笄发型，身上穿着绣着家徽的黑色和服，上面缝着白色的领子。

那个时候，两人被称为舞伎双姝，人气之高连自己都感到惊讶。

显示舞伎人气指数的晴雨表，被邀请去酒宴陪侍的次数自不必说，更有决定性的是看一个舞伎能得到多少"玩耍"的日子。

赖子和铃子夏天的时候，一个月内曾有过十天以上的"放假玩耍"的日子。

做舞伎的时候最快乐的事情就是脱下沉重的衣裳，把一头秀发散开，穿着时髦的服装在街上昂首阔步。姊妹俩一起"放假"的日子是最令人高兴的，姐妹俩从前一天晚上就开始商量第二天穿什么喇叭裤和T恤上街。

但是，姊妹两人太过兴奋，手舞足蹈地走在街上，有时候会碰上阿姐们，老前辈会冷嘲热讽地说："你俩这么清闲可真好！"

还有，"玩耍"的日子太多，往往就不能到宴会上去陪侍，茶屋的老板娘会对姐妹俩发牢骚说："今天又休息吗？"

但是，从辈分分明规矩严格的花街出来，可以看电影，可以出入西式餐厅，这是放假对两人来说最大的魅力。特别是酷热的夏天，从四五公斤重的和服中解放出来，夸张一点儿说，那就像在地狱里遇到了佛祖。

舞伎打扮的照片旁边还有一张照片，那是两人都得到了"休假"，去宝塚时照的。

记得那是七月初，赖子上身穿着橘黄色的 T 恤，下面是一条喇叭裤，铃子则穿了一条印花连衣裙，扎了一条白色的腰带。

出门前就商量好了，今天不管去哪里，都装成女大学生，两人坐电车去了宝塚，途中把过来搭讪的人都骗过去了。

因为平日里埋头学艺，不是学舞蹈就是学敲鼓，装成女大学生的那种感觉有说不出的奇妙。

在宝塚认识了来自东京的年轻学生，两人依然装成女大学生，可在餐厅里两个人说话的时候不经意间从嘴里蹦出了"豆千代阿姐"，结果被对方怀疑，姐妹俩的舞姬身份还是暴露了。

不过，也幸亏暴露了身份，东京来的学生给两人拍了很多照片。

这两张照片也是那时候变成了朋友的一个学生寄来的。

不管怎么说，那时候从早晨到下午学艺，到了晚上去宴会上陪侍，根本没有时间歇口气放松一下，可现在回想起来，那些日子都是那么令人怀恋。

那时候，两人的心愿就是姐妹俩在温习会上表演双人舞《柱立》，现在却成了永远不可能实现的梦想。

"铃子，熊仓先生这回可要在生意上栽大跟头了！没关系吧？"

赖子把照片拿下来，对着照片里的铃子问道。

"他可能因此就彻底完蛋了，那也是没办法的事啊！"

如果铃子现在还活着的话，她会说些什么呢？

她会说"不要做那么过分的事情"，还是会说"你最好更严厉地惩罚他"？

但是，如果现在铃子还活着，自己不会考虑找熊仓报仇吧？正是因为铃子死了，自己才发誓为她报仇的。

"铃子那时候比死了都痛苦，从那以后，我也变得不正常了……"

赖子的人生轨迹也被熊仓打乱了。

虽然不敢直截了当地对别人说，但赖子因为和熊仓之间的那次异常的体验，已经变得不再相信男人了。

在熊仓之后也遇到过几个诚实善良的男人，但赖子还是不能忠于自己的内心投入一段感情。和男人亲吻，一旦到了那种时候，她总是想起自己的第一次，想起熊仓那畜生一样剧烈的喘息和自己被扒光了的悲惨姿态。

不管怎么说，自己第一次经历的男人是一个已经奸污了姐姐甚至让姐姐怀孕的人，那种心灵的冲击不是轻易能消失的。

因为有过那件事，想让赖子相信男人是很难的。即使你告诉她那样的恶人世上少有，就算自己做了一场噩梦，但出事的时候正值赖子多愁善感的年龄，不会就那么轻易忘掉的。

不，即使她自己觉得在脑子里已经把那件事情忘了，可她身体的深处还没有彻底忘记。一看到男人就会莫名地胆怯，无端地生疑。那种生自身体深处的怀疑让赖子拒绝所有试图接近她的男人。

"这一切都拜他所赐……"

赖子虽然活着，但作为一个女人，已经和冰冷的尸体没什么两样了。

川风篇

　　京都的鱼鹰表演是从七月初到八月末在岚山渡月桥上游的大堰川举行的。养鹰人和鱼鹰是从宇治川那边请来的。鱼鹰主要是适合浅水浅滩的淡水鱼鹰。

　　里子已经和椎名约好了，下次他来京都的时候，就带他去看鱼鹰表演。

　　可是，都到八月份了椎名也没来京都，只是在电话里说"好像要晚些日子"。

　　"您很忙是吧？"

　　"全是些杂七杂八的事情！"

　　因为椎名不是那种自我吹嘘有多忙的人，所以里子不好意思说非让他来不可。

　　"我想八月中旬之前一定能去！"

　　"您不用勉强！您不要出差的时候顺便来，最好是当成休养身体！"

　　电话里虽然那么说，可是八月里的大文字送灵火都过去了，里子这回是真的有些着急了。就这样一天天拖下去，好不容易盼来的一年一度的鱼鹰表演恐怕也看不到了。

　　八月过了中旬，里子下决心从京都给椎名的公司打了一个电话。她想，一个女人打电话邀请男人，有点儿脸皮太厚了，可就这么等下去的话，就会丧失机会。

接线员之后是女秘书接的电话，对方在电话里问："请问您是哪位？"

里子一时间不知道该怎么回答，稍微停顿了一下说："我这里是京都的茑乃家！"

秘书说："请您稍候！"紧接着椎名接起了电话。

"好久不见！久疏问候！"

或许是因为秘书在跟前吧！椎名的语气有些生硬。里子好像也被他生硬的口气感染了，说了一串季节问候的套话。

"您这么忙，打搅您真不好意思，因为您迟迟不来，鱼鹰表演的季节也快结束了……"

"对啦！你不说我差点忘了！我一直记着这个事儿，可天天被那些无聊的工作缠着，我想这个月的中旬一定能去……"

"您还是没有机会来京都吗？"

"也不是没有机会，因为很快就到公司结算的时候了，心里想着要去要去，可……"

"还是工作重要！看样子这个月还是不行是吗？"

"那倒也不是……"

椎名说完稍微停顿了片刻。

"我这个周末过去！星期六也可以吗？"

"当然，我是没关系，您真的能来吗？"

要说周六的话，那就是后天了。他真能那么快就来吗？里子有些不敢相信。

"您是有什么事情到这边来吗？"

"不是，没有什么事情！"

"您不用那么客气！我只是想问问您来不来而已！"

"不是客气，我要去！"

"您又没什么事儿，真的用不着专门来趟京都！"

"不，是我想去！"

听椎名说得那么干脆，里子正惶恐不安，椎名稍微缓和了一下口气说道：

"我打算五点之前到那里，然后就直接去……"

"您要是看鱼鹰表演的话，最好是从我家直接去岚山那边，您住的地方也让我来安排吧！"

"能麻烦你就太感谢了！可是现在才预订还有空房吗？"

"订房的事情您就交给我好了！那么，星期六您几点到……"

"我这边坐两点左右的新干线，一上车我就给你打电话吧！"

"那样的话，我到车站去接您！"

"怎么好意思……"

"没关系的！不过可要说准了，您一定能来是吗？"

里子又落实了一遍才放下电话，脸上自然而然地浮起了笑容。

里子心想，刚才这个电话还真打对了！这样的话，两天后就能见到他了。但是，接下来的一瞬间，里子忽然觉得自己厚着脸皮打电话很丢人。

椎名那么忙，是不是因为刚才的这个电话勉强来京都呢？是不是星期六本来也有事，因为自己给他打了电话而改变了日程安排？

确实，刚才的这个电话似乎有点儿太强人所难了。开始的时候问对方有没有来这边的机会，对方明明说没有，自己还是不甘心地问："这个月还是不行是吗？"对方或许是没有办法才决定要来的。实际上，这次也没什么事，好像单纯就是来玩儿。把那么忙的一个人请到京都来，只是让他看看鱼鹰表演，这样做合适吗？

可是，椎名在电话里说"我去"说得很干脆，还说"我想去"。

虽然发出邀请的是自己，但他难道不是也想来吗？

如果他根本不想来的话，他不至于勉强自己来吧？想到这里，里子稍微感到了一丝心安。

但是，在别人工作的时候打那样的电话，或许还是有点儿脸皮厚了。他身旁很可能有秘书在，守着女秘书接一个女人打来的电话，还答应去，这样做合适吗？

他接完电话之后才察觉了这一点，是不是这会儿正郁闷不已？看来今后还是少往他的公司里打电话为好。

不管怎么说，再过两天就能见到他了，并且这次不是因为工作的关系来，完全是随心所欲地自由行动。或许只有那一天自己才能独占他。里子这样想着，心情渐渐兴奋起来。

星期六的下午五点，里子出了家门，径直去了京都火车站。

虽说已是八月末了，阳光还很强，朝西的店铺檐头挂着长长的遮阳篷，小巷里面到处有人洒水。

里子穿着一件淡茶色的芭蕉布和服，下摆和袖子上印着常春藤的图案，腰间系着茄紫色的带子，束上了椎名送给她的那条细绦带。

穿着芭蕉布和服猛一看很像穿着能乐的表演服装，肩部和下摆都是撑开的，因为看上去比实际的身量要大，所以只有身材苗条杨柳细腰的人穿上才合适。里子虽然比赖子胖一点儿，但幸亏是溜肩，即使穿着芭蕉布料子的和服也不显得可笑。哪怕稍微有点儿可笑，这也是为了见椎名特意做的和服，现在不穿的话就没机会穿了。虽然有点贵，但布料的蓬松感和色泽却是自己最喜欢的。

椎名坐的火车应该是五点半到达。

对里子来说，傍晚时分扔下店里的生意外出是很稀罕的事情。虽说是周六的晚上，但京都的料亭还是有很多客人。今晚也有四组客人，其中的一桌宴席是经常关照店里生意的大阪的电机厂社长的宴席，里子要是到宴会上去陪侍的话，就没法去接椎名了。

里子想来想去才想出一个主意，让自己熟悉的艺伎千鹤大姐特意给母亲阿常打电话撒了一个谎，告诉母亲说椎名先生在外面有宴会，非要让自己过去陪侍。

阿常接了电话，一开始有些不高兴，说别处的宴会没有必要去陪侍，但千鹤说出来的客人是经常关照自家生意的老主顾，所以阿常也没法拒绝。

"家里不是还有菊雄等着吗？不能太晚了，告诉她早点儿回来！"

母亲好像说了几句难听的话，最后还是答应了。

要是被母亲知道了可如何是好啊！里子心里很不踏实，但事情都已经这样了，只能横下一条心去面对了。

里子比火车到达的时间提前十分钟到了火车站，在检票口前面等着。

不一会儿火车就准时到站了，旅客们沿着台阶走下来。里子站在接站的人群后面，目光追着一个个出站旅客的身影。

可能是星期六的缘故吧，旅客很多。或许是为了享受暑假的最后这几天，出站的人流里有背着大大的帆布背包的小学生，也有被父亲抱着睡着了的孩子。

一伙年轻学生顺着台阶下来之后，椎名紧跟在后面出现了。

这次来京都可能是因为和工作无关吧！椎名今天很稀奇地没系领带，驼色的衬衫外面穿着一件白色的夹克，左手只提着一个小公文包。

可能是因为在晒得乌黑的学生队伍后面出现的缘故吧，他的脸看上去很白，也有几分疲惫。

里子按捺住内心的激动，不但没有跑过去，反而往后退了几步，看到椎名出了检票口四下张望，才走过去。

"欢迎！"

"噢……"

椎名点点头，脸上露出了平日的那种和蔼可亲的笑容。

"等了好久了？"

"没有，谢谢您百忙之中来京都！"

"真是好久不见了！你好像精神头不错啊！"

"哪有的事儿！"

"出什么事情了吗？"

"倒是什么事情也没有。"

里子整个八月都无精打采的，她想说那是因为你没来，但还是忍住没说，伸手想接过椎名手里的皮包。

"我给您拿着吧！"

"那怎么行！先说，我们这会儿去哪里？"

"今天一天都给您安排好了。我到哪里，您就老老实实地跟在我后面就行了！"

里子说完，向火车站前的出租车乘车点走去。

"是不是您本来很忙，就因为我打电话您才勉强过来？"

"没有的事儿！今天是我真想来才自作主张来的！"

"真的不是为了工作？"

"是的！所以才穿得这么随便！"

椎名不系领带的时候就没那么古板拘谨，看上去年轻了几分。

"你的和服好美！是芭蕉布吗？"

"这也能看出来？您知道的可真不少！"

"因为老母亲以前穿过。"

真的是他母亲穿过吗？里子瞬间有些怀疑，但什么都没说就坐进了出租车里。

"不好意思！跟我一起去岚山好吗？"

"现在就去吗？"

"我在岚山的吉兆订了位子，我们先去那里吃饭，八点左右的时候我们坐画舫去看鱼鹰表演。"

"酒店订上了吗？"

"给您订了一家叫卯月的日式旅馆，在岚山脚下的河边上，您觉得可以吗？"

"没关系的！平时总住酒店，偶尔去住一次旅馆也不错！"

"那家旅馆从房间里就能看到大堰河，旅馆的庭院很大，是个很不错的地方！"

从订旅馆到订餐厅和画舫，这些事情都是里子一个人做的。从家里打电话，担心被别人听到了，每次都是跑到外面打公用电话。虽然一件件的事情都很麻烦，可一想到这些都是为了椎名，那些繁琐反而变成了一种乐趣。

"晚上店里那么忙，你还出来陪我，真是谢谢你了！"

"您不说这事儿我还忘了，我是撒了谎出来的，让千鹤打电话告诉母亲，是椎名先生让我去宴会陪侍，而且是和千鹤一起去。您可记住了，如果母亲问起来，您可一定要这么说！"

"那倒是没什么关系！可是，这下子我倒成了大恶人了！"

"没错！您就是大恶人！"

是椎名让她变成了一个对母亲撒谎的女人，在这个意义上说，他确实就是个恶人。

"您每天都很辛苦吧？"

"确实,这段时间感觉有点儿身心俱疲,但火车一出东京站,顿时觉得放松了下来。京都还是来对了!"

"今晚您住在京都,回程是……"

"因为这次纯粹是出来玩儿,所以明天必须回去。"

里子诚恳地点了点头。说实话,两天前打电话的时候,没想到他真的能来。但他现在确实来了,而且就在自己的眼前。真希望他就这样多待几天,但人总是得陇望蜀,欲望是没有止境的。

"明天您几点回去?"

"傍晚之前回去就行了!"

里子忽然想起了椎名的家人。椎名出门的时候是怎么对在东京的老婆孩子说的呢?说是去出差,还是单纯去旅游?他的包里好像也没有外出旅游时需要换的衣服。

"明天白天我们去个什么地方吧!"

"有好地方吗?"

被椎名这么一问,里子也一时语塞,不知道该怎么回答。八月里骄阳似火,在外面逛或许也只落个累。

"到了比叡山上或许比较凉快!"

里子说完这句话,忽然想起了母亲的表情。今天晚上出来了,明天还要外出的话,母亲会答应吗?即便再撒一次谎,连续两天都出来实在是太难了。

"明天的事情明天再想吧!"

里子这一会儿任何多余的事情都不愿意想。今晚就只品味能和椎名待在一起的那种心满意足吧!

里子这样下定了决心,抬头看了看窗外。渐渐溶入暮色的东山顶上,一轮淡淡的月亮已经升了起来。

从岚山脚下的渡月桥往上游走二百米左右,就是里子预订的那家旅馆了。

因为旅馆坐落在从大堰川快到渡月桥的山腰里，站在对岸只能勉强看到掩映在树丛里的旅馆屋顶，在同一侧河堤上走的人几乎看不到那家旅馆。

即便如此，那家木结构的旅馆看上去很结实，隐在树丛里的庭院，两千坪绰绰有余。以前是一家烹饪旅馆，也接待住宿的客人，但是老板娘和女招待们都上年纪，现在除了那些有特别交情的老客户，一般客人是不让留宿的。

但是，这里的老板娘以前在祇园町做过舞伎，也经常去茑乃家，所以里子跟她非常熟悉。这次能在这家旅馆给椎名订了房间，其实也是因为有这层关系。

两人在渡月桥前面的河堤上下了出租车，然后顺着河堤下到了河滩上。从那里沿着河往前走四五十米，就迎面看见一座小山，有一条山道通往山里面。

两人顺着那条山道往上走，透过路旁树木的枝丫，可以看到河面。走了一百米左右，就到了旅馆的入口。

"我是茑乃家……"

里子向出来迎接的女招待报上姓名。

"欢迎光临！我们一直在恭候！"

女招待热情地迎接两人，和颜悦色令人如沐春风。

里子本来想在玄关原地不动等着，但看到椎名不知所措的样子，跟他一起去了房间。

因为旅馆建在山腰里，几个房间好像是由游廊连起来的。顺着游廊转了两个弯儿，前面那个和式房间就是椎名的房间了。

拉开拉门，迎面就是一个三张榻榻米大小的休息室，里面是个十张榻榻米大小的房间。

"这段时间很少有住宿的客人，我觉得这个房间挺安静，窗外的景色也不错！"

正像女招待说的那样，打开窗户，外面就是有些倾斜的庭院，前面就是大堰川，只见河面在余晖里波光粼粼。

"太棒了！真是个好地方啊！"

看到椎名那么高兴，里子觉得没有白给他介绍这家旅馆。

"您满意吗？"

"这么好的客房让它空着真是太可惜了！"

椎名觉得有些遗憾，可是如果平日里接待那些住宿的客人，就需要凑齐相应的人手，女招待领班什么的一个也不能少，现今这个形势，那样做反而麻烦事更多。

"老板娘呢？"

里子问女招待，她想至少得先给老板娘打个招呼。

"老板娘这会儿有事儿出去了。"

"是吗？请你替我向她问好！"

里子拜托女招待替她捎个话，然后把小费给了女招待，转过头来对椎名说："咱们走吧！"

沿着河边步行从旅馆到吉兆用不了五分钟。

再次和椎名肩并肩顺着山路往下走，赖子有一种错觉，好像两人一起住进了这家旅馆。

"从东京到这里也就三个小时，真没想到能来到这样一个别有洞天的世界！"

"您好不容易休息一天，我还担心会让您受累呢！"

"没有的事儿！来京都太好了！"

或许是已经到了夏末的缘故吧！路边的草丛里传来了虫鸣唧唧。

河滩上似乎还残留着几分白天的暑气，山路上已经能感到傍晚时分的凉意了。

出于生意的关系，里子对别家的料亭或厨房颇感兴趣。不过，话虽那么说，她却不是为了偷学厨艺或探访别家料亭的味道。她又不是什么厨师，实际上即使那么做了也没什么用，还有，模仿他家就会失去自家料亭的特色。

对于里子来说，最有吸引力的还是餐具和摆设。

吉兆在京都也属于传统老字号，其在这方面颇为用心。

里子曾经好几次被邀请来这里做客，可是和一个男人一起来还是第一次。

里子开始的时候有些紧张，唯恐别人觉得自己奇怪，但那是里子多虑了，她尽可以认为是被请来做客的，其实以前也有过应客人之邀和客人两人出去吃饭的事情。

或许正因为自己心中有愧才如此多虑。

年历上虽然已经过了立秋，但暑热尚存，宴席主要是以适合夏天的料理为主。

作为小菜先上了一道莼菜豆腐之后，接着又上了对虾、鳗鱼和辣莲藕。鳗鱼的味道比较厚重，对虾的下面铺了一片菊花的叶子，味道则是比较适合夏天的清淡味道。

接下来是嫩鸡汤和冷鲜鲈鱼片，大碗菜则是干烧加吉鱼。

拼盘是大虾、香菇和银杏炸豆腐，汤则是把海鳗磨碎做出来的老汤。

带着季节感的每道菜自不必说，装八寸膳和生鱼片的水晶器皿更让人感到几分清凉。

酒是凉酒，酒壶和酒盅也都是清一色的水晶制品。

里子一边给椎名斟酒一边问道：

"您觉得菜肴怎么样？"

"我是第一次来，非常好吃！"

"比我家的菜肴好吃吧？"

"不是的，两家都……"

"您两家都得夸，真难为您了！"

里子笑着，椎名也面露微笑，喝过酒，他的气色好了几分。

最后是一道味噌汤和米饭加酱菜，饭后的水果是水蜜桃，两人从吉兆出来的时候已经过了七点半。

"我领两位到船上去！"

由总管和领班头前带路，两人出了吉兆的正门，发现挂着红灯笼的画舫已经在前面等着了，灯笼上印着吉兆家的标志。

"不好意思！让您久等了！"

椎名对等候多时的船老大表示感谢，第一个坐进了船舱里。

船边和码头离得很近，似乎要碰到一起了，即便如此，要上船的时候船还是会摇晃。

"啊……"

里子不由地娇声惊呼，椎名见状连忙伸手去扶她。

这条画舫大约有两米宽，十一二米长。船中央有顶棚，下面铺着凉席，稍微挤一挤好像可以坐二十个人左右。

实际上，已经出发的其他船上都坐了很多人，叽叽喳喳很是热闹，但里子只想和椎名两个人坐。

"还有没有其他需要的东西？"

女招待站在码头上问道：

船舱里除了坐垫以外，还有团扇、装着酒的酒壶和酒杯，以及装着酒肴的食盒。

"还有烟花呢！祝两位玩儿得高兴！"

听女招待那么说，里子一下子红了脸，幸亏是在灯笼光里，没有被对方发现。

"好了！出发吧！"

在总管和女招待的催促下，画舫徐徐离开了码头。

鱼鹰表演好像从半个小时以前就开始了。离码头五六十米的上游已经有十多艘画舫排成了一排。每条画舫顶棚周围都悬挂着印着料亭标志的红灯笼，那些红灯笼交相辉映，红光在河面上摇曳。

下游的渡月桥那边，汽车的灯光往来不绝，河滩上不时有烟花腾空而起，把夜空染得五彩缤纷。

"太惬意了！"

椎名背靠着画舫的船舷，展开双臂小声感叹。白天的暑气已经从夜晚的河面上消失了，清风徐徐，微风拂面。

"地方这么宽敞，您就伸开腿脚放松一下吧！"

里子劝椎名把腿伸开，然后把他的杯子斟满酒。

"你怎么样？要不要喝一杯？"

"我喝完刚才的那杯酒已经醉了！"

"在船上喝酒可是别有风味噢！"

椎名说完，把刚才喝酒的杯子递给里子。

"用这个杯子可以吗？"

"嗯，多谢！"

里子一边让椎名给她倒酒，一边担心不已。她忽然感到一种不安，好像这会儿正被什么人看着。

自己和椎名两个人在画舫里坐着，要是被别人看到了，不知道会被别人说些什么风凉话呢！但是，隐在周围灯笼的灯光里，画舫里面好像并不那么显眼，再者说了，周围的人此刻关心的只是鱼鹰表演。还有，即使被谁看见了，说在陪客人就完了。

"那又有什么关系！"里子忽然改变了态度，对自己小声说道。

她现在不想在意别人的目光，只想尽情享受两人在一起的这短暂时光。

画舫渐渐地往上游行进，一艘船头点着篝火的画舫从前方划过来了，听得到热热闹闹拍打船舷的声音。

原来那就是驯鹰人的船。

熊熊篝火照耀下的船头上站着一身黑衣的鹰匠，一个人手里捏着五六条绳子操纵鱼鹰。鱼鹰好像早就习惯了被人看，一个个昂首挺胸气宇轩昂，只见鹰匠一个手势，鱼鹰一齐钻入水中。

众人对着鱼鹰鼓掌，鱼鹰好像愈发斗志昂扬，就像回应众人的掌声似的再次潜入水中。

鱼鹰好不容易捕上来了鱼，鹰匠却掐着它们的脖子或肚子不让它们把鱼吞下去，要说残酷也真够残酷的，但看看英姿飒爽的鱼鹰又抖擞精神钻进了水里，或许它们根本就没在意自己的境遇。

鱼鹰船越来越近了，鹰匠操纵鱼鹰开始在里子他们面前进行捕鱼表演。

"点起篝火又是为了什么呢？"

"可能是小香鱼看到亮光就会聚拢过来吧！那些钓鱿鱼的船上也装着很多明亮的电灯泡！"

自己竟然连这些事情都不懂，里子很为自己的无知感到羞愧，但椎名却满腔热忱地看着鱼鹰船说道：

"过去的人们竟然发现了这么有趣的事情！"

"一个人要是能那么随心所欲地操纵就好了！"

"你说的是什么意思？"

里子忽然蹦出这么一句离奇古怪的话，两人同时大笑起来。

"您再来一杯怎么样？"

里子拿起酒壶，椎名把酒杯伸了过来。

"这片树丛的前面就是刚才的旅馆吧？"

"有诱蛾灯亮光的地方可能就是旅馆的院子！"

靠近桥的河堤一带还有茶摊茶馆什么的，船到了这一带，左右两边都被黑魆魆的山峦包围，只有船上的灯笼光在河面上摇曳。

"我们放烟花吧！"

"能行吗？"

"小时候没少放了，没事儿的！"

椎名说完，拿着一支最大的烟花站在船舷上，点着了。

烟花瞬间火花四溅，紧接着听到了一个尖锐的声音，只见红黄蓝三色的烟花在夜空里绽放开来。

两朵，三朵，大朵的烟花把夜空点缀得炫目多彩，第四朵烟花刚绽开，就拖着一个亮亮的尾巴被迅速地吸进了无垠的夜色里。

"你要不要自己放一支？"

"不要！我害怕！"

"没事儿的！拿着这里向外举着就行了！"

椎名说完，就把里子手里拿着的烟花点着了，里子不敢看，把脸扭向一边，紧接着火花四溅，大朵的烟花在夜空里一朵接一朵地绽开了。

"没什么好怕的吧？"

"火星子不会溅到我这边来吗？"

"不用担心！"

椎名自己又拿起一支点着了。

"烟花这东西，放完一支就会觉得很寂寞，接着就想点第二支，没完没了。"

里子一边点头，一边仰望着夜空里的流光溢彩。

确实，自己和椎名的相逢也像这烟花一样。见了面欢欣鼓舞浑身颤抖，正因如此，分别后的那种哀伤就更加痛彻心扉。为了能逃脱这种孤寂，于是又想见面，分手后的痛苦使得自己又去追赶。

"永远绽放的烟花这世上没有吧？"

椎名温柔地一笑，也不知道他是否明白里子这句话的真意。

画舫在上游掉头开始往回走。好像还有一艘艘的鱼鹰船从下游上来擦肩而过，能看到船头的篝火，能听到周围画舫上传来的鼓掌声和船上人们叽叽喳喳的声音。

"这风真好……"

椎名看着漆黑的夜空小声说道：

"就这样待着，简直就像做梦一样！"

里子很想说"你说得真对"，可她抑制着自己的心情，只是默默地凝视着黑黑的河面。她觉得自己这会儿哪怕就说一句话，眼前的幸福好像就会逃走。

"来京都真是太好了！"

"您真的那么想吗？"

"当然！"

"我太高兴了……"

里子喃喃细语，抬起脸来，发现椎名的眼睛正直直地往自己这边看，她慌忙转过脸去，然后把散落在身旁的烟花筒子拢在一起。

"夏天就要结束了！"

"是的……"

里子再次点了点头，这时候一艘点着篝火的船划了过来，椎名的脸被篝火映得红通通的。

看完鱼鹰表演从画舫上下来的时候，已经过了九点。

里子倒也没给家里人说几点回去，宴会一般晚上九点之前就结束了，里子也打算在那个时间之前回家。

但是，被清凉的夜风吹着，看着映在河面上的灯笼光，里子忽然没有了回家的心情。

即便这会儿回去了，宴会也都结束了，剩下的只是最后收拾一下，看看账房，把门锁上。

"接下来做什么？"

两人并肩走在河滩上，椎名边走边问。

上游那边还在进行鱼鹰表演，传来阵阵嘈杂的人声，渡月桥那边依旧是车来车往，看得到汽车的灯光来往穿梭。

"我们这会儿上街吧！"

"可是你……"

"我是没关系！"

如果在这里分手的话，今天好像是为了体味分别的寂寞痛苦才见面的。里子决定不再想家里的事情。

"那样的话，我们去喝一杯吧！"

椎名提议。两人爬上河堤，叫住了一辆空车。

"京都这个地方我不太熟悉啊！"

"好吧！那就去我知道的地方看看吧！"

"如果和我一起去也不妨的话。"

"那就去花见小路新桥吧！那里有一家叫'代绢'的比较别致的店！"

"你经常去吗？"

"好长时间没去了！那里的老板娘可是个风华绝代的美人！"

"比你都……"

"我这样的根本没法跟人家比！您好不容易来趟京都，今天就让您见识一下真正的京都美人！"

"可是，要不还是算了吧！让您见了大美人，您要是喜欢上她可就麻烦了！"

"怎么会……"

椎名哭笑不得，里子伸出小指说道：

"您能向我保证绝对不会喜欢上她吗？"

见椎名点头，里子用自己的小指勾住了椎名的小指。

"拉钩上吊，一百年不许变！说话不算喝血三杯，撒谎生吞刺豚！"

"说话不算话要喝血吗？"

"在东京不那么说吗？谁要是说话不算话就得喝血，喝了就死了。"

"真可怕！"

"是的！京都女人很可怕噢！"

出租车从太秦经过河原町，三十分钟之后到了花见小路。

在新桥下了出租车往西走了五十米，就看到左边有一栋竹篱环绕的商铺风格的房子，门口挂着门帘，上面印着"代绢"两个字。

里子刚要抬腿往里走，忽然站住，用手势拦住椎名说道：

"不好意思，请您稍等一下！"

里子说完径直走到路尽头的一座小小的神社前面。

单凭路灯的光看不太清楚，不过，只看朱红色的牌楼和祠堂就知道，那应该是一座稻荷（五谷神）神社。

里子站在神社前面，双手合十。椎名也跟着低头鞠躬，他可能觉得光在一边看着不好。

"我每次从这里路过，都要参拜一下神灵！"

"这是什么神社？"

"虽然供奉的是五谷神，但住在附近的艺伎们也常来参拜。您知道我刚才向神灵拜求什么了吗？"

"求的应该是生意兴隆吧！"

"不是的！"

刚才那么虔诚地祈求神灵保佑能和你结合在一起，你却说我祈求什么生意兴隆？里子装作有点儿生气的样子，撩开门帘走进了"代绢"。

这家店好像是由普通的住房改造而成的，顺着通往里面的窄窄的内走廊往里走，上了楼梯有一道拉门，前面就是酒吧了。

进门右边是吧台，左边是包厢，里面是纸拉门，包厢和包厢之间安放着方形纸罩灯座，还保留着日式酒吧的风情。

"是不是稍微有点变化？"

椎名在包厢里坐下，正好奇地环视周围，一个穿着和服的女人马上就走了过来。

"欢迎光临！里子姑娘晚上好！"

"这位就是我刚才跟您说起的老板娘，这位是从东京来的椎名先生！"

听里子这样介绍，老板娘再次向椎名低头致意。

"好看吧？原来做舞伎的时候可是红透半边天啊！"

"哪有的事儿！里子你也真是的……"

老板娘抬起手来装作要打里子的膝盖。确实，她肤色白皙，眉清目秀，浑身洋溢着京都女人的美丽端庄和优雅气质。

"这里从前是宴会厅吗？"

"是的，这里是我长大的地方，我家以前经营茶屋。"

听她这么说，好像还真是那样，吧台的里面以前好像是壁龛，橱架上摆着威士忌瓶子，旁边还露着壁龛的柱子。

"京都的家庭酒吧我倒是去过，这样的地方我还是第一次来，安安静静地，真好！"

"多谢您的夸奖！请您下次一定再来！"

"椎名先生一个人不会来的，来的时候都是我跟着！"

"谢谢您的格外关照！"

老板娘诚惶诚恐地低头致谢，因为她的动作很夸张，三人同时大笑起来。

"请问两位喝点什么？"

"我们要白兰地吧！"

椎名说完，点了马爹利加水。

可能是因为氛围安静的缘故吧，酒吧里的客人很多。又有新客人拉开纸拉门进来了，可一看满员了只好扫兴地回去了。

"我真不该把椎名先生领到这里来！"

看到老板娘起身走开了，里子对着椎名做了一个任性撒泼的表情。

"您从刚才就一直盯着老板娘看，是不是动心了？"

"没有的事儿！人家跟我说话，我只是回答而已。"

"我会给老板娘说清楚这是我喜欢的人！"

"先别说那些！时间没问题吗？"

"什么时间不时间的！我好不容易才忘了！"

里子娇嗔地瞪了椎名一眼，说实话，她确实很担心时间。

"我出去一下！"

里子装作要去洗手间离开了座位，悄悄地看了看手表，已经十点半了。

这会儿茑乃家的宴会厅也应该收拾完了，账房也该锁门了。到了这会儿才厚着脸皮回去，只会让店里的人看见。

里子稍微想了一下，用吧台边上的电话给千鹤大姐去的那家店里打了个电话。

"什么呀！你那里听起来挺热闹嘛！"

听千鹤的口气，她还以为里子早就回家了呢。

"你听我说千鹤姐姐，我这会儿还在'代绢'喝酒呢！"

里子为了不让别人听到，故意压低了声音。

"我还得稍晚一会儿才能回去，能不能麻烦姐姐给我母亲打个电话，就说你还在和我一起喝酒。"

"你那意思就是说让我把你老母亲笼络好了是吗？"

"我一辈子就求你这一回了……"

里子对着话筒鞠了一个躬，欢欢喜喜地回到座位上，发现椎名正端着酒杯满面笑容。

"什么事情这么好笑？"

"我把京都方言的'附近'听成了'大葱'！"

"那又有什么……"

看到椎名和其他姑娘聊得那么高兴，里子心里有些嫉妒。

"给我来杯白兰地加水！"

里子忽然芳容不悦，很冷淡地要了一杯酒。

三十分钟之后，两人出了"代绢"。酒吧十二点下班，按说还有时间，但旅馆那边必须在十二点之前回去。

日式旅馆就是这一点最麻烦！但是，人家本来就不接待住宿的客人，是自己死乞白赖求别人的，所以也不能发牢骚。

"玩儿得很高兴！我先把你送回去吧！"

椎名正要招呼出租车，里子却摇摇头说道：

"还是我送您吧！京都这地方还是我熟悉！"

"可是……"

正当两人争论不休的时候，一辆空车停了下来，里子一坐进去就对司机说。

"请去岚山！"

"不……"

椎名正要说"不是"，里子伸手去捂他的嘴，没想到却一下子触到了椎名的胸膛。

就在那一瞬间，椎名的双臂就像把里子的双肩包住一样把里子揽在了怀里。

出租车沿着花见小路上去，好像正从三条往西行驶。出租车可能是横穿过了三条京阪铁轨，车子轻轻一摇晃，里子倚着他，闭上了眼睛。

因为已经过了晚上十一点，离开了市中心就没有堵车的地方了。

里子把上半身靠在椎名的胳膊上，心里希望就这样继续跑下去，一直到更遥远的地方。别说什么岚山了，去丹波，去若狭都行！里子想到没有人的大海上去，想到深山里去。虽然不知道去了那样的地方会怎么样，但现在不愿意想以后的事情，一味地只想去远方。

也不知道椎名现在在想什么，从轻轻触在一起的肩膀只传来他静静的呼吸。仅仅是感觉到了他那有规则的呼吸和身体的温暖，里子的内心就溢满了幸福。

但是，这种安然恬静不会持续太久。

不一会儿，出租车往右转，跑了没多远就开始减速，最后慢慢地停了下来。

"到了！"

里子听到椎名的声音睁开眼睛，原来已经到了岚山脚下的河堤上。

"下车吗？"

里子点点头，看着椎名给出租车司机付钱。

真快！出租车这就到了岚山了，好像刚才自己只做了一个很短的梦。

"那就快……"

里子在椎名的催促下下了车，司机好像等不及了似的，关上车门一溜烟跑了，只看到红色的尾灯闪烁着消失在了远方。

"好安静啊……"

椎名抬头看了一眼夜空，小声嘀咕着开始往前走。里子保持一点儿距离跟在后面，从河堤向河滩走去。

两个小时前还因为鱼鹰表演而热热闹闹的河面，现在却变成了一条黑色的带子，只有对岸河堤上的路灯有规则地排列着。

不管是桥还是河堤，这会儿几乎没有来往的车辆了，在漆黑的夜色里，岚山好像一下子变高变大了。

"我送您到旅馆门口吧！"

里子那么说，椎名却不答话。两个人就那样默默地上了山路。可能是因为夜深天气变凉了吧，左右的草丛里传来了阵阵虫鸣唧唧。傍晚的时候透过枝丫能看到的河面，这会儿也看不到了。

只有路标一样站立的街灯，把这条山道照得亮晃晃的，即便如此，山道处处被树木遮蔽，路灯的光亮也让人觉得靠不住。

到了中途山道往右一拐，前面就能看到旅馆的入口了。旅馆门口左右两边的灯明晃晃亮如白昼，或许是在等着椎名回来吧？

里子猛然站住了，椎名也跟着站下了。

"我要回去了！"

借着从树木间透过来的灯光，里子抬头看着椎名说道。

"那么再见……"

里子刚转过脸去，椎名的胳膊一下子揽住她的肩膀，把她拽了回来。

"天都这么晚了，到哪里去打车？你还是进旅馆休息一会儿吧！"

"可是……"

"没事儿的！你就说想找人帮你叫辆车就行了！"

一个女人深更半夜跑到男人住的旅馆里实在太不合适了，那等于不打自招说自己是来找男人幽会的。尽管心里那么想，可里子还是不由自主地往前走去。

旅馆的大门手一扶就开了，里子在门槛处又站住了，但椎名不管那些，径自先进去了。

听到门开的声音走出来的是"卯月"的老板娘。里子慌忙给她鞠躬行礼，老板娘却很热情地招呼道：

"刚才光顾着忙自己的了，很抱歉！您一定累了吧？里子姑娘也进来待一会儿吧！"

"不了，我只是把椎名先生送回来，剩下的事情就拜托了！"

"可别那么说！至少也要喝杯茶再走吧！快快请进！"

老板娘在祇园町长大，长年经营烹饪旅馆，阅人无数，懂得人生的酸甜苦辣。她亲自下到没铺地板的土房间，很麻利地把门关上了。

"今天晚上有点凉啊！听说台风正在逼近冲绳一带，快请上来！"

见老板娘如此热情，里子对她深施一礼。

"那就恭敬不如从命了，我上去只待一小会儿！"

"我马上去准备茶，房间在哪你知道吧？"

从游廊望出去，庭院在深夜里寂静无声，石刻灯笼照耀的一隅，能看到池畔和环绕池塘的巨石。

里子一边侧目看着夜色里的庭院，一边快步跟在椎名身后。寂静中只听到芭蕉布衣袂飘动发出的沙沙声。

过了游廊往右一拐，前面就是椎名的那间客房了。椎名拉开了拉门，里子在后面摆好拖鞋也跟着进了房间。

刚从休息室踏进里面的房间，里子差点儿小声惊呼起来。十张榻榻米大小的房间的正中央已经铺好了床铺，枕头边上还放着茶盘、水瓶和玻璃杯子。

为深夜归来的客人铺好被褥是旅馆理所当然的工作。

但是，里子根本没有想象过这种情形。她想得很轻松也很简单，傍晚的时候已经来过这个房间一次了，现在只是再回来一趟。

里子愣在门口不知所措，椎名回过头来说道：

"你怎么了？请进！"

"我就不进去了，就在这里……"

椎名见里子畏缩后退，用比较强硬的口气对她说：

"不管怎么说，你先进来坐下！老板娘马上就把茶端来了！"

不管椎名说什么，半夜三更，一个女人家怎么能进入一个床铺都铺好了的男人的房间呢？正在里子踌躇犹豫的时候，走廊那头传来了脚步声，老板娘端着茶走了过来。

"因为天气有点儿凉，我沏了壶热茶！"

事到如今，里子也没法转身就走，就像被人追着一样进了房间。

傍晚来的时候放在房间中央的那张黑漆茶几被挪到了窗户边上，茶几上面放着晚报和一套茶具。里子和椎名隔着茶几相向而坐，老板娘把端来的茶水和湿毛巾摆在了两人面前。

"两位出去的时候，我给房间里开了空调，您觉得可以的话，可以把窗户打开，上面有纱窗，虫子还不会进来。"

"不好意思，我这就回去了……"

"里子姑娘多待一会儿有什么关系！这个地方很安静，可是大街上还热闹得很呢！虽然近来我很少出门，可是我偶尔出一次门都是晚上一两点才回来。"

老板娘好像为了让里子的心情放松下来，脸上露出了爽朗的笑容。她像忽然想起来似的说道：

"不好意思，两位也知道我这里缺人手，这厢我就回去休息了，您回去的时候请从游廊的侧门出去。踩着踏脚石过去就能看到一扇柴扉，出了栅栏门就是通往河滩的路。"

"谢谢！真不好意思！多谢您了老板娘！"

"那我就先告辞了！"

老板娘再次给椎名行礼，关上拉门出去了。

房间里终于只剩下两个人了，里子轻轻地舒了一口气。椎名喝了一杯茶，转脸看着老板娘刚才离开的拉门那边说道：

"真是个好老板好女人啊！"

老板娘察觉了两人的心情，很爽快地把两人迎了进来，里子很明白老板娘的一番好意，很随意地跟两人说话，然后很识趣地马上离开了，并且在离开的时候若无其事地把栅栏门都告诉了自己。这样的事情若非在花街长大深谙世态人情晓得事体的人，是绝对做不到的。

"今天光拉着您到处跑了！"

"不客气……"

比起疲劳，里子这会儿最难受的是目前尴尬的局面，孤男寡女待在一个铺好床铺的房间里，让她感到不知所措。

"洗澡间在哪里？"

"不就在您眼前那里吗！您要洗澡吗？"

"不，这会儿还不用。"

椎名又喝了一口茶，站到了窗边。

"好静啊！真是个安静的地方！"

"……"

"树叶儿在动！"

被椎名的这句话所吸引，里子也站到了椎名的身旁。

好像有点儿起风了，窗户下面马醉木的叶子在轻轻摇动。

"石灯笼竟然在那里！"

刚才从游廊里看的，是正面的石灯笼，这会儿却在右边灌木丛的前面投下一小片光亮。

"这前面就是河吧？"

听椎名这么说，里子凝目细看，但昏暗的庭院前方是无边的黑暗，看上去只是一团漆黑。

"真难想象，这下面就在刚才还因为鱼鹰表演而热闹非常！"

里子点点头，她觉得浑身紧张，精神敏锐如针尖儿，就连一张小纸片落到地上的声音都逃不过她的耳朵。

忽然觉得有什么东西在动！里子的身体不由自主地僵硬起来，椎名的胳膊慢慢地绕到了她的背后。里子觉得就像被一张从天而降的广大而柔软的布温柔地包住了。

在里子的视野里，石灯笼的亮光越来越微弱，与此同时，椎名的脸就像一张剪影越靠越近，轻柔地盖住了她的嘴唇。

里子瞬间觉得自己仰着脸被夺走的嘴唇好像映在了深夜的玻璃天幕上，她想往后撤，但是肩膀和后背已经被椎名牢牢地抱住了。

里子就那样闭上了眼睛，她只希望此刻时间能停住，在无边的夜色里，微风、树叶和河流都能停住。

不多会儿，里子感到了一种不安，她觉得椎名好像在凝视自己的脸，于是轻轻摇了摇头。

　　随着兴奋的加剧，此刻的她面带绯红，额头也汗津津的。里子担心这样的表情被椎名看到了。但是，接下来的一瞬间，椎名静静地离开了她的嘴唇，撩开她的秀发，在她的耳边对她喃喃细语：

　　"我喜欢你！"

　　里子听他的声音就像从远山吹来的风。

　　"我不会放你走的……"

　　耳边再次听到了男人的喘息声，里子觉得自己的身体轻轻地飘了起来。

　　里子脚尖着地，挺直上半身，被一个劲儿地往前拽，就那样两个人像纠缠在一起一样倒在了床铺上。

　　自己来这里绝不是为了这个！里子心想必须快点儿爬起来，可椎名热烈索吻的嘴唇夺去了里子想爬起来的气力。

　　"放过我吧……"

　　里子抗拒着自己熊熊燃烧的身体哀求道。

　　但是，开弓没有回头箭，椎名好像根本没有想回头的意思，他把过去的温文尔雅和温柔善良都粗暴地扔到了一边，胳膊更加用力，把里子紧紧抱住。

　　"有人来了……"

　　里子每次摇头，每次扭动上半身，秀发都越来越散开，腰间的带子也越来越松。这幅情景要是被老板娘看见，自己真是跳进黄河也洗不清了，即便慌里慌张站起来也没法解释。

　　"不……"

　　里子再次使出全身的力气要爬起来，但她越反抗胸襟就越敞开，下摆就越紊乱，自己只会感觉越羞耻。

"您饶了我吧！"

里子最后身体蜷缩成一团苦苦哀求，她的身体缩得不能再缩了。

椎名瞬间松开了，紧接着再次抱紧里子，呼着热气在里子耳边说道：

"我想要你……"

那低沉而执着的声音和耳朵被他的嘴唇轻吻的那种难以言表的惬意舒服，让里子的身体彻底松弛了下来，她渐渐失去了反抗的心情。

远处传来了雨后的溪流顺着山路奔流而下的潺潺水声，抑或是雨水顺着雨水管往下流的声音。里子闭着眼睛，侧耳倾听那潺潺的水声。

但是，现在既不是雨停了，也不是河水在枕边流淌，里子此刻正在被窝里，赤裸着全身依偎在椎名的怀里。

莫非，那潺潺的水声是溪流在里子的身体里流淌的声音……

现在的里子就像雨后的山路，焕发了勃勃生机，雨前的阴郁时难以想象出来的一种安适和恬静，溢满了里子的身体。

依偎在一起的椎名上半身略微一动，他那令人很有安全感的厚实的肩膀靠了过来，再次把里子那娇小玲珑的身体拥进了怀里。

这次的亲吻已经没有刚才的那种粗野了，取而代之的是一种柔情和潜藏在里面的些许自信。

里子已经不再反抗挣扎，她反而情不自禁地主动送上香唇，回应椎名的索吻。这动作很像母鸟给雏鸟嘴对嘴喂食，里子忽然觉得好可笑。

"怎么了？"

"没什么……"

里子微微一笑，椎名的手顺着她的身体往下滑去。

"滑溜溜的，好可爱的屁股！"

一种羞耻心忽然在里子的内心深处复活了。

开始的时候自己挣扎反抗，但到了最后却是自己主动解下了带子。虽说只有枕边纸罩座灯的微弱的光亮，自己脱下了和服，身上只剩下贴身的衬衫钻进了被窝。

那时候，要想反抗到底的话也能反抗到底，要想逃出去的话也能逃出去，要想喊人的话也能喊人。

但是，从中途起，里子彻底失去了反抗的心情。

她虽然觉得那样做不行，但同时又渴望就这样被夺去身子。里子的内心深处有两个女人，两个女人在争斗，最后是贞洁的女人输了，淫荡的女人赢了。

自己的内心深处还有这样一个自己吗……

现在，里子觉得自己很不可思议。难道自己内心有一团火焰让自己如此大胆地投进男人的怀抱，还让自己熊熊燃烧起来？原以为早已熄灭的火焰熊熊燃烧，自己好像变成了另外一个女人。

"我喜欢你！"

椎名在里子的头顶上方再次喃喃细语，轻轻地吻了一下她的额头。里子享受着他的轻吻，幸福地闭上了眼睛。

溪流依然在里子的身体里流淌，那潺潺水声清脆悦耳犹如珠玑在玉盘上滚动。

瞬间，冲天而起熊熊燃烧的火焰渐渐熄灭，现在她浑身溢满了潺潺流水般的清爽。

"我也喜欢你！"

里子的眼睛突然溢满了泪水。也不知为什么，泪水一旦流出来就控制不住了，大颗大颗的泪珠顺着她的脸颊滚了下来。

"你怎么了？"

椎名问她，可里子自己也不知道为什么。只是忍不住掉泪。

"不要哭嘛！"

椎名再次紧紧拥抱里子。里子依偎在他那宽大厚实的胸膛上，不由地哭出声来。

不知道什么理由，现在只是想哭。

哭了一会儿，眼泪哭干了，里子默默地抬起了脸。

在纸罩座灯昏黄的光亮里，椎名的喉结看上去就像一个暗影。里子看着他的喉结，好像自言自语地说：

"我得回去了！"

"……"

"现在几点了？"

椎名扭着身子看了看表。

"两点多一点儿……"

自己家的昏暗的入口、母亲和菊雄的脸这会儿在里子的脑海里慢慢复活了。

这么晚回去还是第一次。菊雄是不是已经睡了？其实比起菊雄，关键的问题在母亲那里。母亲睡觉很浅很容易惊醒，听到动静，说不定会醒来。

"我回去了！"里子小声说道。

她内心里却在期待男人说"不要回去"，但椎名什么也不说，里子逼着自己爬起来，四下里看了看。

在纸罩座灯的昏黄的光线里，里子看到自己的带子和贴身衬衣随便在地上扔着。

"我要捂上你的眼睛！"

里子用一只手捂住椎名的眼，用另一只手把衬衣拽过来披在了肩上。

　　椎名按照里子的要求一直闭着眼睛。里子确认他确实闭着眼睛之后，把和服和细腰带都捡起来，跑着进了浴室。

　　在浴室明亮的灯光下看自己，头发乱了，妆也掉了，简直就像夜叉一样。但是，眼神很柔和，满面春色，很有光彩。

　　"成了这个样子，我可怎么办？"

　　里子问镜子里的自己，可镜中人也是愁眉不展什么都不回答。

　　里子换了一下心情，摘下发卡，把头发重新盘了起来。

　　不管再怎么急，盘头发、穿和服至少需要三十分钟。即便这样，发髻也不能恢复原样。出门的时候虽然没看见母亲，可她如果看见这乱蓬蓬的发髻，一眼就能看出来这是在什么地方弄乱的。

　　一不做二不休，在这一个意义上，干脆回去晚点儿说不定更好！

　　里子如此自我安慰，重新盘好了发髻，穿好了和服，回到房间一看，椎名已经穿好衣服坐在那里了。

　　"本应该我来整理的！"

　　看到自己疯狂后乱糟糟的床铺已经被整理好了，里子很是慌乱无措，椎名掐灭烟头对里子说道：

　　"我送你出去吧！到桥那边应该就有车了吧？"

　　"我一个人就行！"

　　"那怎么能行！走吧！"

　　里子再次恋恋不舍地环顾了一下房间，拿起了包。

　　"记得老板娘说过往这边走有一道栅栏门……"

　　从游廊的侧门到了外面，忽然发现浓浓的夜色从四面八方直压过来，天上没有月亮也没有星星，黑暗中只有白色的踏脚石泛着点点白光。

"大家好像都已经睡了啊！"

堂屋那边虽然有灯光，但不像有人起来的样子。沿着踏脚石往前走五十米左右往右拐，再顺着有路灯的甬道往前走，就到了那道栅栏门。随着低沉的吱吱嘎嘎的响声，柴门开了。

"明天……"

到了山路上，椎名问道。

"我给你打电话！"

"还能再见面是吗？"

"是的……"

现在里子没法说得再清楚了。

"今天的事情我忘不了！"

"我也是……"

嗅着夜里树木散发出来的芬芳气息，里子很坚决地点了点头。

里子在离家几步远的地方下了车，一路小跑向着通往后门的栅门跑去。

这一带周围被高台寺和灵山观音等寺庙大院环绕，静得连个人影也看不到，唯有印着茑乃家家徽的红灯笼在夜风里摇曳。

从岚山的旅馆出来的时候将近三点了，这一会儿或许已经是三点半了。离天亮还有一段时间，在没有月亮的天幕下，只有盖着被子横卧在那里的东山浮现出黑黑的轮廓。

里子四下看了一眼，轻轻地推开了栅门。

深夜的院子静悄悄，鸦雀无声，树丛前方，熄灯之后的茑乃家的本馆看上去就像朝着夜空展开了翅膀的一只大鸟。

里子弯着腰，穿过低矮的松树丛到了堂屋前面。

出门的时候悄悄地把入口的钥匙塞进了手提包里，可里子发现入口根本就没上锁。

里子往上提着拉门轻轻地拉，这会儿要是被母亲发现了就全完了。

小心翼翼地总算拉开了五十厘米，里子侧着身子从五十厘米宽的缝里闪了进去，然后慢慢地把拉门关上了。

玄关的灯亮着，下面摆着母亲、菊雄和领班阿元的鞋子。

里子在一溜鞋子的头上脱下了草屐，蹑手蹑脚地上了楼梯。

二楼是里子夫妻专用的，上了楼梯，左边是起居间，里面是八张榻榻米大小的和式房间和卧室。

起居室的灯平常都是关了以后才去睡觉的，但今天灯没关。

或许菊雄已经睡下了，卧室那边一点儿动静也没有。

里子径直走进了里面的和式房间，解下了带子。把和服和贴身衬衣挂在衣架上，把带子叠起来，换上浴衣，里子觉得今天这一天终于结束了。

要是平时的话，里子这会儿应该先洗澡再上床睡觉，但她今晚却不想洗澡。

好不容易被心爱的人抱在了怀里，里子不想抹去和男人云雨欢爱的那种痕迹和余韵。她想把这种余香留在身上去睡觉。

回到起居室的时候是四点了。

悄悄瞅了一眼卧室，发现菊雄正盖着毛巾被躺在双人床的正中间，右腿从毛巾被里伸了出来。在枕边的床头灯的灯光下，菊雄正微微张着嘴呼呼大睡，那是一种高枕无忧、什么烦恼都没有的睡相。看清楚了卧室里的情形，里子又回到了起居室，在沙发上坐了下来。

现在这个样子，里子根本没有心情睡在丈夫的身旁。那是对椎名的背叛，也是对自己的冒渎。

现在的里子不愿看见菊雄的脸，也不愿意被他碰一下。即使不被他触到身体，单想象一下和他睡一张床，就有一种毛骨悚然的感觉。

里子从和式房间的壁橱里拿出毛巾被，关了灯，用沙发靠垫当枕头躺下了。

"晚安！"

黑暗中，她自言自语地小声对椎名说。

"晚安……"

椎名的低低的声音回响在她的耳畔。

突然，他的嘴唇轻吻自己的耳朵的那种感触又被唤醒了，里子觉得浑身开始发烫。

"亲爱的……"

里子小声说着在椎名面前没能说出来的话，为了让欲火焚身躁动不安的自己平静下来，她双手按住了自己的两只越来越坚挺的乳房。

第二天从早晨就开始下雨。明明才八月末，可那雨就像秋雨一样冷飕飕的。

里子恍恍惚惚的，天快亮的时候才稍微睡着了，但也就睡了一个小时左右，七点的时候就醒了。

身体里还留着昨夜的余韵。里子在沙发上躺着，还在追寻品味那种美妙的感受，这时候菊雄起来了。

"怎么回事？怎么在这里躺着？"

"昨天晚上好像没睡好，一直在看书。"

"可是，你回来的时候一定很晚了吧？我一直等你到一点钟，后来就困得不行了。千鹤来了个电话，说你陪着客人东一家西一家地喝到很晚！"

里子正要爬起来，菊雄打了个手势不让她起来。

"你那么累还忙着起来！你到那边床上去睡吧！"

"都七点了，我还是起来吧！"

"你那么硬撑可是对身体不好啊！"

妻子三更半夜才回家，回来也不到丈夫床上去，他难道不觉得这件事情可疑吗？作为一个丈夫，难道不应该训斥晚归的妻子，盘问为什么三更半夜才回家吗？

男人应该有那种志气，可他对妻子的解释一点儿也不怀疑，妻子说什么他就信什么，竟然还让妻子好好休息！

心地善良是件好事，但看到他那幅老实巴交的样子，里子感到的已经不是什么可怜而是一种愤怒了。

里子像斗气一样爬了起来，去了和式房间，坐在梳妆台前整理妆容。

可能是睡眠不足的缘故吧！里子觉得有点儿轻微的头晕目眩，脸色也不太好。她听到母亲已经在楼下和走街串巷卖东西的女人说话了。

从窗户里伸出头去一看，雨还在下，位于低处的京都的街巷笼罩在蒙蒙烟雨中。

那个人已经起来了吗……

里子的心思自然而然地飞向了椎名身边。

他还在睡觉？还是和自己一样从那个宽敞的房间里凝望雨中的庭院？

里子那样想着，非常想见椎名。如果可能的话，现在马上就想飞奔过去。即便不能去，哪怕只听听电话里的声音也好。但是，对着话筒，自己第一句话说什么才好呢？

说"早上好！"还是"昨天晚上……"？

想着想着，里子忽然觉得有些羞耻。

昨天夜里，开始的时候只是跟着他去了房间而已，最后竟然接纳了他。她想把心中的火焰压下去，可是根本压不住的火焰熊熊燃烧起来，记得最后自己甚至小声叫了出来。

莫非他一边抱着自己一边看到了那一切？莫非他觉得自己是个淫荡的女人？

希望他不要那么认为……

里子闭着眼睛默默祷告。

但是，里子对卯月的老板娘更是感到羞耻。

昨天晚上，竟然做出了那种伤风败俗的事情，最后还是从老板娘告诉的后面的栅栏门出来的，也不知道老板娘是否察觉了。

一个老字号料亭的小老板娘，半夜三更进了一个陌生男人的房间……

要是在背后被人指指点点说那种闲话的话，里子就没法在京都待下去了。不光如此，说不定在自家料亭也没脸到宴会上去陪客人了。

里子觉得卯月的老板娘不至于把那件事情说出去，可是自己做了一件多么大胆的事情呀……

大脑清醒过来回头再看，里子对自己当时的鲁莽和不计后果非常震惊，这会儿惊讶得连话都说不出来了，可那时候并没觉得自己在做什么大胆不羁的事情。自己当时虽然觉得这样做太厚颜无耻了，可当时自己安慰自己说这是没办法的事情。

不管怎么说，自己昨夜竟然能变得那么大胆，莫非是昨夜做了什么梦？抑或是因为像个梦游症患者一样心醉神迷，所以才变得那么强大无畏？

但是，那个梦境到了天亮好像也没有消失。过了一夜之后，想见那个人的心情别说平静下来，反而像一团火越烧越旺了。

"好了！你再睡一会儿吧！"

菊雄隔着隔扇又在那里嘱咐。

里子就像反抗他的话一样，穿上和服拉开纸拉门走了进来。

"我给你揉揉肩吧！"

"不用，我身体好得很！"

好像要把走近前来的菊雄赶走，里子手脚麻利地把带子系紧了。

"我看你脸色有点儿不好啊！"

"那个先别说，昨天晚上家里没有什么事儿吗？"

"对了！金善的掌柜来了，说是一直在找你！"

"金善"是五条大街上的绸缎庄，是多年的老主顾了。

"还有。内山说是要辞职，问他为什么要辞职，他只说是快上年纪了，就是不肯明说什么原因！"

内山秋子已经在茑乃家做了五年服务员了，说是上年纪了其实也就四十五六岁，看身体也没什么大毛病。

回头得仔细问问她怎么回事儿，但现在实在是没那个心情。

"今天要去什么地方吗？"

"中午想去趟木屋町。"

他可能又是和那帮学小曲的朋友见面喝茶吧！他爱和谁见面和谁见面，里子根本不感兴趣。说实话，丈夫不在家反而更好。

"这雨看样子不会停啊！"

里子敷衍地点点头，她脑子里这会儿想的全是椎名的事情。

快八点了，他或许已经起来了。他说过今天傍晚之前回去就行，至于白天的安排，说好是由里子给他打电话商量决定。

"后厨那边的东西采购没问题吧？"

"这会儿在下雨，过会儿再说吧！"

菊雄迟迟没有要出门的样子，里子断了念头，收拾完房间就下楼去了。

里子在水泥地上随便趿拉上一双木屐正要到外面去，忽然看见母亲打着伞回来了，可能是已经绕着院子走了一圈儿了吧。

"早上好！"

里子慌忙低头给母亲行礼，阿常却站在那里不动，目不转睛地看着里子说道：

"早上好！看你一脸憔悴……"

"不好意思！昨天晚上有点儿太晚了。"

"客人虽然也很重要，可什么事情都得有个分寸，事事都要适可而止才行啊！你昨天夜里几点回来的？"

"大家兴致都很高，就是不放我回来，我想回来的时候应该两点左右了吧！"

"昨天夜里莫名地憋闷难受，翻来覆去就是睡不着！"

"我到后厨那边去看看！"

里子像逃跑似的从呆呆站着的母亲身旁钻了过去。

这场雨让大地久旱逢甘霖，吸满了雨水的院子焕发出勃勃生机。本馆那边时间还早，只有后厨的一角有人影晃动。

里子从那前面目不斜视走过去，进了门窗紧闭的昏暗账房，终于喘了一口气。

虽然没有被明言训斥，可里子一眼就看出来母亲很不高兴。母亲最后说的那句"睡不着觉"，或许是暗示自己昨天半夜回来的时候，她还没有睡。

这样的话，今天白天或许就不能出去了。

外面的光线透过门窗缝隙构成一道道明亮的横条纹，里子站在账房里发了一会儿呆，然后拿起了桌子上的电话。

从这里往外面打电话的话，就不用担心被别人听到。

里子拨通了记在纸片上的卯月的电话号码，立即有一个年轻的女性接起了电话。

"一大早打扰很不好意思，能不能麻烦给我叫一下住在那里的椎名先生？"

要是老板娘的话自当表示感谢，可对方是别的女性，所以里子就那样沉默不语等着。

"请您稍候！"

过了片刻，椎名接起了电话。

"是我！"

里子的口气很有些迫不及待，椎名有些吃惊地小声"噢"了一声。

"你昨天晚上没事儿吧？"

"嗯……昨天晚上您休息得好吗？"

"睡倒是睡了，就是一直迷迷糊糊的。"

"我也是……现在在下雨是吗？"

"是的，你那边呢？"

"这边也在下。您好不容易来趟京都……"

"不过，雨中岚山也很静谧很有情趣啊！今天能见面是吗？"

里子正要点头答应，忽然把说了一半的话又吞了回去。现在答应了，可自己真的能出去吗？如果去不了的话，又该怎么向他解释呢？

"您已经吃早饭了吗？"

"还没有，这会儿去吃。"

"那么十一点……"

能不能去先不管它，现在不约好的话就见不着面了。

"见面的地点选哪里比较好呢？我哪里都能去！"

"帝都酒店您知道吧！我们就在酒店大堂见面吧！"

"明白！十一点是吧？"

里子一边点头一边在心里叨念，不管今天下雨还是下刀子，自己一定要出去！

都过了九点了，可雨还在下。

准备好早饭，里子心不在焉地打扫着房间，脑子里想的全是出去的事情。

如果十一点在帝都酒店和椎名见面，那么十点半就得出门。

但是，迄今为止，还没怎么有过这么早就出门的情况。

上午一般忙于打扫卫生、做饭和洗衣服这些家务杂事，醒过神来发现已经是中午了，然后就是准备晚上客人的宴席，和服务员及领班开碰头会，听听她们的愿望和不满，接下来去美容院，不知不觉间就到晚上了。

虽说是白天，悠闲的时间几乎没有。

里子很羡慕去了东京无拘无束自由自在的赖子和槙子。为什么偏偏是自己要留在老家里，天天忙得不可开交呢？每每想到这些，里子就气不打一处来。

但是，事到如今，说那些又有什么用呢？

当务之急是找个出去的借口，应该拿什么当做出去的理由呢……

当然平时也是这个样，菊雄这边想办法总能蒙骗过去，关键问题是母亲。自己昨天晚上半夜三更才回家，母亲今天显然很不高兴。

怎么才能逃过母亲的眼睛呢？

最简单的办法就是说去美容院，可是现在去美容院有点儿太早了，而且时间也不够用的。说是去了美容院，连头发都没做好的话，谎言马上就露馅了。

里子也想到了拿去亲戚家或朋友家做幌子，可是既然说去就得有去的理由，母亲若是打电话到亲戚家或朋友家确认的话，一下子就全都露馅了。还有一个办法就是说去看和服展示会，但那样说的话，母亲有可能会说她也要去。

"怎么办呢？"

里子站在窗边小声自言自语。反正是要见面，里子就想来个利索的，先去美容院做头发，和服也花上足够的时间，让人帮着仔仔细细穿好了再出去。

正在犹豫不决的时候，时针就过了十点了。

"啊……"

里子不由地发出了一个近乎尖叫的声音，菊雄听到她喊，连忙走了过来。

"什么？你喊我了吗？"

"我……我现在要出去一下。"

"去哪儿？"

"去美浓吉先生店里，我想也到了看秋天器皿的时候了。"

"你要说料理器皿的话，家里不是还有很多吗？"

"你说的倒也是，不过，店里的那些器皿款式都过时了，而且大部分都有缺口了不是吗？前些日子我从美浓吉店前走过的时候被社长叫住了，说是已经备齐了最新款式的货，让我务必过去看看新货，他说过这话以后我一直还没去呢！"

"可是，无论如何也用不着这么个大雨天出门啊！下次再去不就完了嘛！"

"你说得倒轻巧！下次什么时候能去还不知道呢！另外，不是还需要买些送给客人的东西吗？"

"那好吧！我中午正好要去木屋町，我俩一起出门吧！"

"我想早去早回，昨晚没干活儿，今天要使劲儿干！"

"你可真是不辞辛苦……"

菊雄点点头，脸上是愕然的表情。

虽说刚才的这番谎话幼稚又可笑，但因为轻松地骗过了丈夫，里子的心里忽然涌出了勇气。

就这样出发吧……

至于穿什么衣服去，刚才给椎名打电话的时候就已经决定好了。

因为已经没有时间去美容院了，里子干脆把头发束在后面，穿了一件蓝底碎白点花纹的和服，宽松地系了一条白纱的带子。

穿好衣服的时候，已经是十点过十分了。

"好了！我这就走了！"

"什么时候回来？"

"中午前后吧！"

回答完正在看电视的菊雄，里子头也没回就走出了房间。

第一道关口总算过了，可楼下还有一道关口等着自己。

怎么才能把母亲蒙混过去呢？母亲直觉很灵敏，或许不能用哄骗菊雄的那一套来对付母亲。

里子拿着一件薄纱雨衣，横着身子悄悄地一阶一阶地下楼梯，终于下完了楼梯，为了不出动静，小心翼翼地从鞋柜里拿出一双灰绿色的木屐，然后拿起了一把蛇眼伞（伞面为红色或蓝色，中间有一个白环，撑开后呈蛇眼状）。

母亲应该在一楼里面的八叠间里，看样子没有觉察到什么动静。里子调整好呼吸，悄无声息地拉开门，侧着身子一出去就迅速把门关上了。

出了门，马上把雨伞撑开，一路小跑穿过了院子。

出了通往后门的栅门，里子终于站住了。

到了这里应该就没问题了……

里子总觉得自己好像是从牢狱里逃了出来，举目四望，清晨的山麓还静悄悄的，一个人影也没有。

雨势虽然小了可一直在下，雨水顺着石板坡道的两侧哗哗地往下流。平时的话会提前叫辆车，可里子担心被母亲知道，所以没敢叫车。

里子下了坡，走到通往円山公园的大路上时，叫住了一辆空车。

"请去帝都酒店！"

看样子，勉强还能赶上约定的时间。

昨天夜里悄悄地从栅门进去，刚才又悄悄地从栅门出来了。这样的话，自己简直就成了一只贼猫。

不管怎么说，在菊雄面前那谎撒得还是蛮顺溜的。"美浓吉"的社长确实说过秋季的器皿都备齐了让自己去看，但没想到自己情急之下脱口就说了出来。

或许应该叫穷极生智吧！撒谎的时候面不改色心不跳，自己都被自己的高明惊呆了。

这样下去的话，自己就慢慢变成了一个撒谎的人。

"这一切都怪你啊！"

里子惊讶于一天比一天坏的自己，很想对椎名说句埋怨的话。

到了约定的酒店的时候刚刚过了十一点。

里子下了出租车，顺着正面大堂的台阶上去，已经到了的椎名站起身来向她招手。

里子轻轻低头行礼，手里拿着雨衣就跑了过去。

"来晚了，很抱歉！"

"早上好！"

两个人就那样四目相对，椎名满面笑容地对里子点点头。

"那么请坐！"

两人再次相向而坐，昨夜的羞怯又被唤醒了。

但是，椎名好像什么都忘了似的说道：

"你喝点儿什么？"

"我来杯咖啡吧……"

就在刚才，还一直想着对椎名说句怨言，这会儿却满面笑容地回应对方。

"吃早饭了吗？"

"还没吃，不过肚子不饿！"

里子就想这样一动不动地待上一会儿，喜欢的人就在眼前，她想切切实实地品味一下那种实感。

不一会儿，女服务员就把咖啡端来了，放在里子的面前转身就走开了。

"那家旅馆我特别喜欢！临走的时候老板娘出来了，我对她表示谢意，她说欢迎下次来的时候再住她家的旅馆！"

"老板娘要是那么说的话，她一定是很中意您了！"

"旅馆当然很好，那位老板娘给人的感觉确实不错！"

"昨天夜里的事情她说什么了吗？"

"她不是说那种话的人吧？"

里子点点头，忽然想起来还没有对老板娘表示感谢，心里有些放不下。

"今天到几点有时间？"

"椎名先生呢？"

"看你的情况，我们去个什么地方吧！"

椎名这么说，里子反而心里很难受。见她默不作声，椎名看着窗外说道：

"雨中的京都也很美啊！"

里子忽然想和椎名一起去美浓吉店里看看。

既然那么对菊雄说了，不去也不好，而且，在下雨的日子里和心爱的人一起去看看陶器或许也不错。

"您喜欢陶瓷器吗？"

"具体的知识不太懂，去看看陶器也不错啊！"

"那好！您能和我一起去吗？"

里子说出了美浓吉的名字，椎名马上表示赞同。

定下了去的地方，两个人站起身来，走到酒店前面打了一辆车。

在河原町三条大街下了车，里子撑开了紫色的蛇眼伞，路上的行人纷纷回头看。

为了不让人看到脸，里子把伞撑得很低，这对雨天幽会的两人来说，反而是件好事。

到了美浓吉，社长不在，是一个叫野村的专务把两人领进了店里。

"这位是从东京来的先生！"

里子简单地把椎名介绍给专务，然后在店里转着看。

社长说起的秋季的器皿在二楼上，都是白瓷上面绘着秋草和月亮的图案。透明的质地配上鲜艳的色调倒也赏心悦目，只是上面的图案有点儿差强人意。

或许是因为里子昨天在吉兆看过那些水晶器皿的缘故吧！比起这些陶瓷器，她更心仪那些水晶器皿。

"这个怎么样？"

里子拿起一个捷克制的高脚杯问椎名，杯子的下半部分被绞成了百褶裙的褶子的样子。椎名看着那个杯子点点头说道：

"日本人虽然喜欢石头或木头那些天然材料，可我有时候觉得，那些东西表情有点太丰富了反而有些沉闷。在这一点上，水晶玻璃虽然冷冰冰的没有表情，但那种冰冷和沉默寡言反而愈发让人觉得清爽舒服。"

说得有道理！里子点头称是，心想原来他也有这种看法啊！但她忽然来了心情想捉弄一下对方。

"按照您刚才的说法，椎名先生就是水晶玻璃喽！"

"为什么那么说？我有那么冰冷吗？"

听椎名那么一本正经地问，里子却很难回答。她总觉得椎名身上有一种冰冷而清醒的地方，无论多么靠近他都难以捕捉。那或许是存在于椎名内心深处的一种孤独的阴翳，这种阴翳和善良怜恤等感情毫无关系。

"我也说不清楚。"

里子虽然说不清楚，还是决定买下那个玻璃杯子。

"我认为这个玻璃杯子就是椎名先生！"

椎名笑了笑，里子却是认真的。

从美浓吉出来的时候已经十二点半了。雨终于停了，缭绕的烟霭渐渐散开，已经到了东山的半山腰。

里子想起菊雄说过，中午要去木屋町，虽然和这里隔得很远，但说不定会在中途碰上。

"走一会儿吧！"

椎名说完，朝着河原町大路走去。

里子这会儿该回去了，十点多一点儿从家里出来，已经过了两个小时了。

菊雄先不用管他，瞒着母亲出来这事儿还是让里子放心不下。

"一起吃个饭吧！"

里子还是没有食欲，可她又不愿意和椎名分别。

"我还是只知道酒店这样的地方！"

椎名走进了面向河原町的一家酒店，在二楼餐厅点了法式黄油烤舌头鱼和色拉，里子也跟着他点了同样的东西。椎名让服务生拿来了葡萄酒，端起酒杯和里子碰杯。

"这次京都之行很愉快！这次的事情我永远忘不了。"

"我也是！"里子小声说道。

酒杯相碰发出了轻而脆的响声。

里子喝了一口闭上了眼睛。

如果这里只有两个人的话，说不定自己主动投到椎名怀里去了。和昨天夜里一样，她想接受他雨点般的热吻，想让他紧紧拥抱自己。

"你今后不来东京吗？"

"我去不了！"

也不知什么缘故，里子回答得很干脆。与其说那是说给椎名听，莫如说是对身不由己的自己的一种焦躁。

就那样，两人几乎什么都没说，默默地继续吃饭。

在这种令人窒息的沉默中，里子知道和椎名分别的时刻正分分秒秒地逼近。

吃完这顿饭就得分别了。

昨夜的事情就让它在昨夜结束好了！里子不想继续纠缠给喜欢的人增添负担。她想不拖泥带水干净利落地和他分别，就像水晶玻璃一样冰冷而无表情。

等最后的咖啡端上来的时候，里子说道：

"我送您到车站！"

走到外面，里子自己招手叫住了一辆出租车。

"麻烦去京都站的八条口！"

里子故意表现得格外心情爽朗，可椎名一言不发地看着窗外。

到了七条的时候，他冷不丁地小声说道："我会再来！"

"……"

"我来见你可以是吗？"

里子点点头，表情变得很僵硬。

这个人或许觉得忽然不说话的女人很不可思议，但是，此刻从他嘴里听到如此柔情的话，里子已经无限地接近崩溃了。她根本不能控制住自己，只是强装不高兴守住自己而已。

出租车很快就到了八条口。

"谢谢你！你不用下来了！"

椎名说完，自己先下了车。

"那么，你多保重……"

听椎名隔着车窗给她道别，里子点点头，马上对司机说道：

"请去高台寺！"

出租车开动了，椎名站在那里的身影掠过视野的一角消失了。

出租车穿过站前的停车场往左拐。到了这里里子慌忙回头看，但是已经看不到椎名的身影了。

秋草篇

从九月到十月来了三场台风，关东一带直接进入台风圈是十月末的第三场。

那天，从早晨起就是风雨交加，临近中午的时候风更大了，树枝折断了，广告牌飞上了天，到了下午两点左右的时候，外面几乎连人影都没有了。

疾风骤雨吹打着赖子七楼公寓的阳台，水滴就像瀑布一样顺着窗玻璃往下流。

平时透过窗户可以俯瞰从六本木到赤坂一带，但现在被骤雨遮住了视线，只有附近大楼的轮廓隐隐约约地浮现在雨幕中。白天车水马龙没有瞬间停歇的大都会，现在却在暴风骤雨中屏住了呼吸。

赖子独自一人一边看着阳台上飞溅的水沫，一边喝着咖啡。

快三点了。今天酒吧应该怎么办呢？赖子正在犹豫不决的时候，领班庄司来电话了。

"天气预报上说的那场台风还真来了！窗玻璃都快被刮裂了！"

庄司好像在一边打电话一边看着窗户。

"刚才在电视上看的，说台风大约在三点到六点之前就过去了！"

"那么说，七点左右雨就停了是吗？"

"台风中心五十公里以内，都是风速三十米以上的暴风圈，即使台风过去了，也不会马上放晴的！不过，东京好像稍微偏离了一点儿台风中心。”

对于酒吧这种娱乐服务业，一般来说，从傍晚开始下的雨是最影响生意的。下班了，人们正要出公司的时候，要是下起雨来，大家去喝酒的兴致就被这突如其来的雨一扫而光了。

据说周刊和杂志也是这样，发行日要是赶上雨天，销量就会一落千丈。人们会想，我一手拿伞一手拿杂志，简直太不容易了！周刊杂志雨天销量不好，或许出于这种物理上的理由。

今天这场雨从早上就开始下，昨天晚上就有预报说，今天台风有可能登陆。

“今天可能够呛啊！”

没有客人会在台风的节骨眼儿上满不在乎地到酒吧里来喝酒，还有，那些陪酒女郎顶风冒雨来上班也很遭罪。

“大家都去公司上班了吗？”

“那当然要去上班了！早上好像连小学生都去上学了！”

就一直这样下，还没什么问题，就怕刚过六点，忽然就放晴了，那是最让人头痛的。

台风一过，神清气爽，或许会有客人出来喝一杯。那个时候客人来酒吧一看，竟然关着门，保不准他会挖苦说：“什么呀！这家酒吧就这点儿台风就休息啊！”

“不至于电车汽车都开不动吧？”

“好像总武线的和小田急线因为横吹的大风停止运行了！”

“天啊！其他的线路会不会也停运？”

“我也那么想，但是说不定偏偏这样的天气才有客人来呢！”

电车一旦停运，很多人为了避开私家车和其他交通工具的下班高峰而提前回家，但也有很多人干脆放弃挤那个热闹，打算在外面玩儿够了再回家。罢工的日子或者前一天，这样的客人会来很多。

"可是，这么大的雨，那些姑娘们不能来吧？"

"即使有来的，也是住得最近的那几个姑娘吧！"

赖子又看了一眼窗户，阳台依然在经受激烈的风吹雨打，大风呼号着吹过去，那尖厉的声音就像笛声。

"这样吧！让那些能来的姑娘七点左右来吧！你能来吗？"

"当然了，雨小点儿我就出门！"

"我也尽量早出门，可是汽车都动不了啊！反正在此之前我在家里等着，你再来电话吧！"

"明白！按照您说的，我先和能来的姑娘们联系好！"

风停雨歇是两个小时以后的事情了。

原以为狂风暴雨会一直持续到夜里呢！没想到突然就放晴了，让人感觉不过瘾。赖子瞬间还以为这是台风眼，可是看到西方的天空出现了晚霞，她才明白台风已经过去了。

正当赖子感觉有几分扫兴的时候，庄司来电话说，天晴了，他要出门了。

听他说，陪酒的姑娘好像能来一半儿，估计也就五六个人。

"行！差不多就行！"

虽说到了傍晚突然放晴了，但谁知道能来几个客人？赖子本打算今天闭门歇业来着。

但是，八点的时候到酒吧里一看，客人还挺多。

六张台子，除了一张空着之外都坐满了客人，吧台那边也坐着两个客人。

中央线和山手线的输电线因为台风断了，所以电车也不动了。另外，京王线和东横线也都停止运行，回家的乘客蜂拥到地铁站和公交站，那些车站都拥挤不堪。

据说公路的下行线也都因此大堵车，车上的人们都不知道晚上几点才能回到家。所以，来酒吧喝酒的客人中，好像也有放弃早回家的人。

但是，从平时的情况来看，今晚的客人中公款消费的客人好像很少，很多客人是几个朋友相约来喝酒的。看来还是因为大家都知道今天要来台风，那些原定的公款接待几乎都取消或延期了。

赖子刚坐下就有先到的客人夸奖她说："今天刮台风，老板娘还来，真了不起！"

"刚才还在想，要是这里也不开的话，该怎么办！"

看样子，因为下午的暴风雨，很多酒吧老早就决定关门歇业了。

因为这些人都是在公司里有相当地位的人，大多都是开车回家，但好多人觉得十点之前会堵车，所以干脆就放弃早回家了。

正因为大多是私人消费的客人，所以彼此都很熟悉，心情也很放松。但陪酒的姑娘还是人手不够。领班到了傍晚才连忙召集陪酒的姑娘来酒吧上班，最后来的只有五个人，也就是平时的一半儿。也有男客人在那里牢骚满腹。

"本以为这样的天气没人来，我今天捡个大便宜，会大受姑娘们欢迎呢！"

秋山打来电话是那天晚上十点刚过的时候。

"刚才往公寓那边打电话，你不在，没想到你的酒吧今天晚上还开着！"

"不管刮风还是地震，我的酒吧都会营业的！"赖子对着话筒说道。

"我现在在四谷，十一点左右的时候到你店里去吧！"

这段时间，秋山总是很晚才来。一个人晃晃悠悠地出现在酒吧里，然后就邀请赖子跟他一块儿出去。

赖子一般陪着他在六本木或赤坂一带转一两家酒吧就回家，但从秋山的言语态度就能看出来，他很想去酒店。

但秋山既不明说让赖子去酒店，也不凭蛮力死拉硬拽着她去。

"好想找个安静的地方好好休息一下啊！"

他只是半开玩笑地那么说，悄悄观察赖子的反应。

如果赖子装作没听见，他就会叹息着小声说："你真是个古板倔强的女人！"

在这一方面，秋山的身上好像混合着公子哥儿的懦弱和自命清高。

他今天晚上又说，十一点左右酒吧快下班的时候来，估计还是心怀鬼胎，想把赖子带出去吧！

"店里好像客人很多啊！"

秋山说完，像忽然想起来似的说道：

"不会是熊仓去了吧？"

"不是，我已经好久没看见他了！"

"那是因为把上次的那桩生意取消以后，他一直在恨我吧！"

"你真把那个事情取消了？"

"当然了，上次不是答应你了吗？"

一个月之前，赖子听秋山说，已经把买断熊仓货物的约定完全取消了，但熊仓还什么都没有对赖子说。

"自从那个事情作废以后，估计他是没有钱也没有时间到银座来喝酒了吧！其实我也挺内疚的，不想见他！"

"没关系！即使他来了，我也不会让他进店的！"

"你说话还是那么厉害！"

秋山在电话里苦笑。

过了十点，酒吧有些空了。

可能真的因为公款接待一族少的缘故吧！客人们喝点儿酒，稍稍高兴一会儿，差不多就回去了。听楼下的搬运工说，不久之前，中央线和山手线已经恢复运行了，公路的拥堵也都缓解得差不多了。

到了十一点左右，酒吧里只剩下两组客人了。有人提议"自家人干杯"，于是众人举杯碰杯。台风也过去了，彼此都是熟人，客人和陪酒姑娘都悠然自得，男服务生也跟着一起吃喝。

"看样子不会再有客人来了，今天就早点儿关门吧！"

赖子正悄悄地对领班低声耳语的时候，酒吧的门突然被粗暴地推开了。众人满脸惊讶地往门口那边看，一个男的好像是喝醉了，向前弯着身子，摇摇晃晃地走了进来。

"阿熊……"

身旁的姑娘大声尖叫起来，赖子这才知道来人是熊仓。领班见状，马上站起来想扶住他，熊仓甩开领班的手大声嚷嚷：

"老板娘在吗？"

赖子走到他跟前，熊仓把蓬乱的头发拢上去，仰着脸看清是赖子之后，大声喊道：

"喂！我已经完了，已经彻底完蛋了……"

他喊着喊着，就要瘫倒在地，领班慌忙扶着他坐到了旁边的包厢里。

"妈妈桑，我一直好想见你……"

熊仓挥着手，他的头大幅度地前后晃动，身体前仰后合。

赖子还是第一次看到熊仓醉成这个样子。过去他不管喝多少酒，脸都不变色，即使装出一副醉态，也不让人从心里觉得他醉了。可今夜竟是如此一番醉态，头发乱蓬蓬的，眼镜歪斜了，口齿也含混不清了。

"醉成这样，怎么搞的？"

"妈妈桑，能不能再听我最后一个要求？"

男服务生拿来了热毛巾，一个叫美美的姑娘想把毛巾递给他，可是他连看都不看。

"求你再让大协的秋山先生见我一次！如果是妈妈桑求他的话，他会见我的！"

"到底是怎么回事？你突然这么说，我也不知道你说的什么！"

赖子在那里装糊涂，熊仓靠在后面的沙发上说道：

"上次说的那桩生意，忽然就泡汤了！到现在我都不知道到底是为什么！他反正就说不行了。他可能没什么事儿，我可是犯难了！那件事情泡汤了，我也只有上吊了！"

服务生问熊仓想喝什么酒，赖子摇摇头说给他杯冰水就行了。

"我打了好几次电话求他见我，可秋山先生就一句话'不行'，死活就是不见我！到办公室去找他，秘书也都说不在。这一个月我就没合过眼，吃不下也咽不下！"

熊仓的头发确实一下子白了很多，身体好像也瘦了一圈儿。

熊仓想去抓赖子的手，赖子迅速甩开他的手厉声说道：

"请你自重！我这个酒吧有个规矩，醉酒闹事的人是不让进来的！"

熊仓在那里大喊大叫毫不顾及自己的形象，其他的客人都觉得很扫兴。但熊仓还是不管不顾，一味地就想握住赖子的手，发现这都是徒劳的后，他突然在胸前双手合十。

"求求你了！你救救我吧！"

又来那一套！赖子刚扭过脸去，熊仓忽然从沙发上滑下来，跪倒在地磕头如捣蒜。

"我这样求你了！就算救我的命，求你救救我吧！"

"不要那样！那成什么样子！太不成体统了！"

赖子给领班使了个眼色，让他把熊仓扶起来。

"别动！不要拉我……"

熊仓趴在地上大喊大叫，领班和两个服务生搂着他的肩膀，让他站了起来，正想让他坐进包厢的时候，熊仓忽然挥舞着胳膊，张牙舞爪地发起疯来。

"滚一边儿去！我在和妈妈桑说话！放开我！"

一时间，台子上的玻璃杯摔到了地上，地板上一片碎玻璃，陪酒的姑娘们吓得高声尖叫。

"把他拖出去！"

"真的可以吗……"

见赖子点头，领班从后面把熊仓倒剪双手。

"你要干什么！我可是客人！"

熊仓大喊大叫着胡乱挣扎，可他喝醉了加上年老力衰，怎么能挣得过年轻力壮的领班呢？

"放开我！放开我！"

熊仓一边大喊大叫一边被拖往酒吧门口。

"喂！妈妈桑！妈妈桑！"

"……"

"我就在前面的赤坂的酒吧里等着你！你可一定要来！"

熊仓见赖子转过脸去，又心有不甘地说了一声"我等着你"，接着就被推到门外去了。

见熊仓的身影消失在了门外，大家好像醒过神儿来似的接着喝酒。

"还真有那么过分的人！看样子醉得不轻啊！"

"我们快回去吧！不然也被拖出去了！"

"耀先生没问题的！因为总是那么绅士！"

也有客人和陪酒的姑娘们说说笑笑玩儿得很开心。

不一会儿，领班庄司回来了，向赖子报告情况。

"因为他不老实，坐电梯把他带到一楼去了，他在外面摔倒了，不过好像爬起来走了。"

赖子点点头，离开座位去了洗手间。

进门左侧有个水龙头，前面装着一面半人高的镜子。

赖子做梦也没想到，这样的天气熊仓会来。他不光烂醉如泥，赖子感觉他忽然苍老了许多，以前的那种厚脸皮劲儿一点儿也没有了。他原本是个举止很夸张的人，这次他好像是彻底庶了。

赖子对着镜子整理了一下散乱的头发。

头发倒也没怎么散乱，她只是觉得头发好像黏糊糊的，有种不洁感。刚才只是被熊仓的手轻轻触碰了一下，她却觉得熊仓的气息和酒气都从那里跑到自己身上来了。

"天啊！真是讨厌死了……"

赖子又对着镜子小声嘀咕了一声。

赖子就受不了他在客人和姑娘们面前摆出一副令人难堪的样子。他或许想博取同情，但赖子却只感到了一种幻灭。让她更加难以忍受的是，别人或许还以为她和熊仓之间有过什么特殊关系。

实际上确实有过关系，但是现在和他什么关系都没有。

但是说实话，听他说出"救救我"这句话的时候，赖子并没有感到什么负疚感，虽然只是一瞬间，赖子反而有一种终于报了仇的满足感。

但是，看到一个大男人惨兮兮地匍匐于地苦苦哀求的样子，赖子忽然感到了一种落寞。

听领班说，他一出门就摔倒了，刚下过雨的路上湿漉漉的，他的衣服也一定都弄脏了。他就那样凄凄惨惨地离开了深夜的银座。

赖子一想到他那副惨状，自己的心情就由气愤变成怜悯。

"这样对他是不是有点儿太过分了……"

赖子问镜子里的自己。

"我难道是个冷酷的女人？"

荧光灯下泛着苍白光芒的镜子里面，是赖子那张小巧清醒的脸，旁边是一个小花瓶，里面插着一枝蔷薇。

赖子觉得好像在哪里见过一幅如此搭配的画。

不记得那幅画叫什么名字了，是叫《女人与蔷薇》？还是叫《冷淡》？

"真是一个令人厌恶的女人……"

赖子对着镜子又嘟囔了一句，转身出了洗手间。

赖子回到大厅里，发现秋山正坐在头上的那个包厢里。

她瞬间站住了，然后轻轻地给他低头行礼。

"你怎么了？脸上的表情好奇怪！"

"啊？奇怪吗？"

秋山好像不知道刚才熊仓来过了。

"我可以喝一杯吗？"

赖子对秋山的问题避而不答，让服务生拿来了不加水的白兰地。

"老板娘自己想喝酒，真是稀罕啊！"

秋山说着，举起杯子和赖子碰了一下杯。

"秋山先生真是个了不起的人啊！"

"好恶心！你怎么给我戴起高帽来了？"

"您兑现了给我的许诺，就是个了不起的人！"

赖子端起酒杯灌了一大口白兰地。

十一点半的时候，就剩下最后一支钢琴曲了，剩下的一组客人起身要走，赖子把客人送出门以后，酒吧里就剩下秋山一个客人了。

"那，我们去赤坂吧！"

赖子点点头，溜了一眼今晚客人的账单，把剩下的事情交给领班，然后就出了酒吧。

平日里每到晚上打烊的时候，满大街都是回家的客人和下班的陪酒女郎，叽叽喳喳很是热闹，或许是因为今天刮台风的缘故吧，街上的行人只有平日的一半左右。

"出月亮了！"

走出大楼，秋山抬头看了看夜空。

霓虹闪烁的大楼上方，一轮阴历十三的月亮悬在天空里，很难想象，就在几个小时前还风雨大作。

平日里到了这个时候，不多加钱就不去的出租车也是一招手就停。

秋山坐进在大路边上等候着的那辆包租车，对司机说去赤坂。

车子刚一开动，秋山就理所当然地搂肩搭背地把手放在了赖子的肩上。但是秋山在车里做的也就这些。

也可以说，正是因为深知他不会过分地动手动脚，赖子才敢深夜和他坐一辆车。

不一会儿，车子在以前来过一次的乃木坂坡下的公寓楼前停下了。

还是那家会员制的酒吧，一进门就有一张服务台，在服务台站着的女子也和上次是一个人，但房间的氛围却和上次大不相同。

上次来的时候，地毯和窗帘都是以深蓝色为基调的，但这次都变成了浅驼色系列。但灯光仍然还是那么昏暗，周围的客人看上去就像一个个浅浅的朦胧剪影。

赖子在这里也点了白兰地。

"不加水行吗？"

"今天就是特别想喝酒！"

因为赖子很有喝酒的情绪，秋山自然是情绪高涨，眉飞色舞。

"你看！"

听秋山那么说，赖子转头看了看右边，原来是包厢里的客人在接吻。灯光暗淡看不清表情，好像两个人都背靠着沙发，只把脸贴在了一起。

或许是已经有过好多次经验了吧，两人接吻的姿态很自然很大方。

"今晚你能一直陪着我吧？"

或许是因为看到了眼前男女亲吻的情景吧，秋山好像很兴奋，声音也有些轻飘飘地发颤。

但是，对方越激情高涨，赖子越清醒。

男人为什么那么贪求肌肤之亲？赖子甚至觉得有些不可思议。

"你听我说嘛……"

秋山撒娇似的把脸凑了过来，那孩子气的表情动作让人不觉得他是个年近四十的男人，但或许这正是秋山身上像公子哥儿的地方。

"妈妈桑……"

秋山又小声嘟哝着，把身体紧紧贴了过来，赖子睁着眼睛，任由他想怎么做就怎么做。

如果秋山只是想和自己亲嘴的话，赖子并不想拒绝。他不仅满足了自己最大的愿望，还经常约自己去吃饭，对自己很用心很体贴。若想报答他的一番好意，让他亲吻一下嘴唇又有何妨，那或许是情理之中的事。

酒吧里播放着弗兰克·辛纳屈演唱的《夜里的陌生人》的旋律，当到了曲子最高潮的时候，秋山好像就等着这一刻了，迫不及待地把嘴唇凑了过来。

赖子稍微往后抽了一下身子，秋山不管不顾地把脸靠上来，两只手抓住赖子的肩膀，一口气亲了上来。

早就做好了思想准备的赖子一点儿也不抵抗，给他的仅仅是嘴唇，如果秋山的嘴唇想强行进到嘴里来，她会坚决拒绝的。赖子保持着那个姿势，想起了刚才的剪影。

现在自己和秋山也在用同样的姿势接吻，也可能正在被人看到。

但奇妙的是，赖子并没有觉得怎么羞耻。是因为自己醉了？还是因为知道别人看不到自己的脸？不一会儿，秋山抬起脸来，用干干的声音说道：

"我好喜欢你……"

听着他的这句话，赖子心想这支曲子马上就要结束了。

从乃木坂的酒吧出来的时候，是夜里一点了。

顺着深夜的楼梯往电梯那边走，赖子心里明白自己醉得很厉害。她觉得自己脚步很扎实，可是脚尖总是碰在一块儿，地面好像也漂浮起来。

"再去一家，可以吧……"

走出公寓，秋山伸手扶着赖子的后背。天空更晴了，月亮也更亮了，要是白天的话，这样晴好的天气或许应该叫"台风一过"。

下一家店好像很近，车子穿过一条赖子不知道的小道，往前走了两三分钟就停下了。

赖子就像被秋山揽着肩膀下了车，眼前矗立着一座白色的穹顶大楼。赖子瞬间觉得像童话里的城堡，但马上就明白这里是酒店了。

秋山有些不好意思地低着头，用搭在赖子肩膀上的那条胳膊使劲儿揽着赖子，向着白色的石头门走去。

往大楼入口处一站，门铃就响了，紧接着门就自动开了。进了楼，正面是光芒耀眼的枝形吊灯，地板和左右两侧的墙壁都是光可鉴人的大理石，正面墙里面还嵌着一个水族箱，里面游动着五彩斑斓的热带鱼。

一个上年纪的女性马上走过来，领着两人去房间。

秋山回头看了一眼，发现赖子跟在身后，放心地往前走去。

入口的左首有电梯，坐电梯上了三楼。走廊很暗，只有脚下紫色的灯光朦朦胧胧地照着走廊。

带路的女人推开从走廊头上数的第三个门走了进去。

进门就是脱鞋的地方，往里就是一个有洗手盆的地方，拉开前面的隔扇，里面是一个八张榻榻米大小的和式房间，再往里好像是卧室。

女人在和式房间的茶几前面再次给两人寒暄行礼，用拿来的茶壶给两人沏上了茶。

"洗澡间在这边，要不要先给您放好洗澡水？"

"谢谢，不用了！"

秋山回答的声音很生硬，女人说了句"请随意"，转身走开了。

门关上了，女人的脚步声也听不到了，秋山心神不定地从西服口袋里拿出烟来点上了一支。他抽了一口，把烟放在茶几上的烟灰缸上，突然毕恭毕敬地给赖子鞠躬行礼。

"对不起……"

"……"

"你在生气吗？"

赖子一点儿也没生气。从今晚在酒吧里看到秋山的那一刻起，赖子就预感到会成为这个样子。

还有，今天晚上熊仓出现了，自从看到他被领班等几个人拖出去之后，赖子的心情一直不平静。如果可能的话，她想把一切都忘

270

掉！正在她心烦意乱的时候，秋山出现了，赖子忽然有一种放下心来的感觉。

"你可能觉得我是个卑鄙下流的男人，可我很想单独和你待在一起……"

看着在自己面前真情倾诉的秋山，赖子忽然觉得他就像个幼稚的纯情少年。

赖子有些不满。

作为赖子，要让她本人说说心里的愿望的话，既然是两人待在一起，她想去的不是这样的酒店，而是建在海边或山中湖畔的酒店。即便是在市区里也不应该是这种所谓的情侣酒店，而应该是那种正儿八经的酒店。现在这个样子显得也太随便太轻易了。

但是，天都这么晚了，去太远的地方也不可能，即便找到一家正儿八经的酒店，孤男寡女半夜三更也不带行李去住酒店，其实也挺奇怪的。

或许秋山也想到了这些，才选择了这家鸳鸯旅馆吧！

其实秋山邀请过赖子好几次出去玩儿在外面住一宿，如果赖子早点儿同意，秋山这次一定会带她去什么地方的。

但郑重其事地想想，和秋山两人一起外出，赖子总觉得有点儿不来情绪。

说实话，赖子现在并不讨厌秋山，可话说回来，也不是特别喜欢。她觉得他是个待在一起很快乐感觉不错的人，除此之外，赖子对他没有更多的感觉。

既然两人之间要发生肉体关系，最好是某个夜里，无意间，在醉意朦胧的状态下情不自禁地轻解罗裳，赖子觉得那样心情最放松，自己也能接受。

从这一点上来说，今夜的这种情形或许也不坏。

还有，应该感谢秋山履行诺言，今天晚上确认了熊仓在生意上受到了致命的打击，所以今晚还是一个值得纪念的夜晚。因为这里是市区里的鸳鸯旅馆就吹毛求疵，只能说自己太自私任性了。

"要不要喝点儿啤酒？"

秋山打开了房间里的冰箱，依旧是一副心神不定的样子。

"我不喝！"

面前还放着刚才那个女人给泡的茶，赖子根本没有心思喝。

"那么，你要不要洗澡？"

浴室的入口虽在门的外侧，但房间的一个角落里挂着网眼窗帘，拉开那个窗帘，在房间里就能偷看浴室里面。

"你先去洗吧！"

赖子表示拒绝，秋山嘴角颤抖着狠狠吸了一口烟，然后突然站起来，拉开了身后的纸拉门。

八张榻榻米大小的和式房间的中央摆着一张低矮的床，上面盖着一床红花被子。可能是床上也有什么特别机关，枕边的控制面板上，除了台灯开关之外还有好几个其他的开关。

"果然如此……"

秋山有些羞臊地小声嘟囔了一句，走到门那边，把灯关了。

可能是因为房间暗下来人就变得大胆了吧，秋山一走回来就要亲吻赖子。

赖子毫不反抗接受他的亲吻，秋山直接就把身体压了过来，赖子撑不住，往后倒在榻榻米上，秋山这回把手伸进了赖子的胸前。

"你稍等一下！"

赖子扭着身子想躲开，秋山不管不顾地扒开了胸前的衣襟，接着两条腿也夹住了赖子的身体。

"放开我！"

"……"

"我正儿八经把衣服脱了……"

趁着秋山一松劲儿的那一瞬间，赖子坐起来，整理了一下胸前凌乱的衣襟。

"你真的肯为我脱是吗？"

"我讨厌粗暴！"

"那么，我在床上等你！"

秋山不好意思地挠挠头，从嵌进墙壁的衣橱里拿出浴衣去了卧室。

赖子看他走进卧室，站起身来开始脱衣服。

到了这样的地方，都到了这会儿了，赖子不想逃避。既然和他一起来到了情侣酒店，就等于说已经答应把身子给他了。

但是，赖子不愿意在榻榻米上被他乱来。

秋山好像已经钻到床上去了。

赖子不慌不忙地脱掉和服挂在衣架上，把带子仔细叠好，把细腰带一条一条整整齐齐地放进浅筐里。最后脱掉白布袜子，拔下发卡，身上只剩下一件穿在和服下面的长衬衣了，她慢慢走过去拉开了卧室的拉门。

赖子的长衬衣是白底带粉色水珠图案的。

在台灯橘黄色的光线里，秋山看到赖子身上穿的这件长衬衣，小声惊叹"太美了"，一把把赖子搂在了怀里。

按说已经喝了很多白兰地了，但赖子这会儿几乎是清醒的。从她明白接下来要被男人睡的那一刻起，她的醉意好像就跑得无影无踪了。

但是，看到她身穿长衬衣的曼妙姿态，秋山好像欲火焚身，熊熊的火苗腾空而起。

秋山猛劲儿抱住赖子，雨点儿般的热吻落在赖子娇艳的嘴唇上。

赖子的一抹酥胸意外地丰满，从她身穿和服的身姿完全难以想象。正因为她外表看上去杨柳细腰，所以她一旦脱光，那对丰满的乳房就格外抢眼。

秋山好像有了什么意外发现似的，把赖子的一对美乳托在掌中把玩儿了一会儿之后，终于心痒难耐把嘴唇凑了上去。

"漂亮！太漂亮了！"

秋山像说梦话一样小声叽咕着，用舌头慢慢戏弄赖子那对雪白丰满的乳房。

赖子轻轻地闭着眼，但她几乎什么感觉都没有。虽然乳头周围有一点轻微的感触，但她首先感到的是一种酥痒。

赖子痒得难受，扭动了一下身子，结果秋山吻得更激烈了。

赖子受不了了想挣脱开，秋山慌忙把嘴唇移开，紧接着像老虎扑小鸡一样从上面压了下来。

赖子希望他能再温柔一点儿，可欲火焚身的秋山好像已经停不下来了。就那样，一个热乎乎的东西一下子钻了进来。

"啊……"

赖子的脖子瞬间往后一仰。

那是一种近乎被捅穿了的感觉。赖子浑身僵硬，不是因为肉体的喜悦，而是因为一个陌生东西的野蛮造访。

赖子使劲儿闭上眼，微张着嘴呼吸。她极力保持身体不动，但好像眼泪要流出来了。

但男人的动作立刻变得顺畅起来，与此同时，泰山压顶般压在自己身上的重量也开始慢慢消失了。

虽然男人的呼吸依旧很粗重，但他的动作很有节奏感。伴随着男人有节奏的活塞运动，赖子也卸下了浑身的力量，从下面悄悄地看压在自己身上奋战的男人。

透过从额头垂下来的头发可以看到男人的脸，那是一张因充血而有些湿乎乎的脸，他的上半身每动一下，他嘴里就吐出热热的气息。

男人为什么如此痴迷这样的事情呢？这样喘着粗气消耗能量到底有什么好呢……

赖子一边从下面偷看，一边感到了一种不可思议。

秋山的动作越来越激烈，与此同时，搂着赖子肩膀的两只手也越来越用力。赖子痛苦得直摇头，就在那时，秋山忽然大叫一声。

"啊……"

接下来的一瞬间，一直动作激烈的秋山的身体一下子不动了，紧接着男人的整个身体就像一块巨大的岩石压了下来。

赖子忍受着那种重压一动不动，只把眼睛睁开了。眼前是趴在自己身上的秋山的额头，从耳朵根到脖子都汗津津的。

看着眼前精疲力尽的男人，赖子忽然感到了一种怜爱，但马上就觉得呼吸困难，不由地动了动上半身。

秋山好像刚发觉似的，抬起脸，从赖子身上下来了。

"好……"

赖子一开始的时候以为那是秋山的自言自语。

"好？"对方又说了一遍的时候，赖子才明白他是在问自己。

好还是不好？说实话赖子也不知道。秋山进入自己的身体之后，她觉得在身体的深处一种甘美的感觉刚刚萌生，但那也仅仅是一瞬间的事情，那种感觉稍纵即逝，还不甚清晰的时候，猛然发觉它已经过去了。

要称其为快感的话或许那就是快感了，但是要称其为快感，自己的感觉还是太单薄了。

"你不用害羞！"

秋山见赖子沉默不语，还以为她是害羞呢！他再次把赖子紧紧搂在怀里。

"太棒了！你的身体太美了！"

秋山越是赞美自己，赖子越是觉得兴味索然。

赖子不觉得自己的身体有那么好。这一点赖子比谁都清楚。

他说这句话是什么意思？是不是他根本没察觉自己刚才什么感觉都没有？还是为了安慰一个什么感觉都没有的女人说这种露骨的恭维话？抑或就是一种嘲讽？

一个是恭维彻底无感的女人的男人，一个是没感觉却被男人搂着交欢的自己，赖子突然感到了一种厌恶。

不可饶恕！一切都是虚情假意的表演……

"我要起来了！"

赖子竖起上半身，秋山慌忙抓住她的胳膊说道：

"求求你了！就这样再老老实实地待一会儿！"

但是，赖子不顾他的恳求，从床上爬了起来。

她拿起浅筐里的衣服，穿过和式房间进了浴室。

在陌生的情侣酒店的一张床上，自己竟然还躺了一个时辰，光想想赖子就觉得浑身都脏了。还有，这家情侣酒店只是一个孤男寡女享受鱼水之欢的地方。虽说床单和浴衣都是洗过的，但男人和女人的情欲都还在上面黏着。

不管是秋山的气味儿还是酒店的气味儿，赖子想把这一切都统统清除掉。

赖子冲了好几遍淋浴，从肩膀到脚尖咯哧咯哧使劲儿搓。

那时候，赖子突然有一种感觉，好像精液正在身体里面慢慢地往回流。

感到排卵期的小腹痉挛已经是十天之前的事情了，按说今天应该是安全期。不过，凡事还是小心为妙。

赖子拿着淋浴喷头对准那个地方使劲儿冲，把秽物冲得一干二净。

该洗的地方都洗完了，赖子的心里涌上了一种安堵感，好像做完了一件很重大的事情。

自己欠秋山的人情，这下子总算还上了……

这样的话，不管是熊仓的事情还是铃子的事情，或许都能忘掉了。

冲完淋浴，擦干身子，走出浴室整理一下头发。赖子把头发简简单单地束在后面，用发卡别住，穿上了和服。

一切准备妥当回到和式房间一看，秋山还在床上躺着休息。或许他是在小睡吧，赖子刚走到他跟前，他就很遗憾地说：

"已经把衣服都穿上了吗？"

"都两点了！你还是去洗澡吧！"

"不，我不去……"

"不行！你快点儿吧！"

"我不想把留在身上的你的体香洗掉！"

秋山在床上躺着，伸手抓住了赖子的手说道。

"再让我亲亲！"

"已经亲了不少了！"

赖子懒得理他，回到了和式房间，秋山也只好无可奈何地从床上爬起来了。

"可是，真是不可思议啊！我这个男人还在陶醉呢，你好像已经啥事儿都没有了！你讨厌我是吗？"

"没有的事儿！我还是求求你了，你去洗澡吧！"

"不，我绝对不洗！"

秋山就像个撒娇的孩子，脱掉浴衣穿上了衬衫。

"回家会被你夫人发现的！"

"发现了最好！"

"你也太过分了……"

"我今后会让你对我神魂颠倒的！"

赖子也不答话，只是低头收拾茶几，秋山一边系领带一边问：

"你还没有真正喜欢上我吧？"

"没有的事儿！"

"你不说我也知道！不过，我很快就会让你一夜也离不开我的！"

"什么意思？"

"就是说，我会把你变成一个喜欢那个事儿喜欢得不得了的女人！"

"哇！好可怕啊……"

"是啊，很可怕噢！不过，虽然可怕，可你会变成一个更迷人的女人！"

"我们回去吧！"

秋山还在穿西服，赖子手脚麻利地拿起手提包，向出口走去。

住在东京的公寓里，人们对季节的变化并不是很敏感。只要在房间里待着，因为暖气开着，所以也不会接触到冷风。

更何况赖子房间的阳台上还摆着赏叶植物的花盆，要是光看这些东西的话，感觉就像夏天一样。

到了傍晚时分，出了公寓去店里的时候，看着林荫树日渐发黄的叶子，感受着凉飕飕的空气，这才发现已是深秋了。

但是，即便是到酒吧去的时候，赖子也经常是坐出租车去，直接接触外部空气的机会也很少。

也有人说每天坐出租去上班太奢侈了，可是穿着和服在拥挤的电车里摇来晃去，好不容易穿好的和服会被弄乱了，也有可能会被弄脏了。还有，即便车厢里很空，可是一个女人傍晚时分打扮得花枝招展去银座方向的话，周围的人看自己的眼神就充满了好奇，心想这个浓妆艳抹身着盛装的女人不是陪酒女郎，也是从事那种行业的女人。

有一次赖子坐电车在新桥下了车，没想到被一个男人尾随倒了大霉，从那以后，赖子每次去店里都坚持坐私人出租车。

赖子一般七点左右从家里出来。然后直接去银座的美容院，做好头发以后八点左右到店里去。但是也要看情况，有时候会早点儿出门和客人在外面见面，一起吃过饭以后再结伴去店里。

那天，赖子和太平洋化学的村冈专务约好六点在一起吃饭。

上次赖子从京都回来的时候，村冈曾到八重洲出站口来接赖子，还一起去了赖子的公寓。在赖子换好衣服之前，他一直老老实实地在客厅里等着，并没有什么出格的举动。村冈这个人身材肥硕其貌不扬，在那种情况下，男人好像有两种类型，一种是忽然变脸霸王硬上弓，另一种是唯恐过分比较自制，而村冈或许就是属于后者。

因为对姑娘们热情，出手也很大方，所以他在酒吧里也很受欢迎，姑娘们都愿随意地往他身边靠拢。其中还有女孩子找他商量各种事情，向他请教为人处世的方法和立身之计。

还曾有过这么一件事，有个姑娘瞒着乡下的父母在酒吧里上班，某一天，她的父母要来东京看她，她在酒吧上班这件事眼看就要露馅了，没办法就给父母撒了一个谎，说是在村冈的公司里打工，为了帮这个姑娘圆谎，村冈还和她一起在公司附近的咖啡馆里和她父母见了一面。

如此一来，这样的事情光心肠好还不行，必须是热心肠好管闲事的人才能做得到，但说不定正是这种男人根儿里头比较好色。

但是，他一旦把善良当作了自己的招牌，那么他就不可能从中途追求男女关系。结果，这种客人虽然比较受女人欢迎，可说起来，他就是个顾问，很少能从姑娘身上得到什么实惠。

但正因如此，这种客人比较长久，没有什么大起大落。

不过，赖子并非算计到那一步才和他一起吃饭的。同一天有两个客人提出要请她吃饭，只是因为村冈这边不那么呆板拘束，在一起心情比较放松才选择了他。

今天和村冈见面的地方是筑地的一家叫"河庄"的料亭。那里的老板娘赖子去过一次也见过，身材苗条，面容姣好，很有料亭老板娘的那种精气神儿。

如果六点之前就得到那里的话，五点之前就得出门去美容院，不然就来不及了。

赖子四点的时候给浴缸放满了洗澡水，正要泡进去的时候，电话铃响了。

"你好，是我……"

听到电话里传来男人的声音，赖子有些大惑不解。

"我是目黑警署的，您是茑野槙子的姐姐是吗？"

"是的，我妹妹出什么事儿了吗？"

"实际上是这么回事儿，今天早晨她吸大麻的时候被抓了现行，现在正关在我们警署里。"

"槙子她吸大麻……"

"看样子是在朋友的怂恿下吸的，没有买卖，也不是个经常吸食毒品的人，她毕竟还是个大学生啊！"

"很抱歉！她竟然做那么可怕的事情，我是一点儿也不知道，她会怎么样呢？"

"本应该就这样把她拘留起来，可看她好像是第一次，还那么年轻，如果您做她的身份担保人的话，我们决定先把她放回去。"

"那么我现在就去你们那边可以吗？"

"我们这里是防犯课的保安股，您能来吗？"

"是的，我马上就去，麻烦您了！"

"那么，您来的时候请带印章来！"

"真不好意思！多谢您了！"

赖子对着话筒鞠了好几个躬，然后一屁股坐下了。

槙子以前生活就放纵不羁，这一点赖子也知道。

槙子刚来东京的时候曾在赖子的公寓里住了半年左右，不久就搬了出去，在自由之丘那边租了一间公寓。那间公寓很小，只有六叠的一个房间外加一个小厨房，虽然狭小，可槙子好像还是更喜欢一个人的自由。

赖子这个人性情严谨，做事一丝不苟，偶尔到槙子那里去一次，去了就开始自己动手替她打扫卫生，忍不住要数落她几句，所以赖子很少去。而槙子也只是想要零花钱的时候才到赖子这里来。

"赖子姐姐这么厉害，真让人受不了！"

偶尔数落她几句，槙子就会在那里哀叹，赖子最不想听的就是她这种说法。

说赖子姐姐厉害，不就等于说要是里子姐姐的话就好了吗？那样的话你找里子姐姐去好了！你的事情我以后什么都不管了！赖子每每有那种想发火的感觉。

不过，要真那么说的话，槙子就会否认说不是那个意思。对于槙子来说，好像里子更文静娴雅、更好说话。

或许因为里子和她年龄相近，在京都什么都不知道，两个人如此投缘，更大的原因是因为两人是同一个父亲。

　　赖子有一次对母亲说起这件事情，母亲笑着说不都是一样的姊妹吗？但赖子却不能那么简单地想得通。

　　说来说去，血肉亲情的浓淡和血缘的远近毕竟还是不能争的。赖子觉得那或许是自己的乖僻或偏见，但她还是忍不住会那么想。

　　不管怎么说，与其发牢骚被人讨厌，还不如什么都不说，所以赖子一直对槙子放任不管。

　　虽说那样，半月前赖子有事儿打电话找槙子，结果槙子还不在家。

　　过了两三天终于逮住了她，问她到哪里去了？她说跟着摇滚乐队从关西一路跟到九州。

　　赖子知道槙子被摇滚乐队的冲浪迷得神魂颠倒，可她不知道槙子竟然一直跟着到各地去演出的乐队。要是个十五六岁的小姑娘还可以理解，都是大学生了，竟然迷恋那些东西，实在是不怎么体面。首先，大学里的功课就都耽误了。赖子想不通就说了她几句，可槙子满不在乎地说道：

　　"姐姐，你不用担心！我建议你也去听一回，绝对好！"

　　如此这般，赖子反而被槙子一通劝说。

　　"那纯是浪费时间和金钱！"

　　"赖子姐姐是个好女人不错，就是一点儿梦想也没有啊！"

　　槙子在那里感慨，但按照赖子的感觉，旷课去追着歌手到处跑实在是荒唐透顶。她想向母亲告状，可想想那样做只会遭槙子憎恨，最后还是作罢了。

　　"你也不要太过分了！别忘了你身后是莴乃家！"

　　听赖子那么说，槙子很夸张地叹了一口气说道：

"姐姐净说傻话！你怎么还说那种不合时宜的话？我根本就没打算回京都和茑乃家！"

在这一点上，赖子也是同样的心情，但她还是觉得旷课去追乐队不合适。

"不管怎么说，你可别做那些让世人笑话的事情！"

"赖子姐姐已经变得和母亲一模一样了！"

槙子之所以变得如此放纵，一方面是因为她是姊妹中最小的，从小娇生惯养，还有一个原因，或许是她看到了包括铃子在内的两个姐姐的活法，对京都和这座城市的古老陈腐产生了反感。

到了目黑警署，赖子问了问门卫，上了防犯课所在的二楼。

既然是给槙子做身份担保人，赖子心想应该打扮得尽量朴素一点去才好，可是回头还要和村冈一起吃饭。

她想，如果可能的话就把饭局取消，但和村冈联系不上，他好像外出了，从别的地方直接去料亭。再者说了，人家特意把料亭都订好了，到了这会儿再拒绝也太不合适了。

赖子出门的时候给"河庄"打了一个电话，告诉他们自己可能会稍晚点儿过去。

赖子为了打扮得尽量朴素一些，穿了一件深蓝色的和服，系了一条白底带印花的带子，即便那样，在警署里好像还是很显眼。那些正埋头工作的警察们都纷纷转过头来看。

进了防犯课的办公室，右端摆着一个"保安股"的牌子。赖子走到牌子前面的一个年近四十的男子面前，深深低头鞠了一个躬。

"打搅了！我是刚才接到电话的茑野……"

"啊！您是她的姐姐吧？请坐！"

男子很爽快地点点头，把跟前的椅子搬给赖子。

办公室很宽敞，杂乱无章地摆放着的办公桌前面，坐着十几个穿便衣、貌似刑警的警察，他们也都一齐把目光投向了赖子。

"那么，我妹妹……"

"我现在就把她带过来，茑野槙子确实就是您的妹妹吗？"

"是的，正是！"

"住址是目黑区自由之丘四—六—三、松之木庄、原籍是京都市东山区……"

男子可能是从槙子口里听说的吧，他一边看着卷宗，一边把原籍、大学和父母的名字高声念了出来，赖子毕恭毕敬地连连点头，臊得满脸通红。

"您不知道令妹在做这样的事情吗？"

"我们不住在一起，也很少见面。"

"她还是个大学生，毕竟是个女孩子，你这个做姐姐的可得好好监督才行啊！"

"对不起……"

"您是做什么工作的？"

赖子心想，那样的问题也要回答吗？可是又不能沉默不语。

"我在银座开酒吧。"

"原来是俱乐部的妈妈桑啊！"

警察又看了一眼赖子，问了问酒吧的名字。

"不至于你也做这样的事情吧？"

"我为什么要做那样的事情？"

赖子强烈的语气好像让警察吃了一惊，他的声音马上变得温和了。

"你不要误会！近来那些陪酒女郎里面好像也有吸毒的，我只是随便一问……那么，你看看这个签个字吧！"

警察又把别的文件放到了桌子上。赖子拿起来一看，上面用很大的字写着《身份担保书》，里面的内容是，身份担保人有责任监督被担保人不再重新犯罪，身份担保人因本案件被警方传唤时要到警署配合警方工作。

赖子在规定的地方写下了自己的名字，按照要求盖上了自己的章。

"喂！把茑野槙子带进来！"

男子回头喊了一嗓子，只见后面的门一开，槙子被警察按着肩膀从里面出来了。

原以为槙子会面容憔悴呢，没想到身穿红毛衣蓝牛仔裤的槙子满脸的不在乎。

"槙子，你怎么了？"

赖子跑过去，槙子有些难为情地笑了笑。

"请姐姐原谅！"槙子小声说道。

和审讯室之间的门敞开着，能看到里面两三个男子的脸，可能是被一起抓住的伙伴吧！一个个长发披肩，年龄也就二十来岁的样子。

"吓死我了……"

赖子叹息了一声，旁边的警察转脸看了一眼槙子说道：

"看到了吗？你姐姐这么为你担心，你可不能再吸那些玩意儿了！"

"……"

"下次再犯事的话，就让你住在拘留所了！不能再和那些人胡混在一起了，好好学习，听见了吗？"

"槙子，快向警察说声谢谢！"

在赖子的催促下，槙子对着警察默默地鞠了一个躬。

"真给你们添麻烦了，非常抱歉！今后再也不会给警察添麻烦了，这次请原谅！"

槙子再次表示感谢，警察微笑着对赖子说道：

"我觉得要是你的话绝对没问题！请你好好监督令妹！"

"非常感谢，真是太谢谢你们了！"

赖子再次给警察深深鞠了一躬，像仓皇出逃一样跑出了办公室。

出了警署，赖子马上举手拦下了一辆驶过来的出租车。无论如何也得尽快离开这个不吉利的地方。可槙子像个木桩子一样站在身后就是不动。

"姐姐，我饿了！从昨天晚上到现在还没正儿八经地吃点儿东西呢！"

"知道了！快上车……"

出租车在眼前停住了，赖子先把槙子塞进去，然后自己也坐了进去，对司机说去新桥那边。

"我就想吃平常的大酱汤和米饭！午饭的时候给了面包，可是也太难吃了……"

"闭嘴！"

槙子大大咧咧喋喋不休，赖子在那里如坐针毡，就怕槙子的那点儿丑事儿被司机知道了。

要说能有大酱汤和米饭的地方，好像哪里都能找得到，可在这个陌生的小镇上还真不知道哪里有。赖子让司机直接把车开到了酒店，下了车进了地下的日本料理店。

时间已经过了下午五点，店虽然开着，可还没有一个客人。赖子选了最里面的一张桌子，和槙子面对面坐下来，长长舒了一口气。

"天啊！姐姐要在这么豪华上档次的地方请我吃饭吗？"

槙子环顾了一下四周，然后点了刺身和盐烤三文鱼。赖子只要了一份蒸鸡蛋羹，看了一眼槙子说道：

"真是吓死我了！你怎么能做那种傻事？"

"那有什么大不了的！只是吉米他们嚷嚷着要我一起吸，所以我就吸了……"

"那个叫吉米的又是什么人？"

"姐姐你还不知道啊！他是乐队的架子鼓手，是个混血儿，很不错的男孩子呦！"

"你和那些人一起吸大麻了？"

"大麻那东西吸起来就像吸烟一样，一点儿效果都没有，远没有威士忌有效果！"

"威士忌和大麻一起混着吸的吗……"

"不过就是玩玩儿，坏事儿可是什么都没做啊！"

"行了吧！那些警察又是怎么知道的？"

"吉米经常吸，说不定早就被盯上了！"

见女服务员把刺身和蒸鸡蛋羹端了过来，两个人一时不说话。等服务员走开了，赖子问道：

"在哪里被抓住的？"

"就在青叶台吉米住的公寓里！是个早晨，因为大家都睡了，所以一不小心就……"

"你住在那里了？"

"就算住在那里也不等于干什么坏事儿！我们只是唱唱歌聊聊天，然后就是大家伙儿挤在一块儿睡了。"

"也有女孩子吗？"

"查米和悦子也在一起，不过悦子中途回家了。"

赖子也见过一次槙子的这两个朋友，好像都是正经人家的孩子。没想到这些姑娘们竟然住在男人的房间，里还吸食大麻……

现在的年轻姑娘到底是怎么回事儿？对于从舞伎到艺伎走过了

严格的学艺之路的赖子来说，她们的生活紊乱和放荡不羁简直难以想象。

"里面的那几个也是一起的？"

"在姐姐来之前，查米的妈妈来了，查米就跟她妈妈回去了。吉米和川部他俩都已经审问完了，好像还不能走啊！"

服务员把烤鱼和大酱汤端了上来。

"不会上明天的报纸吧？"

"那谁知道！说不定吉米再也上不了舞台了……"

"你的名字也会上报纸吗？"

"我已经被放出来了，应该没事儿的！那个戴眼镜的大叔也说没事儿了。"

"我说你啊！要是被母亲知道了，你想怎么办？"

"这事儿我得求姐姐了，一定要替我保密……"

母亲如果知道了这件事情，岂止是大吃一惊，说不定会当场气昏过去。

"可是，你就这么个胡来法，我也负不起责任！"

"不是跟你说了吗？我可是什么坏事都没做啊！因为他们嚷嚷着让我吸，我只是吸了一两口而已嘛！"

"一两口就不算吸食毒品了？"

"什么毒品毒品的那么夸张！那不过就是普通的草嘛！"

"不管是草还是什么，一个女孩子家在男人的房间里睡到天亮，就不正常！那种事情是不可饶恕的！"

"我不是和大家在一起嘛！姐姐你是不是想得太多了！"

"我当然要想了，你不让我想那才奇怪呢！"

"你就是不明白啊……"

"对！我是什么都不明白！"

赖子挺起胸，把两只手使劲儿塞进带子里面。

"你的事儿我伺候不了了！"

姐姐态度如此坚决也是少见，槙子用哀求的口气说道：

"你别那么生气嘛！"

"我没生气，我只是惊呆了而已！"

除了这句话，赖子真是无话可说了，可槙子满不在乎地一边吹着热气，一边美美地小口喝着大酱汤。看着妹妹那张无忧无虑的脸，赖子心想，所谓年轻，难道就是这个样子吗？她一半是惊讶，一半被折服，觉得自己突然老了许多。

"你也是个了不起的主儿啊！"

"姐姐你可别那么说！"

今天的事情是告诉母亲和里子好呢？还是憋在自己心里好呢？赖子拿不定主意。不管怎么说，今天晚上回去之后，也得和槙子好好谈谈。

"好吧！我现在要出门了！"

"姐姐这就去店里吗？"

"本来约好和客人六点见面，托你的福，现在还让人家等着呢！"

"对不起！"

槙子深深低下头给赖子道歉，赖子从包里拿出自己公寓房间的钥匙交给槙子。

"你拿着钥匙先回去吧！"

"我要回自由之丘。"

"不行！今晚你必须住在青山我那里！"

"可是，我的房间还乱糟糟的没收拾，还想换换内衣。"

"那好吧，等你收拾好了再来青山吧！"

槙子满面愁容，担心晚上又得聆听姐姐苦口婆心的说教。赖子看着槙子说道：

"你知道我刚才在警署里签字画押的那份身份担保书吗？那上面可是写着不能让被担保人再犯同样的错误，下次你要是再犯什么事儿的话，连我都会被抓进去！"

"我再也不做那种事情了！再者说了，我也没犯那么大的罪过啊……"

"你不是被警察审问了吗？那和犯了罪是一码事！不管怎么说，今晚你必须住在我那里！"

赖子的口气强硬不容分说，槙子低着头一言不发。

"好了，听明白了是吗？"

再次叮嘱了一遍，赖子拿着账单先站了起来。

赖子到了约好的筑地的河庄的时候，已经是六点半过一点儿了，比约定的时间晚了三十分钟。

村冈在房间里一边喝着啤酒，一边和女服务员聊天，看不出他有什么不高兴。

"很抱歉我来晚了！正要出门的时候，我妹妹突然来电话说身体不舒服，我到她的公寓去了一趟。"

"你妹妹好像是在上大学吧？她情况怎么样了？"

"就是有点儿吃坏了肚子，没什么大不了的！"

赖子一边隐瞒实情，一边担心妹妹的名字明天会不会上报纸。不过，槙子说了不会上报纸，再者说了，就是上了报纸，村冈也不知道槙子的名字，只有一点让人担心，那就是茑野这个姓比较少见。

"人说长女如母，你这个老板娘又当姐姐又当妈，真是不容易啊！"

"您说的真是一点儿不错！现在的年轻姑娘，谁也不知道她们在干些什么！"

"是啊！我女儿也是这样！这一阵子好像又迷上了一个叫什么的摇滚歌手！"

"天啊！村冈先生的千金也是这样啊？"

"好像是叫米亚还是吉亚什么的！"

"不是叫吉米吗？"

"对了对了！就是那个叫什么吉米的，我闺女把他的照片贴得满屋都是，那种娘儿们似的男人也不知道有什么好的！"

村冈正在说话的时候，服务员把一大盘河豚生鱼片端了上来。

"可能季节有点儿早，可我听说河豚肚子里已经有鱼白了。酒水的话，我们还是喝河豚鳍酒（一种日本特有的酒。将鱼鳍割下后用小火烧烤片刻，浸泡在清酒中饮用。大多数日本的鳍酒使用的都是三文鱼或者河豚鱼的鱼鳍。多半享用河豚美味的人都会点鳍酒，这已经成了不成文的习惯。喝的时候先将清酒烫到80度，然后将烧烤片刻的鱼鳍放入酒具中，最后淋上烫好的酒，让鱼鳍的味道在酒中慢慢散开，味道香醇无比的同时又有河豚鱼肉的特有甜味）吧！"

"现在就开始喝的话会醉的！"

"就一杯的话没事儿的！"

村冈一边向服务员点酒一边对赖子说：

"因为你迟迟不来，她刚才还担心我是不是被甩了呢！"

"答应了的事情我一定会来的！"

"你说的我明白！"

去店里之前和客人一起吃饭，比下班之后见面轻松多了。如果是打烊之后和客人吃饭，就看对方是什么人了，有时候要陪到很晚，有时候还会讲一些男女之间的荤段子。

但是，如果是去店里之前的话，客人一开始就知道不能死缠着，也有客人答应在八点半之前和赖子一起去店里。

"您家里的那位千金是不是跟着乐队到各地去演出？"

"我想她倒不会做那样的事。"

赖子还想多问一点儿，可是又担心问多了妹妹的事情就露馅了，所以还是忍住没多问。

但是，赖子觉得槙子的事情找村冈商量商量也未尝不可。他本来就是个爱管闲事的热心肠，还经常给那些陪酒的女孩子出谋划策，如果赖子提出要求来，说不定他会很亲热地帮着想想办法。

"家里有个年轻女儿真是不省心啊！今年多大了？"

"大三了，二十一岁。"

"女大学生大概都喜欢同样的东西吧？"

"可是妈妈桑这么年轻，应该知道她们的喜好吧？"

"没有的事儿！我根本不懂什么摇滚！"

"不过，姊妹俩住得近，有些事情可以互相商量商量，出个主意什么的，挺好的！"

"可别提了！她光让我担心，什么也指望不上！"

到目前为止，虽然槙子有时候会找赖子商量什么事情，可赖子从未找槙子商量过什么事情。

仔细想来，赖子从开始就没有那么一个可以推心置腹商量事儿的人。不管是来东京还是在银座开酒吧，都是自己一个人拿主意，并没有特别依靠过什么人。她甚至和母亲都没有深谈过。

赖子只有一个可以袒露心扉、商量事情的人，那就是铃子。

赖子和铃子是从心灵到肉体都毫不隐瞒、无所不谈的骨肉姐妹。或许是因为两人太亲密了吧，赖子觉得除了铃子，不想和任何人商量事情，她觉得商量了也没用。那种怪癖好像铃子死后也一直持续。

但是，一个人在银座开酒吧，经常有一些事情让她忧心忡忡。赖子每次都想这可怎么办才好？也想去依靠某个人，但每一次赖子都独自挺过来了。

要说赖子性情倔强，确实也是那样，可即使找同性的某个人商量一下事情，毕竟是妇人之见，顶多就是想起什么就说点儿什么。还有，女性朋友貌似和你推心置腹，其实她们的感情深处还掺杂着嫉妒和羡慕这些复杂的成分。即使现在情同手足，说不定哪天就会背叛你。

可如果找男人商量的话，最后势必变成男女之间的一种充满情欲的关系，反而会很麻烦。

要是那样的话，还不如干脆一个人渡过难关更好。

其实，赖子也是因为有一种强烈的找熊仓报仇的想法，正是一颗复仇之心支撑着她变得什么都能做了。一个人的话，根本用不着把过去的那些伤心事一一给别人解释。自己可以完全凭自己的心情往前走。

赖子不喜欢过分地粘着别人。不管对方是男是女，她总想保持某种程度的距离。正因为自己不想过分靠近别人，所以也不想让别人靠近自己。她按照那种原则坚持到了现在，其实也没发现有什么问题。

但是，近来偶尔会有想依赖别人的想法。每到那种时候，她总想要是有个可以推心置腹商量的人就好了。

特别是这次遇到了槙子这样的事情，这种愿望就更强烈了。

不知道是因为是自己变得懦弱了，还是因为长了年龄的缘故，抑或是因为这段时间有点累了。

看到亲密交谈的男女，赖子会忽然觉得很羡慕。她觉得，过去一向认为令人厌恶的那种男女之间的关系，好像也有它的意义。

不过，那种念头也只是一瞬间的事情，她马上觉得还是一个人清清爽爽的好。

"这次的事情还是自己考虑吧……"

正当赖子在心里自言自语的时候，村冈忽然问道：

"你莫非有什么担心的事情？"

"没有，什么都没有。这个很好吃啊！"

赖子嫣然一笑，夹起了一片河豚刺身。

服务员端来一个很大的砂锅，开始准备河豚什锦火锅。

"村冈先生，吃完饭后您和我一起去店里是吗？"

"当然了，为了不耽误你的事儿，我把车都约好了！"一向古
板诚实的村冈点头说道。

在客人中间，唯一可以依靠的或许就是这个其貌不扬却诚实可
靠的村冈了。赖子看着他那张棱角分明的脸，心中默默地想。

吃完饭从河庄出来，刚过八点。

穿过走廊走到料亭的出口，村冈忽然站住了，他拍了一下赖子
的肩膀说道：

"你看！"

赖子听他那么说，回头一看，原来玄关正面的墙壁上挂着一幅
尺寸很大的画，按说进来的时候画就在那里了，但因为太匆忙了没
留意。

那是一幅日本画，画上的两个女人一个朝前一个朝后站着。两
个女人都是裸体，高挽着赤鹿子发髻，从脸到肩膀涂着厚厚的香粉，
一眼就看出来这两个女人是艺伎。

并且，从胸部到下半身有穿过比基尼的痕迹，就连阴毛都描绘
得分毫毕现。

赖子看了一眼，连忙把脸转向了别处。

"那个画家名叫吉本，一辈子专画舞伎。这样的画作，至少也
值三千万！"

赖子听说过那个画家的名字。她做舞伎的时候，有师妹做过他的模特，听说现在找人画舞伎的话，他也是首屈一指的画家。

"那样的画，你并不觉得很奇怪很下流吧？"

确实，虽然连阴毛都画得分毫毕现，但并没有淫荡的感觉。在日本画独有的深沉的色调里，自有一种舞伎的华美。另外，那长长的躯干和粗粗的腰身反而有一种未成熟女人的妖艳。

村冈或许只是路过的时候随口一说，但赖子却感到了一种羞耻，好像自己的裸体被别人看到了。

当然，画上的女人不管是面相还是体型都和赖子不相似。赖子本人也没做过那个叫吉本的画家的模特。

但是，面朝前方和面朝后方的两个女人体型非常相似，欣赏方式因人而异，或许也有人觉得她俩是双胞胎。

"真是一幅好画……"

村冈好像很中意那幅画。说实话，只要是舞伎的画，赖子哪幅都不喜欢。那和画的好坏无关，只因为模特是舞伎这一点，赖子的心情就格外沉重。

或许画家和欣赏画的人都没有那种想法，但从赖子的立场来看，自己曾经的姿态成了画作的卖点，这一点让她心情郁闷。

被一流画家画进画里，在感到自豪的同时，也感到了一种被迫赤身裸体暴露在大庭广众之下的耻辱。

虽然很妖艳，但那被过分夸张的短短的腿和长长的躯干里面好像凝聚了日本女人独有的喜悦和哀愁，这一点让赖子很不高兴。

这种心情好像不管怎么给村冈解释，他也不会明白。

"司机来接您了！"

好像被服务员的声音救了似的，赖子撇下还在那里看得出神的村冈，先把草屦穿上了。

雅居尔并不像银座众多的酒吧那样采用业绩提成的制度。如果采用那种制度，女孩子每月的工资是根据她当月的销售额决定的，客人越多的女孩子得到的月工资越高。

那就是所谓的绩效工资，乍看上去挺合理，可是女孩子之间的竞争也会变得很激烈，有时候姑娘们为了争抢客人会发生争执。

不管酒吧的销售业绩提高了多少，同一家酒吧里的陪酒姑娘们互相争抢就不太像话了。

既然客人到酒吧里来玩儿，店家就希望客人能玩儿得舒畅放松，姑娘们也能安下心来接待客人。

另外，客人中的一大半都是赖子的客人。因为他们是奔着赖子来的，如果采用业绩提成的办法，其他的女孩子就不好办了。

不过话虽如此，因为姑娘里面有受客人欢迎的，也有不太受欢迎的，所以工资方面自然而然地就有差别。虽然从某种程度上说，那也是没有办法的事儿，但没有采用业务提成办法的酒吧那么两极分化。或许是因为这个缘故吧！也有人说，雅居尔的姑娘们跟其他酒吧的女孩子比起来更稳重一些。

但是，那不一定就是坏事。现在这个世道，弱肉强食竞争激烈，可以说，那种从容不迫的氛围更受客人欢迎。即便如此，赖子还是鼓励姑娘们尽量和客人结伴来店里。

按规定，普通的女孩子晚上六点半之前必须来酒吧上班，如果是和客人结伴来的话，八点之前来酒吧就可以。

赖子和村冈到达雅居尔的时候是八点半。

进了十一月以后，这段时间酒吧上客的情况有些不好，但今晚的情况很不错，三张台子都已经坐满了客人。

村冈一进门就听到了一声热情的"欢迎光临"，紧接着就被领到了最左边的一号台上，赖子则进了入口左手边的衣帽间。

领班和女孩子们一眼就看出来赖子是和村冈结伴来的，但普通的客人却看不出来。

其实，即使被他们看到自己和村冈一起进来，解释说是在电梯里碰上的就完了。

不过，赖子并不是特别想隐瞒自己和客人结伴来店这件事情。身为老板娘，和客人一起吃饭是常有的事，饭后一起到店里来也是很自然的事情。

赖子进了衣帽间，脱下短外罩，拿出带镜子的小粉盒照了照脸，然后听领班给她汇报。

看样子也没什么特别的事情，领班说，有两个客人来过电话，然后向赖子汇报了一下今晚都有谁缺勤。

赖子走进大厅，客人们纷纷跟她打招呼。

"到哪里和男人胡搞去了？"

"因为你不在，刚才正想回去呢！"

也有客人说脏话荤话，但眼睛里满是笑意。

"天啊！什么风把您给吹来了！"

"敢问您一向可好？"

赖子一边逐个向客人鞠躬道歉，一边高声向客人们打招呼。

赖子觉得自己是那种好恶分明对客人很挑剔的人，但和客人打起招呼来还是比较轻松愉快的。一方面是因为过去做舞伎的时候，经常去宴席上陪客人，已经被训练出来了；另一个原因就是，客人里面没有自己特别喜欢的人。

但是，赖子和坐在三号台上的秋山四目相对的时候，心里一咯噔，瞬间往后退了一步，他今天是和两个客人一起来的。

"欢迎光临……"

赖子觉得自己的声音很镇定，可眼睛不由自主地躲开了对方的
视线。

"这位是我们的营业部长，这位是池袋的支店长！"

秋山给赖子介绍了一下两个同伴，再次看了赖子一眼说道：

"这两位说是想看看妈妈桑长得什么样！"

赖子觉得他不至于把上次的事情告诉这两个人，但他的态度自
然而然地表现出一种深知女人肉体的男人的自信。

"你是不是有点儿瘦了？"

"是吗？体重可是一点儿都没变。"

"那是因为妈妈桑是那种穿上衣服显瘦的人！"

秋山想把手放在赖子的小手上，赖子连忙把手拿开，端起了杯
子。

"今天您还是来得挺早啊！"

赖子直接把话题岔开了。

"明天去打高尔夫，去宫崎，妈妈桑也一起去吧！"

"要是能去就好了！"

"就休息一天没事儿吧？休一天吧！"

赖子虽然眼睛在笑，可心里想，这个男人可能是有些误会了。

上次把身子给他，并不是因为多么喜欢他，只是因为在熊仓的
事情上他帮了自己的忙，为了表示感谢才以身相许的。当然也不是
讨厌他，但绝不是爱他。虽然就那么一次，但听他那口气好像自己
已经成了他的女人。

在床上的话另当别论，在别的地方他也那么个口气，实在是太
烦人了。

"请各位慢慢玩儿！"

见赖子放下了酒杯，秋山无可奈何地苦笑了一下说道：

"对了！上次你说的那个叫熊仓的男的又来了，求我务必想办法帮帮他，最后是哭着央求我，真服了！"

"然后怎么样了呢？"

"按照妈妈桑的意思，我拒绝了他，好像这次又哭着去找三京银行了！或许是求三京银行给他紧急贷款，我估计够呛！"

"您说的就是三京银行吗？"

"三京银行和我们也有业务往来，所以我才知道的！"

赖子点点头，秋山又要了一杯加水威士忌。赖子见机把杯垫盖在自己的杯子上，站了起来。

村冈从刚才开始就让一个叫明美的姑娘陪他说话，赖子一走过去他就问："你喝什么？"

赖子点了一杯鲜果汁，然后说了声"不好意思"。

人家好不容易陪着自己来了，自己却没时间陪他坐坐，赖子心里很是过意不去，但在这些事情上村冈很是宽宏大量。

既然是老板娘，就要到每个客人的台子上去转转，这也是没办法的事情。但是，和这么受欢迎的老板娘一起吃了饭，还陪着她一起到店里来了，村冈或许只因这一点就很满足了。

"今天真是多谢您款待了！"

赖子再次表示感谢，端起果汁杯子和村冈轻轻碰了一下杯，感觉终于可以喘口气了。

那天晚上也有两个客人邀请赖子下班之后去喝酒，但她以京都来亲戚了为由拒绝了。实际上，妹妹槙子这会儿正在家里等着，说起来也不完全是撒谎。

十二点打烊，和领班商量了一些事情，回到公寓的时候快一点了。赖子好久没有这么早回过家了。

赖子习惯性地把手伸进包里想把钥匙掏出来，忽然想起槙子已经先到家了。她直接推开门，忽然听到里面传出不知是音乐还是电视杂音的声音。

槙子这是在干什么？赖子很是不可思议，她低头看了一眼脱鞋的地方，发现一双很像槙子穿的高跟浅口皮鞋胡乱地扔在那里。

"我回来了！"

赖子朝里面喊了一声，可是槙子好像没听见，里面依旧传来那种奇妙的声音，电子音里面好像还混着马蹄声。

赖子脱下草屐走进屋里，发现槙子正懒洋洋地仰面躺在正面的沙发上，茶几上放着一台大大的磁带录音机。那奇妙的声音好像就是从里面的磁带里放出来的。

"你在干什么？听这么奇怪的东西！"

听到赖子的声音，槙子慌忙坐了起来。

"天啊！吓我一大跳！你怎么突然就进来了？"

"我不是喊了一声'我回来了吗'？音量开得那么大，你是没听见吧？你这样会打扰邻居的，把音量调小一点！"

"真烦人！人家正听着呢！"

槙子好像刚洗过澡，她倒是挺聪明，头发还湿淋淋的就把赖子的睡衣穿在身上了。

"你听的那是什么呀……"

"我说姐姐啊！你连这么好的曲子都不知道啊！这可是当今红透半边天的 Yellow Magic Orchestra 啊！"

"那些国外的乐队我不太懂！"

"不是的，这是日本的乐队，不过这支乐队在美国比在国内还要受欢迎！"

"稀奇古怪的！听上去怎么像电视游戏的声音啊！"

"姐姐也知道这支乐队和普通的乐队不一样啊！这叫电子音响合成器！"

"什么？什么电子音响合成器？"

"真愁死我啦！"

槇子夸张地缩了缩肩膀。

关于当今的音乐我是不懂，可我不会让警察给抓起来的！赖子很想那么说，可转念一想，那么说有点儿太过分了，所以什么都没说。她进了卧室脱下了和服。

槇子调低音量，还在那里听那种奇妙的音乐。

赖子把卧室和客厅之间的门开着问道：

"槇子是几点到这里的？"

"九点左右吧！从那之后，我一直这样老老实实地待着！"

也不知道她说的是不是真的，赖子多少有些怀疑，但槇子一直老实待着好像是真的。

"公寓那边没什么事儿吧？"

"没什么……"

"其他的那几个朋友呢？"

"我不知道，她们怎么样关我什么事儿！"

槇子或许是不愿想起那些讨厌的事情，口气很冷淡。

赖子没心思再对槇子继续刨根问底，可是也不能什么都不说。

赖子卸了妆换上浴衣，去水池子那边冲咖啡。

"我问你，你不会真有大麻那种东西吧？"

"我为什么要有那种东西呢？"

"要是那样就好！就怕警察从被抓住的那几个人开始顺藤摸瓜逐个进家搜查，要是连你的房间都被搜查的话可就麻烦了！"

"我确实昨天晚上吸大麻了，就那么点事儿！"

槙子气鼓鼓地点上了一支烟。

"可是，大麻和烟酒也没什么区别啊！美国的那些演奏家啦，艺术家啦，还有那些公司老总都在抽嘛！只有日本这么落后，都认为大麻和毒品兴奋剂是一样的，这也太奇怪了！"

"就算日本落后，既然是被禁止的东西就不能抽！"

"你说的也是，可那些人什么都不懂就瞎说……"

赖子泡好咖啡端了过来，槙子满腹牢骚地对赖子说道：

"也是奇怪了！怎么只有我们几个被抓住了？"

"还有其他吸大麻的人吗？"

"那些飞枪也有很多！"

"什么呀！'飞枪'是什么意思？"

"因为吸了就会飞，所以那些人被称为'飞枪'。"

赖子目瞪口呆，槙子懊恼地咬着嘴唇说道：

"明明那么多吸大麻的，偏偏只有吉米被抓住了……"

槙子说完就低下了头。

"槙子我问你，你是不是喜欢那个叫什么吉米的人？"

"……"

"你和那个人之间有过什么事儿吗？"

赖子问了她两遍她也不回答，看样子应该理解为两人之间发生过关系。

"这次的事情，大学那边不会知道吧？"

"不会吧……应该没事儿的！"

槙子摇摇头，她尽管嘴上这么说，脸色却煞白。

第二天早晨，槙子七点就醒了。

光线从窗帘的一角漏进来，能看到大衣橱，壁龛里摆着鼓。

槙子瞬间有一种错觉，感觉现在是在京都的老家里，但她马上就想起来了，这里是姐姐住的公寓。

昨天晚上和赖子姐姐说话，上床睡觉的时候已经过了两点了。但自己迟迟不能入睡，到了天快亮的时候才朦朦胧胧地睡着了。

中间她做了一个梦，梦见吉米被警察追，自己也跟在后面跑。吉米被警察追还有情可原，自己跟在后面跑却是很不可思议。

槙子又看了一眼枕头边上的钟表，然后穿着睡衣爬起来了。拉开隔扇一看，南向的客厅已经溢满了朝阳的光辉。

赖子这会儿应该还在左边的卧室里睡觉。

为了不被姐姐察觉，槙子蹑手蹑脚地走到了玄关口，从报箱里拿出了报纸。然后直接回到和式房间，钻进被窝里打开了报纸。

她对政治和经济版不感兴趣，急忙翻开了社会版。

"冲浪乐队的吉米等人被逮捕"的大标题一下子跃入了槙子的眼帘。她瞬间移开了视线，然后又胆战心惊地慢慢看了起来。

标题很醒目，下面就是"大麻派对"，旁边是戴着墨镜的吉米的照片。

"目黑警署查明，有人从十六日深夜到第二天凌晨在目黑区青叶台五一二一六的三〇二号吉米冈田即冈田次郎（二十三岁）的公寓房间内举行大麻派对，警方以《违反大麻取缔法》的罪名当场逮捕了冈田和该乐队成员川部孝（二十五岁），对当时在现场的其他乐队成员和学生共六人进行了审问。吉米冈田是摇滚乐队'冲浪'的核心成员，在年轻人和大学生中间广受欢迎，警方在暗中调查中早就发现冈田从很早以前就吸食大麻，警方认为他也有走私和藏匿毒品的嫌疑……"

这篇报道还有一段乐队经理人的谈话："我做梦都没想到吉米他们在做那样的事情。原计划从下周开始在关西进行演出，现在这个情况的话，估计只能取消计划了。给众多粉丝添了麻烦，非常抱歉！"

槙子读到这里，不由地长叹一口气。

槙子对上报纸这件事早就做好了心理准备，可是没想到会被如此大肆渲染。

看样子警方确实从很早就开始暗中调查了，或许吉米也早就闻出了些许味道。就在被抓现行的当天他还说"这段时间太悬了"。大体上来说，吉米身上有一种明知山有虎偏往虎山行的劲头，明明知道危险就在眼前，可他还是我行我素毫不在乎。

但是，吉米从来没有强卖大麻给他人或强人所难逼着别人吸大麻，对槙子她们也只是说："想吸的话就吸吧！"

所以槙子不觉得吉米会走私大麻。实际上他那么忙，也没有时间做那种事情。偶尔去趟美国，回国的时候即便是带回来过，但那也算不上走私啊！

可是，经理人的那番话又是多么虚伪啊！简直就是睁着眼说瞎话。明明他也一起吸过，依仗着那天侥幸不在场，这会儿就装出一副毫不知情的样子，听他那个口气，好像现在才知道似的。

乐队的伙伴们就不用说了，周围的那些人都在吸，现在这个样子好像只有吉米一个人被当成了恶人。

说实话，槙子因为自己的名字没上报纸而长出了一口气。那个警察信守约定，为自己守住了秘密。

这样就不用担心被老家和大学知道了，最糟糕的情况好像可以避免了。

但是，不能因为自己的名字没有出现，就说这个事情已经和自己毫无关系了。不管怎么说，吉米的事情如此醒目如此大篇幅地上了报纸，就不是件好事情。

一般人知道不知道都无所谓，乐队的伙伴们可都知道吉米和槙子之间的关系。迄今为止，凡是吉米去过的地方，槙子几乎都跟着去了。冲浪乐队全国巡演的时候，她也跟着去了，而且还不是单纯的追星族，而是吉米确确实实的名正言顺的女朋友。

大体上来说，追星族也分为两伙，一伙是受男孩子喜欢的女孩子，一伙是不受男孩子喜欢的女孩子。

那些不受男孩子喜欢的女孩子不管追到哪里，交通费和住酒店的费用都是自己负担，连车票都得自己买。还有，她们给乐队男孩子们送花送衣服甚至送钱，顶多也就是让乐队成员跟自己握个手，或者是得到几张彩色纸。

但是，槙子迄今为止从未受过那种屈辱性的待遇。不，准确地说应该是，槙子绝不让他们那样对待自己。跟着乐队到各地去演出的时候，只有交通费是自己负担，酒店的事情或者由经理人安排，或者是和吉米住一个房间。观看演出的座位也是他们给订好的，演出结束后，和他们一起玩儿到深夜。

虽说是粉丝，但槙子作为吉米的女朋友，受到的待遇是女王级别的。悦子和查米也是一样，她俩分别跟乐队的主吉他手和主唱有关系，都是乐队的男孩子主动讨好她们。

虽然都是粉丝，都和他们有肉体关系，但绝不能让他们看到自己软弱的地方。那也是所谓的好女人的尊严。

不过，要成为那样的好女人必须具备各种各样的条件。第一条就是长得漂亮身材也好。槙子身高一米五八，体重四十八公斤，最令男孩子喜欢的一点就是玲珑可爱。另外，懂音乐是必须的，穿衣打扮也要有品位，若是会打网球、高尔夫或者会滑雪就比较受男孩子欢迎。

另外，头脑聪明、谈吐有品位、性事方面好聚好散、不死缠烂磨也是一个重要条件。

越是那些不受欢迎的女人越喜欢黏黏糊糊死缠着男人不放，那种做派最低贱，男人们也会腻烦的。当然，某种程度上家境要好，必须有足够的零花钱。至于开什么车，宝马、奥迪或宝马 MINI COOPER 比较有面子。

说得清楚一点，对男人说"我喜欢你所以求求你了"，求着男人上床这样的事情是绝对不能做的！要让男人说"我求求你了让我亲亲吧"，如果不是男人主动哀求就绝对不接受。

一个女人全身心地迷恋一个男人，最后变得眼里只有那个男人，槙子她们最瞧不起这种女人，把这种因痴情而变得盲目的行为称为"玉碎"。

即使把身体给予男人，也知道给予的价值，这正是槙子她们这伙女孩子感到自豪的地方。

所以，如果在今天早晨的报纸上看到了吉米被逮捕的消息，伙伴们都会联想到槙子。

而且，他们不仅会想"吉米这小子，这回彻底栽了"，而且还会讥讽一直和吉米形影不离的槙子，笑话她"没有看男人的眼光"。

在那个圈子里，男男女女貌似关系不错，可实际上一直在互相竞争。乐队成员和乐队成员之间，女人和女人之间，都憋着一股劲儿，谁也不服谁。

对于他们来说，这次的事情虽然是自己的伙伴遭受了损失，但说不定也有人在背地里幸灾乐祸。

不想把自己的弱点暴露给那帮人！不需要他们虚情假意的同情和假惺惺的安慰！正是在这种时候才应该向他们显示一个好女人临危不乱的气魄和风度。

一边看着报纸，槙子的脑子在飞快地转动。

赖子起床的时候是八点半了。

尽管赖子是晚上工作，可早晨醒得却很早。而且，只要一爬起来就一刻也闲不住。她一起来就开始打扫卫生，在厨房里准备早饭。或许是因为晚上不吃饭的缘故吧，赖子每天早饭都要吃，而且一点儿也不凑合。

但是，槙子早晨就很难起床。如果没人把她叫起来，她可以睡到中午。上午有课的时候，她要在枕头两边都放上闹钟，在刺耳的闹钟声里勉强才能爬起来。

"还这么年轻，你怎么这么贪睡呢？"

赖子一脸的不解。

"不是正因为年轻才贪睡吗？等你每天早上老早就起来的时候，你就成了老太婆了！"

槙子在那里挖苦赖子。说实话，赖子每天早起和她与生俱来的一丝不苟的性格有关系。母亲也是这样，爬起来就开始在厨房里叮叮当当地忙活。

怎么办呢？槙子躺在被窝里想。

虽然眼睛已经睁开了，可报纸的事情总是让她挂怀。要不要给姐姐看呢？可能的话，真不想给她看。但是她迟早会知道的，这都是明摆着的事儿。想掩盖也是掩盖不住的。

槙子下定了决心，拿着报纸从床上起来了。上身毛衣下身牛仔裤的赖子这会儿正在阳台上给赏叶植物浇水。

"姐姐早上好！"

穿着睡衣的槙子跟姐姐打招呼，赖子回过头来。

"槙子原来已经起来啦！"

"在这上面登着呢！"

槙子把报纸放在茶几上，赖子放下手中的喷壶，把报纸拿了起来。

现在不到九点，太阳的光线还很弱，但南向的房间已经溢满了阳光。槙子去了盥洗室，刷牙洗脸，等她回到客厅的时候，发现赖子正把登着吉米照片的报纸铺开，在那里长吁短叹。

"这个人好像也走私毒品啊！"

"那谁知道啊！那上面不也只是写着有嫌疑吗？"

"所谓有嫌疑不就是相当可疑吗？真的和你没关系吧？"

"昨天晚上不是跟你说了没关系吗？"

这不是昨天晚上的事情又老调重弹吗？槙子感觉烦透了，她回到和式房间，脱下睡衣换好了衣服。

因为昨天心情格外郁闷，槙子来姐姐家的时候，尽情打扮得漂漂亮亮的。

裙子是及膝的黑色紧身裙，旁边的开叉很高。衬衫是白底带图案的，腰间扎了一条红皮带，套上了一件有亮片装饰的羊绒毛衣，外面披了一件绒面革的防寒夹克服。

昨天晚上那身打扮倒是没问题，可到了今天早晨却觉得有点儿太花哨了。槙子摘下闪着红光和银光的耳环，手里拿着夹克回到客厅，发现赖子正坐在沙发上喝咖啡。

"你这就要出去吗？"

"我想去找悦子她们……"

"不是去学校吗？"

"学校上午没课！"

说实话，槙子现在那还顾得上什么上课！这会儿她只想先找到悦子和查米，知情人之间先聊一聊。

"姐姐，借我用一用！"

槙子借姐姐的梳妆台开始化妆，赖子到厨房去给她冲了一杯咖啡。

"你别嫌姐姐啰唆，真的没事儿是吗？"

"你不会是爱上这个叫吉米的人了吧？"

"什么呀……姐姐不要讲那些稀奇古怪的话！"

"可是，你们以前有过关系吧？"

被姊妹中最美的赖子盯着看，槙子在气势上也被压倒了，终于说了实话。

"那倒是有过，可是，那个和这个是两码事啊！"

"什么？你意思是说虽然发生过关系却不爱他？"

"当然了！他只是个男朋友嘛！"

"要是那样就好了……"

在这一点上，赖子却格外地理解槙子。要是母亲或二姐里子的话，她们一定会不依不饶地责备槙子，说都发生关系了怎么会不爱对方呢？赖子在这一点上很干脆很清爽，虽然身体给了对方，但精神是清醒的。

"对那些男人可不能以心相许啊！这个人你就忘了吧！"

能不能简单地忘掉暂且不说，槙子也觉得今后不能再和他们一起玩儿了。

之所以和那些音乐人交往，是因为在一起很快乐，自己也很风光，能够随时听到最新的音乐，可以处在流行的最前沿。如果能和一流的音乐人亲密交往，仅因为这一点在女人中间就颇有面子。

但是，槙子从一开始就没打算和他们一直玩儿下去。一般来说，那些搞音乐的人都朝秦暮楚很好色，将来也很不安定。在技术上出类拔萃的人可以在音乐圈里活下去，即便如此，也不敢说是绝对高枕无忧。

在年轻的学生时代，他们是有趣的玩伴，但是作为将来结婚的对象就有问题了。

　　槙子在这一点上很冷静，玩儿是玩儿，婚姻是婚姻，在这一点上她态度很明确，分得也很清楚。也可以说，正因为这样，她即使和对方关系已经很深了，也依然能够当成一种玩乐或游戏去享受。

　　"这些男的不会把你的事情说出去吧？"

　　"说给谁？"

　　"给其他人。"

　　"绝不会有那种事的！"

　　他们知道槙子过去是吉米的女朋友，不会因为现在分手了就不依不舍，到处宣扬那个女人和自己发生过关系。可以说，正是因为他们不是那么庸俗粗鄙的人，槙子才和她们交往的。

　　"这段时间你可能比较寂寞，但最好不要和任何人见面！"

　　"即使身边没有了吉米，我也没问题！再说我还有备胎呢！"

　　"什么？你说的备胎是什么意思？"

　　"就是说，我另外还有庆应大学和立教大学的正儿八经的男朋友。"

　　槙子一边和摇滚乐队的成员交往，同时也和庆应大学和立教大学的男友保持联系。这些男友都是通过朋友介绍或去滑雪的时候认识的，都是相当正派的男孩子。

　　"可是，他们不会知道你和吉米他们的关系吧？"

　　"绝对不会的，他们的朋友圈根本不一样！"

　　"你也够精明的！"

　　赖子很惊讶，不由地又看了槙子一眼。

　　出了青山的公寓，槙子马上用公用电话给查米打了一个电话。其实，从赖子的房间里打电话也没问题，但总觉得会被赖子探听，心里有些不踏实。

查米昨天被警察抓住，后来被母亲从警署里领回家了，好像她一直在家里憋着。

要是平时的话，她会在电话里拖着长腔答应一声"哈—依"，然后装腔作势地问"你状态怎么样"，或者懒洋洋地回答"就那样呗"，但是今天就不同了，她一接起电话来就问"你在忙什么呀"，声音里充满了想念。

看样子感到寂寞的不光是自己，查米也很寂寞。

两人很快就约好在六本木的一家叫"卡普乔"的咖啡厅里见面，还决定把悦子也约出来。

查米专科毕业以后一直待在家里，但悦子一直在做时装模特。说是模特，其实也不参加时装表演，也就是上上时装杂志或拍拍广告之类的。

这次的大麻派对悦子也参加了，不过因为第二天有工作，就早早回家了。幸亏她回去得早没被警察抓住，如果她当时也在场的话，报纸上或许会写"时装模特也一起被抓"了。

给悦子一打电话，她说晚上有工作，但在那之前有时间，马上就去。

因为离约定的时间还有一个小时，槙子忽然有个念头想去学校看一看，但是中间又改变了想法，决定到附近的咖啡厅去消磨时间。

槙子的大学因富家子女多而闻名，而且打扮时髦的学生很多，所以深受男孩子欢迎。

在选择专业的时候槙子一直很犹豫，不知道选法国文学好还是选历史学好，犹豫半天最终还是选择了史学专业。

理由是，如果选择法国文学，总有一种流于热潮赶时髦的感觉，但选择史学专业的话，就显得比较有个性，还有一个理由就是，讲授古代史的久尾教授是个风流倜傥风度翩翩的年轻学者。

当槙子向家里人宣布选择了史学专业的时候，母亲阿常极力反对，说："钻进故纸堆里学那些陈腐的东西有什么用？这下子我们娘俩的缘分就远了！"赖子姐姐只是目瞪口呆，说："你总要学那些没用的东西！"里子在那里叹息，说："好像挺难啊！"

家人的反应是三人三个样，但她们好像谁都不知道史学专业在学生中间是最受欢迎的专业。

说实话，槙子在大学里的成绩并不怎么好。追着"冲浪"乐队到处跑，成绩不好也没什么奇怪的，即使这样，槙子仍然和别的同学一样拿到了学分。

班里虽然也有拼命学习成绩好的女孩子，但事半功倍，付出最少的努力取得最佳成效，才是聪明孩子的做法。

槙子因为现在是大三，所以依旧优哉游哉。

今天按说有埃及文明的课，可想想这次出的事儿，槙子又懒得去见大学里的同学了。

他们不知道槙子和吉米有关系，见了面也只能谈些别的话题。

在陌生的咖啡馆里磨蹭了半个小时之后，槙子向着约好的六本木的那家咖啡厅走去。

槙子经常在这家咖啡厅和查米、悦子见面。

半年前，这家咖啡厅作为年轻人聚会的场所被一家周刊杂志介绍过，貌似献身型追星族的女孩子有时候也在这里出现。

所谓献身型追星族翻译成日语就是"肉弹追星族"，指的是那些和音乐人有肉体关系的女粉丝。其实那里面也有各种各样的肉弹女粉丝。比如说，槙子她们也和他们有肉体关系，但不是女性这边剃头挑子一头热，而是男性也对她们有好感。虽说都是献身型的追星族，但其中还是稍有区别的，槙子她们有一种骄傲，感觉比她们高一个档次。

槟子走进卡普乔，早就到了的查米朝她招手。两个人对面坐下，点了牛奶咖啡，不一会儿悦子也到了。

三个人这么准时聚在一起还真稀罕，或许大家都想见面。

"怎么样？"

"挺好的！"

"太好了！"

三个人互相问候，又互相点头。

有句话叫"一日不见如隔三秋"，三人只是一天没见面，却觉得有一年没见面了。

但是，这次的事情给三人带来的影响却是各自不同。

首先，在这次事件中受伤最轻的是悦子。

她虽然也去参加派对了，但是早早就回去了，所以没有受到警察的审问。另外，她的那位主吉他手的男朋友也一起去送她，所以两个人都躲过了一劫。

相比之下，查米不但受到了警察的审问，事情还被母亲知道了。还有，她的男朋友阿健也一起接受了审问。

幸好两个人都被释放了，但在家里失去信用，是板上钉钉的事儿了。

事实上，今天早晨打电话的时候是她妈妈接的电话，确认她女儿是不是真的和槟子她们见面。

但是，受损失最惨重的是槟子。

她不光自己被审问了，连她的男朋友吉米都作为主犯被拘留了，这个事情还那么醒目地上了报纸。

这种差别也自然而然地表现在三人的态度上。

可能是因为自己没有被抓住的缘故吧，悦子很体谅地递过烟来问两人："抽不抽？"

槟子现在很后悔那时候为什么没有和悦子一起回去，可事到如今，说那些也没用了。

查米发牢骚说："昨天晚上被教训了一晚上，阿健来电话找我，可妈妈就是不让我接！"

"不过，来这里之前，和阿健联系上了，回头我俩就能见面了！"查米喜形于色地说道。

"吉米现在怎么样了？"

"好像不能去见他吧？"

"好像可以送些吃的，在里面吃那样的东西，简直太可怜了！"

"不过，他也没犯太大的罪过，很快就会被放回来的！"

两个人你一言我一语地安慰槟子，槟子却在那里一言不发。

"吉米音乐才能出类拔萃，一定能重回乐队的！"

"吉米的事情已经无所谓了！"

"可是，好像是他一个人顶罪了啊！经纪人明明也吸大麻了，你看他那副若无其事的嘴脸，我看了今天早上的报纸，真想把他的事情告诉警察！"

"算了吧！我已经和他们没关系了！"

"槟子，你这话什么意思？"

"到此一切都结束了！"

"你说的是真话？"

"我也是二十二岁的人了，不能再玩儿下去了！"

听槟子那么说，悦子掏出一支烟点着了。

三个人在一起聊了一个小时左右，槟子和两人道别，直接回到了自由之丘的公寓。

在和查米她们见面之前，自己还因为这次的事件心里疙疙瘩瘩的，可和两人见面以后，心里一下子清爽了。

以后不能再和那伙人一起玩儿了……

下了电车，槙子沿着铺满了落叶的明晃晃的马路往前走，感觉自己的青春就要结束了。

才刚刚二十一二岁就说青春结束了或许有点儿早。槙子过去在书上读到过那么一句话，意思好像是说青春是一种心情，和年龄无关。

但是，因为追随摇滚乐队而把自己的生活弄得一团糟的事情，今后不能再做了。

那也不是现在才有的想法，槙子从以前就开始那么想。

即使和查米、悦子谈论男人的时候，槙子内心深处的某个地方一直是清醒的。

和音乐人一起玩耍是不会长久的，不久就会腻烦的。到了那时候，槙子想痛痛快快地和他们分手，绝不拖泥带水。

尽管自认和她俩同为献身型追星族里的精英人物，可槙子还是觉得自己和她们俩有点儿不一样。

比如说，查米是一个十足的女人，属于那种彻底为男人尽忠效劳的类型。今天也是那个样子，说什么马上就能见到阿健了，匆匆忙忙地就走了。如果阿健说想结婚的话，她一定会和他结婚的。

悦子因为现在有自己的工作，所以对男友有点儿冷冰冰的，但如果他赞成自己现在的工作，如果某种程度收入能增加的话，悦子觉得和他结婚也可以。

但是，槙子从开始就没有和吉米结婚的想法。尽管欣赏他的才华，佩服他的品味，但从未忘记过他不过是一时的玩伴。

只不过，槙子从未想到过会以这种形式和吉米分手。她一直想象着两个人会以稍微浪漫一点的形式或者大吵一架之后分手。在这个意义上或许有点儿太简单或不过瘾，但槙子觉得现在是抽身而退的时候了。

当她说出"吉米的事情已经无所谓了"这句话的时候，查米和悦子两人都一脸惊讶，但那也是没有办法的事情，毕竟人和人的活法和想法不一样。

和吉米分手以后，恐怕和查米、悦子也没有多少见面的机会了。

"可是，那也无所谓……"

槙子沿着屋敷町明亮的石墙往前走，感觉心里敞亮，神清气爽。

"自己再加一把劲儿吧！"

槙子把两只手插到夹克的口袋里，小声自言自语。

和吉米他们喝酒的时候，一个乐队男孩说："女人到了二十二岁就是老太婆了！"那时候吉米也附和着说："女人年轻的时候才是鲜花！"

确实，在音乐人的世界里，女人十几岁的时候是鲜花盛开的季节，到了二十岁就是大姐了。

"那不也挺好的吗……"

槙子模仿着吉米的口吻，顺着公寓的楼梯往上爬。

房间还是昨晚出门时的样子，窗户上拉着蓝色的窗帘，茶几上放着一个咖啡杯。

因为自己一个人在这里住，这个样子是理所当然的，但房间没有任何变化还是让槙子有了一种安堵感。

脱下绒面革夹克，刚要把窗帘拉开，突然又改变了想法，她让房间保持昏暗，按下了盒式录音机的播放键。

这盘磁带是史蒂夫·汪达的歌曲，一个双目失明的黑人边弹钢琴边演唱。

心情有些失落的时候，槙子经常听这盘磁带。华丽的音色里面的那种烟色的氛围特别适合她现在的心情。

槙子躺在床上听着那盘磁带，忽然想起了吉米。

他现在在干什么呢？还在目黑警署里吗？要不就是被转移到了别的拘留所？莫非被关进电影上常看到的那种有铁棍子的小黑屋里去了？抑或是正在接受那个盛气凌人嗓音嘶哑的警察的审讯？

因为吉米是个倔强的人，或许一句话也不回答。如果他采取反抗的态度，或许会加深警察对他的坏印象，但希望他不要轻易屈服。

"好好挺住！"槙子一边从内心里声援他，忽然想起了吉米那粗粗的指头。吉米用他粗粗的指头敲过鼓，抚摸过下巴上的胡须，也爱抚过槙子的身体。

灰色的音乐越来越高亢激昂，槙子也随着歌曲的节奏打起了拍子。

突然，电话铃响了。

槙子像被弹起来一样扭头看了看床头柜上的电话。

是谁来的电话？警察吗？

等着电话响了五声的时候，槙子终于慢腾腾地拿起了电话。

"喂喂……"

突然闯进耳鼓的是一个年轻男子的声音。

"是槙子小姐吗？"

槙子听声音就知道是小泉士郎了。

"怎么了，你也不接电话？"

"没怎么，刚才一直在听磁带……"

"好久不见了，你还好吗？"

小泉两年前从庆应大学毕业，现在在三兴商事工作。

槙子三年前通过朋友的介绍开始和他交往，还一起去滑过雪。他身材高大体格健壮，在一流商社上班，家境也不错。他就是槙子所说的备胎中的一个。

"好久没看见你了，找时间聚一聚怎么样？"

"什么时候？"

"只要你没问题，今晚也可以啊！"

这段时间光和其他朋友见面，和小泉有一个多月没见面了。

"昨天发了点儿津贴，合适的话想请你吃个饭！"

槇子把电话贴在耳朵上，调低了录音机的音量。

"公司五点下班，我先回家一趟，然后再出来，咱们在大仓酒店的大堂里见吧！"

"好吧……"

槇子看着渐渐暗下来的窗帘，轻轻地点了点头。

落叶篇

按照往年的情形，京都的红叶是十一月初的时候最好看。

可是今年一反常态，在峡谷地带都进了十一月了还几乎看不到枫叶变红。

不过，红叶是天气骤然变冷的时候才美。从这一点上来说，今年的红叶或许会缺少几分艳丽。

就算缺少几分艳丽，掩映在松树的浓绿和银杏的金黄之间的枫叶的红色依然会被衬托得格外艳丽。尤其是京都的红叶是以一乘寺红叶为主，细小的叶子边缘是细密的锯齿形状，在暖暖的秋阳里，枫叶的丝丝叶脉几乎透明可见，纤美细致，楚楚可怜，那种美正是典型的日本之美。

十月末椎名来电话的时候，里子在电话里向他发出了邀请："很快就是红叶的季节了，您来不来京都赏红叶？"一个曾经一度以身相许的女人要求男人来这种话，里子还是有所顾忌不好意思说出来，所以借邀请对方来赏红叶，把自己的想法说了出来。

"好啊！京都的红叶……"

椎名言辞闪烁，没说来也没说不来。

不能说来可能是因为他很忙吧！有时间的话，按说他一定会来的，里子心里那么想，没再执拗地邀请。

可是，进了十一月枫树的叶子却一直不见变红。

十一月的料理里面，至少有一道菜要在盘子的边上点缀上一片红叶。可是现在根本没有那样的红叶，没办法，两个厨师只好到高雄一带去找了。

可是，从槙尾到栂尾都找遍了，也没找到像样的红叶，没办法去了花背，这才把红叶采了回来。

里子心想，幸亏没有极力邀请椎名来。

把人家叫来了却没有红叶可赏，仅仅是男女幽会的话，只会被对方认为自己是个淫荡的女人。

听说每年十一月份的第二个星期天在岚山举行的"红叶祭"也因为今年的景色是万绿丛中一点红而失去了往年的精彩。

但是，从那以后过了一个星期，连续几天气温骤降，枫叶也迅速变红了。茑乃家的庭院也变成了有几分褪色的绿色，朱红色开始占据了三分之一。里子在院子里捡了三枚最鲜艳的红叶，和信一起放进信封里，给椎名寄了去。

　　终于到了红叶的季节了。这是我今天早晨在院子里捡
的。只一个人欣赏未免有些可惜，随信给您寄去。

　　　　　　　　　　　　　　　　　　　　　里子

里子觉得再写多了也不能好好表达自己的心情，话太多了反而像假话。

收信人的地址写的是椎名公司的地址，寄信人那个地方只盖了一个茑乃家的橡皮章。

信寄出去四天之后椎名来电话了。

"收到你寄来的信和红叶我太高兴了！我把红叶小心翼翼地夹到记事本里了！"

然后他接着问道：

"下个星期可以欣赏到红叶吗？"

"我觉得没问题！您能来吗？"

"星期三在大阪有个会，参加完会议之后，我打算绕道去趟京都。"

"您真的能来吗？"

"看着你寄来的红叶，我忽然很想去看看！"

"要是我没给您寄红叶的话，您是不是就来不了了？"

"那倒不是！想去的心情一直是一样的！"

"好吧！您星期三的晚上能到是吗？"

"因为会议结束是八点左右，到那边可能得十点左右了。我到了以后直接去酒店，你那天怎么样？"

里子瞬间犹豫了一下，接着回答说："没问题！"

"红叶当然只能第二天去看了，因为我必须坐一点左右的新干线回来，所以只有第二天的上午可以，我觉得去不了太远的地方。"

"东山附近也有很好的欣赏红叶的地方。在您来之前，我先找好地方。还订您常住的那家酒店行吗？"

"我估计十点之前就到了，在路上再给你打电话吧！"

"您要是定下能来的话，我在酒店的大堂里等您！"

里子在电话里回答，她觉得自己就像一片枫叶开始染上一抹朱红。

椎名来电话的时候，里子随口就回答了句"没问题"，可是过了一星期，到了周三的时候，红叶开始一片片地飘落了。

不过，红叶快落尽的时候，那种火红的颜色才更加鲜艳。

可是因为银杏的叶子先落，那种金黄和朱红相映生辉的妙趣，就淡了许多。

应该带他到哪里去呢？里子想来想去拿不定主意，因为时间有限，实在太难选择了。

单说赏红叶的胜地，当属高雄的神护寺、槙尾的西明寺和栂尾的高山寺了。要说洛北一带的话，大原的三千院和寂光院也可以考虑。

但是，那些路线太有名了，即使平时好像也有很多人去，再者说也太远了。

要说近的地方，冈崎的永观堂或清水寺红叶也很美，但前者还是人太多，后者又离家太近了。

既然好不容易和椎名去看一次红叶，里子就想找个僻静的地方慢慢地欣赏一番。嵯峨野的祇王寺和小仓山一带虽然也不错，可是那里好像也有很多人去。

踌躇半天，里子最后想到了鹰之峰的光悦寺和修学院前面的莲花寺。这两个地方红叶好看自不必说，关键是比较安静，距离也不是那么远。要想欣赏和光悦垣相映生辉的红枫之美的话，就选光悦寺，要想寻求一处僻静之所的话，就去莲花寺。

到底去哪里，等和椎名见面之后再决定也不迟。

星期三的晚上意外地宴会少，只有三个宴会厅有客人。

宴会不忙的时候当然是更容易出去了，可客人太少了，想找个出去的借口都不容易。

自从上次和椎名幽会的那天，半夜三更回家之后，母亲阿常就开始对里子的一举一动很留意了。母亲只是嘴上不说而已，从态度上就能看出来她很警惕。

实际上，深夜晚归的第二天早晨，里子连声招呼都没打就出去了，过了中午才回来，母亲觉得她可疑也不是没有道理的。

丈夫菊雄总能想办法糊弄过去，可同为女性的母亲就很难蒙骗过去了。

不管怎么说，这回要是再打椎名的旗号的话，母亲只会更加怀疑。

思来想去，里子决定还是去求千鹤子。

"我帮你忙绝对没关系！不过可要说清楚了，你真的只是和他见个面是吗？"

看着里子那认真的表情，好像千鹤子也有点不安了。

里子编了个理由说是和千鹤子一起被她的客人叫去喝酒，试探着给母亲说了一声。

因为是宴会结束的九点以后出去，母亲很爽快地就答应了，那种爽快劲儿超乎里子的想象。不过最后还不忘嘱咐一句"早点儿回来"。

九点半的时候，里子坐上那辆叫好的车向酒店驶去。考虑到今天去见椎名，里子穿了一件淡紫色的捻线绸和服，系了一条淡黄色的带子。

也不知为什么，里子和椎名见面的时候，总是不由自主地选择比较素气的图案。也不是说花哨的图案不相配，或许那种掩人耳目去偷情的心情自然而然地表现在了衣服的颜色和图案上。

到了酒店，穿过前台往左边的大堂一拐，看见椎名正坐在沙发上抽烟。

或许是因为今天参加会议的缘故吧，椎名穿着灰色的西装，系着领带。

"让您久等了！"

"哪里，我也是刚到！"

椎名把正抽着的烟在白色的小石子里掐灭，朝着电梯方向边走边问：

"要不要喝点儿什么东西？"

"不用了……"

电梯门马上就开了，两人进了电梯，一对好像外国夫妇的客人紧接着也走了进来。

"没想到京都这么暖和，真让我吃了一惊！"

"这两三天天气又稍微缓和了一些！"

里子边走边回答，忽然察觉自己正跟着椎名去他的房间。

以前的话，不会这么大胆的。见了面都是先吃饭或喝酒，然后聊聊天。但现在只想两个人在一起，甚至觉得旁边的这对外国夫妇碍事。

不一会儿，电梯在五楼停住了，两人出了电梯。顺着走廊往左走二十米左右就是椎名的房间了。

椎名从口袋里掏出钥匙，打开了门。

在他的眼神的催促下，里子也进了房间。

房间是双人间，和大床相反一侧的桌子上亮着一盏台灯。

看到房间里的这幅景象，里子呆呆地站在那里不动，椎名关上门，忽然把里子紧紧搂在怀里。

"我太想你了！"

"我也是……"

里子小声呢喃着，已经什么都不去想了，主动把香唇送了上去。

这次也是一样，就像从遥远的原野尽头乘着微风飘回来一样，里子渐渐地醒了过来。那种身体被满足的余韵无限温柔，浑身懒洋洋的，甚至还有一丝舍不得。

里子连手指都不愿动一动，全身的力量好像都被卸掉了，她就想这样静静地躺在椎名身旁，一直躺下去。

但是，这样的时光不会永远持续下去的。

里子闭着眼睛，感受着这幸福的时光正分分秒秒地流逝。

现在几点了？她想问又不敢问。说不定现在已经很晚了，里子很担心，害怕不敢问。

过了一会儿，椎名把压在里子肩膀下面的胳膊抽了出来，把脸转了过来。他虽然不说话，但知道他正凝视着自己，里子抬起脸来，在淡淡的灯光里看到了椎名的脸。

里子再次把脸贴在椎名的胸膛上问道：

"你喜欢我吗？"

"当然了！"

"有多喜欢？"

"是啊……"

椎名一下子憋住了，不知怎么说才好。

"很喜欢，到了说不出来的程度！"

"我的喜欢比大海还深，比富士山还高！"

"我的比珠穆朗玛峰还高！"

"我比那个还高两倍……"

说到这里，两人都忍不住大笑起来。

但是，接下来的一瞬间，里子忽然变得悲哀起来。

这么幸福的时光为什么不能永远持续呢？快乐的时间太过短暂，唯有忧愁的时光那么漫长。她觉得正因为有了那么漫长的痛苦，才有了眼前这转瞬即逝的幸福一刻。

"我好痛苦……"里子情不自禁地小声说道。

椎名却沉默不语。

他或许不知道自己有多么爱他吧？

说什么比富士山高、比珠穆朗玛峰高，说到底那都是文字游戏，爱的深度是没法互相测量的。

但是，要单纯地说男女双方谁的爱更深，当然是女人比男人更深。

里子心想，椎名当然也爱着自己。她相信至少现在的瞬间是那样的。

但是，在一往情深的深度上，男人根本比不上女人。认定了一个男人的女人的执着会把世上的一切烧成灰烬。所以，被什么东西附体，变成鬼怪、变得邪淫的都是女人。

"我害怕！"

"害怕？"

"害怕！"

今后会喜欢对方到什么程度，自己会陷进去多深？要是自己没法控制自己了怎么办？想到这些，里子觉得自己好可怕，心里瘆得慌。

"几点了？"

里子鞭笞着快要瘫倒的自己问道。

椎名直起上半身看了看床头柜上的表。

"你觉得是几点了？"

"一点左右……"

害怕知道太晚了，里子特意多说了一点，椎名摇摇头说道：

"不对！是十二点半！"

明明和自己一开始想的一样，里子却觉得好像赚了三十分钟。

"我可以再待一会儿吗？"

"当然！我希望你待一会儿！"

里子又抬起脸来，看着椎名的胸膛幽幽地说道：

"从那次以后，我今天还是第一次呢！或许说了你也不会相信，自从上次在岚山和您相会之后，我还一次都没……"

里子自己也不明白，为什么现在突然把那个事情说了出来。但是，唯有这件事她想给椎名说清楚。

"可是，那样的话……"

"不愿意的事情就是不愿意！"

虽然菊雄原本不是那种精力旺盛的男人，可他还是经常向里子求床第之欢。但每次里子都借口身体不好或累了躲开了。

"您能理解吗？"

"……"

女人不可能像男人那样对谁都可以以身相许。一旦有了喜欢的人，她就不想让其他男人碰她一指头。即便是被其他男人碰到了一根头发，她也会背上冒凉气。

"我只让一个人……"

里子话音未落，椎名那厚实的胸膛就扑面而来，里子的身体被椎名的两条胳膊结结实实地包住了。

里子离开酒店是三十分钟之后的事情了。

过了凌晨一点的大街静悄悄的，半夜里起风了，只有路灯排成一排伫立在风中。

里子倚在出租车后座的靠背上，看着窗外淹没在夜色里的加茂川。

在见到椎名之前，里子觉得有一肚子的话要对他说，她已经鼓足了劲儿，准备把压抑至今的痛苦一下子都释放出来。

但是，一旦真的见面了，自己说的这些话别说有想说的一半儿了，就连十分之一都没有。

可话又说回来，里子并非忘了说。心里想着一定要说，可总是被别的事情吸引了注意力，最后就觉得现在说那些也没用。与其讲那些令人心烦的事情变得心情沉重，不如依偎在眼前这厚实的胸膛上，把自己的一切都交给他，这样的话身心都能安静下来。

　　里子觉得，和心爱的男人一番云雨之后就什么都不愿想了，只想永远依偎在男人温暖的怀抱里。

　　然后才猛然发觉，已经到了该回去的时候了。

　　所以，一肚子想说的话总是被往后推，只有被爱抚的感触热乎乎地留在身体里，这更加深了里子和心上人只是匆匆一见就结束的悲哀。

　　不过，里子把夏天和椎名幽会之后一直没和丈夫做爱的事情坦白地告诉了他。在见面之前，里子就一直打算把这个事情告诉他，想让他知道自己对他的爱有多深。

　　听了里子的那番话，椎名瞬间露出了难以相信的表情，说："那样的话……"那口气像是很同情自己的丈夫。

　　椎名那样说到底是什么意思呢？是对妻子被他人夺走的男人的愧疚？还是椎名独有的一种羞臊？

　　里子倒是没有责备他的意思，只不过她一直以为椎名会毫不犹疑地为此感到高兴呢！躲着丈夫，拒绝和丈夫行房，说到底，这一切都是为了椎名。为了自己喜欢的人，想永远为他守身如玉，不愿让别的男人碰自己一手指头，女人的那种愿望和心情是自然而然的。

　　他真的能明白自己的这份心情吗？

　　"您能懂我的心情吗……"

　　听里子这么问，椎名只是沉默不语。

　　椎名当然不会不懂她的心意，他的沉默也一定是懂得了之后的沉默。

但是，里子真希望他这时候也说一句："谢谢你！"

男人不像女人那般直白地表露感情。在爱的表达上，男人比女人要小心谨慎得多，尽管里子也明白这一点，但只是沉默不语，还是让她感到几分落寞。

"他还是什么都不明白啊！"

里子凝视着黑夜里的车窗，幽幽地叹了一口气。

现在回去的地方是一座什么样的地狱，这一点除了里子之外，谁也不知道。

在周围人们的眼睛里，里子是老字号料亭的小老板娘，天生貌美，家境殷实，有一个温柔体贴的丈夫，好像把世间的幸福都集于了一身。

但实际情况却非如此，她被老字号料亭的规矩和严厉的母亲五花大绑地束缚着，不过是一只在笼子里为爱情黯然神伤的可怜的小鸟。

最让里子感到痛苦的是躺在并不喜欢的丈夫身旁心里思念着心上人的那漫长的黑夜。

对里子来说，脚不沾地地到客人们的宴席上去应酬反而是一种救赎。

讨厌的丈夫柔声细语地跟自己说话，伸过手来想抚摸自己的身体的时候，她顿时浑身汗毛倒竖，一阵令人发抖的恶寒瞬间袭遍全身。

里子不敢把这种感觉表现出来，总是推说累了或身体不适蒙混过去。对方一副欲火难耐的样子，言语间一旦露出想干那事儿的意思，里子为了分散他的心思，或者看电视，或者顾左右而言他，转变话题和他闲聊一些别的事情。

但是，那种蒙骗也到了极限了。

不管丈夫是个多么老实巴交的人，如果把他晾上三个月不让他上身的话，他也不会相信的。近来即使推说累了他也不死心，伸过手来非要摸，再躲闪的话他就会问："你是不是讨厌我？"

　　这个时候里子很想说"就是讨厌你"，可那句话都到了嗓子眼儿又被憋回去了，她把被子拉到眼睛的高度，只是一味地等着时间过去。

　　但是，这段时间好像母亲也敏感地觉察到了两人关系的冷淡，对里子说："你也对菊雄好一点儿！"还提醒里子说："你要是太过分了，说不定菊雄会在外面养女人！"

　　里子默默地听着，从母亲的最后一句话里反而看到了一丝希望。

　　丈夫要是真的在外面搞女人的话，那他还值得被刮目相看。被妻子拒绝房事后大发雷霆，霸王硬上弓也要求欢，那样还不行的话，为了泄愤到外面去拈花惹草，那样的男人才算得上是个男人。

　　可是，他却妻子一说不行就像条斗输了的狗一样夹着尾巴仓皇而退，还傻乎乎地问："你不愿意吗？"不一会儿就老老实实地睡着了，睁开眼就开始唱小曲，和进进出出的小商贩或女服务员们闲扯一些无聊透顶的事情。

　　母亲总说："那么敦厚老实的人什么地方你不喜欢？"说实在的，里子最受不了的就是丈夫的过分老实。隐藏在温厚老实里面的那种柔弱无骨的女人气和优柔寡断，让里子觉得不能容忍。

　　当然，里子的看法或许有点片面也有些过分。即便是菊雄，要是找找他身上的长处的话，一定也有很多。就像优点的背面是缺点一样，缺点的背面也有优点。

　　女人一旦厌恶男人的一点就会厌恶他的一切。就像齿轮一样，一旦转错了方向就会永远错下去，一度觉得讨厌的事情就会永远讨厌下去。

"这一切都怪你……"

里子在深夜的出租车里小声嘀咕。

尽管她知道这种说法太自私太任性，但是在椎名出现之前，她从未像现在这样痛苦过。过去虽然不是特别爱菊雄，但勉强还能接受他。

但是，现在里子厌恶菊雄厌恶到死。

"你想为我怎么做……"

里子最想问的就是这句话。

自己每天这么痛苦，椎名会怎么想呢？

他要是说："和你丈夫离婚，到我这里来！"里子第二天就逃出这个家飞到他身边去。如果做不到那一步，希望他至少说一句"和你现在的丈夫分开吧"，或者干脆说句"你就忍着吧"也行。

只要他肯说句什么，里子都会言听计从，心里也能过得去。

但是，沉默是最让人头痛的。那或许是最没有责任心、最保险的回答了，但那样的话，女人只会迷失困惑，茫然不知所措。让一个女人像一团火熊熊燃烧起来，关键的时候却沉默不语，这种做法也太不负责任了！

女人是一团浇上了油的火，一旦燃烧起来就越烧越旺，再也熄不灭了。男人既然是浇上油划着火柴点燃了，等烈焰熊熊烧起来了又装作不知道实在是太自私了。一团火焰一旦烧起来了，你让它熄灭也是不可能的。

"我好痛苦……"

尽管知道椎名的难处，可里子还是忍不住想倾诉。

让自己陷入痛苦的境地却佯装不知，那就是一个自私任性、怯懦可憎的人。可能的话，里子想掐住他的脖子使劲儿摇晃，但同时她比谁都爱他。

"你想怎么办？"

里子又小声嘀咕了一句，出租车开始上坡了，前面就是被黑魆魆的树丛环绕的高台寺了。

第二天，里子十点的时候到酒店去接椎名。

里子让出租车在外面等着，自己正要去前台，忽然看到椎名从大堂深处走了过来。

"谢谢你，你来了真是太好了！"

"您觉得我不会来吗？"

"那倒没有！只是时间这么早，我还担心是不是太勉强了！"

"说实话就是挺勉强的！"

椎名有些吃惊，里子也不顾那么多。

"咱们去哪？您是要坐中午的新干线吧？"

"一点左右之前能坐上就行了！"

"比较近的地方有一座莲花寺，红叶倒不是很多，但院子很安静，那种地方让人心里也安静。"

"你就看着安排吧！"

要是莲花寺的话，离这里也就二三十分钟的车程。即使算上去火车站的时间，要坐一点钟的新干线也绰绰有余。

两人坐进在酒店前面等着的出租车，告诉司机要去的地方，椎名像忽然想起来似的问道：

"你刚才说'就是很勉强'，真的没事儿吗？"

"没事儿的！"

今天早晨从家里出来的时候，里子什么理由都没说。

见里子一大早就开始做出门的准备，菊雄和母亲都问她要到哪里去，可里子只回答了一句"出去一趟"，既不躲也不藏，堂而皇之地出来了。

要是平时的话，菊雄和母亲会继续追问，还会发几句牢骚，今天早晨或许是被里子那种绝对要出门的气势压倒了，两个人都一言不发地傻傻看着。

但是，看着硬要出门的里子，母亲和菊雄一定有了某种异样的感觉。

里子觉得回来以后一定会有一番争吵，但她决定后面的事情先不去想它。

"不好意思，这下子给你添麻烦了！"

如果说椎名身上只有一个让里子不高兴的地方的话，那就是他设身处地为里子想得太多了。

昨天夜里，他为自己和丈夫之间的事情担心，现在又满脸歉疚地说这话。

里子觉得为了两人幽会多多少少付出一点牺牲也是没有办法的事。和菊雄之间的关系变冷，住在家里很难受，那都是没有办法的事情。

什么事情都不可能两头儿都那么顺利。

所以说，椎名也把话说得更清楚更干脆一点就好了。与其为自己考虑那么多多余的事情，还不如斩钉截铁地命令自己，那样的话或许自己心里更畅快更安心。

"我不想让你痛苦……"

"我根本不痛苦！"

"可是，你昨天晚上还说好痛苦。"

"是痛苦，可那是我生活的意义！"

椎名又不说话，只是默默地看着窗外。出租车沿着白川大道一路向北。可能是因为昨天夜里突然降温的缘故吧？天气很晴朗，变红变黄了的树叶反射着阳光，很是耀眼。

出租车到了莲花寺的时候是十点半。

以前寺庙的大门总是静悄悄的，从外面一看还误以为是一座比较大的府邸呢。可现在不同了，路的对面甚至建起了专用的停车场。

进了山门却发现一个人影也没有，可能因为现在是工作日的上午的缘故吧！

在香积厨门口往里面招呼了一声，却没有回音，又喊了一声，终于看见一个中年妇女走了出来。

"可以进去吗？"

"请进！这里有拖鞋！"

"可以要杯茶吗？"

"这里有清茶！"

小台子上应景地摆着几本介绍寺庙的小册子和用白纸包着的彩色明信片。

椎名买了一本小册子，付了茶钱，走了进去。

根据小册子上面的介绍，莲花寺是宽永二年前田家的武士今枝近义为了祭祀曾祖父而在此地修建的。

直到不久之前，除了一小部分人，很少有人知道有这么一座寺庙。但是因为这座庙就在通往大原的路线上，所以那些去三千院和寂光院的人们经常中途到此歇脚，于是莲花寺也渐渐为人知晓了。

里子上次也是从大原回来的路上顺道来这里的。

进去后，穿过一个铺着榻榻米的房间，就到了北面的书院，正面可以看到院子，院子倒不是很大，但树丛茂密，中央有池塘，右边可以看到被松树和枫树环绕的正方形的本堂。整个庭院在深秋的凉意里寂静无声，池塘如镜，倒映着环绕周围的青松和红枫，时不时有几片红叶飘落在水面上。

"那就是莲花型灯笼吧？"

椎名用手指着远处，顺着庭院里的石板路走在前面。

从上面看去，石灯笼呈莲叶形状，好像那正是莲花寺名字的由来。那一带也枫叶如火，站在树下，好像连身体都会被染成朱红色。

从那里再回到书院，沿着走廊就到了后书院。

从方位上讲是西边，眼前岩石兀立，一条水流很急的小河从岩石前方流过。哗啦啦的流水声听起来很悦耳，那里也有丹枫被溪流环绕。

"你真带我来了个好地方！"

"您喜欢吗？我太高兴了！"

"怎么看也看不够啊！"

椎名在榻榻米的一头坐下，里子也坐在了他身旁。

"住在这样的地方，说不定人的想法和面容都会改变！"

椎名话音未落，一个穿着僧侣工作服的年轻僧人端来了抹茶和点心。那个小和尚打着赤脚。

椎名喝了一口茶，又仰起脸来看着庭院说道：

"可是，赏红叶或许是一件很残酷的事情！"

"您那么说是什么意思？"

"红叶之美是枫树的叶子寿命走到了尽头，说起来也就是临死之前的一种美丽！我记得上初中的时候学过，树叶日渐衰老以至于最后不能往上吸收水分了，人们是把她临死前的痛苦看作一种美丽去欣赏。"

"可是，树叶不会觉得痛苦吧？"

"树叶或许不像人一样有意识，但那是她生命的最后一瞬间，这一点是没法改变的！"

"那样想心情就太沉重了！美丽的东西只要美丽不就行了嘛！"

"你或许就是那样的人。"

"那样不好吗?"

"不,没什么不好,那样就挺好!"

"椎名先生的话我不太明白!"

"是吗?或许我近来把事情考虑得有些太复杂了,"椎名把茶碗放在盘着的两腿之间说道,"可是,身处这样的静谧美好中,心里觉得越来越害怕!"

"椎名先生也有害怕的事情吗?"

"当然有了,有数不清的害怕的事情!"

"比如什么事情呢……"

"工作的事情、公司的事情、自己的事情,还有你的事情。"

"您和我的事情?"

"人一上了年纪,唯有害怕的事情越来越多!"

椎名说完,抬眼看着远处从枫树间流过的清流。

莲花寺后书院的向阳处,椎名和里子两人的影子落在地上。太阳从枫树间射过来的光线倒是很明亮,可坐在那里一动不动的话,还是觉得身上凉飕飕的。

"咱们走吧!"

在椎名的催促下,里子站了起来。

可能因为时间还早吧,没有其他人到庙里来。两人从后书院又转到正面书院。看了红叶池塘和莲花灯笼回到香积厨的时候,终于遇到了一对来庙里的年轻人。

"谢谢了!"

椎名对站在庙门口的那个中年妇女表示感谢,然后走到了外面。出租车就在前面的停车场里等着。

"下面去哪里?"

听司机这么问，椎名看了看表，时间是十一点十分。

"您还是早点儿回去，好吧？"

"不用，一点钟能坐上车就行了！"

"那么我们再去一个地方看红叶吧！要不就去吃饭……"

"今天能静静地欣赏这么多红叶已经很满足了！我们再去酒店的西式小餐厅吧！"

椎名说完，告诉了司机那家面朝河原町大路的酒店的名字。

出租车再次沿着高野川河边的公路一路向南行驶。快到中午的时候，路上的车辆终于开始增多了，但好像都是去往北边的三千院或寂光院方向的。

"如此尽情地欣赏红叶也是久违了，感觉心情也沉静下来了！"

里子点点头，她在回味椎名刚才在莲花寺的院子里说的那句话：人一上了年纪，唯有害怕的事情越来越多。

他说"工作的事情、公司的事情，还有你的事情"，那到底是什么意思呢？

里子觉得，在清净的寺庙书院里问他，有点儿太现实太俗气了，但现在身边又有司机，还是很难开口问。

"您现在回去，是不是有什么工作啊？"

"等我回去，公司已经下班了，可从六点开始还有个会。"

"您不能不去开那个会吗？"

椎名的脸上露出了歉疚的表情，可看样子，他不想改变主意。

这个人一切以工作为先，绝不会为了自己改变计划。里子虽然觉得很懊恼，但又被他的那种冷淡所吸引。

"那个会在哪里开？"

"赤坂。"

"天啊！是不是和艺伎们相会？"

“我们是商量工作的事情！”

“可是，艺伎们也会去吧？”

“会去几个，可是那是会后的事情，工作是工作。”

椎名可能是为了公司重要工作的事情和政界的要人或其他公司的高层在赤坂见面吧！到了椎名这种身份地位，那种聚会可能每天晚上都会有，而且艺伎们也一定经常和他们在一起。

身处莺乃家这种老字号料亭，里子觉得那些事情早就很明白了，可是一想到椎名现在从这里回去直奔那种聚会，她就觉得很难容忍。

在京都的话还好说，在东京的话自己就鞭长莫及了。

“赤坂一定有很多漂亮的姑娘吧？”

“我不太清楚，和工作没关系！”

“可是，前两天我听来的客人说了，近来赤坂的艺伎也和过去大不相同了，即使有老前辈在身边，她们也毫不在乎地吵吵闹闹，还给客人唱那些淫词艳曲，那个客人说，在这一点上，还是祇园最守规矩最正统。”

“在这一点上确实还是这边更正统！”

“您也那么认为吗？”

“懂的人都那么想吧！”

出租车到达京都酒店的时候是十一点半。从酒店到车站如果花二十分钟，那么离新干线发车还有将近一个小时。

两个人直接上了二楼的西餐厅，椎名点了红酒炖小牛肉，里子点了炸虾和炸鱼。

葡萄酒端上来了，两人举杯轻轻一碰，里子这才发觉，这是自己和椎名见面之后的第一顿饭。

昨天晚上因为很晚了，见面直接去了他的房间，今天早晨从酒店直接去看红叶了。终于可以一起吃个饭了，可马上就得分别了。

里子知道他是个忙人，可每次幽会都是被时间追着如此匆忙，心里还是感到有些怨恨。

"大野君这次要做九州分公司的支社长了！"

椎名喝着葡萄酒，好像忽然想起来似的告诉里子。

"公司正式宣布任职命令是下个月，但他从这个月已经去博多了！"

大野经常陪着椎名来茑乃家，在东京，里子也和他一起吃过饭。和椎名在一起的时候，他总是扮演活宝的角色，可实际上，他是个心思非常细致的人。

"要说九州分公司的支社长，那应该是高升了吧？"

"当然了，接下来就是公司董事了！"

"天啊！那得好生给他祝贺一下啊！他不会到这边来吗？"

"他一直说很想见见你，只是他太忙了。转过年空闲的时候，他会来的吧？"

"您能把他在博多的地址告诉我吗？我想给他寄些东西表示祝贺。"

椎名翻开记事本，把九州分公司的地址告诉了里子。

"在椎名先生手下待过的人都很有出息啊！"

"没有的事儿！他以前就很优秀！"

"可是，还得有上司的提携不是？"

里子虽然不知道详细内情，但大野一直像心腹一样鞍前马后跟着椎名，这一点却是不争的事实。

里子终于下定决心开口问道：

"您刚才在莲花寺的院子里说，工作和公司的事情很可怕，您那话是什么意思？"

这个问题太突然，椎名一时间不知道该怎么回答，把端起的酒杯又放下了。

"一言难尽啊……"

"您工作那么顺利也害怕吗？"

"现在顺利也等于说今后不会比现在更好。"

"可是，您说那话是不是有点儿太奢侈了？"

"确实有点儿奢侈，但谁能知道今后会发生什么事情呢？"

"椎名先生不是驾驭公司的高层吗？您岂不是在那里杞人忧天？"

"或许有点儿杞人忧天，但小心行事、事事留神是永远错不了的。"

"只要有椎名先生在，一定没问题！"

"我一个人的力量有限。再者说了，也不会永远都像现在这样顺利的！"

"可是，下一步您就当社长了，不是吗？"

"哪有的事儿！公司里优秀的人还有很多呢！说不定哪一天我会被派到比博多还要偏远的小小的分公司里去。"

"那怎么能行！您不待在东京或京都这样的地方可不行啊！"

"我也想那样，可我毕竟也是个工薪族啊！"

里子瞬间看了椎名一眼。她一直以为像椎名这种一流公司的专务身份是永远不会变的。

但是，那只是她自己在那里想当然，虽说是公司的董事，既然身在公司这么一个组织里，就难保何时何地会有什么变化。那种人在公司身不由己的残酷，或许椎名本人最为清楚。

"像椎名先生这种身份的人也会有那种情况吗？"

"那可说不准啊！"

"真到了那种时候，我帮您！"

"那就谢谢你了！"

椎名苦笑了一下，喝了一口葡萄酒。

那种有点儿困惑又有点儿羞涩的笑容，让里子感到莫名的喜欢。她觉得，那浅浅的笑容里面藏着一种不同于侮蔑和自嘲的谨慎、自控深思熟虑的男人的含羞与妖冶。

"我喜欢椎名先生整天游手好闲！"

"这可愁死我了……"

"我可以再问您一个问题吗？您刚才说我的事情您也害怕……"

"啊！我说的不是你的事情，而是和你的事情！"

"有什么不同吗？"

"我不是害怕你，说实话，怕你的话就不会和你见面了。但是，我和你之间的事今后会怎样，想想就害怕。"

"……"

"或许是因为我喜欢你吧！"

里子匆忙垂下了眼帘。

椎名一开始的解释像是明白又像是不明白，像是蒙上了一层雾幔不是很明确。但是，就因为他说的"喜欢你……"这一句话，里子一下子放下心来了。不管中间的经过如何，男人只要说那么一句话，女人就能完全理解了。

"我绝不会给椎名先生添麻烦的！"

"你或许不会给我添什么麻烦，问题是我可能会给你添麻烦！"

"要是被椎名先生添麻烦的话，您添多少我都不嫌麻烦！"

里子这句话脱口而出，说完了才猛然惊觉自己这句话说得太大胆了。

这样的交谈或许不应该在这种明亮的西餐厅里，而是应该在更加幽暗的烛光里或在二人缠绵的床上。

"我给客人端杯咖啡或红茶来吧！"

服务生走过来问两人需要点儿什么，里子好像遇到了救星一样，连忙点点头。

出租车向新干线车站驶去，里子坐在车里，心里洋溢着满足感。

男人真实的心情虽然没法去探寻，不管怎么说，他说"喜欢自己"，还说"想到以后的事情就害怕"，里子只听到这句话就很满足了。

里子觉得自己仅凭那么一句话就欣欣然喜不自胜可能有点儿太天真太单纯了，但她无论如何也按捺不住从内心深处飘出来的那股喜悦。

"今天的聚会，您一定会喝酒吧？"

"怎么也得喝一点儿吧……"

"一定不要喝多了！还有，您可别被那些漂亮姑娘迷住了心窍，能不能跟我保证不看她们的脸？"

"不可能不看过来斟酒的姑娘的脸，不过心思不会被她夺走的！"

里子挺直腰板坐着，悄悄地把小手放在椎名的膝盖上。

出租车到达车站的时候是十二点五十。

椎名上次来的时候，里子送他到车站，没有下车就回去了。但这次不同，车一停下，她马上就下来了。

进站看了看新干线的时刻表，下一趟"光号"是一点五分发车。里子买了一张站台票，进了站台。

月台上也溢满了晚秋明亮的阳光。

"这下子终于可以摆脱烦人的女人了，您一定松了一口气吧？"

"那叫什么话……"

"现在上车，傍晚就能到东京吧？"

"四点左右吧！"

"我也坐这趟车一起去吧！"

里子那样说，椎名只是看着站台前方的天空，一言不发。

这个人绝对不会说"你坐上去吧"。尽管嘴上说"想到和你之间的事情就害怕"，可永远不会迷失自己。里子觉得他这一点很可恨，可也觉得绝口不说的椎名很让她放心。

"年内还能再来一次吗？"

"我倒是想来……"

"要是来不了的话不用勉强答应，我满心期待却不能见面的话反而更难受……"

"一月份的话我想能来。"

"您可一定要来！新年的时候舞伎们都会把秀发高高绾起，花簪子上面的稻穗上方安上一只没有眼睛的白鸽子，然后让客人给鸽子画上眼睛。穿着黑色的绣着家徽的和服，那简直是太漂亮了！"

"你家料亭休息到哪天？"

"新年放三天假……"

"那个时候恐怕不能见面吧？"

"您真的能来吗？"

椎名点点头。

"可是，您的家人呢？"

"我妻子一直在静冈的娘家，女儿要去海外旅游。"

"您夫人不在东京吗？"

"说是心脏不好，最好住在暖和的地方，从两年前开始，一直在静冈娘家静养。"

"天啊！您平时都是……"

"和女儿在一起，雇了一个阿姨照料家务。"

里子这还是第一次听椎名讲他家人的事情。过去就一直想问，可是见了面就没法问，对方突然主动说出来，里子忽然有些慌乱。

　　"那么说，新年就您一个人了？"

　　"去年的新年，二号那天有事儿，是在酒店里过的。今年还没决定好。"

　　"您最好还是去您夫人那里陪着她！"

　　"那不是你考虑的事情！"

　　椎名话音刚落，列车进站台了。旁边的人都拿着行李向车门走去。

　　"那么我们就再见吧！"

　　椎名一只手拿着大衣和提包回头看了一眼。

　　"我说……"

　　里子刚想说什么又不说了。她还有很多想问的事情，可列车一停，乘客们已经开始上车了。

　　"这次非常开心！谢谢你！"

　　"您可一定要再来啊！"

　　听里子那么说，椎名点点头，上了车，在车门口又回了一次头，然后就消失在了车厢里。

初春篇

京都的元旦那天，晴空万里，风和日丽。

不过，天气晴好好像是全国性的趋势，电视上说北海道时隔八十八年迎来了一个没有雪的新年。

元旦那天早晨，在莴乃家很稀罕地母女全聚齐了。

话虽如此，家人回家过年的方式却是各不相同。

还在寒假中的槙子，二十九号那天和大学的朋友一起回到了家里，据说老家在福冈的那个朋友在家里住了一晚上就走了，槙子则留在家里过新年。

赖子在银座的酒吧一直营业到二十八号，接下来就是酒吧和自己住的公寓的大扫除，还要给客人们送上新年的问候，到了三十一号的晚上才终于赶上了回家过年的新干线。

里子当然是在京都老家里了，料亭营业到二十九号的晚上，三十号那天才和服务员及厨师们一起急急忙忙地对店里进行了大扫除。

去年的新年，赖子去了欧洲，槙子去北海道滑雪，家里只剩下母亲阿常和里子夫妻俩，实在是冷冷清清的。正因如此，今年三个女儿都在家聚齐了迎接新年，阿常自然是兴高采烈、喜上眉梢。

京都的那些老字号，庆祝元旦的诸般事宜也是非常细致的，一点儿也马虎不得。母亲阿常六点钟就起床了，穿好和服，到院子里对着新年第一天的太阳双手合十，然后去井台打水，把若水（元旦早晨汲的水）供奉在神龛和佛龛前面，在厨房的炉灶旁边和厕所的角落里点上长明灯，供上盐巴。这几个地方都被认为是家里的鬼门。茑乃家宽宅大院，从本馆到住宅挨着供奉，也是一件不轻松的事情。

等忙活完这些的时候，赖子和槙子她们也起床了，开始做庆祝新年的准备。

里子把一楼里面的榻榻米房间又收拾打扫了一遍，然后开始准备菜肴。

菊雄在玄关挂起了有图案的幕帘，把屠苏酒摆在壁龛里，把挂轴和匾额挂了起来，那副匾额是阿常为了过年特意拿出来的。因为赖子在三姐妹中是长女，毛笔字也写得好，所以就由她把家里每个人的名字写在箸纸（装筷子的纸套）上。槙子则忙着往房间里拿垫子，把红白两色的吉祥福玉在壁龛里摆放好。（福玉原本是艺伎们年终问候时，茶社为了犒赏艺伎一年的辛劳而赠送的吉祥物。福玉直径大约二十厘米，外层为煎饼皮，玉内部嵌入干支贡品、七福神等，以此来祈祷来年。）

不一会儿就过了十一点，等阿常的妹妹阿清一到，茑乃家庆祝元旦的仪式就开始了。

因为茑乃家属于世家，每个人的座次从一开始就是定好的。

首先，背对壁龛的上座由母亲阿常来坐，妹妹阿清坐在她的旁边。阿清是小阿常三岁的妹妹，现在住在北白川，从很早以前就是教授"歌泽"小曲的师傅。因为她是孤身一人，从几年前开始，她每年元旦都出席茑乃家的庆祝仪式。

北白川的姨妈的旁边坐的是菊雄，接下来是长女赖子，然后是里子和槙子按照年龄依次而坐。

按照往年的惯例，阿常今天还是在无地和服外面套了一件带图

346

案的短外罩，姨妈和女儿们也都是一身正装和服，带子的左边插着一把折扇。

十张榻榻米大小的和式房间的两端分别放着一鼎宣德香炉，里面焚着"梅香"，香烟袅袅。

看着全家人都聚齐了，北白川的姨妈跪着向前挪动了一下，向阿常问候新年。

"新年伊始，祝您新年快乐！去年一年让您诸般惦念，非常抱歉！今年还请您多多关照！"

阿清虽然已是快六十的人了，可她还是挺直腰板，口齿清楚地说完，轻轻地低头行了一个礼。

阿常对阿清点点头说道：

"祝你新年快乐！你也是上年纪的人了，今后可要多多保重身体！"

阿常语气缓慢从容不迫，确有大店老板娘的威严和气派。

姨妈说完了，这回该轮到菊雄了，他跪着往前挪动了一下。菊雄今天虽然也穿了一件大岛的捻线绸和服，但他脖子细长，和服在他身上总是显得有些松松垮垮的。

他对阿常讲的那些祝贺新年的言辞是千篇一律的。在北白川的姨妈听来，菊雄的声音太细，感觉有点儿口齿不清。

"……请您多关照。"

菊雄说完，像舞台上的旦角一样微微一拧脖子，低头给岳母阿常行礼。

"全家人都指望你了，多多拜托！"阿常用温柔的语气说道。

阿常的应答多少有点儿因人而异。因为是新年了，所以她不能严厉地责备晚辈，但有时候还会温和地加进几句自己的意见。

菊雄虽说是上门女婿，但毕竟没有血缘关系，看得出阿常是想在三个闺女面前抬举一下这个女婿。菊雄给阿常问候新年之后，转过身对着北白川的姨妈又重复了一通同样的客套话。

按照茑乃家庆贺新年的规矩，晚辈要向所有的长辈问候新年。所以，越是小辈，问候新年和低头行礼的次数越多。

但是，也不知为什么，茑乃家的新年问候不是用京都方言，而是用普通话。

菊雄说完之后就轮到长女赖子了。她因为讨厌京都的繁文缛节和陈腐规矩才离开了京都，但唯有这新年的问候是另一码事。

赖子和菊雄一样向母亲问候新年。

"你今后要多加努力！也别忘了京都老家，一定要常回家看看！"

阿常虽然语气委婉柔和，但还忘不了最后加上自己的意见。

赖子接下来向姨妈和菊雄问候新年，两人都只说了句"祝你新年快乐！今年也请多多关照"，没有像阿常那样提什么意见。

接下来就是里子了。

"……去年一年让大家为我担心了……"

里子刚说到这里，坐在旁边的槙子忽然捂着嘴低下了头。

就在刚才母女几个还大呼小叫吵闹不休，这会儿却一本正经地跪坐在那里互致问候，槙子觉得这很滑稽可笑。

去年新年的时候，槙子之所以去了北海道，也是因为害怕听了这陈词滥调的新年问候自己会笑出来，所以才逃了出去。但是，阿常却一笑不笑地板着面孔，按照老规矩慢慢地点点头。

"希望你和菊雄夫妻关系更加和睦，生个好孩子，也让我看看第一个孙子的模样！"

槙子听到中间终于忍不住了，扑哧一声笑了出来。

里子明明不怎么喜欢菊雄，可还在那里乖顺地给母亲低头行礼，槙子觉得太可笑了。

但是，如果是阿常明知如此故意这么说，这句话就太具讽刺意味了。

接下来轮到槙子了，她憋住不笑，一本正经地向母亲问候新年。

"……今年也请您多多关照！"

槙子强忍着不笑终于说完了，正长出一口气。

"你也好好用功学习，早点儿毕业回京都来！"

槙子忍住不笑低头行礼，然后按照顺序分别给北白川的姨妈和菊雄问候新年。

每年一到元旦这天，槙子总觉得老小最吃亏。

今天也是如此，自己得向五个人问候新年还要低头行礼，可没有一个人给自己问候新年。

槙子也想有那么一个人给自己说上一通问候新年的话，但那不知是什么时候的事了，得等姐姐们有了孩子，而且在孩子长大之前是没什么指望了。

不管怎么说，阿常的应答虽然简短却一语中的。对赖子说"不要太要强"，对里子说"早生个孩子"，对槙子说"认真学习"，这几句话正好击中了每个人的弱点。

确实，一旦成为一个母亲，即便什么都不问，她也早就看穿了几个闺女的生活。尽管阿常是自己的母亲，槙子一想到这里，就觉得阿常是个很可怕的人。

新年问候结束之后，家人就准备交杯换盏喝屠苏酒了。

把放在壁龛里的朱漆的酒盅分给众人，菊雄先给阿常斟酒。然后按照顺序互相斟满酒之后，阿常说了一声"新年快乐"，那就像一个暗号似的，大家纷纷应声端起了酒杯。

每人面前摆着一张黑漆的饭桌，上面的箸纸上分别写着各自的名字。

"还是赖子姐姐的字写得好啊！"

菊雄看着筷纸上的毛笔字出神，里子在一旁揶揄道：

"实际上应该是男人来写才对！"

"不行，我可不行！毛笔字写得好是娘胎里带来的！"

"你别学什么小曲了，去练练书法不好吗？"

阿常刚才还让两口子要孩子，两个人这就开始火花四溅了。

"嗯！这道菜很入味儿！"

北白川的姨妈从放在中央的多层食盒里夹了一口红烧菜肴，对那道菜的味道赞不绝口。

"今年实在太忙了，什锦年菜也准备晚了，这是昨天才做好的。"

"可是，忙不是挺好的吗？"

"都托你的福啊！"

阿常和阿清老姐俩互相点头称是。

黑漆饭桌上盛着文蛤汤的碗上绘着梅花，盛着干青鱼子和沙丁鱼干的盘子上绘着松树，盛着醋拌萝卜丝的小钵上绘着竹子，松竹梅这岁寒三友的图案都凑齐了。还有，多层食盒的周围用金水和朱漆绘着华美的描金画。

这些器皿和屠苏酒的酒盏都只在新年的时候才用，那是茑乃家从开料亭之前就代代相传的名器。

"哎？那个挂轴我还是第一次看见呢！"槙子看着壁龛里的挂轴小声说道。

挂轴上的图案让人想起正月里安静祥和的田园风光，图案的上方有白鹤在展翅飞舞。

"那是你父亲喜欢买下来的！"

母亲虽然这样解释，槙子还是不太明白。

"感觉白鹤自己在那里装模作样，好像很傲慢不逊啊！"

"你那样理解就不对了！不是有句话叫'白鹤高翔不逐群'吗？"

"那是什么呀？"

"就是说，聪明的白鹤不会落下来和那些凡夫俗子交往，她只想自己远远地离开静静地待着。"

"天哪！那么说我们这些人就是'群'了？"

"我是希望你也能像白鹤一样高雅聪慧才挂在那里的！"

"你让槙子变成白鹤我觉得够呛啊！"

里子在那里插科打诨，在座的人哄堂大笑。好像久候多时了似的，菊雄从身后拿出一个白色的纸包。

"母亲，这是大伙儿孝敬您的新年贺礼！"

厚厚的和纸里面包着每个人送给母亲的喜封，上面写着每个人的名字。

每年到了新年的时候，子女们就商量好金额，把喜封里的钱送给母亲零花。阿常倒也不是缺少零花钱，但得到了子女们孝敬自己的零花钱还是很高兴的。这次大家商量的结果是每人拿出五万日元。不过，里子和菊雄两口子共同拿十万，槙子还是学生就让她拿一万。

"谢谢！那我就收下了！"

从孩子那里拿到喜封的阿常，就像回归童年一样笑逐颜开。

"这是送给姨妈的……"

这个喜封里面是三万，菊雄、里子和赖子每人拿了一万。

"这可怎么说，怎么还有我的！真是不好意思！"

阿清恭恭敬敬地接过喜封，不住地低头行礼表示感谢。

"哎呀！该给槙子压岁钱了吧！"

听阿常那么说，槙子高兴得直拍手，好像就等着母亲这句话了。

里子在一旁满脸不悦地说道：

"这也太偏心了吧！只有她一个人有压岁钱！"

"说什么哪！我不还是个学生嘛！一分钱的收入也没有。"

"你别胡说了，母亲不是给你寄了很多钱吗？"

"我说姐姐啊！现在住东京可费钱了！光公寓的房租就……"

槙子刚说了一半儿，发现赖子正看着自己，很尴尬地用手捂着嘴，跪着挪到阿常面前。

"谢谢母亲！"

"按说过了二十岁就不该给你零花钱了，可你还是个学生，就算特殊情况特殊对待吧！"

"我明白！"

槙子恭恭敬敬地从母亲手里接过压岁钱。

"明年真的能大学毕业是吗？"

"当然，您就看我的吧！"

槙子再次低头行礼，正要退回去，北白川的姨妈从带子夹缝里拿出一个红包。

"这个是给槙子的，就是有点儿少！"

"天啊！谢谢姨妈！非常感谢！"

槙子满面笑容，转脸看了看旁边的菊雄。菊雄看她那猴急的样子，一下子笑了出来。

"你放心就是了！我这里也早给你准备好了！"

说着又拿出来一个喜封，槙子今天是大有收获。

"还是姐夫心眼儿好啊！"

看到槙子那副得意洋洋的样子，里子满脸不高兴地说道：

"槙子是为了压岁钱才回来的是吗？"

"没有的事儿！我是一心一意想见母亲和姐姐们才飞跑来的！"

"满嘴谎言！"

里子生气地转过头去，槙子又转过脸来问赖子。

"我说，能不能请赖子姐姐也赏我点儿压岁钱啊？"

"没有！"

"怎么会没有啊？我刚才还那么认真地请姐姐们'今年也多多关照'呢！"

槙子既然那么说，赖子也无可奈何地从带子夹缝里把早就准备好的喜封拿了出来。

结果，姊妹三个里面最沾光的是槙子，最倒霉的或许就是里子了，她和菊雄两口子要拿双份的钱。

但是，改变一下看事情的角度，因为他俩今后是要继承茑乃家全部家业的，所以出点血也是没办法的事。

喜封都给完了，接下来一家人就开始互相斟酒推杯换盏了，家宴上欢声笑语甚是热闹。

"天啊！太让人怀念了！那个我可以拿一个吗？"

槙子直起腰来看着摆在壁龛里的吉祥福玉。

按照每年的惯例，自家人的庆祝仪式结束之后，留在京都的服务员、厨师还有那些常年出入茑乃家的商贩们都会到家里来拜年，热热闹闹一直待到傍晚时分。这些福玉原来是为他们的孩子准备的，看到槙子拿了一个，里子和赖子也都伸着手说："我也要！"

直径有将近三十厘米的红白福玉剖开后，会出来各种各样的小物件。

槙子的福玉里面出来的是在茶会上用的折扇，赖子的福玉里面出来的是小方绸巾，里子的福玉里面是个玩具小布袋。

"什么呀！这不是小孩儿玩儿的东西嘛！以前福玉里面不是装了好多好东西吗？"

"里子姐姐今年不走运啊！"

"闭上你的乌鸦嘴！大过年的，净说些不吉利的话！"

听着女儿们的笑语喧哗，阿常心满意足地端起小碗吃起汤圆似的煮年糕来。

元旦的庆祝活动结束以后，赖子、里子和槙子商量好，三人一起去八坂神社做新年伊始的第一次参拜。

"稍等一下！我怎么喝酒喝得有点儿头昏脑涨的！"姊妹中间酒量最小的里子两手捂着绯红的脸颊说道。

"那有什么关系！到外面冷风一吹，马上就好了！"

听槙子那么说，里子打开小粉盒，往脸上轻轻搽了点儿香粉。

"要不我也跟你们一起去吧！"

菊雄看样子也坐不住了，里子边照镜子边说道：

"那可不行！我们都商量好了，就我们姐妹三个去！过会儿不是富子和村上她们要来吗？你和母亲一起在家陪客人就是了！"

菊雄满脸遗憾的表情，三个人也不理会他，匆匆忙忙做好了出门的准备。

"好了，妈妈！我们要出发了！"

三姐妹按照顺序给母亲鞠躬出去了，阿常满面春风地说道：

"路上小心点儿！"

"妈妈，我们会给您求支上上签回来的！"

"街上人挤人，小心别让别人把烟头儿扔到和服袖子里去！"

"没事儿的！您放心好了！"

"妈妈，我们走了！"

三姐妹欢天喜地地出门去了。

从早晨起一直很晴朗的天空，过了中午，飘来了几片云彩，但阳光依然很明亮。从东山山脚往下俯瞰，京都的大街小巷在元旦的晴空下静悄悄的。

从茑乃家到八坂神社并不怎么远。三个人沿着高台寺前面有石墙的小路下去，上了东大路向祇园走去。

赖子穿着一件大岛绸的和服，里子穿着一件枯草色的捻线绸和服，外面套着淡茶色的短外褂，槙子穿着一件特别适合年轻姑娘的宽袖和服。

迎面走来的那些人手里都拿着破魔箭和气球，一眼就能看出他们这是已经去神社参拜完了往回走。迎面走过来的人和三姐妹擦肩而过的时候都会情不自禁地回头看。其中还有人直接就站住了，用三人都能听得到的声音惊叹："太漂亮了！"

姐妹三人都意识到她们正被大路上来来往往的人看着。但表面上都装作漠不关心，只是默默地目不斜视地快步往前走，那种冷漠好像更加吸引路人的目光。

但是，来到八坂神社的石头台阶下面的时候，三姐妹想装模作样装矜持也不行了。

周围一带虽然实施了交通管制，但路上挤满了前来初次参拜的人，人山人海摩肩接踵，想靠近台阶都不容易。三个人费了九牛二虎之力总算爬上了台阶，但前后左右被挤来挤去，从带子到发髻都快被挤得变形了。

刚才横排着并肩走过来的三姐妹，这下子也只能竖着排了，而且还被挤散了，首尾不能相顾。槙子使劲儿按着宽袖和服的袖子，从后面紧追前面的两个姐姐。

虽然有警察出来把上台阶的人和下台阶的人分成了两边，但警察也被人群挤得摇摇晃晃站不住。

有人来这里好像是为了享受被挤来挤去的乐趣，而不是为了什么新年的初次参拜。

穿过牌楼总算来到了神殿跟前，可想进去参拜祈祷也不是一件容易的事情。总算把香火钱投进了香钱箱，正在双手合十祷告的时候，冷不丁就会被旁边的人挤到一边去。

在那种拥挤中，三姐妹仍然正儿八经地摘下围巾，击掌合十参拜神灵。

在这一点上，因为姐妹三人从小时候就被母亲领着来到这个地方，举止作法都受到了母亲严格的教诲，这个习惯已经深入骨髓，参拜神灵是丝毫也不敢马虎的。

槙子先参拜完了，转头一看，赖子也已经把脸抬了起来，只有里子还在那里深深地低头祷告。

"姐姐，咱们回去吧！"

槙子大声招呼两个姐姐，三人终于从神殿前面拥挤的人群中逃了出来。

通道的右侧有卖护符、绘马（为了许愿或还愿而献纳的木版画片）、破魔箭和神签的。摊子前面也聚集了很多人。

赖子和里子买了护符，槙子买了一支破魔箭，然后三人分别求了一支签。

结果槙子抽到的是大吉，赖子是中吉，里子是小吉。

"哇！我太高兴了！今年还是有好事儿啊！"

槙子高兴得手舞足蹈，里子面无表情地一边把神签叠起来，一边不服气地说道：

"求签这种事情抽到差一点儿的反而比较好，不好的签可以让你处处小心。"

神社参道的两边是一个挨着一个的摊子，除了卖面具、气球和玩具的摊子，还有卖甘酒和棉花糖的，甚至还有摆摊算卦的。从牌楼向左去的路上是卖短弓和打气枪的摊子。

围着那些摊子的几乎都是小孩儿，也有在孩子的央求下从后面伸着脖子往里看的大人。

"这么多人是从哪里来的啊？"

"可能从京都以外的地方来的人更多吧？"

三姐妹小时候的八坂神社，即便是元旦，也没有这么拥挤，比现在要安静得多，但空气里也因此弥漫着新年的那种紧张的气氛。

但是现在简直就是在人山人海里走。

"这也太累人了！"

"要不要去喝咖啡？"

"还是去吃豆沙水果凉粉吧！"

听从槙子的建议，三人下了台阶，向加茂川方向走去。

八坂下面只有一家甜品店开门，可店里满是参拜完准备回家的人。三个人运气不错，在店中间的地方找到了一张空桌，姐妹三人隔着桌子面对面坐了下来。

"上次我们仨聚在一起是什么时候的事情来着？"

"去年春天嘛！四月二十四号，是铃子的七周年忌辰。"

"从那以后都快一年了，时间过得真快啊！"

听赖子在那里叹息，槙子也感慨万分地说道：

"近来日子过得太快了，真让人受不了，我又长了一岁！"

"槙子妹妹都那么说的话，我们可怎么办啊！"

"我也想干脆变得和姐姐们一样大，可这是我学生时代最后的一年了！"

"你少在那里阴阳怪气的！"

姐妹三人里面，数里子最喜欢甜食，简直是见了甜品不要命，接下来是槙子，赖子则属于那种没有就算了的人。有趣的是，三人的胖瘦也是依照那个顺序，里子最丰满，接下来是槙子，赖子是最瘦的一个。

"抹那么多蜂蜜，里子姐姐还会发胖的噢！"

"上面写着纯蜂蜜不会让人发胖的！"

"可是，菊雄喜欢胖一点儿的吧？"

"他喜不喜欢无所谓！"

话题一转到菊雄身上，里子马上就不高兴起来。赖子和槙子可能知道这一点，接下来什么都不说了。

以前小时候，加上铃子，四姐妹经常在一起说话聊天，有时候还争吵。但现在即使三人聚在一起，也只是说些无关痛痒的话，或从别人那里听来的小道消息。虽说年龄大了成了大人，说话的时候不会伤害对方了，但姊妹之间也因此变得生分了许多。

"我们出去吧！"

三人刚吃完，门口已经有下一位客人在等着了。

一开始说好的是 AA 制，结果是赖子结的账。结完账走到外面，里子和槙子异口同声地说："谢谢姐姐款待！"

唯有这种时候，姐妹之间特别情投意合。

"好吧！咱们回家吧！"

"再找个地方喝点咖啡什么的吧！刚才这个地方太吵了，根本没觉得休息过了！"

听里子那么说，赖子有些担心地说道：

"我说你啊！客人要到家里来，不回去能行吗？"

"不就是富子和村上嘛！有母亲在没问题的！"

"可菊雄就一个人……"

"没关系的！就新年这么一回，偶尔让里子姐姐解放一回不好吗？不然姐姐也太可怜了！"

槙子见是机会，很机灵地对里子表示同情，趁机讨好里子。

可毕竟是元旦假期，店家都关门了。即便那样，从四条大街的祇园町到河原町大街都是人流如织。人群里有很多身穿和服的女性。

到了河原町大街一看，好像没有能喝咖啡的地方。没办法，接着往上走，最后进了御池前面的皇家酒店。

酒店一楼的快餐厅是落地玻璃窗，窗外的河原町大街看得很清楚。三人选了一张靠窗的桌子，点了咖啡。

女服务员把咖啡端上来以后，槙子突然笑了起来。

"怎么了槙子？一个人傻笑什么？"

"不是吗？今天问候新年的时候，母亲说的话太好笑了！"

"母亲让你认真学习！"

"里子姐姐也是啊！母亲让你和菊雄搞好夫妻关系，好让她早抱孙子！"

"真希望母亲别管我的闲事！"

"母亲可能前一天晚上就想好说什么了吧？"

"一定是那样！就那样她还觉得说得挺好的！"

"我就讨厌母亲说这说那，回家过年也心情沉重！"

"母亲只是借着过年这个幌子说些自己想说的话，你根本不用往心里去！"

"可是，母亲也上年纪了，一定会觉得寂寞吧？"

赖子在那里劝慰，里子马上接过话茬说道：

"母亲老则老了，可怎么也得听听我的意见啊！"

"我觉得母亲已经比从前明白多了！"

"那只是表面现象，还是个老顽固，发起牢骚来没完没了！"

说到这里，里子喝了口水清清嗓子。

"前几天，我给母亲提议要不要在堂屋的旁边给员工们盖一间钢筋混凝土的宿舍，可母亲拼命反对，说没有必要给服务员盖那么漂亮的房子。可现在总不能将员工们塞进昏暗的阁楼里去吧？那样的话，本来想做下去的人也都跑了！"

见赖子点头，里子好像得到了莫大的支持似的继续说道：

"我说让那些上早班的员工八点回家她也反对，可现在哪里都是八小时工作制啊！母亲说那太奢侈太懒惰，可她一点儿也不知道，为了招人我费了多大劲儿！"

"怎么会那样啊！你实话实说就是了！"

"我已经说过好多次了，可母亲就是不明白！我希望姐姐今晚就替我跟母亲说一说。"

"可是我平时也不在家呀！"

"那有什么关系！赖子姐姐的话，母亲还多少能听进去一些！"

"问候新年的时候，母亲也只对赖子姐姐说了句'要常回家看看'呢！"

"毕竟赖子姐姐是老大，又是离开家的人，母亲是不是有点儿怕姐姐？"

"绝对没有那回事儿！"

赖子虽然否认，可母亲对的态度比对里子和槙子的态度要客气一些，也是实情。

"不管怎么说，你们都不在家多好啊！就我一个人一直留在家里，我最倒霉了！"

里子要这么说，赖子和槙子两人也没法安慰她了。

"我现在真想把一切都抛弃！"

"姐姐，大过年的，就别说那些了，说点儿高兴的事情吧！"

槙子为了换换心情又喝了一口咖啡。

"今晚我们玩儿纸牌（写有和歌的日本纸牌）吧！"

"不行！百人一首我早就忘光了！"

"好吧！要不就玩儿麻将？"

"你学会打麻将了？"

"虽然技术不怎么样，可要是赌钱的话，进步很快的！"

"可是赖子姐姐不想玩儿啊……"

三人里面，里子和槙子特别喜欢赌输赢，但赖子几乎不玩儿这些东西。她说讨厌输，或许也可以说明她很要强好胜。

"我是没关系，你们叫上母亲和菊雄一块玩儿就是了！"

"那多不好啊！菊雄加入牌局的话，就成了两口子和你们打牌了，那多没意思！"

"要不就打扑克吧！扑克牌的话，赖子姐姐也能玩儿吧？我们稍稍赌点儿钱！"

"说来说去，闹半天还是想从我这里搂钱啊！"

"那是当然了！过年就是挣钱的时候嘛！"

槙子说完，忽然想起了去年因为吸大麻被警察抓起来的事情。

"就过年这几天玩玩儿还不行吗？"

槙子一下子变得温顺起来，低眉顺眼地给赖子低头行礼。

"我们该走了吧！"

"可是，就这么看外面，怎么也看不够啊！"

听里子这么说，两人同时向窗外看。

仅隔着一层玻璃窗的大街上，形形色色的人在行走。有一家人上街的，有两人同行的，还有单独一伙的男人或女人。

看着窗外的景象，赖子在想东京的酒吧的事情。本打算从四号开始开门营业，可那些陪酒的女孩子们能按计划回来吗？还有，熊仓和秋山现在怎么样了呢？

槙子双手托腮，正在想去年年底见了一面的庆应大学的那个男孩，然后又稍微想了想吉米的事情。

里子右手抓着手袋，正在想椎名的事情。

他这会儿在东京，还是去了在静冈静养的他妻子那里呢？他说过正月三号或许能来，也不知道他说的是不是真的。

要是能来的话，年底的时候应该有联系，可他一直没有联系，看样子还是来不了吧？想到这里，里子忽然觉得胸口隐隐作痛，不由地深深叹息了一声。

姊妹三人回到家的时候，以前在店里做过厨师的村上和服务员富子已经来了。这两个人就像家里的亲戚一样常来常往，每年元旦一定会到家里来。

"怎么回来得这么晚？去哪里了？"

听母亲阿常这么问，赖子代表姐妹三人回答道：

"我们三人很久没有一起出门了，散了散步，又喝了杯咖啡才回来的。"

"妈妈，我们替您求了支签，是大吉啊！里子姐姐求的签是……"

"嘿嘿！我是小吉！"

听槙子和里子争先恐后地向母亲报告，年过六十的村上在一旁看着如花似玉的姐妹三人都看出神了。

"真是女大十八变啊！都出落成大美人了！真个是环肥燕瘦，春兰秋菊啊！"

"大叔还是那么会夸人啊！"

赖子和槙子两人因为好长时间没见到村上了，所以就直接坐了下来，里子则先上二楼了。

"姑娘们来一杯！"

姐俩接过了村上斟的酒，槙子马上就满脸绯红了，而赖子喝酒一点儿也不上脸。

"还是赖子姑娘喝酒厉害啊！"

“没有的事儿！我只是不上脸而已，实际上已经醉得很厉害了！”

“看见那些福玉我刚才还和你母亲说来着，过去铃子和赖子两人可没少收集了福玉啊！”

每年到了除夕夜，舞伎们都会到格外关照她们的茶屋去喊一声“多多拜祈”，挨家转，收了很多福玉。

“多多拜祈”的意思就是希望来年有很多美差降到自己身上，得到的福玉的多少也是舞伎受欢迎程度的一个标志，有一次赖子得到了将近二十个福玉。

“和那时候相比，赖子姑娘有点儿瘦了啊！”

“您说我骨瘦如柴没有魅力是吗？”

“那可不是！赖子姑娘身材纤瘦更加妩媚动人了！今年多大了？”

“那个您最好别问！”

可能是因为话题都集中到赖子身上了吧，槙子把手插进带子与和服之间的缝里说道：

“天啊！穿这玩意儿太辛苦了！我上楼把和服脱了！”

“槙子要是去做舞伎，现在也应该到了襟替的时候了吧？”

“是啊！正想让大叔这样的人给我做主人呢！今后可要多多拜托您了！”

槙子动作夸张地给村上鞠躬，阿常却在一旁叹息着说道：

“偶尔穿一次和服，马上就叫苦连天，即便去做了舞伎估计一天也坚持不了！”

“可是，女孩子如花似玉的多好啊！我家全是男孩子，他们待在家里的话，就像多了几根电线杆，影影绰绰，气氛沉闷，哪有一点儿情趣风韵啊！”

“可是，男孩子以后指望得上啊！都会成为仪表堂堂的男子汉！”

“不是的！养儿子也有养儿子的麻烦，与其养一个不三不四的儿子，还不如生个漂亮闺女，长大了找个像菊雄这样的好女婿多好啊！”

突然听到有人叫自己的名字，菊雄抬起脸来问道：

“啊？是吗？”

他喝屠苏酒喝得满脸通红。

“什么‘是吗’，那还用说嘛！”

菊雄惊慌失措的样子非常滑稽可笑，在座的人又是一阵大笑。

到了晚上，北白川的姨妈也回去了，剩下的只有自家人了。除了阿常之外，大家都脱下了和服，换上了轻便的衣服。

因为是元旦，晚饭也没有特别准备。一家人虽然都坐在了饭桌前，每人都专挑自己喜欢的红烧菜、醋拌萝卜丝或白薯泥来吃。

因为阿常和菊雄两人一直陪着村上他们，所以好像没什么食欲，只喝了一点儿清汤就草草吃完了。

“我说，咱们打麻将吧！”

槙子大声提议，可马上响应的只有菊雄一个人。

“妈妈不玩儿吗？”

“打麻将太费脑筋太累人了！还不如看看电视好呢！”

“赖子姐姐呢？”

“我不是说过了嘛！那些赌输赢的东西我不行！”

最后只好把村上的长子叫来了，加上里子、菊雄和槙子正好四个人，麻将桌上的战斗马上开始了。

赖子在边上看了一会儿，中间去了二楼里子夫妻俩用的起居室。

因为房子在大院子的深处，到了元旦的深夜就变得很寂静，什么动静也听不到。拉开窗帘向外看去，草木枯萎的庭院前方，夜色笼罩下的山峰像一面黑色的墙壁挡在那里。

赖子自己动手冲了一杯咖啡，按下了电视机的开关。电视上出现的画面好像是艺人的特殊技艺表演大赛。赖子正坐在沙发上看电视，门口旁边的电话突然响了起来。

因为母亲阿常也住在同一栋房子里，一楼和二楼的亲子电话是连着的，这会儿电话好像是转成楼上了。接还是不接？赖子犹犹豫豫地接起了电话，电话里突然传来了男人的声音。

"我是茑野！"

"新年好！我是椎名！"

"哦……"

"你是里子姑娘吧！"

"不好意思！请您稍等一下！"

赖子和里子的声音很相似，从小时候起就经常被人搞错，现在电话那头的人好像也搞错了。

可是，他元旦的深夜打来电话……

他开口就说自己是椎名，还称呼里子为姑娘。

赖子顺着楼梯往下走，忽然意识到那个人就是里子领着去过银座酒吧的那个男人。

楼下的客厅里欢声笑语甚是热闹，四个人正在麻将桌上酣战。

"里子！有电话找你！"

"谁来的……"

里子盯着麻将牌，连头都不回。

"别问了，快去接！"

"马上就叫和了！稍等一下不好吗？"

里子依依不舍地站了起来，赖子给她使了个眼色让她上二楼。

里子好像马上就明白了是椎名打来的电话，面部表情一下子僵硬起来，朝二楼跑去。

"好吧！我替她打吧！"

看那个样子，电话好像一时半会儿打不完。赖子直接坐到了里子的位子上，扫了一眼里子的牌。

因为赖子是突然上场，还搞不清楚什么形势，看样子菊雄快叫和了。赖子想，只要别点炮就行了，可没想到第四圈儿他就听牌了。

"怎么办？我好像摸到了一张点炮的牌！"

"你直接打出来就是了，反正那个位置一直在输！"

听菊雄那么说，赖子就把那张牌打了出去，没想到还真点炮了。

"菊雄啊！我可真玩儿不过你！"

"满贯！多谢照顾！"

"什么呀！先赊着！"

四人重新洗牌，把牌都码起来了，还不见里子回来。可是众人战得正酣，好像都忘了电话的事情。菊雄好像运气不错，这下子又叫和了。槙子刚点了炮，里子就回来了。

"不好意思了，姐姐！"

可能是心理作用，里子满脸通红。

"你不在的时候，我给菊雄点了个大满贯！"

"没关系！赖子姐姐喜欢的话就接着玩儿吧！"

"不行！我一直在输！"

"姐姐输的钱当然我来出！"

"算了吧！还是里子妹妹来玩儿吧！"

赖子离开了座位，里子坐下来。

"里子好好打！"

"姐姐，刚才谢谢你了！"

里子再次给赖子低头致谢，声音里透着一种兴奋。

或许是让姐姐给自己传了椎名来的电话而有些惶恐吧，平时的话，要是点了满贯，里子会很生气，可她竟然说自己拿钱。

看样子里子和椎名先生关系非同一般啊……

赖子一边回想着在酒吧里见过的椎名的模样，一边爬楼梯回到二楼。

赖子在二楼客厅里边喝咖啡边看电视的时候，母亲阿常忽然敲门进来了。

"你原来在这里啊！"

"他们还在打麻将？"

"看那个阵势，还不得打通宵啊！"

"大家还真是喜欢啊！"

"这西式的沙发我是真不喜欢啊！"

阿常说着，又在沙发上盘起了腿。

"您要喝点儿什么吗？"

"给我来杯茶吧！"

赖子泡了一杯煎茶端给母亲，阿常抿了一小口说道：

"你明天不去给你师傅去拜个年？"

"我真是好久没有问候师傅了，只有教我敲鼓的师傅那里我直想去一趟！"

做舞伎的时候，除了舞蹈之外，赖子还学过鼓和三弦琴，但现在还在坚持的只有鼓了。

"你还是打算三号回去吗？"

"酒吧四号就开门营业了！"

阿常点点头，好像自言自语一样说道：

"你要是能回到京都就好了！"

"事到如今，我回来能干什么？"

"当然是帮着打理店里的生意了，你要是能回来我就太高兴了！"

"妈妈，里子妹妹和菊雄都在家里，我怎么能再回来帮忙呢？"

"你说的也是啊！"

"那还用说嘛！我要是那么做的话，里子和菊雄都会生气的！"

"可是，里子天天牢骚满腹，菊雄也指望不上啊！"

"可是，即使我回来也不能厚着脸皮多嘴多舌指手画脚吧？母亲也这么大年纪了，干脆把店里的生意都交给里子不好吗？"

"要是能交给她的话，我马上就想交给她！可里子还是个孩子，做事那么不稳当，我是看不下去啊！"

"正因为您认为她还是个孩子，所以才觉得她做事不稳当啊！好像很多事情，里子也有她自己的想法啊！"

"你是不是听到什么了？"

见母亲从和服袖子里掏出了烟，赖子拿起茶几上的打火机，一边给母亲点烟一边说道：

"里子很头痛，说想给员工盖一栋钢筋混凝土的公寓，可因为您反对，所以没法办。"

"说得轻巧，要建那么一栋公寓又得花五千万！改建了这栋房子，刚刚把贷款还上，要建公寓还得再借钱啊！"

"银行能贷款不是吗？"

"那还用你说，去银行申请的话，当然会贷款给我们的。可是贷款没有白贷的，每月的利息就不是个小数目！"

"有什么不好吗？银行若是肯借钱给我们，我们去借就是了！"

"你不在家才说话那么轻巧，你知道贷款五千万的利息是多少吗？"

"可是，现在是最难招人的时候！如果您想让优秀的员工一直在咱家干下去，至少应该把住的地方弄好吧？富之井和河村不是说她们都有员工专用的公寓吗？"

"别家是别家，我家是我家！还有，咱家也不是没有让员工住的地方啊！楼上不就是吗？"

"我说妈呀！现在还有谁家的员工住东家的阁楼啊！要让员工住宿，就必须像模像样地另外建一栋公寓，不然没人会来的！在东京雇佣很多员工的地方，都有很气派的公寓。"

看表情，阿常好像还想说点儿什么，可一时间又找不到合适的词，只好欲言又止了。

"就说员工工作时间的问题，我觉得正常工作时间必须是八个小时，超出八小时的部分或者给加班费或者给车费……"

"是里子那么说的吗？"

"她倒没说这么清楚，可母亲的做法是不是有点儿过时了？"

"连你都那么说吗？"

阿常从年轻时候起，就独自一人打理这么一家大料亭，这会儿却被孩子们批评，她确实有点儿挂不住。

"反正我是老脑筋了，是个碍手碍脚的老太婆！"

"妈妈！我说的根本不是那个意思嘛！我只是说您也好好听听里子的意见！"

"我真是什么都够了！"

阿常抓着领边，使劲儿摇头，那是她情绪激动时候的习惯。看到母亲这个样子，赖子心想，是不是自己说的有点儿过了。

"我觉得母亲和里子妹妹都想把茑乃家搞好，你们俩的心情是一样的。只是做法有点儿不一样，互相沟通一下，就明白对方的想法了不是吗？就说里子妹妹，她也是信赖母亲才坚持到今天的！"

"我不知道那是真的还是假的，在为店里的生意着想这方面，她连我的一半儿都没有！"

"绝对没有那种事情！"

"那你说，她为什么抛下店里的宴席不管出去玩儿？大白天就一声不吭地出去……"

"里子妹妹做过那种事情吗？"

赖子一边喝着咖啡，一边回想刚才在电话里听到的椎名的声音。

"里子妹妹和菊雄两个人处得不是很好是吗？"

"我也不是很清楚，她很任性，我要是菊雄的话，早就赏她两个大嘴巴子了！"

确实，这么一位刚强的母亲，难保不会做出那种事情来。赖子又抬头看了一眼母亲，梳理得一丝不苟的双鬓上，丝丝银发甚是扎眼。

正月初二也是一个晴空万里的好天气。

可能是因为昨天晚上打麻将打到半夜的缘故吧！里子和槇子两人都九点多了还在蒙头大睡。

只有阿常今天早晨六点就起来了，去井台那边提来初水，然后在院子里溜达了一圈儿。要是平日的话，为了不让家里人睡懒觉，她会故意弄出很大动静来，不是使劲儿打开雨窗就是大声咳嗽。可现在毕竟是新年，她尽量保持安静。

十点的时候，赖子先起来了，紧接着里子和菊雄也起床了，十一点的时候，全家人就聚齐了。

"昨天晚上你们玩儿到几点？一点的时候我还没睡。"

听赖子这样问，里子回答说："三点多吧！我说不玩儿了吧！可槇子非要坚持玩儿！"

"不是的！姐姐不是也玩儿得很起劲儿吗？"

"那还用你说！那不是赌钱嘛！"

"到底谁赢了？"

"是姐夫赢了，两千日元！"

"什么？就赢了那么一点儿……"

"最后大家输赢都差不多，就是一场白忙活！"

大家一边热烈地谈论着，一边挨个走到佛龛和神龛前面双手合十，然后坐在了饭桌前。

只有菊雄喝了点屠苏酒，姊妹几个开始吃煮年糕。

"天啊！年糕不行啊！"

担心发胖的里子把年糕扒拉到一边儿，只拣萝卜和小芋头吃。

"吃着煮年糕才觉得是真的回家来了！"

"那好啊！我天天给你做煮年糕，你回来吃就是了！"

"那怎么能行啊！一年一次还差不多！"

听着槇子和里子姐俩在那里唇枪舌剑，阿常的脸上溢满了幸福和满足。

吃完早饭就过了中午了，一家人优哉游哉地享受这午后的慵懒时光，有人在舒舒服服地看电视，有人在兴味盎然地看报纸。突然大门口的门铃响了，里子走出去，过了一会儿就回来了。

"是园艺师小田先生来拜年，说是今年也请多关照！"

里子把小田临走时留下的名片递给了阿常。

"他西装革履的真稀罕！我还以为是哪里的社长呢！"

"虽说就是个花匠，可现在都是社长了！"

说话间门铃又响了，这次是槇子出去看，原来是"角屋"的掌柜来拜年，茑乃家长年从他家采购山珍海味。

来拜年的人都是在大门口说几句话就走了。

京都的人一般不会因为是新年就跑到别人家里闹腾。年初的头三天，都是自家人舒舒服服地在家里放松休息，上门拜年的顶多也就是亲戚或亲朋至交。

茑乃家一年到头总有那些经营食材、食器和家具的商家进进出出。那些店家的掌柜到了新年的时候，会正儿八经地来拜年，但都是留下名片就走或只在大门口说几句拜年的话。

"那么，我们一家人来个新年第一次茶会吧！"

吃完不早的早饭，稍微休息了一会儿之后阿常如此提议。每年正月的初二或初三在茶室里点茶是茑乃家相传多年的习俗。去年因为赖子和槙子都没回来，所以没有举行。

"那么，现在就开始准备吧！"

看着姐妹三人今天都在家，阿常忽然有了举办茶会的想法。只见她第一个站起来，到里面的房间去换衣服去了。

茑乃家的茶室在靠近庭院假山的一个地势稍高的地方。战前的时候，上辈人模仿高台寺的时雨亭建起了一座茶室，十五年前又翻盖了一次。

如果客人提出要求，有时候会把茶室对客人开放，也有时候在茶室前面举行野点（茶道用语，在野外用绿粉茶点茶，野外的茶会）。

槙子最头痛的，就是元旦给母亲问候新年和这个新年的初次茶会，但是，一家人聚在一起点茶确实不错。

在正月清爽的空气里跪坐在窗明几净的茶室里，感觉心灵都被洗得一尘不染了。

三十分钟之后，阿常、菊雄和三姐妹都聚集在了茶室里。

阿常换上和服坐在了点前（茶道用语）席上，作为茶会的正客，菊雄、赖子、里子和槙子一字排开。

因为都是自家人，所以就省去了向男主人问候和欣赏挂轴这些繁文缛节，直接开始点前。

母亲的点前，赖子已经看过好多次了，但不管哪次看，母亲的点茶的动作都是那么娴熟优美赏心悦目。

母亲使用小绸巾（茶道里面用来擦或接茶碗的小绸巾）的动作很美，节奏不急不缓妙不可言，一招一式雍容典雅从容不迫。不管怎么说，有过技艺表演经历的人的点茶，某些地方就是与众不同，赖子对此很是心悦诚服。阿常的点茶之所以如此赏心悦目，或许和她曾经学过京舞有关系。

按照茶道的流程，点完茶，把茶碗放在正客面前，待众人喝完茶，阿常环视了一下众人说道：

"这茶碗为赤乐（粗陶器的一种，在无地泥胎上涂上氧化铁黏土为其上色，然后涂上透明釉烧制而成），是乐家五代传人的作品。这是从你们老爷爷那辈传下来的，现在已经很难见到了。"

听母亲如此说，大家再次细细观察手中的茶碗，赤乐的那种素雅浑厚的朱红色泽，在午后的阳光里浮现出来。

"这个枣形茶叶罐是宗哲的作品，这个水罐是永乐和全的作品，都是你们的老爷爷买齐全的。"

阿常手中的那个枣形茶叶罐，黑漆的罐身上撒着金粉绘着梅花的描金画，水罐上的图景则是鲤鱼沿着五彩缤纷的溪流溯流而上。

"这些都是现在很难凑齐的珍品，大家一定要多多珍惜！"

阿常给女儿们说着话，或许她在想自己某天死了之后的事情。她又把这些陶器一件又一件地拿在手里爱不释手地抚摸了一会儿。

"好吧！下一个让赖子点茶吧！"

"好的！"

赖子闻言给母亲低头行礼，膝行靠近点前的席位。

赖子在做舞伎的时候就经常参加茶会，表演都舞（京都艺伎的舞蹈）的时候也经常点茶，但因为好长时间不表演点茶了，所以心里有些没底。

但是，这个时候要是再不温习一下的话就彻底忘了。

赖子刚开始点茶，槙子突然噗嗤一下笑出了声。阿常瞬间用锐利的眼神儿瞪了她一眼。

"怎么了？"

"没什么，不好意思！"

看着自家人在这里静静地点茶，槙子好像觉得很滑稽可笑。但她马上就做出一副乖顺的表情，低着头拼命忍住不笑。

"很精彩！槙子要不要表演一下？"

"不，就别让我献丑了吧！"

"天天晃来晃去光知道玩儿！要不学学茶道什么的，将来可是嫁不出去的！"

最后，洗耳恭听了一番牢骚和教诲，新年的茶会就结束了。

回到房间，赖子立马决定到住在冈崎的教她敲鼓的师傅家里去拜年。

槙子上了二楼的客厅，正在和东京的朋友煲电话粥。

阿常和里子在楼下接待前来拜年的艺伎千鹤和豆弥，不时地还要去大门口接受那些长年出入莴乃家的商人的新年祝词。

千鹤和豆弥两人都是相交多年的老朋友了，这两个人也经常出入莴乃家，但更重要的是，她俩是里子找借口外出时经常利用的很重要的两个人，里子自然是热情有加，殷勤招待。

过了一个小时左右，赖子回来了，紧接着两个艺伎也回去了，菊雄却开始忙着做出门的准备。

"你到哪里去？"

"那些学小曲的朋友们说是要一起聚一聚，我去看看！"

他围上围巾，提着高档白兰地，欢天喜地出门去了。

"姐姐，咱们晚上吃什么？"

听里子问，赖子一边脱下和服换上衬衫和牛仔裤一边回答说：

"过年的饭不是还剩了很多嘛！我们吃那些剩饭就行了！"

"今天咱们三人喝酒吧！"

"母亲呢？"

"说是要到嵯峨野的叔叔那里去，刚才就走了。"

里子说完，伸了一个大大的懒腰。

"这下子好了，那些烦人的都走了，我总算可以松口气了！听我说，今晚就咱姊妹三个好好热闹一下吧！"

里子说完马上去了厨房，开始把过年饭往饭桌上摆。

三十分钟之后，赖子、里子和槙子姐妹三人的新年会就开始了。

饭桌上，除了从除夕夜就看熟悉了的那些饭菜，还摆上了啤酒、威士忌和清酒。

"赖子姐姐要喝什么？"

"我喝啤酒就行了！"

"里子姐姐当然是清酒了？"

槙子要喝白兰地加水，杯中酒是三人三样，姐妹几个共同举杯。

"新年快乐！"

"祝我们三人身体健康！"

"为了三人的阿米（情人）！"

"什么呀？阿米是什么意思？"

"就是喜欢的人啊！"

"天啊！槙子有情人吗？"

"我都这个年龄了，没有才奇怪呢！"

"不会是那个头发蓬乱的小子吧？"

里子想起来，去年在东京的酒店里和槙子见面的时候见到的那个和槙子在一起的男孩子。

"他算什么呀！他不过是我们的亲卫队！"

"亲卫队？"

"乐队男孩儿，就是个跟着跑腿儿打杂儿的！"

槙子说完，急忙给赖子解释说：

"我已经不和那些人交往了，早都断了联系了！"

"是吗？那现在是谁啊？"

"是个庆应大学的男孩儿，那可是个正派的小伙子啊！"

"哎哟！你可真会换啊！"

里子好像很惊讶，轻轻地叹了一口气，槙子轻轻摇晃着杯子里的冰块说道：

"如果不经历各种各样的男人，回头哭泣的只有女人了！"

"你说得倒轻巧，很快就会摔跟头的！"

"那个不用担心！这些事情我会比姐姐玩儿得更巧妙！"

"你说的是什么意思？"

"抱歉问一句，姐姐婚后是不是觉得很失败？"

"槙子你……"

赖子责备槙子说话没礼貌，槙子嘴里说着"请原谅"，给里子的酒杯里倒上酒。

"可是，姐姐有喜欢的人对吧？"

"你说什么呢！"

"那有什么关系嘛！我们可是姐妹啊！"

槙子忽然改变了一点儿态度，一边嚼着酒杯里的冰块儿，一边说道：

"我认为，在结婚之前最好和各种男人交往，好好研究一下男人！"

"说什么研究，没有那么简单吧？"

"那有什么难的？不管是什么样的男人，只要你觉得他是个研究材料就可以研究嘛！"

"槙子妹妹真是想说什么就说什么，你可能还没真正喜欢过哪个男人吧？"

"我也爱上过男人，可是，一个女人如果迷恋上了男人就没什么好事儿了。你会对男人唯命是从，变得和奴隶一样。我可不想变成那样的女人！"

"如果能喜欢一个人到了不惜为他做奴隶的程度不是也挺好吗？"

"姐姐可真够传统的！"

"是不是传统我不知道，可我觉得应该珍惜喜欢一个人的那份心情！"

和槙子争论的过程中可能变得有几分兴奋了吧！里子一口气喝干了杯中酒，转脸问赖子：

"姐姐怎么想？"

突然被里子问起，赖子稍微思考了一下说道：

"我认为，即使喜欢一个男人也应该适可而止。如果进去得太深就会憎恨和嫉妒，会发生各种各样的事情，还会有一些无谓的争执。"

"是吧！还是赖子姐姐和我的想法一样！"

槙子好像甚得我意的样子连连点头，赖子好像视若无睹继续说道：

"到了某种地步就不要走得太近，是不是保持一定的距离更好？"

"那样做也没有什么麻烦事，自然很轻松，可是那样的话，到什么时候也没法和男人变得亲密，当然也不可能结婚了，难道不是吗！"

"我现在根本没有结婚的想法！"

"真的吗……"

"当然是真的！"

赖子点点头，里子却是一脸的不相信。

"那么说你是一辈子一直独身了？"

"是不是一辈子我也不知道，至少现在是那个想法。"

"赖子姐姐是讨厌男人吧？"

"那倒不是！我也喜欢男人，只是不相信他们而已。"

"不相信……"

里子小声嘀咕了一句，抬头又看了赖子一眼。但是，赖子也不回答，只是默默地喝啤酒。

就在有些冷场的时候，槙子叹息着说道：

"明明都是亲姐妹，可大家的观念大相径庭啊！"

就槙子的这一句话，姐妹三人面面相觑，接着哄堂大笑起来。

正月初三的下午，赖子开始做回东京的准备。

赖子在里面的和式房间里正往行李箱里塞衣服的时候，母亲阿常走了进来。

"今天不回去也行吧？"

"可是，明天酒吧就开门营业了。"

"是吗？"

随着年龄的增长，阿常好像也变得容易感到寂寞了，但她再也没有说什么。她站在那里，看着赖子往行李箱里装东西，过了一会儿，好像忽然想起来似的回到了自己房间，然后拿来了一卷绸缎。

"这个你拿去吧！"

"啊？给我吗？"

"因为是白坯料子，你想染什么颜色就染什么颜色！"

这卷儿料子是绫子，足有一匹。

"妈妈，太谢谢您了！"

赖子双手举着面料，低头给母亲行礼。

去年铃子七周年忌辰回来的时候，母亲也送给自己一块印着樱花和远山图案的绉纱面料和一条盐泽的带子。阿常虽然装作满面冰霜，可总是送给自己东西。

过了一个小时左右，赖子正要出门，母亲阿常到玄关来送她。

"不要太要强！多注意身体！"

"母亲也多多保重！"

赖子说完就走出了玄关，里子一起跟了出来。

"姐姐下次什么时候回来？"

"是啊！我想在樱花开的时候回来。"

"姐姐可一定要回来啊！咱们再去原谷一起喝酒！"

听里子的声音有些发颤，赖子斜着眼看了她一眼问道：

"看样子你有什么好事儿啊！"

"啊？为什么那么说？"

"我也说不上，反正看上去生机勃勃的！"

"是吗？"

里子在那里装傻，可她那温柔得快要溶化的表情和欣喜雀跃的小碎步都透出一种和平时不一样的弹性和张力。

"真好啊！"

"哪有什么好事儿！什么都没有！"

既然里子不肯说，赖子当然也不想刨根问底。毕竟都是大人了，至于应该怎么做，按说彼此心里都明白。

槙子一是因为年轻，再加上她好奇心旺盛，所以什么事情都要插嘴，但赖子除了必要的事情之外，什么都不说。那当然也因为年龄和性格上的差异，但从根底上来说，赖子还有一层顾虑，那就是她和里子毕竟是同母异父。

穿过院子出了后门，约好的出租车已经在那里等着了。赖子从里子手里接过行李箱说道：

"多谢里子妹妹！多保重！"

"姐姐也多保重……"

"有空再到东京来吧！偶尔出来散散心也挺好的！"

"我会的！"

里子点点头，赖子则坐进了出租车的后座上。

"再见！"

在正月凛冽的寒气里，里子向坐进出租车里的赖子挥手，出租车向着高台寺的坡道开了下去。

赖子走了三天之后，槙子也走了，京都的家忽然冷清下来了，但里子却是欢欣鼓舞心花怒放。

就像被赖子看穿的那样，七号那天椎名要来京都。

元旦那天夜里来电话说好像能来，三号的早晨又打来电话，很清楚地说要来京都。

里子从那一刻起，一直欢欣鼓舞，就像有一头小鹿在心头活蹦乱跳。

很快就能见到椎名了，里子在为此感到高兴的同时，心里开始萌生出一丝小小的不安。

那种担心从十二月末就开始了，转过年来，那种担心变得越来越明确了。

去年十二月中旬的时候，里子发现例假没来。

按照经期的规律，按说十号前后就该来例假了，可是都过了中旬了还没有来。过去例假一直很准时，即使晚了，顶多也就四五天。

可不知为什么，这个月都到了二十号了却一点儿来例假的迹象都没有。

去年年底之前，还以为是年末的忙乱使得经期有点儿紊乱，可转过年来依旧迟迟不来，里子开始不敢想得那么乐观了。

例假显然已经晚了半个多月了。

里子想了想她和椎名的鱼水之欢。

如果是怀孕了，应该是十一月份他来看红叶的时候。

那时候也因为椎名到得晚了，两人一见面就直接去了酒店的房间。两人好像都难以抑制住相思之苦，迫不及待地在床上翻云覆雨颠鸾倒凤，那种急不可耐就像干柴遇到烈火。

那一瞬间，里子也忽然感到了一种不安，但因为危险期以前出现过一星期的偏差，里子心想不会那么巧吧！当时没怎么把这个事情放在心上。

或许当时自己太轻率了……

元旦那天晚上椎名来电话的时候，里子最先想到的就是这个事情。但是，她确实没有勇气在电话里把这个事情告诉他。

不管怎么说，过完年之后去医院看看吧……

年末的那段时间，里子一直想着那个事情。

夏天以来，自己和菊雄根本就没碰过身子，如果说现在怀孕了，无疑肚子里的孩子不是菊雄的。现在这个样子只能去堕胎了，但光想想，里子就浑身颤抖。

自己会被怎样麻醉？会以什么样的姿态被做手术呢？还有，做了堕胎手术，能不能一直瞒着菊雄和母亲呢？里子每天晚上躺在床上辗转反侧，因为不安和恐惧越来越睡不着了。

但是，躺在床上一边想一边抚摸自己的肚子的时候，这里面真的有一个孩子吗？里子渐渐有了一种不可思议的感觉。

刚结婚的时候，自己和菊雄什么都不注意也没怀上孕，可到了现在，忽然有了身孕！这到底是怎么一回事呢？

如果说这里面有个孩子，那会是个什么样的孩子呢……

里子虽然被这种不安所折磨，但她的内心深处还有一种怜爱自己和肚子里的孩子的心情。

说不定这是上苍赐给自己的一种缘分……

想到这里，里子又觉得把肚子里的孩子做掉有些可惜。

如果想去堕胎的话，什么时候都可以去，根本不用惊慌失措。

里子决定不再去想那些多余的事情。

如果真的怀孕了，那也没什么大不了的。怀上了就怀上了，就这样把自己喜欢的人的孩子留在自己的身体里吧！

现在这里面有他的孩子！里子光想一想就觉得很幸福了。

流掉还是留着，以后慢慢想就是了！一旦下定了决心，里子又浑身溢满了兴奋和喜悦。

赖子刚才说自己好像有什么好事儿，她不过是看穿了自己和椎名相会的日子不远了，绝不会察觉自己的肚子里还怀着他的孩子！

想到这里，里子觉得自己拥有一个周围的人谁也不知道的、只属于自己的秘密，愈发兴奋更加心花怒放了。

正月初七那天，椎名为了参加关西地区财界人士的新年会，好像到大阪来了。

下午在中之岛酒店的宴会结束之后，他领着五个客人到莺乃家来了。

"椎名先生来了！真是久违了啊！"

阿常去宴会厅给客人打过招呼之后回到账房，用打探的表情看着里子说道：

"山福的社长也和他在一起，你快去打个招呼吧！"

"梅善堂的仓本先生不是来了吗？我去那边之后再过去打招呼！"

里子故意说得很冷淡，阿常有些狐疑地走开了。

自己喜欢的人来了，里子反而觉得不好意思马上就过去。一是担心发髻和和服是否得体好看，二是不知道走进宴会厅的那一瞬间自己该做出什么样的表情。当然要按照顺序从上座的客人依次打招呼问候，其间偶尔和他四目相对，要是被别人察觉了怎么办呢？里子心里颇感不安。

里子决定先去梅善堂掌柜的宴会厅里去给客人斟酒，就当先演练一下去了椎名他们的宴会厅之后该怎么做。

"里子姑娘，近来好像变得越来越妩媚了，是不是有什么好事儿啊？"

仓本从上往下仔细打量里子，里子很是忐忑不安，唯恐被他看穿自己肚子里怀着孩子。但她那含羞的模样好像让她显得更加妩媚动人了。

"现在正是女人鲜花般盛开的时候啊！"

被和仓本一起来的朋友目不转睛地盯着看，里子满脸含羞地早早逃了出来。

回到账房对面的休息室，里子又照了照镜子。

她今天穿了一件灰底印着点点梅花图案的和服，腰间束了一条浅朱红色的织锦带子。前胸的素雅色调和下摆的点点梅花形成鲜艳的对照。里子侧过身子检查了一下带子的形状，紧闭双唇，那神情就像要上阵一样，踏着小碎步袅袅婷婷地到了走廊里。

椎名的宴会厅是右边最里面的那一间。

里子走进去，发现已经来了三个艺伎和三个舞伎，宴会的气氛已经很热闹了。

"欢迎各位的光临！"

里子站在围屏前面先深鞠一躬问候全体客人，然后向着背对壁龛而坐的主客再深施一礼。

看样子，今天椎名还属于招待客人的一方，这会儿正坐在靠近入口的末座上。但五个人好像都是他关系亲密的朋友，没有那种拘谨的气氛。

"小老板娘怎么姗姗来迟啊！我们已经等候多时了！"

从前就认识的山福的社长第一个给里子打招呼，把里子介绍给众人。

"这位是这里的小老板娘，现在是京都女子的花魁！"

"哪有的事儿！社长您……"

"来！我给你倒一杯！"

"那可不行！还是我来给客人斟酒吧！"

里子走到背对壁龛而坐的六十岁左右身体清瘦的男人旁边。

"那位是光荣物产的濑户社长，虽然面相善良，但有个爱玩儿女人的毛病，你可要小心了！下一位是日东制器的小林专务，他是个基督徒，按说不会染指女人，但我不敢保证！"

山福的社长按照顺序给里子介绍在座的人，席间不时爆发出阵阵欢笑声。

最后轮到椎名了。

"我还不知道这个人常来这里，你也看到了，他是个质朴的很不错的男人，所以很有女人缘。都这把年纪了好像还能挑逗起女人身上的母性之爱，但那是他的手段而已，小老板娘可要多加小心噢！"

社长说完看了里子一眼。

"你不会是已经迷上他了吧？"

"您说什么哪……"

里子慌忙摇头否认。

"什么呀！小老板娘！你怎么脸颊绯红啊？"

里子不理会他，转身给右边的小林专务斟酒，可能是因为紧张吧！拿酒壶的手在微微颤抖。

"原来如此啊！椎名先生坚持要到这里来，原来都是为了这位小老板娘啊！"

"社长啊！真是久疏问候了！您是不是在嫉妒啊？"

千鹤见状连忙出面调和，里子终于喘了一口气。偷偷看了一眼椎名，他满面微笑什么也不说。

里子心想，只有自己一个人成了众人调笑的对象，可他也不站出来帮自己一把，真是太过分了！但是，守着这么多人，这话也不能说出来。

里子故意不看椎名那边，只是一个劲儿地给山福的社长和其他男人斟酒。她的这种举止反而表明她是有意识地这么做，估计明眼人一眼就能看出来里子的举止很不正常，但里子已经顾不上想那么多了。

里子进来之前，客人们好像一直在谈论舞伎的姿态，小林专务看着身旁的舞伎说道：

"那么说，我今天来是赶上了一个最好的日子喽！"

"一点儿不错！我们只有过新年的时候才穿这身衣裳！"

千鹤代表舞伎向客人们介绍。

正月里门前挂稻草绳（新年挂在门前取意吉利）的那段时间，舞伎们会穿鲜艳的带有家徽的和服，正月初七的开业典礼和正月十五那天要穿黑色的带有家徽的和服，发髻也和平时不一样，舞伎们正月里要绾起高高的奴岛田发髻。

只傻傻地看的话可能会看不出来，前面的梳子和点缀着松竹梅的簪子都是玳瑁制成的，右边的金属垂帘的上面插着稻穗，稻穗头上点缀着一只小鸽子。

"这只鸽子怎么没有眼睛啊！"

"那是要让正月初遇到的喜欢的人给画上眼睛的！"

听千鹤如此解释，在座的男人们一下子活跃起来。

"有没有人想求我？我给她画上！"

"可是社长啊！你要是替她给鸽子画上了眼睛，从襟替开始要一直照顾她才行啊！"

"那怕什么！怎么样？"

听社长这么说，身旁的舞伎笑着把稻穗递了过去。

里子拿着砚台盒从账房回到宴会厅的时候，发现椎名正拿着身旁的舞伎的稻穗细细观赏。

"好吧！我替你画上吧！"

"请您给鸽子画上两个可爱的小眼睛！"

听舞伎如此要求，山福社长用毛笔给鸽子画上了两个圆圆的小眼睛，在鸽子的胸部又画上了三座连在一起的山峰，那是他自己公司的标志。

"社长，那可是很贵噢！"

"没关系！没关系！因为这是公司的标志，费用当然是公司出了！"

席间又是一阵欢笑声，接下来光荣物产的濑户社长给鸽子添上了眼睛，然后把自己名字中的一个字写了上去。

"椎名先生，你没事儿吧？"

"我可要告诉给您那位生病在家的夫人！"

山福的社长在一旁开玩笑，椎名只是笑着画上了两只小眼睛，然后写上了自己名字的第一个字母，悄悄地把稻穗还给了身旁的舞伎。

虽说是让喜欢的人给鸽子画上眼睛，可这毕竟只是个余兴，如果客人非要坚持给鸽子画上眼睛的话，舞伎是不好意思拒绝的。

因此，也有颇受客人青睐的舞伎每次去酒宴陪侍都要在稻穗头上安上一只新鸽子，但这里面原本包含一种誓言，给鸽子画上眼睛的人必须关照那个舞伎的一切。

他竟然在自己面前面不改色心不跳地做那种无法无天的事情，这算怎么一回事！

别的客人倒也无所谓，可椎名也那么做，莫非他不明白从去年年底就烦恼不已的自己的心情？里子在旁边越看越生气。

椎名他们的宴会结束的时候是九点多一点，大家好像已经商量好了，接下来和艺伎、舞伎一起去一家叫"金清"的茶屋。

"小老板娘也一起去吧！"

临近宴会结束的时候，千鹤邀请里子和她们一起去，山福的社长也马上跟着附和。

"说的是！偶尔也下山去给我们服务一次嘛！"

山福的社长说话很直接，其他的客人也都纷纷邀请里子一起去。

"不好意思！我还有几个别的客人……"

"那没关系的！剩下的事情都交给大老板娘就是了，我们说借您姑娘一用总可以吧？"

社长直接那么说，阿常也没法反对，只好笑着点点头。

"你看看，大老板娘都说行了，你快去准备一下！"

"多谢您！可我真的还有点儿工作要做，我过会儿再去好吗？"

"真的吗？"

"是的，我一定会去的！"

"好吧！你可要快点儿啊！我们这些人都是老朽了，可不能等太久啊！"

社长开了一句玩笑，紧接着站起身来。

好像众人都没有察觉，这一切都是里子和千鹤昨天晚上商量好的。

当里子听椎名说今晚要来茑乃家的时候给他提了一个要求，希望他宴会结束后十点半之前回酒店等她。

椎名当时好像担心里子是不是真的能出来，可里子觉得求千鹤帮忙的话总有办法。看样子两人商量好的计策完全成功了。

即便那样，里子也没有马上跟着去，她决定先装出一副顾忌阿常的样子，稍晚一会儿再出去。

不愧是两个女人商量出来的计策，可谓周密细致，天衣无缝。

把客人送走之后，里子又给母亲说了一声："我这就去了！"

"早点儿回来！"

阿常态度有些冷淡，可也没反对。

里子临出门的时候也给菊雄说了一声，然后上了车。

"金清"位于祇园的凿开的山路上，是山福社长格外偏爱的一家茶屋。

里子去了以后发现，大家都把酒换成了威士忌，艺伎也多了两个，都是里子认识的人。

"小老板娘还真来啦！太了不起了！"

山福社长很高兴，马上招手让里子坐在他旁边。

"我一会儿就走了！"

"急什么嘛！偶尔放松一下不好吗？"

"小老板娘，您喝点儿什么？"

听舞伎问自己，里子要了一杯很淡的威士忌加水。

椎名坐在中间隔着山福社长的一个座位上，正和一个名叫豆香的艺伎说话。感觉不是椎名和她说话，而是艺伎主动跟他搭话。

见那个艺伎不是刚才椎名给她的鸽子画眼睛的那个舞伎，里子稍稍放下心来，但还是有些挂怀。

但是，山福的社长一个劲儿地跟她说话，里子根本顾不上竖起耳朵听他俩说什么。

说话间到了舞蹈表演的时间，艺伎和舞伎们纷纷站起身来去了休息室。

两间相通的和式房间的右侧并排坐着弹三弦琴的人和唱小曲的艺伎，一切准备就绪的时候，舞伎们出现了。

开始的舞蹈叫《御所车》，接下来的舞蹈叫《十二月》。

都是常在新春表演的舞蹈。

这些小曲把男欢女爱之事比作一年中的十二个月，幽默地表现了出来，客人们都笑眯眯地看得如痴如醉。

里子一边看着舞伎跳舞，一边悄悄地把表从带子夹缝里拿出来看了一眼。很快就到十点了。

他能巧妙地从这里溜出去吗？

里子若无其事地偷偷瞄了椎名一眼，他目视前方正看得入迷。

两支小曲跳完了，众人一齐鼓掌喝彩，山福的社长自告奋勇要唱一首《白扇》，一个叫染乃的艺伎站起来给他伴舞。

里子又悄悄看了看表，已经是十点十五分了，椎名还在那里目不转睛地观看舞蹈。

他不会把十点半在酒店幽会的约定忘了吧……

里子很着急，觉得这个时候自告奋勇唱小曲的社长很可恨。

社长唱完了《白扇》之后，关于下面唱什么曲子，众人又开始争执起来。

社长明明还想再唱一支小曲，可他让小林专务也唱一首。专务好像学过一点儿清元，看样子也想唱，可是因为曲子太长了，他正在沉思犹豫。就在这会儿，众人又喝起了白兰地，气氛越来越热闹了。

这个样子的话，他或许很难脱身了……

正当里子准备放弃的时候，椎名悄悄地站了起来。

关于接下来让谁唱什么小曲的问题，众人正在争执不下，所以几乎没人察觉椎名的举动。

最后大家决定让山福的社长再唱一曲，这回有三弦琴伴奏。

社长这回唱的是《初雪》。

但是，这回或许是没有舞蹈的缘故，众人不像刚才那样老老实实地听。社长对着弹三弦琴的艺伎唱，其他人都在和艺伎们聊天。

《初雪》唱完了，可椎名还没回来。

又过了五分钟左右，里子站起来，到楼下去问老板娘。

"椎名先生呢？"

"刚才回去了，说是明天一早还有事儿，要先走一步。"

里子点点头，回到房间向正在和艺伎聊天的社长告辞。

"社长，真是不好意思，我这就告辞了。"

"什么？这就要走了吗？"

"谢谢您的一番盛情，我回去还要收拾，明天还有事儿！"

"你丈夫是不是很啰唆啊？"

"那倒不是！那么，大家慢慢玩儿！非常感谢，我今天晚上很高兴！"

里子对着众人再次深鞠一躬，走出了房间。

从"金清"出来以后，里子用附近的公用电话给椎名住的酒店打了一个电话。

里子告诉了椎名的名字，接线员马上把电话转到了椎名的房间。

"您已经回酒店了吗？"

"我一直在等你！你现在在哪里？"

"我刚从金清出来，现在马上过去，要不要买点水果什么的？"

"不用了，什么都不要！"

里子问清楚了房间号，坐上了出租车。

本来约好的是十点半，可里子到了酒店房间的时候已经十一点多了。她敲了敲门，好像里面的人一直在等着，门一下子就开了，里子看到椎名就站在自己面前。

里子直接扑进了椎名的怀里。

"我一直好想你……"

里子感觉跑了很长的一段路，可实际上从祇园到酒店开车也就几分钟。从六点就想见他，但迟迟不能单独和他在一起，可能是那种焦灼让她这样感觉。

"外面很凉吧？"

"嗯……"

里子连点头都顾不上了，直接钻进了被窝里。

整个身子被他夺了去，里子在床头灯淡淡的光线里再次抬头看着椎名那发白的喉结。其实不用再看，上面的脖子、面部的轮廓，还有宽阔的胸膛里子都知道。

沉浸在交欢之后的那种心满意足的感觉里，里子忽然噗嗤一声笑了出来。

"什么事这么好笑？"

"没有……"

里子轻轻地摇摇头，她想起了山福社长说的那句话。

社长说："你丈夫很烦人吧？"他真是完全估计错了。他们中间的谁也没想到，自己现在正在这样的地方和椎名幽会。

里子一想到这里就觉得好笑。

"开始的时候，我还担心你跑到哪里去了！"

"我也觉得那样做挺对不住大家伙，可不那样的话，我根本脱不了身啊！你出来的时候，跟大家打招呼了吗？"

"说真的，我也想一声不吭地跑出来，可是你不是先悄悄地开溜了吗？我也一声不响地跑出来的话会被人怀疑的！"

"山福的社长没发现我不在了吧！"

"我认为他已经发现了，可他什么都没说！"

"那就好！"

"可是，大家伙还都在那里，你那样中途开溜没事儿吗？"

"我事先已经跟他们说过了，告诉他们我明天一早有事儿要先走一步。我明天再给社长打个电话。"

"谁也不知道咱俩这会儿正躺在一个被窝里吧！"

"为了幽会，你是越来越有坏心眼儿了！"

"还不是你让我长的坏心眼儿！"

里子现在已经能够面不改色心不跳地直呼椎名为"你"了。里子又被椎名紧紧地搂在怀里，她觉得快喘不上气来了，肚子好像也要被挤瘪了。

里子慌忙扭动上半身，从椎名的两条胳膊中挣脱出来，大大地喘了一口气。

"啊！太难受了……"

里子仰躺着看着天花板，雪白的天花板上映出了台灯圆圆的影子。她看着那个影子，心里正在犹豫是不是要把怀孕的事情告诉他。

椎名听到了这个消息会说些什么呢？里子很想看看他的反应，可另一方面她又觉得害怕。

"我说……"

里子一开始支支吾吾，接着心一横就说了出来。

"如果我有了孩子怎么办？"

"孩子？"

椎名的上半身微微一动。

"怀孕了吗？"

"还不知道，不过……"

"是不是例假晚了？"

"有一点儿。"

里子尽管知道椎名正用关切的眼神注视着自己，可她还是闭上了眼睛。

"去医院了吗？"

"还没有。"

椎名把手放在里子的肩膀上，说道：

"真的没错是吗？"

"万一是怀上了的话，怎么办？"

"你问我怎么办……"

"……"

"不管怎么说，先去医院看看吧！"

里子点点头，椎名叹了一口气：

"我绝不会给你添麻烦的，我反而很感谢你！"

"感谢？"

"一开始的时候我也很吃惊，但现在已经平静下来了。既然是怀孕了，那也没什么不好……"

"可是……"

"听到这样的消息，你是不是讨厌我了？"

"不是……"

接下来就是一阵沉默。

里子挺起身子看了看床头柜上的表。

十二点半了。

山福的社长他们是不是已经回去了呢？家里人是不是都已经睡下了？不久之前自己还在那些地方，这会儿却觉得那个世界是那么遥远。

"明天你几点回去？"

"我打算坐十点的新干线。"

里子点点头站起身来，拿着衣服走进了浴室。

因为是从暗处来到了明处，里子觉得浴室里的荧光灯格外刺眼。里子用浴帘遮住光线，开始洗淋浴。

虽然刚才把重大的事情告诉了椎名，里子这会儿心情反而很沉静。从年底开始就一直萦绕于怀烦恼不已的事情终于说了出来，里子有一种释怀的感觉。同时，椎名听到这个消息时的沉着淡定也让她感到高兴。

重新整理好发髻，穿上和服回到卧室，发现椎名已经穿好西装在椅子上坐着了。

"你这是怎么了？"

"我送你回去！"

"不用了！我一个人能回去！"

"不！我送你回去！"

"真的没事儿的！你就在房间里休息吧！"

"明天我想延到中午，还能再见一面吗？"

"你不是有工作吗？还是早点回去的好！"

"可是……"

"我的事情你不用担心！真的没有问题！"

里子在一种自己也说不清楚的清爽的心情里，穿上短外褂，拿起了围巾。

第二天早晨，漫天的雪花飘落到京都的大街小巷里。

从东山的高台俯瞰下去，家家户户的房顶和八坂塔也蒙上了皑皑白雪。茑乃家的庭院也成了银装素裹的世界，只有院子里的池塘还露出黑乎乎的轮廓，大片的雪花飞舞着落进池塘里，就像被黑洞洞的池塘吸进去一样。

昨天夜里，里子从椎名那里回来的时候还没下雪，所以应该是半夜两三点以后才开始下的吧。

从年末的二十九到三十，雨夹雪一时间变成了雪，但很快就变成了雨。所以说，这应该是这个冬天的第一场雪。

看着外面大雪纷飞，里子最先想到的就是新干线的事情。京都下这么大的雪的话，关原一带一定积雪很厚了。当然，新干线不能按时发车，他傍晚之前或许回不去了。

即使看着雪景，纷繁的思绪最终还是归结到椎名身上。

昨天晚上临别的时候告诉他一定要按计划早点回去，椎名说延迟到中午也没问题，可里子说不用勉强，婉言拒绝了。

但是，天下雪了，一想到椎名被堵在了这座城市里，里子的心又开始动摇了。

但是，雪并没有持续太长时间，从八点左右开始就变小了，不多久微弱的阳光就从云缝里照射下来。虽说是进入小寒的雪，看样子也没有下一整天的气力。

才过了二三十分钟雪就开始融化了，玻璃窗也被水滴濡湿了。

伸头看了看卧室里面，菊雄好像还在睡。里子泡了一杯咖啡，一个人边喝咖啡边想椎名的事情。

他现在在干什么呢？要坐十点半的新干线的话，这会儿就该起床了。里子心想，或许应该把下雪的事情告诉他。

思来想去拿不定主意，里子决定还是先给车站的问询处打个电话，问一问新干线的情况。但是，可能是因为下雪询问的人太多吧，电话一直占线。

里子死了心，刚把电话放下，忽然听到母亲在楼下喊自己。里子答应了一声，下楼一看，母亲穿着大衣正准备出门。

"我去黑谷寺参加年初的第一次茶会！"

阿常和同年代的人聚在一起，租用黑谷寺的茶室每月举行一次茶会。平时的话，她会在头一天晚上告诉里子，可是昨天夜里里子回来的太晚了，好像没有机会跟她说。

"下大雪了，可是雪中茶会也是别有一番情趣啊！"

"您几点能回来呢？"

"中午稍过一会儿就回来了！"

阿常出门走了，里子忽然觉得一下子解放了。

早知道是这样的话，从一开始就和椎名约好见面就好了！不！或许现在再约也不迟。

但是，现在如果听到他的声音，势必就要和他见面。那么的话，昨天说的不能见面就成了假话。

但是，里子更担心的是自己把可能怀孕了的事情告诉了他，说了那个事情之后，一大早又跑到他那里去，他会不会觉得自己是个厚脸皮的女人？

犹豫再三，里子又给车站的问询处打了一个电话，可电话还是占线。

里子再次放下电话，抬头看了看窗户。外面阳光明亮，池塘边上的雪已经开始融化了。或许有微风吹过吧，偶有枯枝上的雪飘落在地上，那时候，竹叶上的积雪会成团地掉下来。

看着院子里的景象，里子决定到医院去一趟。

好多天前就想着要去，可是迟迟下不了决心。

虽说只是检查一下，可里子心里还是很害怕。到了医院自己该说什么？检查要花多长时间？里子心里一点儿数都没有。还有，会不会被什么人看到呢？里子心里也有些许不安。

但是，总不能这样无限期地拖下去。

幸好今天母亲不在家，因为下雪医院或许很空。还有，现在去医院的话，这座城市里还有椎名在离自己不远的地方。倒不是说他在身边会怎么样，但只要想想他在自己身边心里就觉得踏实。

下定了决心，里子开始换衣服。

从去年年底开始，里子就从电话簿里查医院，或者走在大街上的时候注意观察妇产科医院的招牌。

如果可能的话，很想让别人给介绍一家，但唯独这种事情不好轻易地张口去求别人。

一个人思来想去，最后选中了一家叫奥田的妇产科医院，从崛川通大路往西一走，就是那家医院了。

里子并非知道那家医院，也没听说那家医院怎么好。只是因为那个地方离东山比较远，而且位于大路里面的僻静的小巷里，白色外墙的三层楼看上去很干净。

里子在那家医院的门前下了车，环顾了一下四周，确定没有人往这边看之后，推开了医院的大门。

进了医院，入口的右侧是候诊室，候诊室的对面是接待处。

"请问您怎么了？"

接待处窗口里面的一个女的问里子，里子小声说："我好像是怀孕了……"

她好像对里子这样的患者已经见惯不怪了，她让里子在另一张纸上写下姓名、住址和年龄，然后把里子写好的内容抄在病例上，告诉里子稍等一下。

可能是因为下雪的缘故，上午的候诊室冷冷清清的，只有一个五十来岁的妇女坐在长椅上候诊。

里子在长椅的一头坐下来，默默地看着窗户。窗玻璃上也满是阳光，水滴在顺着玻璃往下流。玻璃窗外好像是中庭，能看到山茶花的绿叶和黑色的围墙。

候诊室左边的墙上挂着一幅画，画中的景色让人联想到白浜一带的海岸。画的旁边是一个嵌进墙里的时钟，表针正指着十点五分。

如果现在告诉他自己来医院了会怎么样呢……

里子那么想着，看了一眼接待处旁边的公用电话。

拨通电话的话，马上就能听到椎名的声音。里子正望着电话出神，忽见里面的门一开，听到有人喊自己的名字。

里子站起来，跟在护士身后往里走。

医生是个四十五六岁的中年人，留着胡子，身材微胖，看上去很壮硕。里子当然不觉得他面熟。

"您请坐！"

里子按照护士的指示在圆凳子上坐了下来，医生看了一眼病历问道：

"这回是第一次怀孕吧？"

医生的声音很温柔，和他的威猛的外表很不相称。见里子点头，医生拿起笔，开始问里子最后一次例假是什么时候，还问她有没有孕吐等妊娠反应。

医生的问诊结束后，护士把里子叫到围帘的背影处，让她脱下内衣爬到检查台上去。

里子的目光落在右边临时放衣物的浅筐上，等护士走开之后，解开了牛仔裤的扣子。

因为下雪的缘故，里子今天是穿着毛衣和牛仔裤，外面套了一件大衣出来的。她觉得这身打扮谁也认不出她是茑乃家的小老板娘，但通过病历上的姓名和住址一查的话，马上就知道了。

但是，关于那些事情医生什么都没问。里子脱下内衣，不知所措地刚蹲下来，就听见围帘外面护士的声音。

"请你爬到台子上去！"

里子冲着声音的方向点点头，抬头看了看检查台，然后慢腾腾地爬了上去。

"把腿再劈开一点儿……好的，就那样，全身放松！"

护士的手触到她的大腿内侧的那一瞬间，里子本能地并拢了双腿，但护士马上就把她的膝盖掰开了，里子无助地闭上了眼睛。

后来的事情她几乎记不清了，里子有一个习惯，无助的时候就小声叨念："老天爷啊，求您快点让这一切结束吧！"

正在里子闭着眼睛嘴里一遍又一遍地叨念的时候，耳边忽然传来了护士的声音。

"可以了！"

听到护士那么说，里子连忙并拢双腿，像仓皇逃跑一样从台子上滚了下来。

穿上内衣和衣服，再次坐到圆凳上的时候，医生一边往病历上写着什么，一边说道：

"还是要恭喜你啊！"

里子好像瞬间听到了一个意想不到的消息，满脸惊恐地看着医生的脸。

"很快就要进入第三个月了，照现在这个情况，预产期应该在八月中旬。目前的情况一切正常！"

医生或许是想让里子放松下来吧，他说话的口气很轻松。

"因为这是第一次怀孕，当然最好是生下来了，您打算怎么办？"

"……"

"现在难以马上决定吗？"

"是的……"

"那么您回家和丈夫商量一下，回头再来一次吧！"

医生说完，又在病历上写了些什么，然后把病历递给了护士。

"您好好想想，请回头再来吧！"

"谢谢您了！"

里子鞠躬行礼，连医生的脸都没看，匆匆走出了诊室。

从医院出来，外面的阳光很耀眼，地上的积雪开始融化。一栋房子的门前有孩子们在堆雪玩儿，一辆车为了不溅起雪水慢慢地从旁边开了过去。

里子马上往右一转，走到一条看不见医院的小路上才稍微放慢了脚步，然后朝着大路走去。

虽然早就预料到了这种情况，可被医生清清楚楚地说出来，感觉完全不一样。之前只是模模糊糊地想象，但现在却成了不容怀疑的事实，逼到了眼前。

医生问自己怎么办，莫非他已经知道自己肚子里的孩子不是普通孩子？抑或是对所有怀孕的女性都那么问？

可是，这样下去到八月份孩子就生出来了。孩子真的能从自己身体里生出来吗？她感到不可思议，可又不能不相信。

怎么办呢……

里子边想边走，不一会儿就到了大路上。

因为大路上车水马龙，路上的积雪几乎都融化了，只有家家户户的房顶和过街天桥上还有一点儿残雪。在上过街天桥的台阶边上有个电话亭。

里子忽然很想听听椎名的声音。已经过了十点半了，也不知道他还在不在。说不定已经离开酒店了，但只是确认一下也好。里子那样下定了决心，转身进了电话亭，拨通了酒店的电话。

接线员马上接起了电话，转到了椎名的房间里，可是没人接电话。电话响了十几声之后换成了接线员的声音。

"房间好像没人接电话！"

"客人已经退房了吗？"

"请您稍候！我给您转到前台去！"

过了片刻，前台的工作人员接起了电话。

"您要找椎名先生是吗？客人已经走了。"

"请问是什么时候？"

"我想就是刚才。"

前台的工作人员不可能把客人退房的时间都记那么清楚。里子说了声"谢谢"，挂断了电话。

他是坐十点的新干线回去了？还是正在某处的街上溜达……

里子从电话亭里出来，看着车水马龙的大路发呆。

知道椎名不在了，里子这会儿格外地想见他。

我经历了那样的痛苦，那么想见你，你现在去哪里了？

"混蛋！混蛋！大混蛋……"

里子嘴里嘟囔着准备从过街天桥上走过去。

刚爬上台阶就脚下一滑差点儿摔倒，里子还是气哼哼地快步走过了过街天桥，下了台阶，举手拦住了一辆开过来的出租车。

"请去京都站的八条口！"

说不定他现在还在车站上！一定要在！里子心里叨念着，双眼直视前方。

可能是因为下雪的缘故吧！路上很拥堵。里子为了抑制住焦躁的心情，闭上了眼睛，可放心不下，还是忍不住要四处看。

穿过拥堵不堪的国道一号线，出租车一到站，里子马上从车上下来，快步向检票口走去。

正面的问询处和右边检票口的前面都贴着告示，上面写着在关原附近因为下雪的缘故"光"号要晚点一个到一个半小时，"回声"号要晚点两个小时左右，请乘客谅解云云。可能是因为这个原因，候车厅里人头攒动，比平时拥挤多了。

里子拨开人群寻找椎名。从检票口那边走到左边的小卖部，又买了一张站台票进了站，从二楼的候车室到站台都找遍了。

但是，没有看到椎名的身影。

这会儿，新的一列"光"号到站了，紧接着又发车了。

里子又去候车室找了一遍，确认没有之后走出了检票口。

他如果这会儿坐车的话，一定会从这里过……

里子就那样在问询处的旁边等着，但椎名一直没有出现。

他知道火车要晚点，说不定他一到火车站就坐上了开来的普通电车，可那样的话，他给酒店留下个只言片语的口信也好啊！

"真是个冷酷的人……"

里子知道那是自己一厢情愿的强词夺理，可她忍不住还是想说出来。

又等了十分钟，大厅的时钟指向十二点的时候，里子终于死了心，坐上了在站前等着的出租车。

"请去东山的高台寺！"

里子仰靠在后座的靠背上，没能见到椎名的悲伤又涌上了心头。

"我这么拼命找你，你怎么早早就回去了呢……"

里子小声叨念着，内心深处渐渐萌生出一个决心。

"这么难以相见的话，我干脆把孩子生出来！"

她之所以下这样的决心，当然也因为想见而不能见的懊恼，但原因不止如此。

既然是一个不能完全握在自己掌中的男人，至少也要把和他一模一样的孩子留在自己身边。里子觉得，那才是她和这个男人之间不可改变的最确实的羁绊。

李花篇

京都的春天是从二月末的梅花祭开始的。

因为菅原道真是二十五日在太宰府去世的，所以，按照惯例，每年都是在梅花盛开的二月二十五日，在北野天满宫的神社院内举行梅花祭。

和历年一样，今年也有好多人蜂拥而至，在梅花树下设下了野点（茶道用语，野外的茶会）席，上七轩的美伎们在席前为客人们点茶奉茶。

千鹤在上七轩有朋友，应千鹤的邀请，里子下午也去了梅花祭，但目的不只是观赏梅花。

跪坐在红毛毡上品尝了舞伎们奉上的香茗，从神宫院子里出来以后里子向千鹤提出了邀请。

"我们喝杯咖啡再走吧！"

现在才下午两点，离傍晚的准备工作还早，两人都有时间。

从北野神社的牌坊向南走，不一会儿就到了今出川通大街，走进一家面朝大街的咖啡馆，两人选了一个靠窗的座位面对面坐下了。

"大白天在这样的地方见面也是久违了！"

正像千鹤说的那样，两人见面的时候一般是晚上，而且很多时候其他客人也在一起。

"天气倒是不错，就是风还很凉啊！"

隔着玻璃窗往外看去，外面阳光灿烂好像很暖和，可路上的行人还都穿着大衣。

　　"不过，天冷的日子也没几天了！"

　　千鹤端起服务员端来的咖啡喝了一口说道：

　　"这段时间你是不是有点儿瘦了？"

　　"是吗？"

　　里子在那里装糊涂，但她知道千鹤的眼睛在看着自己，不由地垂下了眼帘。

　　"好像只有脸瘦了啊！"

　　千鹤还在大惑不解地小声嘀咕，确实，里子胖乎乎的小脸最近面颊消瘦，下巴也尖起来了。但是从肚子到腰好像肥胖起来了。不过，因为穿着和服，下半身好像还看不出来，但脸上的变化是掩盖不住的。

　　"是不是有什么地方不舒服？"

　　"没有！没有哪里不舒服！"

　　里子对千鹤笑了笑，但马上变成了一副认真的表情。

　　"你听我说啊！我今天真的有事儿想和你商量商量！"

　　"什么呀？说来听听！"

　　里子本打算今天找千鹤商量的，可被她这么一问还是有些犹豫。她搅了搅杯子里的咖啡说道：

　　"这个事儿我还谁都没有告诉，只告诉你一个人，你可一定要保密噢！"

　　"知道！你相信我就是了！"

　　里子把视线转向明亮的窗户，下定决心说道：

　　"你听我说，我怀孕了！"

　　"怀孕？"

千鹤好像被自己惊讶的声音吓了一跳，连忙环视了一下周围。

"祝贺你！那不是好事儿嘛！"

"可是，不是……"

"不是什么？"

"不是菊雄的孩子！"

千鹤眼睛一眨不眨地盯着里子说道：

"天哪！谁的……莫非你怀的是椎名先生的……"

千鹤为了镇定心神喝了一口冰水。

"你是什么时候发现的？"

"一月初吧！"

"天啊！那么说现在已经……"

"四个月了。"

千鹤就像看一个怪物似的又看了里子一眼。

"你得快点把孩子流掉！"

"我没打算堕胎！"

"你净说些没用的！生下来想怎么办？"

"把孩子养大啊！"

"那怎么行啊！要是被菊雄知道了……"

千鹤把说了一半的话又咽了回去。

"你想对外宣称那是菊雄的孩子把孩子养大？"

"那可不行！我从去年夏天开始就一直没和他发生关系！"

"天啊！那就更不行了！"

"可是，我想把孩子生下来！"

里子又说了一遍，把嘴唇咬得都要出血了。

自从一月的那天没能见面分别以后，椎名已经来了好几次电话了。

每次都是那些问寒问暖的不疼不痒的话，最后一定会问："去
医院了吗？"

一开始的时候，里子总是回答"还没有"，后来就改成了"没
问题"。

从电话里就能听出来，如果不小心说漏了嘴，他马上就会担心，
说不定立马就会跑到京都来。

"在医院做了检查，医生明确说了没问题是吗？"

椎名不放心又确认了一遍，里子还是重复那句话"没问题"。

说实话，"我怀孕了"这句话都到嗓子眼儿了，可里子就是不
肯说出来，因为说出实情的话，只会让椎名惊慌失措。他那么一个
大忙人，里子不想让他为这种无谓的事情担心。

可是话又说回来，若告诉他自己没怀孕让他安心，里子又觉得
有点遗憾。只说是"没问题"，不想把最后的真相告诉他。

里子也想通过那样做，维系住椎名对自己的关心。

二月初椎名又打来电话的时候，里子在电话里回答说："我不
会给你添麻烦的，请不要担心！"

这样一来，椎名好像又变得担心起来了。来电话的时候都七点
多了，可他突然说现在就去坐新干线来京都。

对方的认真让里子很吃惊，她说了好几遍"请放心"，可椎名
又开始担心了。

"真的什么事儿都没有是吗？"

"没事儿的！不用担心，忙你的工作吧！"

"三月我过去，到时候可别把我吓坏了！"

"可是，椎名先生还是反对我生孩子啊！"

"难道不是吗？你也是结了婚的人……"

"是吗？我不是跟你说了不用担心吗？"

"那么说你还是怀孕了是吧？"

"没有！不过，生孩子这事儿遭人反对，女人反而会更想生的！"

里子故意说了句捉弄人的话，挂断了电话。

椎名还是放心不下吧！三天后和五天后又来电话了。现在是公司的年度末，他好像很难离开东京，可从电话里就能听出来，他因为不能见到自己好像很着急。

里子为能频繁地听到椎名的声音而感到高兴，可她又觉得他有点儿可怜。

"我原来是想象妊娠！"

"真有那种事儿吗？"

"医生也是那么说的！"

"身体没什么异常吗？"

"我现在这个样是活蹦乱跳！"

椎名好像终于放心了。

他重复了好几遍三月份一定去，然后挂断了电话。

从那以后，里子在心里发誓，今后再也不让椎名为自己担心了。

但是她并没有对生孩子的事情死心，岂止是不死心，里子这段时间光考虑如何把孩子生下来了。

当然，如果现在说要把孩子生下来，众人都反对这一点是明摆着的。赖子和槙子就不用说了，母亲要是听说了这件事情，说不定会当场气昏过去。

里子心里也很明白，以现在的身份把椎名的孩子生下来，纯粹是自己的一厢情愿和一意孤行。

但是，把好不容易怀上的心上人的孩子流掉也太痛苦了。

和椎名幽会的次数屈指可数却怀上了他的孩子，里子觉得这是某种缘分。还有，反正要生孩子，要生就生个自己最喜欢的人的孩子。

有了这次的事情以后，椎名今后一定会变得越来越谨慎。下次再让他给自己的时候，估计他是不会让自己怀孕的。

这回或许是唯一的也是最后的一次机会了……

里子决定再也不考虑堕胎的事情了。

但是，要说怎么把孩子生下来，里子心里一点儿谱也没有。

就像千鹤说的那样，里子也想过谎称是菊雄的孩子，把肚子里的孩子生下来，可是自己和菊雄这半年就没有过一次房事。他在外面喝醉了回来，有时候也会很执拗地求欢，可自己总是推说困了或身体不舒服冷冰冰地拒绝他。有时候还很过分地说"没那心思"。一直那么态度明确地拒绝他，事到如今，怎么能说肚子里的孩子是他的呢？

里子曾经也有个想法，在菊雄向自己求欢的时候装出接受他的样子，然后说服他让他相信肚子里的孩子是他的，但那种做法也太自私任性了。

还有，即使能骗得过菊雄，可自己这个怀着心上人的孩子的身体是不可能接纳其他男人的。

要是那么做的话，还不如干脆对丈夫实话实说，把孩子生下来呢！

当然，里子不觉得这件事情会风平浪静地过去，菊雄就不用说了，母亲也会大为震惊，家里出一场大乱子是必定无疑的。

弄不好的话，不只是离婚那么简单，说不定还会关系到茑乃家的生死存亡。

"可是，我也不是为茑乃家活着的……"

里子就是靠着这个信念，一个人留在家里忍了过来，可以说到了现在，这种想法让里子变得很坚强也很顽固。

窗外春光明媚，里子今天穿了一件浅茶色的捻线绸和服，系了一条深蓝色的带子。千鹤则穿着一件白色的大岛绸和服。看着在窗边相对而坐的两个女人，谁能想象得到她们在谈论如何瞒着丈夫生下情人的孩子这样深刻的话题！

服务员过来给两人的杯子里添了冰水就走开了，千鹤好像又重新考虑了一遍这件事情，抬起脸问里子：

"那么说，椎名先生还不知道你已经怀孕了这件事情吧？"

"我什么都没跟他说！"

"可是，他下次来的时候不就知道了吗？"

"知道了就知道了，有什么关系！"

听里子的口气颇有些无所谓的味道，千鹤叹息了一声说道：

"可是，这件事情迟早会被菊雄和你母亲知道的吧？"

菊雄倒是无所谓，这件事情反倒难免先被母亲知道。

"有没有孕吐什么的？"

"偶尔想吐！"

"现在的话，休一天假还能打掉吧？"

"我已经不考虑什么堕胎的事情了！"

"你可别那么说……"

千鹤好像比里子还要惊慌。

"这可怎么是好啊……"

"我想找间公寓！"

"找到公寓又怎么办？"

"离开家住到那里。"

"你又说那话……"

千鹤抬头看着里子，心想这人是不是疯了。

"所以我有个事儿想求你帮忙，有合适的房子的话告诉我一声！"

"那不算个事儿！想找的话要多少有多少。可是，你母亲和菊雄能答应吗？"

"即使他们不答应又怎么样？我离开家不就完了嘛！"

"……"

"肚子里怀着外人的孩子，而且这个孩子越来越大，我怎么能在家里待得住呢？"

千鹤心想，里子说的也是，可是在到那一步之前，没有什么办法可想吗？她思来想去也想不出什么好办法。

"母亲若说行的话，我想在店里工作到不能工作为止。"

"可是等你不能工作了怎么办呢？"

"我有些储蓄，以后就老老实实地在租来的房子里待着就是了。"

"你真那么想吗？"

"这种事情我怎么会说假话呢？不过我只跟你一个人说了！"

"你这么说我很高兴，可是……"

"搬到公寓里以后，说不定比以前更要麻烦你了！我希望你能说服菊雄和我母亲，也希望你跟我当个中间联系人。"

"传个话什么的都是小事一桩，可是……"

说到这里，千鹤为了稳定心神又喝了一口冰水。

"可是，生下来的孩子怎么办？"

"什么怎么办？"

"户口什么的……"

"当然让孩子随我的姓。如果是个男孩儿的话，我打算从椎名先生的名字敬一郎中取两个字给他取名敬太郎。"

既然她的决心都到了这个程度，事到如今，自己再说这说那也没用了，千鹤正要放弃，但还是有些不能理解。

"孩子没有父亲也行吗？"

"我会把孩子培养成堂堂正正的人，我觉得孩子不会因为没有父亲就会变得乖戾！"

千鹤点点头，脑海中浮现出宴席上椎名那温良谦恭的身影。

"椎名先生要是听到这个消息一定会大吃一惊的！"

"我绝对不会给他添麻烦！"

"可是他知道了的话，不会保持沉默吧？"

"……"

"椎名先生也怪可怜的！"

千鹤嘴里冷不丁冒出这么一句话，里子看着窗外，点点头。

千鹤喝了一口变凉了的咖啡，心里默默地想。

里子如此心意已决，到了这个时候，或许自己再说什么也没用了。她已经下了那么大的决心要把孩子生下来，自己就算拦住了她，可如果她以后后悔了可怎么办？男女之间的事情，第三者终究是不会明白的。那是当事人自己决定的事情。

但是，即使理解了里子的做法，自己也尽力去帮她，可还有一件事千鹤想落实清楚。迄今为止，一直有所顾忌没能告诉她，但事情到了这个地步，有必要如实相告，听听她的想法。

千鹤又喝了一口冰水，镇定一下说道：

"里子下了那么坚定的决心，是不是还是因为菊雄的事情啊？"

"没有的事儿！我只是喜欢椎名先生而已……"

"你说的我明白！不过，你下决心的背后是不是也因为你听说了菊雄的事情？"

"菊雄的事情？什么事情？"

里子满脸惊讶地反问千鹤，千鹤压低声音说道：

"里子你应该知道了吧？"

"知道什么？"

"原来你不知道啊！"

"什么事？你说清楚点儿！"

"……"

"你快点儿说嘛！"

在里子的追问下，千鹤终于下定了决心，抬头又看了里子一眼。

"你要答应我不能生气啊！"

"绝对不生气……"

"听说菊雄和先斗町的艺伎关系非同一般。"

"……"

"不过，这都是我听别人说的，不知道是真还是假。只是有那么一种风言风语，你从谁那里都没听说过吗？"

这件事情里子可真是第一次听说，不知道该怎么回答千鹤。

"也可能是误传！"

迄今为止，菊雄确实去参加过小曲爱好者的聚会或出去喝过酒，但一般十二点之前就回家了。虽然也有时候是一帮艺伎把他送回家，但看不出来他和哪个艺伎特别亲密，也没发现有特别的女人给他打电话的迹象。

"那个人叫什么名字？"

"听说是叫豆久什么的。"

要是那个艺伎的话，里子也认识。那是个文文静静、不显山不露水的女人，应客人的召唤也来过茑乃家好几次。年龄大约二十三四岁，作为艺伎已经独立门户了，按说也应该有主人。

"从什么时候？"

"我听说是从去年年底开始的……"

祇园町的艺伎常来茑乃家，先斗町的艺伎也有来的，其中豆久应该算是来的比较多的。要那么说的话，从去年秋天开始确实再没看到过她。

那么说，莫非从那时候开始，她和菊雄有了那种关系？

"我真是一点儿也不知道啊！"

"请原谅！我还以为你知道所以才说了出来，你可别生气！"

"我怎么会生气呢？你告诉我反倒是个好事！太谢谢你了！"

"话虽如此，菊雄偶尔出一次轨也只是单纯的拈花惹草而已，他不是当真的！看菊雄那个样子就知道，他很迷恋你……"

"……"

"虽然只是我的推测，菊雄一定是被一起学小曲的朋友哄劝着去的，他没办法只好陪着他们去玩儿。我想事情不过如此！"

千鹤安慰里子，可菊雄和那个艺伎关系亲密好像是真的。

"我净说些多余的，请你原谅！"

"哪里！千鹤用不着向我道歉啊！"

里子极力想保持冷静，可她端着咖啡杯的手在不停地颤抖。

里子打车先把千鹤送回去，等剩下自己一个人了，开始重新思考刚才听到的事情。

这段时间，菊雄外出的次数确实越来越多了，他出门的时候都会说明理由，不是和学小曲的朋友聚会就是和老客户去喝酒，但里子从未过问过他去哪里。

虽说菊雄掌管账房事务，但他不在也没什么关系，所以即使他外出也没怎么放在心上。

里子做梦也没想到，菊雄竟然会出去拈花惹草。说句实话，里子原本就认为菊雄根本没有拈花惹草的本事。

但是，刚入而立之年的一个男人，若是长期没有夫妻生活的话，谁也受不了。因为对方从不强行求欢，自己就简单地把其中的原因归结为对方清心寡欲性欲不强，看来是自己的想法错了。

听千鹤那么一说，里子才明白过来，如果妻子一直拒绝同房，丈夫就会跑到别的女人那里去，可以说那是自然而然顺理成章的事情。

可即便如此，那两个人是怎么走到一起去的呢？

因为豆久来过茑乃家好几次，所以她当然有过和菊雄说话的机会。但是，她一般都是和朋友一起来，到客人的宴席上去陪侍，一结束马上就回去了。

里子不认为菊雄有那样的胆量，竟然在阿常和里子的眼皮子底下寻找时机和豆久定下约会的时间和地点。

作为两人走到一起的机会，可能性最大的或许还是小曲学习会。

菊雄去学小曲的那个地方，先斗町的艺伎们也常去。原本在茑乃家就常见面，在学习小曲的地方又经常碰在一起，说不定两人是在那期间变亲密的。

还有，因为豆久是个做艺伎的，如果召她来宴会陪侍，那么任何时候两人都可以见面。

要那么说，这段时间菊雄去先斗町的次数确实增多了。

关于这一点，菊雄是这样解释的，因为祇园町那个地方不但阿常和赖子以前常去酒宴陪侍，而且也认识太多那些常来茑乃家的艺伎，所以他才去先斗町的。

但是现在回头想想，他那套说辞或许就是个借口。

是自己太不小心了……

和丈夫一起生活一起工作，却没有察觉丈夫的出轨，只能说自己太愚蠢太糊涂了。

但是，说实话这半年里子的脑子里根本就没有菊雄。每天考虑的都是椎名的事情，所有的关心都朝向了椎名那边。

这要是结婚之初或半年前的话，说不定马上就识破了。本来就不是什么花花公子的菊雄出去拈花惹草，按说稍微一留心就能发现。

　　之所以没有发现丈夫的出轨，只因为自己的身心都被椎名夺去了。

　　在这个意义上，自己根本没有责备菊雄的权利。

　　千鹤说是去年年底听说了菊雄和那个艺伎的风言风语，而菊雄开始频繁地往先斗町跑是秋末以后的事情。虽然中间有点时间差，但无疑那是里子和椎名有了肌肤之亲开始拒绝和丈夫同房之后的事情。

　　不管结果如何，把菊雄逼到出轨之路的是自己，也就是所谓的自作自受。

　　但是，丈夫出轨的对象竟然是豆久让里子感到很意外。豆久确实肤色白皙长相也不错，舞也跳得好，待客好，和她的年龄不相称礼仪作法也很讲究。但她并不怎么引人注目，给人的印象很淡。或许是因为那种温顺谨慎的性格吧！她是那种提起名字才让人想起来是谁的女性。

　　倒也不是对丈夫的出轨对象吹毛求疵，里子觉得，先斗町应该有比她更雅致更出众的女性。倒也不是说豆久不好，但很难说她是人人都点头表示不奇怪的那种出轨对象。

　　可是细细想一想，豆久这样的女人或许正适合菊雄。

　　迄今为止，菊雄作为一个上门女婿，夹在刚强的岳母和一旦迷上了谁就死心塌地痴心不改的妻子之间，这么多年，或许是累了。对于一个只能靠唱唱小曲来消愁解闷的懦弱男人来说，豆久那种温顺质朴的女性或许更让他喜欢。

　　"原来是这样啊……"

　　里子一个人小声嘀咕着，扭头看了看车窗外面。

出租车正从东山通大路拐到通往高台寺的路上。

车窗外依然是阳光灿烂，但对现在的里子来说，明亮的阳光都那么令人郁闷。自从听了千鹤说的那些事情之后，里子甚至觉得周围的世界都忽然变了。

她觉得路上的行人都在望着自己这边说自己的坏话。

连自己的丈夫出轨了都不知道，还痴迷于其他的男人……

因为之前她不知道，所以还能泰然自若，现在知道了，却发现都不敢在外面走路了。不仅如此，甚至在家里和员工们打个照面都觉得害臊。

里子还在沉思的时候，出租车到了莴乃家门口上下车的地方。

从通往后门的栅门穿过院子回到家里，里子直接上了二楼。幸好菊雄不在，可能是去厨房那边了。

为了换衣服，里子走进了里面的卧室，在双人床的一头坐了下来。

一个有外遇的男人和一个出轨的女人竟然一直一起睡在这张床上，一想到这里，里子就浑身发抖。

不知道今后应该怎么办，反正不能像什么都没发生一样就这样过去。

千鹤说，即使菊雄和豆久之间发生过关系，也不过是单纯的出轨。千鹤还说，即使他在外面拈花惹草，那也不是他自己喜欢去做的，实际上他还是喜欢自己。里子觉得，千鹤说那些话即便是为了安慰自己，至少也有一半儿是对的。

但夫妻两人分别和他人发生了肉体关系这一点是毫无疑问的，并且自己还怀上了别人的孩子。

里子忽然觉得这个看似风平浪静的莴乃家，就像一个住着妖魔鬼怪的瘆人的洞窟。

"怎么办？"

里子小声嘀咕着，自然而然地想起了椎名的脸。

这个时候要是他在自己身边该是多么有底气啊！如果他住得近，里子恨不得马上就飞奔到他的身边。

见到他倒不是能解决问题，但至少可以让自己心情平静下来。

"你是怎么想的？"

里子自言自语，这会儿格外地想见到他。

哪怕只听听他的声音也好！

里子穿着外出时的和服回到客厅，拿起了电话，瞬间犹豫了一下，然后毅然决然地拨通了椎名公司的电话。

电话里传来短促的呼叫音，紧接着接线员接起了电话。

里子说"这里是茑乃家"，让接线员找椎名接电话。

"专务现在出去了，要不要我给您传个口信？"

"不用了，谢谢！"

里子慌忙放下了电话。

椎名不在，里子觉得有些遗憾，可另一方面又觉得像是舒了一口气。如果他在的话，说不定把一切都如实告诉他了。控制不住感情或许把菊雄的事和肚子里的孩子的事情都一股脑儿地说出来了。

"自己不是早就决定不给他添麻烦吗？"

里子自言自语着走到了窗边。

可能是稍微起风了吧！窗户下面的罗汉松的叶子在轻轻摇动，前面的梅花树开满了雪白的梅花。

不知不觉间，庭院已是春色满园了。看着下面静谧的庭院，里子的心情总算平静了几分。

"事到如今，不论发生什么事情都用不着惊慌。既然已经下决心把孩子生下来了，就只有一直往前走了！"

里子又开始考虑菊雄的事情。

如果他和别的女人出轨，那样也没什么不好。既然自己对别的男人以身相许，得此报应也是理所当然的事情。换个角度去考虑，丈夫的出轨对自己来说反而是件好事。

自己过去一直无视菊雄，可实际上，心里一直觉得很对不住他。不管自己对丈夫有没有爱情，可毕竟是自己在任性而为，里子心里有一种对丈夫的歉疚。

但是，这样一来的话，两人就算是扯平了，里子的心情确实一下子变轻松了。就像肩上的重担卸下来一样，里子觉得自己心里的歉疚被抵消了几分。

世上的事情就看你怎么想了，过去一直犹豫不决的事情，这下子或许可以义无反顾地去做了。如果那样想的话，菊雄的出轨不一定就是个负面的事情。

即使肚子大了也没什么好怕的！如果被母亲和丈夫问起来，就如实相告，然后就离开这个家。

如果走到离婚那一步，那也是没有办法的事。

"对你来说像豆久那样温柔善良的人或许比我更合适！"

这不是什么讽刺挖苦，里子现在心里真的那么想。

梅花祭的三天之后，母亲喊里子去她房间一趟。那天菊雄去学小曲正好不在家。

里子下楼去了母亲的房间，发现母亲正把腿伸进被炉里看电视。

"坐下吧！"

阿常关掉电视，给里子泡了一杯茶。

午后的家里冷冷清清的，院子里的梅花树透过拉窗映在榻榻米上。

等茶水稍微凉了一些，茶杯里飘出阵阵氤氲的茶香，阿常把茶杯放在里子面前，自己也慢悠悠地喝了一口茶。

"里子啊！是不是该恭喜你啊？"

果然就是那个事！里子垂下了眼帘。

里子早就做好了哪天被问起的思想准备，也预料到了第一个问自己的是母亲。虽然已经想好了该怎么回答，可真到了关键时候还是很紧张。

"我说得对吧？"

母亲问了两遍，里子才轻轻地点了点头。

"我这做母亲的老早就觉得不对劲儿！从什么时候开始觉到的？"

按照上次医生说的推算，应该快满四个月了。但里子故意在时间上作了点假。

"现在是第四个月的月初。"

"果然如此……"

阿常又看了里子一眼问道：

"已经去医院检查了是吧？"

"嗯……"

"你怎么不早点儿说？早知道的话，我也好做些准备，也好照顾一下你的身子！"

"……"

"那倒也没什么！毕竟是个可喜可贺的事情！菊雄也是的，什么也不说，真够见外的！"

"妈妈！关于这个事情，我有事儿想和您商量商量！"

"你不会说要把孩子打掉吧？"

"您稍等一下！"

里子重新坐直了，眼睛盯着泛着淡茶色光泽的被炉的一点说道：

"这个孩子不是菊雄的！"

"你说什么？"

"我肚子里的孩子不是菊雄的孩子！"

"天哪！那是谁的？"

阿常把端起来的茶碗又放下了，往前探出身子问道。

"您能不能镇定一点听我讲？"

"别啰唆了！快点儿说！"

"是椎名先生的孩子！"

"椎名先生？东京的……"

这个事情太令人震惊了，母亲好像说不出话来了。就那样过了片刻，阿常用嘶哑的声音问道：

"你说的是真的吗？"

"嗯……"

"菊雄也知道吗？"

里子垂下眼睛，只是轻轻摇了摇头。

"你……"

因为事情太突然，阿常好像一时难以整理心情。沉默了片刻之后。

"你为什么要做那种……"

"……"

"你不想打掉孩子是吗？"

"我要把孩子生下来！"

"生下来？"

"我想生下来。"

"傻瓜……"

听母亲那严厉的口气，里子吓得一缩脖子。

"你这是在说什么？世间的事情有的可宽恕，有的不可宽恕。一个有丈夫的女人怀上了别人的孩子，这种事情就不可宽恕！那样做就会成为世人的笑柄，一辈子都会受惩罚，到死都不会被原谅！"

"我死了也无所谓！"

"里子……"

阿常发出一声痛苦的尖叫，怒气冲天两眼血红，脖子都在轻轻震颤。

"我不答应！"

"我绝不给母亲添麻烦！我就这样离开家，在外面租间房子，在那里做好生孩子的准备。菊雄那边我会好好跟他说清楚的。"

里子说话就像放连珠炮一般，阿常只是抬头盯着空中的一点，身子纹丝不动，也不知道她是不是在听。

"这是我一辈子唯一的请求，我已经决定了，求求您了！"

里子从被炉里抽出身子，双手按着榻榻米，对着母亲深深地垂下了头。

"请您原谅！"

但是，阿常一言不发，两人之间沉默继续。

母女俩就那样面对面僵持着，母亲装作什么都没听见，把脸扭向一边，女儿只是一个劲儿地低头。

突然，院子里传来了尖锐的鸟的叫声，然后寂静又来临了。过了一会儿，阿常深深地叹息一声说道：

"你要那么做，菊雄可就毁了，这些你都明白是吗？"

母亲这次的声音比刚才镇定了几分。

"你会成为众人的笑柄，亲戚邻居没人会搭理你了！"

"……"

"孩子生下来也是个私生子，一辈子都会被人指指点点。这个你也知道是吗？"

"对不起……"

"我反对！你要生的话，现在马上就从这个家里出去！"

"可是我想生。"

里子再次低头恳求母亲，可阿常也不答话，站起来径直去了里面的房间。

这下子就剩下里子一个人了，她回到自己的房间，摇摇晃晃地一屁股坐在了沙发上。虽然刚才一直坐着，这会儿才发现自己浑身都被汗水湿透了。

终于说出来了，这下子心里痛快多了，可是话已经说出去了，有句话叫"开弓没有回头箭"，里子也有一种紧迫感。

今后到底该怎么办呢……

无情的现实是，即使自己一动不动，肚子里的孩子也在片刻不等地一天天变大。

"剩下的只有一步步往前走了！"

里子自己给自己鼓劲儿，可母亲说的那些话还是让她挂怀不已。

说实话，里子对母亲的看法或许有些太乐观了。尽管想到了会被母亲疾言厉色地训斥，可她还是一直在期待母亲最后能妥协让步，原谅自己。

看母亲刚才的样子，那种情况根本就是不可能的。母亲态度很坚决，说得也很清楚，如果要生下这个私生子，就必须离开这个家。尽管里子对此已经做好了思想准备，可真的被母亲明明白白地说了出来，她还是有些害怕。

今后自己一个人能走下去吗？前面还有什么样的苦难在等着自己呢？光想一想就觉得心里没底。还有，母亲竟然说未出生的孩子是私生子，这件事情也让里子感到震惊。

到目前为止，里子一直没有考虑过孩子的户籍问题。不，虽然考虑过，但她只是简单地认为，让孩子姓自己的茑野这个姓就行了。

但是，如果母亲反对的话，恐怕那也很难了。

更让里子忧虑的是，要是被称为私生子的话，孩子也太可怜了。

可是，一个做母亲的人怎么能毫不在乎地说出那种话来呢？即便母亲那样说是为了让自己死心，可将来出生的孩子是和她有血缘关系的外孙啊！

母亲说那个未出生的孩子是私生子，实在是太过分了！

如果菊雄知道了，北白川的姨妈和亲戚们，还有赖子、槙子都知道了的话，问题会越来越大，所有的人都会反对自己。

不顾那么多人的反对，坚持把这个孩子生下来，到底有多少意义呢？

是不是应该老老实实地听从母亲的建议，把这个孩子打掉呢……

这个时候悄悄地把孩子打掉的话，所有的问题都解决了。知道这事儿的人只有母亲和千鹤，相信她们两人不会把这件事情传出去的。只要把孩子做掉，一切都消失于黑暗中，自己和茑乃家都会平安无事。

但是，这个时候把孩子流掉的话，迄今为止的一切坚持就毫无意义了。还有，好不容易长这么大的孩子也太可怜了。

到今天为止，已经考虑过好多次，烦恼，迷茫，最后才决定要生下来的。户籍的问题属于自己的考虑不周，周围的反对和责难都是自己早就想到的。

自己想到了前方会有莫大的苦难等着自己，也想到了所有的条件有可能是最差的。

但是，周围的人越是反对，条件越是恶劣，里子越有斗志。她不想输给这些事情。

"既然母亲说要断绝关系，说自己肚子里的孩子是私生子，那么自己就一个人把这个孩子抚养成人给她们看看！自己不会输给任何人，一定把孩子培养成好孩子，给她们看看！"

里子对自己说。

周围的人都说三道四，那不过是按照世间的常识来判断事情。

但是，爱情不同于常识。

爱情原本就不可以用常识来衡量，能用常识来衡量的，就不是爱情。爱情是超越世间的想法和常识的。爱情是疯狂，恋爱的女人是疯狂的女人。

爱情这东西越纯粹就越自私越任性。忘记了世间，忘却了常识，眼里只有自己和对方，那才是爱情。不，最后就连对方的想法也会抛弃，情到深处人孤独，茕茕孑立还要继续奔跑。

"今后不想再后悔了！"

那样想着，里子觉得自己好像变成了一艘鼓起风帆的船。

一旦到了大海上，就不想再往回返了。

今后不管有多么痛苦的航程在等着自己，也只有乘风破浪勇往直前了。

和并不喜欢的丈夫勉强维持一个徒有其表的夫妻关系，作为茑乃家的小老板娘，即使被人夸美丽漂亮又有什么意义呢？

"我只有走自己的路！"

里子再次斩钉截铁地对自己说。

那天晚上，菊雄十一点以后回家了。他只穿着大岛绸的外衣，一副微醺的样子，领边还有淡淡的香水味儿。

不知他是和女人跳舞了，还是到豆久那里去了，但那些事情里子都已经不在乎了。

"里子，回来晚了请原谅！"

菊雄用平常的温柔的声音说着，走到正在看杂志的里子身边，想从后面抱住里子。

"别胡闹！"

"偶尔亲亲嘴儿有什么不好嘛！"

里子站起来向厨房的洗碗池走去，菊雄还死皮赖脸地跟在后面。

"对我好一点儿嘛！"

"我做不到！"

"你还是那么厉害啊！"

菊雄叹息着从后面伸过手来要水喝。

"你要喝水的话我一会儿给你端过去。你先在那边坐下！"

"坐下干什么？"

"我有话跟你说！"

菊雄往上拢了拢长长了的头发，在沙发上坐了下来。

里子用玻璃杯倒了一杯水，放上冰块，端到了菊雄面前的茶几上，然后在菊雄对面的椅子上坐了下来。

"我现在要说的事情，你可要好好听！"

"什么事儿啊？还那么一本正经的……"

菊雄喝光了杯子里的水，好像喝得很香甜的样子。看着他的喉结上下微动，玻璃杯空了，里子开口说道：

"实话告诉你，我怀孕了。"

"怀孕？"

菊雄把擦嘴角的手帕放回茶几上，坐在沙发上的他，就像仰视一样看着里子，然后突然哈哈大笑起来。

"别胡说八道了！你根本不可能怀孕啊！"

"我说的是真的！"

"可是……"

"就是的！是别人的孩子。"

菊雄就那样傻呆呆地看着里子，然后冷不丁地蹦出一句：

"真的吗……"

"嗯……"

"谁的孩子？"

"客人的，是一个叫椎名的先生。"

"椎名先生……"

菊雄的脸上已经没有了醉意，刚才红红的脸这会儿也变得铁青。

"对不起，都是我的错！"

"……"

"请你原谅！"

里子向菊雄低头道歉，菊雄却忽然露出一幅奇妙的表情。

"里子不用向我道歉！"

"怎么会！过错都在我身上！"

"不是的，是我不好，我出去拈花惹草，里子也做了同样的事情不是吗？"

"不是的！"

"我都明白！从去年开始你对我冷冰冰的，还拒绝和我同房，都是因为那个缘故吧？"

菊雄可能是想让脑子冷静下来吧，他拿着水杯站起来去了厨房水池那边，喝了一杯水之后又回到了沙发前面。

"别嫌我啰唆，你说怀孕了是真的吗？"

"我刚才已经说过了！"

"真是那样啊……"

菊雄有些孤寂地自言自语了一声，然后说道：

"你说的这件事情我再好好考虑考虑！今天太累了，我先去睡了！"

说完推开卧室的门，脚步有些踉跄地消失在了里面。

对丈夫和母亲说出实情之后的整整一个星期，里子每天都是如坐针毡，度日如年。

母亲每天都问"决定堕胎了吗"，然后接着说，"你要是把孩子生下来就没人理你了！"

早上一见面先说这件事情，晚上见了面还说同样的话。看样子，母亲在等着里子改变想法，她好像觉得每天如此重复里子就会自然而然地被洗脑。

当她明白里子不会那么轻易地改变想法的时候，又把住在北白川的姨妈叫到家里来，让她说服里子。

茑乃家的亲戚本来就不多，这样的家丑也只能讲给北白川的姨妈了。姨妈比母亲更思想陈旧，她当然会持反对意见了。

"里子啊！你要是做出那样的事儿，就没法在茑乃家和京都待下去了！你母亲担心得饭也吃不下，觉也睡不着！你就死了这条心吧！就当是救救你妈妈！"

在茑乃家和京都待不下去暂且不说，甚至还影响到了母亲的健康，被姨妈那么一说，里子心里很不好受。

"你也老大不小了，怎么能给年事已高的母亲添麻烦呢？"

姨妈的话自己都明白，可要那么说的话，赖子姐姐和槙子妹妹就没给母亲添过麻烦吗？里子很想那么问姨妈。

"都夸我在姊妹里面是最乖巧听话的一个，别人那么夸我，我也努力去那么做，一直压抑自己。就像休眠火山喷发了一样，我现在也大爆发了！即使现在随随便便压下去，不知哪天还会爆发，这都是明摆着的事儿……"

里子很想那么说，可又担心那样说会和姨妈吵起来，所以什么也不能说。

这不是讲道理的事情，也不是彼此谈谈就能讲明白的事情。

里子觉得身处一个和母亲、姨妈不同的世界。价值观不同，人生观不同的几个人，再怎么谈也没有用。里子心里这么想，只是一味地保持沉默。

"你这个孩子可真够固执的！"

姨妈也被惊呆了，在那里一个劲儿地叹气，可这时候里子要说句什么的话，马上就会遭到反驳，最后被姨妈的花言巧语哄骗住。

和母亲、姨妈两人相比，菊雄显然淡定多了。

被里子告知实情后，他说过要好好考虑考虑，可那以后两人并没有单独谈过。他好像也被母亲叫去过，两人好像商量了许久，但把菊雄的意见总结一下就是，只要把孩子打掉，里子出轨的事情就算过去了。

这种处理方式很宽大，一是因为他自己也出过轨自觉有短处，二是因为他对里子还很留恋。

母亲和北白川的姨妈好像在这一点上也达成了一致。

"菊雄说了，只要你把肚子里的孩子打掉，这事儿就算过去了。那么有宽容心的男人现在也很难找了！"

母亲和姨妈这样对里子说。

但是，里子所希望的并非临时性的解决办法。对于里子来说，那种仅维持一时就万事大吉的时期早就过去了。

说实在的，里子已经没有信心和菊雄继续过夫妻生活了。到了现在这个地步，即使把孩子打掉了，她也不想和菊雄之间有夫妻生活了，她也不觉得那样自己今后能够幸福。破镜难圆，夫妻关系一旦破裂，即使勉强恢复了也没什么意思。

周围的人都说里子和椎名之间的事情属于出轨，但里子本人并不认为那是出轨，她是真心真意的。

里子和众人的想法好像根本不一样。

和这些人谈也不会解决任何问题。

这样一来，剩下的只有按照自己的想法往前走了。

里子也觉得自己有点太固执了，可别人越是苦口婆心地说教，里子越想从这个家里逃出去。

里子离开东山的老家，是向菊雄坦白一星期之后的三月初的事。

上次去看梅花祭往回走的时候跟千鹤说过这件事情，可那时候没想到事情进展得这么快，情况真是急转直下。

里子此前一直认为，即使已经下了决心要离开这个家，但在真正离家之前，还会有许多烦恼和犹豫。

可等自己醒过神来的时候才发现，已经离开家的自己，这会儿正孤零零地坐在一个不熟悉的房间里。

这一周的忙乱简直超乎想象，里子甚至觉得仿佛一下子过了两三年。

"总算成了自己一个人了……"

里子看着四周雪白的墙壁自言自语。

是千鹤帮她找到了这个房子。

里子在母亲和姨妈的联合攻击之下受不了了，她求千鹤帮忙找个房子，结果千鹤当天就去房屋中介找到了这栋房子。

这栋房子位于从法然院去银阁寺的大路的西面，是一栋三层的小小的公寓楼，所有的住户加起来才十五户。里子最满意的有两点，一是楼很新，二是周围很安静。

这个房子进门就是一个八张榻榻米大小的带厨房的房间，里面有一个八张榻榻米大小的西式房间和一个六张榻榻米大小的和式房间。大体算得上是个两室一厅，一个人住足够宽敞了。

不过，因为定下来的第二天就搬进来了，这会儿还是家徒四壁。从家里只带来了当前穿的衣服和被褥。

家具和日常用品也没有，因为昨天才慌忙去买，那些东西还没送到。厨房用品也只有茶碗和烧水壶，调味料和盛垃圾的塑料桶也都不齐全。

虽然里子已经决定要离开家了，因为母亲和菊雄一直到最后都在强烈反对，所以离开家的时候只带出来了一点儿东西，和离家出走差不多。

不过，即使家里人让她拿东西，里子也不想把家里的东西带出来。

事到如今，把那些留着和菊雄之间的记忆陈旧东西带出来又有什么意义？从今往后，要让精神焕然一新，走一条崭新的人生之路。即便是为了这个目的，里子也想把家具和墙上的装饰品都换成新的。

可话又说回来，里子从家里出来的时候，全家人都冷冰冰的，一言不发。或许那时候家人都惊呆了，也顾不上说风凉话了。

"妈妈，对不起！"

里子最后去跟母亲道别的时候，阿常一句话也不说，只是把脸扭到一边。看到这个情形菊雄也慌了。

"你听我说里子！千万不要做傻事！你不再好好考虑考虑吗？"

菊雄打破僵局那么说，可到了这个地步，里子不可能改变想法。

"我也知道自己很任性，可除了这样做，我没有其他办法，请你原谅！"

里子只说了这么一句，向菊雄低头道歉。

看着里子一个人往车里装衣服箱子和纸壳箱子，领班阿元跑过来问道：

"小老板娘你这是怎么了？是不是精神错乱了？"

"突然离开家，你想怎么办？"

"具体情况我早晚会告诉你，这次你就装作什么都没看见，放我走吧！"

里子甩开阿元到了外面。

大家都呆若木鸡地看着里子一个人在家和车子之间来回跑着搬东西。

不多拿一件就亏了！里子最后是在那种很现实的想法的驱使下来回跑的。

"你真能干！"

终于在房子里安顿下来，千鹤发出了由衷的赞叹。里子自己也觉得是挺能干的。

只能说自己那会儿真的是疯了。

但是，这一个星期，里子没有正儿八经地和母亲说过话。即使在房间里偶尔碰面，她都是慌忙移开视线，尽量不和母亲待在一起。

虽然只是一星期，但里子觉得和母亲的战争已经让她筋疲力尽了。

在这一点上，和菊雄之间也是一样的，这一星期没有进行过任何夫妻之间的交流。夜里也不到床上去睡，一个人在客厅的沙发上睡。

这样的情形要是再持续一个星期的话，里子身心俱疲，说不定真的就发狂了。不管别人说自己任性还是固执，对里子来说这已经是到了极限了。

"不管怎么说，这样就挺好的！"

里子看着雪白的墙壁自言自语道。

搬进公寓的第二天，家具进来了，房间也总算像个人住的地方了。

首先在西式房间里放上餐具柜和西式大衣橱，然后把 L 型的会客室的组合家具也装上了。在和式房间里放上日式大衣柜，把梳妆台也装好了。把冰箱放在厨房的旁边，把吸尘器也买来了。

还有花瓶、台灯和窗帘等小物件忘了买，但锅碗瓢盆都置办齐了，简单的饭菜可以做了。

里子还买了两个茶碗和两个饭碗，都是成双成对的。

买东西的时候是和千鹤一起去的，里子边选东西，边想象着和椎名一起生活的情景。

"这个东西他会喜欢吗？"

不知不觉间心里就那么想，掂量这个东西椎名会不会喜欢。

"里子，看你生机勃勃的，好像要组建新家庭啊！"

"是啊，好不容易买新东西，买个让他喜欢的不是更好吗？"

里子在千鹤面前也能堂而皇之地津津乐道这些事情了。

但是，从家具到所有的家什器具都置办齐全也不是件容易的事情。

从家里出来的时候，里子把银行存折和证券凭证都带来了。

存折上的钱是母亲分好几次分给自己的，加起来有五百万左右。有了这些钱，当前不用工作也能生活下去。

证券凭证是父亲去世后分遗产的时候得到的，据说按当时的时价值将近一千万。从那以后物价也涨了，说不定还能值更多。

里子之所以下决心离家出走，说到底是因为有这些钱。

到了关键时候，自己和孩子暂时可以靠这些钱生活下去……

里子本来是那么打算的，可付了房租交了押金，然后又买了家具，将近一百五十万已经花出去了。

现在存折上的现金只有三百五十万了，里子想到这里，忽然觉得很不踏实。

但是，里子心想，一生中花这些钱也只有现在这一次了。如果就那样待在茑乃家，这些钱说不定只能让它发霉长毛了。

如果是为了生下心上人的孩子花这笔钱……

这么想就不觉得可惜了。

"千鹤，今天真是辛苦你了！"

所有的家具都进来了，卫生也打扫完了，感觉可以松口气的时候，里子再次向千鹤表示感谢。

"要是没你帮我的话，我一个人绝对做不了这些！"

"没有的事儿！里子的坚强很让我吃惊！"

"要不要来杯啤酒？"

里子从冰箱里拿出啤酒，倒进两个杯子里。

"祝贺你！"

"多谢！"

什么事情值得庆贺？千鹤好像也说不清楚，但里子诚实地点点头，把杯子里的啤酒一饮而尽。

现在才六点，可周围一点儿动静也没有。可能是因为这栋公寓楼是新盖的，将近一半的房间还都空着。

"你已经不去店里了吗？"

"已经从家里出来了，怎么还能去呢？"

"你说的也是！可是你不在的话，客人们会感到冷清吧？"

"反正没几天肚子就大了，也去不成了……"

因为里子穿着和服，所以还看不太出来，但仔细看的话，确实能发现肚子那块儿变大了。

"你妈妈从那以后什么也没说？"

"没有……"

"菊雄呢？"

里子摇摇头。

"可是，我觉得你母亲和菊雄一定很担心你！"

"根本用不着他们担心！"

千鹤点点头，对阿常和里子母女俩的倔强再次感到惊讶。

明明彼此心里都很在意，可表面上就是装作视而不见。母女俩就这样继续斗气的话，最后会是个什么结局呢……

但是，里子更放心不下的还是椎名的事情。

"椎名先生知道你在这里吗？"

"不知道……"

"你为什么不告诉他？"

"我不想让他担心……"

里子说完，转眼看着暗下来的窗外。

从茑乃家出来了，就接不到椎名的电话了。

这个房子里也有电话，其实把电话号码告诉他就行了，可是那样的话就得向他解释为什么离开家，为什么没去店里。

如果可能的话，里子很想把离开家的事情瞒着他，可那样的话，什么时候都没法和他联系。

还有，他二月份来电话的时候说进了三月要来京都。说不定他已经往茑乃家的家里打电话了。

里子一直犹犹豫豫，在搬进公寓的第三天给椎名打了一个电话。下午四点之后，公司下班之前这段时间比较空闲，里子瞄准那个时间，把电话打了过去，结果是椎名直接接起了电话。

里子刚脱口而出说"这里是茑乃家",连忙改口说"我是里子"。

"我打电话是因为您上次说三月份要到这边来。"

"不，这个周六就去！我昨天晚上往店里打电话了！"

"真的吗？"

里子很吃惊，重新把话筒握好。

"那么说，你是休息了还是出了什么事儿？"

"没什么，稍微有点别的事儿……"

"那就好！我还担心你是不是身体出了什么状况呢！周六可以是吗？"

"嗯……"

"你是不是身体不舒服？"

"没有的事儿！"

"我打算晚上五点之前到。我想直接去店里，可一个人去不合适吧？"

"我去车站接您！"

"可是，店里的生意怎么办？"

"没关系的！吃饭的地方我安排别家。"

"那么就拜托了！我打算坐新干线两点从东京出发，上车后再给你打电话！"

"不好意思，电话能不能打到这里来？"

里子把公寓房间的电话号码告诉了他，椎名重述了一遍电话号码，紧接着问道：

"这是哪里？"

"是朋友的家，到时候我就在这里。"

"就因为我要去，你是特意这么安排的吗？"

"不是的！先别说这个，您这次来不是为了公司的工作吗？"

在公司里说那种话没问题吗？里子有些吃惊，但这会儿说不定秘书不在他身边。

"酒店还是上次住的那家，我已经订好了。"

椎名说完，像突然想起来似的问道：

"上次你说的那个事儿真的没问题吗？"

"哦……"

"你可别吓我！那么周六我就过去了！"

里子放下电话，一屁股坐在了地毯上。

要说周六的话，那就是四天后了。

看来幸亏今天打了电话。就这样弃之不顾的话，说不定和椎名联系不上就见不到面了。

从一月份和椎名幽会过一次之后，到今天已经两个月没见面了。

再过四天就能相见了……

尽管心里那么想，现在的里子却高兴不起来。

比起相逢的喜悦，首先袭上心头的是见面时的恐惧。

听电话里的口气，椎名好像对自己怀孕的事情一点儿也不怀疑。他虽然很把这件事情放在心上，但不认为自己真的会怀孕。百忙之中好不容易挤出时间来到京都的椎名，要是知道了里子怀孕的现实会说什么呢？

到时候他会大发雷霆说"你骗我"，还是骂自己"任性胡来"？抑或是目瞪口呆连话都说不出来？

不管怎么说，反正有一点是肯定的，那就是他一定会让自己把孩子打掉。但是，事到如今，自己不能那么做。

肚子里的孩子已经五个月大了，虽然胎动还不是很明显，但已经能觉到胎儿的手脚在动了。

前几天去医院做检查的时候，医生说："胎儿发育很正常，过两天就围上孕妇腹带吧！"

里子打算下个戌日就让医生给自己围上腹带。

胎儿都这么大了，现在已经不能堕胎了。他要是非让自己把孩子打掉，自己就和孩子一起死！

现在把孩子打掉，等于夺去了自己的血肉。

都到了这时候了，还让自己堕胎，实在是太残酷了。

但是，事情成了这个样子，责任全在里子自己身上。

要把孩子打掉的话，按说早就可以打掉了，想必椎名也希望自己那么做。

拖拖拉拉到了今天，完全是自己一个人的主意。自己一意孤行，到了现在又说堕胎为时已晚，这种做法实在是太自私任性了。

这两个月里子尽管犹豫不决，但还是悄悄等待孩子长到五个月大。

肚子里的孩子大了，到了已经不能打掉的时候，自己反而心定了。孩子到了五个月大，母亲、菊雄和椎名就不能让自己堕胎了。

对于现在的里子来说，"堕胎为时已晚"这句话，已经成了她的心理支柱。

星期六下午两点多的时候，椎名从新干线上打来了电话，说到京都的时间是五点五分。

"我在检票口等着您！"

里子说完，开始做出门的准备。

现在，谁都能看出来她肚子大了，但穿和服的话，好像还能遮掩几分。

里子昨天晚上就想好了穿什么衣服。她穿了一件绛紫色带飞白花纹的捻线绸和服，系了一条博多的半幅带，打了一个贝口结，外面套上了一件短外罩。深颜色的话还显得比较紧身，如果系一条普通的带子腹部就有点儿勒得慌。在那些穿惯了和服的人看来，里子就是这种穿着或许也显得很奇怪，但里子觉得椎名不会心细到那个程度。

穿好衣服之后，里子站在穿衣镜前从各个角度照了照镜子。

从正面看还不是那么显眼，但把身子侧过来的话，腰部看上去确实显得沉甸甸的。

"真烦人……"

既然怀着孩子，那也是没办法的事，尽管里子心里很明白，可变得难看的身子还是让她觉得可恨。

四点半的时候，约好的出租车来了。里子坐进出租车，向京都站的八条口驶去。

已经进入春天的旅游季节了，加上今天又是星期六，车站里面很拥挤。

因为好久没有盛装出行了，傍晚时分充满春天气息的空气让里子感觉很惬意，但她又担心会碰到什么熟人。

她虽然觉得离开家了就自由了，但不至于连顾面子的想法都没有了。

离到站还有十五分钟的时间，里子去餐厅喝了杯咖啡，还有三分钟新干线就到站了，里子站在检票口右侧的物品存放柜旁边等着，不多会儿，就看到椎名顺着台阶走下来了。

他穿着料子很薄、颇有春天味道的深蓝色西装，右手提着一个小小的旅行提包和一件风衣。

看着椎名出了检票口正四下张望，里子走向前去说道：

"欢迎光临！"

"喔……"

椎名脸上的笑容瞬间绽开了。

"等了好久了？"

"没有，就一小会儿！"

"你还好吗？"

"嗯……"

里子一边点头一边迅速和椎名并肩站在了一起，两个人并肩走的话，就不用担心大肚子被他看出来了。

"吃饭的地方很小，我在四条的小谷那个地方订了一家小饭馆，您马上就去吗？"

"先去酒店办入住手续吧！办完手续再吃饭！"

椎名走在前面，在站前坐上了出租车。

"真是怡人的好天气啊！我们有两个月没见了吧？你是不是有点儿瘦了？"

"是吗？"

光看脸的话好像确实是瘦了，但椎名还没有察觉自己的下半身。

"在新干线上碰巧和山福的社长一个车厢，我俩还谈到了你。"

"他知道你是来和我见面吗？"

"他当然不知道。我们只是在聊一月份的那次聚会的时候说到了你，他一个劲儿地夸你是个举止稳重的女性！"

现在这么难看夸又有什么用！

里子为了改变话题问道：

"您是不是一直很忙？"

"这个星期总算过了最忙的时候。今天久违地放松一下，心情很舒畅！"

今天的椎名确实和平日不同，看上去很高兴。可能是傍晚交通高峰的缘故吧！大路上车水马龙。

到了酒店，椎名让里子一起到房间去，里子拒绝了，说就在车里等着。

　　"吃饭不用那么急吧？"

　　"可是，约好的是六点。"

　　就这样两人一起去他房间的话，说不定他会迫不及待地向自己求欢。虽说早晚也得脱光被他看到裸体，但里子还不想让他知道这个秘密。

　　等了十分钟左右，椎名手里只拿着风衣回来了。

　　"今天你不去店里也行是吗？"

　　"没关系的！"

　　"你这样做会不会又被你母亲训斥？"

　　里子目视前方不回答，椎名的手向她的肚子伸过来。

　　里子大吃一惊，慌忙往后一抽身子。

　　"怎么了？你紧张什么？"

　　"没什么……"

　　"我摸摸你的手行吗？"

　　里子两眼看着窗外，任凭椎名抚摸她的小手。

　　出租车上了河原町大街沿着四条往左拐，过了鸭川就停下了。顺着面朝大路的一条窄巷走进去，就是那家叫"小谷"的饭馆了。

　　拉开格子门就看到一个小小的白木柜台，只能坐五六个人。

　　"欢迎光临，一直在恭候您！"

　　店里还没有其他客人，椎名和里子在背对门口的座位上并排坐了下来。

　　"这家饭馆虽然不大，但料理做得很精致，也很好吃！"

　　"原来如此，竟然还有这样的地方啊！"

　　椎名好像很满意，对着掌柜夸奖白木柜台的精美漂亮。

店主人心情大好，手脚麻利地把小菜和烫好的一壶酒摆上了。

"你经常来这里吗？"

"偶尔来，上次来的时候好像是秋天。"

里子之所以选择了这里，首先因为母亲阿常和领班阿元不知道这个地方，再者因为店里不是桌子而是柜台，不用担心被看到下半身。

"那么干杯！"

椎名端起酒杯和里子轻轻一碰，慢悠悠地喝了一口。

"好！好喝！这下子终于有了来到京都的实感！"

墨鱼仔的小菜之后，紧接着上来了对虾色拉和樱花慈姑，白菊螃蟹和蕨菜的白醋八寸膳。

螃蟹那赏心悦目的朱红色和摆成樱花形状的慈姑给现场的气氛增添了一份浓郁的春天风情。

接下来是一道汤，汤里配着鲷鱼白、琉璃草和树芽，然后是嫩芽酱烤串鱼片。生鱼片是鲷鱼的松皮鱼片，拼盘是春笋配裙带菜，这道菜也用上了颇有春天气息的树芽。

最后的一道汤是味噌艾蒿丸子汤，主食是米饭加壬生菜和腌黄瓜茄子紫苏叶。饭后清口的汤是一小碗梅干笔头菜汤。

这家饭馆虽然只有柜台，可做出的菜品和一流料亭相比也毫不逊色，椎名一直赞不绝口。

"下次我一个人的时候也来这里吧！"

"请您一定要来！我候着您！"

椎名和老板变得很熟络，要了一盒火柴走出了饭馆。

来的时候天空还留着一丝余晖，东山的轮廓也清晰可见，但这会儿天已经完全黑下来了，只能看到灯光沿着山麓往上爬。

惠风和畅如同四月中旬，再加上今天是星期六,四条大路上人流如织。

"我们再喝点儿回去吧！就这样直接回酒店太可惜了！上次你领我去过的花见小路那家店怎么样？"

"那家店还是算了吧！我觉得还是酒店的酒吧更让人心里安静，你说是吧？"

里子这会儿不想碰见任何认识的人。她硬劝着还意犹未尽想在外面喝一杯的椎名去了酒店的酒吧。

两人在吧台前坐下，椎名点了一杯加水威士忌，里子则要了一杯橘子汁。

"怎么了？你不喝酒吗？"

过了四个月以后，里子为肚子里的孩子着想，尽量不喝含酒精的饮料。

"你不去店里真的没事儿吗？"

"我刚才说了没事儿的！"

里子说得很干脆，可椎名还是有些担心地看着她。

该怎么办呢？自己怀孕的事情迟早会被椎名知道。那样的话，还不如干脆现在告诉他。

可里子还是想能掩盖一时是一时，能不告诉他就先不告诉他。

一个人来到京都，今天的椎名久违地心情舒畅。里子不想在这个时候把怀孕的事情告诉他让他大吃一惊。

对母亲和菊雄可以比较直率地说出来，但对椎名就不太容易说出口。

就这样瞒着他，干脆今后不见面先把孩子生下来算了，那或许是最不让他痛苦、最不给他添麻烦的办法了。

但是，那样的话，今天就是最后一面，今后再也见不到他了。

里子正在犹豫不决思索的时候，椎名忽然问她。

"你怎么了？好像没精神啊！"

"没有啊！没有的事儿！"

里子慌忙挤出一个笑脸。

"你是担心家里的事情吧？要是忙的话就回去吧！"

"我回去了，然后怎么办？"

"今晚再见面也行，实在不行的话明天也可以！"

不知该说他会理解人，还是会为别人着想，椎名这个人从来不强人所难。但是，现在的里子对那种温和善良一点儿也不感到高兴。

她希望他斩钉截铁地说："今天不要回去！"

里子现在需要的不是什么温和善良，而是一种不容分说的强势。

"我已经不回去了！"

"不回去？"

"一旦回去了就再也出不来了！"

椎名点点头，喝了一口威士忌说道：

"我们走吧！去房间……"

见里子默不作声，椎名拿着账单站了起来。

从酒吧出来，两人向电梯走去，里子边走边觉得肚子里的孩子微微一动。

马上就要和他单独待在一起了，或许那种紧张感传给了肚子里的孩子，里子不由地一下子站住了。但那种轻微的胎动好像一下子停止了。

进了电梯，按下了五楼的键。

电梯里的灯光很耀眼，里子靠在电梯角落里垂下了眼帘。

"今天几点之前回去就可以？"

"……"

"十二点？"

"几点都无所谓！"

"你今天有点儿奇怪啊！"

椎名说完，用手轻轻碰了碰里子的肩膀。

"很想两人一起出去好好旅游一次啊！北海道或九州怎么样？"

"您说那些有什么用？实际上您很忙不是吗？"

"不是的，我这边已经没问题了，问题是你，去旅游的时候住在外面不行吧？"

"我没关系的！"

"真的吗……"

里子又默不作声了。

现在的话，只要想去，别说什么北海道了，就连外国都能去。但是，自己刚刚自由了，身子却越来越沉了。说是去旅行，那些穿上显苗条的紧身衣服已经不能穿了。

"那，四月末怎么样？"

"……"

"还是不行是吗？"

椎名刚小声嘀咕了一句，电梯在五楼停住，电梯门开了。两人就那样默默无语地顺着走廊往前走。

房间还是和上次一样的双人间，窗边安着纸拉窗，光看那里的话很像一个日式房间。

椎名很喜欢这种柔和的氛围，每次都订这个房间。里子只留下窗边的小台灯，把其余的灯都关了，借着那点儿亮光把腰间的带子解了下来。

一条又一条，每拽下一条细绳，前面就敞开一点，身体就显露一些。

等把所有的绳子带子都解完了，把腰间的东西和贴身衬衣都脱下来以后，里子又穿上了一件水色的长衬衣。

房间比较安静，才刚过十点，却连汽车的声音都听不到。

里子正把脱下的和服挂在衣架上，就听到椎名喊她。

"过来吧！"

里子也不回答，默默地把带子叠起来。

要是过去的话，里子会珍惜相逢的每分每秒，说不定这会儿早就扑倒他怀里去了，但现在丝毫没有那种迫不及待的忙乱。

现在不管怎么慢条斯理，时间有的是。

时间倒是无所谓，里子只是不想让椎名看到自己隆起的肚子。

里子一边在长衬衣外面裹上孕妇腹带，一边轻轻摸了一下自己的肚子。从上面看的话虽然不那么显眼，可用手摸一下的话确实能感觉出来。

没问题吧……

里子歪着头思量的时候，又听到椎名喊她了。

"还没……"

里子脱下布袜，光着脚走到床边。

昏暗的灯光里，椎名正仰躺在床上。

里子慢慢地挨着他躺下了。

椎名的手一下子伸了过来，就像被磁铁吸过去一样，里子的身体被椎名的两只胳膊紧紧搂住了。

"我好喜欢你！"

椎名的手轻轻碰了一下她的嘴唇，紧接着就要敞开她的衬衣前襟。

"请等一下！"

"不行！"

肩膀被他紧紧按着，里子弯起腿来，拼命往里收腹。但椎名不管不顾，好像要体味一下肌肤相亲的感触，把身体抵到里子身上，两条腿也夹住了里子的双腿。

"真热乎……"

被椎名抱着身子缩成一团，里子忽然想让他从后面进入她的身体。

要是和平时一样让他从前面来的话，肚子里的孩子或许很痛苦。

不管是和菊雄还是和椎名，里子还从未用过那种体位做爱，但在书上看过，也听人说起过。那种姿势要把后背暴露给对方所以很是羞耻，可为了肚子里的孩子，那也是没办法的事情。

但是，那样的事情怎么能说出口呢？

"我太想要了！"

背后椎名的手慢慢往下滑，摸到腰部的时候，椎名忽然低下头来想吸她的乳头。

自己的肚子好像要被他看到了，里子瞬间感到了一种不安，不由地扭动身体。

"不要！"

里子现在不需要温柔的爱抚，她觉得还不如干脆一点儿马上就来真的。

"抱紧我！"

里子主动仰面躺下，把椎名的胳膊拽了过来。

椎名顺从地趴到里子身上，抱紧了她。

里子的脑海里瞬间闪过孩子的事情，但那一闪念马上就消失在了男人那如狼似虎的阳刚之气中，接下来开始奔向着那个永远未竟的梦幻世界。

要把某种紧张保持到男女交欢之后好像是不可能的。不管如何紧张，鱼水之欢的满足之后，瞬间还是会放松精神的。

而且，和男人相比，女人更不容易清醒。男女交欢的喜悦是那么深不可测，从愉悦的深渊里爬上来需要时间。

当然，那不是一段很短的时间。虽然只是一瞬的空白时间，椎名的手碰到了里子的肚子。

一开始的时候，他手的动作既不是在怀疑也不是在探摸，好像只是在眷恋女人激情燃烧后的身体的余温。

但是，当知道椎名正在摸她的肚子的时候，里子慌忙往后一缩身子。但她的这个动作反而更引起了椎名的疑惑。

"怎么了……"

椎名的手跟着伸了过来。

里子想躲开，可椎名两只胳膊从后面紧紧抱住里子就像把她倒剪双臂，两只手继续摸过来。

那么小的一张床，而且里子还光着身子，无论如何是掩盖不住的。最后，椎名的手还是顺着里子的腰腹摸了一圈儿。

被他从后面紧紧抱着一动不能动，里子已经是毫无防备了。她已经没有了掩盖的气力和意志。

他想摸就摸，想知道就知道吧！里子觉得自己成了一个等待宣判的被告。她大气也不敢喘，屏住呼吸等着对方说什么。

过了片刻，椎名轻轻直起上半身，盯着里子的脸问道：

"你的肚子怎么这么大？"

"……"

"是不是怀孕了？"

里子不回答，只是紧紧闭着眼睛。她尽管知道沉默就等于默认，但现在除了沉默没有其他办法了。

"原来还是……"

"请原谅！"

一直侧着身子的椎名肩膀一松，再次慢慢地仰面躺下了。

就那样两人继续沉默不语。

里子感觉肚子里的胎儿好像又轻轻动了一下。这次的感觉很清楚，好像从里面往外戳一样。可能是胎儿在伸胳膊伸腿吧！里子再次侧耳细听肚子里的动静的时候，椎名开口说话了。

"现在几个月了？"

"五个月。"

"为什么一直瞒着我？"

"……"

"你上次告诉我是想象妊娠！"

不管对方说什么，里子都没有辩解的余地。有过错的是自己。现在不管是什么样的惩罚，里子都打算接受。

"现在也能把孩子打掉吧？"

"那怎么能……"

"我有一个朋友是妇产科医生。"

"我不要堕胎！绝对不把孩子打掉！胎儿在我肚子里已经会动了！"

"可是，生下来你想怎么办？"

"把孩子养大！"

"那是我的孩子吧？"

"……"

"你怎么跟你丈夫说？"

"已经说了，也跟我母亲说了，我已经离开家了。从家里出来，我现在一个人住在银阁寺附近的公寓里。"

"……"

沉默了许久，椎名痛苦地呻吟着说道：

"我竟然什么都不知道……"

"今天您来电话的时候就是打到了那个公寓，我准备在那里把孩子养大。"

"你那样做的话，不但回不了家，而且也见不到你母亲了！"

"我已经不想回家了！不管众人说什么，我也要把孩子生下来，我已经决定了。"

"……"

听里子一口气全说了出来，椎名或许是一时无语吧！什么也没说。两人继续沉默，椎名翻了一个身说道：

"非要把孩子生下来吗？"

"我一定要生下来！如果你说我肚子大了难看了不想见我，那我也没有办法！"

"可是，现在把孩子打掉的话，我俩不光可以出去旅游，还可以去国外。我们认识还不到一年，你根本没必要勉强把孩子生下来吧？"

"我也想过和你一起去旅游，哪怕一次也行，但现在我都放弃了。"

"根本用不着放弃！现在也为时不晚！如果你真的那么想要孩子的话，我们可以再考虑。"

"如果是以后生的话，现在生也是一码事。还有，你现在是这么说，可下次我说想要的时候，你一定不会给我的！"

"……"

"只要有孩子，我和你分手也没关系！有个和你一模一样的孩子陪在我身边就足够了！"

在淡淡的灯光里，椎名的脸痛苦得变了形，过了一会儿，他用手捂住了脸。

里子忽然觉得椎名好像在哭。

他在拼命压抑着想大喊大叫的心情。女人说要生孩子，自己却无法阻止她，那种让男人恨得牙根儿疼的无计可施令他心急如焚，可他还是拼命压抑着自己。

想到这里，里子忽然觉得椎名好可怜。

"我决不给你添麻烦！我自己把孩子生下来，不给任何人添麻烦！"

"……"

"求求你了！就让我把孩子生下来吧！"

里子忘记了自己还光着身子，爬起来给椎名低头行礼，椎名一言不发，在昏暗的灯光里紧紧闭着眼睛。

渡边淳一
作品

化妆
化粧

（下册）

程长泉 译

青岛出版社
QINGDAO PUBLISHING HOUSE

阳炎篇

　　赖子从东京站的八重洲口到了新干线的十八号站台的时候，是下午的两点二十分。虽说离发车还有十分钟的时间，可火车到站的同时，车厢里的清扫工作也完成了，车一到站车门马上就开了。

　　看着站台上候车的旅客都纷纷上车了，赖子很着急地环视了一下站台。

　　昨天在电话里和槙子约好了直接在站台碰头，当时说得很清楚，是下午两点三十六分发车的"光"号，而且说好是在一等车厢的前面见面。

　　是不是昨晚玩得太晚，早上又睡过头了？赖子心急火燎地在站台上等着，还有三分钟就要发车了。乘客几乎都上车了，站台上没几个人影了。

　　"总是那么拖拖拉拉不遵守时间！"

　　赖子嘴里发着牢骚，心想不等她了，正要上车，忽然看见槙子沿着台阶跑了过来。

　　赖子舒了一口气，远远地招了招手，槙子和身旁一个拿着旅行提包的男子一起跑了过来。

　　"天啊！累死……"

　　槙子气喘吁吁地看了一眼手表。

　　"还有两分钟呐！"

"开什么玩笑！你也等到快开车试试！"

"姐姐教训的是，可士郎他……"

刚说了一半儿，槙子扭头看了看站在身旁的那个年轻人。

"这是我姐姐！这位是我的朋友小泉！"

听槙子向她姐姐介绍自己，那个年轻人毕恭毕敬地向赖子鞠躬行礼。

"我是小泉，经常听槙子跟我说起姐姐的事情！"

"我想早点儿来，可士郎说来得及……"

"不好意思！是我拦着不让她早出门的！"

"先别说那些！槙子！你的行李……"

槙子听到姐姐提醒，好像才醒过神儿来，慌忙把小泉替自己拿着的行李接了过来。

"士郎你听我说，这个星期二我一定回来……"

见小泉点点头，槙子对他说了声"拜拜"，然后上了车。

两人的座位在车厢后三分之一的地方，槙子把旅行包放在行李架上向窗外一看，发现小泉还在站台上站着。

小泉马上就发现了槙子走了过来，可是隔着那么厚的车窗玻璃，两人根本没法说话。

"你回去吧！"

槙子对他喊，可年轻人还是规规矩矩地在那里站着。

一会儿，发车的铃声响了，槙子向他挥挥手，年轻人也朝她挥挥手，然后转身就消失在站台的那边了。

"天啊！能赶上车太好了！"

这下子就姐妹俩了，槙子靠在座位的后背上说道。

槙子今天上身穿了一件开襟的真丝上衣，下身穿了一条浅茶色的喇叭裤，手里拿着一个小巧的浅茶色的赛琳手袋。

赖子出门的时候也好一番犹豫，不知道是穿便装好，还是穿和服好，因为要去的地方是京都，所以还是选择了和服。还有一个原因，一周前刚买了一条紫藤色的厚布带子，她很想系上看看。为了和那条带子相配，选了一件淡紫色的结城捻线绸和服。

姐妹俩虽然一个穿和服一个穿便装，可并肩坐在一起的时候，还是很引人注目。乘客从过道上走过去的时候，都禁不住转头看姐妹俩一眼。

"好久没和姐姐一起坐新干线了！上次是三年前了吧？"

"是你上大学那年的年底！"

"车票钱是姐姐出是吧？"

"我说让你出你也不想出吧！"

"姐姐说得对！还是一等车厢好啊！"

"刚才那个人，是你男朋友？"

"姐姐觉得他怎么样？感觉还不错吧？"

"还行吧……"

"对我的男朋友，姐姐还是第一次说好啊！我打算和他结婚。"

"你说的是真的吗？"

"他从庆应大学毕业，现在就职于三兴商事，他的父亲可是大协银行的董事啊！"

"那样的人能娶你？"

"没问题的！他迷我迷得神魂颠倒，说是要和我结婚，天天缠着我。我昨天还去他家吃饭来着！"

就在不久前，还和那帮什么音乐人混在一起，甚至还被警察抓进了警察署，也不知道她什么时候找到了现在的这个男朋友，赖子简直有些目瞪口呆。

"我还是挺靠谱的吧？"

赖子心想，与其说那是靠谱，莫如说是为人处世很精明。不管怎么说，那总比和吸大麻的男孩子交往强。

　　"因为今天是星期六，我本打算和他一起去京都，把他给母亲介绍一下。可是现在家里因为里子姐姐的事情都乱套了吧？这种时候把他领到家里去也不好，干脆就算了！"

　　赖子今天之所以回京都，是因为接到了母亲的命令。

　　一个月前，里子刚从家里离开不久，赖子就接到了母亲的电话，大体的情况都听母亲讲了。那时候她安慰了母亲几句，还打电话给里子让她重新考虑一下，可里子根本没有改变想法的意思。

　　赖子觉得，事到如今即使自己回到京都也没什么用，可能是母亲觉得心里不踏实吧，一个劲儿地让她回去。

　　母亲说了那么多次，不回去也不好。母亲还说了，这个星期天是铃子的忌辰，家里要给她做法事。

　　赖子告诉槙子星期六要回京都，结果槙子说也要跟着一起回去。

　　"这个时候，我要是把男朋友带回家去，该成的事儿也成不了了！"

　　"你逍遥自在可真好啊！"

　　赖子看了一眼槙子那无忧无虑的侧脸，接着转过头来看大海。

　　电车风驰电掣向前疾驶，左边是伊豆海，右边能看到富士山。已经过了四月中旬，樱花已经开完了，但天晴日暖让人想起樱花盛开季节淡云蔽空的和煦天气，春日的阳光下海面波光粼粼。

　　车厢里卖东西的服务员推着小车过来了，槙子买了一杯咖啡，转头问赖子：

　　"里子姐姐的事情赖子姐姐是怎么想的？"

　　"什么怎么想的？里子说已经那么决定了，那也是没办法的事啊！"

　　"可是，里子姐姐可真能下那个决心啊！"

槙子一直认为，里子是姊妹中间性格最稳重的一个，这次她离家出走，让槙子感到很震惊。

　　"我觉得她那么做只是遭罪，什么也得不到！"

　　"那种事情根本不可以患得患失！既然是喜欢的人的孩子就应该生下来嘛！"

　　今年正月里第一次去神社参拜的时候，里子也说过同样的话。不过，那时候谁都不知道里子已经怀孕了。

　　"姐姐说的我也明白，可是，那样的话就得离开家，跟母亲断绝母女关系，还要和菊雄分开，有必要非得把孩子生下来吗？"

　　"你说的也是！可是人都有自己的想法啊！"

　　"天啊！那么说姐姐是赞成里子姐姐把孩子生下来喽！"

　　"我怎么会赞成呢？只是她本人觉得那样就挺好……"

　　"不管她现在觉得怎么好，将来一定会后悔的，不是吗？离家出走，怕被别人知道，偷偷摸摸地把一个私生子生下来，里子姐姐会辛苦一辈子的！"

　　槙子越说心里越悲哀。一想到在家人里面对自己最亲最温柔的里子姐姐今后要背负那么沉重的负担活下去，槙子就觉得难过得受不了。

　　"里子姐姐啊！你可真是个傻瓜……"

　　"你可不能那么说！"

　　"难道我说得不对吗？我根本没说身为有夫之妇就不能和别人玩儿！想玩儿的话尽情玩儿就是了。我也碰见过里子姐姐和椎名先生见面，但我没跟任何人说。里子姐姐喜欢他，他也喜欢里子姐姐，那就足够了！我也希望里子姐姐多来东京和他幽会！可是，既然是玩儿就得玩儿得高明一点儿……里子姐姐既不可能和他结婚，又和他一个京都一个东京两地分开，没有必要连他的孩子都要生下来吧？"

对槙子来说，里子喜欢上别的男人倒也无可厚非，但不顾一切地痴迷于对方，甚至连对方的孩子都要生下来的那种执着认真却不可原谅。

既然是玩儿就要有玩儿的样子，必须有节制有道德。忘记原则痴迷于男人、沉溺于男人不可自拔，那属于顶风臭十里的玩家。槙子她们一直瞧不起那些为了追星奉献一切的献身型女孩子，而里子姐姐那么做的话，和她们又有什么区别呢？一想到自己最喜欢的姐姐竟然和那些肉弹型女粉丝处于同样的状态，槙子就懊恼得不得了。

"里子姐姐是个大傻瓜！是个过分认真的傻瓜蛋！"

因为槙子的嗓门有点儿高，赖子环视了一下周围的乘客，好像是责备槙子嗓门太高了。

"没有那样的事儿！她要是个傻瓜的话，怎么会下决心生孩子呢？"

"生孩子有什么！傻瓜也能生孩子！因为她傻才要把孩子生下来，不是吗？"

"我说的不是那个意思！有坚定的意志，按照自己的意志勇往直前，饱受家人和世人的责难也毫不屈服地坚守自己的信念。那样的事情不是傻瓜能做得到的！"

赖子说的话槙子也很明白。但是，那样的话就等于赞同她生孩子的事情。作为大道理倒是可以接受，但是否能接受其行为则是另一码事。

"不管怎么说，我是坚决反对！不管姐姐说什么，唯有生孩子这事儿我不赞成！在这一点上我和母亲是一致的！"

"其实我也不赞成啊！"

"可是，姐姐刚才不是说里子姐姐那样做很棒吗？"

"按照自己的意志坚持到底这件事情就是很了不起啊！人都有自己的活法，只要她本人觉得好不就行了吗？"

"姐姐动不动就说什么活法办法，什么人各有志，那种说法是不是太不负责任了？"

"不是的！不过，这样的事情别人说三道四也没有用。时间会解决一切的！"

"那样说就太奇怪了！那样不等于说人人都可以任其自然，想干什么就干什么吗？"

说到这里，槙子突然对赖子这种好像什么都知道、气定神闲的态度很生气。

赖子确实是最早离开家在东京独自立业的，槙子一直对姐姐很佩服。

不论发生什么事情，赖子从来不沉溺于感情，总是那么冷静。槙子一直觉得那种冷静很让人信赖，但这种冷静现在看上去却成了一种置身事外、事不关己的态度。

"姐姐的那种说法我不明白！"

槙子觉得自己有些出言不逊，她忽然意识到这种分歧可能是因为姐姐和自己血脉不同。

槙子觉得，虽然里子姐姐和自己做的事情和想的事情看上去正相反，但实际上两人意外地相似。

槙子尽管不会和自己丈夫以外的男人生孩子，但她也恋爱了许多次，也认真地考虑过结婚。尽管有玩儿与不玩儿的区别，从根本上讲，两个人都很认真地追求自己的幸福。

但是，赖子的生活方式有些草率和随意。她虽然一个人单枪匹马跑到银座这个寸土寸金的地方打拼，但她身上有种不行就算了、什么都无所谓的行事风格。

那是因为生身父亲不同，还是因为她以非正常的形式失去了铃子这个最爱的姐姐？抑或是单纯因为她年长几岁？槙子对此不得而知。

两人就那样保持沉默，槙子看着窗外波光粼粼的大海，渐渐感觉过去心里的芥蒂慢慢消失了，自己可以坦率地说出想说的话了。

"我一直想让姐姐劝劝里子姐姐把孩子打掉……现在也只有赖子姐姐的话她能听进去了……"

赖子轻轻地点点头。

"那件事情以前在电话里也跟她说过，当然这次也要再劝劝她。我只是觉得，女人一旦决定了的事情，是不会那么轻易地改变的。她不改变也没办法，以后的事情即使姊妹也没法干涉。"

"姐姐说的我明白！"

槙子点点头，端起放在窗边的纸杯，喝了一口咖啡。

光闪闪的大海突然消失了，电车进了隧道，穿过隧道又看见大海了。那样反复了三次之后，槙子对赖子说道：

"这样下去的话，到了夏天咱俩可都要当姨妈了呀！"

"你喜欢孩子吗？"

"如果孩子可爱的话，很想要一个啊！"

"好啊！那槙子生一个不就好了吗？"

槙子笑了一下，忽然表情认真地说道：

"可是，我希望里子姐姐在我和他结婚之前不要离婚！"

"天哪！事情怎么会你想怎么样就怎么样啊？不过，因为这点事儿你俩就告吹的话，还不如从开始就不谈呢！"

"不是的！虽然我觉得没问题……"

槙子轻轻摇摇头，想起了一小时前刚分开的小泉的事情。

赖子和槙子到达京都的时候是下午五点半，姊妹俩在站前打了一辆出租车，直奔家里。

四月已过了中旬，白昼已经长了很多，暮色迟迟春日长，太阳将落却迟迟不落，东山那黑黑的轮廓也清晰地浮现在天空下。

每次看到那缓缓起伏的山峦，赖子都有一种"终于回家了"的感觉。

"还是京都好啊！"

赖子虽说是讨厌京都才离开的，但对故乡的爱恋却是另一码事。

到了家门前，发现门廊那里摆着朱红色的折凳，摆在地上的方形纸罩座灯也亮了起来。

领班还以为是来客人了，跑过来一看，原来是赖子和槙子姊妹俩。

"唉？原来是小姐啊！欢迎回家！"

"我们回来了！总是辛苦您！"

两人直接从通往后门的栅门穿过院子进了家。

家里的女佣阿福出来迎接，赖子问她：

"我妈妈呢？"

"这会儿到宴会上去了，我这就去叫她！"

两人先进了母亲的客厅把包放下，刚休息了一会儿，母亲马上就回来了。

"怎么这么晚回来？"

"我不是电话里跟您说是傍晚之前到家吗？"

"这已经都是晚上了！"

说是晚上也才六点。就这样母亲还嫌晚，说明她已经等了很长时间了。

姊妹俩再次给母亲问安，把从东京带回来的什锦珍味送给母亲，阿常只瞥了一眼说道：

"你俩这会儿要到里子那里去不是吗？"

"去倒是也行……"

"里子这个不孝顺的东西……"

阿常一开口就把对里子的不满一口气全说了出来。

正因为她不能对别人说一直憋着，这说起来就没完没了了。

"那菊雄怎么样了？"

"他也真够可怜的！他那么卖力掌管账房，里子却做出那档子事儿来，我都不好意思正眼看菊雄的脸了！"

"里子那边可有什么联系吗？"

"她任意胡来，怎么有脸跟家里联系？真是个倔强的主儿！"

说着说着，又转回了对里子的愤慨，赖子边听边点头，瞅准时机说道：

"好了吧！我俩这就到里子那里去！"

"跟她说，让她早点儿去医院！你可别忘了！"

阿常又嘱咐了一遍，接着像忽然想起来似的去了厨房，从冰箱里拿来一个纸包。

"把这个拿去！"

"妈妈，这是啥呀？"

"瓢正家的竹叶寿司卷。"

赖子点点头，阿常却面无表情地转过脸去喊道：

"阿福啊！你在吗？"

母亲可能是不好意思吧，大声喊着阿福的名字，匆匆忙忙地出去了。

留在客厅里的赖子和槙子相视一笑。

"那到底算怎么回事啊！明明那么生气，还给里子姐姐买了她爱吃的寿司！"

"真是个奇怪的母亲！"

两人说完又笑了起来，接着开始准备出门。

虽然周围已经黑下来了，可里子住的公寓很快就找到了。听说里子的房间是二楼的二〇三号，可门口旁边的门牌上什么都没有写。

按了一下门铃，门马上就开了，里子从里面走了出来。

"天啊！是姐姐和槙子啊……"

"晚上好！这么晚了不好意思！"

"快点儿进来！虽然我这个家很小！"

这个房子进门就是八张榻榻米大小的客厅和厨房，里面是一个带阳台的六张榻榻米大小的日式房间。

"别客气！随便坐！"

听里子这么说，赖子和槙子并肩在沙发上坐了下来。

"我这里还什么都没有……"

见里子手足无措有些不好意思，赖子把从东京带来的礼物和母亲交给她的寿司拿了出来。

"这是母亲给你的！你觉得会是什么东西？猜猜看！"

"天啊！是什么呀？"

"是瓢正家的竹叶寿司卷，里子从小就爱吃不是吗？"

"还真是的……"

里子接过来，慢慢地打开了纸包。

"母亲虽然很生气，可她心里还是惦记着里子啊！"

"请原谅……"

里子手里拿着寿司，垂下了头。

"你这房子可真不错啊！"

赖子为了改变话题，环视了一下房间。

这是一栋新建不久的公寓，房间和家具也都整洁干净，可一想到里子怀着孩子一个人住在这里，赖子就觉得心里不是个滋味儿。

但是她表面上不能表现出来。

"要是这个地方的话，你什么也不用顾忌，舒舒服服地不是挺好吗？"

听赖子那么说，里子稍显落寞地笑了笑。

"虽然很小，但除了这里，没有我的容身之处啊！"

赖子点点头，看了一眼里子的肚子。她虽然穿着和服，可一眼就能看出来肚子已经很大了。

"姐姐板板正正地穿着和服，和在家里的时候一模一样啊！"

听槙子在那里赞叹，里子回答说：

"如果不穿和服，总觉得心里不踏实！"

"肚子饿了！那个东西我们一起吃吧！"

"槙子你这个人，你在说什么啊！那是给里子拿来的！"

"总算到家了，可妈妈连饭都不让吃！说什么快点儿到里子那里去！"

"我们一起吃吧！我这就去拿碟子！"

里子起身去了厨房。槙子把包着寿司的纸包打开一半儿，忽然指着右边的梳妆台对赖子说：

"姐姐你看！那里有椎名先生的照片！"

赖子听槙子那么小声说，顺着她手指的方向看过去，梳妆台的前面果然竖着一张照片，照片上的地方可能是外国吧？椎名满脸笑容地站在一座有英文标识的大楼前面。

"里子姐姐一定是经常看那张照片，寂寞的时候就对着相片说话吧！"

赖子刚责备了槙子一句，就见里子拿着碟子和筷子走过来了。

"还什么都没凑齐，不好意思了！"

"没关系的！不用那么见外！"

"哇！看样子很好吃哎！那我就不客气了！"

槙子迫不及待地先动手了。装在竹筐里的寿司每个都是用宽竹叶卷起来的，饭团上面是鲷鱼的生鱼片。

三姐妹从小时候就吃惯了这家的寿司。

"那我也不客气了！"

里子也用筷子夹起一个寿司，刚吃了一个就问道：

"妈妈现在怎么样了？"

看样子她还是惦记那件事情，赖子静静地喝了一口茶说道：

"里子妹妹，不管是谁说什么，你喜欢怎么做就怎么做好了！"

想不到赖子说出了这么仗义的话，里子感激地给赖子低头行礼。

"姐姐，太谢谢你了！"

"整天忧心忡忡愁眉不展的话，对肚子里的孩子也不好！"

里子的眼泪一下子掉在了搁在膝盖上的手背上。

短暂的沉默之后，赖子像一下子想起来似的说道：

"准备在哪家医院生孩子？"

"是在崛川通大路边上的一家私人医院……"

"你要是一个人心里不踏实的话，就来东京生吧！我陪着你。"

满脸泪水的里子摇了摇头说道：

"我要在京都生！"

"预产期是什么时候？我可以瞒着母亲到京都来陪你。"

"多谢姐姐！"

里子忽然站起来去了里面的房间，可能是回房间擦眼泪去了吧，一会儿就表情愉快地回来了。

"槙子，这件衣服你要穿吗？我这么个身子已经不能穿了。"

"真是太漂亮了！这是香奈儿衣服吧？这么贵重的衣服我要合适吗？"

"对槙子来说可能有点儿太素气了！"

"不！没有的事儿！我从以前就很想要这样的衣服！"

槙子拿着香奈儿衣服到梳妆台前面去了。

两个人从里子的公寓出来的时候，已经十点多了。

里子想让槙子住下，可刚从东京回到家就在外面住有点儿对不住母亲，所以槙子决定还是先回家。

"姐姐，我明天再来！"

槙子说完，拿起了包着香奈儿衣服的包袱。

"我也想去给铃子姐姐扫墓，可这个样子也去不了啊！"

"没关系的！去年刚给铃子过了七周年。"

赖子安慰她，不敢在家人面前露面的里子看上去确实很落寞。

"别太放在心上！生个好孩子！"

赖子说了一句鼓励里子的话，然后坐进了出租车，回头一看，里子站在路灯下一直在挥手。

"我怎么觉得里子姐姐那么可怜啊！"

等出租车转了弯儿，再也看不到里子身影的时候，槙子小声嘀咕道。

"没事儿的！里子很坚强的！"

"母亲吩咐说的那些话，可是一句也没说啊！姐姐觉得那样好吗？"

"有什么好不好！那样的话也说不出口啊！"

面对正在新房子里为生孩子做准备的里子，让她去堕胎那样的话确实说不出口。

"天啊！这下子只能生下来了！"

"生下来以后再考虑也不迟嘛！"

能有姐姐说的那么轻松吗？槙子很是担心，可赖子一脸的满不在乎。这一点或许是在离家出走方面老资格的赖子的坚强之处。

"可是，菊雄也挺可怜的啊！"

今天还没见到菊雄，回家见到他该说些什么才好呢？槙子开始担心起来。

"给服务员和厨师们还什么都没说吗？"

"不用说他们也隐隐约约地知道了吧！"

"母亲也真不容易啊！"

槙子这会儿又同情起母亲来，于是开始憎恨让家里鸡犬不宁的椎名。

"椎名先生就想那样把里子姐姐扔下不管吗？"

"那是里子自己一意孤行决定的事情，和椎名先生也没什么关系啊！"

听赖子这么说，还真是那个样，这下子连责备椎名的理由也没有了。

"椎名先生也挺可怜的！"

说了半天这个可怜那个可怜，最后槙子觉得大家都挺可怜的。

年轻的槙子再次感觉到，人生是那么不可思议、不可理解。

因为是晚上，从里子的公寓十分钟多一点儿就到了东山的家。

店里灯火通明，还能听到客人们的笑语喧哗。可能是领班过去说的吧？母亲马上就回来了。

"怎么样了？"

不等两人在客厅里坐下，阿常就迫不及待地问道。

"回来晚了很抱歉！"赖子打完招呼，回答道：

"里子收到了妈妈给她的竹叶卷寿司很高兴啊！"

阿常狠狠地瞪着两人，那意思是说：谁问你那个了？

"照我说的都跟她说了吗？"

"照您说的？说什么呀……"

"让她去医院啊！"

"可是，妈妈，那真不行啊！"

阿常的太阳穴瞬间抽动了一下，赖子也不管那些，继续说道：

"肚子都那么大了，孩子可都会动了！都六个月了，让她去堕胎也太残酷了！那样做等于犯罪，也没有医生愿给她做引产手术！"

阿常穿着在宴会上穿的和服，挺直身子，就像没听见一样把脸扭向一边。

"里子下了那么大的决心，到了这会儿不能说不行了！您就让她把孩子生下来吧！我在这里求您了！"

赖子双手按着榻榻米低头央求母亲，槙子见状也慌忙低下了头。

"里子妹妹也说了好几遍'对不起母亲'！"

阿常突然站了起来，气冲冲地走到拉门那里又转回头来说道：

"做那种任性的事情，她就不是我的孩子！"

阿常扔下这句话，哗啦一声把拉门拉上，到走廊里去了。

被留在房间里的姊妹俩面面相觑，不由地叹息。

"妈妈很生气啊！"

"那有什么没办法啊！"

赖子好像很累了，用指头按了按眉间说道：

"上楼睡觉吧！"

"要不再把母亲叫回来吧！"

"算了吧！别管她！"

赖子说完，噔噔上楼去了。

铃子的法事是第二天上午十一点开始举行的。

因为去年已经举行了七周年忌辰，所以今年只是把和尚请到家里来诵诵经，置办了一些简单的饭食。

和尚诵经的时候，聚在佛前的是母亲阿常、赖子、槙子，还有菊雄和北白川的姨妈五个人。

一边听着和尚诵经，赖子忽然觉得，和茑乃家没有丝毫血缘关系的菊雄身穿绣着茑乃家家徽的和服跪坐在那里乖乖地低着头，很不可思议。

这个人按说已经不应该在这里了呀……

赖子虽有这种感觉，但菊雄从一大早就忙着准备饭食，装饰佛龛。不仅如此，昨天晚上见到他的时候，他还爽快地主动打招呼说："回来啦？辛苦了！"

赖子只是对他点了点头，他竟然说什么"真是到了好季节了"！真是个不知忧愁的人。

他是忘了自己的老婆跑了？还是不想让众人为他担心？不管怎么说，他也是个很奇怪的人。

也幸亏他那样，这样的话，赖子就不用为里子的事情向他道歉了，也不用和他说那些让人心情忧郁的事情了。不过，赖子感觉被闪了一下也是事实。

诵经结束的时候是十二点了，然后众人在里面的大房间吃饭。

因为僧侣们已经来过茑乃家好多次了，和家人都很熟，吃饭的时候，好像有人发现了里子不在。

"小老板娘是不是到什么地方旅游去了？"

听到一个僧人如此发问，在座的人顿时紧张起来，阿常马上回答说：

"是的，她今天有个聚会，无论如何也脱不开身。"

"是吗？那就有点儿遗憾了！满以为今天又能见到三朵金花了！"

赖子偷偷地瞄了菊雄一眼，发现他正在埋头吃小芋头，好像什么事情也没有似的。应该称他是个处事不惊的大人物？还是应该说他天生愚钝？赖子真是越来越搞不清楚了。

一边闲谈一边吃饭，午饭结束的时候是下午一点了，和尚们叫了一辆车回去了。

接下来，槙子说要去见朋友，说完就走了，赖子决定到里子那里去。

赖子在三楼的客厅里换衣服的时候，阿常从楼下上来了。

"你要去哪？"

"到里子那里去一趟！"

"今天是铃子的忌日，她也不回来祭奠一下？"

"可是，您这么个生气法，她怎么敢来？"

"我昨晚对你说的话，你可要好好说给她听！"

阿常扔下这句话，又哐当一声使劲儿把拉门关上，走了出去。

一说到里子的事情，母亲就是一副要吵架的架势，根本不能平心静气地和她说话。

这样下去，即使里子把孩子生下来，母亲是不是也不肯原谅她？还有，菊雄的事情母亲打算怎么办？这些事情赖子很想好好地问问母亲，可现在这个状态根本就不可能。

赖子两点的时候到了里子的公寓，发现她正在用纱布给将要出生的孩子做内衣。原以为她天天忙于店里的生意，根本就不会裁缝，没想到她正仔仔细细地做那种不让布边儿露在外面的袋缝。

"哇！好可爱啊！"

正当赖子展开缝了一半儿的小内衣看的时候，里子拉开大衣柜的抽屉给她看。抽屉里面除了其他的内衣还有衬袄和帽子，小孩的衣物一应俱全。

"这些都是你做的？"

"那个上衣不是，其他的都是。"

"妹妹真了不起！"

"我不是闲得慌嘛！"

赖子让里子给她看了看大衣柜，然后问里子想不想上街。

"可是，我挺着这么个大肚子……"

"没事儿！还不是那么显眼，还有，天天憋在家里多闷啊！"

里子好像很早就想上街，她马上做出门的准备。

"姐姐，今天的法事怎么样？"

"还不是和以前一样！那些爱说话的和尚到家里来了，然后就吃了个饭而已。"

"我去不成很对不住铃子姐姐，我在家里给她祭拜了。"

"谢谢你！铃子要是看到里子的孩子也会大吃一惊吧！"

赖子说出这句话，忽然想起了铃子那年也怀孕了。

如果就那样生下来的话，现在应该上小学了。想到这里，赖子又想起了已经忘记的熊仓的事情，忽然气得不行了。

"不过也挺好啊！不管怎么说，里子还能把孩子生下来。"

赖子很想那么说，可强忍着没说，只是默默地看着窗外。

铃子的忌日总是晴朗的好天气。按说四月中旬应该是时而突然降温时而风和日暖的不安定的季节，有时候还刮大风吹得樱花漫天飞舞，但记忆中铃子的忌日从未阴过天。

去年，铃子的七周年忌辰结束以后，一家人又去原谷看了樱花，那天也是个天气晴好的日子。那时候母亲、槇子和菊雄都在，菊雄还特意开车拉着一家人。

法事结束之后，姊妹三人穿着和服在樱花树下走的时候，旁边还有人对着姐妹三人喊："哎哟！大美女！"

当然，那时候里子还没有大肚子，和椎名的关系也没有那么深。当时谁也没想到会弄成今天这个样子。

"又过了一年啊！"

赖子不由地小声发感慨，正在系带子的里子问道：

"什么？"

"我说从去年铃子的忌日到现在又是一年了。"

"那还用说吗？"

里子刚说完，好像也想起了去年去原谷赏花的事情。

"那个地方的樱花现在也在拼命绽放吧！"

"我们去赏花吧！"

"我倒想去百货商店！"

"好吧！那就去吧！"

准备好以后，姊妹俩出了门。

沿着公寓的走廊往前走的时候，看到一个女人迎面走来，还领着一个四五岁的孩子。

"你好！"

"你好！今天真是好天气啊！"

只是和对方打个招呼就擦肩而过了。

"刚才那个人是住隔壁的夫人，前几天她问我丈夫在哪里工作！"

"那你是怎么回答的？"

"我说是从事纺织服装方面工作的。"

"然后呢？"

"然后她再也没问别的。"

想一想就觉得里子说的这件事情很让人心情沉重，可没想到里子表情爽朗地走进了电梯。

或许因为今天天气好又是星期天的缘故吧！大街上人潮汹涌。御室和洛北那边正是樱花盛开的时候，好像从地方蜂拥而来赏花的人很多。两人打车到了四条河原町，在那里下了出租车，进了百货商店。

"因为肚子大了，这段时间看什么都没意思！"

里子在饰品卖场前面边走边嘀咕。什么衣服啦手袋啦鞋啦，不管看到多么新潮的东西，现在肚子里怀着孩子也是没法打扮的。

"等生了孩子以后你再慢慢打扮自己吧！"

"可是，生了孩子之后打扮又有什么用！"

"没有的事儿！里子妹妹还年轻得很嘛！"

赖子安慰里子，可一想到里子这么年轻就要一个人生孩子，觉得她好可怜。

"好不容易一起来了，我送你点儿什么礼物吧！"

"天啊！我太高兴了！姐姐想给我买点儿什么？"

"你家里还缺什么？"

里子稍微考虑了一下说道：

"那么，咱上六楼去看看吧！"

"六楼？六楼有什么？"

"六楼有婴儿用品！姐姐还没去过婴儿用品柜台吧？"

确实，里子现在最关心的事情或许就是孩子的事情。赖子点点头，上了扶梯。

"现在什么都有卖的！就连尿布都有！"

虽然哪层都很拥挤，幸好婴儿用品卖场还比较空。里子从婴儿服那里开始转着看。

出生后四五个月之前穿的上衣和衬袄旁边，摆着那以后穿的对襟毛衣、罩衫、裤子和幼儿护腿套裤等东西，上面的图案大都是花朵和小动物，非常可爱。

"太可爱了！"

因为是第一次到这样的地方来，赖子觉得什么都稀罕。

"里子，你觉得买什么好啊？"

"好不容易让姐姐破费一次，那就买最贵的吧！"

都是婴儿用品，再贵也贵不到哪里去。再者说了，现在除了自己，没人愿意公开地给里子买婴儿用品。赖子一想到这里，就想给里子买她想要的东西。

"被褥买了吗？"

"没，还没买。"

两人转着看婴儿用的小被褥。那里也摆着各种图案的小巧可爱的婴儿用的小被子。

"婴儿床呢？"

"虽说早晚也得买，可现在买还有点儿太早吧？"

"可是，早点儿准备下不是更好吗？"

"准备得太早了，要是生不下来可怎么办啊？"

"别说那么不吉利的话！"

"可是，前些日子我听人说过，有个人怀孕五个月的时候就把什么都准备好了，可最后还是流产了。"

女人一旦怀孕，好像对任何事情都变得神经质起来。

"那好吧！婴儿床过些日子我再送给你吧！"

"真是太谢谢姐姐了……"

婴儿床的旁边还摆着存放衣服的衣柜、童车、放尿布的箱子、坐便器，还有学步车等东西。随着孩子逐渐长大，需要的东西也渐渐不一样。

看着眼前这些花花绿绿的婴儿用品，赖子忽然羡慕起就要生孩子的里子来了。

到现在为止，她一直很同情离家出走一个人生孩子的里子，可在婴儿用品卖场的里子看上去很幸福。尽管现在很辛苦，可有孩子的里子，将来或许比自己更幸福。尽管有痛苦，但能生下心上人的孩子，一定是女人最大的幸福。

"姐姐，你看这个怎么样？"

里子用手指着印着一排小鹿斑比的婴儿被问赖子。

"好倒是挺好的，不过那是适合男孩儿的图案啊！"

"我觉得我会生个男孩儿！"

"原来你还是想要个男孩子啊！"

"男孩女孩都行，只不过男孩儿的话会像他不是吗？"

里子说话的时候，一对顾客走到她旁边。

那个女的和里子年龄差不多，肚子已经很大了，旁边有一个三十来岁、身材高大的男人陪着她。

那个女的把里子选好的印着小鹿斑比的婴儿被拿在手里，问身边的男人："怎么样？"

赖子突然觉得印着小鹿斑比的婴儿被要被那两个人抢走了，连忙对里子说：

"好吧！就买这个了！"

她见里子点头，马上指着那两个人正在看的婴儿被对店员说："我要这个！"

眼看着手里拿着的小被子被买走了，那对年轻男女脸上露出了惊讶的神色，一脸莫名其妙地去了旁边的卖场。

"姐姐，太谢谢你了！"

里子一边接过送货小票，一边向赖子低头行礼。

"还有别的想买吗？"

"让姐姐买那么多东西，心里太过意不去了！"

"没关系的！这件婴儿装怎么样？"

现在赖子有一种冲动，什么都想给里子买。

虽然赖子也不明白那是为什么，但刚才那对男女刺激了她却是真的。

那两个人无疑是夫妻吧！在父母和家人的祝福下幸福地结了婚，不久就要生下第一个孩子了。夫妻两人和他们的父母也一定在期待孩子的降生。

在那种幸福的日子里，今天恰逢星期天，妻子和丈夫一起出来买东西了。从婴儿服到婴儿被到婴儿床，妻子都是和丈夫手拉手在商量。那是幸福的一对，对未来没有任何的不安和恐惧。

和他们相比，里子买婴儿用品的时候，连个商量的人都没有！想必里子以前也来过好多次了，恐怕每次都是一个人来。

但是，那时候里子的身边一定有像刚才那样的幸福夫妻在买东西吧！

来婴儿用品卖场，对于里子来说，一定既喜悦又痛苦的。今天里子之所以说想上街，进了百货大楼就直奔婴儿用品卖场，或许是因为今天是和姐姐两个人一起吧！

赖子刚才还对怀着孩子的里子感到了嫉妒，但现在发现，里子也有里子的悲哀。

"里子，姐姐今天什么都给你买！"

赖子心里升起一股豪气，她觉得自己好像变成了里子的丈夫。

在百货商店买完东西出来的时候是下午四点了。

因为是星期天的傍晚，大街上依旧是人流如织。中午之前天空还是晴朗的，这会儿天上飘着一层薄云，被四条通大街上林立的高楼大厦切割成条条块块的东山，在樱花季节淡云遮蔽的天空下，迷雾蒙蒙的。

赖子手里有两张四点半开始的"都舞"的门票。因为每年铃子的忌日都和"都舞"的演出期间重叠，赖子几乎每次都去看。

虽说中途放弃了做舞伎，但对于赖子来说，祇园是她度过了从少女到女人的过渡期的地方。虽说后来自己只身去了东京，已经和祇园没有任何关联了，但花街还是她萦绕于心的地方。

可以说，现在一年一度看都舞是赖子和祇园之间唯一的牵连和羁绊。铃子之所以选择在有都舞表演的四月自杀，说不定其中包含了她希望赖子永远不要忘记祇园的心愿。

"我有两张票，去不去看？"

赖子邀请里子一起去看都舞，但里子好像不太想去。

如果去看都舞，当然会遇到自己熟悉的艺伎和舞伎，还会遇见茶屋和小方屋的老板娘们。

里子不愿让她们看到自己的大肚子……

里子的心情不说也知道。

"那么多客人，谁还顾得上看你的肚子！"

"除了千鹤以外，我还谁都没告诉呢……"

"可是，你也不能永远捂着盖着啊！"

两人被人潮推着走在四条通大街上，赖子又劝了里子一次。

"知道了就知道了，有什么大不了的？反正你也结婚了，不如干脆在她们面前露一面，你说呢？"

"为什么呢？"

"与让别人问你'这段时间去哪里了''怎么老长时间没见你了'相比，大大方方露面不是显得更自然吗？"

听赖子那么说，里子好像有点儿动心了。

"真的没事儿吗？"

"你和我在一起，没事儿的！"

就这样，两人过了四条桥，到了"一力"的旁边往右拐。

大街的左右两侧装饰着灯笼和樱花树枝，灯笼上印着祇园町的标志——串在一起的米粉团。家家户户的门口都贴着都舞的海报，海报上印着舞伎的照片。

十年前，赖子也和铃子一起上过海报。那时候也为周刊、杂志封面和广告拍了很多照片，即使现在去家里的书架上找找，应该还能找到很多这种照片。

赖子有一段时间曾经厌恶得连看都不想看了，现在反而很怀念那些照片。

可是，日月如梭，日子过得也太快了！

十三年前和赖子一起去做舞伎的那些伙伴，现在还去宴会陪侍的只有三个人了。那个时候，光舞伎就有将近五十人，和现在的十四五个人根本没法比。

而且，当时的舞伎里面，祇园町的茶屋或艺伎的女儿或她们的亲戚占了一大半，从外面来的舞伎很少。

正因为人多，所以修业也非常严格。哪怕只有稍许疏忽，就有可能失去参加都舞表演的机会。也有人因为瞒着师傅去拍电视，或不请假去海外旅游，而失去了站在舞台上表演的机会。

"你不能去参加都舞表演！"

当时的舞伎们最害怕听到师傅的这句话。

做舞伎的时候，每天的工作就是给那些取得艺名的阿姐舞伎擦拭梳妆台，或者给她们换溶化白粉膏的水。

还有，在发型还是桃割发髻的时期，披肩和短外罩是不允许穿的。到了天寒地冻的日子，赖子总想早一天有资格披上披肩。

这些虽然都是往事了，但走在茶屋鳞次栉比的花见小路上，赖子总觉得那些事情好像就发生在昨天。

举行都舞表演的歌舞练场一带已经是人山人海了。

四点半开始的都舞表演是当天最后一场了，门票全都卖光了，几乎连站席都没有了。外地来的游客把入口围得里三层外三层，还能看到外国人的身影。

两人并肩走了进去，在走廊里早早就遇上了茶屋和料亭的老板娘们。

"你好！"

简单地和她们互相打个招呼，两人去了二楼的茶席（茶道用语，调茶的座位，茶会）。

今天表演点茶的是一个名叫吉福的艺伎，赖子当年和她一起做过舞伎。她当然早就过了襟替，成了一名风姿卓越的艺伎。赖子之所以今天一定要来，也是因为今天是吉福表演点茶的日子。

引座的人很会来事儿，把两人领到了从前面数第二排的座位上。吉福先看到了赖子，惊讶得睁大了眼睛。

赖子一边点头，一边回报她一个笑脸。

因为对方正在表演点茶，所以不能和她说什么话，但仅仅是四目相对，赖子心中的怀念就被唤醒了。

品过茶，用纸把豆沙包和碟子包起来，给吉福使了个眼色，从茶席出来的时候，舞台表演马上就要开始了。

看样子要从人缝里穿过去才能到座位上去，里子好像有些踌躇，赖子也不管那么多，拉着里子的手走到了中间稍微靠前的座位上。

好像就等着两人落座似的，舞台的大幕徐徐拉开了。

今年都舞表演的曲目叫《风雪花名所图会》，以风景名胜春夏秋冬四季的景色为背景，在舞台上展示其最精彩的部分。

第一景是《置歌》（三弦曲的舞曲，舞者登场前的序曲），接下来是《春霞日吉神社前》《殿上赛菖蒲》《莲香山庄捉流萤》《竹生岛月之舞》《比叡山东塔红叶》，还有模仿画师茂兵卫画作的《天桥立雪道行》，最后以《花都尽赏》告终。

其中《竹生岛月之舞》是最精彩的部分，舞台上出现了龙神和舞女。

龙神的角色很难演，舞蹈是由比赖子早四年的前辈孝代来表演的，而扮演舞女的则是和赖子同期的佳乃江。

赖子正看得如痴如醉，里子把脸凑过来小声说道：

"姐姐要是一直做舞伎的话，现在扮演龙神的一定是姐姐！"

"怎么可能呢？我根本演不了！"

赖子摇摇头，可她见佳乃江在台上扮演舞女的角色，心想那也有可能。

"身怀技艺的人真好啊！"

月之舞刚结束，里子就在那里小声发感慨。

"会技艺的人也能忘掉心上人不是吗？不管是鼓还是三弦琴，想念对方心里难受的时候，拼命敲鼓、尽情弹琴直到指尖上渗出血来，那样就能够忘掉烦恼和忧伤，不是吗？"

里子表面上装着爽朗，可心里一定很苦吧！这要是在东京的话，自己可以帮她和椎名相见，但东京和京都离得那么远，实在是爱莫能助。

"里子妹妹，要学会忍耐！"

现在的赖子也只能这么说。

都舞表演大约一个小时就结束了，两人出来的时候差一点就六点了。暮色终于笼罩了小巷，红灯笼显得愈发鲜艳了。

"我们去什么地方吃饭吧！"

这次也是赖子提议去吃饭，两人走到四条的三筋前面往右一拐，走进了一家叫"牌坊"的料亭。

拉开格子门就是长长的甬道和院子，再往前就是正房了。以前全是铺榻榻米的房间，近来在入口右边的房间里安上了柜台，使房间来了一次改头换面，这样的话，偶尔造访的客人也可以很随意地进来了。

这家店的年轻儿媳直到两年前还是一个舞伎，里子也认识她。姐妹俩运气不错，在空着的柜台一头坐了下来，料理就让厨师看着办，然后点了啤酒。

"真是好久不见了！"

老板娘和她年轻的儿媳挨个过来打招呼。

"您那么忙还光顾小店，真是非常感谢！今天和您姐姐在一起，真好啊！"

看样子，没人知道里子已经离开家了。

"我也想在东京开这么一家店！"

说是柜台，其实就是把日式房间的地板切下一块儿之后装上的，透过身后的赏雪纸拉窗，可以看到装着方型纸座罩灯的院子。

"姐姐要是开了店，就雇我吧！"

"你说什么呢！里子！"

赖子环顾了一下四周，不管是客人还是柜台里面的年轻主人，好像都没察觉两人在说什么。

"可是，我也无处可去啊！"

"没有的事儿！你得好好守着老家……"

"即使我想守着，母亲也不会答应啊！"

听里子这么说，赖子也没信心了。

但是，假设里子就这样把孩子生下来，那茑乃家会怎么样呢？赖子一想到这里，心里就着急。

"不管谁说什么，茑乃家都是你的！"

"可是，不是还有菊雄吗？"

"说什么傻话！菊雄不过是个女婿，和我们没有丝毫血缘关系！不能因为你离开家了，就把茑乃家交给他！"

七年前，赖子离家出走的时候曾想茑乃家爱啥样啥样，可现在一想到茑乃家有可能落到菊雄手里，忽然觉得很可惜。

"好了，现在不要考虑多余的事情，你一门心思生个好孩子就行了！"

因为老板娘的儿媳过来倒酒，赖子停下不说了。

"您还是那么漂亮啊！"

"哪里啊！我都这么大年龄了！听说您要生孩子了是吗？"

"是的！托您的福，孩子已经六个月了！"

正说话的时候，老板娘抱着孙女从柜台里面出来了。虽说是个女孩子，可对老板娘来说，是她的第一个孙子辈的孩子，看样子她喜欢得不得了。她自己抱着孩子挨个给那些熟悉的客人看。

"真是个小美人啊！这可是将来的京都小姐啊！"

"京都小姐可不行！我想让这个孩子学舞蹈！"

一个观念陈腐的老板娘如此执着很是滑稽，在座的客人都笑了。

"对吧孙女？咱不喜欢做什么京都小姐是吧？"

老板娘对着婴儿说，在孩子的小脸上亲了一下，然后就走开了。

"真好啊……"

听里子这样小声说，赖子给她倒上啤酒问道：

"你和椎名先生有联系吗？"

里子的表情瞬间僵硬起来，轻轻点了点头。

"他知道你住在公寓里吗？"

"经常来电话。"

"他都说什么？"

"一开始的时候他很反对，现在好像已经死心了。"

赖子点点头，喝了一口啤酒问道：

"他不来京都吗？"

"他说要来，可我告诉他不用来。"

"为什么？"

"我说得不对吗？他那么忙……"

里子说完，表情忽然明朗起来。

"昨天晚上，姐姐回去以后他来电话了，还问我身体怎么样呢！"

那么一句话就值得这么高兴吗？赖子觉得里子很值得同情，可里子又接着说：

"我已经决定在生孩子之前不见他了。"

"你怎么……"

"不是吗？现在挺个大肚子这么难看，我可不想让他看到我现在这个样子！"

"好吧！生下来之后会见面吧？"

"他要说肯见我的话，我就和他见面……"

"他一定说想见你吧？"

"说是说了，可我知道他很勉强。"

"没有那回事吧！椎名先生不是个很善良的人吗？"

"那可真是个好人！可是他觉得麻烦也是事实吧？"

里子要这么说的话，赖子也无话可说了。

里子和椎名之间有过什么样的交谈？做过什么样的约定？以后的事情会怎么样？这一切除了当事者之外，谁也无从知晓。

"我明天就回东京了，有没有什么话让我捎给椎名先生？"

"明天就要回去了吗？真好啊！我也想去！"

"那好啊！一起去吧！"

"不，我可不去！"

里子很坚决地摇摇头。

"我没事儿的！我很坚强的！"

"那个我知道，可是肚子越来越大，是不是得雇个保姆什么的？"

"不用！千鹤说，到时候她住在家里陪我。"

"你又说那些，她也要去宴会上陪客人……"

"姐姐你可真爱操心啊！"

"那还用说吗？一个宝贝孩子就要出生了，那个孩子今后是要继承茑乃家的家业的！"

"为什么那么说？"

"那不是板上钉钉的事儿吗？不管孩子的父亲是谁，毕竟还是你的孩子吧？这个孩子注定要继承家业的！"

"姐姐真的那么想吗？"

"那还用问吗！"

"谢谢姐姐！"

里子在柜台下面突然紧紧握住了赖子的手。

牡丹篇

今年的黄金周只有最后的五号那天下了雨，四号之前天气一直晴好。

赖子店里的姑娘们几乎都出去旅游了，一般都是在外面住一两个晚上的那种长途旅游，好像也有去海外旅行的。

但是，为了改造酒吧的内装修，赖子一直待在东京。

"雅居尔"酒吧就像她的名字一样，色调是以蓝色为基调的，桌子和椅子也是和蓝色基调相配的。

虽说开店已经过了四年了，可因为中间换过一次地毯，所以说也不是那么旧。

但是，赖子决定要趁着这个黄金周把酒吧内部重新装修一遍。她告诉客人们从四月二十九号到五月五号因为酒吧装修要暂停营业的时候，也有客人问这么好的酒吧为什么要重新装修。

说实话，赖子对现在的酒吧内装已经都点儿腻烦了。

客人一般就是一个月来那么一两次，再多也就是一周两次，而且每次也只坐一两个小时，然后就回家了。

但是对于赖子来说，一天的一大半都要在酒吧里度过。

开始的时候还觉得很精美别致的室内装饰，每天看着也就腻烦了。每个傍晚时分，走在从青山的公寓去银座的路上，一想到又要进那个酒吧，就觉得有点儿兴味索然。

不光赖子有那种感觉，好像店里的姑娘们也都是同样的心情。有个叫明美的姑娘从开业那天就在酒吧里工作，有一次听见她小声叽咕："这家酒吧也有点儿破旧了！"

　　那时候客人们已经都走了，她只是无意间说了那么一句，但话里面确实包含着对内部装饰的腻烦。

　　赖子倒没听到客人发什么牢骚，但姑娘们腻烦了店内装饰却不是个什么好事情。那会让姑娘们失去工作的热情，还会影响她们对客人的服务态度。

　　赖子心想，还不如下决心在出现那种情况之前，把酒吧内部重新装修一遍。

　　当然，想对酒吧内部改头换面就要花钱。但是，如果大家因此心情焕然一新，酒吧再焕发生机的话，那反倒是个好事情。

　　话是那么说，真要装修的话，确实要花一大笔钱。

　　一般来说，银座的酒吧要重新装修的话，按行情来说，平均每坪要花费一百万左右，当然要豪华装修的话就没顶了，也有酒吧每坪花费一百二三十万到一百五十万。

　　赖子的酒吧有十五坪。如果按照每坪一百万来算，那就是一千五百万。

　　虽说赖子多多少少有点钱，但考虑到以后的事情，还得从银行借七八百万。

　　幸好和三京银行很早就有业务关系，一方面也因为银行的副总裁伊关先生是酒吧的客人，所以银行很痛快地就答应了贷款给赖子。

　　剩下的就是考虑让谁来负责装修了。按照一开始的计划，赖子本打算委托给上次给自己酒吧装修的那家公司。

　　但是赖子忽然又改变了主意，决定委托给一个叫日下的年轻人。

　　赖子认识日下是一年前的事情。

第一次，他是和一个叫边见的广告代理公司的营业部长一起来的。

边见是个很开朗很活跃的客人，从酒吧开业那天起就一直很关照酒吧的生意，对赖子来说是个非常重要的客人，只不过去年春天，有一次在回家的出租车里对赖子动手动脚，被赖子拒绝以后，他就躲得远远的了，但是夏天的时候有一次日下一个人突然来了。

他在酒吧门口问："我可以进去吗？"赖子说："请进！"于是他就很不好意思地缩着身子进来了。

赖子还以为他是为边见的事情来发什么牢骚的，可他的举止态度根本没有那个意思，只是一个人坐在那里静静地喝酒。

那时候，赖子第一次知道日下是个室内装潢设计师，还经营一个叫"工艺社"的装饰公司。

通过交谈才知道，他和边见是因为以前给他的广告画过插图才认识的，所以上次才跟他一起来的。

他今年三十二岁，虽然比赖子大三岁，但在酒吧里看上去要比赖子年轻得多。

第一次的时候，日下坐了将近一个小时，然后站起来问："我可以再来吗？"接着要用现金结账。

在"雅居尔"几乎没有客人付现金。作为酒吧一方，除非是第一次来的客人或很奇怪的客人，一般不会要求他们付现金。

日下当然也递上过名片，以前还和边见一起来过，赖子觉得他可以挂账，但他说"因为是第一次"，坚持付了现金走了。

从那以后，日下经常出现在酒吧里。

他可能觉得一个人独占一个包厢有点儿不合适，从第二次开始，他都是和两个以上的朋友一起来，但每次都是日下结的账。因为同来的都是他大学时代的朋友，一个个都很年轻，乍一看上去，作为雅居尔的客人很不适合酒吧的氛围。

但是，日下的那种客气到有些张皇失措的态度，让赖子感到莫名的喜欢。

从中年到了初老，男人就渐渐变得不好伺候了。刚才还摆架子逞威风，忽然就变得乖张起来，鸡毛蒜皮的一点点小事儿就开始吹毛求疵地找茬。只要赖子和其他客人说话稍微亲热一点儿，马上就开始嫉妒。

从这一点上看，日下他们就省心多了。即使陪酒的姑娘少，他们也能忍受，也从不会莫名其妙地闹别扭或放肆任性。客人很多的时候，一旦有新客人进来，他们就马上站起来把包厢让出来。

正因为酒吧过去一直接待上年纪的客人，年轻人的那种爽快就格外显眼。

既然连赖子都对他有好感，其他的姑娘当然也对他很有好感了。过了半年左右，日下就成了姑娘们在背后最喜欢的人。

但是，日下好像从第一次来的时候就对赖子很有意，赖子一坐下他就开始紧张，稍微陪他说几句话他就心满意足地走了。

他不像其他客人那样又是握赖子的手又是摸赖子的身子，只是眼睛一眨不眨地盯着赖子看。

赖子还是第一次被这么年轻的男子盯着看，但她并不觉得不高兴。比起被中年男人用色眯眯的眼神儿盯着，被清澈的年轻人的眼睛盯着感觉要好多了。

赖子很欢迎日下来酒吧，可雅居尔并非那种便宜的酒吧。客人几乎都是大公司的董事高管或部长级的人物。

日下虽说也顶着个社长的头衔，可他的公司只是个小小的有限公司。

一个月虽说只来一两次，可一个人一次就轻松花掉两万。

赖子给了日下一个不收服务费的学生价，即使那样也要花一万五六千。

从去年秋天起日下开始挂账，但酒吧一给他把账单寄过去他马上就付钱。

赖子觉得再晚几天也不迟，可他就是那么诚实守规矩。

赖子对他说起装修的事情是去年年底的时候。那时候日下沉默了一会儿，然后怯声怯气地对赖子说：

"如果您觉得合适的话，就让我来做吧！"

赖子虽然不知道他作为一个室内装潢设计师本事如何，但觉得要是这个年轻人的话，交给他做也未尝不可。

"到时候真要装修的话，一定拜托你！"

当时赖子是那么答应的，但那时候她觉得装修的事情还早呢。

赖子把装修的事情正式委托给日下是今年三月初的事情。

"我想这个黄金周装修酒吧，你觉得怎么样？"

赖子说了一下自己对装修的希望和要求。

因为酒吧到现在为止是以蓝色为基调的，她这次想把酒吧改成一种更素气更简约的风格。

自从酒吧开业到现在已经四年了，客人也稍微上年纪了，为了和客人的年龄相符，赖子想把酒吧的氛围改成比较安静的氛围。

日下只是默默地在那里听赖子讲，第二天就把报价单拿来了。

"您看这个报价行吗？"

赖子看了一眼报价单，总额那个地方写的是一千二百万。

"就这些钱能行吗？"

"没问题！"

"可是，现在不是每坪就需要一百万吗？因为我的酒吧有很多上年纪的客人，椅子也得换成那种坐上去很舒服的那种。"

"我想办法吧！"

"你不用那么勉强，需要的钱我该出多少出多少！"

"先照这个报价让我做吧！"

赖子说再加点钱，可日下坚持说"这样就行了"根本不听，赖子只好就那样把装修的事情交给他了。

虽说是黄金周，因为今年的四月二十九号是星期二，在银座很多酒吧三十号、一号，二号都营业，一直到星期五。

因为雅居尔也和其他酒吧一样营业到星期五，所以实际的连休加上四号的星期天只有三号、四号和五号这三天时间。

员工们因为可以连休三天都高兴得不得了，但酒吧的装修必须在这三天内完成。这三天里要粉刷墙壁，还要更换地毯和桌椅，到底能不能完成，赖子很是担心，但日下说："一定能完成！"

不过，为了酒吧装修，日下在放假的一周前就做好了装修的效果图，好像连桌椅也都订好了。

连休第一天的三号早晨，赖子九点起床，冲好咖啡之后给店里打了一个电话，电话那头马上传来了日下的声音。

"今天早晨八点就开始工作了，您什么时候来看看？"

对方那么问，可赖子刚刚起床还没法出门。

"我中午过去！"

赖子说完就挂断了电话。

日下几乎没说起过自己公司的事情，但听他的朋友说，他在三田的庆应附近有公司的办公室，手下有两三个员工。

公司的业务范围很广，从酒吧的内装修到广告杂志的插图制作，还有各家商店用的玻璃柜，好像还为商品陈列提供咨询服务。

"他虽然很年轻，但才华非同小可！"

日下的伙计们都那么说，可赖子没法去实际确认。

真的没问题吗……

被他那颇似年轻人的诚实的人品和低廉的报价所吸引才把装修工程交给了他，但赖子越来越觉得心里不踏实了。

不管日下在室内装潢方面多么有才能，可粉刷墙壁、安装门和柜台都是泥瓦匠和木匠的工作。还有，地毯要找地毯厂家来铺，桌椅要让家具厂家来安装。

他那么年轻，能向那些人发号施令、使唤那些人吗？

过了中午，赖子去了酒吧一看，发现门敞着，里面堆满了木材和瓷砖，有两个年轻人正在里面忙活。

日下穿着猎装夹克和牛仔裤，拿着设计图给赖子说明。

但是，赖子最头痛看这种图纸了，日下怎么给她说明她也听不太明白。

"不管怎么说，希望改造成那种安静且富有品味的氛围！"

赖子说完，把来的时候在路上买的盒装寿司和蛋糕放下就回去了。

第二天赖子没有到店里去，日下给她打电话商量柜台的位置和桌子摆放的地方。

赖子想把柜台装得高一点儿，包厢即使改变了安放的位置也不减少数量。

"只有一件事，能不能把包厢改成三人座的小包厢？"

"那也太不好用了，不行！"

赖子越来越担心，可订购的桌椅都已经进来了，那也没办法了。

赖子一直担心，第三天的下午去了店里一趟，发现店里面还是满地的木片和电线，看上去就像个堆放杂物的仓库。

"这个样子的话，明天之前能完成吗？"

赖子有些着急地问道。

日下挠着头回答说：

"我会想办法的！"

"光想办法可不行！必须按时完工！"

日下老老实实地点点头，那种年轻人的诚实、老实这会儿却让赖子感觉那么靠不住。

明天之前到底能不能如期完工？那天晚上赖子担心得迟迟睡不着。

不管多么晚，明天中午一点之前不能完工就麻烦了。赖子那么想着，半夜一点以后又给店里打了个电话，还是日下接的电话。

"你还在店里？"

"今天晚上要搞通宵！"

对方这么说，赖子也不好意思说得太严厉了，只说了一句"务必，拜托了"，马上就挂断了电话。

第二天，赖子上午忙着去银行并检查庆祝酒吧重装开业的东西，所以没能到店里去。中午的时候打了一个电话，还是日下接的，说是再有三个小时就完工了。

赖子半信半疑，两点以后去了一看，只有柜台后面的架子和桌子上摆放的装饰品还没弄好，其他的几乎都完成了。

按照赖子的希望，墙壁涂成了清一色的淡驼色，没有其他多余的装饰，两张画相得益彰很有味道。柜台是白木的，光看柜台的话，也有些像日本料亭。

除了天花板上的照明之外，在酒吧的两个角落里还装上了日本风格的方形纸座罩灯，整个酒吧弥漫着一种宁静的氛围。

"太好了！真是太棒了！谢谢你！"

赖子紧紧握住了日下的那双大手，抬眼一看，日下正满脸通红地低着头。

"你怎么了……"

赖子松开手，日下也慌忙把手抽了回来，再次向赖子低头道歉：
"这么晚才完工很对不起！"

装修后焕然一新的雅居尔颇受客人们的好评。

"这不是很好嘛！这样一来感觉很安静很清爽！"

刚听有客人这么夸奖，接着又有客人半开玩笑地说："总算有
了大人的氛围了！"

过去的室内装潢确实过于依赖南欧的大海印象，过于浪漫，或
许有一种孩子般的氛围。从这一点来看，这次的店内装饰虽然缺少
几分华丽，但很雅致，能让上年纪的客人感到安静。

"这装修是谁做的？"

好几个客人这样问赖子，但赖子只是含糊其辞地说："找了一
个认识的人……"

倒不是他们知道了是日下做的有什么不好，但因为他们和日下
有时候会在酒吧里碰上，所以赖子觉得还是不说为妙。还有，日下
给自己的价格很便宜，作为一个客人也太年轻了，可以说，赖子脑
子里有这些想法才没说出来。

不管怎么说，酒吧内部重装很成功，赖子总算放下心来。

装修完工的第二天，赖子给日下打电话说了一番感谢的话之后，
要求他马上把账单寄过来。

可是，过了一个星期日下也没把账单寄过来。

三天后又催了他一次，这回总算把账单寄过来了，可明细下面
的总额是一千二百万。

这个金额确实和当初约定的一样，但赖子一直觉得活儿干得好

的话，稍微贵点儿也可以。

这次的装修一千二百万实在是太便宜了！对方即使要一千五百万自己也无话可说。

"花了多少就请你要多少！"

赖子那么说，可日下只重复一句话"这样就行了"。平日里他来酒吧的时候总给他打折，他或许是为了回报那份好意，可这样的话，赖子就更觉得过意不去了。

日下的公司那么小，赖子不觉得他的公司很挣钱。他本人也很年轻，也不像有多余的钱的样子。

这次的装修工程或许是成本价，要不就是多少出现了点儿赤字。日下出于年轻人的爱面子，好像有点硬撑，可他越那么说，赖子心里就越难受。

赖子按照账单上的金额给他把钱汇过去之后，权当表示感谢，她想请日下一起出来吃个饭。

"下周的周六可以吗？"

"我真的可以去吗？"

电话里传来了日下那年轻人的兴奋而欢快的声音。

"地方选哪里好呢？"

"我哪里都行！"

"好吧！那我们六点去王子酒店的大堂吧！"

要选择王子酒店的话，那地方正好处在赖子住的青山和日下住的三田中间。

"谢谢您！"

日下可能在电话那头正对着自己低头行礼吧！赖子忽然觉得他那过分恭敬的口气很滑稽可笑。

银座的俱乐部周六几乎都休息。雅居尔也是如此，除了十二月份之外，周六都休息。

赖子被客人邀请去吃饭或看戏，尽量选择周六去，星期天一般不出门。

每天都到霓虹闪烁的大街上去，每周至少有一天想在家里老老实实地待着。

到了约好的周六那天，赖子到了王子酒店的大堂一看，日下已经到了，在那里等她。

日下来酒吧的时候总是穿西装打领带，但今天穿了一套好像是订做的上面有细条纹的灰色三件套，系着一条华伦天奴的领带。三件套好像很适合身材高大的日下，但总觉得他是特意穿着来的。

"我们去哪里好呢？你还没吃饭吧？"

听赖子这么问，日下马上回答说：

"马克西姆怎么样？"

"你常去那样的地方吗？"

"不是，只是偶尔去。"

"你要是喜欢法国菜的话，就让我带你去个地方吧！"

马克西姆餐厅就像她的名字一样，在东京也属于超一流的西餐厅，当然错不了，但赖子想去一个小而雅致的西餐厅。

赖子不觉得日下提出要去马克西姆是因为他经常去。因为今天是和女性见面，他想拼命向对方展示最好的地方，赖子觉得那是年轻人争强好胜的一种表现。

赖子从酒店大堂打了一个电话，预订了一家面朝并木通大街的名叫"萌普齐"的法国餐厅。那家餐厅的话自己经常去，那里的领班也认识，餐厅的氛围也很安静。

还有，那家餐厅的冷盘样数很多，酱鹅肝、鲍鱼和鱼子酱等等风味独特，盛在小碟里，十几种小冷盘一道道端上来，非常有意思。

两人进了餐厅，发现餐厅的工作人员给他们安排了里面的一个包厢。赖子先点了两人份的冷盘，然后问日下喝什么。

"我们喝葡萄酒吧！"

赖子不怎么能喝葡萄酒，但她没有表示异议。

领班马上拿酒水单给他看，日下稍微考虑了一下问道：

"有六六年的波尔多马尔格吗？"

"很遗憾，没有！"

听领班如此回答，日下小声嘀咕："这可怎么办？"犹豫再三，他点了一种赖子从未听说过的葡萄酒。

"要是有波尔多就好了！因为六六年的葡萄最好！"

赖子微笑着点点头。

迄今为止，赖子和各种各样的客人一起吃过饭，几乎所有的客人都选择服务生推荐的葡萄酒。

和他们比起来，日下提出的要求很难，那或许也是年轻人想努力表现自己的一种虚荣的表现。

赖子觉得他再放松一点、举止再自然一些就好了，她问日下：

"葡萄酒的味道如何？"

"嗯！我觉得很好！"

可能他也觉得自己提的要求太多了吧！这回他很诚实地点点头。

"这个，也不知道你喜不喜欢……"

赖子说着，从手袋里拿出一个小盒子。

"我也不知道你喜欢什么东西。"

"给我吗？"

日下半信半疑地打开了盒子，里面是一套登喜路的领带夹和袖扣。

"这个太漂亮了！"

日下马上拿着领带夹在领带上比量了一下。

"那么，我现在就别上这个！"

日下把领带上别着的珍珠领带夹拽下来，把赖子刚送给他的领带夹别了上去。

这种直截了当的做派很像个年轻人。

"谢谢您！"

日下把崭新的领带夹别在领带上，再次向赖子深深地低头致谢。

吃完饭从餐厅出来的时候是八点多了。

"我来付！"

日下想付账，赖子拦住了他。

"那怎么可以！是我邀请你来的！"

"那么下次我请！请您再陪我去一家！"

下了电梯走到外面，忽然感觉有点儿憋闷。现在才五月中旬，看天空的模样，好像要进入梅雨季节了。

可能是因为酒吧都关门了吧，虽然是周六的晚上，但并木通大街上行人很少。平时都是车水马龙的，可今天马路上的车嗖嗖地就过去了。

"去哪里好呢？"

"哪里都行……"

赖子一边回答一边看旁边大楼的玻璃窗，然后就站住了。因为店家关门所以变得很暗的玻璃窗的对面，映出了一个穿和服的女人和一个身材高大的男人。

"怎么了？"

"没什么……"

过去赖子和客人一起在街上走的时候，也好几次看见过映在玻璃窗上的自己的身影，哪一次都不是有意识地去看，只是无意间猛然看到了而已。

　　那时候走在自己身边的，总是身材有点发福的中年男性。但今天玻璃窗上映出的是一个年轻男子，赖子觉得好像有了新发现。

　　"七丁目有一家我熟悉的酒吧，就是有点儿小，那种地方也可以吗？"

　　七丁目的话，走着去一会儿就到了。两人并肩往前走，很快就遇上了信号灯。虽然是红灯，但没有车要过来的样子。

　　日下突然轻轻戳了一下赖子的肩膀。

　　"过吧！"

　　话音未落，日下撇下还在那里犹豫不决的赖子，大步流星地过了马路。见他不顾信号灯横穿马路，赖子也不由地紧跟其后。

　　"红灯两人一起闯的话就不害怕！"

　　雅居尔的客人都是些很有身份的人，但年龄都很大了。和他们一起走路的时候，面对信号灯绝不硬闯。正要过马路的时候，哪怕绿灯刚开始闪也要大喊一声"危险"，立即站住，更别说红灯的时候硬闯了，也不会若无其事地说什么"两人一起闯红灯不怕"。

　　日下和那些经常和自己一起走路的上年纪的客人根本不一样。赖子久违地体味到了一种和年轻人一起走路的乐趣。

　　日下带赖子去的是七丁目街角大厦地下的一家叫"萨布莱"的酒吧。酒吧很小，除了柜台里面只有一个包厢，店里只有两个女人，一个是妈妈桑，另一个好像是她的妹妹。

　　日下马上把赖子介绍给两人。

　　"总听日下先生说起您，果然是漂亮啊！"

　　对方开口就这么说，让赖子有些困惑，日下好像有些不好意思，但看得出他很高兴。

"您两位今天是约会吗?"

"因为总给日下先生添麻烦,今天是我约他出来的!"

"被这么漂亮的人约出来,日下先生也是艳福不浅啊!"

日下满脸通红,问赖子喝什么。

"我来一杯很淡的加水威士忌吧!"

"我想喝波本威士忌!"

听他这么说,赖子又觉得很可笑。

虽然不是很了解他的喜好,可怎么也用不着在这么一家小酒吧里点什么波本威士忌啊!或许还是年轻爱面子的表现吧。

"那么!"

日下端起加冰波本威士忌,和赖子轻轻碰了一下杯。

"我这个酒吧虽然很小,但周六也营业,请您以后多多关照!"

因为妈妈桑拿出了名片,赖子也连忙从带子夹缝里把名片夹掏了出来。

"应该是我请您多关照才是!"

正要把名片递过去,手里拿着的名片夹里有一张小纸片忽然掉到了地板上,日下见状连忙从椅子上站起来,蹲到柜台下面把小纸片捡了起来。

日下这个人很有眼力见儿,在刚才的店里时,也是一进门就帮自己把椅子拉了出来,桌子被冰水杯子弄湿了也马上把服务生喊过来让他擦干净了。

迄今为止,和赖子交往的那些客人,或许是因为都出生在昭和十年之前的缘故吧,都不懂得怎么为女性服务。他们也可能早就察觉了,但觉得给女人拉椅子、帮女人穿大衣有点儿难为情吧?

从这一点上看,日下这个人很热情也很机敏,但有时候也让人觉得很厌烦。

"本来还有更好的酒吧，因为今天是周六……"

"你可不能这么说！这家酒吧这么安静，不是很好吗？"

那时候妈妈桑的妹妹搭话了。

"日下先生今天好像很幸福啊！"

"阿美今天穿的衣服很别致，好时髦啊！"

老板娘的妹妹今天穿了一件真丝连衣裙，胸前印着很时髦的图案。

"是吧？是不是很漂亮？"

听日下征求自己的意见，赖子点点头，觉得说出"时髦"这个词儿的日下更亲近了。

和上年纪的客人聊天的时候，"时髦"这种词是根本不会出现的。在这个意义上说，赖子觉得日下确实和自己是同一代的人。

说实话，到现在为止，赖子很不擅长和年轻客人应酬。因为从做舞伎的时候就一直和上年纪的客人接触，总觉得年轻人不可靠，偏偏还那么爱讲大道理。

比如说，今天的日下也是那样，年轻人莫名地喜欢装样，特爱装出一副什么都知道的样子。她心里明白他是在逞强，可有时候也觉得挺扫兴。

但是，赖子现在觉得，他逞强正是年轻的表现。年轻就是酷，就是清爽。感觉很合拍，有些事情不用说也心有灵犀一点通。最重要的是那股认真劲儿和清洁感。如果年轻，这些或许都是理所当然的，但对于现在的赖子来说，日下说的做的看上去都那么新鲜。

近来，银座的酒吧也没有曾经的那种热闹光景了。走在高级俱乐部一家挨着一家的旧电通大街和并木通大街上，每天都会发现一两家酒吧门前摆着庆祝酒吧开业的漂亮的大花篮，可那也是又有一两家酒吧倒闭的证据。

一家俱乐部关门大吉了，新的俱乐部又开张了。但是关门之后再也不开门的俱乐部好像也越来越多了。

一般来说，大俱乐部比小俱乐部经营要困难一些。大俱乐部看上去堂皇漂亮，可实际上并非如此，俱乐部为了支付陪酒女郎的工资和店面的权利金和租金也是焦头烂额。

总是客满的话还好说，客人一旦减少，店大费用也大，俱乐部也显得很冷清。

近来，想新开店的人考虑到这一点，对那些大店面都敬而远之。他们想物色的是那种顶多十坪或不到二十坪的小店面，而且陪酒女郎也控制在十人左右。

其中也有的俱乐部觉得不用陪酒女更轻松，四五坪的柜台只雇一两个打工的女孩子。或许这种店不应该叫俱乐部，而应该称其为酒吧，这种店经营起来没有什么风险。

雅居尔面积有十五坪左右，属于现在比较流行的大小适中的规模。客人也比较上档次，酒吧也刚刚装修过，可以说在银座属于那种经营条件比较好的店铺。

但也不是说它没有任何问题。赖子现在最大的烦恼就是怎样才能招来好女孩儿。

当然，如果仅是招聘陪酒女郎的话，只要肯出高价钱，还是能招来的。但是，那样一来的话，陪酒女孩儿的工资势必就转嫁到餐饮费上了。

也有女孩子能保证每天有三万或四万的营业收入，可要是雇这样的女孩子的话，她从一个客人身上就必须拿到五万或六万。

还有，正因为这样的女孩子每月必须完成一百五十万到二百万的销售额，所以对客人的争夺就会很激烈，女孩子之间也容易起纠纷。

赖子从很久以前就坚持不用这种比较内行的女孩子。雇工资那么高的女孩子来，员工之间的那种平衡就被打破了，而且整个酒吧也给人一种唯利是图的印象。

但是，又便宜又漂亮而且很会招待客人的那种女孩子确实很难找。

当然还有一个办法，那就是让领班或服务生到别的酒吧去挖墙脚，但往往会和对方发生争执，而且那种女孩子一般会要一笔很高的服装费。

偶尔也有女孩子是通过在店里工作的其他女孩子介绍或自己主动找上门来的，但等这样的女孩子来就来不及了。

反复考虑之后，赖子从去年年底开始自己亲自上街去找，她把自己的这种做法戏称为"街头猎艳"。

话虽如此，但并非赖子直接和她们搭讪。酒吧休息或周末的时候，她和领班一起去繁华热闹的地段，赖子在咖啡馆里等着。

领班在街上看到觉得不错的女孩子就上前搭讪。

现在的女性都很开放，即使在街头被男人搭讪也不会胆怯害怕。

"我看你太有魅力了，所以想打扰你一下，请问你有没有去银座的酒吧工作的想法？"

领班庄司虽然个子不是很高，但长相很文雅，女孩子一般都不会有戒心。

当然也有一言不发扬长而去的女孩子，但两个人里面总会有一个人摇摇头说："啊？我……我可不行！"

这个时候庄司会紧追不放。

"我们酒吧在银座也是颇有名气的一流酒吧，就当上当受骗一次，请你见见我们的妈妈桑好吗？"

"妈妈桑？她在哪里？"

"就在前面那家叫'贝蒂和杰克'的咖啡厅里！进门右边的座位上那个戴墨镜的就是！"

女孩子这时候仍旧半信半疑，但只要肯接茬就有可能。

"你不愿意的话当场拒绝就行了。你只需听她讲就可以了，那可是个很漂亮的妈妈桑，喝茶喝咖啡的费用当然由我们老板娘来付！"

到了这个程度，一般的女孩子都想去见见妈妈桑。特别是当她看到对方是两个人的时候一般就会放下心来，比较容易上钩。

即便如此，肯到咖啡厅里来的十个人里面顶多也就是一两个。

在街头和女孩子搭讪的领班很辛苦，可从下午开始就一直坐在咖啡馆里和好几个女孩子面谈的赖子也不轻松。首先要给对方看自己的名片让其放心，然后就从时装开始聊起，聊对方现在的工作，一点点地摸清对方的想法。

和赖子见面的女孩子都震惊于她的美貌，开始的那一会儿都会看呆了，然后就打退堂鼓说"我这样的可不行"。这时候赖子一般都是一边哄劝一边向她介绍酒吧的情况。

那些女孩子几乎都是公司里的女文员或女大学生，好像对光怪陆离的银座很感兴趣。也有女孩子听着听着心情就慢慢放松下来，开始认真地问一些问题，比如工资和工作条件等等。其中也有女孩子当场就答应来酒吧工作，但大多数的女孩子都会说再考虑考虑。

赖子去的地方大体是涩谷、原宿以及四谷那一带。

要是那一带的话，长得比较漂亮、着装有品味的女孩子很多。既然是在酒吧里工作，太拘谨不行，太轻浮也不行。

即使对方有那个意愿，赖子这边有时候也没法录用。

但是，赖子用这个办法已经成功地物色到了四个女孩子。

这四个人都是初次在酒吧工作，虽然天真单纯，但在应酬客人方面就有点儿差强人意了。

但是，女性好像能很快适应和熟悉这种地方。

一开始的时候还土里土气的，陪客人坐的时候也手足无措、很不自然，但还不到一个月就变得又能喝酒又会讲笑话了。穿衣打扮越来越讲究，着装的品味也越来越高雅，让人有一种"士别三日当刮目相待"的感觉。

只要能坚持一开始的三个月，以后就没什么问题了。

客人这边，比起那些一看就是老手的陪酒女郎，他们好像还是更喜欢比较外行的清纯一些的女孩子。虽说找这么一个女孩儿很费事，但只要成功了就没有什么损失。

但是，其中也有好不容易招来的女孩子，干了十天半月就辞了。

这只能说是女孩子和酒吧之间没有缘分。

六月初，赖子久违地又上街去物色女孩子了，地点是靠近四谷车站的咖啡厅。

四谷那个地方虽不像新宿和池袋那么大那么热闹，但周边有很多女子专科学校，是个鲜为人知的物色女孩子的好地方。

周六下午在那里待了三个小时左右，最后和两个女孩子谈妥了。那两个女孩子都是女大学生。

酒吧里现在有十个陪酒的女孩子，赖子想再增加两个。街头物色很顺利，一天就达到了预定的目标。

"那还是因为妈妈桑长得漂亮啊！"

向来一本正经的领班很稀罕地恭维了赖子一句。

"那是因为庄司先生会说话啊！辛苦你了！"

赖子喘了口气，给了领班一些小费，转身出了咖啡厅。

日下再次出现在雅居尔是在街上物色到的女孩来酒店上班三天后的事情。那天从傍晚就开始下雨，晚上九点本应是酒吧最上客的时候，但那天晚上店里比较空。

日下还和以前一样，站在门口伸头往里面看了看，确认里面比较空之后才放心地走了进来。

服务生马上把他领到五号台，两个女孩儿马上坐在了他身边。

赖子那时候正在二号台那边，只是远远地对他点了点头。

五月中旬一起吃过饭之后，日下又开始常到酒吧里来了。每次都是和朋友或公司的同事一起来。

但是今天很稀奇地一个人来了，而且穿了一套深色的西装，系了一条黑色的领带，一身很素气的打扮。

他来过酒吧好多次，好像已经轻车熟路了，刚坐下就开始和女孩子聊天。

但他说话的时候不时地把视线投向赖子这边。

女孩子们都调笑着说："日下先生是冲着妈妈桑来的吧！"赖子自己也能感受到来自日下的好意，但仅此而已。

上次一起去吃饭的时候，也是从那家叫萨布莱的酒吧出来之后直接把自己送回了家。到了公寓门前，赖子对他说晚安，他也点点头老老实实地回去了。

他不像一部分中年客人一样说什么"想到妈妈桑的房间里去"或"想进家里去喝杯茶"。

去别家店的时候，日下神情开朗很能说，可和赖子两人在一起的时候，就变得寡言少语了。

那或许是年轻人的矜持和怯懦混在一起的表现，但赖子喜欢他那种不知拿自己怎么办的神情和举止。

或许正因为到现在为止见到的都是那些毫不客气闯进来的客人，日下的那种拘谨才让赖子觉得更加新鲜。

　　倒也不是特意让他着急，赖子在二号桌陪客人坐了十分钟左右之后，去了日下的那张台子。

　　"今天是你一个人吗？"

　　"不好意思，我突然就来了……"

　　日下有些惶恐。

　　"这么个雨天，客人能来光顾，我就千恩万谢了！可是，你今天穿得好素净啊……"

　　"今晚本应是灵前守夜。"

　　"什么人去世了？是不是你的亲戚什么的？"

　　"是我父亲。"

　　"你父亲去世了……"

　　赖子又看了他一眼，他今天确实穿着深蓝色的西装、系着一条黑领带。

　　"令尊是什么地方不好吗？"

　　"突然就死了。"

　　"天哪！是不是心脏病什么的？"

　　日下低着头沉默不语，可能是不愿回答吧！

　　"那可真够不容易的！你要是早告诉我的话，我也去祭奠一下，葬礼是明天吗？"

　　"不用了！我和他一直没有住在一起。"

　　好像有什么内情，赖子觉得问多了不合适，于是就不做声了。

　　"我今天很想一个人喝酒，于是就这个样子来了……"

　　"那有什么关系！你不嫌弃的话，我送你一条别的领带吧！"

　　赖子让领班去更衣室拿来了一条原本打算分给客人的法国圣罗

兰领带。

"我也不知道你喜不喜欢，哪怕就今晚一晚上，你系上看看吧！"

领带是蓝底带白条纹的，和深蓝色的西装很相配。

"我可以拿走吗？"

"别客气！拿走就是了！我觉得这条领带和你很相配！"

日下第一次露出了年轻人的笑容，他忽然把杯子伸过来说道：

"请给我一杯更浓的加冰威士忌！"

"今晚应该给令尊灵前守夜，你那么个喝法合适吗？"

"我不在乎！今晚就想来个一醉方休！"

"可是，你还要回去守夜不是吗？"

"不！我不会去了！从今天起，我终于自由了，终于完全是一个人了！"

"你这话什么意思？"

"没什么意思！大家都和我一起喝吧！"

日下说完，猛灌了一大口刚兑好的加冰威士忌。可能是喝得太急进气管了吧，他呛了一下。

"就因为你喝那么急……"

"妈妈桑，我可以唱歌吗？"

酒吧里虽然有一架立式钢琴，但赖子一直尽量不让客人唱歌。那些醉醺醺的客人一旦唱起来，酒吧就变成练歌房了。为了保持酒吧宁静的氛围，即使有钢琴也很少让客人独唱。

但是，日下非要唱歌，拿他也没办法。还有，在应该为他父亲守灵的日子里唱歌，也实在稀奇。

他是精神太亢奋还是心情太寂寞？

在女孩子们的掌声中，日下站在钢琴前面拿起了麦克风。

"虽然唱得不好，请让我唱一曲！"

日下说完往上拢了拢头发，唱了起来。

> 输给了贫穷，
>
> 不，是输给了尘世，
>
> 又被逐出了这条街，
>
> 莫如死了更干脆……

没想到日下唱的竟然是充满怀旧气息的《昭和枯草哀歌》。

饱含感情，嗓音激越明亮富有穿透力，唱得实在是太好了。

但是，他为什么这个时候唱这首歌呢……

赖子看着紧闭双眼的日下的侧脸，感觉看到了自己迄今为止不知道的日下的另一面。

唱完歌，日下又开始喝起酒来，而且加快了喝酒的速度。

他来酒吧的时候好像已经喝了一些了，现在已经醉得很厉害了。不见他平日里的拘谨，今天特别能说，上半身前仰后合，口齿也有点含混不清了。

赖子也是第一次看到醉成这个样子的日下。

"你最好不要再喝威士忌了！"

赖子拦住还要再喝的日下，让服务生给他端来一杯茶。

"我给你叫辆车吧！"

"不，我还不想回去！我还可以在这里待着吧？"

日下就像个撒娇的孩子一样摇摇头，眼睛因醉酒而充血，刚系上新领带，衬衣的胸前部分也松了。

"大家也都继续喝！"

他对女孩子们喊，可现在已经过了关门的时间，其他的客人也只剩下一组了。那伙客人听说车来了，也正要站起来。

"好了吧！日下先生！我们这里也要下班了，您喝杯茶回去吧！"

听赖子催他走，日下突然两手按着膝盖低头向赖子行礼。

"妈妈桑，能不能请您陪我出去再喝一杯？"

"你今天已经喝了不少了，最好还是直接回去吧！"

"求求您了！我今天好寂寞！"

日下抬起脸来看着赖子，醉眼里露出哀求的眼神。

"好吧！我把你送回家，请稍等一会儿！"

赖子说完，向要回去的客人那边跑去。

"非常感谢您的光临！"

不管是什么样的客人，客人回去的时候是一定要过去打招呼的。那是妈妈桑的职责，也是起码的服务。

赖子把最后的客人送到电梯门口返回酒吧，发现日下两手撑着桌子正低着头一个人喃喃自语。

"妈妈桑！我们先走了！"

赖子对要回去的女孩子们点点头，扫了一眼账单，把剩下的事情交给领班，开始准备回家。

"出租车怎么办？"

"在外面随便打一辆就是了，不麻烦你了！"

赖子回家的时候一般都是叫私人出租车，但到了这会儿再预约私人出租车恐怕要花很长时间。

"好吧！日下先生，咱们回去吧！"

赖子走过去轻轻拍了一下他的肩膀，日下刚站起来就摇晃了一下。

"天哪！你可站稳了！"

"没事儿的！"

赖子想扶着他，日下甩开她的手想径直往前走，可他还是踉踉跄跄脚下不稳。

"那是因为你喝得太猛太多了！"

赖子牵着日下的手埋怨道。她这会儿忽然陷入了一种错觉，好像自己在训斥喝醉了的儿子。

十二点正是酒吧下班的时间，出租车站前摆起了一字长蛇阵。赖子放弃了排队，举手拦住了一辆开过来的出租车。

在非正规的乘车处搭乘出租车会被加收费用，但到了这会儿也没什么办法了。赖子告诉司机多付两千日元，然后和日下坐进了出租车里。

"麻烦师傅去三田！"

"不！我不回去！"

"还想找个地方继续喝吗？算了，别喝了，直接回家吧！"

"请您就陪我去一家！"

"不行！"

赖子的口气很严厉，日下可能是死心了吧！

"那样的话，我送妈妈桑回去吧！司机，请去青山！"

"不，请去三田！"

日下一下子安静下来，还以为他同意了，忽见他双手捂着嘴巴，胸口在不停地起伏。

"你怎么了……"

日下好像喝多了想吐，赖子马上把手帕递给他，轻轻搓了搓他的后背。

"没事儿吧？"

日下点了点头，往后一仰靠在座位后背上，脸色苍白。

赖子又从包里拿出纸巾递给他，把车窗打开了。

"你最好吹吹凉风！"

日下顺从地用手帕捂住嘴，把头靠近车窗。赖子觉得这个状态把他送回去有点儿于心不忍。还有，她也不知道日下的公寓在哪里。

"不好意思！还是请您去青山吧！"

"去青山倒是没问题，他不会吐吧？"

"有我在这里看着，没事儿的！麻烦您了！"

日下好像不那么难受了，只见他闭着眼睛，从车窗外吹进来的冷风把他的头发吹了起来。

他喝得那么急，喝醉了一点儿也不奇怪。原本酒量就不行，还喝了那么多。自己的身体难道自己不能控制好吗？现在这样，简直就是一个撒娇的大孩子！赖子想那么说却忍住没说，把车窗又开大了一点。

日下好像平静下来了，把手帕从嘴巴上拿下来，大大地喘了一口气。

虽然在车里面看不太清楚，但他的脸色好像好了几分。

"对不起！"日下小声说着。

他想坐直了，赖子用手按着他，不让他坐起来。

"你最好就这样老老实实地靠在后背上！"

日下再次倚在座位后背上，闭上了眼睛。

出租车穿过永田町，上了青山通大路，从那里到赖子的公寓用不了五六分钟。

出租车到了公寓楼下，赖子轻轻摇了摇日下的肩膀说道：

"醒醒！到了！"

"这是什么地方？"

"这是我住的公寓，你上去休息一下吧！"

赖子走在前面进了公寓楼，日下默默地跟在后面。虽然已经不想吐了，但他的脚步还是跟跟跄跄的。

　　在电梯内明亮的灯光里看，他仍然脸色苍白，可能是稍微吐了一点儿吧！西装的领边脏乎乎的。

　　迄今为止，虽然有村冈和秋山那么两三个人进过赖子的房间，但深更半夜到赖子房间的男人，日下还是第一个。

　　"请进！"

　　赖子打开门，日下稍微犹豫了一下，然后慢腾腾地进了屋。

　　"你可以在那里稍微躺一会儿！"

　　赖子指了指右边的沙发，然后去了厨房。

　　"你喝冰水吗？西装也脱下来可能更舒服一些！"

　　日下连续喝了两杯冰水，然后把西装脱了下来。

　　赖子递给日下一条擦脸的手巾，然后用湿毛巾擦了擦他的西装的领边。

　　"我先给你大体擦一擦，你最好明天送到干洗店去！"

　　"对不起！给您添麻烦了……"

　　"我倒是无所谓，可是你喝酒也要考虑一下自己的身体啊！"

　　日下老老实实地点点头，忽然抬起脸来说道：

　　"可是，我今天确实想喝酒！"

　　"今天应该去给令尊守灵，你却醉成这个样子，不回去真的可以吗？"

　　"真的不用回去！反正我是个私生子。"

　　"什么……"

　　赖子手里拿着湿毛巾又问了一遍：

　　"你刚才说什么？"

　　"我没有正式入父亲的户籍。"

赖子为了让自己镇定一下，去了厨房，将烧水壶灌满水，放在煤气灶上。

"过会儿喝点儿热茶怎么样？你可以先在那里躺一会儿！"

赖子冲好茶水端过去，发现日下两条长腿伸开，闭着眼睛躺在沙发上。赖子把头顶上的灯关了，只留下窗边那盏高高的落地灯。

"那么重大的事情我可以问问吗？"

"没关系的！您愿意听吗？"

赖子沉默不语，日下闭着眼睛小声说道：

"我的母亲被死去的老爷子抛弃了。"

"……"

"老爷子还是学生的时候和母亲好上了，好像还同居过。但是，当他知道母亲怀孕了的时候，觉得害怕就跑掉了。老爷子跑掉之后，出生的那个孩子就是我。"

赖子静静地喝了一小口茶，她不知道这时候自己该说些什么，只是默默地听他讲。

"从那以后，我一直憎恨父亲，不，也憎恨母亲！"

"恨你母亲？为什么……"

"如果母亲不想把我生下来，我就不会来到这个人世上。如果她没有恋恋不舍地去追那个逃走的父亲，那么就不会出现现在这样的事情！"

"你怎么能那么说呢……"

"母亲把我当做成工具！她以为怀着我，只要不把我打掉，父亲就会回到她身边。她是个愚蠢的母亲，天下最差的母亲！"

"你不要再说了！"

赖子不由地喊了起来，声音之大，连她自己都吓了一跳。日下好像也吃了一惊，从沙发上爬了起来。

"你不要再说你母亲的坏话！我讨厌诅咒自己母亲的人！"

日下低着头闷声不响，过了一会儿，好像怄气似的点着了烟。

"我不知道其中有什么理由，但你母亲终归是你母亲吧？多亏了你母亲你才能长这么大！"

日下就像个被训斥的孩子，手里拿着烟，低头不语。

"你母亲一定很苦！"

垂着头的日下可能是流泪了吧，赖子见他悄悄地用手指擦了一下眼角。

"再给你来一杯冰水吧！"

"不用了……"

日下摇摇头，把手里还很长的烟掐灭了。

"你现在还恨你的母亲吗？"

"不，母亲的事情不管它了，她本来就是那样的女人。可是父亲是不能原谅的！他都让母亲怀孕了还逃之夭夭，我一直在想，怎么找父亲报仇！"

"你见过你父亲吗？"

"见是见过，但没有说过话。我是不会和一个让母亲怀孕却逃走的男人说话的！那时候母亲让我说点儿什么，可我一句话也没说！"

"天哪！你出生之后，你母亲和你父亲还见过面吗？"

"详细情况我也不清楚，反正一部分生活费是父亲给的。"

"那么说，你父亲又和别的女人结婚了是吗？"

"是的！总而言之，我母亲被他抛弃之后，成了他的小老婆！"

"日下先生你……"

"不过那也算了！那些事情和我也没什么关系。可是，被如此粗暴对待的母亲，今天去给父亲守夜竟然还哭了！在抛弃自己的男人面前哭了！我就觉得这件事情太窝囊了……"

赖子喝了一口茶，等着日下心情平静下来。

"对你来说，即使是个令人憎恨的人，对你母亲来说，一定是个难以忘怀的人吧？虽然没能和他结婚，但他或许是个很善良的人。"

"没有的事！父亲在我长大之后还到处拈花惹草，想干什么就干什么，胡作非为！"

"可是，你父亲也没有对你特别冷淡吧？"

"怎么说呢……"

"你父亲一定也有他自己的各种事情。你的心情我也明白，可他毕竟是个已经过世的人了，你应该想想他的好……"

"说实话，其实我也没有憎恨父亲。"

"可是，你刚才……"

"直到昨天，不，今天早晨听说他死了之前，我一直恨他。我一直觉得那样的男人还是死了好！可是，今天听说他死了……"

说到这里，日下拿起茶几上的手巾擦了擦眼睛。

"早知道他要死的话，在他生前对他说句话就好了……"

日下说完就面朝天花板闭上了眼睛。但是，眼泪从他紧闭的眼睛里溢出来，顺着脸颊往下淌。

"我是个混蛋！"

日下又喊了一声，用手捂着脸哭了起来。

赖子看日下在那里哭泣，忽然觉得日下的境遇和自己很相似。生身父亲和别的女人结了婚，自己没能入父亲的户籍这一点也是一样的。但是，赖子现在对自己的父亲既没有特别的恨，也没有特别的爱。想起父亲的时候，只觉得自己身体里流淌的血液一半是来自他的。

从这一点来说，日下的心情好像更复杂一点。可能是因为父亲刚刚去世的缘故，也可能是因为男人特有的那种感受性，反正他的情绪摇摆得很剧烈。

"日下先生，今晚你就在那里睡吧！"

赖子觉得，如果自己陪他说话，他的心情能平复下来的话，其实陪他一晚上也没关系。

到目前为止，赖子家里还从未留宿过男人。

即使秋山那样的曾经以身相许的男人，赖子也不会让他夜里进自己的家。

对于赖子来说，以身相许并非是因为爱情，而是出于生意的关系，也是一种游戏。即便肌肤相亲，那也仅是幽会时的露水关系，道别之后彼此就形同陌路了。

一旦对某个男人以身相许，他就会恬不知耻地想彻底进入女人的世界。不过是随意把身子给了他，他却误以为女人是爱他的，开始骄横，耀武扬威。也有男人最后走了进去，颐指气使，俨然以丈夫自居。

赖子绝不想让那样的男人，脚上满是泥巴，就鲁莽地闯进自己的世界。她一看到男人那种自信爆棚的傲慢，就觉得兴味索然。

既然是一个人生活，就不想让男人照顾，也不想被男人干涉。

在外面的话另当别论，但唯有公寓的房间是自己的东西，是自己的圣地。赖子根本不想让男人在那里休息或睡在那里。

但是，唯有今晚的日下是个例外。

他喝醉了，走到半路上因为难受又吐了。虽说现在稍微平静些了，但脚步还是摇摇晃晃，脸色还是苍白的。

还有，日下今天去给死去的父亲守夜，精神上受到了冲击。他的情绪因悲伤和对父母的复杂心情而剧烈摇摆。他虽然凭着醉意讲起了自己的过去，但他真情诉说对父母的爱憎的姿态，让赖子感同身受。

还有，即使和日下待在一起，也丝毫觉不到男女之间的那种俗不可耐的腥臊。赖子有一种错觉，她觉得不是和一个男人在一起，而是和自己的弟弟或儿子在一起。尽管日下比自己还大三岁，但赖子总有一种不安，觉得自己不陪着他不行。

"再给你一杯冰水吧！"

日下摇着头，慢慢地爬了起来。

"厕所在哪里？"

"走到头就是！"

赖子指了指门前面，日下点点头站了起来。他走路还有些摇摇晃晃，看着他进了厕所，赖子去了卧室脱下了和服。

解下带子，把和服挂在衣架上，换上了毛衣和牛仔裤。

虽说现在是深夜，但对方是一个和自己年龄相仿的男人，这一点让赖子放下了女人的那种矜持。一身轻松地回到客厅，发现日下不见了。

赖子觉得有点奇怪，从外面敲了敲厕所的门。

"日下先生！你有哪里不舒服吗？"

赖子就那样在厕所门口等着，不一会儿，日下用手擦着嘴角从里面出来了。

"你吐了吗？"

"不小心把厕所弄脏了一点儿。"

"那有什么关系！"

赖子去厕所看了看，发现坐便器边上还有一点儿呕吐物。

赖子马上用抹布擦干净，用水冲下去之后回到了客厅，发现日下把长腿伸开坐在椅子上。

赖子从卧室拿来枕头和毛巾被，放在了沙发上。

"你把衣服脱了，就在那里休息吧！"

日下顺从地脱下了白衬衫和裤子，身上只剩下裤头和背心，然后在沙发上躺了下来。

赖子把纸巾盒放在茶几上，在他的脚上又盖了一条毛巾被。

"冷不冷？你要是觉得难受就喊我！我把纸巾和毛巾放这里了。"

"谢谢！"日下闭着眼小声说道。

赖子泡完澡卸了妆上床的时候，已经是一小时之后了。

一想到日下正睡在客厅里，赖子就觉得心里有些不安，但想着想着就睡着了。

再次醒来的时候，赖子听到了轻轻的敲门声。

房间被厚厚的窗帘遮着，很暗，但从窗帘一角射进来的阳光已经很明亮了。

赖子在床上把睡衣的前襟合上了。

"日下先生吗？"

"是我，我要告辞了。"

赖子从床上爬起来，在睡衣外面穿上了短外褂。

"你要回去了吗？"

"昨天晚上喝醉了，真是对不起了！"

卧室的门锁着，赖子慌忙对着梳妆镜整理了一下头发，再次看了看前襟，把门打开了。

穿着白衬衫、手里拿着西装的日下，就站在门口。

"你身体没事儿了吧？"

"谢谢您！已经好多了。"

看他的脸色好像是刚起来的样子，但脸色确实好多了。

"现在几点了？"

"五点半。"

赖子昨天晚上上床睡觉的时候都已经两点多了，这等于说她只睡了三个小时多一点儿。

"你要回家吗？"

"母亲或许在担心我。"

赖子想起来，昨天晚上是日下的父亲的守灵夜。

"这会儿已经有电车了吗？"

"没有的话就打车回去！"

赖子一边说着一边走到客厅，发现沙发上面的毛巾被叠得整整齐齐的，上面还摞着枕头。

"睡得好吗？"

"嗯！托您的福。"

日下说完，忽然表情认真地向赖子低头致谢。

"昨天晚上真是谢谢您了！我今后绝不会再给您添这样的麻烦了！"

"你不要那么夸张好不好？"

"我就这样回去了，请您好好休息吧！还有，这条领带我拿走了！"

日下把手里拿着的那条圣罗兰领带给赖子看了看，然后向门口走去，赖子默默地跟在他身后。

"楼下门口大厅的门开着吗？"

"从里面可以随便打开！"

日下点点头，蹲下来穿上了皮鞋。突然听到门上的信箱打开的声音，接着看到报纸被塞了进来。

日下穿好鞋，再次看着赖子说道：

“我想求您一件事，昨天晚上我说的那些事情，请不要告诉任何人！”

“那是当然！那种事情我是不会告诉别人的，请你相信我！”

“我还可以去您的酒吧吗？”

“请你一定要去，我随时恭候！”

日下好像放下心来，他点点头，瞥了一眼茶几那边，然后好像自言自语一样说道：

“那，我回去了！”

“回去路上小心！一定要善待你母亲！”

日下再次向赖子低头致谢，然后拉开了门。

清晨清冽的空气伴随着明亮的阳光一下子扑面而来。

日下面对耀眼的阳光，好像瞬间犹豫了一下，站在那里一动不动，但马上就像下定了决心一样，迎着晨风走去。

听着日下的脚步声远去了，赖子锁上门，回到了沙发那边。可能是因为醉酒的日下在沙发上睡过觉吧！沙发上还残留着幽微的酒精的味道，但客厅里面依旧是井井有条整整齐齐的。

虽然外面已经很亮了，但拉着窗帘的客厅还是很暗。赖子想直接回卧室，可转念一想，这会儿根本不能马上入睡。她又想喝杯咖啡，可喝了咖啡的话，就更睡不着了。

犹豫半天，赖子从餐具柜里拿出一瓶白兰地，倒进玻璃杯里，坐在椅子上正要喝，忽然发现茶几上有一张白纸。

昨晚睡觉前，赖子把纸巾盒放在了茶几上，那张白纸对折着，就放在纸巾盒的旁边。

赖子把白纸展开，上面是一行用钢笔写的字，字迹很工整。

给你添麻烦了，我喜欢你。

日下

赖子盯着那行字看了一会儿，又把白纸翻过来看了看。

好像是从记事本上撕下来的一页纸，是一张细长的很小的纸片，背面什么都没写。

赖子把纸片重新叠起来，喝了一口白兰地。

热辣辣的液体顺着睡眠不足的身体渗透到角角落落。

日下说是要走，却看着茶几这边欲言又止，可能就是想提醒赖子注意茶几上的这张留言条吧！

可是，就这么一行字也太简单了！

赖子觉得，要是倾诉爱情的话，应该有更潇洒别致一点的句子。他刚从醉中醒来，脑子还迷糊糊的，要么是写这些已经竭尽全力了，要么就是开玩笑……

但赖子觉得日下不会开这种玩笑。想必他是认真的。赖子盯着那行字看的时候，也觉得简洁的文字里面透出了日下的诚意。

日下本来就不是一个饶舌的男人。他虽然总是一副欲言又止的样子，但笨嘴笨舌的说不清楚。赖子对那样一个不善言辞的日下有时候也很生气，但那或许是年轻人的一种羞涩。

如果他喜欢自己的话，按说他有过无数次当面说出来的机会。他可以在卧室门口说，还可以在回去的时候说。要是一个普通男人的话，一定当场说清楚了。

如果是个有点儿强硬霸道的男人的话，他或许直接索吻或求欢。实际上，那个时候即使日下向自己求欢也不能责备他。让一个男人深夜睡在自己的屋子里，天亮的时候还和他在卧室门口说话，即使被他霸王硬上弓，也无话可说。

521

但是，日下没有显露丝毫想那样做的样子。他什么都没说，只是在记事本的一张小纸片上写了一行字就走了。

作为一个女人，很希望他干脆说清楚。

但是，要求日下做到那一步或许有点太过分了。

说起插图和建筑等他有自信的话题的时候，日下会变得能言善辩滔滔不绝，但一讲到男女之间的事情的时候，就变得少言寡语。和赖子两人待在一起没有话题的时候，他会突然变得忸忸怩怩。要说那是怯懦，确实也是怯懦，但那也是日下身上的优点。

赖子一边喝着白兰地，把日下留下的那行字又看了一遍。

倒不是字写得有多么好，但他的字很温润很柔和。

他说到昨天晚上为止，他一直憎恨父亲，一直觉得父亲死了才好。但他又说等到父亲死了，才觉得自己对父亲的冷淡不可饶恕。

他或许是个嘴上严厉内心却很善良的人。想着想着，赖子觉得自己的内心渐渐充盈起来。

"真是个怪人……"

赖子直接走进了卧室，拉开了窗帘。

已经快六点了，初夏的大都市在明亮的朝阳里静悄悄的。透过各种楼房之间的缝隙，可以看到一直通往青山通的大路。因为时间还早，偶有汽车通过，但几乎看不到人影。

赖子从窗户俯视了一会儿那条静悄悄的大路，然后把窗帘拉上了。走到床前，把日下留下的那张纸条夹在床头柜上的记事本里面，脱下了短外褂。

床上还留着她刚爬起来时候的身体的余温。他也真是的！说出来不就好了嘛！总是愁眉苦脸的。赖子现在第一次在心里把日下当做一个男人而不是一个客人。

从日下在家里住了一晚上的第二天开始，连续五天都在下雨。

因为是梅雨季节，下雨也是理所当然的，但这场雨下得也太长了。一天两天的还好说，连续三天因为下雨不能出门的话，人的心情就会逐渐阴郁起来。

第五天的下午，赖子觉得自己的下腹有阵阵轻微的疼痛。俯瞰着阴雨笼罩的楼房街道，赖子知道排卵日又来造访了。几乎每个月都准时造访的排卵日，这个月好像来的有点儿早。赖子觉得这轻微的紊乱或许是因为阴雨连绵的天气。

傍晚，赖子正要准备出门，秋山来电话了。

"你近来怎么样？"

去年秋天，虽然只有一次以身相许，但从那以后，秋山说话总是这番口气。

"没怎么样，还是老样子！"

"这场雨好烦人啊！要不要去什么地方散散心？"

上次把身子给他的时候，尽管赖子没有感到丝毫激情，可秋山依然穷追不舍。自己冷冰冰的身子到底哪里有魅力？或许他认为上次没能让女人激情燃烧，有损他花花公子的名誉。

"这样的鬼天气，到哪里去也不行啊！"

"北海道的话应该可以吧！"

"那么远的地方……"

"那么明治神宫怎么样？现在应该是内苑的菖蒲最好看的时候！"

明治神宫很近，雨天看菖蒲也别有一番情趣。赖子和他约好周六下午去明治神宫，刚要放下电话，秋山像忽然想起来似的说道：

"对了！熊仓死了！"

"你说什么……"

"熊仓好像自杀了，你不知道吗？"

"真的吗？"

"我也吓了一跳。我是昨天听中京物产的野田专务说起来才知道的。我还以为你早就知道了呢！"

"是死了吗？什么时候？"

"好像是一周以前了！"

"他为什么那么想不开要自杀……"

"还是因为筹集资金困难吧！好像他去各家银行请求贷款，最后还向黑社会借了高利贷。一想到他的自杀是因为上次取消了与他的合约，我就感觉很内疚！"

赖子手里拿着电话一下子蹲在了地上。

熊仓从东南亚进口了大批紫檀家具，本打算把那些东西批发给大协百货，而秋山突然变卦取消了合约，秋山刚才所说的熊仓自杀的原因，指的就是这个事情。因为那时候马上就要正式签合同了，所以熊仓受到的打击也是巨大的。

但是，怂恿秋山取消合约的是赖子。为了恳求秋山硬把合约取消，她甚至不惜以身相许。

秋山说感到内疚，其实更内疚的是赖子。

如果熊仓自杀的原因真的是因为资金链断裂走投无路，那么把他置于死地的正是赖子本人。

"你怎么了……"

因为赖子忽然不说话了，秋山好像觉得有点儿奇怪。

"看你那么吃惊，原来你还是喜欢熊仓啊！"

"你瞎说什么呀……"

"因为劝我不要从他那里进货的是妈妈桑，我也觉得不会有那种事儿！"

秋山既然这么说，赖子也是无话可说。

"他竟然自杀了，真可怜！"

看样子秋山现在也很后悔。

"那，你去吊丧了吗？"

"一个把人家逼上死路的男人怎么有脸去吊丧啊！再说了，我和他只是为了签约的事情才见了几次面，实在谈不上什么交情。可话又说回来，我原以为他是个刚强的男人，没想到他意志那么薄弱。看样子老天一下雨就没什么好事儿啊！"

电话那头传来了秋山的长吁短叹。

"今天很想到你店里去，可因为明天要去福冈出差，所以就去不成了。这个周六我很期待！到时候我们吃点儿好东西，把不愉快的事情都忘掉吧！"

秋山说了声再见，马上把电话挂断了。

雨还在下个不停，看现在这个下法，今天晚上也不会停。坐在昏暗的房间里一动不动，赖子连站起来的气力都没有了。

"熊仓死了……"

赖子一个人在那里自言自语，但她还没有真实的感受。岂止是没有实感，她甚至觉得门铃现在就会响起来，戴着银丝眼镜的熊仓马上就会出现在房间里。

"是真的吗？"

但秋山是不会撒谎的。

"那个人，死了……"

赖子又小声嘀咕了一句，走进里面的和式房间，站在了贴在大衣橱上面的铃子的照片前面。

"铃子你听我说，熊仓死了，听说他自杀了！"

赖子对着照片上的铃子说，但铃子一句话也不回答，只是稍微侧着脸，一脸灿烂地在微笑。

"你觉得好不好？"

从铃子死去的那天起，找熊仓报仇就是赖子的誓愿。离开京都刚到东京的时候，赖子每天考虑的就是这件事情。

赖子一向认为，铃子的不幸自不必说，自己人生的扭曲错乱全都是因为熊仓的缘故。

她觉得，只要向熊仓报了仇，以后的人生什么样都无所谓了。

那个心愿，今天终于实现了。

正如赖子谋划的那样，熊仓被取消了合约而东奔西走去筹措资金，走投无路甚至向黑社会借高利贷，最后被黑社会逼上绝路而自杀了。

自己的夙愿确实按照最初的计划实现了。

现在应该高举双手高呼万岁，应该在房间里手舞足蹈跑来跑去。

但是不知为什么，赖子就是不能发自内心地高兴起来。

"终于大仇得报……"

尽管心里那么想着，可赖子并没有感到多么喜悦。

虽然觉得这样就行了，但她的心情却越来越阴郁。

"姐姐，我可是尽了全力了！"

赖子对着照片说，可铃子还是不回答。

"我做得不对吗？"

一边对着铃子的照片发问，赖子渐渐害怕起来。

她觉得自己好像做了一件极其恐怖的事情，做了一件一般不会被原谅的很残忍的事情。这要是被别人知道了，恐怕别人会说自己是个人面兽心的人，是个十恶不赦的恶鬼！自己可能会一头栽进十八层地狱。

"他为什么就死了呢……"

确实，赖子过去一直憎恨熊仓，心想那样的男人应该死后下地狱。

但是，熊仓现在真的死了，赖子开始对自己的所作所为感到后悔了。尽管她觉得熊仓该死，可一直认为他还不会死。都说好人不长命，恶人活千年，那样的坏男人是不会那么轻易死掉的。她一直觉得敌人还很厉害很冷酷，但是没想到他就那么轻易地死掉了。本以为敌人离死还早呢，可醒过神儿来才发现敌人已经死了。

赖子现在之所以感到不安和害怕或许有两个原因，一是因为突然没有了敌人而感到一种虚脱感，二是因为自己亲手把一个男人赶上了绝路而感到后怕。

"铃子！我该怎么办？"

如果铃子还活着的话，两个人还可以分享复仇的喜悦和后怕，但现在赖子只能一个人去接纳这一切了。

那天，赖子到酒吧时已经过了晚上九点了。

迄今为止，即使和客人结伴去店里，也都是在八点半之前，像今天这么晚还真是稀奇。

可能的话，赖子本来想休息。现在这种状态，即使去了酒吧，也不能好好应酬客人。

赖子本来是这么想的，过去对熊仓的憎恨先不管它，唯有今天晚上想待在家里为熊仓祈求冥福。

但是，八点多的时候来了一个电话，说是广告代理公司的边见部长到酒吧来了。

说起边见，去年春天的时候，有一天晚上在回家的出租车里他对自己动手动脚，赖子气愤不过，半道上甩开他自己回家了，从那以后一直还没有什么联系。他原本也不是什么恶人，赖子事后觉得自己的那种做法太没有大人气概了，为此还彻底反省了一番，但一直没有机会见到他。既然边见本人久违地到酒吧来了，自己是绝对不能不露面的。还有，领班说今天晚上陪酒的女孩子有三个休息的，接待客人的人手不够。

赖子虽然没有心情去酒吧，但她还是打扮利落去了店里。

但是，到了酒吧以后，赖子反而觉得心情平静下来了。

边见部长依旧是满面春风，好像上次的事情已经忘了。在热热闹闹的氛围中和客人们应酬，赖子的心情渐渐明快起来了。

赖子喝起了白兰地，而且喝酒的节奏相当快。

九点多了才到店里来，到十一点的时候，赖子已经醉意朦胧了。

因为边见部长说是要回去，赖子刚要站起来去送他，脚下不稳，身体一摇晃，把放在桌子边上的一瓶矿泉水弄倒了。因为平时很少喝醉的赖子打了一个趔趄，领班见状慌忙跑了过来。

"没事儿的！我只是被桌角剐了一下！"

赖子装作若无其事，可心里明白自己已经喝醉了。

送走了边见部长，赖子去化妆间照了照镜子，发现自己的面颊和眼圈儿都是红的。赖子用湿毛巾捂住眼角，过了一会儿用脂粉稍稍补了补妆。

赖子从化妆间出来，猛然发现最右边的五号台上，日下一个人在那里坐着。好像是刚刚进来，见服务生正问他喝点儿什么。

赖子向他低头行礼，日下也慌忙低头还礼。

可能是还记挂着上次的事情吧！他似乎欲言又止。赖子也顾不上那么多，径直去了商事会社的部长的包厢，一坐下就又要了一杯白兰地。

"妈妈桑，你是不是有什么好事啊？"

"哪有什么好事！正因为没好事才要喝酒嘛！"

"不过，老板娘稍稍花容凌乱的时候才更妖娆妩媚啊！"

看着醉态可掬的赖子，客人们都是一副心满意足的样子。

"出了酒吧，我们再去别处喝吧！妈妈桑也一起去怎么样？"

"多谢您的盛情！不过今晚就饶了我吧！"

"我说吧！还是有好事儿吧！是不是和男人约会？"

"都醉成这个样子了，还怎么约会啊！"

放下酒杯抬起脸来的那一瞬间，赖子忽然觉得熊仓就站在酒吧入口的门前。

"啊……"

赖子小声惊叫，看着门口那边，部长和姑娘们也都齐刷刷地看着酒吧入口那里。众人视线的前方，正好从厕所出来的日下正要回到自己的座位，边走还边往这边看。

"怎么了？"

"没怎么，什么事儿都没有！"

赖子摇摇头，就像什么事情都没发生一样，端起杯子喝了一口冰水。

但是，她的脑际还残留着刚才看到的熊仓的影像。

难道是心理作用……

大约半年前的一个雨天，熊仓确实推开酒吧的门硬闯了进来。那时候他已经烂醉如泥，最后还跪在地上给赖子磕头，恳求赖子务必想办法帮帮他。

可能是生意不顺利吧！记得他那天形容憔悴，明显苍老了许多。

那时候领班马上跑过来，从后面抱着他的胳膊把他拖出了门外，听说酩酊大醉的他出门就摔倒在泥水里。

可能是因为刚才想起了那时候的事情吧！赖子刚才瞬间觉得熊仓正面向这边，站在那里。

但是，站在那里的原来是日下。

虽然只是瞬间的事情，可为什么日下看上去像熊仓呢？长相和年龄根本不一样，一个是形容疲惫的初老的男人，一个是清清爽爽的年轻人，根本没有理由看错。

"还是因为自己喝醉了吧……"

赖子喝了一口冰水，对部长说了声"谢谢"，站起来去了日下的座位。

"欢迎光临！今天日下先生一点儿没醉啊！你没醉我倒是醉了！如此醉态百出的女人，你一定很讨厌吧？"

"不，没有那种事情！"

"好吧！回头你能送我回家吗？"

"好的，当然……"

日下诚惶诚恐地点了点头，坐在旁边的女孩子噗嗤一声笑了出来。

"日下先生，妈妈桑可是点名让你送她回家，多好啊！可是妈妈桑，你真的放心吗？"

"没事儿的！日下先生可是个绅士！给我来杯白兰地！"

赖子又要了一杯白兰地，边喝边想起了自己的房间。

一想到过会儿要回到那个阴暗的房间，赖子就觉得心情阴郁。

到现在为止，一直是自己一个人住在那里，也从未害怕过，但唯有今天晚上不同。待在房间里一动不动，她总觉得熊仓马上就会敲门进到房间里。

这样的夜里，能陪着自己还能让自己放心的人就只有日下了。这个年轻人的话，自己说什么他都会听，而且不会胡来。

"来吧！咱们喝酒！"

赖子又把酒杯端了起来。

房间里能听到低低的空调的声音，远处偶尔传来警笛声。

听外面还有车来车往的声音，估计现在才半夜两点左右。公寓虽然位于青山大路稍微往里一点的地方，但因为面朝通往六本木的大路，凌晨四点之前都能听到汽车通过的声音。

听着远处传来的汽车的声音，赖子转脸看了看身边。

赖子正躺在双人床上，身旁躺着日下。

夜色里，日下正仰躺着，鼻子里发出低沉而均匀的呼吸声。赖子一边听着他那细微均匀的鼾声，一边回想昨夜发生的事情。

昨天晚上，从酒吧出来的时候差一点儿就十二点了。可能是因为下雨的关系，十一点半的时候所有的客人就都走了，赖子和领班简单地碰了个头，接着就出了酒吧。

虽然那时候腿不听使唤，走路摇摇晃晃，但她还记得那时候日下扶着自己的肩膀。

就那样，从酒吧出来，坐进了约好停在路边的出租车。

日下提议再找个地方喝点儿，但赖子拒绝了，命令他直接把自己送回家。

就那样，日下把自己送了回来。

但是，那时候是怎样打开的公寓入口的门，又怎样到的房间，这一切赖子都不记得了。

但看自己现在好好地待在房间里，或许是半路上把钥匙给了日下。

昨天晚上虽然喝了很多白兰地，但在酒吧里的时候，记得自己还很清醒。那时候她告诉自己，绝不能失态。

但是，一坐进出租车里，只剩下她和日下两个人的时候，好像酒劲儿忽然上来了。这会儿没有客人看见了，没事儿了，好像那种安心感让她放松了绷紧的神经。

可是，自己昨天晚上为什么会喝那么多呢……

日下也一定很吃惊。明明是一个人偶然进来喝杯酒，没想到被迫陪一个醉酒的女人，甚至还迫不得已地把她送回了家。而且现在正和那个女人躺在一张床上。

赖子见到日下的时候，根本没想到会变成现在这个样子。只是因为一个人回家害怕，想让日下送自己回家而已。

赖子之所以喝那么多酒，也只是因为她觉得喝醉了就能把熊仓的事情忘记了。除此之外，没有其他任何目的。

但是，结果完全变成了另外一码事。

回到家里以后，赖子自己喝冰水，给日下拿出来了威士忌和玻璃杯。虽然很模糊，但那时候的情形赖子还记得。

然后，赖子去了卧室，开始把和服脱下来。

解下带子，把盐泽的单衣挂在衣服架上，身上只剩下（穿在和服下面的）长衬衣的时候，忽然发觉日下在身后站着。

"你怎么了……"

赖子刚一开口就被日下从后面紧紧抱住了。

他想干什么？赖子把脸扭向一边，想从他的搂抱中挣脱出来，但是，日下使劲儿搂着她的肩膀，强行要吻赖子的嘴唇。

在赖子过去的印象中，日下只是一个纤弱的男人，但那时候他的强壮宛如磐石一般。虽然反抗了，但她醉酒的身子很快就被日下按倒了。

就那样四仰八叉地躺在床上，日下喘着粗气，野蛮地把头埋进赖子的怀里亲吻她的酥胸，赖子的内心渐渐失去了反抗的心情。

"我喜欢你！喜欢你……"日下喘着粗气反复说了好多遍。耳边听着日下的呢喃，赖子忽然想起来今天是排卵日。

万一怀孕了到时候再说！赖子除了对自己身体的好奇心之外，还有几分爱怎么样就怎么样随它去的心情。

　　赖子放弃了反抗，日下反倒不安起来。他抬起上半身，问赖子："可以吗？"

　　从胸部到下半身都已经赤裸裸了，到了这会儿还有什么可以不可以！

　　但是，日下仍然怯生生地俯视着赖子，记得他还说了一句："对不起！"

　　沉浸在醉意朦胧和躺在床上的安逸中，赖子觉得他的话有点儿滑稽可笑，又有点让人不放心。

　　"真是个奇怪的人……"赖子心里那么想着，慢慢闭上了眼睛。

　　日下好像又犹豫了片刻，然后突然像变了一个人一样，粗暴地扑到了赖子身上。

　　日下什么也不说，赖子觉得他就像一头野兽一样，但她明白，一个欲火焚身激情燃烧的年轻人正真诚地索要自己的身子。

　　但是，他的急冲猛突简简单单就结束了，赖子觉得意犹未尽。

　　他比赖子以前以身相许的任何男人都动作激烈而且瞬间缴械。完事儿之后，日下马上从赖子的身上翻下来，然后又说了一句"对不起"。

　　"没关系的……"赖子怀着这种心情轻轻地左右摇了摇头。日下好像终于放下心来。

　　"再让我亲一次吧！"

　　日下说完再次爬到了赖子身上，但这次的动作比刚才要温柔一些。

　　赖子只记得这些，后来好像又懒洋洋地睡了一会儿。

　　赖子虽然是第一次让男人搂着睡觉，但醉意和疲惫让她觉得身子很沉。

赖子直起上半身，想慢慢地把腿抽出来，忽然发现日下的脸轻轻动了一下。

赖子待在那里不动，等日下睡熟了才悄悄下了床。

把床头柜上的座钟拿过来一看，已经是凌晨两点半了。和日下一起回到公寓的时候是十二点半左右，那么说才过了两个小时。

赖子把掉在地板上的长衬衣捡起来，穿上浴衣去了浴室。

昨天下雨的时候感到的排卵日的疼痛这会儿已经消失了。

刚才的意想不到的男女交欢或许让自己的身体吃了一惊。

赖子浸在浴缸里，把从昨晚到现在发生的事情又回忆了一遍。

昨天确实是不可思议的一天。

一切的紊乱始自昨天下午秋山来的那个电话，他在电话里说熊仓死了。从那以后赖子就无心工作，刚决定要休息的时候，酒吧领班又来电话了。

没办法去了店里，但心里还是不平静，最后醉成那个样，连自己都不敢相信。

那个时候日下出现了，赖子觉得刚放下心来，醉意却越来越深，最后成了意想不到的结果。

但仔细想想，和日下发生肉体关系或许只是时间的问题。

到现在为止，赖子见过很多客人，但像日下那种从一开始自己就抱有亲近感的客人一个也没有。

自己没有意识到和日下之间的男女这种关系，过去一直在心里把他当成自己的弟弟，有时候当成自己的儿子。但自己这么想的本身或许就是对他有好感的证据。

现在，把身子给了日下，赖子既不后悔也不烦恼。当然，虽然没感觉到特别的肉体的喜悦，但和与熊仓等其他男人做爱的时候相比，赖子觉得和日下做爱更爽快一些。

因为是把身子给了那么一个满腔真挚地向自己求欢的人，赖子觉得那也挺好，自己心里也能接受。

回想一下，对男人以身相许之后这么想，对赖子来说，还是第一次。

赖子原本就不是那种一旦对男人以身相许就纠缠不休没完没了的人，这次也是一样，她不觉得因为和日下有了一夜之欢，和他的关系就会更深一步。她觉得今后还会和以前一样，和他就像朋友一样，有时会像兄妹一样交往下去。

但是，也不知为什么，赖子现在感觉自己的身体里有一种东西在微妙地摇动。全身的血液流速加快，过去一直混浊沉淀的东西渐渐变得清澈起来。她觉得有种东西从身体的深处慢慢充盈起来。

"莫非是因为自己还在醉意中……"

赖子在浴缸里伸开手脚，让全身沉浸在那种感觉里。

从浴缸里出来，穿上蓝染的浴衣，系上一条博多的半幅带，把带子结成贝口结，然后从浴室里出来了。赖子就那样直接去了客厅。

客厅里亮着灯，还是昨天夜里回来时的样子，阳台上的窗帘稍微开了一点。

昨天回来的时候，日下在沙发上坐下之前，可能是看了看窗外吧！现在好像雨还在下，窗玻璃湿漉漉的。

赖子拉上窗帘，去厨房冲了一杯咖啡。然后把立体声音响打开了，里面放着一张比利·乔尔的唱片。赖子边听边喝咖啡，忽然听到开门的声音，抬眼一看，原来是日下从卧室里出来了。

也不知道他什么时候起来的。上身是衬衫，下面是裤子。在明亮的灯光里突然和他四目相对，赖子忽然有些不知所措，在这一点上，好像日下也是一样的。他瞬间很不好意思地垂下了眼帘，然后慢腾腾地在赖子前面的椅子上坐了下来。

"我不知道你已经起来了!"

"喝咖啡吗?"

赖子站起来去了厨房,给日下冲了一杯咖啡。

"可能有点儿太浓了!"

赖子把咖啡杯放在他面前,日下说了声"对不起"。

赖子微微一笑,想起来昨天夜里在床上他向自己求欢的时候也说过同样的话。

"有什么好笑吗?"

"没,没有……"

"你已经醒酒了吗?"

"说对不起的应该是我,昨天晚上醉成那个样子!"

"不,我很高兴!"

见日下的表情忽然认真起来,赖子点着了一支烟。

日下喝着咖啡,等赖子抽完一口烟之后说道:

"今后还能经常和我幽会吗?"

"等日下先生有空的时候吧!"

"我什么时候都可以!"

"那怎么能行!男人还是工作最重要!"

日下点点头,往音响那边看了一眼问道:

"你喜欢这个人的歌吗?"

"怎么说呢,属于我喜欢的那种吧!"

"我也有这个人的唱片,下次我把《正是你的方式》带来!"

日下百无聊赖地听了一会儿唱片,然后忽然想起来似的看了一眼阳台问道:

"雨还在下吗?"

"只下了一点儿，你不回家也可以吗？"

"没关系的！"

"你妈妈不是在等你吗？"

"母亲昨天回乡下去了。"

赖子点点头，日下忽然一本正经地说道：

"只有一件事我可以问问你吗？"

"什么事……"

"昨天晚上你为什么醉成那个样子？"

"客人劝我喝，经不住劝就喝了。"

"可是，你从来不会喝醉吧？真的只是那样吗？我总觉得有其他什么原因。"

"确实有点儿烦心事儿！不过，托你的福，我已经忘掉了。"

赖子想起了熊仓的事情，但什么都没说。把那样的事情说出来，等于把自己的丑陋暴露出来。

"昨天晚上要不是你来，还不知道会怎么样了呢！"

"你也有那么痛苦的事情吗？"

因为日下的表情太认真了，赖子不由地移开了视线。

"下次再遇到那种事情的时候请告诉我！我尽管能力不济，或许多多少少能帮上你的忙。"

只和赖子睡了一次，日下好像已经作为一个男人开始考虑如何保护她了。

要是平时的话，赖子只看到男人的那种态度就会觉得很扫兴，但现在不同，日下的那种一心一意死心塌地的劲头儿让赖子觉得莫名的喜欢。

"做酒吧生意，一定也有很讨厌的客人吧？"

"其中……不过，客人们都是好人！"

"你刚才说的烦心事，是不是酒吧的某个客人的事情？"

"怎么说呢，要说他是客人也是客人……"

"那个人怎么了？"

"死了！还那么年轻，忽然就去世了……"

日下点了点头，马上抬起脸来问道：

"你过去喜欢那个人吗？"

"哪有的事儿！你为什么那么说？"

"我觉得你是因为喜欢的人死了自暴自弃才把我叫来的。"

"绝对没有那种事情！"

日下好像放下心来，舒了一口气，然后喝了一口咖啡。

"再给你冲一杯咖啡吧！"

"不用了！我是不是还是回去比较好？"

"怎么了？"

"要是打搅的话我就回去，当然我是想在这里待着。"

"你想怎么样就怎么样吧！没关系的！"

"那么，还像上次一样，就让我在这边的沙发上休息吧！我再休息一会儿，到了五点我就回去。"

日下说完，脸上露出了亲昵的笑容。

赖子瞬间觉得在他的笑脸上看到了熊仓的音容笑貌，她慌忙打消了这个念头，站了起来。

向日葵篇

准确地说，京都的祇园祭指的是从七月一号到二十九号的这段时间。

九世纪中叶，全国瘟疫流行。贞观十一年，为了祈祷瘟疫退去，按照日本的诸侯国的数量，竖起了六十六支鉾（同"矛"），据说那就是祇园祭的起源。

但是，现代的祇园祭已经没有了驱除瘟疫的阴暗印象。

首先从七月一号的入吉符开始，十号有洗神轿，到了十一号那天，祇园町的氏子们（属于祭祀同一氏族神地区的居民）开始用万灯和古老的织物刺绣来装饰鉾和山鉾。从十三号开始在山鉾（手工搭建的可移动神社）上面演奏笛子、太鼓和祇园歌谣，烘托渲染节日气氛。

到了十六号的宵山（本祭前夜的小祭），家家户户都会在屋檐下挂起神灯和青帘，那些有来历的大户人家会把秘藏的屏风竖起来向普通人展示。

到了十七号神幸祭的当天，以长刀鉾为先头的七个鉾和二十二个山鉾开始沿着四条通和河原町通巡游，节日达到了最高潮。

远处传来祇园歌谣的时候，梅雨季也结束了，季节已经是盛夏了。

七月初，在报纸上看到"祇园祭"这三个字的时候，里子切切实实地感到今年的夏天又到了。

"天啊！夏天又到了！"

伴随着夏天的到来，祇园祭的到来也预示着预产期临近了。

据医生说，预产期是八月中旬。

里子根本没有想到会在盛夏酷暑中生孩子。

听人家说，夏天出生的孩子因为天热睡不好觉会发育不良，而且还容易患湿疹。她一直希望自己生孩子的时候最好是天清气爽的四月份或五月份。

但那不过是喜欢追梦的女孩时代的梦想。到了现在这个时候，夏天冬天都无所谓了，只要能平平安安地把孩子生下来就谢天谢地了。

里子当初决定要把孩子生下来的时候就有个心愿，若是个男孩的话就希望他今后是个聪明高大帅气的男孩，若是个女孩的话就希望她长成一个苗条漂亮的姑娘。要说长相，希望她能长得像赖子姐姐那样五官精致、比较现代。

但是，到了现在这个时候，里子已经不想有那么多奢望了。

聪明、漂亮当然是再好不过了，但长相无所谓，只要身体健全就行了。每只手有五个手指头，有鼻子有眼有耳朵，只要正常就行了。

"老天爷啊！我求求您了！"

早晨和晚上，起床的时候和睡觉的时候，里子都要双手合十祈祷上苍。

还有，里子从两个月前就不喝茶了，只喝白开水。

听人家说，如果把厕所打扫得干干净净，生下来的孩子也漂亮。就那么个小房子，从厕所到洗澡间，她每天都要把角角落落打扫得干干净净。还听说，带把儿的小镜子背面贴上一张美女画的话，出生的孩子也会像那个美女，所以里子每天都用一把背面有蒙娜丽莎的小镜子。

即使那些说法都是迷信，可为了将要出生的孩子，能做到的事情她都想做。

将要出生的孩子是个众人反对、不受任何人欢迎的孩子，是一个按照里子一个人的一意孤行来到这个世上的孩子。

这个孩子还未出生就已经背上了不利的条件。

但是，正因为那是一个不受待见的孩子，里子才觉得他更让人怜爱。

正因为孩子可怜，里子才更想尽自己的所能让他幸福。

从五月到七月，椎名每个星期都来电话。或许从公司里不好打电话吧，他每次都是从公司外面打来电话，而且都是晚上的九点或十点之后。

里子一接起电话，椎名每次都是先问："你怎么样？"然后问："身体还好吗？"

"多谢！我一切都好！"

听里子这样回答，椎名会点点头，然后问一些里子现在住的公寓的事情和里子的近况。

里子总是一边简单地回答着一边反问椎名：

"你还是那么忙吗？"

"还行吧……"

自从知道里子怀孕之后，椎名电话里再也没有以前的那些甜言蜜语了。以前他总在电话里说"我想见你"啦，"今天一整天光想你的事情了"之类的好听的话。

两人之间的孩子不久就要出生了，或许这个无情的现实让他失去了说情话的心情。再者说了，对着一个挺着大肚子的女人说那些令人肉麻的情话确实也不合适。

但是，即使没有那些甜言蜜语，只要椎名来电话，里子就心满意足了。

他本不希望女人把孩子生下来，而对方非要坚持把孩子生下来，若是一个普通的男人，想逃离那个女人是理所当然的。

虽说让女人怀孕了是男人的责任，但有一点是确实无疑的，这次是女人一意孤行。

即使对方说"不关我事"，里子也没有权利责怪他。

对于椎名来说，这次的事情说起来就是一场灾难。尽管如此，他还给里子打电话，甚至还担心她的身体。

不过，他那样嘘寒问暖的背后，或许在等里子说"不能生了"这句话。

但是，到了现在这个时候，流产的可能性很小，里子也不可能去做人工流产。

他每次来电话的结果也只是确认了那个他不希望出生的孩子越来越大了。

即使如此，他还打电话来，里子从这一点上感到了椎名的诚意。

"我没事儿的！请你不要担心！"

为了回应椎名的诚意，里子现在也只能这么说让他放心了。

可是，六月中旬的时候，椎名突然汇来了一百万日元。

记得有一次他若无其事地问自己的银行账号是多少，当时随口就告诉了他，没想到三天后自己的银行账户里多了一百万日元。

里子慌忙给他打了一个电话，椎名用很平静的口气说：

"我想你准备生孩子总会需要钱！"

"我可从来没想过要让你那么做！"

当里子知道那笔钱是椎名汇过来的那一瞬间，很是惊慌失措，她还以为那是椎名给她的分手费呢。

但是，椎名好像根本没有那个意思。

"钱不多，如果有什么为难的事情尽管告诉我一声！"

"我真的不想给你添任何麻烦！我马上把钱还给你！"

里子说得很认真，椎名在电话那边只是苦笑。

"那好吧！这笔钱我先暂时替你保管着！"

"你真奇怪！"

"你才奇怪呢！"

虽然嘴上和他吵吵，但里子此刻在心里向他鞠躬行礼。

连生孩子都是里子自己任性决定的，他不光原谅了她，还汇来了钱。虽说他是个专务，但毕竟也是个拿工资的人，对椎名来说，一百万日元绝对不是个小数。

自己什么也没要求，是他主动汇过来的，这一点让里子很高兴。比起金额，那种关心和体谅让孤身一人无依无靠的里子非常感动。

虽然嘴上和他争吵，但里子觉得全身都感受到了椎名的温柔。

在那次小小的争吵之后，两人之间还有过一次小小的争执。

那是一个梅雨结束后难得晴朗的下午，椎名来电话说周末要去大阪，回程的时候要顺道来京都。

"我想到公寓去看看！"

椎名在电话里这么说，里子立即就拒绝了。

"你不用特意来！你直接回东京吧！"

"日程都已经定好了，现在再改也不行了！"

"我不愿意！你即使来了我也不在公寓里！"

"这就怪了……"

椎名小声嘀咕，但奇怪的是椎名。很快就到预产期了，里子不想给椎名看她的大肚子。

不知道是幸还是不幸，正因为里子没有和椎名一起住过，所以她总是只给他看最美的自己。

　　即使和他行欢的时候，完事儿后里子都是立即整理好衣衫，然后马上回家，不让他看到自己的睡姿和素颜。

　　第二天再见面的时候，又是打扮一新。

　　别的男人暂且不说，自己最美的地方只想展示给椎名。她希望世上有那么一个男人，他只见过最美好的自己。正因为里子一直那么想，在决定生孩子的时候她能够下决心，今后不和椎名见面也可以。

　　所以说，在里子心里，那种依赖别人的想法早就彻底没有了。

　　但是，都这时候了，他还说想见自己，里子很为难。

　　"你那么说，是不是不想见我？"

　　"不是，我想见你……"

　　"那不就行了吗？"

　　"那个和这个是两码事儿！"

　　男人为什么就是不明白呢？女人当然想和心爱的人见面，想多和他在一起待着，哪怕多一天也好，多一个小时也好。

　　里子就更不用说了，她离开家之后，一直孤身一人住在公寓里。寂寞的时候，心中不安的时候，她总是对着椎名的照片说话。现在那个人说要来，里子怎么会不想见他呢？如果能相见的话，里子恨不得马上就飞跑着去见他。

　　但是，这个时候要是和他见了面，一切都土崩瓦解了。

　　紧张到今天，发奋到今天，迄今为止的一切努力都会化为泡影。

　　现在见到椎名被他温柔相待的话，自己马上就会变成一个只会依赖男人的撒娇的小女人，会觉得这就没问题了，浑身的力量都卸掉了，会忽然变得很留恋他。

成了那个样子的话，到现在为止，劝诫自己承受苦难的那些努力都成了泡影。自己会越来越不明白坚持到现在到底是为了什么。

女人一旦一线崩溃，接着就是无限崩溃。

正因为自己竭尽全力已经忍耐到了极限，所以瞬间的温柔也不能接受。

"那么说，你是打算今后永远不见我了？"

"怎么会！你要是肯见我的话，我什么时候都会满心欢喜地去见你！"

"那么说的话，这次见面不也行吗？"

"过些日子等我稍微利索一点儿，身体完全恢复之后再见面吧！"

椎名好像有些困惑。要说等身体复原之后，那时候已经有孩子了。到了那个时候再面对面，作为椎名或许太难为情了。

"到了那时候，我自然和以前一样打扮得整整齐齐地去见你！"

"你原来是担心那个事情啊！"

椎名好像在电话那头笑了。

"对你来说可能很可笑，但我可是认真的！"

"明白了！明白是明白了，可我即使看见你的大肚子也不会讨厌你啊！"

"没有那种事情！女人怀孕的样子实在是太不好看了！我现在这样子就像个不倒翁！"

说实话，里子在镜子里看到自己现在的样子的时候，连她自己都快被那种丑陋吓跑了。要是可以的话，她现在就想用菜刀把突出的部分切掉，变成一个可以自由活动的人。

但是，那样想的下一个瞬间，一想到在这里面有自己的亲骨肉，她就觉得自己挺起的大肚子好可爱，甚至觉得很自豪。她对自己现在的身体可谓爱恨交织。

"那个先别说，这回还是不行是吗？"

"不行！"

"那我怎么办才好呢？"

"从大阪给我打电话吧！你的声音，我什么时候都想听！"

"明白了，可是我还没有彻底死心噢！"

"真是对不起！请你原谅！"

"你可真够倔强的！"

电话一下子挂断了。

里子手里拿着电话，一屁股坐在了地上。

刚才为什么拒绝他呢？他好不容易要来看看自己……

里子心里很后悔，好像很眷恋椎名的声音，把听筒又贴在了耳朵上。

里子住的这栋公寓离银阁寺很近，一到晚上几乎没有什么动静。除了偶尔能听到汽车的声音之外，有时候还能听到猫头鹰的叫声，它们或许隐藏在东山脚下的树丛里吧！

刚搬到这里的时候，里子很寂寞，就想逃离这个地方，但是最近已经习惯多了。

即使习惯了很多，若是没有电视的话，恐怕她还是忍受不了。现在，电视是慰藉里子孤独寂寞的最好的朋友。

祇园庙祭的宵山的那天晚上，里子也是把电视打开看新闻。全国各地的新闻之后，开始进入京都的话题，电视上播放了宵山的情景。

今年还曾有个传闻，说是因为氏子的负担太重了，宵山可能会取消。看样子传统节日不是那么轻易就能取消的。

从四条通到室町的山鉾巡游路线仍旧和往年一样人山人海，能听到很有气势的祇园伴奏，笛声悠扬，太鼓声震天响。

据播音员讲，预计今年仅宵山一个活动就有四十万人上街观看。里子记得小时候穿着浴衣，和赖子、槙子她们一起上街去看，但这四五年一直没去。反正住在京都，想什么时候去看就什么时候去看，或许这种安心感让自己变得不愿出门了。

但是，像现在这样一个人憋在家里，里子也想偶尔到人多热闹的地方去看看。虽然想下决心出去溜达一圈儿，可自己挺着个大肚子根本没法去。

死了那条心、正专心看电视的时候，忽然听到电话响了。

"喂！喂！……"

电话里传来了低沉而清楚的声音，里子马上就知道是椎名了。

"我现在到大阪来了，还是不能见面是吗？"

"我想见你！"这句话都到了喉咙这里了，可里子就是没敢说出来。如果说"你来吧"，他一定会马上来的。

但是，上次已经断然拒绝他了。自己已经下定了决心，在自己一个人把孩子生下之前不见他。

"对不起……"

"怎么也不行吗？"

"请原谅！"

"你可真够倔强的！"

电话里传来了椎名一声轻轻的叹息，短暂的沉默之后。

"那么我现在就回东京了，你多保重身体！"

"要回去吗？"

"有什么事儿的话给我打电话！打到公司也行，打到家里也行！"

"……"

"那么，多保重！"

"你听我说……"

眼看对方马上就要挂断电话了，里子连忙对着话筒说道：

"工作都结束了吗？"

"只是开了个会简单碰了一下头！"

"你这会儿要坐新干线……"

"没有订飞机票，还能赶上最后一趟车吧！"

"我……"

"什么事？"

"没事……"

里子拿着话筒摇了摇头。她不想就这么挂断，但说着说着就有一种想撒娇的冲动。

"那么，我挂了！"

"多保重！"

正当里子琢磨有没有其他更别致一点儿的说法的那一瞬间，电话里传来轻微的一声咔嚓，电话挂断了。

里子就那样一动不动地凝神屏息了一会儿，然后对着已经挂断了的电话喃喃细语。

"我想见你……"

刚才的这个那电话按时间算的话也就几分钟，可里子忽然感到很疲劳。

接到电话之前不知道电话什么时候会来，因为那种期待，心里特别紧张，但是电话一结束马上就有一种筋疲力尽的感觉。

对方想见面与不和他见面，这些都是自己决定的，而且结果也是如此，可不知为什么，里子总觉得有种空虚留在内心的某个角落里。

就那样什么也不想做，正迷迷糊糊地看电视的时候，电话又响了。

"可能还是他……"

里子一下子站起来拿起了话筒，是槙子的声音。

"里子姐姐，晚上好！"

这意想不到的声音让里子瞬间有些困惑不知所措，槙子觉得有点儿奇怪。

"听声音怎么迷迷糊糊的，姐姐你怎么了？"

"你突然来电话，吓了我一跳呗！"

"我现在来京都了。现在去姐姐那里行吗？不过我是和对象在一起。"

槙子竟然有了未婚夫，里子还是第一次听说。

"槙子，什么时候订婚的？"

"就在一个月以前，不过，还只是我俩自己订的婚。"

"不会是上次在东京见到的那个人吧？"

里子想起来在东京的酒店里和槙子一起的那个饿着肚子的男孩，槙子轻轻笑着说道：

"我怎么会和那种青椒订婚？"

"什么呀？青椒什么意思？"

"我们把没有内涵的男人叫青椒！"

"那个人多大了？"

"二十六。"

"天啊！那不还很年轻嘛……"

"还行吧！他家境很好，工作的地方也是一流的商事会社。"

那确实就是槙子的风格！可是，她要是和未婚夫一起来的话，可就是另一个情况了。里子一个女人家独自生活，什么也没有准备，再者说了，还挺着这么个大肚子。

"我这里可是什么都没有啊……"

"没关系的！我只是想让他见见姐姐！"

肚子大小暂且不说，可他要是知道了这个姐姐不但离家出走还要生下一个私生子，恐怕能成的婚事也成不了了。里子很担心这个事情，可槙子满不在乎地对里子说：

"我已经把姐姐为了生下心上人的孩子而离家出走的事情告诉他了！结果他听了对姐姐很是敬佩，还说一定要见见姐姐呢！"

竟然把这种事情都告诉人家了？里子惊得目瞪口呆。

"好不好？姐姐？我们马上就过去了！"

"稍等一下！你现在在哪里？"

"格兰德大酒店，我俩今天就住在这里！"

"天哪！你们……"

既然都一起住酒店了，那么一定是有了肉体关系了。里子再次感到震惊，可如果是订了婚的人，那种事情或许是理所当然的。

"我这里什么都没有，那个人喝酒吗？"

"没关系的！我俩都吃过饭了，我也告诉他姐姐那里什么都没有了。好不好？再有三十分钟我们就到了！"

江山易改，本性难移。槙子仍然是那个离奇古怪随心所欲的女人！

但是，她能把姐姐出轨的事情光明正大地说出来就很不简单，听说了这样的事情感佩不已还说要来见见自己的那个未婚夫也是个男人。

不管怎么说，现在的年轻人心里怎么想的，真是搞不懂。

里子轻轻叹了一口气，环视了一下周围。

这会儿能拿出来的东西只有咖啡和昨天千鹤拿来的蛋糕了。

即使到了晚上天仍然很热，估计这两人会喝啤酒吧！虽说快八点了，或许小酒馆还在营业。里子稍微打扮了一下走出了公寓。

槙子和对象两人到的时候是三十分钟以后了。

因为两人要来家里，里子在那里犹豫该穿什么衣服，思来想去拿不定主意，但是已经临近产期了，能穿的衣服很有限。

没办法，里子最后决定穿一件有点儿花哨的前面有褶子的孕妇裙。

"姐姐，晚上好！"

看样子槙子确实有点儿不好意思，说完吐了一下舌头。

"这位是小泉士郎先生！"

听槙子向姐姐介绍自己，年轻人向里子鞠了一躬说："我是小泉！"

槙子的身高将近一米六，可和他站在一起的时候只能到他的肩膀那里，估计小泉的身高有一米八左右。个子很高，不胖也不瘦，虽然长了一张娃娃脸，但五官端正长相雅致。

"好不容易到家里来一次，我这个样子这么难看，地方又很小，快请进！"

"姐姐，这是给你的礼物！"

槙子买礼物来还真是稀奇！因为今天她是和未婚夫一起来的，说不定有点儿装样或讲究形式吧。

里子刚在沙发上坐下来就把礼物打开了，原来是迪奥的香皂和花露水套装。

"多谢！这样的东西我最喜欢了！"

"东京那地方什么礼物都没有！"

"小泉先生，喝啤酒可以吗？"

里子把准备好的芝士紫菜卷寿司、火腿冷盘和啤酒拿了出来。

先给两人倒上啤酒，然后给自己的杯子倒上了可乐。

"那么，欢迎两位！"

三人举杯互相碰了一下。

里子重新看了看在沙发上并肩坐着的两个人，真是非常般配的一对儿！

槙子是纯棉衬衫配了一条麻质的西裤，脖子上挂着一条细细的金项链，整体搭配非常有品位。小泉则穿了一条深蓝的裤子，上面是一件浅水色的敞领衬衫。虽然看上去平平常常，可给人的感觉是这个人很可靠很值得信赖。

"京都很热是吧？今天到的吗？"

"傍晚五点到的！"

"今天晚上是宵山，来得正是时候啊！"

"我一直很想看看祇园祭！"

看小泉的言语态度很是拘谨，但那里面反而透出一种年轻人的纯真。

"母亲那里已经去了吗？"

里子问槙子，接着迫不及待地身子往前挪了挪。

"我还没去呢！母亲这段时间怎么样？心情还好吗……"

槙子这么问，但和家里断绝来往的里子什么也不知道。

"我本打算今晚去，可是一回家就得听她唠唠叨叨！再者说了，母亲要是让我今晚在家里住可怎么办呢？"

槙子看了小泉一眼，有些调皮地笑了。

"这次要待到什么时候？"

"士郎明天就回去了，我想稍微多待一两天。"

"那你明天去不就行了吗？"

"可是，如果可以的话，我想和士郎一起去，一起去是不是不合适？”

“那倒没什么不合适……”

“明天去了，我想把所有的事情都告诉母亲。”

“以前没对母亲说过什么吗？”

“今年春天回来的时候，我只是守着母亲说了句‘我也该结婚了’，结果被母亲训斥了一通，说我还是个学生，不许胡说八道。”

“可是，你也不是马上就结婚吧？”

“士郎说现在结婚也可以。”

槙子看了一眼小泉，然后两人同时笑了。

槙子今年春天回来的时候，看她那样子就知道她已经有了结婚对象了，但是没想到她突然就把对象本人领来了。

既然都到了订婚的阶段了，如果她那时候能讲得更具体一点儿，自己还能给她出点主意什么的。可现在这个样子也太唐突了。

“你跟赖子姐姐说了吗？”

“她只是说我觉得行就行！”

那才是赖子的风格，她不是冷淡，而是不愿干涉别人的事情。

“槙子现在是四年级吧？”

“是啊！我还想着明年春天一毕业马上就结婚呢！”

不管是到东京来，还是进现在的这所大学，都是槙子自己决定的，所以里子一直认为结婚对象她也一定会自己找。

“你们自己觉得好的话，那不就行了吗？”

“天啊！姐姐也赞成我们的婚事是吗？”

都到了这一步了，哪还有什么赞成不赞成啊！

“明天还是我俩一起去更好是吗？”

“那也没问题，不过，你去之前还是先给母亲讲详细一点儿更好些，你说是吗？”

"姐姐说的也是啊……"

"回家突然跟母亲说你已经决定和这个人结婚了，不光母亲没有面子，对小泉先生也很失礼不是吗？"

"可是，如果我一个人回去的话，我想母亲一定会反对的！"

"你能和这么优秀的人结婚，母亲为什么会反对呢？"

"可是，上次母亲对我说了，赖子和里子都不孝顺离开了这个家，就指望我回来了！"

"天啊！回京都？"

"母亲可能打算让我继承茑乃家的家业！"

"真的吗……"

"真的！我上次回来的时候，母亲还问我想不想帮着打理家里的生意呢！"

自己的离家出走竟然还影响到了这两个人，一想到这里，里子满怀歉意地又看了一眼槙子和小泉。

祇园祭的当天，京都从早上开始就阴天，从花车巡游开始的九点左右，天气开始放晴了。

八点半的时候，在酒店一楼的餐厅里吃过早饭，槙子和小泉坐出租车去了四条通。

因为小泉是第一次看祇园祭，槙子领着他先去了四条的堺町。

路上设着帷帐，今晚要在这里举行一个"签改"仪式，确认一下已经开始巡游的山鉾是否是按照二号那天抽签仪式上抽到的顺序进行的。除了担任奉行役的市长之外，在场的还有八坂神社的权宫司和祇园祭的干事们，有专门的人在众人的监督之下确认桐箱里的抽签顺序，他的举止自古以来有各种各样的规矩和做法。

两人看了一会儿"签改"仪式，紧接着去了河原町那边。

从四条到河原町通的左右两边挤满了人，那些从外地来的人比住在京都的人还要多。士郎因为个子比较高，从人墙后面也能看得到，但槙子即使翘起脚、伸长脖子也看不见。她从人缝里钻进去，费了很大劲儿总算到了前面。

　　打头阵的长刀鉾正好从面前通过，真柱的头上安着长刀，正面坐着童男童女。

　　"真漂亮啊！"

　　初次看到山鉾的小泉被山鉾的豪华绚丽惊得目瞪口呆。

　　"山鉾腰带上的画很漂亮吧？还有屋顶的金具和天花板上的绘画，那可都是有历史有渊源的！"

　　士郎一边点头一边拿着路边上领到的说明书和山鉾对照着看。

　　函谷鉾、月鉾、放下鉾，岩户山、北观音山、孟宗山，浩浩荡荡，一个接一个。

　　在四条河原町那个地方，众多车夫把青竹铺在山鉾的轮子下面，正喊着号子转动山鉾。青竹发出吱吱嘎嘎的响声，巨大的山鉾慢慢地改变了方向。

　　"原来是这样啊！这些人可真有智慧！"

　　"转动山鉾好像也有诀窍噢！"

　　只见山鉾一边慢慢转动着，前端剧烈地左右摇晃。

　　"看样子好危险啊！"

　　"没事儿的！固定得很结实！听说以前即使直行也摇晃得很厉害呢！"

　　槙子和士郎说话的时候，不由地改成了普通话。

　　"因为以前不是现在的柏油路，而是石子路！"

　　这件事情都是槙子从母亲那里听来的。母亲小时候好像经常跟在山鉾后面走，山鉾的前端在青空下剧烈摇晃的情景好像给母亲留下了不可磨灭的印象。

"这个节日从平安时代延续至今，那可是镇上人们的自豪啊！"

"一定会花很多钱吧！"

"可这是传统节日啊！"

好像就等着花车巡游开始了，天上的云彩渐渐散去，太阳又开始普照大地了。站在拱廊下面虽然稍微好受些，即便那样，还是因为拥挤而大汗淋漓。

"真热啊！"

"祇园祭还得有太阳火辣辣地晒着才行！过去我奶奶说，因为夏天容易流行传染病曾经改到过秋天举行，可是天气太凉爽了，即使听到祇园伴奏也没什么感觉！"

槙子好像是在辩解，但身为东京人的士郎好像还是不太明白。

"东京可有什么夏天的节日吗？"

"浅草有个节日叫鬼灯市。"

"那只是卖鬼灯而已，不是吗？"

"但那个节日的历史很悠久！"

不知不觉间，槙子炫耀起京都来了。

"再往前走走吧！"

槙子想尽量给士郎展示一下京都的好地方，顺便也好炫耀一下。于是两人裹在人群中向北走，一会儿就到了御池通。一个接一个的山鉾到了这里又转向开始向西行进。

站在街角看了一会儿，士郎小声嘀咕说：

"肚子有点儿饿了！"

"不是刚吃过东西吗？"

"可是，现在已经十二点了！一上午一直在太阳地里站着！"

山鉾巡游还在继续，但小泉好像有点儿看够了。

"我们简单吃点儿饭，然后去你家吧！"

按照小泉的提议，两人走进了河原町通路边上的一家酒店的咖啡屋。

槙子事先打电话告诉母亲一点左右能到家，可是到家的时候已经快两点了。可能是因为跟母亲说了要和小泉一起来去，母亲特意打扮得很整齐，穿了一件深蓝色的绫罗和服，系了一条薄绢的带子，房间里甚至还焚着香。

阿常赶紧把小泉让到上座，然后跪坐在地上客客气气地向客人寒暄致意。

"初次见面！我是莴乃家。我家槙子一定给您添了好多麻烦，今天承蒙您远道而来，真是非常感谢！"

听阿常在那里讲一长串客套话，小泉毕恭毕敬地点头附和，只是阿常说话的节奏太慢了，点头的速度和阿常讲话的速度总是合不上拍。如此反复了三次，阿常终于抬起脸来。

"很热吧？请您不必拘礼，尽管放松！"

小泉一脸惶惑，不知道阿常说的什么意思，槙子见状在一旁小声给他解释：

"就是让你随便坐的意思！"

阿常亲自点茶，拿出水仙粽摆在两人面前。

"请用淡茶！"

"妈妈！天这么热！这么热的茶可不行啊！冰镇啤酒多好啊！"

"你说什么呢！大白天就喝啤酒吗？"

"不用了，我喝茶就行了！"

见母女两人快吵起来了，小泉赶紧端起抹茶要喝，好像又不知道该怎么喝。

他盯着茶碗看了一会儿，然后把茶碗端起来，学着阿常的样子转了一下茶碗，然后一口气喝干了。

"茶真香！"

见小泉一副诚惶诚恐的样子，槙子噗嗤一声笑了出来。

阿常放下茶碗，从里面的房间把凭肘儿拿了过来。

"妈妈，那些老套的东西就算了吧！"

"可是，还是这个舒服啊！"

"什么呀！小泉还这么年轻。"

"没事儿的！我用这个。"

士郎很勉强地把一个胳膊肘搁在了上面，好像还是不怎么自在，马上又换回了原来的姿势。

"今天是祇园祭，一定是人山人海吧？"

"是的……"

"我好多年没去看了，也就是在电视上看看！"

阿常说着，自己点点头。

"这是道喜家的水仙粽，您要是喜欢的话就尝尝吧！看样子还是啤酒比较好是吗？"

"不用客气！这就行了！"

"您也是今天到的吗？"

两人早就商量好，把昨天晚上住在一起的事情向母亲保密，小泉点了点头。

"那么什么时候回去呢？"

"今天。"

"这么早就回去啊！好不容易来一趟，住一晚上多好啊！"

"士郎还要工作呢！"

"真是不容易！工作上的事情我不太懂，小泉先生出生以后一直在东京吗？"

"是的……"

"可是，东京是个雍容华贵的地方啊！"

小泉不懂是什么意思，正在那里发呆的时候，槙子又在旁边给他解释。

"就是华丽的意思！"

士郎刚点了点头，就听到侧门那边有上门推销的人在问什么，阿常站起身来。可没过一会儿又回来了。

"今天上门的人真是络绎不绝啊！"

"就是一个接着一个的意思！"

槙子一句一句地给小泉解释。

"东京真是个好地方啊！天天都有好戏上演。现在正在演出《义经千本樱》吧？您去看了吗？"

"没，还没去……"

"京都每年十二月的戏班子全班公演的时候会有很多人来看，到时候您一定要来看看！"

"妈妈，您还是给士郎拿啤酒吧！"

"好吧！请稍等片刻！"

等母亲站起身来去拿啤酒，槙子向小泉解释道：

"我母亲总觉得必须给你说点儿什么，所以总给你说些莫名其妙的话，你听也行不听也行！"

"不过，你母亲真是一个了不起的人！"

"因为今天是你来了，我母亲今天有点儿拘谨！"

"不是吧？我可比你母亲紧张多了！"

阿常用托盘托着啤酒和玻璃杯回来了。

"妈妈，不用您动手了，让我来倒酒吧！"

槙子把瓶盖打开，一边往杯子里倒啤酒，一边改变了话题。

"里子姐姐，她还好吗……"

阿常的表情瞬间变得很可怕。

"那个事情现在不要讲！"

阿常的口气很吓人，连士郎都垂下了眼睛，吓得大气不敢喘。阿常见状马上变回了笑脸。

"小泉先生喝酒一定很厉害吧？"

"不，没有那种事情。"

"您的体格很棒啊！"

阿常说着，再次用观察的眼神抬头看了小泉一眼。

两人从茑乃家出来是十分钟以后的事情了。

士郎和阿常之间也无话可说，再者说了，有士郎在场，母女两人也没法说太深入细致的话。因为槙子今天来家里的目的就是把士郎引见给母亲，在这个意义上说，今天回家这一趟还算是成功。

"你的母亲真是个端庄大气做事讲究的人啊！"

士郎坐到出租车里了还在那里赞不绝口。

"总而言之是个很老派的人！"

"即便是个老派的人，那么端庄规矩一丝不苟，也是很了不起的！"

刚才在一起的时候，槙子还觉得脸上有点儿挂不住，可听士郎夸奖自己的母亲，槙子还是很高兴。

"你这话我会告诉母亲的！"

"这是什么东西啊？"

士郎手里拿着出门的时候阿常送给他的礼物。

"是羊羹！"

"京都就是不一样啊！连礼物都随时准备好了。"

"因为我家客人很多！"

"刚才我是不是也该带点儿什么东西去啊？"

"不用了！因为你和我在一起嘛！还有，一个大男人注重那些鸡毛蒜皮的小事儿就太奇怪了！"

两人说着话，一会儿就到了四条河原町。

花车巡游早就过了河原町通，好像在乌丸御池那一带解散了，街两边已经没有上午的人墙了。士郎在街边的和装杂货店里给自己的母亲买了一个手提袋和一幅门帘。

出了杂货店的时候是四点。两人走进了附近的一家咖啡馆。

"你累了吧？"

今天早晨一大早从酒店出来，看了山鉾巡游，然后和母亲见了面，连喘口气的时间都没有。

"接下来我们怎么办？"

士郎透过窗户看着街上的人流，忽然转过脸来说道：

"我们去吧！"

"去哪儿？"

"我想两个人单独待一会儿！"

槙子从士郎羞涩的表情一下子就猜出来他什么意思了，但一句话也小说。

"我想就算京都也有那样的地方吧……"

昨天晚上刚一起睡了，士郎这会儿好像又想要槙子的身子了。

"你那么说不觉得奇怪吗？"

"可是，现在才刚过四点啊！"

士郎觉得因为今天能回东京就行了，这会儿去酒店开房还有时间。

现在都回到京都了，槙子不愿去那样的地方，再者说，天还这么亮。

一般来说，即使在东京，槙子也很少去那种情侣酒店。第一次把身子给士郎的时候，也是去的东京市内的很正规的酒店。

如果去了纯为了做爱的酒店，槙子总有一种被轻慢了的感觉。

若是单纯的性伙伴则另当别论，对于一个将来要和他结婚的人，最好还是严厉一点儿。男人天生懒惰，让他省事一回他就会得寸进尺，永远省事。

"要不我再住一晚上吧！"

"你今天不回去不行！明天不是还要上班吗？"

"可是，我坐早上第一班新干线回去不就行了嘛！"

"怎么能来得及！就是坐第一趟新干线，到了东京也九点了！"

"那么，我从大阪坐飞机怎么样？"

"因为今天休息了，明天就好好上班！"

看着士郎满脸遗憾，槙子很想对他说再住一晚上，可这次要是放纵他的话，一定会影响到将来。

"你别急，我后天就回去了！"

到自己回去之前，只好先晾着他了，槙子听朋友说起过一个抓住男人的诀窍，不轻易把身子给他，今后才能长久。

"你就老老实实地等着我回去！"

"要不我也辞掉工作搬到京都来吧！"

"你瞎说什么！打起精神来，我们找个地方吃饭吧！我们可以一边欣赏别致的庭院，一边享受怀石料理。"

"你知道那样的地方吗？"

"当然了！我先打电话问问有没有座！"

槙子劝慰了他几句，轻盈地站起身来，朝电话走去。

那天晚上，槙子回到家的时候是晚上九点多了。

小泉缠磨她，非要两人单独在一起，可槙子领他去了嵯峨野大山深处的一家古老的小香鱼料理店的时候，他马上心情就好了，吃完饭，坐最后一班新干线回去了。

"喝点儿威士忌什么的，好像马上就能睡着了！"

小泉笑着那么说。确实，两人从一大早就出来了，槙子也很累了。她把包放在楼下母亲的客厅里，正在泡澡的时候，忽然听到领班阿元隔着磨砂玻璃大声对她说：

"槙子小姐，你回来啦！我把浴衣放在这里了！"

"浴衣？"

"是老板娘最近做的！"

"啊……"

槙子缩了一下脖子。

"我母亲还在宴会上？"

"还有三组客人，估计要过十点了！"

"是吗？多谢您了！"

一个人泡在浴缸里，槙子又重新想了想。

刚才回来穿过中庭的时候，还听到本馆那边人声嘈杂，还有三弦琴的声音。

姐姐不在，母亲每天晚上都是一个人在店里忙活吧！槙子一想到这里，就觉得母亲好可怜。槙子急忙从浴缸里站起来，冲了冲身上，一把门推开，就发现更衣间的架子上放着浴衣和带子，浴衣上面的图案是抚子和芒草，带子则是产自博多的献上（江户时代藩主进贡给江户幕府的上等带子）。

"哇！太漂亮了！"

槙子欢呼着把浴衣穿在了身上，浴衣上的抚子花轻轻摇动，给人一种很清凉的感觉，非常可爱。尺寸根本不用说，母亲亲手缝制的东西总是很合体。

"谢谢妈妈！"

但槙子接下来的一瞬间马上小声告诫自己："可不能因为这点儿事情就变得太好说话！"

当时只是她告诉母亲自己暑假要回来，结果母亲就给自己做了一件新浴衣，这一点固然让她很高兴，可是被感情束缚住以后，被母亲关在这个家里可就大事不妙了。

槙子虽然不觉得母亲想那么多才为自己做了这件新浴衣，可提高警惕总是没错的。

"自己可要把持好了！"

槙子对着镜子里的自己嘀咕了一句，回到客厅看电视的时候，听到身后的门一下子开了。

"我还以为是谁呢！这不是槙子吗？"

槙子回头一看，原来是菊雄只穿着外衣（不穿和服裤裙）手里拿着一把扇子站在那里。

"什么时候来的？"

"刚回来一会儿！我先用了洗澡水了！"

"没关系！今天穿了一件漂亮浴衣，槙子可是变得更好看了！"

槙子还以为里子离家出走以后，他会垂头丧气呢！可看他那样，还精神得很。

"这回要在家里住几天吗？"

"三天左右吧！给你添麻烦了！"

"好不容易回来一次，那可是够匆忙的！为什么不多住几天呢？

现在放暑假了不是吗?"

"我也有很多事情,很忙的!"

"还是那么受男人追捧吧?"

菊雄忽然用男人的表情上上下下打量了一下槙子。

"见到母亲了吗?"

"我中午回来过一趟了!"

"啊? 是吗?"

中午来的时候,菊雄好像外出了没在家,看样子母亲什么都没告诉他。是母亲觉得没有必要跟他说,还是因为自己是和未婚夫一起来的,母亲有所顾虑没告诉他?

"看样子你很忙嘛!"

"托你的福,店里的生意还可以,我还是老样子!"

菊雄轻轻一笑,想忽然想起来似的说道:

"槙子,不好意思! 我有点儿事情需要出去一趟!"

"不用管我,你快点儿去吧!"

"明天晚上怎么样? 好久不见面了,咱俩一起去好好喝一杯吧!"

"那好啊! 多谢!"

"那我这就去了!"

可能是忘了带什么东西吧? 菊雄先上了一趟二楼,然后又顺着楼梯下来,开门出去了。

"慢点儿走!"

槙子对着门口那边小声说着,悄悄地打开窗户向外看。

夜幕下还暑气蒸腾,透过树木间的缝隙,她看到本馆那边还亮着灯。好像还有一组客人没走呢,姐夫这么早回来到哪里去了呢? 从刚才的样子来看,或许又到花街或什么地方去了。

槙子觉得，姐姐对他那个样子，他出去寻花问柳一点儿也不奇怪，但是也觉得他稍微有点儿我行我素。

　　"母亲可真不容易啊！"

　　槙子刚小声嘀咕了一句，客人好像开始回去了，出口那边传来了客人和艺伎们热热闹闹说话的声音。

　　三十分钟以后，母亲阿常回来了。正在那里躺着看电视的槙子慌忙爬了起来，端正姿势坐好了。

　　"妈妈辛苦了！"

　　"怎么样？那件浴衣？"

　　"谢谢妈妈！图案太漂亮了，我很喜欢！"

　　槙子站着，伸开胳膊转了一圈儿给母亲看。阿常很满意地点了点头。

　　"那个叫小泉的先生回去了？"

　　"对了！士郎还让我代他向母亲问好，他还直夸您是个干练利落的了不起的母亲呢！"

　　"是吗？那可真不好意思……"

　　阿常脸上露出了羞涩的表情，起身到厨房去了。

　　"茶的话，我来泡！"

　　"是吗？那就麻烦你了！"

　　阿常平时不化妆，只有去宴会上应酬客人的时候才化点儿淡妆。虽然长年做招待客人的生意，但皮肤并不怎么粗糙，其中一个原因就是她一回家就把脸上的脂粉洗掉。现在也是，一回来马上就到浴室前面的洗手盆那里洗脸去了。

　　槙子刚泡好茶，阿常一脸清爽地回来了，然后在茶几前面坐了下来。

　　"那个人看上去倒是蛮认真的！"

"有点儿认真过头了！也挺没意思的。"

"你说什么呢！男人认真是最重要的！"

"母亲中意他了？"

"那还……"

阿常正要点头，忽然忍住了，端起茶来喝了一口。

"可是，你真打算和那个人结婚吗？"

"他说要和我结婚！"

"他说得倒挺轻松！他父母是怎么说的？"

"那个没问题！我有信心！"

槙子到士郎家里去的时候，已经见过他的父母了。

他的父亲一看就是个银行家，外表给人的感觉很古板，但和他一说话就发现他是个很和善的人，而且也很理解现在的年轻人。

老头子还告诉槙子，等她学会了打高尔夫，哪天就带她一块去。

和他的父亲比起来，母亲这边好像有点儿不好对付。倒也不是难以接近，也不是心眼儿坏。她看上去气质高雅，待人接物也很温柔大方，但就因为她也是女人，所以女人看女人的眼光就很尖锐。

但是，槙子心想，要想靠近这种上年纪的女性，最好的办法就是坦率诚实地直面相对。

最好不要拙劣地装模作样，也不要怯生生地躲在一边。

上次见面的时候，槙子就对他母亲直说："阿姨！我可什么饭都不会做！"然后和他母亲一起在厨房里忙活。

当时做的是奶油炖菜，槙子给他母亲打下手，一边赞叹一边提问。幸亏这样，初次见面的那种警惕的态度马上消失了，槙子临走时他母亲还说："欢迎下次再来！"

士郎就兄弟俩，他是老大，这一点好像有点儿问题，但正因为家里没有女孩子，所以他的父母对女性都比较宽容。只要充分利用这一点，言行举止可爱一些，就很容易把他的父母拉到自己的节奏上来。

槙子在这方面的诀窍也不是跟谁学的，可以说是一种直觉和悟性。

"你说得倒轻巧，他父亲不是在银行工作吗？"

"老爷子是大协银行的董事！"

"人家那么好的家庭，像咱家这样的……"

"咱家怎么了？莺乃家不也是京都的老字号吗？"

"可是，料亭这种生意不同于银行的那种艰深的工作……"

"那有什么关系！要嫁到他们家里去的是我，又不是母亲！"

阿常一脸茫然，端起茶碗又喝了一口茶说道：

"你大学毕业后不是要回京都来吗？"

"我就是回来能干什么呢？我也没到宴会上去应酬过客人，再者说，不是还有姐夫吗？"

"……"

"母亲不会是想把姐夫……"

"我倒没那个想法，不过也不能永远让他这样待下去……"

"那您打算怎么办？"

"他想走的话走也可以，那都是他的自由！"

确实，按照母亲的立场，或许现在也只能这么说了。

"姐夫刚才说有事儿出去了！他一定是到什么地方寻欢作乐去了吧？"

"住嘴！你不要胡说八道！"

突然被母亲呵斥，槙子吓得一缩脖子，不敢作声了。阿常好像还想说些什么，嘴角微微地颤抖。

"我问你，你已经去过里子那里了吗？"

"没有，还没去呢！"

槇子摇了摇头，不想让母亲知道她昨天晚上已经去过的事情。

"你明天不去吗？"

"我还没决定好，您有什么事儿吗？"

"没什么事儿。"

阿常拿起茶几上的烟，点着了。

槇子等母亲抽了几口烟之后问道：

"姐姐应该快生了吧？是不是应该有个人陪着她？"

"她自己自作主张离开了家，不用管她！"

"可是，要是突然肚子疼起来，她一个人可怎么办啊？"

"那是她自作自受！"

这样的话，姐姐可真是无依无靠了。槇子环视了一下周围，试图转变话题。

"妈妈，我今天晚上应该去哪里睡？"

槇子过去每次回来都是住在二楼里子夫妇房间的隔壁房间里，但现在姐姐屋里只剩菊雄一个人了，睡在隔壁也不合适。

"你就在里面的房间里睡好了！"

"和妈妈睡在一起？"

"被子有的是！"

"好吧！今天晚上就久违地和母亲大人一起睡！"

槇子故意说得文绉绉的，阿常也马上阴转晴，和颜悦色地说道：

"你先去洗澡吧！被褥就在壁橱里，你铺好被褥先睡吧！"

阿常把烟掐灭，站起身来。

槇子收拾好茶碗进了里面的卧室。八张榻榻米大小的日式房间，壁龛也很宽敞，右端摆着祭祀铃子和两位父亲的佛龛。除了过年和家里来了很多客人的时候，这个房间几乎不用，但和母亲一起睡的话，也不会感到冷清寂寞。

槙子打开灯，双手合十在佛龛前面简单拜了拜，然后打开了壁橱。壁橱的上层塞着母亲的被褥和客人用的被褥。

槙子把被褥拿出来，让头朝着壁龛把被褥铺开，但是发现没有枕头。枕头在哪里放着呢？槙子看了看壁龛的下层，发现里面有个古色古香的衣柜，柜子上安着锈迹斑斑的铁合页。槙子扒了扒衣柜上面，但没找到枕头。正要把壁橱关上，忽然觉得衣柜上的古色古香的铁合页很有意思，忍不住好奇，就把抽屉拉开了。

最上面盖着一块白布，下面露出了小小的花朵图案。

母亲用这种只适合小孩儿的花花绿绿的图案做了什么……

槙子觉得很不可思议，拿掉上面盖着的白布，发现旁边也是印着小熊图案的东西。

"嗯？"

槙子干脆坐下来，把里面的东西一件一件拿出来，从婴儿服到帽子、褴褛，甚至还有一针一线手工缝制的裤子，抽屉里面塞得满满的。

"妈妈这个人啊……"

槙子把这些小孩的东西在衣柜前面一溜摆开，忽然觉得母亲很可笑。

她嘴上说擅自离家出走的人不用管她，可背地里悄悄地把婴儿用品都准备齐了。

母亲到底打算怎样把这些东西交给里子姐姐呢？母女俩吵架之后，已经陷入了绝交的状态，根本没有办法交给她啊……

但她好像还是放心不下自己的闺女，只是先把东西准备好了吧？

"妈妈！"

槙子刚喊出声，慌忙又捂住了嘴。

母亲好不容易悄悄地把这些东西存了起来，现在刨根问底，不是让母亲难堪吗？

槙子忍住笑，把婴儿服和褴褓重新叠起来，又塞进了抽屉。

灯笼草篇

祇园祭时一度造访的酷暑渐消，从七月下旬开始，又返回了梅雨季节，每天都很凉爽。

以往年的气温来看，现在的气温应该超过三十摄氏度，可有些日子竟然低了将近十摄氏度，海边上和山里面也是人影稀疏。

冷夏持续下去的话，会影响到水稻和旱地庄稼的生长，听说柑橘类的果木已经出现了叶子发黑的病变。

不管晚上多么酷热让人睡不着觉，夏天还得是烈日炎炎才行，不热的话，就没有夏天的感觉。

冷夏持续的八月份第二个星期天的傍晚，里子忽然感到下腹疼痛。

她为了准备自己一个人的晚饭去了厨房，突然感到下腹有一种痉挛般的疼痛。

里子当场就蹲在了地上，凝神屏息一动也不敢动，过了几分钟疼痛就消失了。

"可能是阵痛……"

因为预产期就是八月中旬，里子觉得也快了。

疼痛消失的同时食欲也没有了，稍微吃了一小碗饭，正在收拾的时候，那种痉挛般的疼痛又来了。这次虽然不是刺痛，但下腹还是疼得让她受不了。

看样子无疑就是阵痛了……

里子按照医生事先吩咐的那样，给崛川的妇产科医院打了一个电话。

听了里子所说的情况，护士也说很可能是阵痛。

"虽说孩子一时半会儿还生不下来，不过今天晚上，您可以先住院！"

"那样的话，我就准备一下马上去医院，到时请多关照！"

里子说完，又给千鹤打了一个电话。以前两人就商量好，一有什么事儿就先给千鹤打电话。

赖子姐姐和槙子妹妹虽然也时常打电话来，但她俩都在东京，到了关键时刻还是鞭长莫及。

今天是星期天，幸好千鹤在家，她说马上就到公寓里来。

里子正准备浴衣毛巾等住院需要的东西时，穿着T恤和牛仔裤的千鹤就来了。

"生孩子的日子终于到了！疼吗？"

"倒是还不怎么疼，感觉就像有什么东西从里面使劲儿往外挤一样！"

"那个程度的话，估计得明天早上了！"

千鹤马上把带到医院去的东西收拾齐了。

"你听我说啊！我只跟领班阿元说了一声！"

"你为什么又告诉她？"

"难道不对吗？马上就要生孩子了，总不能不跟家里说一声吧！哪怕只是跟阿元说了一声，也算是跟家里说了！"

不是告诉母亲而是跟领班阿元说了一声，这种做法很聪明，不愧是深知世态人情的千鹤的做事风格。

"你通知东京的姐姐了吗？"

"没有！"

"是不是还是通知一声更好？在你住院期间，她要是来电话没人接的话，一定会很担心的！"

"可是，告诉她，她反而会更担心的！说不定姐姐会专程跑过来。再者说，你也已经告诉阿元了……"

"你说的也是！又不是因为什么大病住院。"

里子一边点头，一边思考椎名的事情。

椎名昨天晚上还来电话问："还没生吗？"

"或许孩子在我肚子里知道他是个不太受欢迎的孩子吧！"

里子觉得自己这句话是自然而然地说出来的，可椎名好像理解成了讽刺挖苦。

"你可不能那么说！"

他用和平时不同的严厉的口气责备里子：

"孩子是无辜的！"

"对不起！"

里子连忙道歉，可心里觉得，到了这时候还能保持冷静的椎名有点儿可恨。

但是，即便椎名不一定不欢迎就要降生的孩子，但他为自己担心这一点是确实的。

"要不要跟椎名先生也说一声？"

里子现在就等着千鹤说这一句话了。

如果千鹤这么问的话，自己当然会拒绝了，但即使如此，还是希望她问一句。

但是，千鹤好像从一开始就没想那么多，只是忙着在那里收拾东西。

孩子终于要出生了，可自己竟然不能高高兴兴地向孩子的父亲通报一声……

里子忽然有一种很无助的感觉，觉得自己就这样完了。

只把孩子生下来，自己是不是就这样死了？

尽管她心里明白，在医院里生孩子不必有那样的担心，但还是不由自主地光往坏处想。

万一是那样的话，自己今后再也见不到他了。或许还是给他说一声的好。

里子刚想到这里，就听千鹤说道：

"你在那里发什么呆？褪袱就这些行吗？"

"那些就行！多谢你！"

里子刚从关于椎名的思绪里醒过神来，就马上站了起来。

里子在千鹤的陪伴下住进医院时，已经是十点多了。

医生马上给里子做了检查，说是子宫口的开放还不充分，照这个样子进展顺利的话，估计会到明天早晨。躺在陌生的单人病房的床上，里子终于有了一种自己就要生孩子了的实感。

"离生产还早呢！我一个人没问题，你回去吧……"

里子尽管心里很不踏实，但还是那样对千鹤说了。里子说了句逞强的话，千鹤却说回家也没什么事儿要留下来陪她。

"真是太对不起你了！"

按说应该让自己的亲人照顾自己，可这次所有的事情只能仰仗千鹤的热心肠了。

"我能坚持到现在，可全亏了千鹤啊！"

"先别说那些！接下来你要完成一项重要的工作，先休息一会儿吧！"

千鹤那样安慰里子，可阵阵袭来的疼痛和不安让她根本睡不着。

就那样过了一个小时左右，护士忽然到病房里来说："您家里来电话了！"

千鹤出了房间，很快就回来了。

"是阿元打来的！她问你情况怎么样，还说要来陪床，我拒绝了！"

里子从小时候就认识阿元，虽然很亲密，可自己离开家，就像被逐出了家门，到了这时候，不能再麻烦人家了。

"可是，你母亲好像也很担心啊！"

"你告诉我母亲了？"

"阿元总不会什么都不对你母亲说吧？我听阿元说，你母亲一开始的时候还装作什么都没听见，可马上就开始坐卧不安，吩咐她马上给医院打电话！"

千鹤说到这里扑哧一笑。

"你妈还说，不用说是谁打的电话，光悄悄地问问医生就行了！"

那种做法太像性格倔强的母亲的做派了。怀胎十月，里子觉得好像终于明白了做母亲的辛苦。

"阿元已经告诉了你母亲一切顺利，照现在的情形来看，应该明天早上生孩子，你母亲一定也放心了！"

里子点点头，又想起了椎名的事情。

这深更半夜的，他现在在干什么呢？今天是星期天，他是不是回家了在看电视？还是穿着和服在书房里坐着？也或许这会儿正往公寓里打电话。

无人的房间里，只有电话丁零零响个不停。

想到这里的时候，里子觉得下腹又有一阵疼痛袭来。

这次比刚才疼得厉害，感觉有什么东西在往下坠。

"看样子，胎儿也想早点儿从憋屈的地方出来吧！"

听千鹤那么说，里子尽管迷迷糊糊的，心里还在祷告要生下一个健全的孩子。

但是，到了半夜，随着阵痛的间隔变短，疼痛越来越剧烈，她越来越顾不上祈祷了。

听人说，生孩子和潮涨潮落有关系，到了天快亮的时候，疼痛确实又加剧了。

到了天空开始泛白的五点，阵痛不间断地袭来，而且是一种撕裂般的疼痛。

不管母亲还是祖母，大部分女人都经历过这种疼痛吧？里子心里刚那么一闪念，又有一阵疼痛像海啸一样涌了过来。

"救救我……"

"我已经不行了……"

里子高声喊叫，现在已经顾不上什么羞耻什么体面了。

"马上就好了！"

"咬牙挺住！抓住我的手！"

听着护士的呵斥，快要失去的意识又回来了，里子慌忙咬紧牙关。

"呜……"

里子连自己都觉得自己已经不是人了。她觉得自己好像变成了野兽或恶鬼，披头散发拼命摇动，上半身拼命后仰。

那种临死的痛苦喊叫反复了几次之后，里子突然感到了一种空白感，好像有一大块东西从身体里面掉出来了。接下来的一瞬间，听到了低而清亮的婴儿的哭声。

"生下来了！是个男孩子！"

护士的声音掠过里子的耳边，她的声音很温柔，甚至让人觉得和刚才不是一个人。

"……"

"孩子很健康！"

"非常感谢……"

里子想那么说，可是出不来声。

全身的力量都被卸掉了，里子感觉就像被抛进了无垠的大海里，随着波浪漂浮。沉浸在那种安详和平静里，里子只是点了一下头，然后就闭上了眼睛。

从那过了两个小时左右，里子终于清楚地恢复了意识。

不过，那期间里子也并非完全没有意识，她还朦朦胧胧地记得被护士搀着走过走廊回到了病房。

里子还记得回到病房的时候千鹤展开双臂欢迎她，记得千鹤对自己说"辛苦了"。但是，一躺到床上被盖上毛毯的那一瞬间，因为生产的疲劳和平安生下孩子的那种安堵感，马上就昏昏沉沉地睡过去了。

"怎么样？疲劳消除了吗？"

里子一睁开眼就看见千鹤笑颜如花地看着自己。

"孩子呢……"

"孩子好得很呢！这会儿在婴儿室里，我去让护士给你抱过来看看！"

千鹤出去之后，里子往周围看了一眼。

昨天晚上住进来的时候，外面漆黑一片，四周只有雪白的墙壁在亮晃晃的灯光下大煞风景，这会儿朝阳正透过蕾丝窗帘照进病房来，或许是因为开着空调的缘故吧！窗帘的边儿在轻轻摇动。

窗边有个架子，上面摆着一个花篮，里面插着蔷薇和夜来香，可能是千鹤买回来的吧！

也不知道现在是几点了，扭头看了一眼枕头，发现床头放着一块手表，拿过手表一看，时间是八点十分。可能快到护士们上班的时间了吧！走廊头上传来了年轻女性的声音。

里子放下手表，轻轻地把手放在了肚子上。

浴衣的下面还缠着腹带，但已经没有了以前的隆起。

用手一摸感觉那么地平坦，那么让人不踏实。

"那是因为孩子生下来了！"

里子自言自语，忽听门口有笑声，紧接着门一下子开了，护士抱着裹在白色褟褓中的婴儿，她的身边站着千鹤。

"你看看！孩子这么大！"

护士抱着孩子给里子看了一眼，然后放在了里子的身旁。

"我是你妈妈呀！"

里子轻轻地扭过身子，看着自己的孩子。

人们都把刚出生的婴儿叫作赤子，果然就像这个名字一样，白色的褟褓中露出了婴儿通红的小脸儿。或许他还很困，闭着眼睛，小鼻子一鼓一鼓地正在使劲儿。

"体重三千三百克，比标准体重还要沉！"

护士一边用纱布擦拭婴儿的脸一边说道。

里子战战兢兢地伸过手去抱住孩子，把孩子拉到自己身边。

"一个婴儿头发这么浓，眉眼长得真周正！"千鹤很自豪地说道，好像孩子是她的似的。

"快看！他在打哈欠！"

用两条胳膊搂着孩子，孩子身子软软的，好像要坍塌似的。

里子正对着孩子轻轻地低下了头。

"我是你妈妈啊！"里子对着孩子说道。

她觉得孩子好像也点了点头。

"我把孩子放这里一会儿！"

护士说完就走开了。

病房里就剩下两个大人了，里子又看了千鹤一眼说道：

"太谢谢你了！"

"你真是太棒了！"

千鹤握着里子的手，又伸脖子看了婴儿一眼。

"还真是像啊！"

"像谁……"

"像椎名先生啊！"

"真的吗？"

"你看这眼睛这嘴角，真是一模一样啊！"

听千鹤这么说，里子又看了婴儿一眼，然后和千鹤相视而笑。

星期一早晨的六点半，茑乃家的领班阿元接到了千鹤从医院打来的电话。

"就在十分钟之前，里子生下了婴儿！是个男孩儿，体重三千三百克！"

"是真的吗？"

阿元知道里子从昨天晚上开始阵痛，天一亮孩子就要生下来是不言自明的事情。但是，即便如此，阿元还是不能相信，里子真的要把孩子生下来。即使千鹤告诉她已经生了，她还感觉好像被骗了，就像在做梦一样。

"非常可爱的孩子！母子都很安康！"

"啊？是吗？"

"老板娘还在休息是吗？"

"不，我想老人家应该已经起来了，我马上去告诉她！"

"好的！那就麻烦您了！"

电话挂断以后，阿元放下电话，长长地叹息了一声。

"还是把孩子生下来了！"

她仍然觉得千鹤是在开玩笑。

但是，千鹤既然说得这么清楚，看来不相信也不行了。

"天哪！这可该怎么办呢？"

脚下的二楼是菊雄，再下面的一楼是老板娘阿常在睡觉。这些人如何接受里子已经把孩子生下来的残酷现实，又如何去处理呢？里子已经离开了家，而且肚子已经大了，这件事情就连服务员和部分客人都知道了。

不管怎么掩盖，风声还是会一点点地传出去的。

好像没人知道里子怀上的孩子是椎名的，但好像也有不少人怀疑那个孩子不是菊雄的。

里子离开家之后一次也没回来过，众人认为事非寻常这一点是一定的。

该怎样向那些人解释呢……

还有，老板娘会怎样面对这个新出生的孩子，又会怎样去做呢？事到如今，周围的人都满怀着好奇心关注着事情的进展。

对于阿元来说，对事情进展的担忧远大于对孩子降生的喜悦。

"这件事情弄不好就糟了，但愿不会变得不可收拾……"

正因为莴乃家是一家老字号料亭，这次的事情有可能让这家老字号在客人中间失去信誉。

"那家料亭有个淫荡的闺女……"

要是被客人在背后如此议论可就颜面全失了。

幸好在里子离开家之后老板娘一直正气凛然，保持一种事不关己漠然置之的态度。菊雄或许天生就是那种性格，一直是一副处之泰然优哉游哉的面孔。工作人员里面几乎没有出现什么情绪波动。

也有人相信，里子之所以离家出走，是因为菊雄在外面拈花惹草，因为怀孕期间生气对身体不好，所以才离开了家。他们认为那种程度的事情是常有的，也不会成为什么大问题。

但是，现实是孩子已经生下来了，两口子仍然分居两处，这样的话，再那样解释就说不通了。还有，孩子会越来越大，不是菊雄的孩子这件事情会越来越明确。

阿元一想到这些，就有些坐不住了。

"可要把这个事情处理好！"

对于阿元来说，里子夫妻的事情固然重要，茑乃家这个老字号料亭也同样重要。

接到千鹤从妇产科医院打来的电话十分钟之后，阿元到了楼下。

还不到七点，二楼的菊雄好像还在睡觉。

菊雄这边，阿元还什么都没告诉他。昨天晚上只是把里子住院的事情告诉了阿常，但看样子阿常好像没有把这件事情告诉菊雄。

菊雄昨天晚上十一点左右出去，好像一点多了才回来。

阿元伸头瞧了瞧二楼的里面，然后下到了一楼。刚下了楼梯就听见客厅里传来了咳嗽的声音。

可能阿常早就起来了，阿元刚一站住，就听到阿常从房间里隔着拉门大声问：

"是阿元吗？"

"是我……"

"有什么事儿吗？"

阿元对着里面鞠了一个躬，然后慢慢地拉开了纸拉门。

正如阿元预想到的那样，阿常已经整整齐齐地穿着和服在茶几前面坐着了。雨窗已经打开，她正在那里喝茶，或许她很早就起来了。

"刚才千鹤来电话了，说是里子生了一个男孩子。"

阿常瞬间睁大了眼睛，但马上就变成了冷冰冰的声音。

"于是就给你打了电话，是吗？"

"是的，听说孩子出生的时候三千三百克，是个很可爱的男孩儿……"

也不知道阿常是不是在听，只见她把脸扭向窗户那边，纹丝不动。

"说是里子和孩子都很好，不用担心。"

朝阳从窗户里照进来，阿常的侧脸稍微有点儿泛红，但脸上毫无生气，看上去有几分憔悴。

昨天晚上下班后十一点多的时候和阿常道别，看样子从那以后，她又熬到很晚没睡。或许是为里子生孩子的事情担心，也或许是为今后的事情发愁，眼睛周围出现了黑眼圈。

"我想这会儿就准备一下到医院里去一趟！"

"你那是干什么？不用去！"

"可是……"

"是她自作主张离开了这个家，这会儿又把孩子生下来了，你没有必要去！"

阿元什么话也说不出来，只好在那里默不作声。阿常端起面前的茶碗喝了一口茶。

"天还早着呢！你回去再睡一会儿吧！我也要睡觉了！"

阿常说完就站了起来。阿元无可奈何，给阿常鞠了一躬，出门到了走廊里。

夏天的清晨很明亮，能听到小鸟叽叽喳喳互相交织的鸣叫声。阿元直接上了楼梯，回到了三楼自己的房间。

阿常说是让自己再睡一会儿，可现在已经七点了。这会儿即使上了床也睡不踏实了。

要不还是喝点儿茶吧！阿元正在煤气灶上烧水的时候，忽然听到敲门的声音。

"敢问是哪位？"

阿元刚把门打开，就发现阿常站在自己面前。

"你真要去医院吗？"

"我想去。"

"你要是去的话，把这个带去吧！"

阿常把手里拿着的包袱很随意地塞了过来。

"是什么东西？"

"是北白川的妹妹拿来的，她好像很忙没时间去。"

"是吗……"

一头雾水的阿元把包袱接了过来。

"那好吧！我现在就去，行吗？"

"我就是说不行你不是也想去吗？"

"那……"

"我要再回去睡一会儿了！"

阿常又黑着脸下楼去了。

阿元从医院里回来的时候是九点刚过一点儿。阿常说是要回去睡觉，可阿元从后面的栅门进来的时候，发现阿常正在通往家的小路边上站着，或许她在欣赏庭院里的花花草草吧！

"你怎么回来得这么晚啊！"

"啊？可是，我快八点的时候才出的门啊！"

从东山打车去崛川的妇产科医院，看看孩子再回来，再怎么急也得一个小时。

"那好吧！"

阿常小声嘟囔了一句，和阿元并肩向正房走去。

阿元从她的言语态度上终于看出来了，阿常可能从一开始就望穿秋水地等着自己从医院回来。

"婴儿好可爱！真是个好孩子！"

"是吗？"

阿常瞬间兴奋了一下，但马上就变成了冷淡的表情，亲自把玄关的门拉开了。

"北白川的师傅的礼物，里子收到了高兴得不得了！"

阿元边走边和阿常说话，说着说着就忍不住想笑。

阿常说是北白川的妹妹送来的东西，可包袱里面是婴儿的襁褓和裤子，而且每块裤子都是仔仔细细一针一线用手工缝的。

北白川的姨妈是个独身，没有孩子，怎么想她也不至于连尿布都会亲手缝。还有，若是作为祝贺孩子出生的礼物，她应该考虑一些别的东西才对，至于说什么太忙去不了就更可笑了。

说是北白川的姨妈做的只不过是一个托辞，实际上是她自己做的，她可能是因为不好意思，说不出口罢了。

阿元忽然想使坏捉弄一下阿常。

"北白川的师傅可真是心灵手巧啊！里子也让我转达对她的谢意呢！"

阿常装作没听见，什么都不回答，站在走廊里说道：

"要不要进来喝杯茶？"

阿常自己先进了屋，把坐垫在茶几前面摆好，然后去了厨房。

"千鹤姑娘还在医院里吗？"

"她好像昨天晚上一夜没有合眼，刚才和我一起回来了。"

"天哪，这么说病房里现在谁都不在，是吗？"

"里子已经安静下来了，精神也很好！"

阿常点点头，把凉好的茶端给阿元。

"多谢！那我就不客气了！"

阿元端起茶碗，稍微沉思了一下对阿常说道：

"恭喜了！"

阿常刚想笑，马上隐去了笑容。

"什么事情值得恭喜？"

"可是，真的是个眉清目秀的孩子，头发还那么黑，看上去真不像是今天早晨才出生的孩子！"

"医院在哪里？"

"从崛川的二条往西一走就是，虽然是条小道，到了那里一问马上就知道了。是一栋钢筋混凝土的三层楼，病房也是单人间，非常干净！可以的话我带您去吧！"

"……"

"里子还让我代她向您问好！这次她自己生了孩子，想必是真正理解了做母亲的辛苦！您要是肯见她一面的话，我想她一定会很高兴的！"

阿元步步紧逼，阿常还是一脸冷漠，什么也不说。阿元稍微夸张地叹息了一声说道：

"我一个外人，这么说可能有点儿不自量力，孩子生下来了就是生下来了，再者说，那也是您的第一个孙子！"

"我不认为那个孩子是我的孙子！"

"可是，那是里子的孩子，难道不是您的孙子吗？出生的孩子是没有罪过的，再者说，是个很漂亮的男孩儿！"

"你是那么说，可这个孩子的事情，你让我怎么向大家伙儿解释呢？我该怎样向菊雄道歉？我用什么老脸去见那些亲朋好友还有街坊邻居？"

阿常既然那么说，阿元也是无话可说。阿元也明白，站在阿常的立场上，确实没法轻易地原谅她。

但是，撇开那件事情不说，如果对自己孙子心怀爱意的话，看上一眼又有何妨呢？

但是，如果改变一下看法，现在要去见的话，阿常的感情防线或许马上就会崩溃了。坚持到今天的那种正气凛然的态度，或许会因为孙子的可爱而轰然崩溃。

那样的话，就没脸面对世人了，茑乃家这家老字号本身也会危机重重。可以说，正因为这么多年辛辛苦苦地守住了体面，所以才有了今天的茑乃家。

"虽说是自己的孩子，但不道德就是不道德，偏离伦理道德的事情就是不能原谅！"阿常斩钉截铁地说道。

话音未落，忽听走廊里有脚步声。

好像菊雄刚起来，顺着楼梯下来了。

两个人瞬间不约而同地朝走廊那边看，正在两人面面相觑的时候，拉门一下子开了。

穿着浴衣系着兵儿带（用整幅布挽成的腰带）的菊雄正站在门槛前面。

"母亲早上好！"

"早上好！"

见阿常给菊雄说早安，阿元也重新坐好给菊雄道早安。

"这是什么情况？今天早晨一大早，您两位就在一起？"

"菊雄，请你在那边坐下！有件事情我想跟你谈谈！"

阿常的口气很干脆，说完朝阿元使了个眼色让她出去。

"那我就告辞了！"

阿元向两人鞠了一躬就出去了，菊雄一脸惊讶地看着她出去，然后慢腾腾地在阿常面前坐下了。

星期一的早晨，阿元到医院里来道贺回去之后，里子开始考虑给椎名打电话的事情。

孩子出生的事情早晚也得告诉椎名。如果可能的话，里子很想早点儿告诉他。

但是，从分娩之后的疲劳中醒过来的时候千鹤在身边，紧接着阿元就来了。

要让她们帮自己打电话就有点儿太自私太任性了。可是，自己打电话又感觉太难看了。

孩子的出生，对椎名来说，并不一定是一件让他高兴的事情。没有必要那么早告诉他。

这种心情使得里子踌躇再三。

但话又说回来，总不能就这样瞒着他。

从十点过了十一点，到了十二点的时候，里子出了病房，站在了服务台的电话前面。

候诊室里还有两个病人，一个在看杂志，另一个在听护士给她讲药的用法。

看样子没有人会竖起耳朵偷听。

里子环顾了一下四周，拿起了电话。

里子觉得直接往椎名公司里打电话很不合适，可是要往他家里打的话，就得是晚上了。还有，如果他在开会的话，还不知道什么时候能联系上他。如果中午休息的时候打，或许那个经常接电话的女秘书不在他身边。

里子直觉还真对了。

让总机接通椎名的办公室，椎名马上接起了电话。

"哦？怎么了？"

"现在那里就你一个人吗？"

"是啊！我昨天还给你打电话了！"

听到他的声音的那一瞬间，泪水自然而然地从里子眼睛里溢了出来。

从昨夜开始忍受着痛苦，终于把孩子生下来了。正因为她一时间觉得今后永远不能再见面了，里子对椎名的想念怀恋可想而知。

"你现在在哪里？"

"在医院。"

"那么……"

"现在说话方便吗？"

"没关系的！"

"今天早晨六点多，我生了一个男孩子……"

"是吗……"

就那样沉默了片刻之后，椎名小声说道：

"太好了！"

"都是我一意孤行，对不起了！"

"你可不要那么说！孩子还好吧？"

"是的！非常可爱！"

里子很想说"孩子像你"，但忍住没说，她把嘴贴到话筒上小声说道：

"只有一件事我想麻烦你，能不能给孩子想个名字？"

"名字吗……"

"什么名字都行！还有半个月呢！"

里子本来打算取椎名的名字的一部分，但想想还是让椎名直接给孩子取名比较好。

"拜托你了！"

"现在你所在的地方是哪里？"

里子把医院的名字和电话号码告诉了他。

"过一星期左右就回原来的公寓。"

"下周的话我可以过去。"

"你不用特意来，还是先给孩子想想名字吧……"

"知道了，我会给孩子想个名字的！"

"多谢！那真是太好了！"

"你好像精神不错啊！"

"嗯……"

"有什么人陪着你吗？"

"昨天晚上是千鹤陪着我的，已经没问题了！"

"有没有什么需要的东西？"

"请不用担心！好了，我挂了！"

"那你多保重！"

里子挂断电话看了看周围，候诊室里已经一个人也没有了。

在告诉他之前，里子一直担心，不知他会说什么，还担心他直接就把电话挂了。

但是，椎名的应答出乎意料地温柔。

倒也没听出他特别高兴的样子，但也并非冷淡。到了最后他还担心自己的身体，还答应要为孩子想个名字。

他到底会想出一个什么样的名字呢……

太难的名字不好，可太简单了，也让人觉得少点儿什么，最好是堂堂正正、有男人味儿、有品位的名字。只想到这些，里子就觉得心满意足了。

刚才没在病房里的时候，配送的午饭是普通饭食，里子只吃了一半就把筷子放下了。

从昨天晚上起，就几乎没有吃东西，按说这会儿应该很饿了，或许是因为完成了重大使命的那种满足感，里子并不怎么吃得下。

还有，涨奶涨得厉害，里子只觉得胸部被往外挤得生疼。

从怀孕的时候起，里子就觉得自己好像突然变成了一个活生生的动物。

例假停了，肚子圆滚滚地越来越大。过了五个月的时候，胎儿开始在肚子里动，不是踢小肚子就是撞腰窝。里子能觉出来，顶端是孩子的手或者脚。记得以前见过袋鼠把孩子装进肚子前面的袋子里蹦蹦跳跳，里子觉得自己和袋鼠也没什么两样。岂止如此，她甚至觉得自己比袋鼠更像动物。

人类属于灵长类，在所有的生物中是最有智慧的，但归根结底还不过就是动物。不管人在脑子里怎么想，身体的基本构造还是动物。

阵痛来临就分娩，等到开始涨奶的时候，那种动物的感觉就成了决定性的。不管说什么漂亮话，全身都变成了动物，流血、叫唤，然后把孩子生下来。

女人之所以坚强，其原因说不定就在那种生命的原点里。

生完孩子，里子忽然觉得自己变得坦诚直率了。自己再也不是什么美丽的女人，也不是什么老字号的小老板娘，只是一个平凡的作为雌性的女人。现在没有任何抗拒的心情，能够顺从地接受那个事实。

午饭以后，护士抱着婴儿来让他吃了一会儿奶。孩子无意识地吸着奶头吃奶。

仔细想想，母亲给孩子喂奶的样子和动物毫无二致。和在乡下见过的给猪崽和牛犊喂奶的猪和牛没什么两样。

但是，女人对此并不感到厌恶。岂止是不厌恶，她对那种姿态甚至感到满足和安心。当女人发现自己的内心深处竟然还有这种幸福的时候，她会感到震惊。

"来吧孩子！使劲儿多吃！"

里子鼓励孩子，但是奶水根本没有要出来的迹象。

"还是不行啊！"

护士笑着把孩子抱开了。

"回头我稍微给你按摩一下吧！"

"能行吗？"

"你就放心吧！到了明天奶水就出来了！"

护士又把孩子抱走了，护士刚走，千鹤就进来了。

"怎么样？休息好了？"

"多谢！你看我活蹦乱跳的！刚才我的情人在这里来！"

"你的情人？"

"孩子嘛！"

"是吗？原来是你的情人啊！"

千鹤一边点头一边从提篮里拿出一个小纸包。

"这是我买来的！"

"这不是'井通'家的海鳗寿司吗？我太喜欢了！"

千鹤又从提篮里拿出了"键善"家的竹叶羊羹和葡萄柚。她准备得很周全，把小碟和水果刀都带来了。

"午饭吃了吗？"

"吃了一点儿，要是这种寿司的话，我还能吃下去！"

里子整理了一下领边，从床上坐了起来。

吃完寿司正在喝茶的时候，护士过来说："有您的电话！"

"我去接吧！"

千鹤说她要去接电话，里子说不用了，自己去了楼下的服务台。因为不大会儿之前刚跟椎名通了电话，估计不会是他打来的，但也说不定。

"喂！喂！"

里子很兴奋地接起了电话，电话那端立即传来了一个意想不到的声音。

"是我啊！你能听出来吧？"

"……"

"听说孩子生下来了，恭喜你啊！"

对方或许是在强压感情吧！声音有点儿含混不清，但无疑那是菊雄的声音。

"今天早晨我听母亲说了，听说是个男孩儿，是吗？"

"嗯……"

"我这会儿想到你那里去看看。"

"要来这里吗？"

"我有些话想跟你说……"

自从里子离开家，还没有和菊雄见过面。虽然在电话里说过一两次话，但每次都是菊雄打过来的。他每次都在电话里说想见面谈谈，但里子都拒绝了。

"现在即使见了面，我也没有任何想说的！"

"你不要那么说！总不能这样就算完了吧？"

菊雄的口气罕见地严厉。被告知孩子生下来了，他可能坐不住了吧！

"现在就你一个人吧？"

他可能是用公用电话打来的，能听到电话那头有车来车往的声音。

"医院是在崛川的二条是吗？"

"你就是来了，我也不见你！"

"你到底在想些什么？看情况我还准备原谅你呢！"

"求你不要再说那种话了！"

"你在说什么！我一直在忍，忍到这个地步，你难道不明白吗？"

"我明白！我很感谢你！也觉得对不起你！"

"那么说，见面谈谈不好吗？两个人好生谈谈，说不定还能想出什么好主意，母亲也让我和你见一面好好谈谈！"

"可是，即使见了面也是一样的！"

"绝不会是一样的！见了面就不一样了！"

真不知道菊雄在想些什么！自从里子怀孕离开家的那时候起，对菊雄的感情已经彻底断绝了。从那以后，她心里想的只是如何把孩子生下来，如何把孩子抚养大。

还有，现在孩子都生下来了，两个人即使见了面又能怎么样呢？事情都到了这个地步了，还要再谈谈重归于好吗？里子丝毫没有那种想法。即使菊雄肯原谅过去发生的一切，里子也不能接受那种事情。

世间不是那么简单的，里子本人也不是随随便便就从家里出来的。

一辈子不能回家也无所谓，今后不会和菊雄见第二次面了。里子在心里那样决定了，而且觉得这一切都能接受才从家里出来的。

在决断之前，女人会犹豫彷徨拿不定主意，但一旦下定决心就再也不会踌躇迷茫。她会不顾一切地径直向目的地进发。女人的坚强就在于她的这种一条道走到黑的痴迷不悔。当女人把一切都赌到这种毫不犹豫的执着上的时候，女人会变得比男人更坚强。

"好不好啊？不管怎么说，还是先见一面吧！"

"……"

"真的对不起，请你原谅！"

"就那么一小会儿还不行吗？我也想看看刚出生的孩子。"

听他这么说，里子瞬间浑身战栗。

出生的孩子和菊雄什么关系都没有，那是自己和椎名的亲骨肉，他身体里流动的是自己和椎名的骨血。让菊雄去抱这个孩子，光想想就毛骨悚然。

"我不愿意！"

"你可真够犟的！"

这既不是倔强，也不是心胸狭窄。那是生下孩子的女人的生理本能。

"你还在为那件事情生气吗？我今后要和那个女人一刀两断，那件事情不是已经跟你说过了吗？"

"不是那么回事！"

里子手里拿着电话，使劲儿摇头。

坚持不和菊雄见面，既不是因为他和别的女人出轨，也不是因为他在外面拈花惹草，和那些一点关系都没有。里子现在早就超越了嫉妒和憎恨的阶段，她现在对菊雄是没有爱也没有恨，什么感觉都没有。他只是一个在路上擦肩而过的无缘的男人。

"好不好？我们见一面，把那件事情也好好谈谈？"

"请你不要再说了！"

里子几乎要尖叫起来。菊雄越是温柔地貌似很理解地接近自己，自己就越想从他身边逃离。岂止如此，仅仅是这样说几句话，里子都觉得很厌恶，感觉身上的每一寸肌肤都被玷污了。

"好不好？我现在就去了！"

"你来了我也不见你！"

"反正我就要去！"

"我不愿意！"

里子说完就把电话放下了。

服务台窗口里面的女人一脸担心地看着这边，她可能以为里子在和对方讲什么很麻烦的事情吧！

"不好意思！如果有个姓茑野的男人来了，请您拦住他，告诉他我不想见他！"

里子给服务台的女性交代完，一路小跑回到了病房。

接下来的一星期，里子都是在期待和不安中度过的。

期待的是椎名说不定会来，不安的是菊雄说不定会强行闯进来，这种期待和不安互相交织的心情让里子坐卧不宁。

医院里的医生和护士们好像也隐隐约约地感到了里子和丈夫的关系有些不正常，但他们绝不会继续追问。

总算平安无事地坚持到了现在，里子不想让别人看到自己多余的丑态。挂断电话的那天她心里很不安，一直到傍晚都让千鹤陪着自己，但菊雄最终没有出现。

第二天也提高警惕，但还是没有菊雄来。

他虽然在电话里口气强硬，但他好像没有当真要闯进来的勇气。里子虽然稍微放下心来，但那天夜里做了一个噩梦，梦见孩子被菊雄抢走了。

早晨起来，突然发现孩子不见了。赶紧让人去查，有人说刚才看见一个酷似菊雄的男子从婴儿室把孩子抱走了。里子在后面紧追，恳求菊雄把孩子还给她，菊雄说你只要肯再和我在一起我就把孩子还给你。菊雄说完就逃走了，里子在后面拼命追。

从噩梦中惊醒过来的时候，里子发现浑身都被虚汗湿透了。

里子马上把值班护士喊来一起去看孩子，发现孩子正在婴儿室里睡觉。

里子知道菊雄是不会做出那种荒唐的事情来的，可又觉得不能疏忽大意。

菊雄表面上是个怯懦的男人，但他毕竟是个公子哥儿，一旦钻了牛角尖，谁知道他会做出什么事情来。

第二天的下午，来自椎名的花篮送到了正在胆战心惊的里子的房间里。

椎名或许是从东京打电话委托京都的花店送来的，是以月季和百合为主的插花。雪白的花篮的下面附着一个小小的信封，上面写着"祝贺！K·S"。

看到姓名首字母的那一瞬间，里子马上想到了椎名。

不会是他送来的吧！看了看送货单上的发货人一栏，果然就是椎名敬一郎。

"一定是从东京打电话订购的吧？"

"实在是太漂亮了！"

千鹤把花篮放在窗边的架子上，整个房间顿时花香弥漫，芬芳四溢。

"椎名先生还是很为你生孩子高兴啊！"

千鹤那么说，里子只是微笑不语。

椎名给自己送来了鲜花，里子当然很高兴。

但是，里子并不像千鹤那样认为椎名发自内心地为自己高兴。

尽管信封上写着"祝贺"两个字，但他的内心深处一定很复杂。里子从"K·S"那两个姓名首字母里面感到了他的困惑和犹豫。

他要是真的为孩子的出生感到高兴的话，真希望他能堂堂正正地署上自己的名字"椎名敬一郎"。不是作为发货人写在发货人那一栏里,而是在鲜花下面的小信封上清清楚楚地写上他自己的名字。

他明明是孩子的父亲,只写姓名首字母就太奇怪了。

但是,那或许只是里子臆想出来的一厢情愿的不满。

椎名或许觉得清清楚楚地写上自己的名字被其他来探望的人看到不好,他不想被陌生人看到自己的名字,以后多余地问这问那刨根问底。说不定他也想象到了花篮被母亲和菊雄看到的情形。他一定是想到了各种各样的情况,最后才决定只写上自己姓名的首字母。

他没有正儿八经地署上自己的名字,让里子心里感到几分落寞,但椎名能送花来已经让里子心满意足了。

即使他远在东京,但有他送来的鲜花守护着自己和孩子。想到这里,里子再次感觉到了椎名的温情。

从第二天开始,里子一边让孩子吸着终于出来的奶水,一边对着孩子喃喃细语。

"这是你爸爸送来的,说是祝贺你出生哦!"

孩子那天真的眼睛里溢满了椎名送来的鲜花。

槙子从东京来探望里子是孩子出生一个星期之后的星期天的下午。

"姐姐,恭喜你!"

"妹妹辛苦!我明天就要出院了!"

"天哪!我来得正好啊!我帮姐姐出院!"

槙子给孩子买来了挂在天花板上的玩具作为礼物,她仔细盯着孩子的小脸儿说道:

"天哪!这孩子眉清目秀,长得真周正!还是很像那个人啊!"

"多谢!"

里子最高兴的事情就是听别人说孩子长得像椎名。

"小脸儿真的是通红，赤子这个词儿说得还真对！"

槙子对这一点莫名地感叹不已，一边说着，一边把孩子抱了起来。

"我怎么觉得快要把孩子挤坏了！"

"姨妈太可怕了！还是到妈妈这里来吧！"

里子把孩子接了过来，槙子抱着胳膊说道：

"是吗？我也是当姨妈的人了！"

"对啊！你以后得正儿八经地像个做姨妈的才行啊！对不对 K 君？"

"孩子的名字叫 K 君吗？"

"还没给孩子起名字，先这么叫着！"

里子的本意是从椎名敬一郎的名字里取一个敬字来称呼孩子，但槙子好像不明白。

"给孩子取名 SHIROU 怎么样？"

"你说的是什么呀？"

里子稍微思考了一下，马上就明白了那是槙子的未婚夫的名字。

"谢谢你的一番好意，我想还是免了吧！"

"可是，不早点儿给孩子取个名字，孩子是不是太可怜了？"

里子也是同样的心情，但从上次来电话以后椎名还什么都没说。

不知道他是很忙还是思来想去拿不定主意，但自己刚给他说了有半个月考虑的时间，里子觉得在此之前，自己给他打电话催问有点不合适。

"赖子姐姐也说想和我一起来，可因为九月末有连休，她说到那时候再来！"

"孩子都已经生下来了，用不着那么着急忙慌地来！"

孩子出生的那天下午，赖子也打来了表示祝贺的电话，但那时候，里子告诉她自己身体很好，不用勉强来。

"赖子姐姐还是那么忙吧？"

"好像是的！"

槙子点点头，忽然满脸调皮地说道：

"赖子姐姐那个人啊！这段时间有点儿奇怪！"

"奇怪？"

"说不定有了喜欢的人……"

"不会吧……"

"我昨天去她的公寓，发现一个男的在里面！"

"说不定那只是个认识的人或酒吧的客人！"

"可是，那天是星期六，酒吧休息，大晚上的，家里只有一对孤男寡女啊！我的直觉绝对没错！那个人根本不是个普通的客人！"

槙子说得很有自信，可里子很难想象赖子和喜欢的男人单独待在一起的情形。

"而且那个男的或许比赖子姐姐还要年轻唉！"

"天啊！那就更不对了！"

"我说的一点儿不错！我去的时候正赶上他要回去，赖子姐姐好像有些心神不定，把那个人送到了电梯口。"

"那是因为对方是客人啊！"

"不对！姐姐说话的口气和看对方的眼神儿都和平时不一样！还有，赖子姐姐忽然变得妖媚起来了！"

"赖子姐姐说什么了吗？"

"没有，她什么都没说。可是我看得很明白！"

槙子如此有信心的话，说不定赖子姐姐真有了喜欢的人。

包括自己在内，姐妹三人都在悄悄发生变化，这一点让里子再次觉得很不可思议。

三个人今后到底会怎样改变下去？彼此之间都不能预测。实际上，一年前就连自己也根本没有想到会生孩子做母亲。

"搞不懂啊！"

"真是搞不懂啊！"

两个人长长地叹息了一声，又把目光投到天真无邪地转动着眼珠的婴儿身上。

第二天是个晴朗的天气。里子十点的时候结完账，正在做出院的准备，槙子来了。

"妹妹来得这么早啊！"

"可不是嘛！母亲一个劲儿地催我快点儿来，真烦死了！"

槙子今天穿着 T 恤和牛仔裤，一看就是准备干活儿的打扮。

"实际上妈妈也想来！还说就担心你能不能平平安安地回到公寓，我说您那么担心的话就一起去吧！母亲的表情忽然变得很可怕，说是太忙了走不开。"

到了这个时候，里子根本没指望母亲来帮忙，只要自己心里明白母亲为自己担心就足够了。

"我从哪里开始下手？"

"先把这里面的碟子和叉子放进箱子里去吧！"

说是住院，其实也就一星期的时间，也没有太多的东西。槙子按照里子的吩咐，开始整理收拾床头柜里面的零碎东西，她像忽然想起来似的说道：

"姐姐！你和姐夫之间发生了什么事吗？"

"什么什么事啊……"

"我也不是很清楚，姐夫好像不在家啊！"

"真的吗？"

"昨天晚上也没回来，二楼空荡荡的没个人影，好像从两三天前就不在家！"

"你是听母亲说的吗？"

"母亲只说他是出门了，除此之外什么也不说！"

和菊雄在电话里激烈争吵是一周之前的事情。他说要来医院，可是一直没有来。如果说他离开家的话，应该是那次争吵以后的事情。

"姐姐和姐夫都不在家，母亲好像很孤寂啊！"

自己和菊雄都走了，家里只剩下母亲和阿元了。家里到底发生了什么事情？里子很是放心不下，但以自己现在的处境又没法问母亲。

里子正忙着把和服叠起来的时候，槙子又说话了。

"可是，里子姐姐真的很坚强啊！"

"为什么那么说？"

"别人说这说那，最后你不还是把孩子生下来了吗？"

槙子要是这么说的话，里子也无言以对。虽说离家出走吃了不少苦，可做了最想做的事情的还是自己。在这一点上，自己或许比任何人都放肆任性。

"我也要努力变成姐姐那样！"

"你说什么呀……"

"我这个人性情懦弱！"

槙子这么说听上去好可笑，可是仔细想一想，槙子或许真的是性格温柔。

从年轻的时候就离开了家，还跟着那帮音乐人混在一起到处跑，但最后还是在最安全的地方找到了归宿。在这个意义上说，她是一个富于常识且懦弱的女人。

"你还是要和那个叫小泉的人结婚吗？"

"是啊！我打算明年四月前后和他结婚！"

"那么早！"

"那还早吗？士郎都二十六了！我也明年三月就毕业了，姐姐结婚的时候多大？"

"二十三。"

"天哪！那不是和我一样吗？也没什么早的嘛！"

"可是，还是不要太急了，最好还是再好好考虑考虑，你说对吗？"

"不，我也玩儿得差不多了，也没有任何遗憾了。我不能再这样一个人待下去了，挑来挑去的会挑花眼的！"

槙子的这种说法有点儿奇怪，里子觉得，她能清清楚楚地说出来自己已经玩儿够了，这一点就很了不起。

"可是，要说四月份的话，不马上就到了吗？"

"我对姐姐有个不情之请，希望在我结婚之前姐姐能一切顺利！"

"我的事情被对方知道了很不好是吗？"

"没有的事儿！因为我都已经给士郎说过了，所以没事儿的！我想说的是，母亲和姐姐如果不早点儿和好的话，就不能出席我的婚礼了！"

按照现在这个样子，自己确实不能厚着脸皮去参加槙子的婚礼。

"我昨天晚上一直在考虑，姐姐想不想回家一次，给母亲道歉？母亲那个人不管有多生气，内心里还是很想见你的！这一点绝对错不了！姐姐若是好好向母亲道歉，我想母亲一定会原谅姐姐的！"

"可是……"

如果回家道歉，母亲真的肯原谅自己的话，里子什么时候都愿意回家一趟。但是，如果回家就一定会和菊雄见面。那么，向母亲道歉的结果就成了自己再次回到菊雄的身边，这一点让里子不能忍受。

"我明白姐姐的心情。我一直在想，姐夫就这样不回来了该有多好啊！母亲也一定是那样想的！"

"不会吧……"

"姐姐放心！这个事儿就交给我吧！"

"什么事儿？"

"就是安排姐姐和母亲见面的事儿，行不行？"

"……"

"不用担心！我会把这件事儿安排得妥妥的！"

槙子拍了一下胸口，说了一声"该干活儿了"，然后站了起来。

椎名来电话的时候是里子出院两天后的夜里。电话好像是从外面打来的，能听到远处的人声嘈杂。

"出院了是吧！身体还好吗？"

"嗯！身体很好！你呢？"

里子过去心里稍微有点儿芥蒂，"你"这个字一直很难说出口，这次伴随着心中对他的思念，这个字自然而然地就脱口而出了。

"我还是老样子。这个星期六我想到你那里去！"

"真的吗？"

"孩子的名字到时候再告诉你行吗？"

"没关系的！"

按规定，孩子的名字必须在出生后两周之内去登记，这个星期天正好是第二周的最后一天。如果最后的期限正好是星期天，那么下周一也一定能受理。

"也没想出太好的名字！"

"我现在叫孩子 K 君，取了你的名字的首字母！"

电话那头传来了椎名的笑声。

"那个名字可不怎么样啊！"

"你说什么？我这样叫孩子，渐渐觉得越来越合适了！"

"那样的话，我更得早点儿去了！星期六的六点左右就到了！"

"可是，你不是很忙吗？"

"不管那么多了，反正我要去！说不定哪天时间就多得没处使了。"

"你这是什么意思？"

"没什么！有什么需要的东西吗？"

"什么都不需要！请你早点儿来！"

一直想绝不能说的这句话还是脱口而出了。为了掩饰这种羞臊，里子连忙问道：

"酒店怎么办？"

如果可能的话，里子很想让椎名住在公寓里。这次和以前不同，因为公寓的房子是自己的家，可以一直待在一起，还能亲手给他做饭。

但是，旁边一直有孩子，也不知道孩子什么时候会哭闹起来。还有，里子不愿让他看到自己给孩子换尿布和喂奶的样子，那实在是太难堪了。她不想把椎名拉进太有家庭气息的氛围而让他心情郁闷。

心里很想让他住在公寓里，可里子忍住不说，正在那里沉默不语的时候，倒是椎名先提了出来。

"我可以住在你那里吗？"

"你肯住在我这里吗？"

"如果合适的话。"

"我太高兴了！那么你从火车站直接来这里吧！"

"要不要买点寿司什么的带过去？"

"不用了！我给你做！你在新干线上可什么都不要吃啊！"

说到这里，里子忽然想起家里只有一床被褥。

"我的家很小，可是什么都没有啊！真的可以吗？"

"没关系的！"

"那么就说好了是星期六，你可一定要来啊！一定！"

里子叮嘱了两遍，挂断了电话。

虽说离见面还有些时间，但有所期待和无所期待感觉就是不一样。里子一想到现在所有的时间都是为了相逢所需要的时间，心里就能畅快地接受这些时间。

里子一边期盼着星期六的到来，一边琢磨和椎名见面的时候应该穿什么和那天的晚饭应该做什么。

因为已经有了孩子，所以不能穿太花哨的衣服。但自己又不想穿得邋邋遢遢地见他。

那天的晚饭打算做和食，里子很想准备一些适合夏天晚上的清爽可口的饭菜。自己一个人生活，很长时间没有正儿八经地做过饭了。单是考虑那天晚上的食谱，里子就觉得心里好满足。

但是，里子的那份兴奋的心情也因为星期五下午"梅善堂"仓本夫人的造访而被打乱了。梅善堂是京果子（京都点心）的一家老字号，掌柜井左卫门从很久以前就格外关照茑乃家的生意。一开始提起自己和菊雄的这门亲事的也是梅善堂，是里子夫妻实质上的媒人。

不过，里子只在店里经常遇见掌柜，所以比较熟悉，掌柜的夫人顶多就是过年去拜年的时候见个面，和她几乎没有怎么说过话。按说应该年过五十了，那风采做派颇似老商家的夫人，大方稳重里面有一种容不得随随便便的威严。

夫人在电话里说："我现在就到你那里去！"接到她的电话的那一瞬间，里子立刻就紧张了起来。

里子过去一直在想，事情到了这一步，早晚也要和夫人见一面把事情说清楚，但没想到在椎名快要来的时候和她见面。

夫人到家里来到底会说些什么呢？是来劝自己和菊雄重归于好，还是来谈和菊雄分手的条件？里子光想想这事儿就差点儿身体缩成一团。

但是，身穿绫罗和服、系着绫罗织锦带的夫人很自然地说了句"恭喜你了"，然后看了一眼婴儿床上的孩子。

"这次给您添了这么大的麻烦，真是很对不起！"

"我听令堂说起这件事情的时候，真的是吓了一大跳！我现在总觉得是自己做了一件错事！"

"您可不要那么说！都是我太自私太任性了！做出了这么任性的事情，我都觉得没脸见夫人。请您原谅！"

正在里子给夫人低头道歉的时候，床上的孩子忽然小声哭了起来。三十分钟前刚给他喂了奶，可能是褯子尿湿了。

"不好意思，请您稍候！"

里子一边哄着孩子一边把襁褓的前面解开了，夫人一边噘着嘴逗弄孩子一边说道：

"天啊！小腿儿小脚儿舒舒展展的，真是个好孩子！精神头儿很足啊！奶水出得多吗？"

"嗯！还行吧！医生说，开始的时候最好喂母乳，所以现在只让孩子吃母乳。"

"那是最好了！孩子叫什么名字？"

"还没给孩子取名字呢！正打算明天给他起名字。"

"是吗？你看！孩子好像很舒服唉！"

抚养了五个孩子的夫人好像想起了过去的事情，用指头轻轻戳了戳停止哭泣的孩子的小脸蛋儿。

"才刚出生的孩子头发就这么黑，眉清目秀，五官很周正啊！"

"谢谢您的夸奖……"

说到这里，里子忽然缄口不语了。

生了一个私生子还得意忘形的话，就有点儿太放肆了。对方虽然是在逗孩子，但毕竟是把自己和菊雄撮合在一起的媒人。

"你母亲要是看到了孩子一定很高兴吧？"

里子低着头不回答，换完了尿布又转过脸来和夫人面对面。

"真不好意思！您好不容易来一趟，让您看见这么脏兮兮的地方！"

"没有的事儿！孩子的工作就是哭闹和拉屎撒尿嘛！"

夫人又喝了一口茶，有点儿不好开口的样子。

"咱们说正事儿，这次的事情呢，我这个做媒人的也有责任，我这厢也想听听里子姑娘的想法！"

终于要说那件事情了，里子不由自主地摆好了姿势。夫人抬起脸来看了一会儿天花板，好像要把自己想说的话好好组织一下。

"这次我想问个清楚，里子姑娘，不知你还有没有回到菊雄身边的想法？"

"……"

"有没有回家和他重新开始的想法？"

"您说这话，我连孩子都生下来了，事到如今……"

"你若是担心这个事情的话，老身还有办法！令堂虽然很生气，我舍上这张老脸去求她的话，或许还能有办法！菊雄虽然很痛苦，可他说了，如果里子姑娘真的肯回家的话，他也可以考虑。"

"不会吧……"

"这是真的！菊雄先生好像非常迷恋里子姑娘，他说过去的事情可以付诸流水，一个大男人这么能忍，真是个心地善良的人！"

一个不知情的人听了这话，或许觉得他确实是个心地善良的人，但里子正是因为受不了他的过分善良才从家里出来的。里子的这种心情，或许给别人怎么讲别人也不明白。

"菊雄把话都说到那个份儿上了，只要里子姑娘肯回家，一切的事情都会圆满解决。菊雄还说，这个孩子也可以认作是自己的孩子。"

听了夫人的这句话，里子顿觉浑身发冷，起了一身鸡皮疙瘩。

事到如今，怎么能让菊雄把这个孩子认作他的孩子呢？这个孩子和菊雄没有任何关系。这个孩子是自己和椎名爱情的结晶，是真真正正的椎名的孩子。

"我没有回去的想法！不好意思，我已经……"

菊雄说得那么温柔，自己为什么不能接受呢？为什么不想让步呢……

里子好像拿自己的冥顽不灵也没办法，但她又觉得，即便这样也要坚守和椎名之间的爱情的自己很令人怜爱。

因为里子沉默不语，看样子夫人也觉得再说也没用了。她喝了一杯茶，抽了几口烟，像忽然想起来似的说道：

"我从一开始就觉得这件事情很难。我认为里子姑娘事到如今不能回去的想法一定是正确的！"

"我认为这件事情倒不存在什么正确不正确……"

夫人点点头，忽然用很严肃的口气说道：

"那么说，你也不想和菊雄先生见面了是吗？"

"不好意思……"

"菊雄可是说很想和你见一面好好谈谈！"

"他现在在家里吗？"

"他五天前离开了东山的家，现在好像住在大阪朋友的家里。我当然知道他的联系地址。说起来他也够可怜的！"

"对不起……"

要说可怜，确实没有像菊雄那般可怜的人了。被老婆戴了绿帽子，还让老婆跑了，最后竟然不惜把不是自己的孩子认作自己的孩子哀求老婆回家。

要是一个普通的男人，那可是坚决不能容忍的奇耻大辱。

"我真的很对不起他！我觉得是我不对！"

夫人看着窗外，什么也不说。透过白色抽纱窗帘的缝隙，可以看到午后阴沉的天空。过了一会儿，夫人好像心意已决一样抬起脸来，用干脆利落的口气对里子说道：

"依我看，你和菊雄分开也好啊！事情不能总这么搁着，即便是离婚也……"

里子垂着眼帘，自言自语地重复了一句"离婚"。到目前为止，里子已经听到过这个词好多次了，脑海里也多次浮现出"离婚"这两个字。

但是，现在夫人把这两个字清清楚楚地说了出来，自己也小声重复了一次，里子忽然觉得"离婚"这两个字带着非常现实的意义出现在了脑海里。

一想到就要和那个人离婚了，"离婚"这两个字忽然变得活生生的。

"你当然会答应去履行离婚手续吧？"

"是的……"

"从道理上讲，是里子姑娘这边引起了问题，按说应该让你家赔偿，不过，菊雄也是个男人，我想事情到了这个地步，他也不会在这一点上斤斤计较！"

"……"

"本来你们两个人是觉得能和和睦睦过下去才结婚的，离婚的时候也得利利索索的才行啊！"

"真是很对不起您！"

"不过，里子姑娘也真够倔强的！"夫人叹息着说道。

里子想起来，上一次槙子也对自己说过同样的话。

里子自己并不觉得特别坚强。她认为自己只是不虚伪，活得很诚实而已，但结果却是伤了周围的人也伤了自己，不经意间发现别人都把自己称为"坚强的女人"。里子自己也不明白到底什么地方坚强，好像不知什么时候，自己变成了坚强的女人。

"经常和你喜欢的那个人见面吗？"

"……"

里子轻轻地摇了摇头。

好像自己的使命已经完成了似的，夫人的表情变得柔和起来。

"可是，那也挺好啊！能有一个自己那么喜欢的人。像我这样的，既没有激情燃烧的能量，也没有那么一个对象！"

"怎么会呢……"

"这样就挺好！毕竟是女人嘛！"

里子不知道该怎么回答才好，只是一脸漠然地垂着眼帘，夫人重新跪坐好说道：

"好吧！我就告辞了！突然打搅你，还说了那么多不好听的话，请你不要生气，也请你多原谅！"

"是我应该请您原谅，说了那么多任性的话，也没能好好招待您！"

"今天的事情我会告诉菊雄和你母亲的，至于今后的事情和有关离婚的手续，我回头再来打扰！"

夫人站起来，看了一眼婴儿床上的孩子，说："孩子的大眼睛睁开了！"说完噗嗤一笑，向门口走去。

送走了夫人，里子回到屋里，发现昏黄的暮色忽然涌进了房间里。里子走过寂静的房间,回到婴儿床的边,小声对床上的孩子说道："今后就剩下你和我两个人了！"

星期六那天，从早上就开始阴天，到了晚上仍然很闷热。

都说今年夏天是冷夏，可到了八月末，好像酷暑又杀了个回马枪。

只不过，和往年相比，今年的暑热缺乏那种热不可挡的势头。

说是闷热，但在树木茂密的银阁寺附近，只要打开窗还会有丝丝凉风吹进来，虽然声音比较弱，但已经能听到虫鸣唧唧了。

这样的话，即使不开空调也能过了。

按照约定，椎名六点一到京都火车站，就先给里子打了一个电话。

"你现在到了吗……"

里子一想到椎名这会儿也在京都城里，就觉得很激动。

"你打个车直接过来吧！"

给椎名说明了地方，但或许光听自己说明，他还是找不到。里子看时候差不多了，里子把孩子放在婴儿床上，下楼到了大路上，正好看见一辆出租车开过来停下了。

里子在昏暗的路边定睛一看，车门一开，椎名从车上下来了。

里子也忘记了周围人的目光，一路小跑奔过去。

"欢迎光临！"

椎名轻轻一招手，微微一笑，露出了洁白的牙齿。

"我想你了！"

里子按捺住想那么说的心情，抬起脸来看着椎名。

"看你精神很好嘛！"

"你也是……"

"太好了！"

两人互相点点头，向公寓走去。

"这么安静，真是个好地方啊！"

椎名今天穿着西装打着领带，右手提着一个小小的旅行包，给人的感觉就是心血来潮随便出来旅游一下。

"你一定很累了吧？"

"不累！他呢？"

"这会儿正在床上睡觉呢！"

里子说完笑了，椎名也一起笑了起来。

公寓入口的楼梯下面有块平地，摆放着一些观叶植物。两人坐前面的电梯上了楼。

"房子很小不好意思！"

里子先进门，转身把椎名迎了进来。

一进门就是一个八张榻榻米大小的客厅，里面是一间六张榻榻米大小的日式房间。

"你要看看他吗？"

"当然！"

两人径直走到日式房间里的婴儿床前面。

里子把灯光调得比较暗，孩子正在床上把眼睛睁得大大的。

"噢……"

椎名俯身看着孩子，情不自禁地喊出声来，不知道是惊奇还是欣喜。

"原来是这个样！"

"头发乌黑，人家都夸孩子长得漂亮呢！"

"长得很像你啊！"

"还是像你啊！"

"你说的也是吧！"

椎名努起嘴唇，摇头晃脑地逗弄孩子。

"你要不要抱抱孩子？"

"可以吗？"

里子从床上把孩子抱起来，递给椎名。

"这孩子好沉啊！"

"已经超过四公斤了！"

"真是个好孩子……"

椎名噘起嘴来正想再逗一下孩子，没想到孩子哭了起来。

"怎么了？怎么了？"

椎名两只胳膊抱着孩子轻轻摇晃，可孩子还是哭个不停。

"是不是该吃奶了？"

"刚吃了奶才不多会儿，孩子可能不习惯你的抱法！"

里子从椎名怀里接过孩子哄了哄，孩子马上就不哭了。

"这小子太狡猾了！妈妈抱就好了吗？"

椎名轻轻戳了一下孩子的小脸蛋儿。里子看他满心喜欢地逗弄孩子，感觉就像在梦里一样。

晚饭是在客厅的饭桌上，两人面对面吃的。

"因为出不了远门，什么都没有。"

"不是吧！这桌子菜很丰盛啊！"

为了今晚的这顿饭，里子两天前就特意跟附近的鱼店说好了。

如果去锦市场买或者给经常出入茑乃家的鱼店打声招呼的话，或许能买到更新鲜的鱼，但家里有孩子就没法这么做了。即便那样，里子还是用大虾做了西餐小菜，用新鲜的牙鲆做了生鱼片。另外还做了加盐烤鳟鱼和百合根面筋拼盘。

主食是松茸饭，汤是虎鱼酱汤。

这几道菜都是里子在茑乃家的时候耳濡目染，看样学样学会的，虽然没有多少信心，但至少样数是凑够了。

"你喝啤酒可以吗？家里也有清酒。"

"还是先喝啤酒吧！"

两人互相给对方倒上啤酒，然后举起杯来轻轻一碰。

"恭喜你！"

听椎名这么说，里子对着他轻轻一低头，然后抿了一小口啤酒。

"太好喝了！来了真好！"

"真的吗？那样的话，我就太高兴了！"

"那还用说嘛！"

椎名把杯子里的啤酒一口气喝干，里子马上又给他倒上了。

"关于孩子的名字问题，我也没想出什么太好的名字！"

"可是，你为孩子想名字了是吗？"

"我大体想了几个，你觉得 MASAKI 这个名字怎么样？"

"是 MASAKI 吗？"

"是的，真实的'真'加一个幸福的'幸'！"

里子自言自语地又重复了一遍。

"不管怎么说，我只希望孩子成为一个正直诚实的人！我还想过孩子取名'MASANAO（真直）'，但MASAKI这个名字里面有个幸福的'幸'，听起来也很响亮清脆！"

作为里子本人，她本想从敬一郎这个名字里面取一个字给孩子取名，但"真幸"这个名字也不错。

"我认为这个名字很好！"

"你没给孩子考虑过什么名字吗？"

"既然是你给孩子取的名字，什么都行……"

"那么就用这个名字吧！你觉得行吗？"

"多谢！我赶紧去登记！"

"实际上，还非得取这个名字不可！"

椎名站起身来，从放在房间角落里的旅行包里拿出来一个小盒子。

"我去求了这么一个东西来！"

里子打开盒子一看，里面有一个用金丝缝的袋子。

"三天前我到杂司谷的鬼子母神神社去了一趟，用真幸这个名字献纳了绘马（为了许愿或还愿而献纳的木版画片）。"

"你还为这个事情特意去了一趟吗？"

"那不是起码的事儿嘛！"

"非常感谢！"

里子对着护身符深施一礼，然后拿着护身符去了婴儿床那边。

"真幸君！"

里子把灯光调得很暗，孩子从刚才起就在睡觉。

"你的名字定下来了，叫真幸唉！"

里子叫了一声孩子的名字，然后小声嘟念了一遍"莴野真幸"。

要是能给孩子取名"椎名真幸"该有多好啊！

但是，里子从一开始就知道那是不可能的。再有什么奢求就该遭报应了。

里子把护身符放进衣柜的抽屉里，刚回到饭桌旁就听椎名对她说道：

"今后你可能会喊着'真幸！'发脾气呢！"

"才不会呢！我要把他抚养成一个不用大人训斥的好孩子！"

"你不要想得那么死板，最好是让孩子心情舒畅无拘无束！"

"话是那么说，可孩子舒服大了傻了怎么办？"

"说不定你会变成一个教育型妈妈！"

"那还用你说！我得让孩子好好学习，上个好大学！"

"完了！完了！"

椎名怪腔怪调地笑着说着，看了一眼婴儿床那边。

"他很快就会领着一大堆女朋友到家里来！"

"乱交女朋友我是绝对不会允许的！这一点我会好好教育他，不要像他爸爸！"

"喂！喂！越说越过分了！"

椎名笑了，但里子却一脸认真。

吃完饭后，椎名去洗澡，里子趁着这个时候给真幸喂了奶。

因为孩子出生才半个月，每隔三个小时就得喂一次奶，所以里子晚上也睡不踏实。里子磕头打盹的时候会突然跳起来去瞅一眼床上的孩子。

到了现在，虽然不用担心菊雄会来抢孩子了，但里子偶尔还会担心孩子会没有了。

但是，今天好像能够放心地睡个安稳觉了。

椎名从浴室一出来就换上了浴衣，那是里子怀孕期间抽空给他做的。

"怎么样？"

"不大不小，正合适！"

椎名伸开胳膊给里子看了看，然后坐在了沙发上。

"真舒服！好久没这么悠闲自在了！"

"来杯啤酒怎么样？"

里子说完，去冰箱里拿啤酒，回来发现椎名正穿着浴衣在窗边站着。

"真安静啊！总是这个样子吗？"

"晚上几乎没有车通过！"

椎名看了一会儿窗外，小声招呼里子道：

"你过来一下！"

里子走过去站在他身边，椎名一下子转过脸来。

两人就那样四目相对，椎名的手自然而然地伸出来，里子就像被吸过去一样，钻进了椎名的怀里。

那是一个宽宽的厚实而温暖的胸膛。里子感受着那种温暖，浑身沉浸在幸福和安详之中。里子就那样闭上了眼睛，听到椎名在她耳边喃喃细语。

"真对不起！让你一个人受苦了……"

里子被他抱在怀里，轻轻地摇了摇头。

这些事情，椎名没有理由向自己道歉，怀孕和生孩子都是自己的一意孤行。

"把我再抱紧点儿！"

里子这会儿自己主动地大胆把身子紧紧贴在椎名的胸膛上。椎名紧紧地抱住她，两只手从后面紧紧勒住了里子的胸脯。

有多久没有体会这种甜蜜的感觉了……

里子很想就这样融化在他的怀抱里，正那么想着，就听椎名轻轻叹息了一声说道：

"要是我不在了，你怎么办？"

"不在了？"

里子慌忙抬起脸来。

"你要去什么地方吗？"

"不是，跟你开玩笑呢！"

椎名微微一笑，表情又回到平时的样子，轻轻抚弄里子的秀发。

"你看上去一点儿也不像生过孩子的样子！"

"怎么会呢！生了孩子以后身材好像也变形了，不过我很快就会恢复的！"

两人离开窗边，回到了沙发上。里子打开了电视，椎名看着电视画面问道：

"今后就这样一直在这里住下去吗？"

"我已经决定和他离婚了！"

椎名的表情瞬间稍微变化了一点儿，里子不管不顾地继续说道：

"我想事情很快就一清二楚地了结了！"

"你母亲怎么说？"

"我好久没见她了，不知道。不过，我现在身边有了真幸，已经没问题了！"

椎名沉默不语，不一会儿叼上一支烟点着了。

为了打破这种沉闷，里子站起身来。

"你一定很累了吧？我给你把被褥铺上！"

里子说完，走进了里面的日式房间，从壁橱里拿出被褥，在婴儿床的旁边铺好了。

里子以前曾经想象过自己、椎名和孩子三人并排躺成一个"川"字睡觉的情形。要是能那样该有多好啊！她过去一直很憧憬。

但是，那种想象和憧憬马上就要变成现实了。如果把孩子从床上抱下来，三个人就可以睡成一个川字，和自己从前想象的情形一模一样。

但是，里子现在并不想逼着椎名那么做。

如果对他说想那样睡，椎名或许会答应，但那样的话，就太像一家三口了。

自己虽然喜欢椎名，但不想把他束缚在自己的世界里。把他逼到那个份儿上，只会让他喘不上气来。现在住在一个房间里，能一起休息，里子觉得这已经足够了。

"请你去休息吧！"

里子本以为见了面两个人会有很多话要说，可真的见了面，那些想说的话都跑得无影无踪了。

夜深了，公寓的周围一点儿动静也听不到。偶尔能听到汽车驶过的声音，但那个声音消失以后，周围又回到了原来的寂静。

椎名和里子坐在那里继续说话，偶尔看一眼音量开得很小的电视。

关于里子离婚的事情，关于孩子的将来，按说另外还有很多需要两人认真商量的事情，但话题很难转到那个方向。

这一会儿，里子也不想提起那么沉重的话题，车到山前必有路，那些事情到时候自然而然地就解决了。现在和椎名谈论那些事情也没什么意义。

倒是椎名，好像很放心不下里子家里的事情以及她与菊雄之间的事情，一副欲言又止的神情。

但是，他也不过是稍微观察一下里子的表情，好像没有进一步讨论那些事情的意思。尽管两个人都挂怀那些事情,但都避而不谈。

但是,里子这样已经很满足了。与其谈论那些沉重的话题,弄得两个人都那么别扭,里子更想珍惜三人在一起的宝贵时刻。

过了十一点,电视开始播放最后一条新闻,里子起身去了里面的房间。

真幸或许有了名字放心了吧!这会儿睡得正香。

里子把孩子肩头的毛巾重新盖好,回到客厅问椎名。

"你也该去休息了吧?"

椎名虽然只喝了一点啤酒和清酒,但脸上已经出现了疲惫之色。

"你一般都是几点休息?"

"一般是十二点,但也有时候不能马上睡着!"

"天哪!这么小的地方,你今天晚上可能又睡不着了!"

"不!今天没问题!"

椎名把正抽着的烟掐灭,站了起来。

"你穿着那件浴衣睡行吗?"

里子先进了里屋,把一盏小台灯放在了椎名的枕头边上。椎名从后面跟着走进来,伸头看了看床上的孩子。

"天啊!睡得可真香啊!"

"因为你来了,孩子一定是放心了!你把浴衣的带子换成这条吧!"

里子把一条细带子递给他,椎名一边换上那条带子一边问:

"你还不睡吗?"

"我稍微收拾一下再睡!"

看着椎名钻进了被窝,里子回到客厅,关掉了电视。

忽然没有了电视的声音,房间突然静了下来,里子把餐桌上的杯子和碟子端到厨房里,拧开水龙头开始洗。

里子过去也有好多次深夜里自己一个人收拾。在寂静的房间里，洗刷自己用过的那几个盘子和碗，她有时候觉得寂寞得受不了。

但是，今晚就没有那种孤独寂寞了。一想到椎名就在里面的房间里睡觉，里子就想哼唱一支小曲什么的。

站在水池边上洗着杯子和碟子，里子忽然陷入了一种错觉，好像自己从很久以前就和椎名住在一起。昨天是这样，今天是这样，明天还是这样。自己为他做饭，整理房间，洗东西。只想到这些，里子就觉得兴奋不已，身体开始发热。

在日式房间里和椎名一起休息已经不是第一次了。去年夏天去岚山观看鱼鹰表演的那天晚上，里子和椎名有了男女之欢。

但是，那时候是在一家可以俯视大堰川的旅馆里，而且是在一个大房间的角落里。不像今天这个小房间，旁边还有一张婴儿床。

而且，今晚自己的身子是生过孩子之后的身子。

该怎么办呢？里子踟蹰着进了卧室，发现椎名还没睡，他轻轻地把被子的一头掀了起来。里子朝他点点头，慢腾腾地钻了进去。等她全身都进了被窝，椎名慢慢地转过脸来。

"好久不见！"

在淡淡的夜色里，椎名满脸都是笑。

"过来……"

就像被他的声音吸引过去一样，里子的身子挨了过去。

手碰着手，脸对着脸的那一瞬间，里子整个身体埋进了椎名的怀抱里。

"终于又见面了！"

两人见面已经过了四个小时了，但被他抱在怀里，里子却真真切切地觉得刚刚和他见面。

"我想要！"

"……"

里子闭着眼睛，在椎名的怀里摇了摇头。

出院的时候，医院给了一张产后注意事项的表，上面写着产后一个月之内要避免房事。好像在这期间身体还没有复原，如果勉强行房的话，会有出血的危险。

刚看到那张表的时候，里子觉得那和自己没关系。即使回到家也不可能和菊雄做那事，当时也没想到这么早能和椎名见面。

才半个月两人就见面了。

"不行是吗？"

"不行……"

身子被他紧抱着，嘴唇被他亲吻着，里子的身体也开始发烫。花蕊湿漉漉的，桃源洞口已是春水荡漾。这会儿说不定里子比椎名更想要。

要是医生允许的话，说不定里子早就主动求欢了。

"还没……"

椎名的手从她的香肩慢慢往下滑，里子轻轻地按住了他的手。

才半个月就干那事儿也太早了，再者说了，即使医生允许，里子对自己现在的身体仍然没有自信。刚生完孩子，身材也变形了，甚至对方抚摸自己的乳房也让自己感到羞耻。

里子不想用这么不完美的身子接纳椎名。

"请你原谅！再过些日子好吗？"

"我知道了！"

椎名好像死心了，把被里子按着的手慢慢抽回来。感受着他的手慢慢抽回去的感触，里子感到了一种莫名的寂寞。

真希望他干脆把自己的身子夺去，被他弄得花容失色一片狼藉，以后的事情怎么样都无所谓。好像要把这种不顾一切的心情发泄到对方身上，里子主动抱住了椎名。

"使劲儿抱紧我！"

椎名好像有点儿吃惊，紧接着马上用两只胳膊紧紧抱住了里子。

"我喜欢你！太喜欢你了！"

里子把头顶在椎名的胸膛上，一遍又一遍地呢喃着，眼睛不由地溢满了泪水。

"你哪里也不要去！使劲儿抱紧我！"

本来一直想着不能把他束缚在自己身边，可里子此刻什么都忘了，用浑身的力量紧紧抱着椎名。

从半夜开始好像下起了雨。

早上四点，里子起来的时候，外面的雨下得很大。到了七点再醒来的时候，雨势已经小多了。

八点钟椎名醒来的时候，雨几乎已经停了。

"你睡得好吗？"

"嗯！睡得很好！"

椎名一爬起来就穿着浴衣站在了窗前。

眼前的东山有一半笼罩在白白的雾霭里，下面的树丛显得更深了。

"你还可以再睡一会儿！"

听里子这么说，椎名很听话地又回到了铺上，抽了一会儿烟，看了一会儿报纸，然后好像又睡了。

椎名再次起来的时候，里子正在给真幸喂奶。里子慌忙要把胸脯遮住，椎名却在那里大声赞叹。

"你的奶水可真能出啊！"

"就这样还不够呢！"

里子刚转过身子去，椎名就打了一个哈欠。

"真是睡足了！好久没这么舒畅了！"

"早饭我准备了面包，可以吗？"

"我想喝杯咖啡！"

"我马上给你冲！"

里子把真幸放回床上。两人吃完这不早的早饭，已经十一点了。

"雨好像停了啊！"

比叡山的一半儿还云雾缭绕，而笼罩着东山的雾霭几乎都已经散去了。

"雨停了，感觉真好！"

椎名抽了一口烟，看了看手表。

里子马上就知道分别的时刻要到了。

"今天你几点回去？"

"其实，几点都行……"

说话支支吾吾的，表示他嘴上说的和心里想的正相反，那是椎名待不住的时候的一种习惯。

"有一件事情，我可以问问你吗？"

里子好像被时间催着似的问道：

"昨天晚上，你问我要是你不在了我怎么办，那是什么意思啊？"

"……"

"你要去什么地方吗？"

"不是，我只是开个玩笑而已！"

"真的只是开玩笑吗？"

"就是啊！"

"那就好……"

里子点点头，椎名为了转变话题，眼睛看着窗户那边。

"我们出去走走吧！"

"嗯……"

"三个人一起去神社看看吧！要是近的话，带着真幸去也可以吧？"

"那倒是也可以。"

"我觉得最好还是到神社去参拜一下！"

"一起去可以吗？"

"有什么不可以……"

里子是为椎名着想才有些顾虑，或许因为是陌生的地方吧，好像椎名不怎么在乎被人看见。

"那么，你直接就那么回去了是吗？"

"我只要能在两点之前坐上新干线就可以了！"

里子开始做出门的准备。

这还是第一次把孩子带出去。因为昨夜的那场雨，闷热也去无踪了，变成了初秋的凉爽天气。

里子穿上了一件适合外出的和服，白底上面印着胡枝子的图案，给孩子穿上了母亲给的白色斗篷，还给孩子戴上了帽子。

"最近的神社在哪里啊？"

"从这里去的话，吉田神社或熊野神社比较近！"

"那我们就去你说的那个熊野神社看看吧！光听名字就觉得挺灵验的！"

十分钟以后，叫的出租车来了，三个人出了公寓。

里子虽然以前没去过熊野神社，但因为以前那里有过一个电车站，所以知道那个地方。

到了那里才发现，那是一个很小的神社，神社的牌楼正对着大路的拐角。因为是星期天的下午，神社院内能看到小孩和领着孙子的老人的身影，而拜殿那边却没有人影。

椎名和里子爬上了低低的石阶，在拜殿前面双手合十。

不过，因为里子抱着孩子，所以没法击掌合十，只是低头行了一个礼。

"愿这个孩子身体永远健健康康，长成一个好孩子……"

里子边祈祷边加了一句。

"愿哪一天我们也能住在一起！"

椎名参拜完了以后，从右边的社务所买来了绘马（为了许愿或还愿而献纳的木版画片）。

"把我们三人的名字写在这上面吧！"

椎名先用万能笔在绘马上写上了"真幸·祈健康"，在下面署上了"敬一郎"。

里子在旁边也写上了自己的名字，椎名又在下面写上了日期，加上了一句"雨后的下午"，然后挂在了横板上。

"这么多绘马！"

横板上吊着各种各样的绘马，内容多为祈祷金榜题名和平安分娩。其中也有写着"永远的爱情"的，下面还署着男女二人的名字。

"字迹要是不消失就好了！"

"我会常来看的！"

吊挂在横板上的绘马过了几年之后字迹就会变得模糊，最后就看不清了。

"没事儿吧！"

椎名伸头看了看白色斗篷里面的孩子，孩子第一次出门，或许对外面的光线感到困惑，皱着眉头好像觉得光线有些耀眼。

"孩子什么时候才能和他们一样呢？"

椎名站在拜殿前面，看着远处跑来跑去的孩子们小声嘀咕。

"很快!"

"可是,日子好长啊……"

周围的人按说一眼就能看出来这三个人的组合很不正常。对于椎名来说,里子太年轻,那个孩子也太年幼了。

但是,星期天下午的神社的院子里,好像没有人有那种好奇心。

横穿过院子到了正面的大路上,椎名一下子站住了。

"我们去那家咖啡馆吧!"

"可是,现在已经两点了! 你最好还是直接去火车站吧!"

椎名往前走了两三步,又回头看了里子一眼说道:

"那,我走了!"

里子点点头,椎名向着一辆从路那头开过来的出租车举起了手。

"你多保重,我会再来的!"

"我等你!"

里子刚垂下眼睛,出租车就开到跟前停下了。

"我先把你送回去吧!"

"不用了,我自己回去……"

椎名呆呆地站在那里,好像还在犹豫不决,但好像马上就下定了决心,坐进了出租车里。

里子虽然听到了车门哐当一声关上的声音,但她特意不看车那边,只是凝视着怀里的孩子。

出租车一发动,马上就绝尘而去了。

看着出租车跑远了,里子沿着神社的石头围墙向东山方向走去。

抚子篇

九月份第三个星期六的下午，赖子和日下一起坐上了新干线。

明天的星期天和大后天的秋分是休息日，中间夹着星期一，成了断续的假日，再加上台风过后初秋晴朗的天气，站台上全是要出远门的人。

两人的座位在一等车厢的中间，赖子坐在靠窗的一侧，日下则坐在了靠近通道的一侧。两人刚坐下不久，火车就开了。

两人这是第一次一起出去旅游。

赖子今天穿了一件纯棉衬衫，外面套了一件浅黄色的西装夹克，脚上穿了一双鞋跟稍微有点儿低的高跟鞋。在陌生人眼里，她看上去像一个办公室白领或优雅端庄的社长秘书。

日下穿了一件灰色的法兰绒夹克，里面是一件深蓝色的开领衬衫，下面穿了一条深蓝色的西裤。

看两人并肩坐在那里，说两人是夫妻虽然也不奇怪，但说他们是一对恋人或许会更合适。

实际上，日下比赖子还要大三岁，两人坐在一起的话，看上去年龄相同，甚至赖子还要稍微大一点。一方面是因为日下长了一张娃娃脸，另一方面或许是因为赖子长年在银座做酒吧的老板娘，身上自然而然地带有一种老板娘的气派。

这个周末去京都是两个人半个月以前就商量好了的。

里子生了孩子，赖子很早就想去祝贺，没想到拖拖拉拉到了今天。

还有，这段时间京都的母亲来了好几次电话，关于里子和菊雄的事情和自己商量了很多。

两个人的关系已经陷入了令人绝望的境地，忍辱负重的菊雄好像也离开家不回来了。

事情到了这个地步，还不如早早地办离婚手续分开比较好。这样下去的话，反倒面子上不好看。母亲好像早就下定了决心，但真到了关键时候，心里还是很动摇。

自己的事情还好说，正因为那是自己亲生女儿的事情，事事不如自己所愿，母亲好像很着急也很生气。

"你不能回来一趟吗？"

轻易不示弱不叫苦的母亲那样在电话里求自己。

"月底休息的时候我一定会去！"

赖子决定来个干脆的，夹在周日和秋分之间的星期一那天也给员工们放了假，这下子从周六到周二就成了四连休。

但是，赖子不可能这四天都和日下在一起过。今天赖子自己在京都下车，日下则要去大阪。

因为日下的亲戚明天要在大阪举行婚礼，日下参加完婚礼以后，两人约好在京都汇合。

这段时间，两人每逢周末一定见面。

一起吃饭，接下来一般都是日下到赖子的家里去。孤身一人的日下每次回去的时候都是一脸的不情愿，那意思是想住在赖子家里，但赖子坚决不允许，不管多晚都要让他回去。

虽说两人已经有了肌肤之亲，但赖子不喜欢对方好像顺理成章地就那样和自己住在一起。

酒吧那些陪酒的女孩子里面，也有人把喜欢的男人留在自己家里住，但那个男的住下就不走了，最后成了一种同居的关系。

赖子虽然喜欢日下，但不想和他成为那种放荡的关系，即使喜欢，也要把界限划清楚。

日下尽管有点儿不满，却也被赖子的这种循规蹈矩的态度所吸引。

"你明天从几点开始有空？"

"估计怎么也得到傍晚了，六点左右你到酒店来吧！"

两人住的京都的酒店早就预订好了。日下点点头，把脸凑过来小声对赖子说道：

"你看！这么多人走过去的时候都看你！"

就在不久之前，日下还把赖子称作"妈妈桑"，最近终于改称"你"了。即便那样，他说话的口气还是很不自然。

"你看！那个男的也在看你！看样子你还是很惹人注目啊！"

虽然自己身边的女人被过道上来来往往的乘客盯着看，但日下好像并没有感到不高兴，甚至还有点儿喜形于色。

"去了京都，一定有很多认识的人吧？"

"有又怎么样？我才不在乎呢！"

"你母亲一定是个很厉害的人吧？"

"过去是，现在已经彻底变柔弱了！"

"我很想见老人家一面！"

槙子好像把未婚夫领回家给母亲看了，但赖子现在还不想让日下见自己的母亲。日下说喜欢自己，还说要和自己结婚，但赖子还没有结婚的想法。

赖子还想就这样继续观察自己一段时间。可能是因为邂逅第一个男人的时候遭遇了不幸吧！赖子现在还不能够把赤裸裸的自己完全交给一个男人。

　　五点钟到了京都，赖子下了火车，直接去了里子的公寓。赖子刚按下门铃就看见门开了，里子像个孩子似的扑上来紧紧抱住了她。

　　"姐姐！我太想你了……"

　　"妹妹好！快把孩子给我看看！"

　　"孩子正好刚睡醒！"

　　里子连忙把赖子领到了里屋的婴儿床前。

　　"真幸！赖子姨妈来看你啦！"

　　里子把孩子抱起来，让孩子的脸对着赖子，孩子好像听懂了似的，小脸儿上露出了笑容。

　　"哇！真会讨人喜欢！你好！我是你赖子姨妈啊！"

　　赖子从里子怀里接过孩子，抱了起来。

　　"好重啊！长得真漂亮！叫真幸是吗？"

　　"是他给孩子起的！说是要让孩子成为一个真诚幸福的人！"

　　"是吗？原来叫真幸啊！好啊！"

　　"又到了给孩子喂奶的时间了！姐姐请稍候！"

　　里子去了厨房水池那边，用暖瓶里的开水给孩子冲了奶粉。

　　"怎么是人工营养啊？"

　　"一开始的时候是喂母乳，可是从中间开始就不够了！"

　　"你说的也是！这孩子真有精神啊！"

　　赖子抱着孩子，重新环视了一下房间。

　　上次来的时候，房子里空荡荡的感觉大煞风景，可现在生机勃勃，充满了生活气息。确实一眼就能看出来一对母子在这里生活。

　　"话说回来，你可真了不起！真能干啊！"

"女人嘛！只要有那个心情，什么都能干！"里子抱着孩子，一边给孩子喝奶，一边笑着说道。

那笑容里面充满了身为女人的自信和幸福。赖子看里子笑得那么幸福，忽然想起了上次的排卵日和日下做爱却没有怀孕的事情。她那时候认为自己可能是子宫后屈什么的不能生孩子，但从那以后，她决定不再想那件事情了。

"椎名先生怎么说？"

"他说孩子好可爱，高兴得不得了！"

"太好了！"

"姐姐今天能在我这里多待一会儿吧？"

"母亲那里还没去呢！我想回家之前先看看孩子，所以才先到你这里来了，我明天再来了多待一会儿！"

"姐姐先等一下！我马上去给你泡茶！"

"不用忙活了！你在那里坐着就行了！先给孩子喂奶吧！"

"好吧！姐姐别见怪！"

里子冲好奶粉，把奶瓶对准真幸的小嘴儿，孩子或许饿了，咕嘟咕嘟喝得很欢。

赖子站在旁边若无其事地问道：

"你还没见母亲吗？"

"啊……"

"如果母亲说要见你的话，你想见吗？"

"那怎么可能！母亲绝不会那么说的！"

"可是，如果说要见你的话，你见她吗？"

"那还用……"

"好的！我明白了！"

赖子事先已经听槙子说起这事儿了，让母亲和里子见面是她这次来京都的目的之一。

赖子在里子的公寓里吃了晚饭，姐俩边吃边说，不知不觉过了好长时间，等她回到东山的家里时，已经是九点多了。

本馆那边还灯火辉煌，能听到客人们叽叽喳喳说话的声音。或许是听佣人说赖子回来了，母亲阿常穿着宴会上穿的和服就回来了。

"妈妈！我回来了！"

赖子跟母亲打招呼，阿常也不好好回答，满脸不悦地说道：

"你怎么回来这么晚？一定是去里子那里了吧？"

被母亲突然问起，赖子只好点点头。阿常一屁股坐下来，气鼓鼓地把和服的领边推上去。

"都想干啥就干啥！"

阿常或许是喝酒了，眼神儿有些发直。

"菊雄也离家出走了，茑乃家就这样完了！"

"妈妈！"

"干脆乱就乱到底！完蛋就彻底完蛋！"

阿常说完，用两只手捂住额头，趴在了茶几上。

"妈妈！你这是怎么了？"

赖子慌忙去摇母亲的胳膊，可阿常就在那里趴着，没有抬头的迹象。

"阿福！阿福！"

赖子正要把佣人喊来，阿常头也不抬地说道：

"不用喊阿福了！"

阿常说完，慢慢地抬起脸来，长长地叹了一口气说道：

"我老太婆已经是精疲力尽了！"

刚才看到母亲的那一瞬间，就觉得母亲忽然苍老了许多，看样子，这次的事情对她的打击相当大。

正因为阿常绝不在人前示弱，所以才坚持到了今天，但当她看到赖子的时候，或许她那种精气神儿一下子蔫了。

"对不起！"

赖子静静地低下了头。

赖子和这次的事情虽然没有直接的关系，但她离开家比里子还早。在这一点上，赖子说话也不敢硬气。

"您最好还是休息一下吧！"

赖子说这话本来是想安慰一下母亲，没想到这句话起了反作用。阿常一下子把身子挺直说道：

"我休息了怎么办？谁去照看店里的生意？谁来守着这个家？"

赖子闻言目瞪口呆，只是目不转睛地看着母亲。

"正因为我这么努力，你和里子，还有槇子才能走到今天！你让我休息的话，我随时都可以休息。要是那样还能守住莴乃家的话，我现在马上就想休息！"

"妈妈！我说的根本不是那个意思……"

"我也想和北白川的妹妹一样天天优哉游哉！那样该有多轻松多舒服啊！"

看样子，母亲一直在寻找一个发泄的对象。她一直想找一个人把这几个月窝在肚子里的火发泄出去。

但是，母亲一直没有找到合适的发泄对象。这些话不能说给员工和客人听，更不能到北白川的姨妈或亲戚家里去说。

正当母亲的那股火儿烧得正旺的时候，赖子没头没脑地闯了进来。可以说，阿常面前出现了一个绝佳的发泄目标。好像赖子挺倒霉的，但她不想顶撞母亲。

要是母亲大喊大叫发泄一通之后心情能平静下来的话，赖子觉得那样也好。

"你们一个个都把我当傻瓜！想干啥就干啥，干脆把这个家毁了算了！"

阿常说完又趴在了茶几上。赖子这回不慌了，先不管她，过了一会儿，轻轻地把手搭在母亲背上。

"妈妈！我说里子的孩子，真精神真可爱！听里子说孩子取名叫真幸！"

阿常不回答，还是一动不动地在茶几上趴着。

"现在呢！因为里子奶水不够吃，每天都给他喂奶粉，伸胳膊蹬腿儿的可精神了，还包着母亲送给他的褓褓呢！"

阿常的肩膀瞬间轻轻动了一下。

"里子说她很想见母亲，当面向母亲道歉！"

在茶几上倔强地撑着的阿常，两个胳膊肘自然而然地松弛下来，全身的劲儿也都卸了。赖子又附在母亲耳边说道：

"里子做得不对，可生下来的孩子是无辜的。我知道母亲很生气，可您能见她还是见她一面吧！我在这里求您了！"

赖子把两只手放在膝盖上给母亲行了一个礼，再次恳求道：

"好不好？就一面！只一会儿就行！"

"……"

"好不好嘛！"

赖子又恳求了一遍，只见趴在茶几上的阿常轻轻点了点头。

"老板娘！老板娘！"

只见正门一开，从房门口传来了服务员喊阿常的声音。见母亲还在那里趴着，赖子替母亲到门口去了。

"大宴会厅的客人要回去了！"

636

赖子点点头，转过头来告诉母亲，阿常保持趴着的姿势说道：

"就跟客人说我已经睡了！"

"可是，那样合适吗？"

见母亲不想去送客，又不能强逼母亲去，赖子无可奈何地对服务员说：

"不好意思！我母亲好像很累了，麻烦你跟客人打声招呼吧！"

服务员一脸很为难的表情，但还是转身走了。

"妈妈也累了，还是早点儿休息吧！"

灯光下，母亲那苍老的背影看上去那么小那么无助。

"我给您把被褥铺好吧！"

母亲不应声，赖子进到里面的房间，把被褥铺好了。

"那，祝您晚安！"

赖子把手搭在母亲肩膀上。阿常好像刚醒过神来一样，终于把脸抬了起来，脖子在不停地震颤。

"您这是怎么了？哪里不舒服吗？"

"没什么大事儿！就是血压有点儿高！"

"啊？有多高？"

"上次好像是一百七。"

"那也有点儿太高了！没坚持吃降压药吗？"

"吃是吃了，就是没什么效果！"

"您净说那些！还得好好治才行啊！"

"还不如就这样死了，一了百了！"

"妈妈……"

听母亲这般自暴自弃的口气，赖子用两手摇晃母亲的肩膀。

母亲一是累了，同时还有一点儿向自己的闺女撒娇的意思。或许阿常看到长女赖子的那一瞬间，一直绷紧的心情一下子放松了，忽然就想对自己的女儿说些任性的话。

"快点儿把和服脱了，洗澡就光洗淋浴吧！"

"光冲个淋浴我心里总是不踏实！"

"那我给您放好洗澡水吧！"

赖子去了浴室，拧开了热水龙头，回到客厅一看，发现母亲终于站了起来，开始把和服带子解下来。

"您去了哪家医院？"

"是安斋大夫到家里来的，那个大夫也是个江湖郎中！"

母亲所说的这位安斋大夫，是很早以前就经常给她看病的内科医生，母亲明明很相信人家，可总在那鸡蛋里挑骨头。

"您又那么说！得好好让人家给看看才行啊！"

"你今晚在哪里睡？"

"我上二楼睡。"

"槙子上次回来的时候可是在楼下睡的！"

"可是，菊雄也不在了嘛！"

阿常什么都没说，打了一个哈欠，去了浴室。赖子看着母亲的背影，感觉母亲真的是老了。

一个从不在孩子面前示弱的人，现在竟然毫不在乎地对女儿撒娇使性子，甚至还要孩子晚上和她睡在一个房间里。

不知是母亲性情变得懦弱了，还是变成了一个怕寂寞的人？赖子认为母亲变温柔了是件好事儿，可还是希望母亲仍然是过去那个刚强而利落的母亲。

见母亲离开了，赖子走到电话机旁边，拨通了里子公寓里的电话。

里子马上接起了电话，说真幸刚刚睡着了。

"我刚才跟你说的那件事儿，母亲答应见你了！"

"真的吗……"

"我说里子也想见您，母亲答应了一声'嗯'！"

"天哪！真幸也一起？"

"那还用问！不过你也知道母亲是个要面子的人，她不可能到你那里去，里子最好到家里来！"

"可是，真的行吗？"

里子好像还是半信半疑。

"当然了！母亲既然都说行了就一定能行！明天中午怎么样？"

"那么早？"

"明天是星期天，正好店里休息，服务员也都不在，再者说了，还是有我在场好些吧？"

"那还用说！姐姐要是不在家的话，我可不敢去！"

"那不就妥了！明天十二点，你和真幸一起来吧！"

里子刚答应了，忽然又担心起来。

"我说姐姐啊！真是不好意思，我想让姐姐来接我，咱们一起去！"

"你是回自己的家啊！你有什么好怕的！"

"可是，求求你了……"

已经离家出走了再回去，门槛儿确实有点儿高，里子或许有点不好意思。

"那好吧！我去接你！"

"谢谢姐姐！这下子可好了！"

电话里传来里子欢快的声音时，阿常穿着浴衣从浴室里出来了。

第二天，赖子和母亲一起吃完已经不早的早饭，告诉母亲这会儿要去里子那里把她领回来。

"里子妹妹也认识到自己做得不对，来了也不要对她发火，见了面对她好一点儿！"

赖子这样恳求母亲，阿常的表情忽然严肃起来。

"一个离家出走的闺女，事到如今，我为什么要见她？"

"您怎么又这么说？昨天晚上您不是说要见她吗？我求您了，您就照我说的做！"

阿常还在那里绷着脸，赖子顾不上那么多，径自出门去了。

里子因为一直惦记和母亲见面的事情，好像昨天晚上没怎么睡好，脸好像有点肿。

"我见到母亲，首先应该说什么才好呢？"

"也没什么好说的！你就给母亲鞠个躬，说，'都是我做事太任性了，请原谅！'不就行了吗？"

"可是，我还抱着孩子！"

"抱着孩子也没关系啊！"

"母亲要是发火怎么办啊？"

"没事儿的！有我在你身边……"

赖子挺着胸脯打包票，但是她也没把握。

可能是因为高血压的缘故，母亲近来情绪波动的幅度很大，真不知道她会说出什么话来。但是，有自己在场，估计母亲不会歇斯底里地发作。

快到中午的时候，赖子和里子出了公寓。

虽说是回娘家，里子今天穿了一件紫藤色带碎花图案的捻线绸和服，系了一条盐濑的名古屋带子。听从赖子的意见，给真幸穿上了母亲给的襁褓和斗篷，领子下面也围上了母亲送的印着小熊图案的围嘴儿。

赖子则是一身轻装，上面穿了一件真丝衬衫，下面穿了一条绛紫色的裙子，右手提着一个塑料袋，里面装着真幸的尿布。

"姐姐！礼物怎么办？"

"说什么呀！你是回自己的家，还用什么礼物啊？这个小宝宝不是最好的礼物吗？"

赖子逗弄了一下孩子，什么都不知道的真幸在灿烂的秋日阳光下露出了笑脸。

"可是，我好害怕！"

都上了车了，里子的心里好像还是十五个吊桶打水七上八下。

出租车到了东山的家时，十二点刚过一点儿。

因为今天是星期天，茑乃家的本馆和宽敞的庭院都静悄悄的，只能听到鸟儿叽叽喳喳的叫声。

在庭院后面的栅门前面下了车，里子很怀念地看了看四周。

自从三月份离开家之后，里子有半年没回来了。当初离开家的时候就想这辈子不可能再回这个家了，此刻的里子好像感慨万千。

"里子！你快点儿！"

赖子推开了栅门，打了个手势让里子进去。

"我回来了！"

赖子对着屋里喊了一声，可是里面没人回答。赖子也不管那么多，进门径直去了客厅，穿着灰色的江户碎花和服的阿常已经在茶几前面坐着了。

"里子来啦！"

赖子告诉母亲，阿常也不回答，只是抬头望着半空的一点。里子也不理会她，回到玄关门口，对怔怔地站在那里的里子说道：

"母亲这会儿在客厅里，快上来吧！"

里子点点头，想把草履脱下来，可能是因为紧张吧！脸色煞白。赖子好像头前带路一样，走过走廊，先进了客厅，但里子到了客厅门口却站住了。

"里子……"

听到赖子在里面喊自己，里子终于抱着孩子垂着眼睛进来了。寂静的客厅瞬间充满了紧张的空气。

里子在靠近门槛的地方慢慢地坐下来，低头说道：

"对不起！"

"……"

"我做了任性的事情，请原谅！"

里子深深地低着头，也不知道阿常是不是在听，她只是转过脸去，一言不发。

"我认为自己真的是做了一件大错事……"

里子说到这里的时候，阿常终于开口说话了。

"知道自己做了那么伤风败俗的事情，你还真有脸皮回来啊！"

"妈妈……"

赖子正想责备母亲说话太难听，阿常瞪了她一眼呵斥道：

"不关你的事儿你就别说话！我在跟里子说话！"

说完又转过身来对着里子说道：

"自己做的是什么事情，你都明白吧？"

"……"

"有了自己喜欢的人，这个家不要了，自己的母亲和丈夫也不要了，只要自己好就行了，别人怎么样都无所谓！你可真是自私任性为所欲为啊！"

"正因为这样里子觉得自己做得不对才回来道歉的，不是吗？"

赖子又插了一句嘴，阿常就像没听见一样继续说道：

"有些事情道歉可以原谅，而有些事情道歉也不能原谅！你以为说声对不起我就能原谅你了？你那么想就大错特错了！"

可能是因为高血压的关系，阿常的脖子在轻轻地震颤。

"我不记得生过你这种品行不端的孩子！你不是我的孩子，也不是我的闺女！"

"妈妈……"

"你这样的孩子我不想见！连你的脸我都不愿看见！"

里子无地自容，满脸羞臊地正要站起来，可能是因为抱着孩子，身体瞬间失去了平衡，一个趔趄差点儿摔倒。

怀里的孩子一惊，突然放声大哭起来。

赖子连忙把孩子接了过来，里子总算站稳了，整理了一下凌乱的和服下摆。

"好了好了！对不起了孩子！"

赖子在那里哄孩子，可孩子就像着了火一样大哭不止。

"没事儿的！没有什么好怕的！是不是？真幸君？"

赖子用脸蹭了蹭孩子的脸想让他安静下来，但孩子根本没有要停止哭闹的样子。

"好吧！到你妈妈那里去？"

里子把孩子接了过来，但孩子还是哭个不停。

"是不是想吃奶了？"

"不是的！来的时候已经给他吃过了！"

现在已经顾不上母女争吵了，赖子和里子两人忙着在那里哄孩子。

"是不是褥子湿了？快点儿给孩子换尿布！"

里子闻言慌忙四下里看，阿常忽然站起来，把自己的坐垫拿了过来。

"让孩子躺在这上面！"

按照母亲的吩咐，里子让孩子躺在坐垫上，手忙脚乱地想把斗篷给他脱下来。

但是，可能是守着母亲有些紧张吧！结扣儿就是解不开。

"系得可真结实！"

赖子正想帮忙，可能是有点儿看不下去了，阿常走过来站在姐妹俩中间说道：

"都给我闪开！"

把里子撵到一边，阿常在孩子前面坐下来，亲自动手把斗篷给孩子脱下来，把襁褓的细绳解开了。

"尿布呢？"

"在这里！"

赖子从塑料袋里拿出纸尿布，阿常接过来说道：

"什么呀！这样的尿布一点儿也不透气，孩子的屁股不憋得慌吗？"

阿常皱着眉头嘴里啧啧着，把纸尿布打开了。

"应该给孩子用布做的尿布啊！"

阿常一边发着牢骚，一边把襁褓的前面敞开了。

"天哪！这不还是湿了嘛！"

阿常把手伸进孩子的两腿间，一脸满足地把湿了的尿布拽了出来。

"都湿成这个样子了，孩子不哭才怪呢！"

阿常一边唠唠叨叨，一边很熟练地把一块新纸尿布塞了进去。真幸好像一下子就舒服了，马上不哭不闹了。

"刚才很难受是不是？好了，这下子好了！"

阿常跟孩子说着话，目光突然停在孩子的胯股之间。

"天哪！你有小鸡鸡！"

阿常说着，就像发现了什么宝物一样顿时两眼放光。

"好威武的小鸡鸡啊……"

阿常小声嘀咕着，目不转睛地看。

阿常的表情充满了感动，眼睛里满是憧憬，这幅情景真是太可笑了，赖子和里子不由地面面相觑。

"你有小鸡鸡啊！真了不起！你可要长成个好孩子！"

阿常一边像唱歌一样轻轻哼唱着，一边用掌心温柔地摩挲孩子活蹦乱跳的小脚丫。

到了九月末，晚上六点天已经很黑了，从高台俯视京都城，只见华灯初上，霓虹开始流光溢彩。

虽然今天是星期天，但庭院甬道两边的方形纸罩座灯都已经点亮了。赖子穿过甬道，坐进了等在外面的出租车，向河原町通的酒店驶去。

日下当时只说是傍晚，并没有定下具体的时间，可当赖子到了酒店的时候，日下已经办完了住宿手续，在房间里等着了。

"来晚了不好意思！你几点到的？"

"五点吧！"

"那么早啊！婚礼结束后你要和那些很久没见面的人聊聊天什么的，我还以为你会来得很晚呢！"

"昨天晚上都已经见面了，再者说，我也没有那么亲密的人！"

关于日下的家人和亲戚，赖子几乎一无所知。只听说他有一个母亲和死去的父亲分居，但背后好像有很复杂的事情。

赖子不想问得太深，日下也好像不太愿意讲。

"你肚子饿了吧？吃什么好？"

"好不容易来了京都，还是有京都特色的东西最好！"

"好啊！那咱们就去诺里家吧！虽然不是什么大店，但口碑不错！"

赖子做舞伎的时候就去过那家好几次。说实在的，要是可能的话，赖子不想去那些以前经常去的地方，但诺里家有个好处，那就是店里的员工都是男性。

打完电话去了一看，发现掌柜已经给两人预留了柜台的座位。

"欢迎光临！真是好久不见了！"

掌柜按说应该有四十五六岁了，头发比从前稀多了，但仍然身材肥胖，很有气派。

"你这次是从东京过来的吗？"

"是的，昨天来的！"

"是吗？看您还是没怎么变样，生意一定很忙吧？"

"怎么说呢，马马虎虎吧！"

赖子点点头，掌柜问："您要喝点儿什么？"

亲密中还保持一定的距离，除此之外一句也不多问，这一点让赖子感到心里很舒服。

赖子先点了加吉鱼和鲈鱼的生鱼片，还有烤松蕈，酒水点了啤酒。

"已经开始做甲鱼了吗？"

"是的，从上星期开始的！"

"好像很好吃啊！"

日下探出身子，伸头看了看灶台上正咕嘟咕嘟炖着的甲鱼砂锅。这两三天天气晴朗，气温下降得很快，这种天气吃甲鱼也没什么奇怪的。

"我也要一份甲鱼吧！"

"我也要！"

点了双人份的炖甲鱼，两人互相给对方倒上啤酒，举起杯子轻轻碰了一下。

"坐在这样的地方，才感觉真的是来到京都了！"

柜台的前面挂着一盏小小的灯笼，上面印着舞伎和艺伎的艺名。

"有你的名字吗？"

"早就被撤下来了！"

对于赖子来说，舞伎时代是她不愿忆起的一段时光，但日下好像对赖子的艺伎时代很憧憬。

"你的舞伎身姿一定很美吧？"

"什么呀！不说那些了！我问你，明天去扫墓，你愿陪我一起去吗？"

"当然了！我是无所谓，在什么地方？"

"叫真如堂，就在银阁寺的附近，明天正好是彼岸！"（彼岸指春分、秋分及其前后三天的七天。在春分或秋分当天，人们去参拜寺庙、扫墓，也有人做糯米糕点供佛。彼岸原来是佛教用语，意思是指超脱生死的境界。）

"你家里还有其他人去吗？"

"可能有人去，可是妹妹有孩子！"

"听你这么说我想起来了，你母亲和你妹妹和好了吗？"

在来京都的路上，赖子曾经把安排母亲和里子见面的计划告诉了日下，还把里子离家出走生下了孩子的事情的原委简单地告诉了他。

"非常成功！不过刚开始的时候还挺危险的！"

"你母亲生气了？"

"岂止是生气……说像里子那样的人不是她的闺女，对里子说：'回去！'那阵势真不得了！"

"那为什么又……"

"那是因为孩子哭了，多亏孩子撒尿把褥子尿湿了……"

说到这里，赖子不由地笑出声来。

事情竟然那般顺利，赖子事后想想就觉得可笑。说实话，今天中午让两人见面之前，赖子是一点信心也没有。尽管觉得应该没问题，可是万一呢？实际上，两人刚见面的时候母亲确实很严厉。但自从孩子哭闹起来之后，形势就突然改变了。

母亲的态度怎么会来了个一百八十度的大转弯呢？

还有，母亲对孩子的小鸡鸡的那种称赞也非寻常。

母亲欢呼着："你有小鸡鸡！"最后用指头轻轻敲了敲小鸡鸡的尖儿，甚至还用手捏了捏。

虽说母亲养育了四个孩子，可都是清一色的闺女，她自己也一直生活在一个只有女人的世界里，正因如此，母亲或许对家里面有带着小鸡鸡的男孩儿出生这件事情心生感动吧！

换完尿布以后，母亲把孩子抱在怀里说道：

"你是真幸吗？我是你姥姥啊！"说完还用脸蹭了蹭孩子的脸。

这样的话，母亲的怒气就像那白昼的灯笼，一点儿威力也没有了。

尽管如此，母亲或许是对自己的态度骤变感到不好意思吧！换完尿布之后，为了掩饰自己的窘迫还不忘训斥里子一句，说什么"都是有孩子的人了，做事太任性会被人笑话的"。

但是，到了这个时候，训斥那么一句又有什么用呢？

什么尿布不能用纸尿布，什么要给孩子身上出痱子的地方洒上痱子粉，光在那里谆谆教诲，就是不肯放下怀里抱着的孩子。

阿常又让里子冲了一瓶奶粉，她自己喂孩子喝。

只要谈论孩子的话题，娘儿俩就吵不起来。中间夹着真幸，母亲和里子之间一直是一种和和睦睦的氛围。

过了将近一个小时，真幸开始磨蹭不老实了，里子正要回去，母亲突然不高兴了。

"家里这么宽敞，真幸还是在这里舒服，你要是有事儿的话，可以先回去！"

那意思是说让里子一个人回去。

"今天是第一次出远门，再说孩子也像是困了！"

赖子赶紧出来打圆场，但母亲还是恋恋不舍地抱着孩子。

赖子见机不可失，马上又跟了一句：

"妈妈！里子妹妹不是可以再抱着孩子来嘛！"

阿常正要点头，忽然转过脸去说道：

"可是，和菊雄的事情还没了结清楚……"

"关于那件事情，我会求梅善堂的掌柜帮忙，尽早了结清楚的！"

阿常正想表示同意，好像又担心起来。

"一个离家出走的闺女厚着脸皮进出娘家，要是让人看见了会说什么呢？"

"那还不好办？暂时一段时间就像今天这样，到了星期天悄悄地来不就行了嘛！要是妈妈有时间的话，也到里子那去看看！"

"这世间不像你想的那么简单！给别人添了麻烦，光自己想干啥就干啥，那可不行！"

"您说的我很明白！可是里子也认识到自己做得不对，这样下去的话，真幸也挺可怜的！"

"都是你不好！"

阿常又瞪了里子一眼，马上看着真幸问道：

"要不要在姥姥这里再待一会儿？"

但是真幸好像真的困了，小腿儿乱蹬直打挺。

"好吧妈妈！我们还会再来的……"

里子伸手要把孩子接过去，阿常嘴里说着"你真是个急性子！"，很不情愿地把孩子交给了里子。

花了两个小时左右吃完饭，从店里出来的时候已经九点了。赖子刚才喝了几杯酒脸上就有些发烫，但满含秋天气息的夜风拂过脸颊，让她觉得很惬意。

日下好像还想找个地方继续喝，但今天是星期天，酒吧几乎都关门了。

"茶屋还开门吗？"

"除了每月的最后一个星期天都开门！"

日下好像很想去的样子，可赖子不想领他去那样的地方。

都这个时候了，时间太急了，也叫不到好艺伎，还有，去自己曾经工作过的地方，也让赖子觉得好麻烦。遇到那些以前关照过自己的茶屋的老板娘和大姐们，还要逐个跟她们打招呼，实在是不胜其烦，被她们用好奇的眼光看着也让人心情郁闷。即使不到茶屋去，只在花见小路一带随便走走，就已经遇见了好几个认识的人。

"回酒店吧！"

赖子拉着还恋恋不舍的日下去了酒店的酒吧。

"说是祇园，原来这么小啊！"

"就是挺小的！谁要是做了什么事儿，第二天大家就都知道了！"

"那种狭窄的地方好像不适合我啊！"

"可是，正因为人言可畏，有些珍贵的东西才被保留了下来！"

赖子正因为讨厌小地方的人多嘴杂才离开了京都，但日下一说京都不好的地方，她就情不自禁地想反驳。

在酒吧喝了将近一个小时回到房间的时候，已经是十一点了。

等日下进浴室去洗澡了，赖子给里子打了一个电话。

"姐姐！今天中午真是太谢谢你了！"

终于和母亲言归于好了，里子高兴得声音有些发颤。

"现在在大阪？"

"是啊！这会儿刚到家！"

因为今天不在家里住，赖子对母亲谎称因为工作的事情要去大阪。她本来想对里子说实话，又觉得解释起来怪麻烦的，所以就撒了同样的谎。

"不过，今天的事情真的挺好的！你再去的话，母亲一定会很高兴的！"

"我要是一个人去的话，一定又会吵起来！"

"绝对不会的！你没看见母亲那么喜欢真幸吗？"

"姐姐，还能再见你一面吗？"

"能！我明天还要再回京都。"

"那太好了！姐姐可一定要来啊！我还有好多话想跟你说呢！"

赖子刚放下电话，就看到日下穿着浴衣从浴室里出来了。

"你不洗澡吗？"

赖子点点头，坐在桌子前面正要把耳环摘下来的时候，日下走了过来。

"我怎么觉得像是在做梦！竟然和你这么美丽的女人一起来到京都，一起住在酒店里！"

"你说什么呀！"

"我觉得真的很幸福！"

听日下的口气忽然变得认真起来，赖子回头一看，发现日下正把双手放在膝盖上，毕恭毕敬地在床头上坐着。

"你真是怎么了？"

"这个问题很唐突，请你嫁给我好吗？"

日下一口气说完，深深地低下了头。

该怎么回答他呢？这个要求实在是太唐突了，正在赖子惶然不知所措的时候，日下又一次深深地把头低下了。

"我喜欢你！我一定会让你幸福的！"

"谢谢！"

"那么，你答应和我在一起了？"

"等一下……"

赖子用手势拦住了马上就要扑过来的日下。

"你的这份心意我很感激！不过，我们用不着这么急着结婚吧！"

"你不喜欢我吗？"

"喜欢！真的喜欢！"

"那，你为什么……"

他问得那么直接，赖子也不知道该怎么回答。说实话，赖子现在确实喜欢日下，但本心又不想躲在婚姻这座围城里。

"那件事情，我们以后慢慢再说吧！"

赖子安慰了日下一句，摘下项链站起身来。

第二天早晨九点的时候，赖子和日下两个人去了酒店的餐厅。

昨天晚上，日下那么真诚地向赖子提出了结婚的请求，但赖子并没有明确地答复他。尽管那样，日下也没有因此不高兴。

非要说有什么变化的话，那就是昨夜他向自己求欢的时候比平时更剧烈更野蛮。

平时两人在床上做爱都是采取很自然的方式，昨天晚上他中间忽然提出要用一种赖子不熟悉的姿势做爱。赖子当然是拒绝了，但日下提出那种要求也挺稀罕。

早上在餐厅里吃饭的时候，赖子不由地想起了昨夜的那件事情，脸一下子红了，但日下好像什么事都没发生一样，优哉游哉地坐在那里喝咖啡。

两人十点的时候出了酒店，按计划去了铃子的墓地。

真如堂位于东山的大文字山的山麓，正确的叫法应该是真正极乐寺，是在藤原时期的永观二年由戒算上人创建的一座天台宗的寺院。寺院迁到现在的地方是元禄六年，在寺院的西南方建墓地好像是稍微往后的事情。寺院境内除了本堂之外，还有新长谷观音堂和三重塔等等，有很多珍贵的庙堂和宝物。

不知道从什么时候起，茑乃家在这里建了墓地，但赖子记得从她刚懂事的时候起，就去真如堂参拜过很多次。

在山门前面下了出租车，穿过古老的山门，石板参道的正前方就是本堂。到了深秋时节，从山门到本堂后面的院子全都被红叶染成一片火红。

一说起红叶，很多人就会想起从嵯峨野到高雄那一带，但从黑谷到这个地方也是东部的一处鲜为人知的欣赏红叶的胜地。

当然了，现在离观赏红叶的季节还早呢！

但是，通往三重塔旁边的墓地的小径上方有胡枝子架，前方有一棵彼岸花在秋草丛中投下一抹血一般的赤红。

"那是彼岸花吧？我好多年没见过了！"

"你喜欢那种花吗？"

"就是有点儿瘆得慌！"

"我特别喜欢！"

以前茑乃家的院子里也开着彼岸花，母亲说它不吉利，让园艺师给铲掉了。

但是，彼岸花除了红花之外什么都不长这一点，反而让赖子莫名地喜欢。母亲好像看着过于鲜艳的赤红色似乎有毒，但赖子看到在岸边开放的彼岸花时，反而感到了一种秋天的寂静。

"那种花可是石女哦！"

"石女？"

"这种花不结种子的！"

"天哪！那怎么繁殖？"

"是通过人工栽培的吧！"

开出那么鲜艳的红花却不结种子，这到底是怎么回事儿呢？赖子不由地又看了一眼那棵彼岸花。

"花里面有毒，不过也有淀粉，好像过去的人们还食用它。"

"你知道得可真多！"

"为了配出那种红色，我以前做过研究。此花也叫曼殊沙华，有道是：花开不见叶，叶生不见花。花叶生生两不见，相念相惜永相失。有花的时候没有叶子，有叶子的时候没有花。"

听他这么一说，彼岸花不结籽也好，有毒也罢，这两点或许和自己很相似。

但是，在茂密的草丛中，只有一棵彼岸花孑然挺立，不谄媚任何人，好像在显示自己的孤高，这一点让赖子很喜欢。

"不管别人说什么，我还是喜欢这种花！"赖子好像自言自语地说道，然后沿着通往墓地的小径向前走去。

莴乃家的坟墓在墓地南边比较靠里的一个角落里。从那里向远处看，视线越过本堂的屋顶，大文字山似乎就在眼前。

赖子把从守墓人那里要来的菊花供在墓前，在墓碑上洒上水，把香焚上了。

"古色古香，真是一座气派的坟墓！"

日下从稍远的地方仰望着墓碑。

"现在在这座坟墓里安息的是……"

"祖母和我的一个叫铃子的姐姐。"

"就是和你是双胞胎的那个人吧！"

赖子点点头，这时候一个身材魁梧的僧人走了过来。

"你就是姐妹中排行老大的那个小姐吧？"

"是的！那次真给您添麻烦了！"

赖子不记得见过眼前的这位僧人，但或许是以前做法事的时候见过面吧！僧人好像认识自己。

"今天令堂不来吗？"

"家母今天有事！"

"前些天盂兰盆节的时候令堂可是来了啊！"

僧人双手合十，说了声"那么……"就开始诵经了。赖子也学着僧人的样子，一边双手合十一边向铃子汇报。

"铃子姐姐你听我说，我吧，终于遇到了一个可以相信的男人！过去，我一向认为男人都是戴着面具的极其丑陋的东西，其实根本不是那样。世上也有很纯粹的男人。可能有点对不住不知道这一点就离开了人世的玲子姐姐，我现在最爱这个人。他是个很善良的人，我说要来给你扫墓，结果他就跟我一起来了。我过去一直诅咒自己生为女人，但我现在不那么想了。我觉得生为女人挺好的。被真诚地爱恋是一桩令人欣喜的事情！

"不过，我还想一个人生活下去。即使他提出要和我结婚，我也要继续姓茑野这个姓。还是一个人更省心，我觉得自己很适合单身女人的生活。还有，我毕竟是京都女子，最后还要在这里和铃子姐姐长眠在一起。不管今后变成什么样，我永远不会忘记铃子姐姐。

"可是呢！这一年里家里发生了很大的变化，母亲老了，里子妹妹生孩子了，还是个男孩子呢！虽然他没有父亲，但确实是个五官端正眉清目秀的孩子!"

　　说到这里,赖子猛然意识到葬在这座坟墓里的都是女人。

　　赖子的父亲和里子她们的父亲虽然都已过世了,但没有进入这座坟墓。因为他们都没有和母亲正式结婚,所以死后没能要来他们的骨殖。

　　祖母也是一样,一辈子没有正式结婚。

　　墓碑上虽然刻着"茑乃家代代",但据赖子所知,在这座墓中长眠的只有女性。

　　但是,如果里子生的孩子能保持茑野这个姓的话,那么会有第一个男人被埋进这座坟里。当然,那都是很遥远的事情了,长眠地下的祖母和铃子她们,到时候一定会大吃一惊。

　　当然,到了那时候,赖子自己也早就不在人世进了这座坟墓了,自己和母亲、铃子和里子都在一起,到时候,真幸或许和心爱的女人一起拿着花束来给家人扫墓。

　　正在赖子漫无边际地胡思乱想的时候,僧人的诵经结束了。

　　赖子再次供上了香,把布施递给了僧人。

　　"今天真是个好天气啊!"

　　僧人接过布施,抬头看了看天。

　　"托您的福,今天的扫墓格外好!"

　　在秋天明朗的天空下,大文字山上那用墨绿分割出来的大文字的字形看上去格外清楚。

　　"那么,请代老僧向令堂问好!"

　　僧人再次合掌,挽起衣袖走开了。

　　"真是个好地方啊!"

　　"以前这一带房子很少,我过去总觉得这地方很可怕。"

　　同一排的前面的坟墓那边,一家人把鲜花供在墓前,对面一个

656

老太太正在双手合十。

袅袅香烟乘着阵阵柔和的微风飘过来，右边传来了诵经的声音。

"我们走吧！"

赖子对日下说了一声，再次双手合十，然后拿起空了的提桶。

坟墓之间的路很窄，日下走在前面，赖子跟在后面。两人很快就出了墓地，走到了通往三重塔旁边的小路上。又看到了来时看到的那棵彼岸花，走到胡枝子架下面的时候，日下问道：

"叫铃子的那个人是多大年龄去世的？"

"二十二岁。"

"什么病？"

"是自杀的！"

"自杀……"

日下一下子站住了，赖子也不管他，迎着青草散发出的热气径自往前走去。

"还那么年轻，为什么要自杀呢？"

赖子已经好长时间没有对人说起过铃子的死因了。既不愿想起那件事情，也没有人问起铃子的死因。

"被一个男人辜负了！"

从三重塔的旁边穿过去就到了那条通往本堂的石板路。踏上这条石板路，正前方就是来时穿过的那个山门，山门的前面有个供来人歇脚的休息室。门口贴着一张纸，上面写着"请随意休息"，旁边还写着"抹茶·二百日元"。

或许也是来扫墓的吧！一对老夫妇正坐在铺着凉席的台子一角，眺望寺庙的院子。

"我们休息一会儿吧！"

赖子先进了休息室，要了抹茶。日下坐在赖子身边，点上了一支烟。

"那么，铃子小姐去世是七年前的事情吗？"

"是的，是襟替不久的事情。"

"她从前也是舞伎吗？"

赖子点了点头，这时候一只猫从里面跑了出来，到了太阳地里骨碌一下子就四脚朝天躺下了。它好像还是个猫仔，自己在地上打了一个滚，动作灵巧地朝着石板路那边跑去了。

等着猫仔的身影消失在山门里面，日下小声说道：

"我一点都不知道。"

"你不知道也没什么关系！"

"我过去一直觉得，祇园的那些舞伎每天穿着漂亮的和服，去好地方，每天都是快乐的事情。"

"现在什么样我不太清楚，过去舞伎是很辛苦的！"

那对老夫妻站了起来，一个中年女性端着抹茶迎面走了过来。日下好像没怎么喝过抹茶，只好学着赖子的样子小心翼翼地喝。

"前些日子听我母亲说起过，我父亲好像以前也经常去祇园。"

"是吗？是什么时候的事？"

"我母亲说是十年前左右，说不定你还认识他呢！"

"要是去过好多次的人，我可能认识。"

"因为我和父亲不生活在一起，所以我也不太清楚，他在大阪的时候很威风，好像每天晚上都出去寻欢作乐。"

"你父亲在大阪待过吗？"

"是的，虽然公司不大，但他也是个贸易商。"

"你父亲的姓和你不一样吧？"

"我父亲姓熊仓。"

"熊仓……"

"你认识他吗？"

赖子端着茶碗满脸惊诧地看着日下问道：

"前些日子去世的就是你的这位父亲吗？"

"正是，父亲也是自杀的。"

赖子顿时觉得天旋地转。

没想到这个人的父亲竟然是熊仓！那个逼死了铃子，和强奸一样夺去了自己贞操的那个可恨的男人，原来是这个人的父亲……

"你怎么了？"

"没事儿……"

赖子强忍着不让自己瘫倒在地，又问了一遍：

"你的父亲真的是熊仓先生吗？"

"是的！我父亲名叫熊仓雄平，你认识吗？"

"不，不认识！"

赖子这次很干脆地摇了摇头。

那样的男人不认识。那样的男人很早以前就忘记了。他的脸，他的声音，他的举止动作，这一切的一切都已经从自己的记忆里消失了。

"说是我父亲天天花天酒地吃喝玩乐，看来也就那么回事儿啊！"

"……"

"如果真是个挥金如土处处受欢迎的人，应该谁都认识他吧？"

赖子不回答，只是默默地看着远处的三重塔。日上中天，在灿烂的阳光下，三重塔在石板路上投下短短的影子，刚才的那只猫慢慢地从影子上走过，朝这边来了。

可能是扫完墓了吧，一对中年夫妻沿着小路向着山门那边走去了。

"真对不起！让你想起了不愉快的事情。"

日下见赖子沉默不语，还以为是因为他问起了铃子的事情。

"我们回去吧！"

"稍等一下！"

现在让赖子站起来她也站不起来了。听到了意想不到的事实，简直就像五雷轰顶，手脚发麻，好像失去了感觉。

"这个地方好安静啊！"

日下百无聊赖地往周围看了一眼。

"你这是怎么了？脸色铁青，是不是身体不舒服？"

"没事儿的！"

赖子很不耐烦地说着，刚站起身来的那一瞬间，赖子忽然觉得意识模糊，又一屁股坐下了。

过了一会儿，赖子好不容易才站了起来，也不管日下，一个人径自往前走去。

赖子这会儿头晕目眩，自己也不知道正往哪里走。

无论如何，赖子想一个人静一静。

"你怎么了？这是要到哪里去？"

日下在身后喊，赖子就像没听到一样，径自出了山门。沿着前面的小路拐到右边的时候，日下追上来和赖子并肩往前走。

"你怎么了？你突然往回走，吓了我一大跳！"

"我有点儿难受……"

"那样的话，在刚才那个地方休息一会儿多好啊！"

"这会儿已经好了！"

赖子从挡在面前的日下身旁穿过，又开始自顾自地往前走。

"在前面往左一拐就上大路了，我们在那里打辆出租车吧！"

阳光依旧那么明亮，坍塌的围墙露出了红土，围墙边上有大波斯菊在阳光下怒放。

赖子瞬间觉得，在这么好的天气里，自己和日下一起走路很不可思议。在路人眼里，两个人或许看上去是一对很般配的夫妻，但是，身边的男人是自己憎恨且将其赶上绝路的男人的儿子。

站在日下的立场上，也可以说赖子是父亲的仇敌。

就这么两个人，此刻却并肩走在秋天里的小路上。

"是不是我说的什么话惹你生气了？"

"……"

"你不会是认识我父亲吧？"

前面往左一拐，走到一家挂着可口可乐广告牌的杂货店前面时，一辆空车过来了。

"回酒店是吗？"

"我要去个别的地方！"

"去哪里？"

被日下这样突然问起，赖子也不知道怎么回答。正在赖子犹豫不决的时候，出租车停下，车门开了。

"那，我送你去吧！"

等赖子坐进车里，日下也坐了进去。

"要去哪里？"

"就这样直行……"

等车开动以后，赖子又改口说：

"请去高台寺那边！"

"我突然想起有点事儿……"

"那，我该怎么办呢？"

两人本来商量好，扫完墓之后到大原或鞍马那边去看看。

但是，赖子现在只想一个人待着。

"事情马上就能办完吗？"

"请你在酒店等我吧！"

"可是，你几点能回来？"

"傍晚我给你打电话。"

日下好像很不满意。确实，好不容易来趟京都，两人待在一起的只有昨天晚上。

"那么，你几点给我电话？四点还是五点？"

"嗯……"

"你可一定要打电话！"

日下叮嘱了一遍，伸过手来想握住赖子放在膝盖上的小手。

赖子迅速把手抽了回来，日下满脸不可思议地看着赖子说道：

"有什么放心不下的事情请你告诉我！"

要是能说的话，就不这么费劲儿了。赖子气鼓鼓地对司机说：

"我要在这里下车，请师傅停一下车！"

"我不是说了要送你回家吗？"

"那样的话要绕远，这个地方的话也能打到车！"

"我送你回去就是了嘛！"日下很愤怒地说道。

车还是停下了。

"不好意思，请让我下车！"

赖子的口气很坚决，日下无可奈何地先从车上下来了。

"你好奇怪啊！怎么突然就这样了！那你可记住了，五点给我打电话！"

赖子也不回答，举着手朝着一辆开过来的空车跑过去。

刚才说回家也只是赖子一时的主意，可能的话，赖子很想一个人回酒店。她不想被任何人打扰，只想一个人静静地想想。

但是，回酒店的话，日下就会跟着一起回去。回家的话，家里有母亲在。里子那里有孩子，根本没法考虑事情。

　　赖子也想干脆就坐着这辆车去一个安静的地方，可是，这么好的天气，到哪里好像都能遇到人。还有，一个女人呆呆地在那里想心事，别人会觉得很奇怪。

　　想来想去还是回家。到了家里一看，只有女佣阿福一个人在家，听她说，母亲半个小时以前上街买东西去了。

　　赖子直接上了二楼，进了以前里子夫妇住的那个房间，进门就倒在了沙发上。

　　其实并没有走多远的路，可赖子觉得已经筋疲力尽了。虽然自己也觉得不成体统，她还是仰面躺在沙发上闭上了眼睛。

　　脑海里面浮现出秋阳照耀下的墓地，耳边回响起日下的声音。

　　"他是我的父亲，名字叫熊仓雄平！"

　　日下确实就是那么说的。

　　那个人真的是熊仓的孩子吗？强奸了姐姐铃子又强暴了自己的那个男人的儿子真的就是日下吗？

　　如果真是那样的话，那又是怎样一种奇妙的机缘巧合啊！那种不可思议的事情真的在现实中存在吗？

　　迄今为止，自己从未把熊仓和日下两个人联系起来想过。两人之间竟然有血缘关系，自己既没有想过也没有想象过。

　　但是，现在回头再想一想，日下这个人身上确实从一开始就有不透明的部分。尽管看上去像一个阳光开朗的现代青年，但外表的背后总有一种阴影。

　　比如说，听说了熊仓自杀的消息之后，日下一个人出现在"雅居尔"的时候，赖子瞬间觉得好像是看到了熊仓。明明年龄、长相和姿态都不一样，但赖子还是觉得他和熊仓很相似。那可能是赖子的直觉告诉她的，也可能是日下的某个举止动作让赖子想起了熊仓。

要那么说的话，喝醉了的时候稍稍伸长脖子喝酒的动作，还有走路的时候右肩往下塌的样子，这两点都和熊仓很相似。笑的时候眼角堆起的皱纹也和熊仓一模一样。

再仔细想想，声音和说话的方式等等，相似的地方有很多。到今天为止，两人经常待在一起，自己为什么没有察觉这些事情呢？

还是自己太粗心大意了……

但是，那是因为现在知道了才察觉的，在此之前，就是让自己去察觉也很困难。

如果他像熊仓那样酒风不好或喜欢玩弄女人的话则另当别论，但日下身上根本没有那种迹象。一个是喜欢装腔作势强人所难的中年男人，一个是行为拘谨文文静静的青年，要看穿两人是父子关系实在是太难了。

还有，赖子根本不知道熊仓还有日下这么一个儿子。若是两人同姓的话说不定早就察觉了，但姓不一样就太困难了。

但是，即便如此，自己难道不能稍微早点儿发现吗？比如说，日下说起他母亲的事情的时候，还有给他父亲守灵的那天晚上谈起他的父亲之死的时候，自己若是再深入问一下的话，说不定也发现了。

因为日下这个人，不管问他什么他都会如实回答，当时问他的话，他一定会告诉自己的。

赖子当时之所以没有强问，一是因为对于日下来说，父亲的回忆并不是让他高兴的事情，二是因为赖子觉得没有必要非得问那些事情。

但是，现在知道了日下是熊仓的儿子，赖子的内心翻江倒海一般很不平静。从知道了事情真相的那个瞬间开始，在赖子的眼中，日下已经不是过去的日下，她只能把他看做是一个身上流着熊仓的血液的孩子。

即使日下没有和熊仓一起生活过，即使他憎恨自己的父亲，但有一点是不会变的，他是熊仓真正的儿子。

不管日下本人喜欢还是不喜欢，他身上流着熊仓的血液这一点是不容怀疑的事实。

既然日下和熊仓有血缘关系，那么等于说自己和父子两人都发生了肉体关系。

想到这里，赖子又开始觉得天旋地转。

不管事实如何，赖子不愿考虑到那一步。

想到这里，赖子觉得意识开始模糊，感觉自己快要疯了。

即使当时自己在什么都不知道的情况下被熊仓像强奸一样夺去了贞洁，可是和他们父子两人都有了亲密交往，赖子觉得这件事情不可饶恕。

并且，他的父亲是自己憎恨多年并复了仇的男人，自己怎么偏偏就和他的儿子有了这么深的关系呢？

"啊……"

赖子闭着眼睛摇了摇头。

怎么会成了这样呢？是上苍的恶作剧，还是有什么人在背后操纵？

赖子突然有了一种冲动，她想就这样泡进浴缸里，用浮石咯哧咯哧使劲儿刮擦全身，把所有的脏了的部分都擦掉，回到原来无垢的身体。

赖子把眼睛闭得更紧了，但是，已经死去的熊仓的脸又在黑暗中复活了，日下的脸也在黑暗中浮现了出来。

当知道熊仓自杀的那个时刻，赖子在心里发誓要把熊仓的事情忘掉。尽管当时她对自己的所作所为感到胆战心惊，但她告诉自己一切都结束了，和过去的噩梦就此彻底绝缘。

但是，噩梦好像还没有消失。

只要日下还活在这个世上，那个噩梦或许一辈子都不会消失。

"救救我……"

赖子闭着眼睛小声呼喊。

迄今为止，她从未求助过别人，被熊仓调戏的时候，虽然也拼死反抗了，但那时候也没有喊出声来。不管是痛苦的时候还是难过的时候，自己从未向别人诉过苦。

但是，赖子这次是打心里认输了。

这次的事情，一个人怎么努力也毫无意义。不管自己怎么努力，日下是熊仓的儿子的事实是不会消失的，正因为无法抹去这个事实，赖子就觉得愈发痛苦。

如果可能的话，赖子很想把此时心中的痛苦向某个人诉说，想说出来让自己的心情稍微轻松一些。

但是，这样的事情是不可能那么轻易地说出来的。不能对里子说，不能对槙子说，甚至不能对母亲说。

这一切都是自作自受。

"现在只能这样躺着了……"

赖子现在就连睁眼睛侧身都感到害怕。就那样仰躺在沙发上，身体一动也不敢动。她有一种担心，就怕自己稍微一动，环绕自己的周围的一切就会轰然坍塌。

已经什么都不要想了！想也无济于事。赖子闭着眼睛，双手搁在肚子上，就那样一动不动。

母亲回来了，好像正在和女佣阿福说话。

就在赖子心想不起来不行、可身体不听使唤还在沙发上躺着的时候，突然听到咚咚上楼的脚步声，然后门一下子开了。

"原来你回来了啊？"

听到母亲嘶哑的声音，赖子慢慢地睁开了眼睛。

"什么呀！你怎么在那里躺着？哪里不舒服吗？"

赖子垂下眼，爬了起来。

"没不舒服！"

母亲穿着茶色的大岛和服，系着一条博多带子，手里拿着一个印着百货商店标志的纸袋子。

"你看这个怎么样？我刚买回来的。"

母亲在沙发前一屁股坐了下来，把纸袋子里面的东西打开了。伴随着哗啦哗啦的声音，母亲从里面拿出来一个吊在天花板上转动的玩具。

"真幸一定喜欢这个吧？"

"那个东西……"

赖子刚想说那种玩具里子的家里已经有了，可说了一半又不说了。看样子母亲还以为里子家里除了她买的东西什么都没有呢！

"这是奶粉！"

母亲打开包装，里面露出了罐装奶粉和奶瓶。

"我想真幸来的时候需要这些东西！"

"可是，这些东西里子自己会带来的！"

"说不定真幸会自己一个人来呢……"

阿常用一只手转动着玩具说道：

"我想把这个送给真幸！"

"好啊！那我拿着送去吧！"

"还是让他来，我直接交给他好了！"

"好啊！那就和里子一块儿！"

"要是你能领他来也行啊！"

"那怎么能行呢？"

"没事儿的！家里有这么多奶粉。"

阿常自己把奶瓶对着嘴，做了一个喝奶的样子。

自从见到真幸以后，阿常的眼中好像只有孙子一个人了。赖子想到过母女见了面心情就会改变，说实话，她真没想到母亲会改变到这个程度。

"好吧！那我给里子打个电话！"

"不用了！里子要是忙的话不来也没关系！"

明明心里很想见真幸，可阿常还在那里说逞强的话，说完就出去了。

屋里就剩下赖子一个人了，她再次倚靠在沙发上。

母亲和里子之间的事情先不要管它，现在最需要考虑的是自己的事情。

秋日的阳光依然灿烂，窗边的蕾丝窗帘在紫藤色的地毯上投下斑驳的影子。刚才婉转啼鸣的小鸟不知道飞到哪里去了，现在楼下的庭院鸦雀无声。在那种寂静中，赖子又开始思考日下的事情。

已经知道他是熊仓的儿子，今后还能像以前一样继续交往下去吗……

日下是熊仓的儿子这件事情当然不是他的责任。熊仓和自己的关系最后成了那个样子和日下一点儿关系也没有。

但是，两人是血脉相连的父子关系这一点也是铁一般的事实。不论赖子在脑子里想多少次，最后还是归结到这一点。

她唯一信赖的一个人，竟是自己憎恨并将其逼上死路的仇人之子。

怎么会变成这样？世上真的有这种孽缘吗？

"为什么……"

赖子对着无人房间的墙壁发问。

人在做天在看，还是神仙明察秋毫，上苍没有放过一个那么残酷对待一个男人并把他逼上绝路的女人。自己爱上那个人的儿子，或许是上苍赐给自己的惩罚。

竟然做出那种事情，你还是个人吗？把活生生的一个人逼上绝路，自己却去追求幸福，那岂不是太自私任性了？难道这种事情在世上能行得通吗？神仙看到了这一切，或许正在这样喊叫。

"太可怕了……"

秋日的阳光透过窗户照到沙发上，赖子蜷缩在那里不由地浑身颤抖。

"请宽恕我！"

从赖子紧闭的眼皮内侧，跪在雅居尔酒吧地板上的熊仓又复活了。最后被领班架着轰出去时那哀怨的眼神迎面逼了过来。

"不要！不要！……"

为了逃开熊仓那哀怨的眼神，赖子情不自禁地用双手捂住了脸，拼命摇头。

但是，熊仓的脸并没有消失。岂止是没有消失，银丝眼镜里面的那双眼睛和日下的眼睛重叠着逼了过来。

"救救我！……"

赖子小声尖叫，紧接着一下子趴到了茶几上面。

也不知过了多长时间，当赖子再次听到爬楼梯的脚步声抬起脸来的时候，发现门一下子开了。

"你在干什么？"

赖子慌忙把脸转向窗户那边，阿常满脸惊讶地看着她问道：

"你这是怎么了？"

"没，没什么……"

"里子那里你准备什么时候去？"

阿常好像等不及了，迫不及待地上来问问赖子。

"你明天不是要回去吗？好不容易来一次，我想还是你在家的时候比较好！"

"我现在就打电话问问她！"

"那好吧！我在楼下……"

屋里又剩下赖子一个人了，她把视线投向角落里的电话机。

干脆把日下的事情跟里子说说吧！要是里子的话，某种程度上也知道自己和熊仓之间的事情的始末，与其一个人苦思焦虑，找个亲近的人诉说一下心中的苦闷，说不定心情能轻松很多。

说起亲近的人，其实赖子没有知心朋友。过去能推心置腹敞开心扉的只有铃子一个人，对赖子来说，铃子的存在就是那么重要。赖子后来去了东京，从新桥又到了银座，可是并没有交到可以称为挚友的朋友。

不能因为这样就说赖子没有人缘或不善交往，她只是不愿意和别人走得太近而已。

自从铃子自杀以后，赖子所有的事情都是一个人考虑，一个人行动。在别人眼里，赖子总是冷冰冰的，或许给人一种自命不凡清高孤傲的印象，但赖子只是选择了一种适合自己的活法而已。

现在要找一个亲密无间可以敞开心扉的人，顶多也就是自家人了。

但是，这种事情是无论如何都不能对母亲讲的，槇子和她的年龄和处境也相距太远。

真要找一个敞开心扉的人，看来只有里子了。

但是，仔细想一想，里子也不太清楚自己和熊仓之间的事情。里子大体知道熊仓和赖子有关系，也知道铃子自杀的原因就在熊仓身上，但熊仓和赖子之间更多的事情她几乎不知道。至于赖子在东京把熊仓置于死地的事情，她就更不知道了。

即使把这些事情对里子和盘托出，相信里子也不能充分理解自己的苦恼。

"要不还是算了吧……"

望着灿烂的阳光下耀眼的玻璃窗，赖子又在那里自言自语。

即使现在对里子讲了也没什么意义。不管自己怎么对她诉说，怎么和她商量，日下是熊仓的儿子这个事实是不会改变的。

"里子好不容易和母亲言归于好了，这会儿不能再让她担心了！"

赖子再次自言自语，拿起了电话。

短促的几声呼叫音之后，里子接起了电话。

"啊！姐姐！你现在在哪儿？"

从昨天开始，里子的声音就很兴奋。

"在东山的家里啊！你听我说啊！刚才母亲给真幸君买来了玩具！"

"啊？真的吗？"

"就是吊在天花板上丁零作响的那种，和你家里现在有的是一样的，母亲想亲手交给真幸，说让你带孩子来呢！"

"太好了！母亲也真是的，来我这里不就完了嘛！"

"母亲要是到你那里去就等于原谅你了，她的心情复杂得很！里子可以再来家里吗？"

"当然了！我是没什么关系！"

· "母亲还买了奶粉呢！说是等真幸自己来的时候给他喝，好像孩子是她生的似的！"

电话那边传来了里子的笑声。

"姐姐准备待到什么时候？"

"可能的话，我想明天下午回去，不过后天中午也可以！"

"姐姐最好还是后天回去吧！赖子姐姐不在家，我好害怕！"

"那好吧！明天十二点行吗？"

"我没问题！"

"我要是告诉母亲，她一定会很高兴的！这回说不定抱着真幸就不放手了！"

"那可不行啊！对了，姐姐今天晚上要去什么地方吗？你要是没什么事儿的话，到我家来吧！我先把晚饭准备好！"

赖子忽然想起了还在酒店里等着的日下。

"咱俩好久没在一起好好说说话了，你这次再回东京的话，恐怕一时半会儿见不了面了！"

"那好吧！我去！"

"姐姐真的能来吗？"

"我傍晚过去，用不用买点东西带过去？"

"什么都不用！对了，要是有的话，给我买点儿金橘回来吧！"

赖子点点头，告诉里子"我五点左右过去"，然后挂断了电话。

到了下午，阳光还是那么明亮，但风好像大了一点。隔着窗户往外看，枫树的叶子在随风起伏，枫树下面的落霜红的果实在风中轻轻摇动。

现在是下午三点。

从那以后，日下直接回酒店了吗？

说好的是傍晚给他打电话，可他那么实在的人一定不会在街上闲逛，说不定一直在酒店的房间里等着。赖子心想，无论如何总该跟他说一声。

赖子再次站在了电话机前面，想好怎么说，没打电话之前，自己先演练了一遍。

"今天晚上约好和里子见面，我们恐怕不能见面了！"

这样说的话，那个人一定会生气吧？不，他当然会生气。

但是，也可以说，赖子知道日下会生气才和里子约好的。

好不容易来了京都，两人只在一起过了一晚上，剩下的就是去扫墓了。要是告诉他已经不能见面了，他一定会认为自己是个自私任性的女人。

但是，现在除了这样也没有什么办法了。

今天就这样回酒店和他见面的话，自己只会更痛苦。不，不光自己痛苦，日下也一定会感到不快。

不管日下和熊仓关系如何，熊仓是熊仓，日下是日下，或许也有人能那样分得很清楚。

但是，赖子绝对做不到。

那不是好恶的问题，而是性格的问题。

赖子认为，要是过了一段时间了还好说，至少现在不能见日下。更别说今晚还要在一张床上睡了，光想想就浑身发抖。

为了不伤害日下，最好的办法就是不再见他。在他什么都不知道的情况下和他分手，对双方都好。赖子自言自语到这里，拨通了酒店的电话。

"麻烦转四○七房间！"

总机的女接线员马上把电话转到了房间。

赖子心想，他要是不在就好了！脑子里刚那么一闪念，就听到对方拿起话筒的声音，接着电话里传来了日下的声音。

"哦！你在哪里？几点回来？"

从他那急切的声音里就能听出来他已经等得心焦不耐烦了。

"不好意思！我今天有点不方便！"

"什么？要很晚回来吗？怎么了？"

"稍微有点儿急事儿，看样子回不去了！"

"你那么说让我怎么办？你也太过分了吧！"

"我确实有点太任性了，你先回东京吧！"

"你开什么玩笑！我就不明白到京都来是为了什么！你现在在哪儿？在家里吗？"

"嗯……"

"我现在就去你家！我去了再听你解释！"

"不行！你来了也见不到我！"

"可是，你不是在家里吗？"

"我这会儿要出去！"

"去哪儿？去干什么？"

"天哪……"

"你先别挂……"

电话里传来日下尖叫般的声音的那一瞬间，赖子把电话放下了。

房间和打电话前一样寂静，窗帘的影子已经延伸到茶几头儿上了。赖子盯着那影子看了一会儿，对着已经挂断的电话小声说道：

"对不起……"

赖子已经浑身一点儿力气也没有了，只想就这样一动不动地休息。

赖子再次回到沙发上，后背刚倚到沙发背上，脑子里突然闪现出站在瀑布下面的一个女人的身姿。

那是清水寺奥院下面的音羽瀑。那是一个清晨，周围还很暗，估计是五点左右吧！也不知是有什么样的烦恼，一个一身白衣的女人站在瀑布下面紧闭双眼，飞流直下的瀑布冲击着她的全身。

为了逃离日下，赖子去了里子的公寓，但依旧是一副魂不守舍的样子。吃完饭，赖子哄着孩子，思想还是回到了日下那里。

"姐姐，你好像没有什么精神啊！"

"没有的事儿！"

赖子勉强笑了一下，但还是不能和平时一样投入话题。

"里子，你见过在清水寺站在瀑布下面让瀑布冲击全身的人吗？"

"你说的是音羽瀑？"

"是不是经常有人去许愿？"

"可是，那必须是清晨一大早去才行啊！姐姐见过吗？"

"只见过一次，和染勇姑娘一起。"

"天哪！那不是姐姐还在做舞伎的时候吗？"

染勇是和赖子出自同一个师傅门下的舞伎，因为她是从小地方来的，对京都不是很熟悉。有一次她说想去清水寺看看，可因为当时是白天，头发绾成京都舞伎的发髻的话就太引人注目了。

因为早晨去那里没有人，所以由赖子带路，两人早起去过一次。

从三年坂经过正门到了清水寺的舞台，发现瀑布下面站着一个女人。年龄在四十岁左右，一边被瀑布冲着一边不住地嘟念什么。只是透过树木的间隙看了一眼，好像她身上裹着白布。

"姐姐要去看那个瀑布吗？"

"不是的！我只是在想现在还有没有人去。"

"那个地方很吓人！已经是很久以前的事了，有个去许愿的人被袭击了，那件事情还上报纸了呢！"

"真的吗？"

"瀑布后面有坟地,以前那里还有流浪汉呢!自从出了那件事以后,现在几乎没人去了!"

清水寺的下面确实是茂密的树丛,两个人去的时候也挺瘆人的。

"不会是姐姐想去吧?"

"怎么会呢……"

"那就好!你突然说起什么瀑布的事情,吓了我一大跳!"

"那好吧!记着明天中午,你带着真幸到家里来!"

赖子正要起身,里子慌忙问道:

"哎?姐姐今晚不是要住在我这里吗?"

"我倒是想住下,可把母亲一个人扔在家里也怪可怜的!"

"什么呀!我还以为姐姐总算能好好在我这住一晚上呢!"

尽管里子满脸不悦,赖子还是站起身来,径直向门口走去。

"姐姐是不是出了什么事?"

"哪有什么事……"

"可是,姐姐今天好奇怪啊!"

"今天去给铃子扫墓了,又想起了过去的事情,如此而已。"

赖子又勉强装出一个笑脸,去了门口。

坐进出租车就成了一个人了,赖子一直在考虑去音羽瀑的事情。

赖子觉得,只让瀑布冲一冲也不能消解自己把熊仓逼死的罪孽。虽然她不觉得仅那样就能得到宽恕,可就这样待着的话也太痛苦了。赖子很想尽情折磨自己,觉得只要彻底伤害自己的身体就能从现在的痛苦中摆脱出来。

但是,一个人去的话还是很害怕。瀑布周围只有白天人潮如涌,从晚上到第二天早晨根本看不到人影。

让谁陪着自己一起去呢……

赖子的脑海里首先浮现出了里子和母亲的面孔。但是，里子有孩子，拜托母亲的话又会被她问这问那。还有，估计母亲十有八九会反对，说那个地方太危险了。

　　再找其他人的话就只有领班阿元了。说不定她也会觉得很奇怪，但随便编个什么理由的话或许她会答应。

　　不管怎么说，先求求阿元试试吧……

　　回到家里，发现母亲正在客厅里看电视。因为今天正好夹在休息日和节日之间，店里只有两组客人，而且那些客人好像也已经回去了。

　　"里子说明天中午来！"

　　"是吗？辛苦你了！"

　　阿常满面春风地点点头，一边泡茶一边说道：

　　"有个叫 KUSAKA 的先生来了三次电话！"

　　因为从未有过男人往家里打电话，阿常脸上露出了诧异的表情。

　　"看样子他还挺着急的，你给他打回去吧！"

　　"不用了！"赖子冷冰冰地说道。

　　阿常好像放下心来，又开始问孙子的事情。赖子心不在焉地敷衍了几句，然后上了二楼。

　　进了房间一看表，已经十点半了。

　　赖子给他打过电话之后，他好像又给家里来过电话。

　　他竟然把电话打到了家里，看样子是相当愤怒。赖子轻轻地拿起了电话，拨通了酒店的号码，问了问前台日下在不在，工作人员说那个客人八点左右已经退房走了。

　　他可能到处找自己也没找到，最后心灰意冷地回去了……

　　赖子脑海里浮现出日下一个人坐新干线回去的身影，心里觉得很难受，可现在除了这样做也没什么办法。赖子自言自语，久违地点上了一支烟，正在抽烟的时候，就听到爬楼梯的脚步声。

"是阿元吗？"

"是的，是我！"

"不好意思！你能进来一下吗？"

赖子对着门外喊了一声，阿元开门进来了。可能是刚在楼下收拾完吧！她手里还拿着一条湿毛巾。

"你听我说，我有个事儿想求你，我想去清水寺的瀑布那里许个愿，不知你能陪我去吗？"

阿元脸上顿时露出了惊讶的表情。

"小姐为什么又……"

"东京的店这段时间生意有点儿惨淡，虽然是临时抱佛脚，我想去许个愿！"

好像很多去瀑布下面让水冲着许愿的人不是去祈祷生意兴隆，而是心中有更深的烦恼，但赖子这会儿也只能这么说打个马虎眼了。

"本来我是想一个人去。"

"那可不行！一个人去可不敢！以前有个女人在那里遇袭了……"

"那件事情我也听说了，早晨一大早就要出门，你可以陪我去吗？"

阿元好像终于相信了。

"可以倒是可以，你有白色的法衣吗？"

"我也是突然想起来的，没有法衣，白色的长衬衫我倒是有，衬衫下面裹上漂白布怎么样？"

只穿长衬衫的话，被瀑布冲击的时候整个身体会曲线毕露，那样反而显得很淫荡。

为了不让乳房变大，赖子做舞伎的时候习惯用漂白布把胸部缠起来，用这个办法或许能让身体少暴露几分。

"我有漂白布，要是你不嫌弃的话我给你带一块来！"

"你怎么会……"

"以前我也想去一次！"

孤身一人的阿元好像也有她自己的烦恼。

"你有念珠吗？"

"我有铃子七周年的时候用过的！"

"你知道《心经》吗？"

"要念那个经吗？"

"瀑布周围也有没有职位的佛，因为这些佛会在那里捣乱，所以必须要念经。本来应该念诵三卷，不过两卷也可以！"

记得上次看到瀑布下面的那个女人的时候，她的嘴不住地在动，或许她念诵的就是《心经》。

"我只知道一点点！"

"听说如果站在瀑布下面的人不会诵经，就让旁边的另一个人念诵，不过我也不是很明白……"

"怎么那么麻烦！光祈祷也行吧？"

"那是！只要你一心向佛……"

"虽然我不会诵经，但我会更虔诚地祈祷！"

阿元点了点头，忽然又有些担心地问道：

"可是，你真的要去是吗？"

"是啊！我们几点出发才好呢？"

"我觉得还是早点儿好！六点或七点的时候……"

"那就六点吧！"

近来母亲起床比过去晚了，好像是六点半左右。出门的时候如果不想被母亲发现，那么必须在母亲起床前三十分钟出门。

"可是很冷哦！"

"没关系的！还有一件事，这件事情一定要对我母亲保密，我不愿让她担心……"

"我明白！"

"那么，明天就麻烦你了！"

赖子又叮嘱了一遍，把阿元送出了门。

赖子一整夜都在迷迷糊糊地做梦。

熊仓和日下交互出现在梦境中。

两人一会儿坐在一起，一会儿互相说话。熊仓说："这是我的儿子！"日下也不回答，只是垂着头。两个人好像关系不错，但有时候也争执。

赖子受不了他们父子两人之间的争执，告诉自己这是在梦里。

这时候阿元出现了，喊着："得快点儿！"好像在催促赖子快点儿去音羽瀑布。

都说日有所思夜有所梦，出现在梦里的都是自己挂怀的事情，赖子那样安慰自己，但稍微带着笑意的熊仓的脸黏在大脑的一个角落里挥之不去。赖子想起有人说过，梦见死人的笑脸不吉利，心情忽然暗淡起来。

天快亮的时候，好像稍微睡了一会儿，但马上接着刚才的梦继续做，醒来的时候发现透过窗帘一角射进来的光线已经很明亮了，还能听到外面小鸟叽叽喳喳的叫声。

赖子马上爬起来穿好了衣服，把放在枕边的法衣和漂白布用包袱包起来，又把念珠放进去的时候，走廊里传来了阿元的声音。

"赖子姑娘，准备好了吗？"

"好了！我马上……"

赖子回头看了一眼枕边，确认没有忘记的东西之后，悄悄地到了走廊里。

两个人蹑手蹑脚地下了楼梯，阿常好像还在睡觉。拉开前门到了屋外，接下来一路小跑穿过了院子。

到了六点的时候，东山的山边已经很亮了，但山顶上方还悬着一弯残月。

通往高台寺的坡道上没有人影，一排路灯整整齐齐地排列在拂晓时分的昏暗中。

从莴乃家到清水寺并不是很远，快点儿走的话有十分钟左右就到了。赖子和阿元两人谁也不说话，脚下生风只顾低头赶路。

下了坡，从高台寺的旁边穿过去，爬上二年坂和三年坂就到了清水寺的正门。从那里爬上石台阶就通往舞台了，但两人却往右拐，经过池塘边沿着一条小路往前走。

草叶上还挂着晶莹的夜露，树叶也都湿漉漉的。两人加快了脚步，还要留心脚下不要滑倒。

上了坡，再爬上石台阶，清水的舞台就像一座城寨一样浮现在早晨的薄雾中。

突然听到身后有树叶窸窣的声音，赖子吓得身体一缩，回头一看，一只小鸟在树上扑棱翅膀，紧接着就飞走了，原来是小鸟的恶作剧，虚惊一场。

爬上石台阶又上了一个小坡，视野里终于出现了音羽瀑。

瀑布周围没有人影，只能听到瀑布的水声。

赖子站在瀑布前面，深深地吸了一口气。

上空已经很明亮了，但瀑布周围掩映在茂密的树丛里，尚残留着几分夜的静寂。

"快点儿吧……"

在阿元的催促下，赖子向着右边坡道中间的一个小屋走去。那栋小屋是个小店，白天卖烫豆腐，但这一会儿草垫子也都收起来了，门也关着。

赖子在那个小屋的席棚背影处把衣服脱下来，在长衬裙外面裹上了漂白布，然后穿上了法衣。

在赖子手忙脚乱地往身上裹白布的时候，阿元一直很警惕地看着瀑布那边。

"多谢！"

赖子穿完法衣，右手拿着念珠，把包着衣服的包袱递给了阿元。

"你可听好了！先把手伸进瀑布里，然后是肩膀，最后是后背，顺序一点儿不能错！"

两人向瀑布走去，阿元边走边对赖子说明。

"瀑布冲到后背上的时候就把头低下来……水很凉，身体很疼，但你要忍着！"

赖子只有刚才脱下衣服的那一瞬间打了一个激灵，这会儿连寒冷也觉不到了。

"那好吧！我就在这里等着你！"

阿元向赖子鞠了一躬，把身子转了过去。

赖子见她转过身去，双手拿着念珠，赤脚站在了瀑布下面。

按说水很凉，可水冲到身上就像皮鞭抽到身上一样，感到的是一种火辣辣的热，好像要战胜瞬间的胆怯一样，赖子用双手和肩膀去迎击飞流直下的瀑布。

原以为瀑布细而无力，可当水流直接冲击到皮肤上的时候，赖子觉得就像被铁片扎进去一样疼。

经年日久甚至可以把石头击穿的水滴如同从天而降的利箭撞击到后背和肩膀上，然后四处飞溅。

赖子憋住气,使劲儿咬紧嘴唇,双脚立定双手合十。

不分昼夜冲击着下面的石头的瀑布现在直直地撞击着赖子的脖颈,从裹着漂白布的胸部沿着腋下一直落到彻底张开的脚趾上。

"观自在菩萨,行深般若波罗蜜多时,照见五蕴皆空,度一切苦厄……色即是空,空即是色……"

赖子只吟诵了《心经》开头的部分,然后马上开始嘟念熊仓和日下的名字。

"请宽恕我!都是我不好!请原谅我……"

赖子站在瀑布里低头合掌,从天而降的水流冲动肩上和背上,然后飞溅到全身,白色的法衣马上就湿透了。

冰冷的水马上变成了钻心的痛,赖子觉得现在好像置身于水深火热之中。

"都是我错了,请折磨我,请责罚我!"

赖子一心不乱地嘟念,已经感不到疼痛了。

在开始泛白的瀑布下面,赖子那雪白的身躯就像一尊玉雕,纹丝不动。

乱菊篇

十一月的大学校园弥漫着忙碌的气氛。

三年级的时候没能拿到学分的大四的学生慌慌张张地跑去上课，那些还没完成毕业论文的学生则忙着跑图书馆。

大家更担心的是找工作，一大堆人围在就业部的布告栏前面。

今年的就业形势稍微有些好转，企业招聘员工的数量好像都有所增加，但一流企业的门槛还是很高。到了十一月份开始惊慌失措的是那些被一流企业面试甩出来的人，正因如此，他们都充满殊死一搏的劲头。

即便如此，那些男生还算好的。

面临形势最严峻的是女生，一般企业录用女员工的数量在逐年减少。

企业方面的逻辑是，这些女生虽然大学毕业了，可进了企业工作上两三年马上就要结婚，那样的话，企业会很为难。

这种逻辑虽然也有一定的道理，但并非所有的女生都是进入企业工作不久就结婚。

不管是谁，进入企业的时候都想努力工作，结婚以后辞去工作不过是一部分的行为。女生们面试的时候都那样说，但企业不会温情脉脉到接受她们的诉求的程度。

在大家都心慌意乱的时候，唯有槙子她们这伙人比较悠然自得。

在和槙子关系最亲密的四个人里面，冴子要到父亲经营的商事会社里面工作，真由美已经定下去叔叔当社长的广播公司工作了。不过，说是就职，两个人都是隔一天上一天班，属于半玩儿半工作的大小姐上班。优子毕业后要先去姑姑所在的旧金山待上一段时间。美奈子则是所谓的家务见习。

然后就是槙子了，她打算明年春天一毕业就结婚。

结婚对象当然就是小泉士郎了。

从学生生活一下子进入婚姻生活，也让槙子觉得有点儿遗憾。如果可能的话，槙子也想进公司工作几天，尝试一下白领丽人的生活。

但是，士郎强烈要求槙子毕业后马上就和他结婚。

虽然士郎才刚刚二十六岁，但他的母亲好像心脏有点儿不好，希望儿子早点儿结婚。但那都是表面上的理由，士郎和他母亲背后还有一种担心，不小心让槙子去工作，万一被哪个花花公子抢走就大事不妙了。

七月份他在京都也见过阿常，实质上相当于已经订婚了。但即使这样，槙子从那以后也一直对士郎掌握主导权。换句话说，士郎对未婚妻的迷恋要比槙子对自己的感情强烈得多。

走在大街上或坐在餐厅里的时候，槙子会经常遇到她的男性朋友。虽然只是轻轻点个头或三言两语聊上几句，但身边的士郎每次都担心得不得了。

他虽然不知道槙子过去和音乐人一起鬼混的事情，但好像也感觉到了槙子过去是个相当招蜂引蝶的花花女郎。

士郎要顾及庆应男生的面子，虽然没有刨根问底地一一追问对方的男生是谁，但有时候也会露骨地表现出自己的不满。

不过，由于士郎是因为槙子那种花花女郎似的坏坏的样子才迷恋上她的，所以那也是没办法的事情。

一个女孩子走在大街上若是不被男孩子搭讪就太没意思了。槙子正是因为长得太可爱了才被男孩子搭讪的。他希望槙子对自己贞淑，同时又希望她是个引人注目的好女人。士郎的心情好像总在这两者之间摇摆。

不管怎么说，士郎决定等她一毕业马上就结婚，好像不把她正式纳为自己的妻子的话就不放心。

士郎说："可能的话，今年秋天也可以。"但是槙子没有答应。

士郎当时虽然无可奈何地点了点头，但他好像觉得让槙子一个人待着的话，不知道她会做出什么出格的事情来。

实际上自己把持得很好，但同时要让男人感到不安，那或许正是槙子的男人操纵术的高明之处。

槙子出现在赖子的公寓里，是十一月的文化节结束的三天之后。

"姐姐好！"

明明已是深秋，外面凉飕飕的，但里子的一张俏脸却晒得黝黑。

"你什么时候回来的？"

"昨天，到成田机场的时候是十点……"

连休开始的前一天槙子要和朋友一起去曼谷的事情赖子也听说了。

"这是我给姐姐带回来的礼物！"

槙子递过来一只用细藤条编的手提篮。

"谢谢！哇！好可爱啊！"

手提篮是箱子形状的，还带着盖，好像特别适合郊游的时候带着去。

"那边藤编和紫檀的东西特别便宜！还有用藤条编的特别精致

的成套客厅家具呢！"

赖子瞬间想起了熊仓的事情。熊仓过去也从曼谷和新加坡等地进口这类东西赚了不少钱。

"离曼谷不太远的地方有个芭提雅海滩，简直太美了！下次姐姐也去那个地方看看吧！"

槙子眉飞色舞地说着，胸前的金项链金光闪闪。

"大海也很漂亮，人也很少，到了晚上可以在海风吹拂的大厅里跳舞，两个人去了那样的地方，即使对方是不喜欢的人你也会喜欢上他！"

槙子好像想起了去泰国的快乐时光，一边哼唱一边用涂着指甲油的手指不停地敲着茶几边儿。

"真好啊！你闲成那样！"

"姐姐可别那么说！这可是大学时代最后的一次旅游了！一辈子也就现在这个时候空闲了！"

"你说得可真夸张！"

"难道不是吗？毕了业就结婚，然后就全是灰色的生活了！"

"那样的话，你干脆不结婚就是了！"

"我真想再多玩儿几年！"

槙子喝了一口赖子给她冲的咖啡，忽然用正儿八经的口气说道："有个事儿我想和姐姐商量商量！"

"又是要钱吗？要说钱的话，你去旅游之前不是给你了吗？"

"今天跟姐姐说正经事儿！实际上我想和姐姐商量一下彩礼的事情，士郎说反正要结婚，最好还是早点儿，他想今年之内结婚。"

晒得黝黑的槙子忽然说起什么彩礼的事情，赖子觉得好可笑。

"他说可能的话，想在十一月份找个黄道吉日纳彩礼，姐姐觉得怎么样？"

"是对方那么提出来的吧？那不是挺好吗？"

"可是，收下了对方的彩礼就等于在卖身契上按下了手印，总觉得自己的一辈子就这么定下了。"

"你怎么那么说！你不是要结婚吗？"

"那倒也是，可是一想到今后就要被束缚起来了，就觉得心情沉重！"

"和以前一样生活不就行了嘛！"

"所谓纳彩礼，是对方的父母到家里来是吗？"

"那还用问吗？彩礼不是男方交给女方的订婚礼吗？"

"对方的人到家里来了，母亲能像模像样地应酬不失事儿吗？"

"那还用说！里子结婚的时候母亲也不是没应酬过……"

"不过我还是挺担心的！真希望姐姐到时候也在家！"

"什么时候？"

"十五号和二十一号是大安，姐姐觉得怎么样？"

"要说十五号的话，不是很快了吗？"

"我昨天一回来他就这么说！"

"你要说非让我去的话，我也不是不能去。"

赖子心想，自己虽是个当姐姐的，可一个在银座开酒吧的人去收彩礼的现场真的合适吗？

"让我说就别来那一套虚头巴脑的了，痛快地把钱给了不就完了嘛！"

赖子哭笑不得，心想这才像槙子的想法。

"可是，要行聘礼的话，是不是媒人也得去？准备找谁当媒人？"

"媒人的事情好像已经定下来了，是士郎公司的一个叫今野的专务做媒。这个星期天我还得和士郎一起到他家里去问候致谢呢！"

"那个先生也要去京都吗？"

"那天虽然不是大安，说是二十二号的星期六比较合适！"

"天哪！那可得赶快告诉母亲！"

"不管怎么说，我是想先和姐姐商量之后再告诉母亲！"

"吃蛋糕吗？"

赖子把昨天客人送给自己做礼物的芝士蛋糕带着盒子一起拿了过来。

赖子刚把蛋糕盛在碟子里放在茶几上，就听到电话响了。

赖子往电话机那边瞥了一眼，根本不去接电话。

电话铃还是响个不停。

"姐姐……"

在槙子的催促下，赖子无可奈何地拿起了电话。

电话机虽然在房间一头，可是因为房间里太安静了，坐在沙发上的槙子也能隐隐约约听到。电话里好像是一个男人的声音，赖子只说了一声"是！"就再也不说话了。

好像只有电话那头的男人一个人在说。

过了一会儿赖子回答说："不是……"然后说了一声："不行！"

"绝对不行！"

赖子突然用很强硬的口气回答了一句，然后放下了电话。

槙子觉得好像听到了自己不该听的事情，喝了一口剩下的咖啡问道：

"客人？"

"不是……"

赖子很暧昧地回答，然后点着了一支烟。

"那好吧！纳彩礼的事情就拜托姐姐了！"

"你这就要回去了吗？"

"我和朋友约好了见面……"

虽然和朋友见面也没有那么急，可是槙子觉得很扫兴，于是站起身来。

屋里就剩下自己一个人了，赖子坐到沙发上，长长地叹了一口气。

刚才的电话是日下打来的。

自从在京都分手以后，赖子还没有和日下见过面。

两人分手的第二天早晨，赖子去了音羽瀑，当天晚上回到了东京，从第二天开始，来自日下的电话就响个不停。

一开始的时候，赖子对自己在京都的任性所为向日下道了歉，解释说"因为太忙了没能见面"，但日下并不接受赖子的解释。

"为什么？""出什么事了吗？"日下一直执拗地问赖子。

最后发起火来，问赖子："你是不是不喜欢我了？""是不是又有了喜欢的人？"他步步紧逼锲而不舍，最后突然态度大变，说："如果你不喜欢我了就明说！"

确实，在旅游地突然被对方甩开，还被告知今后不能见面了，日下发火也是情理之中的事情。

但是，其中的缘由赖子是无论如何也不能说的。

"不管被谁问起都不能说！"

那是赖子站在瀑布下面对自己立下的誓言。

但是，日下根本没有死心的样子。

都过了一星期了，他还是每天打电话来，不停地追问。

最近这段时间，赖子只要一听见电话铃声就吓得身体一缩，心想又要和他争吵了，心情顿时沉重起来。刚才也不想接那个电话，但是因为槙子在旁边，没有办法才接起来的。

这回跟他说不行，他竟然说要到银座的店里来。

当时跟他说"绝对不行"，但看现在这个样子，说不定他真的会硬闯进来。

日下过去是一个那么沉着文静的人，现在就像变了个人似的执拗而强硬。

正因为他是个很认真的人，一旦燃烧起来或许就很难控制了。

他对所有的事情都是那么一心一意诚实不欺。

但是，对于现在的赖子来说，那反而成了一种负担。

希望他能让自己单独待一段时间，让自己好好静一静，被他这样一折腾，自己反而想逃离。

即使现在不可能，赖子希望某一天还能和以前一样和他可以无话不谈。为了那一天，赖子希望他能再等等。

如果他真的来了店里，说不定自己就真的讨厌他了。日下可能觉得，去了店里绝对能见到自己，可是即使他来了，她也不会和他说话，更不会到他的座位上去。

他要是开始胡说八道的话，就让他回去。

实在不行还有一个办法，那就是让领班把他拖出去。想到这里，赖子想起了一件让她很厌恶的事情。

那样做的话，就和对待熊仓的冷酷做法一样了。

那两个人还是血脉相通吧？

赖子一个人在那里摇头否定。

熊仓的事情在自己站在瀑布下面的时候就已经彻底抛掉了。祈祷、道歉、惩罚自己，感觉自己的身心终于被冲洗干净了。

事到如今，赖子不愿意再次被玷污。

赖子为了驱走这种不愉快的心情，站起来走到了阳台前面。下午的阳光虽然很明亮，但风很大，摆在阳台上的花盆里的绿萝都被大风吹倒了。赖子拉开玻璃门，把花盆扶起来，又回到了房间里。

刚才只被风吹了一下头发就乱了，赖子一边整理秀发一边看了一眼钟表，已经是下午三点了。

马上就得做好准备去店里了。

"好吧！又要上战场了……"

赖子自言自语，马上变成了一副迎接客人的表情，向梳妆台走去。

到了十一月份，银座的俱乐部一点生气也没有。

要是往年的话，快到年末了客人会很多，到了酒吧打烊的十二点前后，正面大街上的出租车乘车处总会排起长龙，可今年就不同了，等两三分钟就能坐上出租车。

银座这个地方，烂醉如泥的客人本来就很少，喝醉了在大街上闲逛的客人也很少看见。

客人们即便去了酒吧，也几乎都是因为工作关系，到了十一点左右，那些人也都开始打道回府了。

不光是因为晚秋的寒冷，经济形势的不景气好像也使得人们想早早回家。

在这种形势下，雅居尔依旧是生意兴隆。

虽然店面不大，但内部装潢很雅致，陪酒的姑娘大多也很年轻。因为酒吧没有采用业绩提成的制度，和其他酒吧相比气氛比较宽松悠闲，很多陪酒的女孩儿一看就是外行，这一点好像格外受客人欢迎。

但是，几乎所有的客人都是奔着赖子这个妈妈桑来的。客人们虽然不会那么露骨地直接用言语勾引，但赖子那精致的面庞和温柔悦耳的京都方言让客人们趋之若鹜。

作为酒吧来说，这种情况确实不值得赞赏。既然是一家酒吧，只有每个姑娘都有格外眷顾自己的客人，酒吧的生意才能长久。大家都冲着赖子一个人来的话，赖子要是哪天休息，店里的生意马上就会一落千丈。

考虑到这一点，领班庄司一直坚持哪怕多少花点儿钱也要录用那些年轻漂亮的女孩子，即便如此，那些姑娘在赖子面前还是黯然失色。

"那可是银座最漂亮的妈妈桑！"

客人里面也有人这样向朋友介绍。

"怎么样？漂亮吧？"

初次来的客人被朋友这样问，也有人连话都说不出来了，好大一会儿只是张大嘴巴呆呆地看。

被人夸漂亮固然高兴，说实话，赖子也有些不满。那么说的话，等于说自己是靠脸蛋经营这间酒吧。

但是，从男人的角度来说，首先注意到的就是脸蛋，妈妈桑长得那么漂亮，他们也没办法。

银座这个地方这么大，虽然不知道赖子是不是最漂亮的，但赖子除了美貌之外，还有一种凛然不可侵犯的气质，如果再加上她曼妙的身材，赖子或许就是最美的。

赖子长得漂亮固然是不容置疑的，同时她的脸上还有一种冷冰冰的阴翳。人们对这一点的接受方式不一样，好恶也不一样。

雅居尔的那些常客好像都被赖子美貌中的那种冰冷气质所吸引。

但是，不管多么美貌，如果私生活的全部都被客人知道了，那么客人就不会来了。

那些长年光顾雅居尔的客人没有一个人知道谁是赖子真正的男

朋友。一般来说，在银座这个地方经营这么一间酒吧，按说赖子背后应该有一个资助者，但是谁也不知道那个金主是谁。

像太平洋化学的村冈专务和三京银行的副总裁等等，有那么两三个人貌似是赖子的资助人，但仔细观察一下就会发现，根本不是那么回事。

也有人提起大协百货常务的名字，但大家也不觉得赖子已经对他彻底以心相许。

如此美丽的一个女人，不属于任何男人，即使和两三个男人有过关系，也没有彻底芳心暗许，总是冷冰冰地保持一种清高孤傲。或许赖子身上的那种氛围又激发了男人们的好奇心。

日下出现在雅居尔是槙子来到赖子公寓的两天之后。

晚上快十一点的时候，日下一个人晃晃悠悠地进来了，环视了一下店内，刚看到赖子的身影就慌忙垂下了眼睛。

那时候恰好有两组客人一前一后都回去了，座位正好空着。什么都不知道的服务生赶紧把他领到了五号台，一个叫直美的姑娘坐在了他旁边。

作为酒吧的妈妈桑，按说每有新客人来都应该过去打个招呼，那是妈妈桑应尽的义务。

但是，赖子坐在一号台那边一动也不动。

姑娘们和服务生们虽然都知道赖子和日下关系亲密，但更多的事情他们就不知道了。

赖子不喜欢在店里讲自己私人的事情，知道赖子这种性格的日下也很谨慎自制。在别人看来，日下是剃头挑子一头热，他来酒吧只是因为他对赖子一厢情愿。还有，即使日下说自己是赖子的恋人，客人们和姑娘们也不会轻易地相信。

大家一向认为，像赖子这样的女性，男朋友一定是相当有地位或相当有经济实力的男性。日下就太缺乏那种派头了，但也可以说那反而成了众人的盲点。

　　日下进了酒吧过了十分钟左右，又有一组客人走了，但赖子还是没有去日下的座位。

　　但是，日下这边很是在意，时不时地偷偷看一眼赖子那边。

　　虽然离得远看不太清楚，好像日下已经很醉了，满脸通红，上半身也不住地摇晃。因为赖子在电话里对他说过不见他，或许不借酒蒙脸不好意思来吧？

　　就在赖子晾着不理他的时候，陪着日下喝酒的直美走过来叫赖子。

　　"我那边的客人叫您呢！"

　　"不用管他，跟他说我过不去！"

　　没想到赖子的口气这么严厉，直美满脸困惑地回去了。

　　赖子采取这个态度反而会被人怀疑。尽管姑娘们平时都很关注赖子的事情，这会儿却什么办法也没有。

　　按说自己已经跟日下说过好多次不让他到店里来，是他不听劝告非要来的，自己绝对不能到他座位上去。

　　日下或许是死心了吧，从那以后再也没让直美过来说什么。

　　或许是赖子的严词拒绝起了效果，日下只是默默地在那里喝酒。

　　就那样到了十一点半的时候，日下站了起来。

　　听到那边有姑娘对他说感谢光临。

　　"妈妈桑，日下先生要回去了！"

　　刚才那个姑娘过来跟赖子说，但赖子还是没有站起来。

　　日下上身穿着一件灰色的夹克，下身穿着一条深蓝色的西裤，板板正正地打着领带。按说他已经喝了很多了，这会儿却脸色苍白。

赖子看着他的侧脸横穿过柜台前面向出口走去。

　　他径直往前走，好像在极力控制自己不要回头往赖子这边看。日下是那么一个性情懦弱的人，看样子确实没法再在酒吧里待下去了。

　　看着日下那孤寂的背影消失在门外，赖子轻轻地喘了一口气。

　　他总算死了心回去了……

　　赖子终于放下心来，同时也觉得做了一件很不好的事情。

　　刚才真不该对他那么冷淡，至少也应该跟他说一句"欢迎光临"什么的。那样的话，日下面子上也过得去，姑娘们也不会觉得奇怪。

　　但是，真那么做了的话，日下或许又要向自己撒娇。

　　好不容易把他晾到现在，这个时候要是心软的话，一切就都白费了。

　　虽然挺对不住他的，但这样就挺好的……

　　他虽然是硬闯了进来，但最后还是静静地回去了，这一点好像能勉强维系住赖子对他的一丝眷恋。

　　赖子一口喝干了杯子里剩下的白兰地。

　　赖子陪着留到最后的客人又去了银座的一间酒吧喝酒，回到公寓的时候已经是一点半了。

　　赖子一般两点的时候上床睡觉。

　　如果每天浓妆艳抹工作到深夜，皮肤就会变粗糙。虽然还不到小皱纹那么显眼的年龄，但最好还是从现在起就开始注意。还有，赖子本来就不喜欢那种放荡的不规矩的生活。

　　赖子脱下和服换上睡袍，正在卸妆的时候听到电话响了。

　　难道又是日下……

　　赖子顿时有些犹豫，想想他今晚那么老实地回去了还是接吧！

刚拿起话筒就听见里面忽然传出了女人的声音。

"姐姐！你什么时候回家的？"

"啊！原来是里子啊！吓了我一大跳！"

"刚才往你家那里打了好几次电话你也不在！"

也不知道是出什么事了，听里子的声音好像就要哭出来了。

"出什么事了吗？"

"椎名先生说他要不在了！"

赖子一时间不知道里子说的是谁，但马上就明白过来是里子的很重要的人，紧接着问道：

"哦！他怎么了？"

"说是要到外国去，去马尼拉！"

"马尼拉？"

"今后不能再见面了！"

赖子刹那间也不知道说什么好，赶快整理脑子里的思路。

以前听说椎名好像是国际电业的专务，是公司里最有实力的人。那么一个人为什么现在要去外国呢？

"为什么又要去外国呢？"

"我也不知道！姐姐！你认为是为什么？"

别的公司的事情赖子根本无从知道。

"他说这次要去马尼拉做新建工厂的支社长！"

现在被派到海外去，对于椎名来说，是升迁还是降职呢？虽说去了是个支社长，可是从总公司的专务变成一个海外支公司的社长确实不好说是荣升还是左迁。

"他是被人陷害了！"

"……"

"因为他工作很有能力，遭人嫉妒，背后被别人陷害了！"

"是椎名先生那么说的吗？"

"他什么都不说！只是说已经定下要去了。但他不说我也知道！他太能干让别人生畏，是被撵走了！"

赖子虽然不太明白公司里的事情，但椎名即使去做个支社长，也不过是个海外新建工厂的负责人，或许算不上是升迁。

"你什么时候听说这件事情的？"

"刚才他来电话我才知道的！"

"以前你什么都没听说过吗？"

"过去他说过一句很奇怪的话，问我如果他不在了我一个人能不能行，可我万万没想到竟然是这件事情啊！当时我还以为他是开玩笑呢……"

"……"

"姐姐啊！你给想想办法吧！我希望椎名先生哪里都不要去，就这样待在东京，姐姐去求求什么人给帮个忙！"

"可是，这种事情……"

赖子因为经营酒吧的关系确实认识几个政界和实业界有权势的人物，但是，其他公司的事情确实没法去求他们。

"椎名先生的夫人现在是卧病在床吧？"

"是啊！把这么一个人派到海外去简直就是胡来嘛！"

"不会是椎名先生和里子之间的事情被人知道了吧？"

"我没有跟任何人说过，绝对不会有那种事情！"

里子确实不会自己说出去，但这种事情保不准什么时候从什么地方就泄露出去了。

"还有，即使他和我之间的事情被发现了，那也和工作没关系啊！"

里子的说法虽然属于正论，但企业内部的伦理或许是另一码事。

"那么，他说什么时候去？"

"说是十二月！"

"正式上任应该是明年的年初，但因为要提前做些准备工作还要开碰头会什么的，他说十二月初就先去一趟。姐姐你说，该怎么办呢……"

赖子心想，里子刚生完孩子不久，和母亲也快言归于好了，这个节骨眼儿上很想帮帮她，但唯有这件事情爱莫能助。

"说是外国，不就是马尼拉嘛！又不是多么遥远的地方！"

"可是，怎么说也是外国啊……"

"你说的也是！不过，即使去了那边不是也经常回来吗？"

"即使不能见面，他在近处和在外国感觉就是不一样！他要是在东京，我想见他的话什么时候都能见！"

"椎名先生既然那么有能力，我想即使去了也不可能待很长时间！过不了两三年一定会回来的！"

"他或许会死在那边！"

"不要说那些不吉利的话！你也得坚强起来！"

听姐姐像是在训斥自己，里子沉默了一会儿说道：

"姐姐啊！这一定是老天对我的惩罚吧？"

"惩罚你什么？"

"我做事那么任性，给母亲和大家添了那么多麻烦……"

"没有那事儿！你也努力了，听从自己的内心坚持到底，里子很了不起！"

"可是，他也真够可怜的……"

赖子心想，被派往炎热的东南亚的椎名确实挺可怜的，但只剩下一个人的里子更可怜。

自从听椎名说要被调到马尼拉去之后，里子的内心失去了镇静，彻底沉不住气了。

里子觉得自己必须做点什么，可又不知道该从哪里着手。神志恍惚，做事心不在焉，给真幸冲奶粉有时候全是开水，给孩子换尿布有时候会忘了把尼龙搭襻儿系上。一边做着家务，心思不知什么时候就飞到了椎名那里。

过去也不是没有想过椎名的事情，但从来没有像现在这样神情恍惚。不仅是神情恍惚，有时候还会突然抽抽搭搭地哭起来，也有时候突然涌起一股冲动想扔东西。

里子也不知道该拿自己怎么办。她就像一个失去了平衡的布娃娃，因为担忧，心里很不踏实。

在生下真幸之前，里子总是告诉自己，只要把孩子生下来，即使和椎名分手也没关系。

实际上也是如此，自从生下真幸以后，里子只要看到孩子就有一种和椎名在一起的感觉。只要跟孩子说说话，就能体会到和椎名说话的那种满足。

虽然这种状态并没有因为椎名要去外国了而有任何改变，但现在的里子形容之憔悴，连她自己都觉得惊讶。她觉得浑身软踏踏地那么靠不住，好像背上的一根骨头被抽走了。

当初一个人离家出走、坚决要把孩子生下来的那种坚强跑到哪里去了？过去觉得只要有真幸在身边，和椎名分手也无所谓。看着现在如此软弱的自己，里子甚至奇怪，当初为什么会有那种想法。

里子虽然说了那种很要强的话，归根结底那或许是某个前提下的有恃无恐的撒娇行为，那个前提就是她认为椎名会一直在东京。

赖子刚才在电话里说，说是马尼拉其实也很近，椎名会经常回来的，但里子觉得不能把事情想得那么轻松自在。

马尼拉再怎么近，也不可能像从京都到东京那样说去就去，说是会经常回来，可作为当地分公司的一个负责人，根本不可能说回来就回来。

还有，马尼拉那个地方很热，食物和生活环境也和日本相当不一样，听说有些地方治安还很差。

在那样的地方，万一病倒了怎么办呢？要是受伤了怎么办呢？里子一想到这些就坐不住了。

要说去外国，里子只跟着旅游团去过一次欧洲。

即使听说他病了，里子也没有信心一个人飞过去。更让人担心的是，不知道他病了的时候，能不能马上和自己联系上。想到这些事情，里子就更是坐立不安了。

尽管里子明白，这些都是自己多余的担心，但还是禁不住思来想去担心不已，越来越觉得从此以后就再也和他见不着面了。

里子觉得两人在日本分了手，两人之间从此就山高水远关系断绝了。

有没有什么办法不让他去呢？是不是受伤了或生病了就不用去了？

要不就从公司辞职……

如果从公司辞职了，就能拒绝这次这种蛮不讲理的人事调动了。

对了！干脆把公司辞掉算了……

想到这里，里子的空想忽然无边无际地飞翔起来了。

干脆辞掉公司，来京都就好了。暂时可以先住在这个公寓里，三个人一起生活，然后里子再去求得母亲的谅解。

按照现在的情况，母亲一定会答应的。只要和菊雄办完了离婚手续，或许还能回茑乃家呢！

一开始的时候母亲或许会反对，但椎名毕竟是真幸的生身父亲。最后接纳了他，说不定还能答应让一家三口在茑乃家生活。

要是那样的话，该多么令人高兴啊！

那样自己就会不辞劳苦地工作。

和过去的敷衍了事不同，自己身上还背负着椎名和真幸父子俩的生活呢！

女人只要有了心灵的支撑，要多能干就多能干。

不过，他或许不愿意做料亭的掌柜。他一直是个工薪族，而且作为公司里的精英人物，自尊心也很强。他不是菊雄那种只会学什么小曲儿、轻飘飘没有四两沉的人。

如果是那样的话，他也可以开个什么新公司。若是多多少少需要点钱的话，去求求母亲说不定能给出一点儿。

他那么一个有能力的人，一个小公司一定能经营下去吧？那样的话，他在外面经营公司，自己就在家里操持打理茑乃家的生意。

开始的时候可能会辛苦一些，但是只要两个人努力就总有办法可想。

想着想着，里子开始浑身发热。未来一下子变成了玫瑰色，里子觉得美好的未来马上就能变成现实。

好像现在自己已经和他一起工作了，里子忍不住想告诉姐姐和妹妹。

里子整整一个星期都在不安和梦想之间徘徊。不安当然就是担心椎名去外国，梦想自然是和他一起生活。

里子很想对他说说自己的梦想，好几次把电话拿起来又放下了。

即使对他说那些事情，椎名恐怕也会听不进去吧？岂止是听不进去，说不定只会对自己这孩子气的想法哭笑不得。

但是，就这样无动于衷的话，就只能等着和他分别的那一天了。

椎名第二次来电话的时候说"等哪天安定下来了就过去一趟"。

但是，等临近出发去外国的时候再见面就为时已晚了。

里子觉得要说就早点儿说，心里是那么想的，却迟迟难以开口。

又过了一星期，里子下定决心明天非说不可了！

即使他说自己的想法任性幼稚也没关系，知道这件事情本来就很勉强，即使被拒绝了她也能死心。

里子这样告诉自己，正要上床睡觉的时候电话响了。这会儿是晚上十一点。

到了这个时候还打电话来的不是椎名就是千鹤。里子心想，来电话的人必是两人中的一个，拿起电话一听，果然就是椎名。

"你在干什么？"

椎名突然这么一问，里子一时间不知道该怎么回答，正在她犹豫的时候，椎名停顿了一下问道：

"你还好吗？"

里子心想，眼看就要分别了，我能好吗？但她按捺住想那么说的冲动，只是点了点头。

"真幸在干什么？"

"这会儿在睡觉。今天晚上一直玩儿到九点哦！"

"一定长大了吧？"

"昨天称了称，体重五千八百克。现在跟他说话他已经会笑了！"

"是吗……"

可能是因为深夜的缘故吧！椎名的声音听起来就像从附近打过来的。

"你还是那么忙吗？"

"是啊！有各种准备工作。"

"还是要去马尼拉吗？"

"那是！你为什么这么问？"

"你不去该多好啊！"

"那可不行啊！"

电话里传来了椎名轻轻的一声苦笑。

"下周的周末你在家吗？"

"当然在家！你要来吗？"

"因为是连休，我正考虑过去，可是你没法出远门啊！"

"嗯？……你说什么？"

"要是可能的话，我想咱俩出去旅行一次。"

"你想带我去什么地方吗？"

"因为一时半会儿不能见面了！"

里子拿着话筒，轻轻地点了点头。

作为去外国之前的最后的回忆，椎名好像在考虑带着自己出去旅游一次。

要是旅游的话，里子也想去。如果离开京都去另外一个地方，两个人能够悠闲地待在一起的话，说不定自己的心情也能平静下来。

"真幸的话，我可以想办法！"

"你想怎么办？"

"让母亲给看着！"

"可是，你和你母亲……"

"没问题！一两天的话她会给看的！你真能带我去吗？"

"只要你没问题！"

"我想去！"

里子情不自禁地握紧了话筒。

"你打算带我去哪里啊？"

"哪里都行，还是离京都近的地方吧？"

"住一晚上吗？"

"先在京都住一晚上，然后再出发也可以。可能的话，我想去个安静的地方！"

这一点里子也是同样的想法。因为是十一月份最后的一次连休，温暖的九州或纪伊那边或许游人如潮。

"山阴或丹后半岛那边怎么样？你去过吗？"

"很久以前只去过一次松江，其他的地方就不知道了，我哪里都行！"

"那么，我再详细查一查吧！"

"你一定能来是吗？"

"真幸真的没问题吗？"

"不用担心！那我就这么等着你了！"

直到刚才还在愁眉苦脸地冥思苦想，仅仅听说可以和椎名一起去旅行，里子的一张俏脸马上光彩焕发。

刚才自己虽然给椎名说可以把真幸托付给母亲，可是回头仔细想想，这件事情还很麻烦。

母亲确实把奶粉和尿布都准备好了，里子求母亲的话，看样子母亲能答应给看孩子。

但是，半天的话还好说，要是一两天的话或许就是另码事了。

孩子刚出生不久，虽说不是很费事，可是真幸有时候半夜里会醒，还得给孩子换尿布。还有，换了别家的床，孩子可能会睡不着，又哭又闹缠磨人。

因为那是自己的母亲，她一定会替自己照看孩子，可母亲也有自己的工作。不可能因为孙子来了，就从早到晚地陪着孩子。

即使母亲忙的时候可以拜托阿元，但阿元也不能形影不离地光照看孩子，万一她一分神，出了什么事故可就麻烦了。

母亲就不用说了，阿元年纪也相当大了，到了关键时刻还是靠不住，两人都是一样的性格，光心里着急，身体就是不动弹。

对于里子来说，还有一个更大的问题，那就是外出的理由。

要把孩子撇下两天，对母亲说去哪里才好呢？

里子想来想去也没想出一个恰当的理由。

看样子只有实话实说了。

但是，如果告诉母亲自己要和椎名一起去旅游，母亲会答应吗？

虽说母亲看到真幸心肠已经软下来了，但她还没明说已经原谅里子了。更不用说因为这次的事情把家里搞得鸡犬不宁的椎名了，母亲对他绝不会有好感。

说实话，万一母亲不答应又该怎么办呢……

虽说真幸已经出生三个月了，可带着他出远门还是不行。还有，好不容易两个人一起出去旅游一次，带个孩子的话就太扫兴了。

"怎么办呢……"

正在犹豫不定的时候，里子又想起了下周的周六是槙子未婚夫的父母到家里来纳彩礼的日子。

三天前听槙子在电话里说的，对方的父母和媒人下周六要从东京到家里来。

那个节骨眼儿上让母亲给看孩子，也显得自己脸皮太厚了。

"这可怎么办呢？真是愁死我了……"

正在里子自言自语的时候，她忽然想起赖子姐姐说过那天她也来。

"要是赖子姐姐也来家里的话，说不定能求她给看孩子！"

说是纳聘，其实也就是周六下午几个小时的事情，仪式一结束，客人们就都回去了。

就那几个小时的时间让服务员给看着，剩下的时间母亲或赖子姐姐或许能给看孩子。还有，槙子那天也在京都。

下周的周末说不定反倒是个好机会。

里子想到这里，又看了一眼在身旁睡觉的真幸。

"妈妈呢，这次要和你爸爸一起去旅游，真幸君可要老老实实地在家里等着！"

里子对着孩子说话，真幸这会儿好像睡得正香。

他要是看到了孩子会说什么呢……

他上次看到孩子的时候孩子还不满一个月，小脸通红，还正是赤子呢！

现在已经没有那么红了，五官也越来越清楚了。粗粗的眉毛和挺直的鼻梁简直和椎名一模一样。

上次的时候椎名有些心神不定，好像还有点儿不好意思，这回一定能清清楚楚地切切实实地感到这就是自己的儿子了。

"你爸爸要去外国了，真幸君也一起去吗？"

里子一边小声念叨着，一边想象着她和真幸一起去外国的情景，要是外国的话，说不定三个人还能住在一起呢！

但是，接下来的一瞬间，里子就像看到了什么可怕的东西一样，慌忙摇了摇头。

"可不能做这种不能实现的梦……"

里子从一开始就没考虑过和椎名生活在一起。她认为能把喜欢的人的孩子生下来，能把孩子抚养成人就足够了。正如自己所希望所祈祷的那样，能把孩子生下来已经是很值得感谢了，再有什么奢望就该遭天谴了。

"能一起去旅行就足够了……"

里子小声自言自语，想象着她和椎名两人在深秋时节出去旅行的情景。

自从在电话里听椎名说要带自己出去旅行之后，里子一直在考虑如何开口对母亲说这个事情。

里子觉得，如果实话实说的话母亲很有可能会答应，如果母亲说不行的话也就算了。里子尽管感觉没问题，但凡事最好慎重一些。

整整考虑了三天，里子决定第四天带着真幸回娘家看一看。

因为槙子的纳彩礼的日子快到了，表面上的理由是回家把祝贺槙子订婚的礼物放下。

里子决定在店里最空闲的过午时分过去，前一天晚上给母亲打了一个电话，母亲开口就问："真幸君也一起来吗？"

里子回答说："是的！"母亲接着说："那好吧！我等着！"

听那口气好像就是说和真幸一起的话来也可以。

里子虽然有点儿不痛快，但从情理上讲，她没有资格发牢骚。

第二天，里子带着真幸回到家里一看，母亲已经把尿布准备好了，甚至还在房间一角铺好了婴儿被，为的是让真幸困了的时候在上面睡觉。虽然还抱着真幸，但里子今天是第一次单独和母亲见面。

"上次妈妈给孩子买了那么好的玩具，谢谢妈妈！"

里子首先像外人一样很客气地给母亲打过招呼，然后拿出了母亲特别喜欢吃的"御仓屋"的旅奴（京都的甜点心，将面粉、鸡蛋和砂糖混合在一起烤制而成，外面撒上一层黑砂糖）。

"你不用特意给我买这些东西！"

母亲的口气虽然很冷淡，但心情好像不错。

"还有，请把这个交给槙子！"

槙子上次到里子的公寓来的时候，看了看里子的珠宝盒，说是想要里子的这个红宝石戒指。戒指上面镶嵌的红宝石虽然很小，但切工很好，里子也很喜欢。

"这么好的东西，送给她好吗？"

708

“槙子好像很喜欢！”

槙子要订婚了，里子心想应该送她点儿什么东西表示祝贺，可是要买新东西的话就要花钱。里子觉得红宝石的颜色太鲜艳了，生了孩子以后就不能再戴这么鲜艳的戒指了，心一横，就决定把它送给槙子做礼物。

“槙子这孩子一上那个劲儿心里真够没数的！”

阿常有些吃惊地小声嘀咕了一句，看着真幸说道：

“哎哟！都长这么大啦！快到姥姥这里来！”

阿常伸出两手要抱孩子，真幸挥舞着两只小手笑了。

“好啊！真幸原来还记着姥姥，谢谢你！”

阿常把真幸抱了起来，上半身忽然晃了一下子，但马上就站稳了。

“好孩子呀好孩子！比上次可重多了，现在有多重？”

“五千八百克。”

“都长这么大了！真棒！”

阿常想用脸蹭蹭真幸的小脸儿，真幸好像怕痒一样把脸扭了过去。阿常也不管那么多，还是把脸凑了过去。

看样子她是喜欢真幸喜欢得不得了。

里了在·旁看着母亲逗弄孩子，一心寻找开口的机会。

见阿常又用脸蹭了一下孩子，重新把孩子抱好，里子见机不可失，心一横开口说道：

“说实话，我有个事儿想求母亲！”

“什么事儿……”

阿常头也不回地问道，脸一直朝着真幸。

“能不能请您帮我照看一下真幸？只一晚上就行！”

“把孩子托给我，你要干什么？”

"我想出去旅行一次！"

母亲满脸惊讶地看着里子。

"旅行？去哪里？"

"还没定下来……"

说到这里，里子双手撑在地板上向母亲说道：

"我想和椎名先生一起出去旅游。椎名先生下个月就要去外国了，去马尼拉，所以今后就不能见面了，因为这是最后一次……"

"……"

"只一晚上就行！椎名先生说想和我两个人一起去个安静的地方！"

里子跪在地上哀求，阿常抱着真幸一言不发。

"就请母亲大发慈悲……"

"椎名先生为什么要到外国去？"

"我也不知道，说不定是因为我的事儿……"

"椎名先生那么说的吗？"

"他什么也不说！可是，他过去是总公司的专务。"

"……"

"我在这里求您了！"

里子再一次低下了头。阿常沉默了一会儿，然后冷不丁地说道：

"那你就去吧……"

"天哪！真的可以吗？"

"就算我不让你去，就你这个犟脾气，你能不去吗？真幸就交给我看着吧！我会给你看好的！"

"真是太谢谢妈妈了！"

没想到事情这么简单地就解决了，里子觉得好像被闪了一下子。阿常把真幸重新抱好说道：

"你不是个好孩子吗？能和姥姥一起睡觉觉是吗？"

阿常在那里教诲孩子。

第二天下午，当初给里子和菊雄做媒的梅善堂的夫人打来了电话。

夫人先问了问里子的近况和真幸的事情，好像瞅准了说话的时机一样说道：

"咱们言归正传，关于菊雄的事情，他还是说想见见你！"

果然就是那个事情！里子拿着电话一下子紧张起来。

"这样下去他也没面子。要分手的话就分手，他想听里子姑娘亲口把这件事情说清楚，然后再离婚。他给我说的大体就是这么个意思！"

"他那么说是什么意思？我已经……"

事到如今，也没有必要再见面解释什么了，即使别别扭扭地见了面，也只会伤害菊雄。

"我也是那么给他说的！可是他好像还得听你亲口说出来才肯相信，上次和他见面给他说这个事情的时候，他还问：'里子真的是那么说的吗？'看样子他怀疑我！"

"天哪！他也太过分了！"

"谁说不是！里子姑娘能见他一面吗？老身这厢求你了！"

已经被人嫌弃到这个地步还死皮赖脸要求见面，他是个多么不争气的男人啊！里子直接被他惊呆了，可转念一想，夹在中间的夫人那么为难，里子觉得也不能就这样冷冰冰地当面拒绝。

"那么，夫人到时候也能在场吗？"

"你要是觉得那样好的话，到时候我也去……"

"就和他两个人的话，我可受不了！拜托您一定要到场！"

"这样的话，哪天比较合适呢？菊雄说什么时候都行，我觉得这种事情还是越早越好吧？"

里子点点头，忽然想起来这个月底的连休要和椎名去旅行的事情。

如果必须和菊雄见面的话，最好是在那之前见面，里子想带着一种清爽的心情去旅游。

"里子姑娘，要不就这个周或下周刚开始的时候吧！见面的地点可以选择去我家里。"

"可能的话，最好是外面……"

"那好吧！我们就找个西餐厅吧！"

"麻烦您了！"

里子低头向夫人行礼，心里想，和菊雄见面的时候，绝不能带着真幸去。

可能是因为今年秋天降温幅度不大的缘故吧，红叶的颜色一点儿也不鲜艳，枫叶还没红透就匆匆忙忙地开始落叶了。

里子今天穿了一件条纹图案的和服，系了一条带白色花纹的带子，手里拿着一条淡紫色的披肩。给真幸穿上了母亲给的白色斗篷，给孩子戴上帽子，然后坐进了早就叫来的出租车。

必须先回东山的娘家，把真幸托付给母亲照看。

三天前打电话给母亲说这件事情的时候，母亲一口就答应了，但接着说了句："你可得好好向菊雄道歉！"

母亲好像早就看出来了，即使椎名去了国外，里子也没有心思再次和菊雄生活在一起。

今天去把孩子送到母亲那里的时候，母亲也是满脸笑容地迎接真幸，还嘱咐里子："绝不可对菊雄失礼！"

"对不起！那我就去了！"

里子把孩子托付给母亲，坐上出租车向鸭川岸边的酒店驶去。

听梅善堂的夫人说，菊雄好像希望在下鸭一带的料理屋见面，但里子更希望去光线明亮的西餐厅。

在酒店里面的话，虽然被人看到的机会比较多，但比起料理屋里面的房间心情要敞亮多了。

按照约定的时间，里子一点钟到了酒店，去了地下的西餐厅一看，菊雄和夫人早就到了，这会儿正在靠窗能看到外面瀑布的一张桌子上面对面坐着。

"抱歉！我来晚了！"

里子先向夫人低头行礼，然后给菊雄鞠了一躬。

"好久……"

这个时候说什么才好呢？里子从家里出来的时候就想好了见了面先道歉，刹那间却什么话也说不出来。

"给您添了那么多麻烦，真的是对不起了！"

"哪里……"

菊雄只说了半句，忽然用手捂住了头。

"快点儿坐到这边来……"

按照夫人的吩咐，里子坐在了菊雄对面的座位上，她的身旁是夫人。

"你要喝什么？"

"我来杯咖啡就行了……"

"现在都是吃午饭的时候了！要不要吃点什么东西？"

按照夫人的提议，两人都点了午餐。

明明是大白天，菊雄今天却穿了一件龟甲图案的灰色和服，外面套着和里面的和服配套的短外褂。和服虽然很高档，但他的脖子还是那么细，溜肩膀，活脱脱一个花旦。

"今天是菊雄去小调师傅家里的日子，实在是太巧了！"

听夫人这么说，里子想起来，星期三正是菊雄去学小调的日子，里子觉得那些事情好遥远。

"已经唱得很好了吧？"

"哪里！还早呢！今天学了一首带舞蹈动作的小曲！"

"我很想听一次菊雄唱的小曲啊！"

夫人成了一个专门引出话题的角色，菊雄则在那里一问一答。

里子虽然和他相对而坐，却什么也不说。

过了一会儿汤端上来了，三个人开始吃饭。

菊雄还是老样子，拿汤匙的时候要把小指翘起来，然后慢悠悠地喝汤。

里子过去很看不惯菊雄那种矫揉造作的动作，而且，一旦讨厌他的一个动作，接下来就会讨厌他所有的做派。

现在也是那样，他喝汤的时候要稍稍把脖子伸出去，喝下一口汤的时候，那细细的喉结就像小鸟儿一样在动，他的每个动作都让里子觉得很不舒服。

服务生把牛排端上来了。吃了一半的时候，夫人好像一下子想起来什么事情，站起身来说道：

"我去给家里打个电话，你俩在这里等着我！"

不等两人点头，夫人把餐巾放在桌子上，匆匆走开了。

这下子就剩下两个人了，里子垂下了眼帘。

夫人离席，好像是为了让两个人单独待一会儿，可到了这时候，里子真的是无话可说。就那样憋着气不说话的时候，菊雄轻轻地端起了啤酒。

"怎么样？想不想喝？"

"不用了，我不喝！"

"就一杯嘛……你以前不是挺爱喝吗？"

"对不起！"

里子心想，以前和现在不一样！可她还是无可奈何地把杯子接了过来。

"听说槙子要结婚了？"

"是的……"

"对方是个很靠得住的人吗？"

菊雄心神不定地看了看周围，然后点着了一支烟，抽了两三口之后，就像给自己打气一样干咳了一声。

"我说里子啊！咱俩的事儿你能不能再考虑考虑？"

"……"

"我也有不对的地方，这一点我向你道歉！"

"你说什么哪……"

不对的不是菊雄，是里子本人。事到如今，里子根本没想让菊雄道什么歉。但是，菊雄把两只手放在桌子上，深深地向里子低下了头。

"好不好？我在这里给你道歉了！我们还和以前一样和和睦睦过日子吧！"

"请你不要说那种话了！我已经从家里出来了，再者说，也有孩子了！"

"那有什么不好的？我们回到母亲身边，一起把那个孩子养大……"

菊雄这个人！不知道该说他是人好还是没志气！里子目瞪口呆地看着他，菊雄却嘻嘻一笑说道：

"里子，我喜欢你！这次和你分开之后我是真的明白了！"

"……"

"好不好？你把手给我！"

菊雄那又细又白的胳膊突然从桌子上面伸了过来，里子吓得连忙往后一缩身子，没想到他的手又从桌子下朝她的膝盖伸了过来。

"你快点儿握住我的手！"

"请你不要这样！"

"有什么不好嘛！我们不是夫妻嘛！"

"我不愿！"

里子闪开差点儿碰到自己膝盖的那只手，一下子站了起来。

"你这是怎么了嘛！"

里子也不回答，拿起披肩就向出口走去。站在收银台旁边的侍应生很好奇地看着这边。

"里子！你等等！"

听到菊雄在身后喊，里子头也不回，出了西餐厅，一溜小跑上了前面的台阶。

就那样穿过大堂，直接坐进了在酒店门前等候的出租车。

"请去高台寺！"

车门关上的时候，里子回头看了一眼，见穿着和服的菊雄挥着手追了过来。

里子马上转过脸来，使劲儿摇了摇头，然后紧紧闭上了眼睛，好像要把这些不愉快彻底甩掉。

时雨篇

等待着和椎名踏上旅途的那天，里子每天都是看着山景度过的。

话虽如此，但并不是说里子懈怠了做家务和照顾孩子，只是一边做着这些，一边看山景的机会比以前多了而已。

从里子住的公寓的窗户向外看去，视线越过银阁寺茂密的树丛，感觉右边的大文字山近在咫尺。就在不久之前还是清一色浓绿的山峦，现在也变成了暗淡的绿色，曾经一度把山峦点缀得层林尽染的红叶也已经开始褪色了。

夏末时分，在茂密树丛的挤压下看上去又细又瘦的"大"字，随着深秋的来临也再次变粗变宽了。

随着日子一天天过去，山上的景色秋意日浓，里子看着远处的山景，怎么看也看不够。

细心观察一下就会发现，大山并不是自己单独在变，而是配合着天空的色调在变，而且和大地风景也密切相连。

秋意最浓的时候，清澈如洗的天空颜色很淡，仿佛蒙上了一块冷气面纱。在淡蓝的天空下，山肌的颜色显得更暗淡了。

和比叡山相连的山峰虽然都很高大雄伟，但深秋渐行渐远的寂寥就像一团有形的东西悄悄潜入了群山的山容。

看完大山和天空，当把视线移到眼下的时候，发现公寓大门的旁边摆着一朵白菊和一朵黄菊，上面还罩着铁丝圈儿，可能是喜欢侍弄庭院的公寓管理员最近学着别人的样子摆在那里的。

公寓的大门还是崭新的，周围的小草褪尽了颜色显得蓬乱，在沐浴着阳光、熠熠生辉的白菊和金菊的映衬下，看上去愈发寒碜可怜了。

到了下午太阳西斜，傍晚时分，随着山影越来越浓，狭小的公寓房间有时候让人觉得一时间宽敞了许多。

不多会儿，晚间冰凉的空气悄悄潜入房间的角角落落，每到这种时候，里子就再次深切地感觉到自己和真幸母子两人相依为命的那种孤寂和无助。

暮色四合，家家户户的灯开始亮了起来，这时候里子的心反而沉静下来了。深夜要来临就干脆让它来好了。

给真幸洗完澡，然后给他喂奶粉。母子两人玩儿一会儿，给孩子换上尿布让他睡下，里子的一天就结束了。

夜里一个人终于静下来，里子忽然想到外面去走走。

出去走走也没有什么特别的目的，里子觉得接触一下外面夜间冰凉的空气心情就能平静下来。出了公寓的大门，顺着排水渠的边儿走到山脚，然后再走回来，算算时间也就二十分钟左右。

当然，离开家时间太长了就会担心真幸。但是，夜间的散步是里子一天之内从孩子身上解放出来的唯一的一次机会。

离开正面大路的小路很静，只有路灯很规则地排列在路边。

已经听不到秋虫唧唧了，只有晚秋冰凉的空气笼罩着周围。

里子行走在夜色里，忽然觉得自己是为了弄出声音在行走，不知不觉间就会停下脚步。

要说声音，此刻也只有和服衣袂摆动的声音和草屐踩到地上时发出的噗噗踏踏的脚步声。

自己动，声音也跟着动，秋天越行越深。

排水渠的两侧栽着樱花树，春天的时候繁花似锦，但现在只有树干在夜色里泛着黑亮亮的光泽。

里子在黑糊糊的树丛前面看到了椎名的眼神。

温柔的眼神里面有一丝苦涩和困惑。看上去他想说些什么，可是怎么问他也不回答，只是在那里默默地微笑。

随着秋意日深，心上人的表情也越来越深邃。

"你在那里干什么呢？"

"……"

"你快来吧！"

里子小声自言自语，独自凝望着眼前凝重的黑暗。

椎名到京都是星期五的晚上八点以后的事。

原计划直接去丹后，可是因为又有了多余的一天时间，他于是决定前一天晚上去里子家里住一晚上。

幸亏这样，里子和椎名可以在一起住两晚上了。

如果他去了外国，很长时间两人就不能见面了。作为最后的一次相会，两天实在是太短了。

里子一开始的时候认为，他只能在家里住一晚上，现在能住两晚上了，等于是预想的两倍了。

本来别说是两天了，就是三天，一星期，一个月都想和他待在一起，但人的欲望是无止境的。

里子想通过这次旅行和椎名来个彻底诀别。

倒也不是说今后就不和椎名见面了，说是外国，想去的话一天之内就能去，只要两个人身体健康，什么时候都可以见面。

但是，这次旅行结束之后，里子决心今后再也不依赖椎名，重新找回那个可以独自生活下去的自己。

当然，到今天为止，里子也未曾依靠椎名，也没有一起生活。

但是，在里子的心里一直有椎名的身影。在感情上总是向他恃宠撒娇，在心理上总是依赖他。

里子想在这次的旅行中对自己柔弱的内心来一次清算。

虽然心里爱着那个人，但他不在自己身边也无所谓。即使自己一个人也能毫不迷惘地活下去。里子希望自己能有那份坚强。

关于这次的旅行，也不知道椎名是怎么想的。因为要去外国了，很长时间不能见面，他或许是想把这次旅行当做最后的惜别，也可能是他想把这次旅行作为两人之间的最后一次，所以才邀请自己一起去。

但是，里子现在觉得哪种情况都无所谓。即使这是一次分手之旅，自己也绝不会狼狈不堪。

里子已经下定了决心，从身心两方面做好了一个人活下去的准备。

星期五的晚上，椎名和以前一样从京都站打了一个电话告诉里子他已经到了，然后直接从车站打车来了里子的公寓。

伴随着椎名出现的时间越来越近，里子忽然发现自己不知道该对他出国的事情说些什么。

但是，四目相对的那一瞬间，里子把这些事情都忘记了，只自然而然地说了一句："欢迎你来！"

椎名轻轻地点了点头问道：

"你还好吗？"

"嗯！好久不见了！"

可能是里子的心理作用，两月不见的椎名看上去好像有点儿瘦了，但他的笑脸和温柔的声音还和从前一样。

"天啊！已经长这么大了！"

椎名直接去了客厅，把躺在褥垫上的真幸抱了起来。

"你不睡觉，在等着我吗？"

椎名用脸蹭了蹭孩子的小脸儿，那张和椎名一模一样的小脸儿也一起笑了。

椎名直接换上浴衣，洗了澡，然后吃饭。其间只字未提去外国的事情。

两个人虽然不是特意回避那个话题，但也不是非要现在急着说。

里子觉得现在能和椎名待在一起就已经很满足了。

椎名说，因为到得太晚不用给他准备晚饭了，里子还是给他准备了鸡肉汆锅。椎名一边吃着清汤汆鸡肉一边给里子讲去丹后旅行的计划。

"明天我们坐十一点的快车先去丹后的峰山。一点钟到站，我们先去旅馆把行李放下，然后坐出租车去丹后半岛转转，傍晚的时候回旅馆。"

"前些日子听从丹后来的人说，那是个很好的地方！"

"四年前去过一次峰山，我想这会儿那里已经很冷了。短外褂就不用说了，最好也把围巾拿去！"

"那一带经常下阵雨是吗？"

"大海上也是风高浪急，也看不见游客，我想那个地方现在很荒凉寂寞，你没问题吧？"

里子一边给椎名倒啤酒一边在心里说，只要和椎名在一起，去哪里都没问题。

"我问你，真幸真的没问题吗？"

"明天出发前，我把他送回娘家去！不过明天正好是槙子纳聘的日子。"

"槙子还是要结婚了吗？"

"对方是庆应大学毕业的，现在在三兴商事工作。槙子妹妹还是蛮精明的，永远不吃亏……"

里子正想说槙子的这桩婚姻最好，但说了半句就不说了。

"那太好了！你母亲也一定很高兴吧？"

"那还用说！这是一件可喜可贺的事情。可是，槙子妹妹这下子也完全变成东京人了，我想母亲一定会很寂寞的！"

椎名凝视着酒杯沉思了片刻问道：

"那么忙的时候把真幸托付给你母亲，真的可以吗？"

"没关系的！我母亲也早就习惯了，再说我姐姐也来。"

"那么说，就你一个人出去旅游了？"

"没关系！我本来就没打算参加槙子的纳聘仪式！"

"……"

"我把这次出去旅行的事情跟母亲说了，母亲一口就答应了！母亲非常喜欢真幸！"

"那真是太好了！"

椎名脸上浮起了微笑，但立刻变成了严肃的表情。

"那么，那个人呢……"

里子瞬间吸了一口凉气，但马上就很欢快的声音回答道：

"尽管出了各种各样的事情，但这会儿正让他办离婚手续，我想明年一开春所有的事情就都了结了！"

"那么说，他一直不在家是吗？"

"他回大阪了！"

椎名垂下眼睛盯着烟头沉思。从正面还看不出来，从侧面看的话，他的双鬓已经增添了很多白发。

"我必须见你母亲一面，向她道歉！"

"为什么？"

"我给老人家添了那么多麻烦！"

"你可不能那么说！这都是我自己任性而为，和你没有任何关系！"

"那可不行啊！"

"事已至此，你再去道什么歉那才奇怪呢！还有，我母亲也会很为难！"

"可是……"

"我们的心情我母亲非常理解！"

里子不喜欢气氛变得这么沉闷，起身去泡了一壶新茶。

第二天，里子六点的时候就醒了。平时都是过了七点被真幸吵醒的，但因为惦记今天的旅行，昨天晚上一夜没睡好。

现在这个样子简直就和小孩儿一样。里子想起上小学的时候要去郊游的早晨的情景，忽然觉得自己很可笑。

早饭吃的是吐司和色拉，打点好行装的时候已经是八点了。

因为这次出去旅行只在外面住一晚上，里子原本打算穿便装，可一想到这或许是和椎名的第一次也是最后一次旅行，最后还是选择了穿和服。穿上了白色的大岛绸和服，系上了一条产自冲绳的绉纱红型带。手里提着一个装和服的手提衣箱，还拿着一个黑色的牛皮手提包。

椎名穿着一身灰色的西装，外面套着一件驼色的真丝风衣，手里提着一个中型的旅行包。

八点从家里出来，里子直接去了东山的娘家。椎名把里子娘俩顺道送到家门口，自己直接去了京都站，在咖啡厅等着里子。

"务必代我向你母亲问好！"

听椎名如此说，里子点点头说道：

"那好吧！你先在那里等一会儿，我马上就过去！"

里子抱着孩子下了车，穿过院子进了家门。一推开玄关的门，就看见槙子第一个冲了出来。

"哇！姐姐来啦！谢谢姐姐送我那么精美的礼物！"

里子把红宝石戒指送给里子作为祝贺她定亲的礼物，她好像是对此表示感谢。

"槙子，真是太好了！纳聘从几点开始？"

"一开始说是上午，可因为各种情况，改成下午三点了，也不知道能不能一切顺利，我心里怦怦直跳！"

"赖子姐姐呢？"

"说好的是一点之前到，真希望她早点儿来啊！哎哟！真幸君！快到姨妈这里来！"

槙子刚从里子怀里接过真幸抱了起来，好像是听到门口有动静，阿常从里面的和式房间走了出来。

里子马上向母亲低头鞠躬问候早安，阿常只是轻轻点了点头。

"啊！不行！你那个抱法不行！那样抱孩子的话，尿布和内衣都簇到上面去了！"

阿常说完，马上把真幸从槙子怀里夺了过来。

三人径直向客厅走去，里子从怀里把事先写好的真幸的日程表掏了出来。

"喂奶粉的次数和奶粉的量都在这上面写着呢！"

"我都知道！"

阿常几乎连看都不看一眼。

"你什么时候回来？"

"明天傍晚。"

"姐姐！你好漂亮啊！"

槙子看着身穿白色大岛绸和服的里子，发出由衷的赞叹。

"姐姐这是要到哪里去？"

"丹后！"

"什么呀！姐姐净做些奇怪的事情！这时候去那个地方，可是什么也没有啊！"

"那又怎么样！"

年轻的槙子和里子，旅行的目的和情趣自然不一样。

"我明白了！姐姐是和那个人……"

槙子正要说出来，里子也不理她，转脸对母亲说道：

"那好吧！妈妈，那就拜托您了！我明天傍晚之前一定能回来的！"

阿常瞬间露出了严肃的表情，但马上恢复了平常的表情。

"我这里你不用担心！"

里子再次给母亲低头行礼，正要站起来的时候，忽然放心不下孩子，对真幸说道：

"真幸君！你可要好好听姥姥的话，好好在家里看家！"

真幸好像是听懂了的样子，高高兴兴地挥舞着小手。里子好想再抱抱孩子，可她忍住了，拿起手提包就往外走，阿常在身后说道：

"代我向椎名先生问好！"

"好的！我会把您的话带给他的！"

里子只因听到母亲的这一句话，突然感觉放心了，高高兴兴地向玄关走去。

里子和椎名坐上列车的时候京都还是晴天，但是风很凉。

天气预报说这是今年最大的一次降温，还说比叡山的山顶上已经下雪了。这个时候还一路向北确实有点让人心里不踏实，里子的心情却很兴奋。

只要和椎名在一起，到哪里去都不担心。

但是，说实话，里子这会儿心里还是有些不踏实。

里子这会儿正和椎名并肩坐在一等车厢里，但她总觉得会有什么人忽然过来把椎名拦下。担心椎名会不会突然有什么急事要下车。

到了发车的时间，列车正点出发，离开了站台，看着车窗外明亮阳光下的京都的街道，里子那颗忐忑不安的心终于放下来了。

只要列车开出来了，椎名就不会被拽回去了。从此开始就是只属于两人的世界。

"丹后那边可能在下雪！"

"那么说今年是第一次看到下雪！"

里子有些后悔穿这件白底的大岛绸和服了，要知道下雪的话，应该选择一件底色更深的和服。

但是，单看窗外那明晃晃的太阳，很难想象会下雪。

列车向前疾驶，左边可以俯视和岚山相连的保津川的溪谷。

去年初夏，沿保津川漂流的时候，水量比现在要大得多，迎来初冬，山川都消瘦了。

"把真幸放在家里，他没哭吗？"

里子正在看窗外的河流的时候，椎名问道。

"一点儿也没哭！被母亲抱着反而很高兴的样子！"

"你母亲也够辛苦的！"

"我母亲还让我代她向你问好呢！实际上母亲或许想见你一面。"

椎名也说过想和母亲见面当面道歉，但里子拦住了他。错过了这次机会，椎名和母亲今后可能永远见不到面了。

列车上卖东西的小推车过来了，因为离午饭的时间还早，两人各要了一杯咖啡。

刚才天气晴朗的只是京都周边，列车从园部进入峡谷以后，天上开始下起了阵雨。眼前的原野被风吹雨打，而草木干枯的大山的另一面却是阳光灿烂。山脚下有两户人家紧挨着，看上去是那么和睦。

又过了将近一个小时，列车到达了绫部站，等于说已经到了旅程的中途。列车从这里就离开了山阴本线，进入了舞鹤线。

马上就到中午了，两人从售货的小推车上买了盒饭和茶水。

里子打开饭盒，忽然觉得又回到了小时候。她忽然觉得可笑，不由地笑出声来，椎名有些好奇地问道：

"什么事那么好笑？"

"没什么……"

里子的心里溢满了幸福，幸福得无话可答。

列车在西舞鹤转入宫津线，越过由良川就看见大海了。天空不知什么时候放晴了，阳光很灿烂，但碧蓝的大海看上去冷飕飕的。左边的山脚下和分割成条块状的干枯的田地里有斑斑点点的白色的东西。

今天早晨这一带好像下雪了。

可能是公司安排的慰劳旅行吧！在天桥立车站有个十人左右的小旅行团下车了，车厢里忽然变得很安静。

里子一直想问问椎名去外国的事情，可是一直难以开口。

这次去了要在那里待多久？住在什么样的地方？一日三餐和洗衣服怎么办？关于被派往马尼拉的这件事情，椎名本人又是怎么想的呢？

但是，里子觉得现在问这些问题的话，原本很快乐的旅行气氛恐怕就会被破坏了。他要是想说的话，他自己就说了。他本人闭口不谈，自己也没有必要非问不可。

列车从宫津再次进入峡谷的时候，天空又阴了起来，空中还飘起了雨夹雪。列车又翻过一座小山岭、进入一片狭窄的平地的时候，天空开始飘起了雪花。

"还是下雪了！"

"刚过了一座山就是两重天啊！"

可能是因为下午的缘故，雪花在光线中就像风花一样飞舞。正当里子看得出神的时候，就听列车上的广播说下一站是峰山。

虽然是三个小时的旅途，但里子并没有感到时间的漫长。

"外面很冷，你还是围上披肩吧！"

椎名说完站了起来，从行李架上把旅行包拿了下来。

峰山虽然是一个人口只有一万五千人的小镇，但作为丹后绉纱的产地，自古就颇有名气。近年来，随着和服需求的衰弱，小镇再也没有往昔商贾云集的繁华热闹，即便如此，还是有很多京都和大阪的绸缎庄来此采购。小镇虽然是座山中小镇，但离大海也很近，所以这个地方也是去奥丹后旅游的游客的据点。

但是，现在已是十一月末，确实看不到游客的身影，在峰山车站下车的二十几个乘客一下车就四散开去，消失在了大雪纷飞的小镇里。

椎名和里子坐进了一辆在站前等候的出租车，把旅馆的名字告诉了司机。

"请去和久传！我们在那里放下行李，然后想去丹后半岛看看！"

五十四五岁、面相忠厚老实的司机点点头，然后看了一眼手表说道：

"要是这会儿去的话，想把半岛全部转过来很困难！现在天黑得也早，海岬那边好像也在下雪！"

"那能到哪就到哪吧！"

"那样的话，我们去松岛到间人那一带转转吧！"

车开了两三分钟就出了小镇，前面出现了干枯的农田。

"这场雪是从什么时候开始下的？"

"从天一亮就开始下，中午前晴了一会儿。"

来的路上绫部那一带还是阵雨，到了这里好像就变成了雪。

"是初雪吗？"

"五天前也下过一点儿，正儿八经地下大雪今天还是第一次！"

出租车行驶在雪野上，过了一会儿向右转，就看见正面有一座平缓的山迫近眼前。旅馆就建在山脚下的一块高地上。

出租车刚到旅馆门前，老板娘和服务员就一起迎了出来。那是一位身材苗条令人目眩的美人儿。

"欢迎光临！真是久违了！"

椎名说四年前只来过一次，老板娘好像还记得他。

"这边下雪您一定吓了一跳吧？现在才十一月末，这时候下雪确实有点儿稀罕！"

"没想到能看到这么美的雪景！"

"您远道而来，真是辛苦了！"

老板娘接过椎名的旅行包，对着里子嫣然一笑。

"请到房间里去！"

"我们还想马上去看看海呢！"

"先喝杯淡茶怎么样？"

椎名顺从地点了点头。

这家旅馆确实无愧于丹后第一家的美誉，风格典雅而沉静。入口是三间（日本建筑柱子和柱子的间距，约 1.82 米）宽的走廊，左右两边的聚乐壁都是黑木框镶边，正面是一盏圆灯笼映着红红的墙壁。

这家旅馆虽然是平房，但因为是在山坡上依地势而建，所以往里面走的时候，感觉是在上二楼。

旅馆为里子两人安排的是最里面的一个带茶室的房间。从休息室走进有十二张榻榻米大小的和式房间，就看到房间中央摆着一个茶几，左首的小窗下面还有被炉。

右边是（木板窗外的）窄走廊和赏雪拉窗，现在拉窗敞开着，可以看到窗外大雪纷飞。

"这家旅馆真不错！"

"按说应该有京都人常来这里住宿！"

"我听人说起过这家旅馆，还听说老板娘很漂亮！"里子带着几分嫉妒的口气说道。

这时候服务员把抹茶端来了，她先向两人恭恭敬敬地寒暄问候，然后把茶水放在了茶几上。

在暖和的房间里喝着茶看外面下雪，窗外大雪纷飞的景象宛如另一个世界。

正在两人坐在那里静静地看着窗外的时候，刚才的那个服务员拿来了一条棉布的劳动裤。

"如果您从车上下来的话会把和服弄脏的，到时候请把这个穿上！"

里子只见过母亲侍弄院子的时候穿过这样的棉布裤子，她自己还没穿过。

听服务员这么说，里子把和服的下摆掖起来，把棉布裤子穿上试了试。

"前面的细绳很松，没问题的！"

见里子把棉布裤子穿上了，椎名笑着说道：

"这不挺合身嘛！还真像个能干活儿的人！"

"瞧你说的！我就是个很能干活儿的人嘛！"

里子瞪了椎名一眼，那个服务员又把一条很大的羊绒围巾借给了里子。

"海边上很冷，到时候请把这个围上！玄关那边我也把高筒草鞋准备好了！"

"那种草鞋非穿不可吗？"

"您最好还是带着去吧！"

这家旅馆果然是细心周到，处处为客人着想。里子感叹不已，对着镜子照了照自己穿着棉布裤子的形象，然后出了门。

出租车好像从峰山直奔海边而去。左边是一条河，右边是连绵起伏的山峦。

雪还在下个不停，天空里好像漏了一个大洞，乌云后面有耀眼的阳光。

"当地人把这种天气叫'浦西'！"

司机点着了一支烟，把车窗稍微打开了一点儿。

风马上就吹了进来，但感觉并不那么凉。

"从现在起一直是这种天气吗？"

"这样的大雪很快就会停，但接下来不是雨夹雪就是雪，几乎没有晴天的时候。在丹后有个说法，即使忘了带盒饭也不能忘了带伞！"

里子也曾听说过这个说法。长年生活在京都，感觉丹后属于天涯海角，应该是遥远的大山的尽头，但来了一看也并非如此。确实经常下阵雨，才十一月末就开始下雪，但正因如此，才有京都所没有的那种宁静。

"冬天的时候，这一带的人们都在干什么？"

看着远处皑皑白雪里星星点点的人家，椎名向司机问道。

"应该叫半农半织吧！冬天的时候，人们都在家里织布。您听听，是不是能听到织布机的声音？"

司机把车停下，把窗户又开大了一点。

椎名和里子两人打开车窗侧耳细听，果然听到了低低的潺潺流水般的声音。

"即使到了冬天大家也都在干活儿！"

出租车又开动了。

大雪很快变成了雨夹雪，还以为地上的雪很快就会融化了，可离街巷越远，雪下得越大了，路面上出现了深深的车辙。

出租车好像已经换上了雪地胎，但来往的车辆好像只缠上了防滑链。

车轮溅起被晒化了的雪水，把挡风玻璃都弄脏了。

"这一带就是 TAIZA（退座）了！"

司机虽这么介绍，两人却是一头雾水，不知道什么意思。仔细一问才知道，这个地方的地名写作"间人"，好像读作"TAIZA（退座）"。

圣德太子的生母，也就是穴穗部间人皇后，为了躲避战乱，曾在此地居住过。战争结束以后，皇后虽然返回了都城，但临走的时候皇后吩咐下面的人，用她自己的名字把这个地方命名为"间人"。

但是，这实在是一件让当地人诚惶诚恐的事情，怎敢用皇后的名讳称呼自己的家乡呢？于是，在皇后退位（退座，TAIZA）以后，人们开始把此地称为"TAIZA（退座）"。

"也只有我们当地人能把这个地名读正确！"司机很是自豪地说道。

这时候前面豁然开朗，大海展现在眼前。

"日本海！"椎名小声说道。

里子瞬间只觉得那是灰蒙蒙的天空的延续。

椎名把车窗打开，里子凝目一看，在灰色天空低垂的边际有一条淡淡的界限，分界线的下面多了几分蓝色。

因为是从山脚下比较高的路上往下俯视的，好像把视线的下方都误当成了天空。

"我们下去看看吧！"

出租车又跑了十分钟左右，司机把车停在了路边。

椎名换上了高筒草鞋，把风衣的领子竖了起来，里子也换上了高筒草鞋，穿上棉布裤子围上围巾到了外面。

"从那里可以下去！"

司机踏着地上薄薄的积雪走在前面把路踩好，椎名和里子跟在后面。

这好像是一条田间小道，沟沟坎坎高低不平，里子东倒西歪地走在小路上，每逢要摔倒的时候，椎名都会伸手扶住她。

走到岬角顶端的时候，两人站住了。

走到这里才发现，刚才看上去冰冷碧蓝的大海正在波浪汹涌，惊涛拍岸，沿着海岸线激起高高的飞沫。

"那里是屏风岩！"

两人顺着司机手指的方向看去，在斜后方有一个小小的岬角，前面有两块细长的岩石，就像屏风一样挡在那里。

汹涌的海浪也逼到了那里，激起了高高的浪花，但是飞沫扑不到上面，两块屏风一样的岩石上面还有积雪。

"那一带叫经之岬，是丹后半岛的最顶端！"

司机只说了这一句，接着就回到了车上。

就剩下两个人了，里子往前走了一步，站在了椎名的身旁。

　　虽然雪还在下，但感觉并不怎么冷。眼底下是惊涛拍岸，或许是雪花被海水吸了进去吧，从这里连波涛的声音都听不到。

　　在无边的静谧中，只有雪花在漫天飞舞。

　　"雪花也会落到海里去吧？"

　　里子瞬间陷入了一种错觉，好像大雪绕开了自己和椎名站立的地方，感觉两人被四周雪白的墙壁困在了里面。

　　"简直是太美了！"

　　"今后恐怕是再也看不到这样的景色了！"

　　听到雪中传来椎名的声音，里子再次惊觉这次的丹后之行是她和椎名的分手之旅。

　　"请你不要说那样的话！"

　　里子在厚厚的羊绒围巾里面摇了摇头，但椎名什么也不说。

　　大海和天空就像一面铅灰色的墙壁，雪花不停地从天空落进大海里，看得时间久了，就觉得雪花好像正从海面飞舞向空中。

　　里子就那样凝视着大海，在她的视野里，大海越变越大，孕育着雪花，和天空连为一体，越来越膨胀，逼到眼前。

　　天和地融为一体，里子觉得自己好像要被这混沌的世界一口吞进去。在这种惊恐中，里子喃喃自语。

　　"我想在这里和他一起死！"

　　下雪的大海边，天黑得很快。

　　从间人过了丹后松岛，来到平海岸的时候，周围已是暮色四合了。

　　虽然雪还在下，但天空的乌云好像有了裂缝，只有乌云之间的缝隙闪耀着暗红色的光芒。

　　过了雪丘上的一根电线杆就看到了海岸，前方有几户人家依偎在一起。

海滩上既没有船的影子，也没有人的影子，面对风急浪高的大海，那几户人家好像在凝神屏息。

顺着雪丘往下走，走到离海更近的地方，发现赤松林的前面有一片坟地，墓碑都是背对大海，每块墓碑上面都有积雪。

确实，死了以后每天面朝冬天的大海或许也太寂寞了。里子合上围巾，转过身来面朝大海。

"回去吧！"

椎名的声音顺着风从身后传来。

一开始看到海的时候，里子小声嘀咕了一句"想和他一起死"，椎名现在还没回答那个问题。

莫非他根本没有那个想法？还是自己的声音被大雪吸了进去，他没听到？但到了这会儿，里子已经没有心情再问他了。

看着眼前渐渐暮色笼罩的大海，里子渐渐有些害怕起来。她觉得自己现在就要被黑沉沉的大海一下子吸进去了，冬天的大海就有那种令人毛骨悚然的惊骇之气。

里子心想，想和他一起死也不过是瞬间的恃宠撒娇，自己还要好好活下去。

出租车从雪丘上下来，到了一个宽敞的地方调了个头，开始顺着来路往回走。

过了松岛，回到屏风岩的时候，大海上空出现了一道彩虹。司机把车停了下来，三人从车窗里往外看去，那道大大的半弧形的彩虹的左端是晴朗的天空，右端还在下雪。

"这次看见彩虹也是久违的事了！"

里子想起来以前听人说过，看到彩虹会有好事儿。

"这个时候没人来看海吧？"

"虽然没什么人来，但丹后这个地方冬天是最好的！虽然会下雪，但天气并不是那么冷，东西也好吃！"

"要是能住在这样的地方该有多好啊！"

椎名嘴上虽然这样说，但他真的想住在这里吗？

嘴上说着要是能住在这里就好了，可是他很快就要远赴国外，开始一项新的工作了。他根本不是那种能在一个安静的地方安心住下来的人。

"雪景也看到了，彩虹也看见了，真是不虚此行啊！我一开始的时候还觉得去更暖和的九州那边更好呢！"

"可不是！这边要比九州好多了！"

里子现在不想要什么明亮的太阳，能和椎名一起亲亲密密地度过安静的一天就心满意足了。

一旦失去了气力，黄昏就变得很脆弱。彩虹已经消失了，大海也渐渐被涂上了一层浓浓的夜色。

看了最后一眼岩石边上冲天而起的飞沫，出租车往右一拐，大海就从视野里消失了。

"明天还要来这边转一转吗？"

出租车进入了峡谷间的公路的时候，司机问道。

"如果可以的话，我们还想过来看看！"

"前面的地方叫味土野，是战国时代细川伽罗奢夫人（原名明智珠或明智玉，战国末期的武将细川忠兴的正室夫人。1563 年出生于越前，其父是明智光秀，其母是明智光秀的第二个妻子妻木熙子，因其晚年皈依天主教故有此名）隐居的地方，不过现在只有一栋腐朽不堪的房子了。"

"那么，师傅明天带我们去那里吧！"

"要是天晴了的话，我可以带你们去，现在这场大雪……"

"今天夜里还会继续下吗？"

"我估计不会下那么长时间，可丹后这地方的天气谁也说不准！"

都说六月的天孩子的脸，变幻莫测好像是丹后地区天气的特征。

"两位明天几点回去？"

"还没定下来，但我们想四点之前回京都。"

"那样的话，你们可以从丰冈坐电车，山阴本线一点多钟有一趟特快！"

司机把一张名片递了过来，说是可以照着上面的联系方式打电话。出租车进了平地以后，渐渐加快了速度。

暮色也渐渐逼近了冬天的田野和大山。

出租车向前疾驶，好像要摆脱那从四面八方围拢上来的暮色，但深沉的夜色还是在后面紧追不舍。

回到旅馆，洗完澡休息了一下，马上就七点了。

本以为今天是星期六，旅馆会人多嘈杂，但客房这边静悄悄的，好像餐厅那边有一个小小的宴会，但这边根本听不到。

椎名换上浴衣，里子洗完澡正在梳理头发的时候，服务员过来说晚饭已经准备好了。

两人被领到了一个带休息室的和式房间，房间中央的地上还有一个切开地板砌起来的地炉。

椎名和里子围着地炉刚坐下，服务员端着一大笊篱松叶蟹走了进来。

看样子旅馆是这样想的，客人好不容易来了丹后这个地方，就不让客人吃那些司空见惯的料理了，要让客人用最美味的吃法品尝一下当地最美味的东西。

椎名只喝了一杯啤酒，然后就喝埋在草木灰里热好的清酒了。

里子也接过一杯清酒陪着椎名。

酒是当地出产的酒，酒气香醇，口味微辣。

地炉的炭火上面搭着筛网，服务员把松叶蟹的腿儿折起来摆在筛网上，过了两三分钟蟹壳变成朱红色的时候，服务员把烤好的蟹子放进两人的碟子里。

"因为是半生的，螃蟹肚子里还有少许潮水，我觉得就这么吃也可以，如果您觉得不放心的话，这里还有盐！"

椎名正急着要用筷子把蟹肉夹出来的时候，服务员自己拿起一条螃蟹腿给他讲解怎么吃。

"把蟹腿的关节反向折断，把筷子伸进去，从细的一头向粗的一头把蟹肉捅出来！"

照服务员说的，椎名自己试了试。

"那样的话蟹肉会很容易挤出来。夫人也试试吧！"

也不知道椎名在预定旅馆的时候是怎么说明两人的关系的。按说老板娘和服务员都应该清楚两人不是普通的关系。但是，即便客人不是夫妻关系，在这样的地方，一般都把女性称为夫人。

里子觉得服务员只是按照惯例无意识地这样称呼自己而已，除此之外并无他意。里子重新振奋精神，拿起了一个螃蟹。

"好吃！真好吃！"

椎名赞不绝口，服务员好像更来劲儿了。

"松叶蟹还得这样生烤着吃才最好吃！"

"是在这附近捕捞的吗？"

"在您刚才去过的间人附近的海上就能捕到。因为间人离渔场很近，渔民都是驾着小渔船去捕捞，但从外地来的渔船都是大型的渔船。因为小渔船可以当天往返，所以在我们这里可以吃到生猛鲜活的好螃蟹！"

"在东京的话，只能吃到螃蟹火锅。"

"用来做火锅的都是那些大型渔船捕捞上来以后冷冻的螃蟹或煮好的螃蟹，味道要差很多！我们当地人把那种螃蟹叫周转货，根本没人吃！"

里子住在京都，确实只吃过松叶蟹火锅或煮熟的松叶蟹，不知道把活螃蟹烤着吃竟然如此美味。

"可是，有些人只吃过松叶蟹火锅就说松叶蟹没什么大不了的！"

服务员的口气里满是惋惜，但是，住在东京的话，就吃不到可以直接生吃的螃蟹，所以那也是没办法的事情。

"请喝酒！"

服务员在烤着螃蟹的同时，还不忘给两人斟酒，先给里子斟上酒，接着给椎名倒酒。

"大海怎么样？"

"下雪的天空里还挂起了一道彩虹，简直太美了！"

"那可太好了！这个时候来到我们这里，还遇上了下雪，那可是好造化！"

两人好像忽然想起来似的转脸看了看走廊，敞开的拉窗外面依旧是大雪纷飞，房间的灯光映在窗玻璃上，雪花仿佛就在那灯光里飞舞。

"好安静啊……"

听里子由衷地感叹，手里端着酒盅的椎名深表赞同地点了点头。

服务员烤完了螃蟹腿，这回把蟹壳里剩下的蟹黄扒拉到一边，把酒倒进去，放在了炭火上面的筛网上。

不一会儿，蟹壳里面的酒就咕嘟咕嘟地烧开了，一股香气在炉边弥漫开来。服务员见火候差不多了，用剪子夹起蟹壳，放进了两人的碟子里。

"请用汤匙舀着喝！喝了浑身暖和！"

里子只喝了两三盅就觉得微微有些醉了，椎名也是满脸通红，或许螃蟹和酒让他醉了。

"请两位品尝一下鱼！"

服务员从另一个笊篱里面夹起银鱼和梭子鱼放到了筛网上。

"已经吃了很多螃蟹了！"

一开始还觉得，就几只螃蟹怎么能吃饱肚子，可是没想到几只螃蟹下肚就很饱了。

"这种鱼很清淡，没事儿的！"

服务员往鱼上面稍微撒了一点儿盐，烤熟了以后放进了两人的碟子里。

和秋田产的银鱼相比较，这些银鱼个头有点儿小，但吃起来就发现，不咸不淡果然非常美味。

"坐在炉边欣赏着窗外的雪景，吃着刚捕上来的螃蟹和鱼，没有比这再奢侈的了！"椎名看着窗外说道。

里子点点头，心里惦记的却是真幸这会儿是不是已经睡觉了。

吃完饭回到房间的时候已是十点了。

房间里已经铺好了两床被褥，房间角落里还放着被炉。

"你一定累了吧？"

早上那么早起来，坐了三个小时的火车，然后又去看了大海。要说不累那真是假的，可里子并不觉得怎么辛苦，一方面是因为喝了一点酒，心情格外地平静，走路的时候轻飘飘的，就像走在云彩上，真是惬意非常。

"雪还在下啊！"

椎名直接去了房间一角木板窗外的窄走廊。从房间里下去有一块水泥地，前面有一扇玻璃门。

里子也跟在椎名身后去了窄走廊，和他并肩站在一起。

窗外是一个缓坡，通往前面的大山，沿着缓坡排列着一溜长方形的纸罩座灯，灯笼上面还有积雪，朦胧的灯笼光在雪中弥漫成一团。

里子凝视着那一溜灯笼，看着看着就陷入了一种错觉，感觉雪花不是从上面落下来，而是从下面涌上米。

"雪花也落进那里吧？"

"那里？"

"海里……"

里子想起了在苍茫暮色中看到的大海，还想起了电线杆、坟地和松林。这会儿雪花也落在那座小山丘上和挂着彩虹的大海里吧？

"外面真黑啊！"

椎名轻轻地点了点头。在这个无边的黑夜里，大海还在波涛汹涌，纷纷扬扬的雪花还在无声无息地被大海吸进去吧！

里子在脑海中这样想象着，想起了自己看着大海想和椎名一起死的事情。刚才在温暖的炉边坐着的时候暂时忘掉的那种恐怖又在她心中复苏了。

"我怕……"

椎名转过头来，里子把脸贴近他的胸膛。里子就那样站着，背上感受着椎名温暖的手掌。

"我们……"

过了一会儿，椎名把里子领到了被炉那边。

"想不想看电视？"

"不想……"

在只有两个人的静谧中，里子只想凝神屏息静静地待着。

"暖和吧？"

椎名靠墙坐下，里子坐在了他的身边。两人的脚在被炉里面轻轻相触，椎名微微一笑。

"要不要喝酒……"

刚才那个服务员想得颇为周到，在被炉上面放上了酒壶和酒盅。

椎名先给里子倒上了一盅酒，然后给自己也倒上了。

"来了挺好的是吗？"

"嗯……"

因为这个问题根本不用问，里子反而回答得很冷淡。就那样默默地喝了两盅酒以后，椎名问道：

"你在想什么？"

"没想什么……"

里子现在什么都没想。她是如此满足，甚至没有思考的间隙。

"好像起风了……"

椎名忽然回头看了一眼。背靠的墙上有一扇安着拉窗的小窗，风吹着雪花打在窗户上。窗外传来沙沙的响声，好像风吹着竹叶在飒飒作响。

"是不是又要积雪啊！"

椎名重新坐直了，好像要再听听风雪吹打窗户的声音。

"你能听到吗？"

再次侧耳细听，那声音就像深夜的大雪在喃喃细语。

"怎么样？再来一杯！"

里子伸出酒盅让椎名倒上酒，自己又给椎名斟上酒，椎名端起酒盅慢慢地喝。

就那样，寂静溢满了整个房间。

尽管有太多的事情想问对方，但里子坐在那里沉默不语。

在雪地里隐藏在心里的问题就让它藏在心里好了，里子在心里这样告诉自己，再次侧耳倾听窗外的风雪声。

身旁就是椎名被灯光遮住的侧脸。

在温暖的被炉里面，两人的脚尖轻轻相触。

就这样只需把身子往旁边一歪，马上就能扑进他的怀里。里子正那么想着，椎名的胳膊轻轻搭在了里子的肩上。

就像被引诱过去一样，里子抬起脸，椎名的嘴唇就慢慢落了下来。

就像冬天的雪花落进大海里一样，里子轻启香唇接受他的亲吻。

半个身子埋进被炉里，后背靠在椎名的胳膊上，里子仰着脸接受他的热吻。

表面的动作虽然很轻，但里子的香唇被他深深吸了进去，好像俊俏的双颊都凹进去了。

外面的大雪还下个不停，在亮着灯的房间里面，一男一女紧紧地抱在了一起。

开始的一吻又长又深，从第二吻开始就想彻底放下了心一样，只有舌尖儿轻轻碰在一起。感受着这种温柔的令人着急的触觉，里了身体里面的那股火苗被挑逗得越烧越旺了。

好像就等着这一刻了，椎名把闲着的另一只手伸到了里子的腋下。就那样纠缠着，两个人的身体慢慢倒下了。

尽管眼前就是铺好的被窝，可两人就在被炉前面开始颠鸾倒凤。里子对此颇觉羞耻，但椎名好像就希望这样。

里子自己把脸埋进了男人的胸膛，好像要躲避那明晃晃的灯光。就那样闭着眼睛，在亮如白昼的灯光里被搂着行欢的那种羞耻渐渐消失了，心中溢满了被男人紧紧搂抱的那种平静和安逸。

"你能听到吧！"

不一会儿椎名在里子耳边小声耳语。

"雪还在下！"

里子在他怀里点点头，侧耳倾听外面风雪的声音。

好像风雪还在不停地吹打窗户。头顶上方传来了沙沙的声响，好像风吹竹叶飒然作响。

里子侧耳倾听那声音，听起来就像有人在窃窃私语，不一会儿就变成了热乎乎的喘息声。

"我好喜欢你……"

里子听那声音就像一阵微风从遥远的雪野吹来。

"我爱你！"

那声音也像是从雪花飞舞的大海上传来的。

"我永远不会忘记……"

一股难言的悲伤瞬间涌上里子的心头。

这个人虽然现在正抱着自己行欢，可他不久就要离自己而去了。现在的温柔不过是一时的短暂的温柔。想到这里，里子忽然觉得自己好可怜。

里子把脸紧紧贴在他的胸膛上，好像在确认这种温柔乡里的感触。于是，里子的眼泪自然而然地溢出了眼眶。

她想忍住眼泪，可是泪水一旦流出来就再也止不住了。里子的一抹香肩在轻轻颤动。

"你怎么了……"椎名莫名其妙地问道。

里子心里忽然对他生一种憎恨。

既然他那么喜欢自己爱自己，那为什么要把自己舍下呢？不要说什么"不会忘记"，清楚地说声"跟我一起去吧"，不是更好吗？要不就干脆一点说"我讨厌你"，那样的话自己心里要清爽多了。

就这样离自己而去只留下回忆，让人情何以堪？

里子在那里抽抽搭搭地哭泣，椎名搂住她的肩膀把她抱进怀里。

但是，里子僵直着身子把脸扭了过去。

女人对男人又爱又恨，男人难道不明白女人的那种爱恨交织的心情吗？

椎名对里子这种意想不到的抵抗好像有些吃惊，漠然地松开手，就那样沉默不语。

他是明白了？还是觉得除了这样做没有别的办法？现在这种情形可以说是被他抱着，也可以说没被他抱着，在这种半途而废的拥抱中，里子的心情愈发焦躁起来。

"我讨厌你！"

里子突然喊了起来。

并不是说她讨厌他什么，只想尽情地对他发泄，想对他说些任性的话。

知道他是一块巨大的岩石，怎么推也纹丝不动，但是，除了这样，就没有办法拦住像脱缰的野马一样的感情。

"讨厌！讨厌！我讨厌！"

里子诉说着紧紧抱住了椎名，椎名紧紧地抱住了她。那强有力的拥抱让里子差点喘不上气来，接下来的一瞬间，就好像有什么东西附在了里子的身体上，她忽然浑身一点儿力气都没有了。

里子的心里再次感到了一种平静和安逸，就像小河溢满了清水一样，一种温柔弥漫了她的全身。

就像抽泣的婴儿停止了哭泣一样，里子慢慢地抬起脸来。

眼前是椎名的喉结，前面是长着一层薄薄胡须的下巴。他侧着身子，或许因为挡住了灯光的缘故，他的脸颊有些瘦削，看上去要比昨天夜里憔悴几分。

"你这是怎么了？怎么忽然就哭起来了？"

"……"

"睡觉吧！"

里子这次顺从地点点头，把被泪水打湿的脸轻轻抵在他的胸膛上。

第二天早晨，醒来的时候发现雪已经停了，朝阳散发着灿烂的光芒。

站在窄走廊里向外看去，整个庭院被皑皑白雪覆盖，沿着山脚下的斜坡安放的灯笼也顶着一层厚厚的白雪。

里子和椎名并肩站在那里，一边喝着服务员给泡的早上的茶，一边欣赏着院子里的雪景，昨天晚上的大雪让里子觉得自己和椎名好像都长了一岁。

九点多的时候，服务员过来说早饭准备好了。两人去了有地炉的房间一看，服务员已经生起炭火在忙着烤鱼了。

"一边欣赏早晨的雪景，一边喝杯赏雪酒怎么样？"

听服务员那么说，椎名要了酒，里子也接过一杯。

除了元旦以外，里子还从未早上喝过酒，但是，看着红红的炉火上面烤着的鱼和外面银装素裹的世界，就忍不住想喝点儿酒。

"昨天晚上您休息得好吗？"

"是的，睡得很熟！昨天我们用的被子，被面是绉纱吧？"

"是的！我们老板娘说了，客人好不容易来了我们丹后，一定要让客人体验一下绉纱的好处，所以我们旅馆给客人铺绉纱的被褥。"

虽说丹后是绉纱的原产地，但总觉得用来做被褥太可惜了。不过，盖在身上那种柔滑的感觉确实让人感到很舒服。

"可以把绉纱面料卖给散客吗？"

"可以的！如果您觉得合适的话，我把织匠叫到这里来吧！比您在京都买要便宜多了！染色的话，您可以在京都拿到染坊里去染，我觉得夫人穿在身上一定很合适！"

服务员说完就出去了。

屋里就剩下两个人了，椎名对里子说道：

"我一直想送你个礼物，绉纱你不喜欢吗？"

"不是的！不用……"

"那就买吧！"

"先等一下！你的心意我领了，可和服只能穿一时，既然同样是要你的礼物，我更喜欢要你贴身的东西！"

"那是什么东西呢？"

"我要什么东西都行吗？"

"只要是我能给的！"

"我想要一件你一直随身带着的没有就不方便的东西！"

"没有就不方便的东西……"

"我想要你那块手表！"

听里子这么说，椎名看了看自己左手腕上戴着的手表。

"但是，这可是我大学毕业刚找到工作的时候买的，已经跟了我二十多年了！"

"那个就行！我就喜欢你一直戴在身上的东西！"

"可是，这是块男表……"

"没关系的！现在流行女人戴男人的东西！说好了，你能送给我是吗？"

因为里子把手伸了过来，椎名好像无可奈何地把手表摘了下来。那是一块瑞士表，黑色的表带，白金的表盘，款式很简约。

“这样的东西，能行吗……”

“我最想要那个东西！现在就给你没收的话你也太可怜了，在回到京都之前先暂时借给你！可以吧？”

“那倒是没关系，可是我们好不容易来了一趟丹后，也买点绉纱回去吧！”

“只要有了这个东西，其他的我什么都不要！”

两人说话间，服务员用托盘端着饭团过来了，一只手还提着一个小砂锅。

服务员把饭团放在筛网上，烤得有点儿焦黄的时候，蘸上酱油接着再烤。砂锅里炖的是烫豆腐。

“又开始下小雪了！”

听她这么说，两人转眼看了看走廊，在明亮的光线里，雪花轻轻落下。没有昨天那种大雪纷飞的势头，好像在和阳光嬉戏。

“两位今天在这里好好休息一下怎么样？”

服务员说完，把剩下的酒倒进了椎名的酒盅里。

喝完早晨的赏雪酒，从旅馆出来的时候已经十点多了。昨天的那个出租车司机来接两人，但他说因为雪太深去不了细川伽罗奢夫人曾经隐居过的味土野了，最后三人商量了一下决定去纲野。

听司机说，纲野那个地方有处海岸叫抚琴滩，因为人在沙滩上走的时候脚下的沙子会发出弹奏古琴一样的声音，所以才有了抚琴滩的美名。

但是去了一看，一波波的海浪冲洗着沙滩，剩下的沙地也被大雪覆盖了。

但是，沿着海岸排列的松树却别有一番情致，苍翠欲滴的松树顶着皑皑白雪，颜色的对比甚是赏心悦目，和波涛汹涌的日本海相得益彰。

听说从夏天到秋天夕阳落进正面的大海里，如血的残阳落进波涛汹涌的大海的景象一定很美很雄浑。

阳光虽然很明亮，但风很大，雪花在大风里纷纷扬扬地飘落。雪片很大，在阳光里翻滚着飘落的雪花反射着阳光煞是耀眼。

椎名捏了一个雪球朝着大海扔了出去，里子也模仿他攥了一个雪球扔了出去，可是雪球根本没有扔到海里，而是掉在了积雪的沙滩上。

从那里沿着松林雪道散了一会儿步，回到车上的时候是十一点了。这个时候从这里直接去丰冈车站，正好能赶上一点半发车的特快列车。

出租车从山峡间的公路上了久美浜，从那里就驶上了一百七十八号国道。沐浴着中午的阳光，周围的雪已经开始融化了，但山肌还是被皑皑白雪覆盖。

但是，翻过一道山岭，地上的雪就骤然减少了，到了丰冈的时候，地上几乎已经没有雪了。

等了十分钟左右，两人坐上了特快列车，在座位上坐下来的时候，里子才感觉出和椎名的旅行快要临近结束了。

这是一次快乐而满足的旅行。

里子一直想着见了面一定要问清楚好多事情，可真的见了面自己却什么都没说。

"这次旅行你高兴吗？"

望着远处尚有斑斑残雪的田野，椎名问里子。

"是的！非常……"

"我好久没看见雪了，真是一次美好的回忆！"

"你什么时候回日本？"

"我打算正月的时候回来，但来这边可能很困难。三月份回来的时候应该没问题，到时候我提前给你打电话！"

"那边有什么人照顾你吗？"

"就我一个人，暂时是住酒店，总有办法可想吧！我不去看看什么也不知道啊！"

"那个地方可够遥远的！"

"一点儿也不远啊！还可以打电话，想回来的话什么时候都可以回来！"

"你不用勉强自己回来！"

"勉强？"

"你那么忙，我的事情你真的不用管！就此分开，今后不能见面也没关系！"

"……"

"像现在这样……"

说到这里，里子把想说的话咽了回去。她本想说"等待很痛苦"，可那样说的话，听起来像是自己在抱怨。

和椎名之间的爱情这样就行了，到此自己应该满足应该自制，这是为自己好，或许也是为他好。

过去母亲这样教诲自己，所有的愿望都要控制在八分左右，那才是女人的活法。要那么想的话，可以说自己到目前为止的一意孤行已经是很过分了。

"这次的旅行真的很愉快！我一辈子都不会忘记！"

列车再次进入了山峡，沿着水已经干枯的河岸向前疾驶。

或许是因为分别的时刻越来越近了吧，椎名也很少开口说话。

三点五十分，列车正点到达了京都站。

椎名要从这里接着坐新干线回东京。下个月就要出发了，他心情一定很慌乱吧？

"我们去喝杯咖啡吧！"

"不用了！你直接回去吧！我送你到站台！"

就剩下那么一点儿时间了，这会儿即使面对面坐一会儿也只会留下几分留恋。若是在寒冷天空下的站台上，还能清清爽爽地道别。

去了新干线的站台一看，三分钟后正好有一列去东京的"光"号要来了。里子站在一等车厢停靠的柱子前面，恭恭敬敬地给椎名鞠躬行礼。

"真的是非常感谢！"

看到里子突然对自己行礼表示感谢，椎名有些手足无措。

"说好的那块手表，请给我！"

"你真的要拿走吗……"

"君子一言驷马难追，男人可要说话算话！到东京之前，你没有手表可能有点不方便，你就先忍忍吧！"

椎名摘下手表，里子刚接过来，新干线就驶入了站台。

"我会给你打电话的，请代我向你母亲问好，还有真幸……"

里子笑容满面地点点头，然后又看了椎名一眼说道：

"那好吧！我这就回去了！"

"你要回去吗……"

"多保重！"

里子说完就把脸转了过去，围上围巾，一路小跑，向台阶那边跑去。

柊树篇

在茑乃家，每年的元旦都是女儿们欢聚在母亲阿常身边，一家人互相问候新年。

去年的元旦，除了槙子、里子和赖子三姐妹之外，还有菊雄和北白川的姨妈也聚到了家里。

但是今年的元旦情形就不同了，成员里面没有了里子和菊雄的身影。

赖子和槙子在年末的三十号和三十一号陆续回到了家里，姊妹俩追问母亲为什么没把里子叫回来，可倔强的阿常根本听不进女儿的话。

阿常的理由好像是，再怎么是自己的亲闺女，可她是自作主张离开这个家的，绝无道理元旦这天把她叫回来吃贺年饭。那种做法太像阿常的风格了，虽说情理上应该那么做，可是对自己的亲闺女来说有点儿严厉过头了。

在赖子和槙子的极力劝说下，阿常终于答应虽然不让里子回来吃贺年饭，但她可以回来拜年。

也正是因为这个原因，今年元旦的互致问候比往年要冷清多了。

还是按照往年的惯例，阿常坐在上座上，北白川的姨妈第一个向阿常低头行礼，高声说道："祝您新年快乐！去年一年给您添了诸多麻烦，真是非常抱歉！今年也请您多多关照！"

阿常对北白川的姨妈说："祝你新年快乐！希望你永远健康，多多保重自己！"每年都是这句话。接下来赖子向母亲行礼问候新年，阿常回答说："你不要太要强，要生活得轻松一些！"

元旦这天，阿常的话虽然简短，但都说到了对方的点子上。

去年元旦她对赖子说："你要多加努力！"从这一点上来说，今年的说法稍微有点儿变化。

过去的这一年，对赖子来说最大的事情就是熊仓的自杀和知道了关系亲密的日下是熊仓的私生子这件事。

赖子因为这件事心情大乱，三姐妹中最沉着最清醒的赖子在内心深处却是受到了最强的冲击。当然这件事情赖子对谁都没有说，阿常也不可能知道。

但是，听阿常那口气好像是知道了那些事情才那么说的。

赖子只是偶尔回家一趟，或许阿常仅通过她回家时的样子就敏锐地看透了她的内心。

还像往年一样，槇子有些腼腆地向母亲行礼问候新年。

槇子也算是个有前科的人了。去年元旦，正在里子行礼致辞的时候，槇子觉得好笑情不自禁地噗嗤笑了出来。槇子很不擅长这种走形式的事情。

但是，阿常目不转睛地看着槇子说道：

"今年对你来说是很重要的一年，你可要好好修炼！"

阿常的这句话无疑是指着槇子要结婚这件事情说的。

从一个母亲的眼光来看，这个闺女作为别人的妻子到底能不能坚持下去，阿常到现在仍是半信半疑。阿常很早就有一个建议，既然要出嫁，就应该回家来好好修炼上一两年。

但是，一方面也是因为小泉家有这个愿望，现在已经定下了今年四月初举行结婚仪式。

槙子这回也没有笑，很稀奇地乖乖低头行礼。

虽然"修炼"这个词有点儿陈腐，但里子自己也确实感觉到了今年是很重要的一年。

新年致辞总算结束了，大家互敬了一杯屠苏酒，剩下的时间就开始随便聊天了。

但是，总共才四个人，家里冷冷清清的确实没有什么生气。

以前大家都觉得菊雄这个人无害也无益，好像可有可无，可这会儿家里真的没有这个人了，还是让人觉得挺寂寞的。

但是，大家对此都心照不宣，话题自然而然地转到了槙子要结婚这件可喜可贺的事情上。

"东京的婚宴准备在哪里办？"北白川的姨妈这样问道。

刚才喝了屠苏酒脸有点儿发红的槙子回答道：

"是一家叫大仓的酒店！"

"要说大仓的话，那不是我和阿常姐姐一起住过的地方吗？"

"那家酒店不是叫大谷吗？"

阿常和姨妈三年前在东京有京舞的东京公演的时候去过一次东京，那也是她们最后一次去东京。

"东京的婚礼是怎样举行的？"

"那还用问吗！和京都一个样啊！请姨妈也作为亲属代表参加我的婚礼好吗？"

"那敢情好！我也好久没去东京看看了！槙子穿上婚纱的样子，这回要是错过了今后可再也看不到了！"

"没有那事儿！我还打算多结几次婚呢！"

"槙子胡说八道些什么！竟说不吉利的话！"

被赖子一声训斥，槙子调皮地吐了一下舌头。

大家吃完贺年饭就开始各玩儿各的了，有看电视的，也有闲谈的，这时候里子来了。

里子一进屋，先把真幸放下，对着母亲阿常深鞠一躬，说了一通祝贺新年的套话。阿常和对待别人一样，正襟危坐接受里子的新年问候，然后用严厉的口气说道：

"你好生寻思寻思自己都做了些什么，好好反省一下！"

屋里的气氛骤然紧张起来，在座的人都瞬间静了下来，正在这时候，真幸突然哭了起来，阿常慌忙把真幸抱起来，开始哄孩子。

"好了好了！今天可是新年是元旦啊！咱俩去给你爷爷拜一下吧！"

阿常说完，一边用指头轻轻戳着孙子的小脸蛋儿，一边走到了里面的佛龛前面。

真幸马上就不哭了，一会儿里面传来了丁零的敲铃声。

听到里面的铃声，姐妹三人面面相觑笑了起来。

阿常虽然表面上对里子说话蛮厉害的，可她好像喜欢这个孙子喜欢得不得了。过了一会儿，阿常抱着真幸回来了，在座的人马上又热闹起来了。

"长这么大啦！过来也让姨妈抱抱！"

赖子抱了抱真幸然后递给槙子，槙子抱了一会儿又递给北白川的姨妈，真幸被大家递过来递过去，脸上露出了吃惊的表情。

"明年新年的时候，说不定槙子也会带孩子来了！"

听姨妈那么说，槙子没好气儿地说道：

"我才不要什么孩子呢！"

"你那叫什么话！结了婚却不要孩子，那也太奇怪了吧？"

"难道不是吗？我才二十二岁呀！今年四月份才结婚，明年的新年就有孩子了，那才奇怪呢！"

"对啊！槙子说的也是……"

姨妈在那里发愣，三姐妹又大笑起来。

阿常说是不让里子回来吃贺年饭，可她自己把什锦年菜端了出来，放在了里子面前。

嘴上怎么说先不管它，她心里还是在等着里子。

"姐姐，我们再去神社参拜吧！"

到了元旦这天，姐妹三人都要一起去八坂神社参拜，这已经成了每年的惯例。

"妈妈，真幸就交给您看着了，行不行啊？"

听槙子这么说，阿常先是一脸的不高兴。

"行倒是行，不过，今年的新年可是真幸的第一个新年，也得让真幸去好好参拜一下才行啊！"

"您说这话，今天这个日子要是把真幸带到八坂神社去，那还不被挤瘪了啊！真幸是不是过几年再去更好？"

阿常很不情愿地点点头。

"好吧！好吧！你们爱去哪儿就去哪儿吧！我反正是在家看孩子的！"

"我也不是硬逼着妈妈那么做的！我只是觉得那样比较好才那么说说而已！"

"行了行了！就那么办吧！"

虽然阿常的口气有点儿气急败坏的，可她的表情已经柔和多了。

一个小时以后，姐妹三人结伴到八坂神社参拜去了。

今年的元旦，赖子穿了一件适合出门穿的印着花草图案的和服，里子穿了一件嫩草色的印着蝶舞图案的碎花和服，槙子为了强调自己的年轻，穿了一件加贺友禅的宽袖和服。

今年还和往年一样，三姐妹从高台寺前面沿着石墙小路下去，上了东大路，朝着祇园走去。

如花似玉的三姐妹穿着和服并肩走在一起，确实非常引人注目。大街上来来往往的人们都忍不住站住回头看。

不过，那种情形也只是到东大路为止，三姐妹刚走近神社的石台阶就被漩涡一样的人群吞没了。

"姐姐！是这边儿！"

三个人排成纵队，为了不走散互相抓着手，年轻的槙子一马当先冲在前面。

每年的元旦都是这么拥挤，好不容易穿戴整齐的和服以及好不容易绾好的发髻一不留神就会被挤得乱糟糟的。

其实过了正月的头三天，初四或初五去最好，那样也可以安安静静地参拜，但三姐妹从小就养成了元旦这天去参拜的习惯，这天不去的话，心里就不踏实。

从人堆里挤过去完成了新年的第一次参拜，终于让人觉得这才算迎来了新年。

"我们去哪里……"

下了石台阶，上了四条大街的时候槙子问道：

按照历年的规矩，参拜完之后三人都要去咖啡厅或西餐厅稍事休息。

去年的这时候，按照槙子的提议，三人去吃了豆沙水果凉粉，但是店里人太多了，根本没能安静下来。吸取去年的教训，这次三人直接去了河原町通，上了大街就有一家酒店，三人去了酒店的西餐厅。

三人找到餐厅角落里的一张靠窗的桌子面对面坐了下来，这个角落被玻璃屏风围着，透过玻璃窗可以看到外面的大街。赖子点了咖啡，里子点了红茶，槙子则点了香草冰激凌，可谓三人三样。

服务生很快就把东西端过来放在了桌子上，等服务生转身走开以后，赖子有些伤感地小声感慨道：

　　"我们三人一起去神社参拜，这或许是最后一次了！"

　　"为什么？"

　　"难道不是吗？槙子结婚以后就不能回京都了。"

　　"结了婚有什么关系！我会回来的！"

　　"你说什么呀！你的公公婆婆都在东京，你不可能从元旦那天就厚着脸皮回来吧？"

　　"元旦那天不行的话，我就初二或初三回来！"

　　虽然槙子还在那里坚持，但正月里姐妹三人要聚在一起看样子是很难了。

　　"我还是不要嫁人了吧！"

　　"都这时候了，你说什么呢？"

　　"我怎么觉得结婚那么麻烦啊！"

　　不管是多么快乐的计划，到了那天临近的时候，人的心情还是会变得很沉重的。或许槙子现在正陷入了那种心情。

　　"我好想再自由自在几年啊！"

　　"我说槙子啊！你可不能要求太过分了！一个女人能和自己喜欢的人在一起，难道不是最幸福的事情吗？"

　　因为里子的口气太认真了，槙子脸上露出了一丝恶作剧的表情。

　　"可是，说句实话，我并不是那么喜欢士郎！"

　　"那你为什么要和自己不喜欢的人结婚呢？"

　　"对方天天缠着我说结婚结婚的，太烦人了，再者说了，现在我说不定还能卖个高价……"

　　"那样的话，你不是太能算计了？"

　　"既然是婚姻，里面当然有算计的成分了！"

槟子说得如此满不在乎，里子也是无言以对。

"就说里子姐姐吧！你也不是因为喜欢对方才结婚的吧？"

里子虽然不认为自己和菊雄的婚姻里面有什么算计的成分，但有过妥协这一点是不能否定的。不管怎么说，只要对方提出了婚姻这个话题，里子就没法反驳。

或许槟子也觉得自己说得有点儿过了，声音一下子温柔起来。

"姐姐和菊雄离婚的事情，听说二月初就能利索了是吗？"

"谁那么说的？"

"我是听母亲说的！菊雄也终于死心了！"

"他不是死心了，而是彻底惊呆了吧？"里子用开玩笑的口气说道，但她的声音里还是没有精神。

不管多么厌恶对方，可一旦要离婚，她心里好像还是有些动摇。

"那么，姐姐和椎名先生也分开了？你追到马尼拉去不就完了嘛！"

里子不回答，只是微微一笑。

一阵短暂的沉默之后，槟子就像忽然想起来一样问道：

"赖子姐姐打算哪天回去？"

"初四回去！"

"这次能多待几天啊！"

"我也想偶尔回京都好好放松一下嘛！"

去年赖子是三十一号回来，正月初三回去的，算一算今年要比去年多待两天。

但是，赖子现在并不怎么想回东京。

日下有时还会打电话到赖子的公寓，虽然没有以前那么频繁执拗了。他也觉得应该把过去的事情付诸流水了，但是他的身体好像暂时还难以接受。赖子觉得，如果只是见个面的话还好说，但绝不想被男女之间的那种纠缠不清的关系所烦扰。

"姐姐今年还要一直那样待下去吗？"

"那样是哪样？"

"就是一个人……"

"当然了！我一直就是一个人啊！"

赖子并非是在装模作样，也不是勉强自己非要那么说，她只是觉得自己最适合一个人生活。

轻率地和男人接近，然后再结婚，赖子觉得那样好像只能让对方痛苦。

"真的是个好天气啊！"

听里子小声那么说，三个人不约而同地把目光投向了明亮的窗户。

记得去年的元旦虽然风很凉，但也是个晴天。也像今天这样，姐妹三人去神社参拜完之后，来到这家酒店，就坐在这个地方喝茶。

若从窗外看，三个如花似玉穿着和服的女人坐在一起喝茶的情景和一年前一模一样。

但是，谈话的内容和三人各自的处境和一年前完全不同。

回头看去，过去的这一年好像眨眼之间就过了，其间三人各自经历的事情都很重大，也都很难忘。

外面的大街上仍然是人流如织，透过餐厅的玻璃窗，可以看到大街上来来往往的行人。

从窗前走过去的有三五成群的朋友，有领着孩子的父母，还有一看就是恋人关系的一对情侣。还有人抱着孩子走过去，那孩子穿着斗篷，或许是刚出生不久吧！

不愧是新年，街上穿和服的身影很醒目。大部分都是年轻女性，但偶尔也能看到穿和服的男性。

上了年纪的男性穿上和服还有模有样的，但年轻男性身穿和服的样子总让人觉得有些别扭。可能是和服的身长有点儿短，小腿儿都露出来了，看上去冷飕飕的。在做和服的时候，可能是没把系上带子时弯曲的部分考虑进去。

虽说是京都，但穿和服的人每年都在减少。现在走在大街上的人百分之八十都是穿便装。即便如此，就这几年人们对和服的需求仍然是平稳的。那些不管有什么事儿都要穿和服的人的数量，在现在这个时点，或许已经固定了。

即使穿和服的人数减少了，但能看到身穿和服打扮得花枝招展的女性还是正月里最大的乐趣之一。

最适合正月里氛围的，还是身穿和服的女性的身姿。

在这个意义上，也可以说赖子她们正在取悦周围的男人们。

"可是，街上怎么有这么多人啊！"

槙子向窗外看了一会儿，满脸惊讶地小声说道：

"今天是元旦，哪里的店铺都不开门，这些人到底要去哪里啊！"

去八坂神社或平安神宫参拜完之后，人们无处可去，最后都聚集到四条通或河原町通来了。

"可是，这其中一半的人都不是京都人吧？看车牌好多也都是大阪或东京那边的车牌。"

确实，过往车辆的一半都是京都以外的地方的车。

"京都这么拥挤，外地的车能限制一下就好了！"

"你可不能那么说！你不也很快就是东京人了吗？"

"才不是呢！即使嫁到了东京，我还是在京都出生的京都女子！"

槙子说得很干脆。

"我说里子姐姐，你今后打算怎么办？离婚之后还要回家吧？"

"……"

"我说得对不对赖子姐姐？你也觉得那样比较好是吗？"

听槟子征求自己的意见，赖子轻轻地点了点头。

"里子姐姐，你觉得怎么样？"

"可是，母亲她……"

"母亲那边我替你去说！母亲虽然说了那么严厉的话，可实际上她也想让你回家！只不过你还没离婚就原谅你的话，街面上就没法解释了，我觉得她只是不能自己说！"

"……"

"你到底有没有回来的想法？"

"嗯……"

见里子轻轻地点了点头，赖子好像终于放心了。

"是吗？你想回家吗？"

"我实在是太任性了……"

"没有的事儿！里子到今天为止吃了那么多苦，我觉得你很了不起！"

"我哪有什么了不起……"

受到了赖子的鼓励，里子或许忽然有些心虚了吧！默默地垂下了眼睛。

"好了！咱们该走了吧！"

为了转换一下大家的心情，槟子环视了一下周围。

因为元旦这天开门的只有酒店的西餐厅了，客人们陆陆续续地涌了进来。

三人觉得再待下去就不好了，于是站起身来。

走到外面，发现天空里出现了云彩，太阳也被遮住了。听说北陆和山阴地区从二十九号开始下大雪，看这个样子，京都或许从今天晚上开始也会下雪。

"我们散散步吧！"

按照赖子的提议，三人沿着酒店前面的小路往东走，一会儿就到了木屋町通。从那里去了四条大街过了大桥，从祇园的那条凿开的山路向富永町走去。

通往八坂神社的四条通仍旧是拥挤不堪，但一踏入小巷就几乎看不到人影了。小巷的两边是一家挨着一家的茶屋，茶屋外面包着木格栅和犬矢来（墙角处竹子做的弧形结构，防止狗在墙角撒尿弄脏了墙壁），家家户户门口都装饰着门松。

即便是对舞伎和艺伎的修业要求极其严格的祇园町，正月里的头三天也要放假。

穿过山路上狭窄的石板路就是巽桥，过了巽桥，左边的角落里有一座红窗棂红格子门的小祠堂。

赖子她们把这座小祠堂叫稻荷神社，据说正确的叫法应该是辰巳大明神。

从做舞伎的时候开始，赖子每次经过这里都要进去双手合十拜一拜。而且不止一天一次，多的时候要拜两到三次。

一旦养成了拜神的习惯，每次从这里经过就不能过门不入了。

姐妹三人各自向香资箱里投进了香钱，然后双手合十。三姐妹刚参拜完，两个二十来岁的年轻人就走了过来，说是想给三人拍照。

听口音就知道他们是从东京来的。

三姐妹你看看我我看看你，最后赖子站在中间，里子和槙子站在左右两边，让年轻人给拍了照。

年轻人说："可以的话，想把照片寄给你们，请把地址告诉我！"于是槙子作为代表给他写下了地址，年轻人脸上露出了一丝失望的表情，问："你们不是京都人吗？"

"当然是京都人了！我现在只是住在东京，实际上是京都女子！"

因为槙子是用京都方言说的，年轻人好像终于相信了。

"你们是姊妹吗？长得真漂亮啊！"

年轻人还想再说点儿什么，看样子还是没有那个厚脸皮继续没话找话。

两个年轻人向着花见小路的方向走去了，三个人沿着白川静静地向相反方向走去。

河边上的柳树都掉光了叶子，只有种在河边上的茶梅还开着白色的花。

冬天小河里的水很清澈，潺潺流水发出含混的声音，河底的每块石头都能看得一清二楚。

小河的对面是一溜低低的院墙，墙头上安着防止小偷翻墙的玻璃碎片，茶屋的帘子垂到下面的格栅栏杆上。

"京都真好啊……"

冰冷的空气里弥漫着冬天的荒凉，赖子轻轻地小声嘟念。赖子过去甚至走在街上都觉得讨厌，这会儿却发自内心地感到了一种怀念。

"姐姐也要回京都吗？"

突然被里子这样问，赖子转过脸来回答道：

"怎么会呢？我那么说了吗……"

"姐姐还是回来吧！"

"我倒是想回来……"

赖子头脑清醒地在心里告诉自己，只是因为自己住在东京才怀念京都的，要是真的回来了，还是会很厌烦的。

三人回到家的时候，发现阿常正一个人看电视。

"真幸呢？"

"在里屋睡觉呢！"

里子去了里屋一看，真幸正躺在婴儿被上睡得香甜，身上还盖着毛毯。

"北白川的姨妈呢？"

"到教授清元的师傅家里去拜年了！"

"村上和富子还没来吗？"

"我让她们傍晚来！"

这两个人以前在茑乃家做事，和茑乃家之间常来常往就像亲戚一样，不知为什么，阿常的口气听上去很冷淡。

"为什么？以前不是白天来？"

"家里有孩子，我能接待人家吗？"

阿常的意思好像是说，客人大老远来了，自己还要照看真幸，根本没法好好招待客人。

槙子也并非没有留意到这一点，但她觉得富子来了的话，还多了一个人手，看来她想得还是太简单了。

"自家这些丢人的事情绝不能让别人看到！"

"村上和富子不知道里子姐姐有孩子了吗？"

"谁晓得他们知道不知道，反正我是什么都没说！"

阿常好像还没有正式地跟任何人说起过里子生了孩子的事情。在家里面什么样暂且不说，对外一直采取一种事不关己的态度，那意思是说，那是擅自离家出走的女儿的事情，一切和她无关。

"那，村上几点来？"

"他好像说是四点。"

正在母女说话间，真幸好像醒来了。

听到里屋有哭声，不一会儿，里子抱着真幸出来了。

"真幸君，你起来啦？姨妈们也刚回来！"

看着屋里突然多了这么多人，真幸好像有些吃惊，他四下里看了看，又把脸埋在了里子怀里。

看样子他还没有彻底从睡梦中清醒过来。

"不好意思，我先给孩子换换尿布！"

里子让真幸躺在褥垫上，开始给孩子换尿布。

阿常只是在一旁斜眼看着，一句话也不说。

"喂！你睡醒了吗？"

槙子轻轻戳了一下真幸的小脸蛋儿，可能是下半身被脱光了感觉很舒服吧！真幸咯咯地笑出了声。

"村上大叔要是来得更晚点儿就好了！"

"人家也有自己的事儿啊！"

"话是那么说，可里子姐姐也太可怜了！"

听槙子这么说，里子一边给孩子把尿布的带子系上，一边说道：

"没关系的！我这就回去！"

"姐姐先别走！现在才刚过三点！"

"可是，家里不是要来各种各样的客人吗……"

里子很利索地给真幸穿上婴儿服，开始做回去的准备。

"姐姐有孩子的事情反正也会被他们知道，有什么关系嘛！"

"……"

因为阿常不接茬，槙子又说了一遍，阿常微微闭着眼睛说道：

"不行！"

"妈妈……"

槙子再也受不了了，大声喊了起来。但阿常用低沉而坚决的口气说道：

"今天请你回去！"

里子顺从地点点头，双手按着地板对母亲说道：

"我这就回去！今天真是给母亲添麻烦了！"

阿常紧闭双眼，一言不发。里子把真幸抱到身边，再次给阿常低头行礼，然后站了起来。

里子用眼神给赖子和槙子打了个招呼，拉开了拉门。

里子刚到了走廊里，气愤难平的槙子从屋里追了出来。

"姐姐，我送你回家！"

"不用了，路这么近……"

"那我把姐姐送到能打车的地方吧！"

里子和槙子的声音远去了，玄关的门一下子关上了。

两人出去以后，屋里一下子静了下来，只有赖子和阿常面对面坐在那里。

旁边的茶几上面有一个小碟子，碟子里放着一个北白川的姨妈拿来的花瓣年糕。纸拉窗外面传来了一阵麻雀叽叽喳喳的叫声。等麻雀的聒噪声消失以后，赖子抬起脸来看着阿常说道：

"妈妈，里子妹妹可以回家来吗？"

阿常的脖颈儿瞬间微微一颤，仍旧紧紧闭着双眼。

"当然不是现在马上就让她回来，等离婚手续办完了，一切都利索了之后再让她回来就行。请妈妈让里子妹妹回家吧！"

"……"

"我在这里求您了！"

赖子把双手放在膝盖上，深深地低下了头。

"里子说想回来了吗？"

"她说只要妈妈能原谅她，她就想回来。现在这个样子的话，里子也在那里悬着，妈妈也这么辛苦。还有，自从出了那件事儿之后，您也不知道怎么向众人解释，我很明白妈妈的辛苦。可是，把事情如实地告诉大家伙，我想大家也会理解的！"

"……"

"里子妹妹也不是犯了什么罪、做了什么坏事，她只是追求自己喜欢的人并把那个人的孩子生下来了而已。与其继续过那种有名无实的婚姻生活，还不如和自己真正喜欢的人待在一起，您说我说得对吗？"

阿常凝视着夕阳照耀着的纸拉窗，身子一动也不动。

"就那个样子的话，真幸也怪可怜的，孩子好不容易来到了这个世上，也入了里子的户籍，就这样让他长大后继承茑乃家的家业不好吗？"

突然，阿常清了清嗓子说道：

"椎名先生怎么样了？"

"什么怎么样了！去马尼拉了……"

"他和里子呢？"

"我也不是很清楚。可是，我觉得里子妹妹已经下定了决心要一个人生活下去。请妈妈原谅她吧！"

赖子又一次低下了头，阿常轻轻地点了点头。

"妈妈，里子妹妹真的可以回家是吗？"

"我也是没有办法不是吗……"

那口气听起来很漫不经心，在透过拉窗照进来的淡淡的光线里，阿常的表情却是很柔和。

今天是元旦，公寓里鸦雀无声，一点儿生活气息都没有。那些住在公寓里的单身男女和年轻夫妻不是回故乡，就是回娘家了。

从外面看，亮着灯的房间还不到三分之一。在其中的一个房间里，里子正开始做晚上的准备。

不过，说是准备，家里也只有她和一个吃奶的孩子。

晚饭用买好的什锦年菜就凑合过去了，大扫除在年底的时候早就搞完了。给真幸洗了澡，喂过奶粉，里子一天的工作几乎就算结束了。

可能是因为白天出了一趟门的缘故，真幸刚过八点就睡着了。

从现在到深夜都是属于里子一个人的时间了。

今天一天总算过去了，伴随着这种心情的安然，一个人的孤寂又悄悄袭上了里子的心头。

里子泡了一杯茶，打开了电视。开始的频道是流行歌曲节目，里子马上把频道换成了热热闹闹的相声节目。

但是，说相声的演员还是年底看过的老面孔，内容也没什么新意。里子心不在焉地瞅着电视画面，心里想的却是白天母亲对自己说的那些话。

一开始问候新年的时候，被母亲说了一句："你要好好反省！"其实那也是没办法的事情。虽说是新年第一天，对那种程度的训斥自己已经做好了心理准备。

但是，去神社参拜回来之后马上就被赶了出来，这一点让里子感到很痛苦。

若是茑乃家的客人或普通人还可以理解，但村上和富子是自己从小就认识，说起来就和自家的亲戚一样。

真幸的存在竟然对他们都要瞒着……

到今天为止，里子一直想得很单纯，觉得自己爱上一个人，只要把他的孩子抚养成人就行了。但现实好像没那么简单。只有自家人的时候还好说，一旦别人到家里来了，茑乃家的体面首先成了问题。

阿常之所以强烈反对里子把孩子生下来，一定是因为她想到了以后的这些困难的事情。

这种心情的沉重，随着真幸越长越大会逐渐增加。

但是，自己绝不能为了这点事儿就垂头丧气！真幸已经出生了，正在一天天长大。

到了这个地步，自己就不要刻意隐瞒了，只有堂堂正正地去迎接世人那好奇的目光！

"对不对啊？真幸？"

里子感到内心脆弱的时候，真幸是她唯一的倾诉对象。

里子觉得，出生还不到半年的孩子可能什么都听不懂，但真幸会做出微妙的反应。

昨天晚上也是如此，一个人迎接除夕夜正无精打采的时候，真幸好像也顾及母亲的心情躺在那里屏息不出声。今天白天出门的时候，一想到能见到家人了里子就觉得心情舒畅，那时候真幸也高兴得手舞足蹈。

孩子看似什么都不知道，可他敏锐地感知到了母亲的神情态度。

这样再过上一年的话，说不定真幸就能和自己一起点头了，再过一段时间或许就能陪着自己说话了。

"快点儿长大吧……"

里子对着孩子熟睡的小脸儿小声呢喃，真幸好像听到了似的，眉毛轻轻动了一下。

九点的时候关掉了电视，里子正要起身去洗澡，忽然听到电话铃响了。家里只有自己和真幸两个人，这时候有电话打来也是稀奇。里子急忙跑过去接起了电话，原来是赖子打来的。

"刚才把你撵回去，真是对不起了！"

赖子突然给自己道歉，那口气好像是她自己做错了什么事似的。

"姐姐不要把那点事儿放在心上，母亲那么说也是理所当然的，我倒不觉得有什么！"

"那些人刚才都回去了！"

赖子给里子说了说村上和富子到家里去的情况，然后像忽然想起来似的说道：

"你听我说啊！今天白天说的那件事情，母亲说，只要你和菊雄之间的事情了结了就可以回家！"

"是姐姐替我求的情吗？"

"你和槙子出去之后，我跟母亲说了。母亲那个人嘴上说得厉害，可实际上心里很寂寞！她想说让你回来，只是她自己不肯说出来罢了！"

"姐姐说的是真的吗？"

"我怎么会糊弄你呢？我一说，母亲马上就点头同意了！"

里子倒也不是不相信赖子说的话，只是母亲那样的人，不知道什么时候风向又变了。

"你和菊雄的事情，二月份就都了结清楚了是吗？"

"应该是的！"

"那么说，你能堂堂正正地参加槙子的婚礼了是吗？"

"要是那样就太好了。"

"肯定没问题的！还有，你和椎名先生之间的事情就那样行吗？"

"那样是哪样？"

"你要是回到家里来了，今后想见他或许就很难了！"

"他已经去了外国，再者说，他工作还那么忙！"

"可是，他或许还会回来吧？"

"他的事情已经无所谓了！"

里子的口气太过坚决，赖子反倒有些担心起来。

"是不是发生了什么不愉快的事情？"

"什么都没发生！不过，真的是无所谓了！"

"母亲还问起椎名先生的事情，问他现在怎么样了，看样子母亲还是挺挂在心上的！"

因为一说起椎名的事情里子就要流眼泪了，她特意用很爽朗的声音问道：

"姐姐今天要住在家里吗？"

"今天可是元旦！我明天到你那里去吧！"

"姐姐真的能来吗？那我准备好晚饭吧！槙子来不来？"

"我问问她，尽量带她一块儿去！"

"天啊！我太高兴了！"

对于总是一个人在家的里子来说，有谁到家里来是最令她高兴的事了。

"真幸君呢？"

"已经睡了！"

"是吗……"

赖子小声嘀咕了一句，稍微停顿了一下说道：

"你今年多大了？"

"二十七岁！"

"还那么年轻……"

赖子的声音里面有一种弦外之音，与其说是羡慕，莫如说是一种怜悯。听她在电话那头轻轻叹了一口气说道：

"我问你一个比较奇怪的问题，你有没有再婚的想法？"

"我怎么会有那种想法……"

现在和菊雄的婚姻登记还没有解除，怎么能考虑什么再婚的事情呢？还有，即使现在想和什么人结合在一起，除了椎名以外，想不起任何男性。

"真是可惜了！"

"姐姐不也挺可惜的吗？"

"我就是那样的人！"

"我也是那样的人啊！"

因为都说了同样的话，两人同时笑了起来。

幸亏赖子来的那个电话，里子总算恢复了几分精神。

赖子从小时候起就学习成绩好，美貌也是出类拔萃，里子当时觉得赖子难以接近，但看看现在这个样子，赖子反而成了最可依赖的人。

里子和槙子是同一个父亲，从小时候起就情同手足，但正因为她是个妹妹，总觉得她身上缺少点儿什么。

还有，槙子很快就有一桩幸福的婚姻了，而自己是个抱着吃奶的孩子的女人，即使把自己的寂寞向她倾诉也没什么意义。

槙子以前经常被母亲训斥，可现在成了被征求意见的人，不知不觉间，那个少不更事的小妹妹也成了被世人承认的大人了。

作为姊妹，这无疑是一件值得高兴的事情，但里子无疑也感到了一种被晾在一边的寂寞。

但是，赖子姐姐还是独身。那么漂亮那么聪明的一个姐姐却独自一人生活，里子觉得赖子和自己是一样的处境，对赖子姐姐有一种亲近感。

但是，要说起为什么要独自生活，两人的情况却大不相同。

虽然没有特意问过她，但赖子好像是因为不愿被任何人打扰才坚守独身生活的。至少在活法上，她有自己清楚的原则。

但是，里子就不具备那种近似什么主义的东西。有了自己喜欢的人，就不顾一切地去追求，最后还是不能在一起，所以才一个人待着，如此而已。

　　现在是坚守独身，如果有了喜欢的人，说不定哪天又变心了。就说现在吧，如果椎名对她说"到外国来吧"，她或许马上就飞过去了。

　　里子虽然在嘴上说"那个人的事情已经彻底放弃了"，但她还是梦想着哪天能和椎名相依相偎。

　　那是一种放荡的没有目标的生活态度。虽然她自己也觉得应该好好看清自己的人生之路，应该好好为设计一下自己的未来，可在现实中，一旦发现了自己喜欢的人，她马上就会心旌摇荡。

　　赖子把里子这样的人评价为"坚强而有勇气"，但实际上，她既不坚强也没有勇气。

　　里子一旦遇到了自己喜欢的人，那个人的存在就成了她的一切，所谓一叶障目不见泰山，其他什么都看不见了。

　　其结果就是，里子被人认为是一个性格坚强而大胆的女人。

　　"这可不行啊……"

　　自己的这种不考虑后果的鲁莽性格应该好好改改了。年轻的时候还好说，现在都超过二十五岁了，考虑事情应该更冷静一点儿才行。

　　里子总是这样自我反省。

　　但是，仔细回想一下就会发现，自己的反省都是在鲁莽行动之后。开始的时候盲目地往前冲，等事后察觉了才开始反省。

　　这要是槇子的话，她会想好了之后再往前冲。而赖子则是只思考而不行动。

　　虽然是姊妹，对于男人的态度却是三人三样。

"这可太奇怪了……"

在同一个家庭里长大，为什么差别如此之大呢？里子一想到这一点就觉得不可思议。

"可是，我还是我，没法改变啊！"

到了现在，即使想改，到了今天的性格也不是那么容易改变的。

"没办法啊……"

里子很容易放弃，连她自己都对自己的轻易放弃感到生气。但里子自己没有察觉，正是这种诚实不自欺才让她成为了一个深有韵味的女人。

"我好想见他……"

一旦解开了心头的锁链，里子就极其自然地进入了一个人的思绪。

"你还好吗？"

墙边的玻璃柜里面放着椎名的照片，那是前年夏天里子从椎名那里硬要来的。那张照片是在外国照的，照片上的椎名沐浴着斜阳站在那里，阳光好像有些耀眼，他的眼神里溢满了温柔。

同一个玻璃柜里还有一把备前的壶，有人来的时候里子就把照片藏在壶后面。

看着那张照片，里子的手自然而然地伸进了下面的抽屉里，从里面拿出了两封信。

椎名去了外国以后一共来过两封信，一封是他到了马尼拉一周之后寄来的，另一封是去年年底寄来的。

开始的那封信很简单，只是说他已经平安到达了，第二封是一封封口信。他在信中首先介绍了一番当地的酷热和他住在酒店里的生活，最后附上了一句："下雪的丹后终生难忘，请向真幸问好！"

里子一边读着信一边想。

他说丹后的事情终生难忘，意思是不是说他还爱着自己？那句"请向真幸问好"，是不是说明他还牵挂着真幸？

那样的话，里子真希望他干脆把"我爱你"这句话清楚地说出来。

如果问他是不是爱自己的意思，他或许会笑着说："那还用问吗？"但是，女人就需要实实在在的话语。或许有人说那太露骨了，但男人不清楚地写出来或说出来，女人就不放心。

里子一边读着信一边思考一些多余的事情。

他虽然爱自己，但不能和卧病在床的妻子离婚，和自己在一起。莫非是这种困惑让他写出了这样的句子？莫非只是男人的一种羞涩？难道是四十五六岁的年龄让他羞于启齿？里子很希望是后者。不，现在她坚信是后者。

但是，看他的来信的时候，每次读到这里，里子就感到困惑，尽管觉得很高兴，但越想越不明白。

里子把信放回抽屉里，顺手又把旁边的照片拿了出来。

那是里子在真幸出生三个月和四个月的时候自己给孩子拍的。一是因为里子从来没有玩儿过相机，再者因为是在家里拍的，照片上总有很多照虚了的地方。其中这两张还算拍得比较好的。一张是真幸洗完澡以后光着屁股仰躺着的照片，另一张是真幸躺在摇篮里的照片。

里子好几次都想把这两张照片寄给椎名，但最后都作罢了。去年年底的时候，她甚至把照片都塞进信封里去了。

现在把真幸的照片寄给他，他会不会觉得很厌烦？自己生下了这个他根本不希望出生的孩子，还向他卖弄夸耀孩子的照片，自己是不是太厚颜无耻了？

她不想成为一个强人所难的女人！

但是，今天是元旦。一年就这么一次，或许把照片寄给他也没关系……

里子自己点点头，拿起笔，铺开了信纸。

至于书信的内容，里子去年年底就写好了。

但是，里子把写好的信撕掉，拿起笔来重新开始写。

祝你新年快乐！

我在遥远的日本为你祈祷，愿你今年万事如意！

我们都很好，真幸也长大了一点儿。

或许你不喜欢，我把孩子的照片随信附上，请你看后把照片撕掉。

里子

山茶篇

雨从下午开始下，后来成了雨夹雪，到了夜里彻底变成了雪。

看这场纷纷扬扬的大雪，好像一月份没能落下来的雪进了二月以后就再也忍不住了，那漫天飞舞的阵势可谓铺天盖地。

街上的行人都弯着腰弓着背脚步匆匆地行走在风雪里，在大雪的映衬下，银座大街上的霓虹灯反而显得更加鲜艳了。到了八点半的时候，雪势弱了一点儿，赖子在并木通七丁目的街角下了出租车。

"雅居尔"就在街角大楼的四楼上。赖子下了车正要往大楼里走，站在大楼入口的一个服务生向她低头行礼。

那个小伙子并不是赖子的酒吧雇来的。

他是下面楼层的一家俱乐部的服务生，但总是站在这座大楼的入口处。看样子虽然像个招徕客人的，但他并不像简陋酒吧的那些揽客的一样死皮赖脸地招揽客人，顶多就是看见有熟悉的客人路过，有进来的客人就把领到店里去。

但是，他们的主要任务是观察走在大街上的陪酒女郎，发现长相气质比较出众的，就劝她到自家夜总会去，说白了就是为俱乐部物色新人。近来他们还为自己开车来上班的那些陪酒女郎看管车辆。

银座这个地方的停车场很少，即使有也离店很远极不方便。那个时候服务生们就会从姑娘们手中接过车钥匙，帮她们把车停在马路边上。

这当然是违反交通法规的，但因为他们一直在楼前站着，远远地看到警察过来了，比较危险的时候，他们就提前把车停到别的地方去。

他们确保大街的一角作为自己的势力范围，然后把求他们帮忙的姑娘们的车停在那里。

即使和其中一个人每月以四五万日元的看车费签约，如果有四五辆车的话，也是一笔不菲的收入。另外，他们还给租车的客人带路，从客人那里拿到小费。

说起来，他们就是打理大楼外围的一切事情，和在大楼里面的店里工作的女孩子们自然而然地就混了个脸熟。

"妈妈桑，上次真是谢谢您了！"

几天前，这个小伙子把一个要去雅居尔却不知道怎么走的客人领到了赖子的酒吧里。那时候赖子悄悄地塞给他一万日元，他刚才这句话好像是对那件事情表示谢意。

虽然不是一家店，但和这些人搞好了关系，有什么事的时候就很方便。

"大冷的天儿，你可是够辛苦的！"

"不过，雪很快就会停吧！"

小伙子还兼做银座的天气预报员。

赖子坐电梯上了四楼，进了酒吧发现已经来了三组客人了。

这个行业里有句俗语叫"二八"，人们都认为二月和八月是生意不景气的代名词，但银座的二月并没有那么严重。

其实，比起二月来，一月份反而客人减少很多。那可能是去年年底的时候，因为忘年会什么的大家都喝多了。

都说从傍晚时分开始下的雨会让客人们远离酒吧这样的娱乐场所，但大雪反而能把客人招来。晚来天欲雪，能饮一杯无，漫天飞舞的洁白的雪花好像能唤醒人们对酒的怀恋。

赖子一踏进酒吧，就要把客人都看清楚。

一号桌是谁？二号桌是是谁？那个人领来了什么样的客人，他们之间又是什么关系？陪酒的女孩子分配得是否合适？客人们是否玩儿得高兴？赖子一眼就能纵观全局，有什么不合适的地方马上就发出指令。

"早上好！"

站在柜台前面的领班向赖子打招呼。

上晚班的人不管几点到店里都要说："早上好！"赖子轻轻地点点头，转身进了更衣室。

在更衣室里把短外褂脱下来，把带回来的账簿递给领班，然后照了照镜子。

下车的时候虽然被雪淋了，但头发并没有乱。赖子确认没什么问题之后，对着镜子里的自己小声说道：

"好吧！要上战场了……"

打扮得花枝招展，以妖娆的姿态出现在男人们面前。赖子总想，那种紧张感成为一种痛苦的时候，就是酒吧关门大吉的时候。

银座的客人多为借公事的名义挥霍公款的人们。小酒吧先不管它，俱乐部的客人据说百分之八九十都是公款招待的客人。

雅居尔自然也不例外。

如果是公款接待，必须好好看清楚谁是招待方，谁是被招待方。

如果熟悉的客人属于被招待的一方就没什么问题，但若属于招待方就要多加小心了。

陪酒的姑娘们总是无意间只为熟悉亲密的客人服务，结果让初次被接待的客人感到不快，这种事情经常会发生。

看样子，今天来的那些熟悉的客人都是被接待的一方，属于为主的客人。

这一点看一看当场的氛围就能看出来，从客人的座次也能看出来。一般来说，背靠壁龛的上座上坐着的都是主客，主客对面的座位上坐着的一般都是部下或招待方的客人。

赖子把店内环视了一遍之后，坐到了一号桌上。

倒也不是说一号桌的客人有多么重要。他们这桌共有五位客人，在三组客人里面属于人数最多的，但只有两个女孩子在那里陪着客人。

赖子在一号桌那里跟客人打过招呼，然后把五号桌的一个那女孩子叫了过来。这个女孩子是今年才来的，虽然不是什么美女，但很年轻，给人一种很清纯的感觉。

赖子把这个姑娘给客人介绍了一下，然后去了另一张桌子。

赖子不看着的时候，女孩子的分配有时候会很偏。陪酒的女孩子也是人，总会无意间聚集到长相潇洒容易说话的客人那边去。

调整女孩子的配置本来属于领班的任务，但并不是所有的女孩子都那么老实听话。

客人自不必说，姑娘们也有自己的好恶，在某种程度上说，那也是没办法的事情。

赖子坐在第三组客人的桌子上的时候，又有新客人进店了。

听服务生高声喊"欢迎光临"，赖子转过头去一看，原来是大协百货的秋山常务。只见他领着两个公司里的同事坐到了三号台上。

也不知道是为什么，赖子每次看到秋山都有一种很揪心的感觉。

那种感觉和对此人的好恶无关，因为赖子对他曾经一度以身相许，那种感觉或许更像一种自卑感。

秋山对着赖子轻轻挥了挥手，然后就开始和同事们碰杯。他不愧是个常来玩儿的客人，绝不会说"马上到我们桌上来！"这种不懂风雅的话。

不过，三天前他打电话到赖子的公寓，问赖子进了二月以后要不要到暖和的伊豆或房总那边去看看。

赖子因为熊仓的事情接近秋山以后，和他有过几次肉体关系，但从去年秋天以后，两人还没有单独见过面。

随着和日下之间的关系日益加深，可以说赖子对秋山变得疏远了，但秋山并没有放弃的样子。从那以后还来过好几次电话，还邀请赖子一起去吃饭。

赖子每次都拒绝了，即使偶尔陪着去吃饭，也只选择他和别人一起的时候。

秋山本来就是个花花公子，另外还有很多和他交往的女性，所以他从来不会执拗地强迫赖子做什么。

特别是这段时间，或许他发觉了赖子想要逃开他，来酒吧的次数也多了起来。

女人一旦想退却，男人就会穷追不舍。男人一旦想后退，女人就会追上去。即便是在这么一间小小的酒吧里，男女之间这种微妙的纠葛每天都在上演。

赖子和客人们打了一通招呼，最后去了三号桌。赖子刚坐下，秋山突然把脸凑了过来说道：

"妈妈桑喜欢的那个人，我知道是谁了！你这段时间改变爱好了吗？"

"什么？你说的改变爱好是什么意思？"

"看来你还是喜欢年轻男子啊！"

秋山的一双色眯眯的眼睛一眨不眨地盯着自己，赖子轻描淡写地躲开他那双色眯眯的眼睛说道：

"你说我找到了一个年轻帅气的男朋友，我真是好高兴啊！"

"你打马虎眼也没有用！我手里可是握着确确实实的证据！"

"我好怕啊！你怎么像美国中情局的啊！"

"我的情报网可是很厉害的！可是，你为什么喜欢那么年轻的呢？"

看样子秋山今天是为了找自己说说日下的事情才来酒吧的。

赖子虽然早就想到这件事情会被人知道的，可奇怪的是，为什么在自己和日下分手之后才出现了这种传言呢？

那些先不管，他又是怎么知道的呢？

赖子和日下交往的事情只有领班和在酒吧里做事比较久的几个女孩子知道。

而且，他们只知道自己和日下比较亲密，更多的事情按说他们不会感觉出来。

服务生和店里的女孩子们不会把老板娘的事情偷偷告诉客人。对于在酒吧这种娱乐场所工作的人来说，对彼此的隐私互相守口如瓶是起码的礼节。

尽管如此秋山还是知道了，那是为什么呢……

就算是被人看到了，但日下出入赖子的公寓也是去年秋天以前的事情，到了现在秋山才提起这件事情就让人觉得很奇怪。

要这么说，莫非秋山和酒吧里的某个姑娘好上了？

女孩子一旦和男人有了比较深的关系，就会什么都说出来。

身体之间的亲密马上就会走向心灵之间的亲密。

"妈妈桑的情人是谁？"

那个姑娘被秋山这么一问，说不定轻易就说出来了。

但是，若真是那样的话，会是谁呢？赖子再次环视了一下周围。

坐在秋山身旁的是雅代。雅代倒也不是特别漂亮，但身材小巧玲珑，眼睛大大的很可爱。雅代的小嘴儿稍微有点儿地包天，看上去格外性感诱人，或许是这一点挑逗起了男人的色心，她在酒吧里很招客人喜欢。

这段时间，秋山每次来酒吧，雅代都要坐在他身边。这会儿也是，她虽然正和台子对面的客人说话，但她的手却一直放在秋山的膝盖上。

看她把手放在秋山膝盖上的样子，好像很自信很放松。还有，她虽然脸朝着对面，但肩膀紧靠在秋山的身上。

可能就是那个姑娘说的……

赖子尽管心里那么想着，但表面上装作若无其事的样子说道：

"我想也该考虑一下自己的终身大事了！"

"那么说，妈妈桑是想和那个人结婚了？"

"要真有那么一个年轻帅气的小伙子的话，不结婚怎么能行呢？"

"算了吧！算了吧！你若嫁给那样的毛头小伙子真是可惜了！"

赖子看到雅代用放在秋山膝盖上的那只手迅速掐了他一下。

看样子，这个姑娘和秋山果然有一腿……

赖子在心里嘀咕了一句，马上用很认真的表情说道：

"可是，人家说我有了一个喜欢的年轻人，那个人就是秋山先生啊！"

"所以我才说你不要和那个人结婚嘛！"

"好的好的！我不和他结婚！"

因为赖子很诚实地点了一下头，秋山的表情好像有些沮丧。

"我从一开始就不相信那种传言！"

说完马上小声问赖子：

"上次说的去伊豆的事情，可以吗？"

秋山只说了这一句，转过头去和雅代碰杯。

这位客人可真够忙活的！

赖子刚给对面的客人打了个招呼，就看见领班打着接电话的手势走了过来。

赖子走到柜台头上接起了电话，电话那头马上传来了一个男子含混不清的声音。

"是我！我是日下！"

"……"

也不知是为什么，转过年来以后，日下再也不打电话来了。因为这个电话来得时机太巧了，赖子颇觉困惑。

"这个星期或下星期您能见我一面吗？您有时间的时候就行。"

虽然还是约自己见面的电话，但他的口气比以前沉稳多了。

"我今后不会给您添麻烦了，我只是有件事情想向您汇报一下。"

"汇报……"

"随便找一家餐厅或咖啡馆就行！"

他到底要向自己汇报什么事情呢？他那一反常态的沉稳的口气反而让赖子放不下心。

"不行的话，白天也可以！"

"我不能在电话里听你讲吗？"

"可能的话，我还是想见面跟您说！"

对方如此冷静地求自己，赖子感觉再那么冷淡地拒绝他不合适。

"那好吧！什么时候……"

"星期六的下午怎么样？两点我们在青山的双子楼地下的咖啡厅见面怎么样？"

双子楼从赖子的公寓步行两三分钟就到了。

"可以吗？"

赖子回答说可以，日下就把地下咖啡厅的名字告诉了她。看样子他在打电话之前就已经决定在那里见面了。

"那么，我们周六下午见吧！"

"我想……"

赖子还想问问他现在怎么样了，可说了半句就不说了。赖子心想，日下好不容易这么平心静气地给自己打个电话，最好不要问他那些多余的事情。

"那就周六见吧！"

"好的！"

赖子刚放下电话，就听到后面台子上的客人发出一阵哄堂大笑，可能是某个客人讲了什么可笑的事情。

第二天，赖子正要起床的时候，忽然感到一阵轻微的晕眩。

睡到十点才起床，可还是身体发懒头发沉。感觉全身就像发蔫了一样，摸了摸头发，好像每根头发都火辣辣地倒竖起来。

昨天夜里从酒吧出来的时候，天空正在飘小雪。虽然雪不大，地上也没有积雪，但气温降得很厉害。

虽然已经叫好了出租车，但好像是出了什么差，错车迟迟没来，没办法只好走到了晴海通。

站在路边等车的时候觉得发冷，说不定是那时候感冒了。

现在回头想想，自从在银座开了酒吧之后，只在前年年底的时候卧床休息了一次。

那次因为感冒也只卧床休息了一天，第二天就到店里去了。

赖子的身体虽然表面看上去很瘦弱，但实际上很结实。小时候瘦小枯干经常在家休息，但自从赖子懂事以后，还没有生过一次像样的病。

直到几年之前，就连赖子自己都对自己身体的强壮感到束手无策。

但是，自从开了酒吧之后就不敢说那种大话了。

也可以说，正因为有了健康的身体才能坚持到今天。不过，在背后支撑着健康的是绝不能感冒那种紧张感。

赖子不希望这次感冒是因为酒吧的生意上了轨道，自己精神放松了。

不管生意如何一帆风顺，赖子从未偷懒放松过。

或许这段时间有点儿太勉强自己了。昨天和前天都被熟悉的客人约去喝酒，赖子感觉却之不恭，连续两晚上都陪着客人喝到半夜两点多。

前一天的星期天，从中午开始就陪着槙子逛百货商店，之后又被客人请到家里去喝到很晚。

赖子可能是因为低血压的缘故，即使上了床也很难马上就睡着。

半夜两点多回到家里，上床的时候怎么也得三点多，然后就睡不着，迷迷糊糊地打盹，一转眼就是早晨四点了。

就那样，赖子早晨还是起得很早。不管睡得多晚，十点的时候一定会起床。与其说那是赖子勉强自己起来，莫如说那是她年轻时候养成的习惯。

做舞伎的时候，早晨再怎么晚八点钟也起来了。然后打扫房间，梳头、挽发髻，接着出门去参加九点半开始的早晨练功。哪怕只懈怠一天就会受到严厉的训斥。

那时候养成的习惯现在还改不掉。

不管有多困，如果睡到上午很晚，就觉得心里不踏实，感觉从身体到精神都自甘堕落了。

就因为那样，赖子的睡眠时间是越来越少。

昨天晚上到店里去的时候，已经感觉头很沉了。

在更衣室里面对着镜子说了句："要上战场了！"其实那也是为

了鼓舞一下蔫头巴脑的自己。

稍微喝点儿含酒精的东西就会暂时忘却疲劳，感觉身体状态好了，就能心情畅快起来。

但是，那并不等于身体本身恢复了。赖子从餐具柜的抽屉里拿出体温计，再次回到床上，把体温表夹在了腋下。

已经十点半了，外面好像晴天了。一束强烈的阳光从深驼色窗帘的一角射进来，都照到被子头儿上了。

把体温表夹在腋下一动不动，赖子感到下腹很痛。轻轻拧了拧上半身，乳头蹭到睡衣上感到一阵火辣辣的刺痛。

例假快来了。虽然没有经期综合征那么严重，赖子来例假的时候疼痛很剧烈。

每月总有那么一天必须吃止痛药。

这次的感冒可能是因为雪上加霜，身体状况正在走下坡路的时候，又赶上了连日的疲劳和寒冷。

过了两三分钟的时候，赖子把体温表拿出来一看，体温是三十八度二。她又仔细看了一眼，然后把体温计甩了甩让刻度下去，然后把手放在肚子上，闭上了眼睛。

大约过了一个小时左右，槙子突然到赖子的公寓来了。

"姐姐你这是怎么了？把屋里弄得这么暗！"

"好像是有点儿感冒了……"

"身体不舒服吗？发烧吗？"

"刚才量了量，三十八度左右。"

"那不是很高吗？让医生给看了吗？"

"没有……"

"那怎么能行呢！药呢？"

"家里有以前买的药，刚才吃了。"

赖子本来想出去买新的，可是浑身发冷，一点儿也不想出去。

"那些过去买的药或许都不好使了，我出去给你买吧！"

"我觉得没什么事儿……"

赖子刚想坐起来，又感到了一阵头晕目眩。

"你在那里躺着吧！我去给你买回来！"

槙子穿上大衣，动作轻盈地转身出去了。

已经过了十一点了。赖子爬起来拉开窗帘，耀眼的阳光好像迫不及待地一下子泻进屋里来。

赖子把客厅的窗帘全部拉开，卧室的窗帘也拉开了，只留下里面的蕾丝窗帘，好让光线柔和一些。

赖子还是觉得有点儿发冷，穿着被虚汗湿透了的内衣很难受。她打开暖气换上睡衣，在梳妆台前面坐了下来。

可能是因为发烧的缘故，脸好像有点儿浮肿，眼睛湿润模糊，脸颊微微泛红。

赖子正在用温水洗脸的时候，槙子买药回来了。

"姐姐，你不躺着可不行啊！先把这个药吃了！说是一次两片！"

"谢谢槙子！"

赖子从槙子手中接过粉红色的药片，喝了一口水，把药片一起咽了下去。

"槙子，要不要喝咖啡？"

"行了吧姐姐！我自己来！你快躺着去吧！"

槙子劝赖子上床躺着，可赖子还惦记着昨天出门前泡在水里的那些茶碗。她拧开水龙头正要洗茶碗，就听槙子大声喊道：

"那几个茶碗非得现在洗吗？"

"可是……"

赖子爱干净，家里哪怕有一样脏东西就没法踏踏实实地坐下来休息。

"我给你洗……"

"那太不好意思了！能不能替我给阳台上的花盆浇点儿水？"

"没问题！你就快点儿躺着去吧……"

在槙子的催促下，赖子又回到了床上。

刚才就起来那么一小会儿，赖子就觉得从肩膀到后背火辣辣地疼。赖子蜷缩起身体，用被子蒙住了头。可是，她一听到厨房那有声音就放心不下，把头伸出来大声朝厨房里喊：

"砂糖在上面架子的左边……"

"知道了！"

听到厨房里传来槙子很不耐烦的声音，赖子又把身体缩了起来。

现在都中午了，傍晚之前能退烧吗？

现在想想，昨天夜里不应该站在雪地里等车，直接返回店里就好了。还有，秋山说要送自己，当时老老实实地接受他的好意就好了。

但是，如果和秋山坐一辆出租车，总感觉他又会提出什么无理要求。

秋山是个风月场上的高手，想必他也不会动手动脚来硬的，但和他分手的时候就要想出各种理由，想想就觉得麻烦。

赖子甚至觉得编出个理由来都那么麻烦，可见她昨天夜里有多么疲劳。

"没办法啊！"

赖子轻轻自言自语，又把眼睛闭上了。

"姐姐，怎么样了……"

过了十分钟左右，槙子走到赖子的枕边问道：

790

赖子抬头看了一眼槙子，她今天穿了一件高领毛衣，外面套了一件格子花纹的西装夹克，看上去忽然成了一个大人了。

"你要吃点儿什么吗？"

"不用……"

赖子摇了摇头，槙子用命令的口气说道：

"那可不行！不吃点儿东西的话怎么能退烧呢……"

"你不用管我，槙子你要是饿了，电话旁边有个记事本，上面有餐馆的电话，你随便叫点儿寿司或荞麦面的外卖来吃吧！"

"不用了，我刚吃过蛋糕！我本来想让姐姐再陪我去看看上次看的家具，可你现在发烧根本出不了门啊！"

星期天陪着槙子转了一整天，摆在新房里的东西从家具到地毯，从餐具到毛巾挨着看了个遍。

按说该买什么东西都已经商量好了，可槙子好像还在动摇。

"天哪！那些东西你最好还是和士郎商量商量吧！"

"不行！那个人对这些东西一点品味都没有！"

赖子住在东京，在槙子面前说起来就像个当妈的一样，按说什么事情都想给她拿个主意，可今天实在是太难受了。

"咱俩不是看到一个樱木的博古架吗？那个款式确实很精致，可你不觉得有点儿太不结实了吗？"

槙子站在赖子枕头边上，一边喝着咖啡一边开始滔滔不绝。

"还有一榠楂木的博古架，那个看上去很结实，中间还有个可以放电视的台子不是吗？"

"可是那个颜色太深了，你当时不是说不喜欢吗？"

"那时候我确实是那么想的，可现在还是觉得那个结实稳当，还有，如果买了那个博古架，还可以配上相同木料的大衣柜……"

"是不是有点大？"

"我今天去新房量了量尺寸，也不是不能放进去！"

槙子今年四月初结婚以后要住进去的那栋公寓交通很方便，从东横线的自由之丘车站步行六分钟就到了。那是个二十坪左右的两居室，是士郎的父亲为两人买的新房，如果是新婚夫妻住的话，面积足够大了。

"士郎是怎么说的？"

"他只说买哪个都行，一点儿主意也没有，根本指望不上！"

"可是，要是把博古架换成椴楸木的，沙发还那样能行吗？"

"问题就在这里！怎么办呢？"

槙子抱着胳膊陷入了沉思。表面上看她很苦恼，可她是为选择新房的家具而犹豫不决，那一定是一种幸福的苦恼。

"如果把博古架换成椴楸木的，那么沙发是不是也应该换成类似驼色的那种比较明亮的颜色？"

"也是啊……"

赖子刚小声嘀咕了一声，就听见电话铃响了。

"姐姐！接吗？"

赖子稍微考虑了一下，轻轻摇了摇头。

接起电话，如果是店里的客人打来的就很麻烦。既不能冷淡地拒绝，又不能说正在发烧，那样的话又会被对方问这问那。

但是，也可能是领班有什么急事打来的。赖子犹豫了半天还是爬起来了，刚要拿起电话铃声突然就不响了。

"电话断了……"

赖子刚把电话放下，忽然咳嗽起来。

"姐姐！你没事儿吧？"

"没事儿的！传染给你就不好了，最好别离我太近！"

赖子咳嗽着又回到了床上。

可能是因为刚才爬起来的缘故，咳嗽就是停不下来。赖子胸部起伏喘了一会儿粗气，咳嗽终于停下来了，槙子轻轻地给她盖上了被子。

"姐姐，你一个人能行吗？"

"什么能行不能行？你为什么这么问？"

"难道不是吗？发烧这么厉害，要是我没来的话，姐姐会怎么样了呢？"

被槙子这么一问，赖子也不知道该怎么回答。不管怎么说，如果槙子没来的话，自己这会儿一定是一个人躺着。

"姐姐你不寂寞吗？"

"……"

"要是我的话，一个人可待不住！上次感冒的时候把姐姐喊了来，一个人心里太不踏实了……"

这一点赖子也是一样的。但是，既然选择了独身生活，这个程度的寂寞也是没办法的事情。

"姐姐为什么不结婚呢？"

"什么为什么……"

"一个人多不方便啊！"

"我能像槙子妹妹那样有个喜欢的人就好了！"

"我也不是只因为喜欢才结婚的！我当然也喜欢士郎，但更重要的理由是一个人太寂寞了，说起来他就像一种安全保障！"

"安全保障？"

"上了年纪的时候，如果结婚了的话不是很安全吗？生了病腰腿瘫软不能走路的时候，要是结了婚的话不是还能让对方照顾吗？"

槙子对婚姻的认识很现实，赖子不由地再次对她刮目相看。

"姐姐可真坚强！"

"我有什么坚强的……"

即便是赖子，考虑到将来的事情同样也是心里不安。

但是，赖子现在不想为了什么安全保障去结婚。

就这样一个人待着，无边的孤独要来就让它来吧！即使死在大路边上那也是没有办法的事。

赖子认为，既然享受了独身的自由，那种惩罚也是没办法的事情。

槙子回去之后，赖子又昏昏沉沉地睡过去了。

虽然平时白天睡不太着，但几天来的疲劳和身体的倦怠好像自然而然地把她带入了梦乡。

再次醒来的时候，手表的指针已经指向下午三点了。

可能是因为睡觉前吃了药的缘故，浑身汗津津的。

赖子把放在枕头边上的体温计夹在了腋下。

好像外面还是晴天，阳光挤在窗帘的一角争执不休。

昨天还是漫天大雪，今天却如此天清气朗，简直令人难以置信。

如果说现在已经三点了，那么必须起来了。平常都是上午打扫房间，然后把账单整理完，但是今天什么都没做。即便是把这些事情拖到明天，现在也该开始准备去店里了。

今天晚上六点开始有个会，接下来要面试女孩子，还约好了和税务师见面。

赖子一边考虑着这些事情，一边把体温计拿了出来。

赖子就像看什么可怕的东西似的，偷偷地瞄了一眼体温计，现在的体温是三十七度五。

和早晨相比好像已经降了一些，但还没有完全退烧。赖子躺在热气腾腾的被窝里面，感觉四肢还是很沉重。

要是能这样继续休息就好了，但那是绝对不可能的。

"打起精神来……"赖子就像鼓励自己一样刚爬起来，马上就感到了一阵轻微的晕眩。

赖子又蹲在了床上，闭上了眼睛。

整个身体好像就这样掉进黑暗的无底洞。

"不行了……"

赖子竖起一条腿，双手抱着头，一动也不动。

这个时候要是有谁能扶自己一把，心里该有多么踏实啊！

赖子的脑海里瞬间掠过了日下的面容。

但是，赖子为了甩掉那种想依赖别人的心情，抬起脸慢慢站了起来。

稍微休息了一下之后，那种晕眩好像消失了。

赖子拉开窗帘，在午后的阳光里沐浴了片刻，然后朝浴室走去。

因为现在还在发烧，好像不应该洗澡，但赖子想至少洗个淋浴。

赖子推开浴室的门，身体刚碰到墙上的瓷砖，就感觉一股寒气从脚尖跑遍了全身。赖子放弃了洗淋浴，只用毛巾擦了擦身子，就那样还感觉就像过电一样浑身火辣辣地疼。

这个样子能出门吗……

身体不好的话脸色也差，无意中在客人面前也会变得表情冷淡。勉强去了店里，再把身体搞坏了，更是得不偿失。

但是，今天的事情太多了。还有，再坚持两天就是星期六了，到时候好好休息一下就是了。

就像鞭策自己慵懒的身体一样，赖子从浴室一出来就开始穿和服。

看样子还是不应该硬撑着到店里去。

赖子强打精神去了店里，过了一个小时就开始浑身发冷，一开完会直接就回公寓了。

回家以后也不应该马上去洗澡。

赖子一躺到床上就开始浑身发抖，同时浑身发烫，连自己都明白这是又发烧了。

身体的前面很热，后背却感到冷飕飕的。整个身体好像被分成了两半，赖子在那种状态下昏昏沉沉，一会儿就睡着了。

可是，就在被烧得迷迷糊糊的状态中，赖子梦见了熊仓。

梦中好像出现了通往东山真如堂墓地的那条小路。能看到血红的彼岸花，前方还有三重塔。赖子走在小路上，突然发现塔旁边的灌木丛里站着熊仓。

赖子大吃一惊，一下子站住了，就见熊仓径直向自己走了过来。开始的时候觉得他好像在哭，可是当他走近的时候才发现，他好像是在笑。赖子忽然害怕起来，拔腿就跑，熊仓就在身后紧追不舍。明明刚才天还很亮，不知道什么时候天黑了，只见熊仓的眼镜在昏暗中一闪一闪的。

也不知道为什么，周围是一片长满芒草的荒野，地上藤蔓丛生，赖子的脚被藤蔓绊住差点儿摔倒。

赖子心想，这下子彻底完了！正当她快要气绝的时候，忽然发现日下就站在暮色笼罩的小路前方。因为他就在眼前，赖子举起手来拼命呼救，可他就像没看见一样从身边走了过去。

就像被自己的大喊大叫唤醒了一样，赖子终于从梦中醒了过来。

也不知道现在是几点了，赖子摸索着从枕头边拿出手表一看，已经是夜里一点半了。要是平时的话，这会儿应该是回到家宽衣解带的时候。

赖子睡觉的时候，一直让床边的纸罩座灯亮着，这会儿周围的一切都朦朦胧胧地浮现在昏黄的灯笼光里。

赖子醒来，发现刚才做的那个梦无聊透顶，但那种惊恐的感觉还清清楚楚地留在脑海里。

听人家说，在梦里看见死人笑不吉利，还听说，在梦中看到清楚的颜色也不是好兆头。

开始的时候觉得熊仓是在哭，但他的脸确实是在笑。还有，明明是傍晚时分了，可彼岸花血红的颜色还清晰地留在脑海里。

去年秋天的时候，赖子曾和日下一起去真如堂墓地给铃子扫墓。那件事情和对熊仓的记忆不过是联系在了一起而已。赖子在心里安慰自己，但噩梦醒来之后的那种苍白的寂寞迟迟不肯消失。

为了甩掉噩梦带给自己的恶劣心情，赖子从床上爬了起来。

可能是睡前吃的药起作用了，也可能是因为被噩梦魇住了，赖子发现自己浑身是汗。

又换上了一件睡衣，量了量体温，这次是三十七度四。

从店里刚回来的时候超过了三十八度，睡了一觉之后体温好像降下来了。

或许是因为身材偏瘦的缘故，赖子发烧和退烧的速度都很快。以前还被医生笑话，说她就像小孩儿一样。赖子的这种体质好像到现在也没改变。

又吃了药，正要躺下休息，赖子忽然觉得好像有什么东西顺着下半身往下滑。好像身体的芯在发热，逐渐变得湿漉漉的。

赖子知道例假快来了，可她一直觉得应该是两三天之后的事情。因为感冒身体状况有了变化，好像例假稍微提前了一点儿。

赖子凝神屏息坐在那里，就在她侧耳倾听自己身体的声音的时候，忽然听到电话铃响了。

在此之前，都是日下经常深夜打电话来，可是前两天刚和他约好了这个星期六见面。

莫非是店里下班之后领班打来的？赖子犹犹豫豫地接起了电话，里面传来了秋山的声音。

"你原来在家啊！我刚才到店里去了，听说你在休息，没想到你还那么一丝不苟！"

"我感冒了，根本没法去店里啊！"

"要是那样的话就好，感冒很厉害吗？"

看样子秋山虽然听别人说自己感冒了，但还是半信半疑地打电话到家里来。

"从昨天起就浑身发冷，今天硬撑着去了一趟店里，发现还是不行啊！"

"听你这声音怎么那么可怜啊！我现在去看看你吧！"

"不要！我现在这个样子根本没法见人！"

"我只是去探望一下，你一个人不是很不方便吗？莫非这会儿有喜欢的人正在你身边躺着？"

"你说什么哪……"

赖子刚摇了摇头，瞬间又感到一阵轻微的晕眩。

"我去可以吧！有没有什么需要的东西？"

"你又那么说，我今天发烧，根本……"

"你可真够见外的！上次说的去伊豆的事情，这个周的周六怎么样？"

"谢谢你的一番盛情，可我这感冒……"

"还有三天呢！没问题的！在那之前就好了！"

"你那么说有什么用！"

"我下周要去九州出差，回来之后会一直很忙，也只有这个周有时间了！"

"要不就等天气稍微暖和一点儿再去……"

"你总说再等等再等等，我都等了半年多了！不管怎么说，我现在就过去看看你，可以吗？"

"今天真的不行，请你原谅！"

秋山好像有点儿喝醉了，可他再这样纠缠不休，赖子也开始生气了。

"我给你带点儿寿司或水果过去吧！"

"不好意思，我要挂电话了！"

"我就说嘛！还是有什么人在你那里吧！"

"没有！"

"那我过去还不行吗？"

秋山话音刚落，赖子已经把电话放下了。

随着挂断电话的咔嗒一声，房间一下子又变得寂静无声了。

他为什么偏偏挑这个时候打电话来呢？说不定和秋山之间的关系就此结束了。他是个自尊心很强的人，记恨今天晚上的事情，或许今后就不到店里来了。

要是平时的话，赖子还能应对得更巧妙更委婉一些，但今天实在是做不到。

一般来说，一个女人感冒了在家卧床休息，男人却硬要到女人家里去，这种做法属于蛮不讲理。即便两人之间有过肌肤之亲，这种做法也太强人所难了。让一个生病的女人陪着一个醉醺醺的男人，实在是太过分了。

但是，让秋山变得如此厚颜无耻肆意妄为的是赖子本人。用着人朝前，用不着人朝后，只在需要的时候接近对方，以后的事情就不管了，这种做法或许有点太自私太任性了。

"都无所谓了……"

赖子刚嘀咕了一句，下半身的那种滑腻腻的感觉又回来了。

休息了一天，赖子的身体好像终于恢复了。

第二天早晨醒来的时候，体温已经降到三十七度了。虽然还有点儿低烧，但脑子已经轻快多了，皮肤粗涩的感觉好像也消失了。

但是，从昨天夜里开始的痛经正在压迫下腹。赖子服下常吃的止痛药，然后冲了一杯咖啡。

玻璃咖啡壶里的水烧开了，咕嘟咕嘟翻着水花，可把酒精灯一拿下来，水花马上就落下去了。正在赖子看着水花翻腾，闻着咖啡的香气的时候，电话铃响了。

赖子瞬间想到是秋山，心里有些畏怯，但还是狠狠心接起了电话，原来是里子打来的。

"姐姐在睡觉吗？"

里子好长时间没来电话了，她的声音听起来有点儿兴奋。

"没有，已经起来了，正想喝咖啡呢！你还好吗？"

"我们都挺好的！姐姐呢？"

"稍微有点儿感冒，昨天很早就从店里回来睡觉，一直睡到现在！"

"天哪！现在打电话方便吗？"

"今天早晨已经不发烧了……"

"现在正流行感冒，姐姐可要多加小心！"

里子稍微停顿了一下说道：

"姐姐你听我说，我终于成了一个人了！"

"一个人？"

"昨天正式和他离婚了……"

"是吗……"

赖子正想说"那太好了",可话到嘴边又咽了回去。这种情况下,是该表示祝贺呢? 还是该表示遗憾呢?

但里子用欢快的声音说道:

"我要从头再来!"

离婚的好坏暂且不说,里子毕竟坚持自己的意志到了最后,赖子不得不佩服里子的坚强。

"母亲是怎么说的?"

"也没说什么……对了,只说了一句,说是真服了你了!"

阿常那么倔强的人,面对里子的坚强好像也只能举手投降了。赖子想象到那副情景觉得很好笑。

"那么? 条件呢?"

"什么条件都没有! 本来都是我的错,菊雄也算是个男人……"

说到这里,里子忽然压低了声音说道:

"我总觉得有点儿奇怪啊!"

"什么奇怪?"

"我怎么一下子成了一个人了!"

虽说已经正式离婚了,可里子本人好像还对这种状态感到困惑不解。

"在离婚协议书上盖章的时候,我哭了!"

"……"

一种是尘埃落定的安心感,一种是成了孤家寡人的不安,这两种感觉纠结在一起,里子现在的心情很复杂。

"那么,你回母亲那边去吗?"

"看样子不回去还是不行啊!"

"你不回去吗?"

"回去是回去,可还是一个人待着轻松啊……"

里子在那里含糊其辞，或许她还有一个人等着椎名回来的想法。

但是，赖子故意不提那件事情。

"不管怎么说，这下子总算好了！"

"给姐姐添了那么多麻烦，真的很抱歉！"

"哪里的话！我什么也没做！"

"这下子我和姐姐一样了！"

"一样？"

"都是独身啊！"

"原来你说这个啊！"

赖子觉得这种事情没什么值得自豪的，但里子的声音充满了兴奋之情。

不管怎么说，姐妹三人中一个刚要结婚，一个就离婚了，包括自己在内的姊妹三人同时过着平稳的婚姻生活的那一天，还能到来吗？

因为体温接近正常了，赖子爬起来开始打扫房间卫生。

首先把床单换上，接着用吸尘器把房间的每个角落都吸一遍，然后用抹布把镜子和橱架都擦一遍。只有昨天一天没有打扫卫生，赖子却觉得房间里面落满了灰尘。

打扫完卫生终于感觉心情舒畅了，赖子坐下来开始翻看账簿。

账单的统计和向客人寄送发票的事情都交给了从家里来上班的一个女员工，赖子只过目一下账单和账簿。

其实，这些事情放上个一天两天的也没什么事儿，可赖子一天不看就觉得心里不踏实。

好像自己天生就是个受穷受累的命，应该活得更轻松一点。尽管心里是那么想的，可长期以来养成的习惯很难改变。

这种一丝不苟的性格，铃子也是一样的。

虽说两人是双胞胎，相似是理所当然的，但正是铃子那种凡事不能随便敷衍的性格，最终导致了她的悲剧。不能容忍男人的不诚实，轻微的出轨也不能原谅。或许正是那种固执，把她引向了死亡之路。

如果是现在的话，她或许能够用稍微宽阔一点的视野看待对方。原谅还是不原谅暂且不说，赖子觉得铃子还应该有其他的做法。但是，对一个二十二岁的女孩子提出这样的要求，或许太难为她了。

实际上，就在不久之前，赖子的心中也充满了对熊仓的憎恨。虽然她心里也明白自己的观念很陈旧，但赖子一直觉得为铃子报仇是自己唯一的生活意义和人生价值。

但是，熊仓死了，现在心中留下的只是无处排遣的空虚。自己如此拼命努力到底是为了什么？赖子越想越不明白。

昨天晚上，赖子发着高烧坐出租车回家的时候，眼泪不自觉地流了出来。那泪水不是因为身体的痛苦和自己的不争气，正确的说法应该是，因为赖子悲从中来，她为明知道在发烧还要硬撑着到店里去的自己感到悲哀。

"今后还是活得轻松点儿吧！"

赖子知道话是那么说，自己也做不到，但她想那么做。

赖子一边想着各种事情，一边从账簿上抬起眼来看了看阳台。

今天也是个阳光耀眼的大晴天。天空是如此明亮，很难让人相信现在这个时候还有被大雪覆盖的地方。

赖子就那样呆呆地望着阳台，忽然又感到一阵发冷。

这是又发烧了吗……

赖子心想会不会是又发烧了，把手放在额头上试了试，果然有点儿发烫。

把今天早晨放回去的体温计又拿出来量了量，现在的体温是三十七度四。

可能是自己觉得体温有点儿降下来了就活动得有点儿大了。早晨的时候，虽说已经接近正常体温了，但并没有完全降下来。

但是，即使那么说，自己的身体也太弱了。

要是以前的话，感冒发烧什么的，睡一晚上马上就好了。这回就不行了，昨天晚上睡了那么多，现在还是没好利索。

是得了什么不好的病？还是年龄的关系……

可是，自己现在还不是那种年纪啊！

或许还是因为这段时间精力有所下降。

赖子不愿意认为那是熊仓死了的缘故，但熊仓的自杀确实让她失去了一个活下去的目标。

从下午开始发烧，结果赖子那天也没去店里。对赖子来说连续休息两天还是第一次，她在床上躺着，心里惦记的还是店里的事情。但是，即使勉强去了店里也没什么意义，还会像昨天晚上一样提前回来。

赖子决定现在什么都不想，只管睡觉。

幸亏如此，赖子第二天完全恢复了正常体温。从前天开始的下腹的疼痛，随着体温的下降也几乎消失了。

赖子久违地坐在了梳妆台前，发现脸好像有点儿浮肿，于是把妆化得稍微浓一点儿，然后去了店里。

第二天是星期六，酒吧虽然休息，但赖子已经和日下约好了下午两点见面。见面的地点是一栋大楼的地下，从赖子的公寓走着去两三分钟就能到。

外面好像还是晴天，但风好像很凉。

赖子穿了一条毛料的褶裙，上面穿了一件高领安哥拉兔毛毛衣，脖子里围了一条比较大的围巾。

用纱巾把长长的秀发束在脑后，素颜上只用粉扑儿稍稍扑了一点儿白粉。

自从去年秋天那次京都之行之后，这还是两人第一次单独见面。因为日下在电话里很稀罕地用沉着的口气提出了见面的要求，所以赖子才决定答应他的要求，但到了该出门的时候，赖子又开始担心起来。

他会不会又提出什么无理要求？如果是那样的话，自己掉头就走就是了。

赖子那样告诉自己，两点的时候从公寓里出来了。

去了约好的那家咖啡厅，发现日下已经在最里面的座位上等着了，那个座位旁边还摆着一盆观叶植物。

赖子走过去，日下轻轻地抬起屁股欠了欠身子。

"好久不见！"

日下朝赖子点了点头，用不可思议的眼神儿看着赖子。

"你怎么了？"

"没什么，我没想到你会来……"

"可是，我们不是已经和你约好了吗？"

日下今天穿了一件套头毛线衣，下面是一条浅灰色的西裤，看上去虽然有些随意，但给人的感觉很清爽。

"你不是感冒了吗？"

"啊？你怎么知道的？"

"我给店里打电话了。"

"连续休息了两天，已经没问题了！"

和日下说着话，对往日的怀恋又自然而然地复苏了。

"你工作还很忙吧？"

"不，也没那么忙！不过，我这次想搞一个画展，把过去画的那些插图都拢在一起。"

"是吗？那太好了！在什么地方？"

"在青山通的一家叫'岩仓'的画廊，就在 SEVEN 大厦的隔壁，地方虽然很小，但请你一定要来看看！"

"SEVEN 大厦离我家很近，我一定会去看的！"

光听他在电话里说话的话，赖子还以为他只是在一心一意地追求自己，看样子是自己想错了，日下在那段时间里好像也在脚踏实地地做着自己的事情。

"在京都的时候真是对不起了！"

如果对方执拗地纠缠不休，自己就想逃离，但像现在这样心平气和，赖子发现自己也能够诚实坦率地和对方交流。

"不！那都是我不好！"

"没有的事儿！怎么能怪你呢！"

"我心里很明白！像我这种不谙世事的青瓜蛋子竟然想独占像你这样的美人，这本身就是一个天大的错误！不过，你今后可以放心了！"

"放心？"

"我这次决定要结婚了。对方虽是个普通的女人，但这样的女子好像更适合我。我也是三十三岁的人了，再者说，母亲也上年纪了。"

"什么时候？"

"今年春天吧！你不会说能参加我的婚礼吧？"

"……"

"不用了！其实我从一开始就没指望你能来参加我的婚礼。不过，在结婚之前，我只想给你说一句表示感谢的话。"

"感谢……"

"现在回头想一想，我可真够傻的！自从认识了你以后，我简直是得意忘形了，和你这样的美女一起走路成了我炫耀的资本，我甚至还在朋友面前大肆吹嘘。没想到被你以那种形式抛弃，我痛不欲生，有一段时间真想自杀！"

见赖子羞愧地低下了头，日下摇摇头说道：

"你用不着向我道歉！事情那样结束其实挺好的！即使就那样继续下去，你我两人的交往也不会有什么结果的。我过去总想，你认识那么多出色的人，像我这样的年轻人，你是不会满足的，你腻烦了也是情理之中的事情！"

"不是那样的……"

"请你不要误会！我这样说并不是因为憎恨你，不但不恨你，我反而很感谢你，谢谢你让我能一时沉浸在快乐而美好的回忆里，谢谢你让我做了那么美好的一个梦！"

说到这里，日下再次低头向赖子表示歉意。

"给你添了那么多麻烦真的很抱歉！不过我真的很感谢你！"

赖子轻轻咬着嘴唇，不由地低下了头。

日下显然是误会了。"我离开你不是因为那个理由！因为你是熊仓的儿子我才躲开你的！"这句话都到嗓子眼儿了，赖子还是拼命忍住没说出来。

如果说出来的话，就能化解误会，但那样的话就要把一切都解释清楚。

赖子觉得，如果从今往后不会和日下再见面了，其实说出来也没关系，但是等哪天一切都尘埃落定之后，再说也不晚。日下终于有了自己心爱的女人，而且就要结婚了，这个时候没有必要再让他头脑混乱。

赖子抬起脸来，尽量用明快的口气问道：

"要和你结婚的那位女士叫什么名字？"

"她叫坂井成子，是个公司白领，在一家经营服饰的公司工作。"

"你一定很爱她吧？"

"嗯！怎么说呢……"

日下很不好意思地笑了笑。就在半年之前，这张笑脸就在赖子卧室的幽暗中。

"祝你们幸福……"

"谢谢！我会努力的！"

日下一本正经地回答，赖子回报他一个笑脸，站起身来。

在寒风中回到公寓前面，赖子忽然改变了方向，径直走进了百米以外的一家叫"PRENIER"的法式餐厅。

今天虽然是星期六，但因为现在不是吃饭的时间，所以餐厅里面很是冷清。赖子被百无聊赖地站在那里的侍应生领到了一张靠窗的桌子前坐了下来。

因为以前休息的日子或去店里之前也常来这里，所以赖子对这家餐厅很熟悉。

赖子点了一份海鲜色拉和一份黑醋栗冰激凌，然后就往后一仰靠在了椅背上。

赖子这会儿虽然不是特别饿，但走到公寓的前面的时候忽然不愿回家了。

那是一张四个人坐的桌子，赖子一个人坐在那里，一边看着眼前缭绕的烟圈儿一边小声自言自语。

"自己怎么会是这么一个老实疙瘩啊……"

愚蠢透顶的是，自己竟然还以为日下又会纠缠自己和他继续交往呢！

可是见了面才知道，他岂止是没有要求自己和他交往，竟然说了一番和自己分手的话，还说今年春天就要结婚了。

"只有自己在这里感觉良好自我陶醉……"

看样子日下确实要离自己而去了。

仔细想想，日下所说的话也都是情理之中的。受到那种冷酷的对待，男人离开是理所当然的事情。

要是一个普通的男人，一定会愤怒不已，即使破口大骂也毫不奇怪。正因为日下是那么一个温顺的人，才会对自己说出那么善良的话。

或许他的内心深处还留着几分对自己的爱恋。

但是，即便如此，到了现在也为时已晚了。日下要离开自己这件事是无法改变的。不管他说的话多么柔情似水，他要和别的女人结婚构筑一个新的家庭却是不争的事实。

在此之前只要一听见电话铃响就不胜其烦，心想怎么又是他。

从这一点来说，他今天的那番话反而令人愉快。感觉这下子彻底解放了，自己应该为此感到高兴。

尽管如此，赖子却觉得像丢了什么东西似的，怅然地坐在那里，无精打采。好像失去了张力，神情很是沮丧。

"自己这是怎么搞的……"

正在赖子呆呆地看着窗外的时候，侍应生把色拉端了过来。

赖子其实只想吃黑醋栗冰激凌，可觉得只要一份冰激凌太难看了，所以又加了一份色拉。

赖子让侍应生马上把冰激凌拿来了，从冰激凌开始吃。

酸甜冰激凌的那种冰爽让人感觉很舒服，可是赖子只吃了两口就把勺子放下了。

虽说到了现在，说什么都晚了，但赖子对日下还有几分留恋。正因为分手不是因为讨厌他本人，赖子有一种好像被甩掉的感觉。

但是，过去和日下见面的时候，自己也没觉得两人会顺顺利利地交往下去。虽然两人两情相悦，但赖子从未考虑过和他结婚构建家庭。她一向认为，被男人守护的那种安宁和自己永远是无缘的。

现在，正如自己所想的那样，仅仅是那种现实到了自己眼前而已。

赖子再次拿起勺子，每次把冰凉的冰激凌送入口中，就渐次把日下的事情从脑海中抹去了。

吃完冰激凌，当玻璃盘里只剩下一点儿黑醋栗的血红色的残渣的时候，赖子小声自言自语道：

"对了！应该商量一下开新店的事情！"

她马上站起来，走到收银台前面，拨通了领班的电话。

"你听我说，我想再开一家小店，你觉得怎么样？"

"什么？您怎么突然说起这种事情？"

"我是当真的！如果开一间柜台式的小酒吧，店里打烊以后，可以很随意地把客人带到那里去！"

赖子从以前就有这个想法，但只是没有心情做。那个计划忽然很具体地在赖子的脑海中展现出来。

春分篇

二月末的时候，一股意想不到的寒流袭来，铅灰色的天空甚至还飘起了雪花。但过了三月份的第一个星期以后，春姑娘的脚步确确实实地越来越近了。

寒潮退去的三月中旬的一个星期天，槙子所在的系举办了一场谢恩会。

地点就在赤坂的一家酒店，是从下午四点开始的。

说起谢恩会，以前不是全套的西餐就是众人围着大圆桌团团而坐的中华料理。

但是，随着学生的数量越来越多，要想坐着吃的话，宴会厅里根本装不下所有的人。一方面也因为这个原因，槙子她们的大学从三年前开始改成了立餐形式的宴会。

金丝厅虽然是这家酒店里最大的一个宴会厅，但涌进去五百个学生的话一下子就挤满了。

中央的主桌上面摆着各种各样的料理，但想从人群里挤过去拿也不是一件容易的事。

槙子所在的大学，男生女生几乎各占一半。在这种场合，女生引人注目的程度绝对是压倒性的。

和服派和西装派今年也是各占一半，穿和服的几乎都是鲜艳的宽袖和服，穿西式服装的几乎都是华丽的礼裙。

男生则多为西装革履，其中也有穿无尾晚礼服的，还有穿外褂和裤裙的。每个男生都想装得有模有样，可是看上去就是那么不协调，穿着无尾晚礼服的男生还被误当成了服务生。

　　宴会首先由干事代表全体毕业生致感谢词，然后是校长致贺词，接下来大家举起香槟酒干杯，接下来宴会就开始了。

　　参加毕业宴会应该穿什么去才好呢？槙子拿不定主意，征求赖子的意见，赖子说："好不容易的一次机会，穿和服去不挺好吗？"于是她就听从了姐姐的建议，去赖子在青山的公寓让姐姐帮着把和服穿好了，然后喜气洋洋地去参加宴会。

　　大家穿的和服都是那种很花哨的图案，好像都在那里争奇斗艳地炫耀，槙子穿的这件和服是黑底的，下摆上绣着几只展翅飞翔的白鹤，图案非常雅致，带子则是一条金丝筒带，系成了文库节。

　　不愧是在花街长大的赖子帮她穿上的，俊俏雅致，别有一番风情。

　　初次看到槙子穿和服的朋友们都一下子围拢过来，一个个赞不绝口。教授们也都看呆了，连连赞叹："天啊！太美了！"男生们也围上来要求槙子和他们一起照相。

　　"好可惜啊！这么美的女人竟然马上就要嫁人了！"

　　槙子的闺蜜冴子在一旁小声嘀咕，另一个玩伴黑川也跟着煽风点火。

　　"快别嫁人了！什么婚约不婚约的，干脆解除了算了！"

　　朋友们都知道槙子一毕业就要结婚的事情。

　　"大学一毕业就结婚多干脆多好啊！我也想早点儿嫁出去！"

　　"可是，好不容易才大学毕业了，不是有点儿可惜吗？"

　　"那有什么呀！槙子也玩儿够了，是不是？"

　　听冴子这么说，作为槙子也是无言以对。这四年确实没少玩儿了，可槙子并不觉得可以就此满足。

"就算是结了婚，还可以和老公一起玩儿啊！"

那是槙子的理想，可真的能如她自己所愿吗？

槙子虽然现在对士郎处于主导地位，但结婚以后就不一定能够继续这样了。

差一点儿就七点的时候谢恩会结束了。因为是从四点开始的，等于说一直占了将近三个小时。一方面是因为很不习惯穿宽袖和服，再者是因为宴会厅里挤得像罐头一样很闷热，槙子觉得有点儿累了。

"那么，我们七点半在大堂集合！"

听黑川在那里大声喊，槙子她们点点头，然后去了七楼的客房。

冴子今天提前在酒店里预定了一个房间，打算今天晚上和黑川一起住在这里。他俩也是公认的一对儿，但还没有订婚。

那些暂且不说，既然朋友在酒店里订了房间，那么姑娘们换衣服就很方便了。槙子她们商量好了，在这里换好衣服之后就去跳迪斯科。

五个姑娘挤在一个房间里换衣服，那景象可谓壮观。因为都是让自己的母亲或去美容院让别人帮着穿上的和服或礼裙，所以往下脱的时候也是热闹非凡。真由美解不开和服的带子在那里发愁，优子因为宽袖和服的袖口上沾上了酱油，正在那里哭鼻子。

可能是不知不觉间被挤的，美奈子胸前的胸花的花瓣被挤瘪了，悦子的连衣裙后面的摁扣开了。

看样子刚才人多拥挤互相碰撞得很厉害。

槙子脱下和服，换上了一条白底的真丝连衣裙。那是她为了今天的聚会一周前定做的，裙摆上印着红黑两色的竹叶图案，领口横着开得很大。

槙子觉得有点儿太大胆了，但雪白的脖颈能露出来，非常可爱。

槙子因为今天穿和服所以把头发绾了起来，现在把头发放下来，然后用梳子轻轻梳了梳。

女孩子们换好衣服下到大堂一看，男生们已经先到在那里等着了。

一共是十个人，正好是五个男生五个女生。

"我们走吧！"

十个人在酒店门前分乘两辆出租车，直奔六本木的迪斯科舞厅。

黑川是这家迪斯科舞厅的会员，还有在这里存的酒。槙子以前也来过几次，现在还是时间太早了，只有稀稀拉拉的几个客人。

十个人进了里面的一个 L 型的包厢坐了下来。

"来吧！我们放开喝吧！"

这帮人都是意气相投的好伙伴，是以滑雪部为中心聚在一起的，在大学里面也是很招摇的一伙人。

"那么，干杯！"

众人手里都有了加水威士忌，再次举起酒杯互相碰杯。谢恩会的时候虽然也有酒精类的酒水，但因为人太多了，眨眼间就没了。

"刚才挤得可真厉害，简直就像罐头一样！"

"感觉就像打翻了颜料盒！"

"这会儿我们放松下来好好喝吧！"

正因为大家都很年轻，咕嘟咕嘟都喝得很猛。

喝完了跳，跳完了喝，大家很快就醉了。

配合着快速的迪斯科节奏剧烈摇摆的一张张年轻的脸庞在旋转的灯光里一明一灭。他们在拼命释放自己的青春活力，别人看来好像很快乐。

但是，大家的表情里面好像有一种虚无的放纵的感觉。

终于毕业了，大家在感到一种安堵感的同时，也感到了一丝就此告别学生生活的伤感。

一多半的男生一毕业就要工作了，一半的女生也要去公司上班了。半个月之后作为一个社会人就要迈出第一步了。那种不安掠过脑际，为了打消那种不安，大家又喝酒跳舞。

连续跳了三十分钟迪斯科，槙子回到座位上低头看了看表，时间是九点四十分。

槙子刚抬起头来，旁边的冴子就问道：

"你要去吗？"

"约好的是十点！"

"你把他领来不就完了嘛！"

"那可不行！他是个大叔啊！"

槙子这会儿要去见的那个人只有冴子认识。槙子对其他朋友说的是要去见未婚夫，可实际上她要去见的是一个叫千野的中年医生。

一个月以前，是冴子把这个人介绍给了槙子，冴子介绍说，这个人是他哥哥的前辈。

他年龄大约四十五六岁的样子，头发有点儿少，但个子很高，还拥有中年人很少见的两条长腿。看样子是个十足的花花公子，但举止稳重，给人一种很可靠的感觉。

自从和他认识以后，槙子在他的邀请下和他一起吃过一次饭。

"可是，真的没问题吗？"

"什么……"

迪斯科舞厅里的声音很嘈杂，不把耳朵靠过去根本听不清楚。

"这么晚了就两个人见面，孤男寡女的，他要是硬要和你做那事儿你怎么办？"

"没事儿的！"

"不会是上次你俩就上床了吧？"

槙子摇了摇头，冴子喝了一口威士忌说道：

"那就好，你最好还是小心一点儿！"

"我只是去和他见一面！"

"可是，士郎也挺可怜的！"

冴子好像已经醉得不轻了。她好像要压在槙子身上一样，刚把脸凑过来，坐在旁边的黑川拍了拍她的肩膀说道：

"好了！跳舞吧！"

"这会儿不行！"

冴子挥了挥右手，又把脸凑了过来。

"你喜欢那个人吗？"

"不……"

"那就算了吧！不要去了！"

"不管那么多了，反正我要去！"

槙子不顾冴子的劝阻站起身来，冴子一脸无奈地叹了一口气。

"别忘了回头给酒店房间里打个电话！"

槙子点点头，给其他朋友打了声招呼，然后就离开了座位。

来到外面，扑面而来的风暖洋洋的，真所谓吹面不寒杨柳风。几天前刮了今年第一场春风，春风过后留下的暖意好像还徜徉在夜晚的大街上。

马上就十点了，可六本木的夜晚才刚刚拉开帷幕。

槙子过了十字路口，沿着咖啡店的旁边向麻布十番走下去。走过一个街区就看见街角的大楼，千野这会儿就在大楼地下的酒吧里等着。

槙子按着被风吹起来的秀发，一边走一边回想冴子刚才说的话。

冴子好像很反对就要结婚的槙子和其他男性交往。

冴子看上去很像个玩儿家，没想到她还挺保守的。

但是，槙子一想到和士郎结婚以后，进入家庭生活，变成所谓的有夫之妇就心有不甘，总觉得好像掉了什么东西似的。

她之所以接近千野，一方面是因为对方很出色，更重要的原因是因为她觉得结婚之后只和一个男人交往太无聊了。

槙子心想，在结婚之前，至少要好好玩儿一次痛快的。正是这种想尽享自由之身的想法让槙子走到了千野身边。

冴子当然也不是不明白槙子的这种心情。

"反正要结婚了，应该趁着现在好好玩儿一下！"

冴子把千野介绍给槙子认识的时候就是这么说的。

尽管如此，到了关键时候她还是反对。

"莫非她是在嫉妒……"

但是，要是那样的话，她就不会给自己介绍千野了，或许她还是担心自己和士郎之间的关系。

但是，要是士郎的事情的话真的没问题。

槙子不过是想轻松地玩儿一次。

到目前为止，槙子还不了解中年男人，她只是想品味一次而已。

也可以说，槙子正因为这个原因才选择了风流倜傥而且事后不会纠缠不休的千野。实际上也是如此，像千野这样的中年男人，即使和他关系亲密了，他也不会像小伙子一样在后面穷追不舍。

"总而言之，她就是不懂！"

槙子缩着脖子自言自语。

说实话，槙子今天晚上和大家一起蹦迪的时候也没觉得很来情绪，尽管也觉得快乐，可总有一丝和大家不相容的感觉。现在想想，那可能和自己就要结婚了有关系。

这帮朋友毕业后即使走向社会，也还都是单身。像黑川和冴子那样，即使有了明确的关系也不是一定要结婚。最后只有自己一个人被拉进了婚姻这座陈旧而俗不可耐的围城里。

槙子一直觉得结婚是一件无所谓的事情，不过是订婚之后的一种延长而已，但是，成为别人的妻子这个事情就像一块石头重重地压在她的心头。

一想到自己和大家不一样，已经不再是单身了，槙子就觉得只有自己一个人被排除在外了。

"要是不订婚就好了……"

槙子现在开始后悔这么早就结婚了。如果可能的话，她还想再往后拖一拖，再品味一下单身的自由。

但是，都这时候了，说那些士郎也不会答应的。还有，京都的母亲也会极力反对。

"那可不行……"

槙子自言自语，对自己的任性感到惊讶。当初那么憧憬结婚，而且按照自己的计划找到了如意郎君，可一到了关键时候就想逃离。

"一切为时已晚，要知现在悔不当初……"

槙子再次在心里告诉自己。

"正因为什么都晚了，今晚就应该玩儿个痛快！"

槙子小声嘀咕着抬眼一看，酒吧的霓虹灯正在前方闪烁，千野就在那下面的酒吧里等着自己。

约好的那家酒吧在地下一楼。走进酒吧，右边有一架钢琴，就像围着钢琴一样，周围全是包厢。

千野医生就在中间的那个包厢里，这会儿正和酒吧里的女性说话，看到槙子进来，马上把手举了起来。

"不好意思，稍微晚了一点儿！"

"谢恩会嘛！想中途跑出来也不容易吧？喝加水威士忌可以

吗？"

"我想喝白兰地！"

和千野在一起的时候，槙子总是狠狠心点那些贵的东西，虽然不是自己特别想喝，但她觉得那样就和对方对等了。

"你今天没穿和服吗？"

"一开始是穿的和服，可是因为后来要和朋友们一起去蹦迪，就在朋友订的酒店房间里换成了裙子。"

"你的那个朋友今晚住在酒店里是吗？"

"是的，和她男朋友一起。"

千野一脸惊讶地点了点头，说完马上从旁边拿出一个系着红丝带的小盒子。

"这是祝贺你大学毕业的礼物。"

"哇！我太高兴了！可以打开吗？"

"希望你能喜欢！"

他或许是个情场高手吧，这种事情千野想得很周到。槙子解开红丝带，把小盒子打开一看，里面是一个金手镯。

"真是太精致了！大叔！"

"可能有点儿太细了，因为你的手脖子也很细。"

"细的才别致呢！你看，是不是和我这条裙子也很相配？"

槙子赶快把手镯戴在了手腕子上，确实和她身上的这条白色的真丝连衣裙很相配。

"太好了！谢谢大叔！"

槙子低头向千野行礼致谢，千野好像有点儿不好意思了。

"我觉得送你戒指的话有点儿不合适！"

"还是这个好！我正想要个金手镯呢！"

槙子左手的无名指上戴着士郎送给她的戒指，好像千野并没有察觉那是一枚婚戒。

关于自己要结婚的事情，槙子什么也没告诉千野。一开始还想告诉他来着，可转念一想，轻率地把那件事情说出来，万一被他莫名地同情或体谅就不好了。至少在两个人见面的时候，希望他能对等地把自己当成一个女人对待。

"冴子还让我向你问好呢！"

"你跟她说什么了吗？"

"我跟她说只是跟你见一面！"

千野的脸上瞬间露出了困惑的表情，然后马上重新振作精神说道：

"可是，我一直想看看你穿和服的样子！"

"今天穿了一件宽袖和服，下摆上绣着一只白鹤，有点儿老气横秋的！"

"可是，你自己一个人穿不上吧？"

"那倒不是！想穿的话也能穿上！"

千野的眼睛里忽然露出了恶作剧的眼神儿。

"我本来想帮你把那件和服脱下来！"

"你这个大叔可真够奇怪的！"

"不过，今天你可以多待一会儿吧？"

"可是，很晚的时候说不定会有电话打来！"

槙子只是微微一笑，避而不答。

估计士郎会在十二点左右打电话来，即便是不在家，只要告诉他和朋友住在一起就没什么问题。

"那么，我们出去吧！"

"这就要走吗？"

"还有一家很不错的酒吧！"

千野说完就站了起来。

到了外面，发现大街上还很热闹，全是一堆堆的年轻人。

千野到了正面的大街上，马上就拦住了一辆出租车。

听到他好像对司机说去赤坂。

两人紧挨着坐在出租车的后排座上，千野悄悄地把手搭在了槙子肩膀上。

外面五光十色的霓虹灯流光溢彩，车里面却很昏暗。

槙子右手拿着装着金手镯的手袋，把头轻轻地靠在千野身上。

槙子打算今天晚上就听千野的了，他想领自己去哪里就去哪里。如果他向自己求欢的话也可以把身子给他。

在结婚之前，槙子很想品尝一下和中年男人做爱的滋味。

冴子说中年男人床上功夫好，真由美也和一个三十八岁的男人在交往。

千野和自己年龄相差很大形同父女，可那又有什么关系呢！反正就是短暂的男欢女爱，所谓露水之欢。

但是，如果就这样结合在一起的话，真希望他能带自己去一个很棒的地方。不是随随便便找一家爱情酒店，而是一个让自己觉得没有白来的好地方。

"你醉了吗……"

千野轻抚摸着槙子垂到肩膀上的秀发小声问道。

千野的气息里有一种香烟熏过的男人的味道。

这个人会怎样向自己求欢呢？

槙子忽然觉得自己好像变成了一个小恶魔，把上半身全都压在了千野的臂弯里。

出租车停在了一家酒店的前面，这家酒店位于从赤坂通往山王神社里面的路边上。

"这个地下有间酒吧，我们进去看看吧！"

"大叔常来这里吗？"

"偶尔来，不过是要有心情的时候！"

这家酒店虽然不大，但看上去很古朴也很结实。

槙子就喜欢这种虽然不是很有名但小巧玲珑整洁雅致的酒店。

"还喝加水白兰地可以吗？"

"大叔呢？"

"我还是喝法国的君度力姣吧！"

"那么，我也喝一样的！"

千野微微一笑，吩咐侍应生拿两瓶君度。

"你喝酒很厉害啊！"

"不厉害！"

"毕业以后准备干什么？"

"什么都不干！"

"什么都不干是不是太无聊了？"

"不过，那也没关系！"

君度酒端上来了，两人再次举起杯子轻轻一碰。

"你现在没有喜欢的人吗？"

"大叔说的喜欢是什么意思？"

"就是说，一想到那个人就有一种揪心的感觉，或者说总在惦记那个人在干什么……"

"大叔有没有那样一个人？"

"我在问你呢！"

"我想知道大叔的事情！"

千野端着玻璃杯稍微思考了一下说道：

"在刚才那家店里的时候，我心里很难受！"

"那是什么意思？"

"因为我在等你。"

"你说什么哪……你可别拿我当小孩儿耍弄我！"

"不，是真的！我说的不是假话！"

千野放下杯子，忽然用很认真的表情说道：

"实际上，我在这家酒店订了一个房间。现在有点儿累了，我们去房间里喝吧！"

"为什么要在这家酒店订房间？"

"有时候很想一个人静静地待一会儿！"

千野的话不知道是真的还是假的。说想自己静静地待着或许只是个借口，他或许是为了哄自己上床才在这家酒店订了房间。

但是，槙子现在不想盘根问底追问那么多，反而对他在这么雅致的酒店里准备了房间感到很满足。

"我们可以让服务员把酒拿到房间里去！"

千野对调酒师使了个眼色，然后站起身来。

现在如果跟着他走的话，就等于说接受了这个人。

想到这里，槙子的脑海里瞬间浮现出了士郎的面容。但是，千野浑厚的声音马上就把士郎的面影驱走了。

"好吧！我们走吧！"

好像被千野的这个声音所诱惑，槙子不由自主地站了起来。

从酒吧里出来，两人站在电梯间等电梯。这时候千野给槙子搭话。

"毕业典礼是什么时候？"

"下个星期的星期一。"

"你母亲也来吗？"

"我说不用来，可母亲好像要来！"

电梯下来了，两人坐了进去。电梯里只有两个客人。千野按下了六楼的键。

"前几天见到你姐姐了！"

"你到店里去了吗？"

"你姐姐可真漂亮！好像和你有点儿不一样。你姐姐让人感觉是个贵妇人，而你则让人觉得像个松鼠或小猫……"

"我反正就是个野猫！"

"不，是个暹罗猫！"

电梯停住了，两人出了电梯到了走廊里。从那里往右走了二十米左右就站住了。

千野从西装口袋里拿出钥匙打开了房门。

这是一个非常宽敞的房间，窗边立着一盏落地灯，右端是一张双人床。

"快快请进！"

槙子在千野的催促下走进了房间，千野马上绕到槙子身后把房门锁上了。

"很安静吧？"

槙子看着落地灯的灯光点了点头，千野伸出两只胳膊把槙子紧紧抱在了怀里。

远处传来了车来车往的声音，还能听到巡逻车的警笛声。

槙子赤裸着身体躺在那里，心里想着士郎的事情。

"现在几点了？"

槙子看着男人那宽宽的胸膛问道。千野直起上半身看了看床头柜上的表。

"两点刚过一点儿！"

槙子沉默着，又看了一眼眼前男人的胸膛。

那是一个宽大厚实的胸膛，好像要比士郎那瘦骨嶙峋的胸膛大一倍。乳房那块儿稍稍隆起，光看那里的话很像个女人。

他的肚子很大很结实，腿也很长很健壮。虽然有一点赘肉，但软乎乎的摸上去很舒服。

"过来吧……"

千野好像忽然想起来一样又把槙子搂在了怀里。

槙子埋在他那温暖的怀抱里，慢慢地闭上了眼睛。

槙子感觉浑身懒洋洋的，像在暖洋洋的风中摇动。身体轻飘飘的，感觉好像躺在云彩上面。

到目前为止，槙子和士郎及其他朋友做过很多次爱，但是有这种感觉的还是第一次。过去做爱的时候虽然也觉得很舒服，但从未有过沉浸在里面的感觉。

槙子倒也不是厌恶性交这种行为，但说起来她还是更喜欢被男人搂在怀里的感觉。

尽管她也知道有的女人从性交中感到了更大的喜悦，但真的有书上说的那种快感吗？槙子一直是半信半疑。

但是现在，槙子好像有点儿相信了。虽然还只是一种萌芽状态，说不清楚具体是一种什么东西，但她感到了一种类似预兆的东西。因为这是第一次有这种感觉，槙子无暇记住从头到尾的细节感受，但他和以前的任何男人都不一样。原来还可以这样做爱！槙子很是惊奇，惊奇之中被男人翻云覆雨玩弄得娇喘吁吁，香汗淋漓。

"你觉得好吗？"

千野紧紧搂着槙子，在她耳边小声问道。

"嗯……"槙子刚要点头称是，接着就把嘴巴闭上了。

尽管自己觉得和过去不一样，但槙子不愿坦率地回答说"很好"。

说出来的话就等于向千野俯首称臣了。

即使承认千野的床上功夫高超，槙子也不想轻易认输。

千野好像已经看透了槙子在逞强。他这样问本身就说明他很有自信。

正在槙子有些懊恼地沉默不语的时候，千野又小声说道：

"你太棒了！"

被男人夸奖固然很高兴，但被他厚颜无耻地直白地说出来，槙子反而开始产生了怀疑。这个人是个风月场上的高手，一定认识众多很出色的女人，他莫非是为了安慰自己才这么说？

但是，千野不顾那么多，伸出两条又长又软的胳膊把槙子紧紧抱住。

"你太可爱了……"

槙子又开始对他这句话耿耿于怀。

这个人从一开始就没说"我爱你"，甚至连"我喜欢你"都没说过，只说了一句"你好可爱"。

"可爱"这个词难道不是对小孩儿或玩偶说的吗？他如果真的喜欢自己的话，难道不应该清楚地说出"我爱你"吗？莫非是他觉得和自己年龄相差太大就像一对父女，出于一种老男人的羞涩才这么说的？

可是，就在刚才他在床上还那么大胆，这一会儿又开始害臊就太奇怪了。

看来他还是没有把自己当作一个成熟的女人来看待……

想到这里，槙子把脸从千野的胸膛上抬起来。

"我得回去了……"

"可是你现在走的话回去就三点了！"千野松了一下胳膊小声说道。

"你要回哪里去？"

"自由之丘。"

"那，我送你回去吧！"

"不用了！我一个人能回去！"

"不行，那可不行！"

千野侧过身子来，再次看着槙子问道：

"还能再见面是吗？"

"……"

"可以是吧？"

"我不知道！"

槙子摇了摇头，忽然把床单蒙在千野脸上，爬了起来。

重回樱花篇

京都的花讯始于洛南的醍醐，从东山的円山公园到洛北，最后到御室仁和寺的多福樱，京都的樱花季就算结束了。虽然樱花的花期很短，但因地方不同，开花的时期也稍稍错开，所以将近一个月都可以欣赏到灿若云霞的樱花。

槙子的婚礼是在醍醐的樱花开始绽放的四月份的第一个星期六举行的，地点是东京虎门的大仓酒店。

为了参加槙子的婚礼，里子本打算在婚礼的前一天到东京。照看真幸的事情也安排好了，打算让很熟悉照看孩子的久子帮忙照顾一下真幸，她以前也在茑乃家做过服务员。

但是，可能是樱花季之前的大幅降温影响到了孩子，从星期三开始真幸就有点儿感冒，里子手忙脚乱一通忙活，可第二天孩子还是发高烧了，体温超过了三十八度。

这样的话，里子就没法把真幸托付给别人自己去东京参加婚礼了。

冬天的时候那么冷，孩子都没有感冒，这真是一个具有讽刺意味的巧合。

到了星期五的早上，里子终于放弃了这次的东京之行，把喜封交给了母亲。母亲要和北白川的姨妈一起坐十点的新干线去东京。

"请妈妈一定代我向槙子问好！看不到槙子穿婚纱的样子真是

好遗憾!"

"事情真是太不凑巧了!不过,还可以看照片……"

北白川的姨妈这样安慰里子,但照片和实物怎么能一样呢?

"你也多加小心,我们星期天就回来了!"

母亲和姨妈走了以后,里子的那种紧张的心情一下子松弛下来了。

为了这次的东京之行,里子从一个月前就开始准备,新买了草屐,甚至连旅行箱都买了新的,就盼着今天去东京了,可孩子感冒不能去了,里子感觉很遗憾。

自从去年十一月份和椎名去了一趟丹后以后,里子还没有出过远门。尤其是东京,里子有两年没去过了。

这次东京之行虽然是和母亲及姨妈一起,但能离开京都一两天也让里子欣喜不已。因为到今天为止,一直顾及体面和世人的目光活得小心翼翼,所以里子很想去东京那样的大城市久违地好好放松一下。

可能的话,里子还打算到和椎名幽会过的酒店和他的公司前面去看看。

虽然椎名现在不在东京了,但只要在那些令人怀念的地方随便走走就觉得心安。

但是,现在那也成了泡影。

虽然想想就觉得好可惜,但里子觉得,真幸这次的感冒说不定是一个对自己的惩罚,惩罚那个为这次东京之行而欢欣鼓舞心醉神迷的自己。

虽说是妹妹的婚礼,可把出生还不到一年的孩子交给别人照看还是有点太任性了。里子在心里这样告诉自己,但一个人被抛下的那种孤寂还是迟迟不能消失。

尽管如此，长年在家的母亲这会儿不在了，现在只剩下自己和真幸两个人了，里子感到了一种久违的宽松。

正式离婚以后回到娘家虽然快有一个月了，但行为举止还是不能像以前一样。

关于过去的事情母亲已经不再说三道四了，可毕竟自己还要谨言慎行。虽然表面上谁也不说什么，但里子依然能读懂隐藏在后面的潜台词：你是个有前科的人，凡事要注意！

但是，茑乃家的客人们都很善良，他们很热情地迎接再次出现在宴会厅里的里子。

看样子，客人们通过传闻已经知道了事情的大概，但关于那个事情谁都绝口不提。当他们久违地见到里子的时候，很想念地给她打招呼，有人说："唉哟！好久不见了！"也有人问："你是不是有点儿瘦了？"

其中也有客人知道里子离婚了，忽然积极主动地向里子发出邀请。

里子虽然已经生了孩子，但现在是个单身，这一点好像对男人还是很有诱惑力。

但是，里子婉拒了客人的所有的邀请，谨慎自持不肯踏出家门一步。

回来才刚刚一个月，断不能和别的客人到外面去。还有一个更重要的理由，自从出了上次的那种事情以后，里子现在变得很害怕自己。

一旦燃烧起来就不知道会做出什么傻事来，自己压制不住自己，那种鲁莽和冲动好像还盘踞在自己的内心深处。

里子现在只想让自己镇定下来，舍弃所有对男人的关心，只想心无旁骛地致力于店里的生意。

支撑着里子的这种心情的，还是真幸的存在。

即使心里有了念头想和客人一起出去喝个茶什么的，可一想到真幸，那种不安分的心情立马就蔫了。

里子告诫自己，都是有孩子的人了，绝不能做那种有失体面的事情！

看到真幸，里子在想到自己是个母亲的同时，椎名的面孔也在脑海中复活了。

"他在异国他乡独立奋斗，自己绝不能有那些不安分的想法！"

虽然椎名远在异国他乡，但里子一看到真幸，就觉得他在自己身边。

真幸虽然还不会自己走路，眼角稍微有些下垂的感觉和要哭的时候的嘴唇的动法，都和椎名神似，有点儿端肩膀的样子和宽宽的脚，甚至连脚趾都和椎名一模一样。

里子一边和孩子说话，一边看这些相似的地方，怎么看也看不够。

这么大点儿一个小孩，从手脚的样子到细微的动作，都和椎名如此相似，里子对此感到很奇怪很不可思议。

但是，里子有时候会突然感觉身体深处有种情感在萌芽，然后开始浑身发烫。

每逢到了这种时候，里子就迫切地想见到椎名。

如果现在他就在身边的话，里子一定会不顾一切地扑进他的怀里。他为什么要在那么远的地方呢？里子一想到这里就气得不得了，甚至开始憎恨他。

抑制住那种发自身体深处的亢奋和躁动对现在的里子来说，是最痛苦最艰难的事情。

槙子婚礼当天的早晨，在东京的母亲第一次给里子来了电话。

"店里怎么样？"

早晨七点就被电话闹醒了，被母亲突然这么一问，里子一时也不知道该怎么回答。

"一切都好，什么事儿都没有！"

"真幸还发烧吗？"

借口问店里的事情，其实阿常真想问的是真幸的情况。

"母亲走后，我带孩子去了医院，拿了糖浆型的退烧药给孩子吃了，现在已经好多了，这会儿还在睡觉呢！"

"房间太干燥对孩子的喉咙不好，你可以把蒸汽打开！"

阿常总把加湿器称为蒸汽。里子点点头说道：

"总算到了今天这个最重要的日子了，是不是该开始准备了？"

"她俩还在睡觉呢！"

因为昨天晚上是槙子出嫁前的最后一个晚上，母亲和槙子好像都住在了赖子的公寓里。也不知道她们三个人是怎么分成三个房间睡的，但三人中最紧张的好像就是阿常了。

"都这个时候了，她俩也真能睡得着！"

阿常说完就挂断了电话。

当天晚上过了六点的时候，阿常来了第二个电话。

那天虽然是星期六，但茑乃家还是来了四组客人，里子正要去"柊树间"跟客人打招呼，服务员过来告诉里子东京来电话了。里子返回到账房刚接起电话，话筒里就传来了阿常有点儿嘶哑的声音。

"都走啦……"

忽然间来这么一句，里子不知道母亲在说什么，但她马上就反应过来了，原来母亲说的是槙子和士郎去新婚旅行的事情。

"是去夏威夷吗？"

"啊，啊……"

按照计划，婚礼是从一点开始，婚宴是从三点开始。然后两人去成田机场，直飞夏威夷。

两人计划游览一下火奴鲁鲁和周围的岛屿，一周之后回到日本。

"婚宴进行得顺利吗？"

"啊……"

"槇子妹妹一定很漂亮吧？"

"啊……"

不管里子问什么，阿常都只是叹息着点点头。

和那些普通的母亲相比较，阿常看上去总是很冷淡，好像把孩子扔到一边不管不问一样，实际上阿常很用心，也很为孩子担忧。

但是，出于她那种要强的性格，阿常好像很讨厌把心中所想表露出来。

看到自己最担心的小女儿平平安安地出嫁了，然后看着她和喜欢的男人一起飞走了，或许阿常的那根绷紧的神经忽然松弛了下来。

"妈妈一定很累了吧？真是辛苦您了！"

"谢谢……"

阿常很稀罕地诚实地回答了一声，接着说道：

"我好想今天就回去啊！"

"您怎么又这么说？妈妈不是明天和姨妈一起中午回来吗？"

"我想坐早点儿的车回去。坐早晨的新干线……"

"您可别介！好不容易去了趟东京，怎么也得好好玩儿一下啊！真幸也退烧了，店里的事情您也不用担心！"

"东京已经待够了，我中午之前就回去了！"

阿常或许是很累了，又叹息了一声，接着挂断了电话。

那天晚上，里子从宴会厅回来的时候是九点了。

　　自从回到茑乃家之后，里子每天晚上在店里顶多待一个小时。

　　以前都是待到最后一拨客人回去的十点左右，可有了孩子以后，就不能待到那么晚了。八点的时候回到家里，给孩子喂奶，然后哄孩子睡觉。

　　槙子婚礼那天的晚上之所以在店里待到九点，是因为阿常不在店里只有自己一个人。仅仅比平时晚回来一个小时，可真幸好像已经敏感地感觉到了异常。虽然让服务员阿福给看着，但真幸已经开始闹磨了。

　　但孩子都是见人下菜碟，里子刚把他抱起来，他马上就不哭不闹了。

　　给孩子喂了奶，一个小时以后孩子睡着了，家里一下子静了下来。

　　隔着院子远远地能听到服务员给回去的客人送行的声音，过了一会儿那个声音也没有了。领班阿元来向里子报告说店里的工作都结束了，里子向阿元道了一声辛苦，剩下的就是里子一个人的时间了。

　　但是，里子也没有什么具体目标想干点儿什么。她先泡了一杯茶一个人喝了起来。

　　今天一天都是四月末的阳春天气。虽然淡云蔽空，但好像余温尚存。早晨电视上报道说，円山公园的樱花已经开了三分，照现在这个和煦的天气，花期一定会提前。

　　里子一人在家感觉很随意，伸开腿舒舒服服地坐在那里，开始朦朦胧胧地想象正在新婚旅行的槙子的事情。

　　这一会儿飞机正在哪里的上空飞行呢？听说两人是九点出发

的，按说飞机已经起飞了。两个人都累坏了，说不定这一会儿正在机舱里睡觉。

槙子和士郎是很般配的一对儿。里子打心里希望他俩能幸福美满，同时也在想，早晚有一天槙子两口子也会吵架。

对这一对幸福的小夫妻，里子在羡慕的同时也感到了一丝嫉妒。

里子坐在那里喝着茶，在花季夜晚的微暖中凝神屏息，忽然感觉身体深处有什么东西在摇动。总觉得下半身汗津津的，不一会儿一种妖冶的感觉慢慢在全身扩散开来。她的那种思绪自然而然地飞到了椎名身上。

他现在在干什么呢？为什么此刻不待在自己身边呢？

想着想着，里子的手自然而然地伸向了电话。

接下来的事情不是里子的意志而是她的手自己在动。

国际长途电话的接线员接起了电话，等里子回过神来的时候，话筒里已经传来了椎名的声音。

"怎么了？今天不是你妹妹的婚礼吗？"

十天前里子给椎名寄过一封信说起槙子婚礼的事情，他好像还记着那封信。

"真幸有点儿感冒，没去成！"

里了把事情的经过简单说了一下，然后问道：

"那边现在是几点？"

"现在是晚上了，十点了！"

"这边也……"

里子说了一半，猛然想起来有人说过，日本和马尼拉没有什么时差。

"哪边都是晚上啊！"

里子很想说"想见你"，但忍住没说。正在里子沉默不语的时候，椎名说道：

"五月初我好像能回去一趟！"

"真的吗……"

"和总公司有些事情要商量，虽然只回去四五天，但这次我要去京都！"

"你说的可是真的吗？"

因为三月份的时候他说要回来也没回来，里子很难马上就相信，但椎名斩钉截铁地说道：

"这次一定错不了！我正准备明天去邮局给你寄信呢！"

"这回你可要说准了！如果你不信守诺言，我就不想活了！"

里子紧紧握着话筒，全身开始燃烧，一种新的喜悦在全身弥漫开来。

即便都是一天，有死去的日子也有活着的日子。昨天和今天，循环往复的日子明明都是一样的，但确实有有意义的日子和无意义的日子之分。

自从给椎名打过电话以后，鲜活的日子忽然在里子的面前展开了。每一天都有确确实实的意义，然后通往下一天。那样的日子重叠起来，期盼的那一天就到来了。

里子现在心里只想着和椎名再相逢的那一天。虽然是一个月以后的事情，一想到那一天很快就要来到了，里子就觉得浑身充满了新的力量。

仅仅一个电话就让自己如此轻易地发生了变化，里子对此感到很不可思议。自己怎么能这么简单地就改变呢？里子对自己感到惊讶。

但是，里子不把以后的事情想得很难。尽管自己也觉得很奇怪，但她想得很简单，认为那是没有办法的事情。里子一向认为女人就是这样的生物，觉得自己可以坦然接受一切。这一点正是里子的温柔所在，或许也是她的坚强之处。

　　里子日渐精神焕发，相形之下，阿常却渐渐失去了精气神儿。自打从东京回来以后，阿常忽然变得爱发呆，好像一下子老了四五岁。

　　要是过去的话，六点的时候一定起床了，去井台提来初水，焚香诵经，八点之前已经在院子里转了一圈了。但现在就不是那样子了，有时候都七点了还没起床。

　　但话又说回来，阿常虽然没起床但也没睡觉，什么早晨下雨了，什么知恩院的钟声今天很低了，她都记得一清二楚。总而言之，阿常现在已经没有了一睁眼就骨碌一下爬起来的气力。

　　白天也是如此，以前阿常都要到本馆去，从打扫卫生到桌椅的摆放，甚至连每天的菜单都要一一过目，大事小事都要指手画脚，甚至到了让人烦的地步。但现在也不是那样了，到了下午才到店里去，大体看一眼就回去了，在晚上客人到来之前绝对不会到店里去看第二次。

　　晚上的宴会也只是去应应景，如果没有投脾气的客人，早早地就回到自己的房间，或者陪着真幸玩儿，或者看电视。以前的阿常非常严厉，深知过去的阿常的人们虽然都松了一口气，但在心里也不由地为她担心。

　　"大老板娘这段时间是不是哪里不舒服啊？"

　　听领班阿元这样说，里子劝阿常到医院去看看。

　　"我哪里都没有不舒服！"

　　阿常虽然一口否认，可她自己好像也有点儿担心。第二天去常给自己看病的安斋大夫那里做了检查，结果是血压和血脂有点儿高。

但是，阿常从以前就血压高，血脂高也和血压高有关系，所以说身上也没有什么特别不好的地方。

里子直接问了一下安斋大夫，大夫说："令堂过去就是太拼命了，可能就是有点儿累了，稍微放松几天就好了！"

这段时间，阿常确实有点儿太拼命了。

从里子的离家出走到生孩子，然后是离婚，其间阿常不仅要独自守护茑乃家，还要为槙子的出嫁做准备。

这一年阿常不光劳累，还要操心劳神。

阿常凭着天生的那股要强劲儿总算挺了过来，里子回家了，槙子的婚礼也结束了，迄今为止心里一直绷紧的那根弦或许突然松了下来。

还有，她把自己好不容易养大的闺女嫁了出去，那种嫁女之后的失落和寂寞也不容忽视。

作为证据，从东京回来的阿常说的第一句话就是："我拼命把孩子养大了，现在又出嫁了，我有什么办法啊！"

不知道这里面有多少是她的真心话，阿常把槙子嫁出去之后感到了一种怅然若失的虚无却是确实无疑的。

普通的母亲，即使把闺女嫁出去了，好像也不会有那么强烈的丧失感。

但是，阿常是在一个女系家族长大的，她一直认为早晚有一天要把茑乃家的生意交给自己的闺女们，哪怕有一个闺女离自己而去了，阿常也会觉得很难受。

里子结婚的时候就那样留在了家里还好说，而槙子结婚对阿常来说，就等于完全把女儿送给了别人。这一点或许也是阿常精神萎靡的原因之一。

"妈妈，您也好好放松一下，要不和姨妈一起去旅游怎么样……"

里子只是无意间提了那么一个建议，阿常立马不高兴了。

"我哪里都不想去！这里最好！"

阿常根本没有想出门的意思，岂止如此，她还反过来问里子：

"你是不是有什么好事儿啊？"

"没有！什么好事儿都没有！"

里子慌忙摇头，心想这世上的女人真有意思！

想当初，为了把孩子生下来，为了躲开世人的目光独自躲在公寓里的时候，里子非常失落，而阿常那时候却精神焕发。

阿常虽然嘴上说养了几个不孝顺的闺女，但自己必须奋发图强的那种气概让她一下子精神焕发起来。

但是，现在里子回来了，也逐渐恢复了精神，这回却轮到阿常怏怏不乐精神萎靡了。

女人之间好像有一种可以称之为循环的微妙的节奏。好像一方有了精气神儿，另一方就会意志消沉。

女人就在这种循环中切切实实地感到了人生的喜悦和哀愁，并把它一一表现出来。

就在阿常最失落的那天的下午，新婚旅行中的槙子来信了。

与其称其为书信，莫如说那是一张风景明信片，上面印着威基基海滩的照片，正面的收信人写的是阿常和里子两个人的名字。

　　昨天晚上平安到达了夏威夷。从婚礼到婚宴，真是辛苦母亲了！也谢谢里子姐姐的喜封！

　　夏威夷这个地方无论什么时候来都是那么暖和那么美，但就是新婚夫妇太多了，让人有点扫兴。看来还是应该去澳大利亚或新西兰。

回日本后再和你们联系！

槙子

明信片上就写了这几行字，但这短短的几句话就很清楚地表现出槙子现在的心情。

槙子原本就反对新婚旅行的时候去夏威夷。一方面是因为学生时代已经去过一次了，还有一个原因就是，新婚旅行选择去夏威夷也太庸俗了。

槙子当时就说，既然要去就去欧洲或非洲。

去欧洲或非洲的计划之所以泡汤，是因为士郎只能请十天的婚假，这十天里面只可以拿出一个星期去旅游。

好像槙子那时候还建议既然是那样的话就去澳大利亚，但考虑到士郎父母的意见，最后还是决定了去夏威夷，因为那样日程安排不会太紧张。

既然槙子在明信片上都写上了澳大利亚，看来她是深感遗憾。

"都这时候了还说这种任性的话……"

阿常面若冰霜地看着明信片说道：

"说是已经平安到达了夏威夷，这不快要回来了吗？"

看看日历果然如此，按计划槙子两人明天的星期五就该回来了。明信片虽然是航空件，可从夏威夷到大阪就花了四天时间，那也是没办法的事情。

"槙子看着那么漂亮的大海玩儿得那么畅快，真好啊！"

就在不久之前，里子还因为不久就能见到椎名了而感到幸福无比，现在眼前还有比自己更幸福的小两口，里子开始觉得自己不幸了。

人是很自私很任性的动物，所谓幸福，好像只在自己感觉比别人优越的时候才能切切实实地体会到。

但是两天后，回到日本的槇子打来的电话却和里子的想象大相径庭。

"昨天晚上回到了东京，姐姐还好吗？"

说到这里还算好，再往后就是牢骚满腹了。

"真不该去那种地方！"

"刚新婚旅行回来，你说什么呢？"

里子责备槇子。

"难道我说得不对吗？夏威夷那个地方全是新婚夫妻，感觉就像参加了集体婚礼的旅游团！那么丢人现眼，我待了一天就想回来了！"

"可是，士郎一定对你很温柔吧？"

"再怎么温柔也就那么回事儿！两个人从早到晚待在一起，让谁都会厌烦的，结了婚他一点儿改变也没有！"

"你可不能有太多的奢求！"

"不是吗？在眼前的总是同一个人啊！"

里了禁不住噗嗤一声笑了出来。说是同一个人，那是你自己选择和他结婚的，那不是理所当然的吗？

"和同一个人去同一个地方，一点儿都不激动！"

槇子说这话虽然有点儿任性，可她的心情也不是不能理解。

从订婚以后，槇子和士郎就有了肉体关系，还一起出去旅行过好几次。婚后即使到海外去旅游也不会有什么感动，那也是情理之中的事情。

总而言之，两个人从订婚的时候起就太亲密了，那种形影不离像密友一样的交往或许起了反作用。

"可是，正式结了婚，出去旅游是为了留下一段美好的回忆，难道不是另外一种感觉吗？"

"举行婚礼的时候我确实是那么想的，可是两人待在一起的时候就不是那么回事儿了！还有，士郎这个人什么事儿都搞得一团糟，到了毛伊岛一看，他竟然没有订好酒店！"

"日程不都是旅行社安排的吗？"

"那倒也是，他在那里惊慌失措地光转圈儿，最后还是我给前台打电话，让他们给找了另一家酒店。"

里子点点头，心想，你从现在开始就牢骚满腹，今后能好好过下去吗？里子稍稍有些替槙子担心。

"你现在是从新房子里打来的吗？"

"是啊！可现在家里乱糟糟的，还缺很多东西呢！士郎他一点儿也不帮我！"

"士郎就在你身边吧？"

"什么呀！他这会儿在书房里，吱吱嘎嘎地也不知在忙活什么！"

"哪天安定下来就好了……"

"可是，今后每天都要住在这个箱子一样的地方等待同一个人回来，一想到这些我就头皮发麻后背冒凉气儿！"

"你又说那个！你可是已经结婚了！"

"我知道！姐姐，你结婚的时候没有那种感觉吗？"

和槙子不一样，里子属于介绍结婚，当时她对菊雄既说不上喜欢也说不上讨厌，因为她不像母亲或赖子姐姐那样有自己的工作或会身怀技艺，所以就听从母亲的劝说和菊雄结了婚。

"姐姐当时是通过媒人的介绍才结婚的，婚后一定很新鲜吧？"

"哪有什么新鲜的……"

"不是吗？你俩不都是第一次干那事儿吗？"

确实，里子是结婚之后才知道了男人，也体味到了和男人生活在一个屋檐下的那种安心感和繁琐。

在这个意义上要说新鲜也算新鲜，但反过来也有好多事情是结婚之后才发现的。

比如说，在结婚之前还以为菊雄这个人很靠得住，可婚后才发现他是那么靠不住。他一个大老爷们还爱撒娇，爱打扮爱虚荣，这些都是结婚之后才发现的。

不管是谁都会有大大小小的缺点，你一旦觉得不顺眼就会越来越不顺眼。

像槙子这样，如果从订婚开始就很亲密，漏看对方缺点的机会或许比较少，但另一方面，两人太熟悉太亲密了，彼此之间或许就没有什么新鲜感了。

"这样的婚姻生活能不能坚持下去，我是一点儿信心也没有啊！"

"你说什么哪！不许开玩笑！"

"不是开玩笑，我说的是真的！"

听母亲回来讲，婚宴上有一流公司的社长和董事，甚至还有众议院议员出席，场面非常豪华。

如此隆重的婚礼，刚从新婚旅行回来就说什么对今后的婚姻生活没有信心，真搞不懂她是为了什么结婚的。

"你不要想那些多余的事情了，有空的话回京都一趟怎么样……我们大家都等着你，来了京都说不定心情就改变了！"

"我也在那么想！我刚才还和士郎商量了，回来之后过一个星期左右就去京都……"

"你俩这不关系挺好的吗？"

在电话里光听槙子发牢骚，听那口气好像马上就要离婚了似的，可换一个角度想想，两个人能够光明正大地互相发牢骚，或许表明他们两人还是很相爱的。

"你下个周六来怎么样？铃子姐姐的忌辰也快到了。"

"姐姐说的也是！那好吧，就那么办吧！"

"我倒想看看成了别人妻子的槙子妹妹是个什么样！"

"什么别人妻子，我还是那个样，一点儿也没变！"

表面上或许没有什么变化，但既然已经成了别人的妻子，一定也会有其他的想法和精神准备。

即使本人说没什么变化，可周围的人都会用评判一个妻子的眼光来审视她和对待她，所以某种程度上她也不得不改变。

那个花花女郎一样的槙子到底会如何变化呢？里子对这件事情兴味盎然。

"妹妹下次来的时候，樱花一定也盛开了！"

"还是京都的樱花漂亮啊！"

可能是想起了小时候的事情吧！槙子小声感叹了一句。

"记得上一次我们一起去金阁寺的里面看盛开的樱花！"

"那个地方是原谷吧！那是两年前了，是给铃子举行完七周年忌辰之后去的！"

"是的，我想起来了！那都是两年前的事情了啊！时间过得可真快！"

槙子如此感伤也是稀奇。

"那么，我把赖子姐姐也约上吧！"

"那敢情好！一定要叫上赖子姐姐，那样的话我们三人又可以一起去看樱花了！"

"明白了！我一定那么做！"

听着话筒里传来的欢快的声音，里子想起小时候姐妹三人商量好玩儿什么的时候互相握着手高喊"就那么办！"的情景，脸上不由地露出了微笑。

櫻花季节微阴的天空笼罩着京都的大街小巷。

可能是因为和煦而慵懒的阳春天气，透过玻璃窗向外看去，外面的景色朦朦胧胧的，看上去甚至有点儿歪曲。

根据电视上播报的花讯，円山的櫻花这个周六是最好看的，预计到时候会有很多人去円山赏樱。

赖子和槙子回到京都是那个周末的下午。

按照最初的安排，士郎也应该跟着一起来，但他新婚旅行回来之后工作太忙，没办法只好放弃了。

赖子和槙子是坐同一列新干线来的，傍晚的时候回到了东山的家。槙子结婚之后这是第一次回娘家，因为听说铃子的法事也要提前举行，所以赖子也跟着一起回来了。

两个人到家的时候，里子正好抱着真幸在院子里站着。院子里的景色虽然离新绿尚早，但晶莹洁白的玉兰花格外醒目。

就在几天前还是含苞待放的花苞，因其形状颇似婴儿的拳头才有此名，里子忽然想起了这个事情，觉得有些好笑。

两人出现在院子里的时候，正是里子抱着真幸抬头看玉兰花的时候。

"姐姐！我们回来啦！"

从山茱萸的篱笆墙豁口里第一个跑过来的是槙子。

"妹妹好！好久不见……"

或许是里子的心理作用，两个月不见的槙子好像有些瘦了，她今天穿了一条胸前带绲边的淡粉色的连衣裙。

"我结婚的时候送我那么一份大礼，真是太谢谢姐姐了！"

槙子像客人般客气地跟里子打过招呼，对着真幸伸出两手说道：

"真幸君！你都这么大啦！快让姨妈抱抱！"

槙子说完把旅行包放在脚底下，把真幸抱了起来。

"哇！好沉啊！我都快站不住了！"

槙子抱着真幸很夸张地趔趄了一下，赖子稍晚一点儿也出现在了院子里，她刚才可能是后下车在付出租车费吧！

"妹妹好！今天可真暖和啊！"

赖子穿衣服的品味依然那么高雅，她今天穿了一套深棕色的香奈儿套装，里面是一件真丝衬衫，把领子轻轻竖了起来，看上去就像高翻领。

"赖子姐姐！欢迎你回家！快点儿进屋吧！妈妈还在等着呢……"

"可能因为现在是观赏樱花的季节吧！路上那么多车，回趟家真是太费劲儿了！"

"今天可是樱花最好看的时候啊！"

槙子抱着真幸走在中间，姐妹三人边说话边进了家。

阿常知道两个女儿傍晚到家，从一个小时之前就在一楼的客厅里等着了，但是，她即使听到了门外热热闹闹的说话声，也没有马上起身出去迎接。

阿常在这一点上自尊心很强，她一向认为，按照礼仪回娘家的闺女应该主动来跟自己打招呼。

三姐妹拉开纸拉门走了进来，阿常一下子回过头来，那表情好像是刚刚发觉。她的那个动作也太不自然了，三个人情不自禁地相视一笑。

"妈妈！赖子姐姐和槙子妹妹回来了！"

里子好像从中介绍似的，三姐妹并排坐在了母亲面前。

"上次真是辛苦您了！听说明天要给铃子做法事，所以我就和槙子一起回来了。"

赖子第一个向母亲问候。阿常说："那么远的路，辛苦你了！"说完轻轻点了点头。

接下来槙子也恭恭敬敬地把手按在地板上说道：

"我结婚的时候真是给您添麻烦了！托母亲的福，上个星期我们平平安安地旅行回来了。"

槙子的这句话说得很流利，看样子是她事先想好的。槙子说完，从旅行箱里拿出一个四四方方的纸包。

"这是我带来的礼物。这是给妈妈的，这是给里子姐姐的！"

"什么东西啊？"

"我也不知道您喜不喜欢！"

不管到了什么年纪，女人好像只要从别人那里得到东西就满心欢喜。阿常刚才还满脸威严，这会儿却像个小孩儿一样欢天喜地地打开了纸包。

从纸包里拿出来的是鲜亮的花朵图案的牟穆（夏威夷人穿的花朵图案宽大无腰身的女装），给阿常的这件基调是黄色的，给里子的这件基调是粉红色的。

"我想来想去也拿不定主意，那个四季如夏的地方也没什么好东西，我想妈妈也可以穿穿这种稍微鲜艳一点的衣服，所以就买了回来！"

面对这意想不到的礼物，阿常瞬间一愣，但马上就站了起来，拿着衣服在身前比量。

但是，这条无腰身的大花裙子不但尺寸宽大，而且图案也太花哨了，和总穿和服的阿常一点儿也不相配。

"这种大花裙子，我要是穿在身上，人家还不说我神经不正常啊！"

"那怎么会！北白川的姨妈不也经常穿这样的衣服吗？穿到身上可宽松舒服了，不信您穿上看看？"

因为这衣服是自己买来的，槙子极力推荐，两个姐姐也在旁边大力声援。

"虽然有点长，但把裙摆裁短一点儿就没问题了！"

"夏天的时候穿这个正合适！"

但是，阿常好像还是不能释然。见她又把裙子拿到手里仔细看，槙子马上不失时机地解释道：

"这种图案已经是最素气的了，我觉得挺好……"

好不容易买回来了，可得到礼物的本人却不满意，槙子都快哭出来了。

两个姐姐见状连忙帮槙子说话。

"妈妈！真的很合适哎！您穿上显得非常年轻！"

"又时髦又漂亮！您今后在家里可以一直穿着它！"

在女儿们的赞美之下，阿常好像终于回心转意了，重新用手捏了捏裙摆。

阿常的那个动作非常可爱，和平时非常严厉的形象相比简直判若两人，三姐妹面面相觑，不由地捂着嘴窃笑起来。

铃子的法事是在第二天的星期天从正午开始在东山的家里举行的。

说是做法事，因为两年前已经办过七周年忌辰了，今天只是把和尚请到家里来诵诵经，然后就是家人和亲朋好友一起吃个饭。

今天聚在家里的有十个人左右，除了母亲阿常和姊妹三人之外，还有北白川的姨妈和领班阿元，以及从前在茑乃家做过事的厨师村上和服务员富子。

十二点开始诵经的时候，阿常和三姐妹都分别换上了和服，在佛龛前面坐了下来。

母亲阿常穿了一件灰绿色的素色和服，系了一条黑色的织锦带。赖子穿了一件茶绿色的素色和服，同样系了一条黑色的带子。里子还是穿了一件淡茶色的素色和服，系了一条黑色的带子。槙子则穿了一件黄色的和服。

因为是要做法事，母女四人都避开图案鲜艳的服装而选择了素色的和服，那反而更加衬托了各自的面庞，酝酿出一种安静沉着的妖艳。

诵经三十分钟左右就结束了，接下来大家以和尚为中心坐了下来，饭菜端上来摆成了一个コ字形，于是大家开始吃饭。

铃子已经死去八年了。众人从这件事情开始谈论日子过得快，感慨光阴似箭日月如梭，然后话题又转到了樱花上面。

两年前，铃子的七周年忌辰结束之后，一家人去过的原谷那个地方，听村上说那里今年也开始人多了，根本没法安安静静地细细观赏樱花了。

众人边吃饭边闲谈，吃完饭的时候是下午两点多了。

饭后和尚先回去了，紧接着村上和富子也回去了，剩下的都是真正的自家人了。

"今天真暖和！又是星期天，一定有很多人到外面来了吧！"

里子从敞开的套廊向院子里望去，虽然绿色还很少，但已是春光满园，花草树木刚刚冒芽，春日灿烂的阳光洒在嫩芽上，一片春意盎然的景象。

円山一带这会儿或许是人山人海，位于东山深处的这个庭院在正午明亮的阳光里却是鸦雀无声。可能是中午稍微喝了一点酒的缘故，看着院子里这幅静谧的景色，里子觉得有点儿困了。

　　"我们姐妹好不容易聚在一起，我们去给铃子扫墓吧！"

　　赖子好像忽然想起来似的提议，槇子马上举手说："我也去！"

　　因为身边有真幸，里子正在犹豫不决的时候，阿常看出里子很为难，于是对里子说："真幸我给你看着，你跟她们一起去吧！"

　　"妈妈呢？"

　　"前两天春分的时候我已经去了，下周铃子的忌辰我还要去！"

　　表面上冷若冰霜，可这种事情母亲绝对是一丝不苟很讲究的。

　　"怎么办？还要换衣服吗？"

　　"好不容易穿上了，就这样去不好吗？"

　　按照赖子的意见，姐妹三人决定穿着和服出门，然后叫了一辆出租车。

　　"扫完墓之后早点儿回来！"

　　阿常很稀奇地把三个闺女送到门口叮嘱道。阿常这段时间因为疲劳和精神上的松弛好像情绪有点儿低落，但今天三个闺女都聚齐了，她好像也恢复了几分精神。

　　"那好吧！我们这就去了！"

　　三姐妹分别向母亲低头行礼，然后上了出租车。

　　正如想象的那样，东大路人流如潮拥挤不堪，出租车光从八坂神社前面通过就花了十分钟。从那里上了沿山公路，从永观堂前面穿过就到了真如堂。

　　这个地方也是春光明媚，长满青苔的墓碑看上去好像也暖洋洋的。

　　赖子走在通往墓地的小径上，想起了去年秋天和日下一起来这里为铃子扫墓的事情。

记得那天也是阳光明媚，但背阴的地方已经有些冷飕飕的了。连接三重塔和胡枝子架的草丛前方有一株彼岸花，那触目惊心的血红色还和熊仓一起出现在了自己的梦境里。

后来听日下说他要结婚了，从那以后，再也没有听到他任何消息。

他也要走他自己的新的人生路，赖子觉得应该祝福他，但心里的那种被抛下的寂寞迟迟不能消失。

在铃子的墓前，三人插上香，把拿来的鲜花和水果摆在了墓碑前面。春分才过了没有几天，周围墓碑前面的香案上还留着供品。

铃子墓前摆放的鲜花一定是春分那天母亲拿来的。先把花换上，再把供品摆上，坟墓好像一下子恢复了生气，在春日的阳光里熠熠生辉。

姐妹三人一起双手合十，赖子合掌的时间最长，其次是里子，槙子则是第一个把头抬了起来。对铃子感情的深浅或许也是这么个顺序。

"今天天气这么好，我们一起散散步吧！"

"好不容易来一趟，咱们去看樱花吧！"

真如堂的院内虽然也有樱花，但只有几株樱花树稀稀疏疏地夹在枫树之间。

"可是，像圆山那种有名的地方，这会儿一定是人山人海啊！"

"那我们就去法然院的水渠吧！那个地方的话不光近，估计也不会有太多人！"

这次是采纳了里子的意见，姐妹三人从真如堂的旁边穿过去，越过白川通向哲学小路走去。因为这一带离里子离开家之后一个人住的那个地方很近，所以她对这一带很熟悉。

过了法然院的公交站，走了没几步就看见了若王子神社的茅草屋顶，神社前面的水沟上面架着一座小石桥。水渠边上的这条路一直通往银阁寺通，也被称为哲学小路，路两边栽着樱花树。

"哇！太美了！"

槇子情不自禁地喊出声来，赖子和里子闻声也停下了脚步。笔直的水渠通往远方，水渠两岸是盛开的樱花，花枝重重叠叠在半空中交叉，好像把水渠覆盖住一样，构成了一条樱花隧道。

原以为这地方也会有很多人来呢，可来了一看，并没有几个人。幸亏这地方作为观赏樱花的景点并不是那么有名。

三人在水渠边上的樱花树下慢慢往前走。行人看到身穿和服的姐妹三人都情不自禁地频频回头看。

樱花美，女性也美。虽然年龄不同，但三姐妹和樱花一样，现在正是如花似玉最美的年华。

"我记得两年前我们去原谷的时候，槇子妹妹还问樱花为什么这么拼命绽放呢！"

"姐姐那么说的话，我或许真的说过那句话！可是，姐姐你不那么认为吗？"

里子当然也有那种感觉，但她认为，樱花根本没有考虑什么拼命或偷懒，只是因为喜欢春光明媚才绽放而已。

"我们在那里坐一会儿吧！"

前面有一条空着的长椅。三人在长椅上铺上手帕坐了下来。

刚才在树下徜徉的时候没有察觉，这会儿坐下来凝目一看，樱花正点点飘落。一个花瓣儿落在水面上，顺着潺潺流水流向远方。

"到了这个地方，感觉脸都被樱花染红了！"

"姐姐！你的脸还真是红的！"

"那是因为中午喝了酒的缘故吧？"

里子和槙子互相打趣开玩笑。三姐妹的脸是否染成了樱花色暂且不说，随着傍晚的临近，天空渐渐阴沉起来，樱花的颜色好像更浓了。

"天哪！我们三人正好是按照年龄的顺序坐下的！"

听槙子这么一说，两人再次看了看坐的顺序，沿着水流的方向，姐妹三人果然是按照赖子、里子和槙子的顺序坐着的。

本来也没打算这么坐，三人你看看我我看看你，不由地都笑了起来。

"按照这个顺序今年有什么好事就好了！"

"那怎么能行！我不成了最后一个了吗？"

"槙子妹妹不是已经有了好事了吗？"

"不行！还不够！"

"你可真是个贪心的人！"

里子脸上露出了一丝惊讶的表情，心里想着椎名的事情。

再过半个月，椎名就要回来了。按说这次他会到京都来的。两人之间的关系并不会因此而有什么变化。在一起待一天，他回去之后，今后的日子或许还和从前一样。

但是，里子并不去考虑那以后的事情。以后的事情先不管它，反正很快就能见到他了，里子只把这个事情作为自己生活的意义。

"你快点儿回来吧……"

在暮色笼罩的樱花树下，里子的身体开始燃烧了。

坐在旁边的槙子这会儿正在后悔结婚的事情。

不应该那么匆匆忙忙地结婚，应该再享受几年自由的时光。

新婚旅行回来之后，槙子还没有见过冴子、真由美和大学时代的那些闺蜜。虽然心里很想见她们，但见到她们之后，自己的悔意只会越来越深，所以槙子一直躲着不见她们。

但是，士郎并没有察觉槙子的那种心情。不光是士郎，还有他的父母、自己的朋友，甚至坐在身旁的两个姐姐，没有一个人能理解槙子的这种不能尽情燃烧的焦躁。

槙子心里藏着对谁都不能说的不满，想起了结婚之前和她有过一次露水之欢的千野。

"那个人现在在干什么呢……"

在这微暖的春宵里，槙子的一颗春心在轻轻摇荡。

赖子凝视着水渠里的潺潺流水，再次造访的例假让她感到了阵阵轻微的疼痛。自己就这样不和任何人结婚，一辈子都要独自生活下去吗？赖子并非喜欢独身而独身，但她一接近男人就注定会有不吉利的事情发生。或许自己是在和恋爱家庭无缘的星座下出生的。

"铃子啊！我一直是一个人啊……"

凝视着漂浮在水面上的樱花，赖子小声自言自语。

暮色迟迟春日长，暮色笼罩的樱花让三姐妹想起了各自的心事。

虽然此刻三人的心境不同，但唯有时光的流逝是绝对的，自从姐妹三人在原谷赏过樱花之后，两年的岁月已经流过去了。

又有一个花瓣儿落在了水面上，顺着反射着夕照的河面流走了。三个人用目光追寻着那片流向远方的花瓣儿，在花季天寒中各自思考着自己的未来。